山西文华·著述编

《山西文华》编纂委员会 编

王績文集

夏連保 ◎ 校注

山西出版傳媒集團
三晉出版社

圖書在版編目（CIP）數據

王績文集 / 夏連保校注. —太原：三晉出版社，2016.10
ISBN 978-7-5457-1262-9

Ⅰ.①王… Ⅱ.①夏… Ⅲ.①中國文學—古典文學—作品綜合集—唐代 Ⅳ.①I214.212

中國版本圖書館 CIP 數據核字（2016）第 247680 號

王績文集

校　　注：	夏連保
責任編輯：	莫曉東
封扉設計：	山西天目·王明自
出版者：	山西出版傳媒集團·三晉出版社（原山西古籍出版社）
地　　址：	太原市建設南路 21 號
郵　　編：	030012
電　　話：	0351-4922268（發行中心）
	0351-4956036（總編室）
	0351-4922203（印製部）
網　　址：	http://www.sjcbs.cn
經銷者：	新華書店
承印者：	山西人民印刷有限責任公司
開　　本：	700mm×1000mm　1/16
印　　張：	22
字　　數：	350 千字
版　　次：	2016 年 10 月　第 1 版
印　　次：	2016 年 10 月　第 1 次印刷
書　　號：	ISBN 978-7-5457-1262-9
定　　價：	90.00 圓

版權所有　翻印必究

《山西文華》編纂委員會

主　　任　李小鵬
顧　　問　胡蘇平
副 主 任　張復明
委　　員　李高山　楊　波　郭　立
　　　　　閻潤德　李海淵　武　濤
　　　　　張瑞鵬　王建武　李茂盛
　　　　　李中元　閻默彧　安　洋

編纂委員會辦公室
主　　　　任　安　洋(兼)
常務副主任　連　軍

《山西文華》學術顧問委員會

（按姓氏筆畫排序）

李　零　李文儒　李學勤　袁行霈
唐浩明　梁　衡　張　頷　張光華
葛劍雄　楊建業

《山西文華》分編主編

著述編　劉毓慶　渠傳福
史料編　張慶捷　李晉林
圖錄編　李德仁　趙瑞民

出版説明

山西東屏太行,西瀕黄河,北通塞外,南控中原,是中華民族的主要發祥地之一。中華文明輝煌燦爛,三晋文化源遠流長。歷史文獻豐富、文化遺産厚重,形成了兼容並包、積澱深厚、韵味獨特的晋文化。山西省政府决定編纂大型歷史文獻叢書《山西文華》,以彙集三晋文獻、傳承三晋文化、弘揚三晋文明。

《山西文華》力求把握正確方向,尊重歷史原貌,突出山西特色,薈萃文化精華,按照搶救、保護、整理、傳承的原則整理出版圖書。叢書規模大,編纂時間長,參與人員多,特將有關編纂則例簡要説明如下。

一、《山西文華》是有關山西現今地域的大型歷史文獻叢書,分"著述編""史料編""圖録編"。每編之下項目平列;重大系列性項目,按其項目規模特徵,制定合理的編纂方式。

二、"著述編"以1949年10月1日前山西籍作者(含長期在晋之作者)的著述爲主,兼收今人有關山西歷史文化的研究性著述。

三、"史料編"收録1949年10月1日前有關山西的方志、金石、日記、年譜、族譜、檔案、報刊等史料,以影印爲主要整理方式。

四、"圖錄編"主要收錄1949年10月1日前有關山西的文化遺產精華,包括古代建築、壁畫、彩塑、書畫、民間藝術等,兼收古地圖等大型圖文資料。

五、今人著述采用簡體漢字橫排,古代著述采用繁體漢字橫排。

《山西文華》編纂委員會

王無功文集序

大唐太常丞呂才序

君諱績，字無功，太原祁人也。高祖晉陽穆公自南歸北，始家河汾，歷宋魏，迄于周隋，六代冠冕，皆歷國子博士，終於鄉牧守寧國史家諜，詳焉。君幼歧嶷，有奇思，八歲讀春秋左氏日誦十紙。初，君祖安康獻公周建德中從武帝征鄴，為前驅大總管，持諸軍節。獻公絲毫不顧，車載圖書而已，故家富墳籍，學者多依獻公。其性特好學，博聞強記，與李播、陳永呂才為莫逆交，陰陽歷數之術無不洞曉。年十五遊於長安，謁越公楊

《王無功文集》清同治四年陳氏晚晴軒鈔本書影

王無功文集標目

第一卷　　　　　王績　字　無功

賦

遊北山賦　元正賦

三月三日賦　鶯賦

河渚賦　獨居賦

孤松賦　登龍門憶禹賦

酒賦

第二卷

《王無功文集》清同治四年陳氏晚晴軒鈔本書影

出版前言

王績（約589—644），字無功，號東皋子，古絳州龍門縣（今山西萬榮縣通化鎮）人。唐代前期著名詩人。

王績的突出成就體現在古體詩創作上。其詩近而不淺，質而不俗，真率疏放，曠懷高致，直追魏晉高風，被清代翁方綱評爲"以真率疏淺之格，入初唐諸家中，如鳶鳳群飛，忽逢野鹿，正是不可多得也"。其被後世公認爲開五言律詩之先聲，轉齊梁綺靡之餘風，對開創唐詩繁盛局面有着承前啓後的重要貢獻。

王績生性率真簡傲，放任不羈。自隋末舉孝廉，三仕三隱。其詩文在身後並未引起歷代文人的追捧而形成系統性研究。其文集在歷史上出現過五卷本、三卷本，甚至兩卷本。近代以來，對於王績及其作品的系統研究也較少。上世紀八十年代，夏連保先生與康金聲先生，在無法找尋到王績文集五卷本的情況下，從三卷本中選擇善本，進行了校勘注釋，完成了《王績集編年校注》。王績文集五卷本發現之後，雖有專家學者做過彙校整理，却未見有完整注本問世，實爲王績研究之憾。

本次結集出版源於《山西文華》項目的啓動實施。《山西文華》是一套大型的山西地方性歷史文獻叢書，是對山西豐富的古典文獻的搶救整理和傳承保護。王績作爲山西人，其詩歌創作在中國詩歌創作史上占有一席之地，入選《山西文華》，可謂名至實歸。夏連保先生再次擔綱，以五卷本中清同治間陳文田晚晴軒鈔本爲底本，以清乾隆間大興朱筠家藏手鈔本、清嘉道間東武李氏研録山房校鈔本爲主要參校本，進行全面校注。歷時兩載，終成正果。

學術研究無止境，受水平所限，不當之處在所難免，祈望方家不吝指正。

三晋出版社

2016年9月6日

前 言

2013年春節過後，我在四川出差，三晉出版社社長張繼紅同志給我打電話，說山西省正組織出版《山西文華》叢書，其中的《王績文集》希望還是由我來完成。當時我非常猶豫，一是因爲我離開山西已十有餘年，近年來主要從事北京地區的考古及歷史文化研究工作，多少年都没再做過古籍整理的事情；二是我本人正在醖釀編寫一本有關北京地區新石器時代人類活動與北京建城歷史方面的書。但繼紅同志不容我拒絶。他説：一是王績作爲唐代的著名詩人，對唐代詩歌的發展有着非常重要的影響。作家有故鄉，但科研不應當劃地域。二是《王績文集》三卷本是你上世紀八十年代與康金聲先生合注的，後來五卷本《王績文集》發現之後，張錫厚、韓理洲二位先生雖然都作過會校整理，但至今還没有人對五卷本做注，這顯然是王績研究方面的一個缺憾。如今康金聲先生已經作古，當年你既然對三卷本做了注釋，現在就有義務把這個五卷本的注釋工作承擔起來。

繼紅同志如是説，我的確是無法拒絶的。三十年前，我與康金聲先生合作校注《王績文集》時，一直爲没有能找到五卷本而感到遺憾。《王績集編年校注》出版後，我心中也一直惦記着想把對王績的一些研究心得寫出來。但由於後來工作變化，研究的方向和領域也調整了幾次，這些想法漸漸也就淡了，至今没有在王績的研究問題上寫過一字。往事俱已成風，如今又重新提起，讓我感到内心有一種説不出來的慚愧。

三十年前，我大學本科剛畢業兩年，在山西大學附中任教。一個偶然的機會,我與康金聲先生在姚奠中先生的家裏相識。姚先生是國學大師章太炎的弟子,也是享譽國内外的國學大師。我與姚先生是同鄉,而康金聲先生又是姚先生的弟子,這樣我們之間就有了一些往來。有一天,康金聲先生找我,說山西省古籍整理規劃領導小組準備陸續整理山西歷代著名文學家的文集,如果我有興趣,他願意與我合作,給《王績文集》作個注釋。

以我當時的情況,要做一本古人文集的注釋,無論如何都是一件難度相當大的工程。但我那時候不知道天高地厚,不假思索就答應了此事。我在大學時愛好中國古典文學,也曾認真地讀過幾本古書,天真地以爲注釋一本文字量并不算太大的《王績文集》,或許并不比讀一篇古文難多少。

有些事情只有真正去做了,才知道有多麽難。當我真正着手做這件事的時候,才知道自己是多麽的淺薄。

當時人們能看到的《王績文集》只有三卷本。我們商定:集中的雜文和賦贊,注釋難度最大,康先生對辭賦有研究,就由他去完成。詩歌、雜文部分和賦比較,注釋的難度相對較小,康先生照顧我,讓我去完成。由於我注釋的詩歌部分篇幅較少,關於王績集版本源流問題的考查,也由我負責。我們做了簡單的分工之後,便着手去做各自的工作。

我遇到的第一個問題,就是版本的選擇問題。

我當時查閱了大量的書目文獻資料,了解到《王績文集》最早見諸文獻著錄的,是《日本國見在書目》。這是一本當時日本國所存的自中國東渡日本的書籍目録,其成書具體年代和著者均不詳。但從書中所著録的書目來看,年代最晚者爲《元氏長慶集》《白氏長慶集》,而絶無晚唐人著作,所以通常學者認爲該書收録的底本年代應當不會遲於唐代,成書時代也應當是在晚唐或五代時期。書中所著録的王績集名爲《東皋子集》,爲五卷[①]。後來的兩唐書(《經籍志》

[①] 見《古逸叢書》影印日本藤原佐世《日本國見在書目》影鈔本。

《藝文志》)《宋史·藝文志》《通志·藝文略》《文獻通考·經籍考》《郡齋讀書志》《直齋書錄解題》等等公私文獻書籍所載的王績集，或稱《王績文集》，或稱《東皋子集》，或稱《東皋子》，雖然書名有所不同，但都注明爲五卷。可見《王績文集》在宋代之前，傳世流行的主要都是五卷本。

自宋代王堯臣編次《崇文書目》以後，情況發生了變化。《崇文書目》著錄的《東皋子集》爲二卷。宋元之後，各家書籍所著錄的《王績文集》，則基本都爲三卷本，而且多數爲鈔本，說明宋代以後，五卷本和二卷本可能已經失傳了。但非常奇怪的是，到了清代末期，陸心源《皕宋樓藏書志》卷六十八在著錄"《王績文集》三卷、附錄一卷，舊藏鈔本"後，還錄有一段吳翌鳳的手跋云："庚子（乾隆四十五年）冬，於鮑以文丈處見宋槧本，凡五卷，視此增多三十餘篇，惜未假得校補，書此以俟。"鮑以文名廷博（1728—1814），字以文，號渌飲，祖籍安徽歙縣長塘，爲歙縣秀才。鮑家世代經商，其父鮑思詡，嘗不惜巨金求購宋元書籍，築室收藏，名其室爲"知不足齋"。鮑以文曾隨父鮑思詡居杭州，後定居桐鄉縣青鎮（今浙江桐鄉市烏鎮）楊樹灣。家殷富而好文，勤於學而不求仕進，亦喜購藏秘笈，並廣錄先賢後哲所遺手稿，與江浙一帶著名藏書家交往頻繁，互相借鈔，八十餘歲仍往來於杭、湖、嘉、蘇數郡之間，鈔書籍不計其數。浙江學政阮元每於按試嘉湖之便，乘小舟至楊樹灣觀其所藏之書。乾隆三十八年（1773），清廷開《四庫全書》館，詔求天下遺書，以文長子士恭以所藏精本六百二十六種進獻，其中多爲宋元以來之孤本、善本，居私家進書之首。由此名聲上達清廷，獲得乾隆帝嘉獎。既然吳翌鳳曾在乾隆庚子年於鮑以文處看到過宋槧《王績文集》五卷本，說明至少在乾隆時期，宋刻五卷本《王績文集》尚有流傳於世者。唯鮑以文天性寬厚，好交結，重情誼，時以珍本古籍投贈友人。遇貧而好學者，輒貽以全套叢書。又乾隆五十六年（1791）冬，知不足齋遭遇火災，部分書籍被焚，不知其所藏宋槧五卷本王績集是否幸存。

稍後至朱學勤《結一廬書目》，則明確著録了一個五卷本的《王無功集》，并云爲"唐王績撰，舊鈔本，朱笥河藏書"①。這是一個令人非常糾結的資訊。這一資訊告訴人們，雖然自宋以後，五卷本的《王績文集》式微了，但它其實并没有真正失傳，至少在清乾隆時期，吴翌鳳還曾見過宋刻的五卷本，而順天大興（即今北京大興）著名學者朱笥河（即朱筠）家中，還收藏過一個完整的五卷本的舊鈔本。而朱笥河家藏的這套五卷本，後來又被朱學勤結一廬收藏了。

　　注釋古人的文集，重要的就是要找到一個最好的版本。如果五卷本的王績集還存世，那麽，就必須找到它。

　　結一廬位於杭州市塘棲鎮，它的主人朱學勤（1823—1875），字修伯，清代仁和（今杭州餘杭區）人，咸豐三年（1853）進士。選爲翰林院庶吉士，改户部主事，入軍機處，歷任鴻臚寺少卿、大理寺卿。朱學勤非常喜歡搜羅古籍善本，藏書聞名於海内外。《結一廬書目》就是朱氏根據自己的藏書編成的一本目録。

　　在查閲了大量的文獻記載和相關檔案材料後，我了解到，朱學勤死後，結一廬遺籍有八十櫃，賣給了他的女婿張佩倫（1848—1903）。張佩倫死後，結一廬遺書開始有所流散，到"文化大革命"時，所餘藏書全部被没收充公，其間有没有流失，不得而知。1980年，幸存藏書尚有宋刻本二十四部、元刻本三十八部、明刻本一百七十八部、鈔稿一百九十七部，共三千二百七十四册，正式爲上海圖書館收購，但不知五卷本《王無功集》是不是還在其中。由於我們没有任何經費支持，無力到上海圖書館查閲，只能輾轉托朋友幫忙，最後得到的消息是無法查到。我後來大概花了幾個月的時間，查閲了各大圖書館的善本目録，費了九牛二虎之力，終於還是没有找到這套五卷本。當時的失落與遺憾可想而知。

---

　　① 朱學勤《結一廬書目》卷之四，光緒二十八年長沙葉氏刊《觀古堂書目叢刻》本。

找不到五卷本，我們就只能在三卷本中選擇善本進行校勘注釋。底本和參校本確定後，是不是就能開始着手注釋工作了呢？

答案當然是否定的。因爲如果你對作者生平及其生活的歷史背景和環境没有研究，就無法對作品有一個比較客觀、真實的分析和評價。就算你把作品中的所有典故和語詞都弄明白了，有時候也不能正確理解作者的思想和感情。比如《王績集》中有一首非常著名的詩歌《野望》：

東皋薄暮望，徙倚將何依？樹樹皆秋色，山山唯落暉。

牧人驅犢返，獵馬帶禽歸。相顧無相識，長歌懷采薇。

原詩從字面上看，并没有用太多的典和生僻的語辭。但對於這首詩歌的理解，自古以來便有許多不同的看法。明人唐汝詢在《唐詩解》中解釋説，本詩歌結句"懷采薇"三字，用的是伯夷、叔齊義不食"周粟"，采薇而食，餓死首陽山之典。按照唐汝詢的説法，王績是在隋王朝滅亡後，看到牧人獵騎，仍舊各自做着各自的事情，全然没有家國破滅之悲，因而痛心不已，感慨萬千，覺得自己的家國之痛竟無處可訴，無人理解，所以寫詩表示自己要效伯夷和叔齊，寧肯餓死也不食"周粟"。所以他認爲這是一首痛輓隋朝滅亡的詩歌①。按照他的説法，王績對亡隋還是懷有深厚感情的，所以王績在入唐後的歸隱，就是在表達一種不與新王朝合作的政治態度。如果真是這樣的話，那王績在唐武德至貞觀初在門下省待詔，而且一等就是六七年，又如何解釋呢？

如果對王績的一生略作研究，你就會發現，王績自始至終也没有把自己當成亡隋的孤臣孽子，所以根本不可能有要爲那個滅亡了的王朝殉葬的想法。相反，他不僅對隋朝末年的政治腐朽早就有着清醒的認識，而且有着強烈的不滿。王績在隋大業十年入仕於隋

---

① 明唐汝詢《唐詩解》："彼牧人獵騎，憒然各事其事，誰爲我之相識者？唯有長歌以懷采薇之士耳。"

後,嘗寫過兩篇奇文,一篇題爲《醉鄉記》,另一篇題爲《五斗先生傳》①。在《五斗先生傳》中,王績面對當時的政治形勢,發出了"天下大抵可見矣。生何爲養,而嵇康著《論》;途何爲窮,而阮籍慟哭"的感慨。作者看到了當時朝政的腐朽與黑暗,又時時感覺"羅網高懸",惶惶不可終日,心中極度痛苦而無奈,所以只能選擇沉湎於醉鄉,步武嵇、阮,以酒爲漿,逃避現實,以至於不願在朝,乞署外職。等上任六合縣丞後,又因常常喝酒耽誤正常工作(頗以酒妨職),同事不滿意,上司也批評(藩部法嚴,屢被勘劾),於是只好"出受俸錢,積於縣門外,托以風疾,輕舟夜遁",逃避了事。既然他在給楊家"打工"的時候,就已經抱定了混日子的想法和決心,工作不認真,態度也不積極,懶得爲隋王朝出謀劃策,更没有力挽狂瀾,以救危亡爲己任的任何舉動(這一點他與他的三哥王通先生不同。王通雖然在隋朝没有"正式參加工作",不是"國家幹部",也没有吃"財政"拿工資,却還主動義務地爲隋文帝進獻了《太平十二策》,并且搭上路費,親自送到長安),還没等楊家王朝滅亡,他就不辭而別,你説他能在隋王朝滅亡後,尋死覓活地要向伯夷和叔齊學習,想爲那個腐朽的舊王朝殉葬?

　　詩歌的注釋與鑒賞應當是既有聯繫也有區別的,我認爲注釋應當是更爲客觀的,而鑒賞則可以在準確理解作品原意的基礎上,保留鑒賞者自己的理解或摻入個人的某些主觀色彩,這樣可以使作品的藴含顯得更加豐富。所以要作注釋,就必須要力求貼近作者和作品的客觀真實。很明顯,唐汝詢老夫子的解釋從字面上看似乎并没

---

① 吕才《王無功集序》云:"大業末,應孝悌廉潔舉,射高第,除秘書正字。性簡放,飲酒至數斗不醉。常云:'恨不逢劉伶,與閉户轟飲。'因著《醉鄉記》及《五斗先生傳》以類《酒德頌》。"又《中説·事君篇》:"王無功作《五斗先生傳》,子曰:'汝忘天下乎?縱心敗矩,吾不與也。'"據此可知,《五斗先生傳》及《醉鄉記》當作於大業十年至大業十三年之間,作文時王通仍在世。我在舊作《王績年譜》中曾懷疑此二文爲作者晚歲所寫,今細繹二文内容,覺得當年的懷疑其實并不穩妥,仍當以文獻記載爲是。今特作更正。

什麽問題,如果作爲文學鑒賞,不妨可以作爲一說,使讀者有更豐富的想像空間。但他的解說無疑與王績本人的思想和一生的行事是對不上號的。所以到了清朝的時候,屈復在《唐詩成法》一書中就提出了反對意見,説對於這首詩中的"懷采薇"三個字,應當要活看,不能教條地理解。他説王績并不是自己要學夷、齊餓死在首陽山,而是説隋煬帝昏庸無道,遲早要像商紂一樣,被人把首級懸掛到首陽山上去。屈復這個解釋活是活了,却仍然没有跳出把"懷采薇"三字當成用伯、叔典故的窠臼。但伯夷、叔齊的典故,是大家耳熟能詳的,憑你怎麽去看,也不應生出煬帝一定會像商紂一樣落到懸首首陽山的意思來。所以清人沈德潛在《唐詩别裁集》卷九中説:"通首只'無相識'意,'懷采薇',偶然興寄古人也。説詩家謂'感隋之將亡',毋乃穿鑿。"沈德潛看出了唐、屈二説的問題,最終還是没具體説出"懷采薇"三字的出處。可見要做到對這首詩注釋的準確,不僅需要對王績本人生平和思想有深入的研究,而且還需要對作品用典有一個準確的判斷,否則就會曲解了原詩的意思,讓人摸不着頭腦。

我這時候才真正明白,想對一部文集做注釋,是一件多麽艱難的事情。

我當時在中學任教,繁重的教學工作和升學壓力,容不得我有多少業餘時間去做這件與我的本職工作無關的事情。但是既然已經接受了這一任務,無法半途而廢,也只能硬着頭皮幹下去。

好在中學每年都有寒暑兩個假期可以利用,加上那時候年輕,起早貪黑還能堅持,最後總算在1985年的年底,完成了這一工作。雖然非常辛苦,也有很多的遺憾,但通過這一工作,也學到了許多東西,在有關王績的問題上,也有了一些自己的研究心得。

在對王績的詩文做注釋的時候,爲了能更加準確地理解和把握作者的思想,使注釋更加客觀可靠,我曾在1984年的5月,寫了《王績年譜》一文。康金聲先生非常高興,認爲可以作爲王績詩文繫年的依據,并建議將此文附於集後。所以在校注工作完成後,我們就按照拙作《王績年譜》的觀點,對集中的詩文作了繫年處理,最後將這一注釋稿命名爲《王績集編年校注》。

《王績集編年校注》完稿後,由於出版經費得不到解決,在出版社擱置了一年。到1986年末,在山西人民出版社孫安邦先生的協調下,文稿被安排排版製作,其後又由於經費的問題擱淺了。就在這期間,聽説《王績文集》五卷本被發現,但我們却已無法以五卷本作底本,對已經製作了膠片的稿件作任何改動了。1992年2月,我們的《王績集編年校注》雖然出版了,但當年没有找到五卷本作底本這件事,却給我們留下了一個深深的遺憾。

現在,康金聲先生已故去,三晋出版社希望能把五卷本《王績文集》重新校注整理,張繼紅社長仍然希望由我來完成這件事情,於情於理,我真的無法拒絶,只能無條件答應。

五卷本的《王績文集》,與之前的三卷本相較,不僅詩文的篇數多出了近一倍,就連五卷本所載的吕才序,也比三卷本多出一千餘字。這些新的資料,不僅爲我們揭開了過去王績研究中的許多迷團,使我們了解了王績曾經有過的"棄儒北上""懷刺西遊",積極進取,奮發有爲的一面,也讓我們知道了在隋末唐初那一段風雲變幻的大動盪時代,他辭官夜遁後,向東"遍遊山水",南下北上的真實目的。五卷本爲進一步研究王績的生平,理清其一生的思想發展和轉變,重新認識他的詩文創作及其在文學史上的地位等,都具有非常重要的意義。

現在,根據張繼紅社長的囑咐和要求,這個《王績文集》的五卷本校注工作總算完成了。在本書出版之際,我謹向爲本書的出版付出了艱辛勞動的三晋出版社各位朋友,致以謝忱;同時也以此向已經故去的康金聲先生致悼!由於本人的水平所限,對作品的理解和詮釋肯定還會有許多不妥甚至錯誤之處,希望廣大讀者能够給予批評指正。

夏連保

2016年3月

五卷本《王績文集》校注説明

　　《王無功文集》最初本由王績之好友吕才君英集成五卷，至陸淳時，因其所好，乃就五卷本所收詩文，"袪彼有爲之詞"，删爲二卷，名《東皋子集》。其後五卷本即與二卷本并行於世。先是五卷本行世，而二卷本不顯。至宋，二卷本逐漸流傳擴散，到明萬曆時期，五卷本則已漸少傳世，後人有得宋槧陸淳删削之二卷本者，乃始於其基礎之上，輯逸補缺，成爲三卷本。其後，五卷本、二卷本皆漸式微，唯經二卷補佚而成之三卷本大行於世，或名曰《王績集》，或名曰《東皋子集》，此蓋即後世所傳之三卷本之由來也，故今所見諸三卷本篇目及篇次往往順序多有出入焉。

　　陸淳其人，今學者多以爲即唐順宗時皇太子侍讀吴郡人陸質。《舊唐書》卷一百八十九下《陸質傳》云，質"本名淳，避憲宗名改之。質有經學，尤深於春秋。少師事趙匡，匡師啖助，助、匡皆爲異儒，頗傳其學"。著有《集注春秋》《類禮》《君臣圖翼》等。貞元二十一年卒。若此説不謬，則陸淳之删《王績集》時間，必不晚於貞元二十一年。

　　自上世紀八十年代中，始有五卷本重新被發現，計有三種，皆清人手鈔者，即：乾隆間大興朱筠家藏手鈔本（現藏於上海圖書館，以下簡稱朱本）、嘉道間東武李氏研録山房校鈔本（現藏於北京圖書館，以下簡稱李本）、同治間陳文田晚晴軒鈔本（現藏於北京圖書館，以下簡稱陳本）。

　　朱筠字竹君，又字叔美，號笥河，生於雍正七年（1729），卒於乾隆四十六年（1781）。乾隆十九年（1754）中進士後，曾爲翰林院編修、侍讀學士，以閱覽之便，鈔藏善本甚豐。《王無功文集》雖無題跋，無法確知其鈔寫年月，但朱筠卒於乾隆四十六年，則此本之鈔寫時間，當亦不會晚於是年。在目前所發現之五卷本三種中，此本最早。

東武李氏，即山東諸城（今山東省諸城市）人李楗。楗字松溪，號雨樵，生卒年月不詳，爲乾隆五十八年（1793）進士，研録山房乃其藏書室名。其父李宜芳字梅村，號在湄，爲雍正八年（1730）進士。據李楗與其父中進士之時間推測，李楗一生當主要生活在乾隆、嘉慶、道光三朝。又李本乃鈔校本，其所據校本有孫星衍刻《王無功文集》三卷本及《全唐文》。而孫刻本成書於嘉慶三年（1798），《全唐文》編成於嘉慶十九年（1814）。由此可以判斷，李本之校鈔時間，當在嘉慶後期至道光之間無疑。

陳文田爲清末泰州人，字硯薌，號止室，晚號晚晴老人，生卒年月不詳，咸豐十年（1860）鍾駿聲榜進士，嘗任刑部主事。性慈惠，治獄平恕，居官不事干謁。後奉命回籍襄辦江北團練。晚晴軒亦其藏書室名。陳本在書後的附記中署明鈔竣時間爲"同治乙丑（1865）重陽日"。

朱本、李本、陳本三種編次，内容完全相同，書名均題作"王無功集"。陳本附記云："此爲大興朱氏竹君傳鈔足本。"而李本雖係校本，但很少逕直改易。以李本與朱本逐字參閲，凡李本校勘所出示的訛誤衍奪的原文，皆見於朱本，與朱本出入甚微，顯然李本亦當源於朱本，或者與朱本同源。

《王無功文集》五卷本三種鈔本被發現後，上海古籍出版社於1987年11月，出版了韓理洲先生《王無功文集》五卷會校本。1995年，張錫厚先生又於臺北新文豐出版公司出版了其所著《王績研究》一書。該書上編爲張先生以同治間陳文田晚晴軒鈔本爲底本所作之輯校本。二先生皆精於校讎，爲學界研究王績提供了諸多方便。

然自五卷本發現迄今已三十年,未見有完整注本問世者。拙作雖側重在爲《王無功文集》注釋,然注釋古人之書,仍必須從校讎入手。不先對古書做校,便無從做注。今就本校注作説明如下:

關於正文校勘

一、本次重校,仍以陳本爲底本,而以朱本與李本兩種五卷本爲主要參校本。校記中分别稱爲底本、朱本、李本。

二、敦煌遺書中,有武則天時代之《王績集》寫本殘卷,此乃目前發現之最早、最珍貴、最可靠之《王績集》五卷本寫本,凡見於該寫本之篇目及内容,均以敦煌殘卷作詳校,并記於校記,校記中稱敦煌殘卷。

三、凡僅見於五卷本而未見於三卷本之篇目,則主要參校朱筠家藏鈔本與東武李氏研録山房鈔本兩種五卷本;五卷本與三卷本均見載之篇目,則同時參校以三卷本。

四、凡《文苑英華》《唐文粹》《全唐詩》《全唐文》以及《唐詩紀事》《唐詩補遺》等書引録之篇目,亦引上述各書作對校,并在校記中説明。

五、三種五卷本中,凡據參校本可證明底本疏誤之文字,皆徑改正,而於校記中説明。

六、凡與底本不同而意可兩通之異文,不對底本文字做改動,但皆出校記以説明。

七、凡底本不誤,而參校本有誤之異文,則不一一出校。

八、凡有異於底本而三卷本皆同之字詞,則徑校爲"三卷本作",不再詳列各本。

九、如遇有三卷本互異之字詞,則詳加説明,以示版本之不同。

十、校本所據之三卷參校本,主要有以下兩種:

1.《東皋子集》三卷,《四部叢刊續編》影印明趙琦美脈望館鈔本。校記中稱明鈔本。

2. 商務印書館《叢書集成初編》影印清孫星衍岱南閣叢書本。校記中稱叢書本。

十一、本次重校,參考韓理洲《王無功文集》五卷本會校及張錫厚《王績研究》上編"《王績集》校輯"成果,對二先生校勘未妥之處,均一一指出,并於校記或注釋中注明。校記皆隨文記於文句或詩句句讀之後,加【校】以示區別。

十二、爲保持王績集五卷本原貌,本次校注賦、詩、文編目編次一依底本,仍分爲五卷。凡五卷本未載,注者從三卷本或其他文獻中新輯錄之逸文佚句,則别列於附錄補佚之中,亦加注釋,并注明出處。

十三、諸三卷本所輯錄《過漢故城》《辛司法宅觀妓》《益州城西張超亭觀妓》《咏巫山》等四首詩,本人已在三十年前對三卷本作校注時,考訂其非王績之作。然當時五卷本王績集尚未被發現,爲慎重起見,拙作《王績集編年校注》將《過漢故城》《辛司法宅觀妓》二首列入存疑詩,而將後二首列入誤收詩,并於注中説明原因。今考五卷本三種皆未載此四首詩,證明當年本人考訂無誤,此四首詩確非王績之作,故本次注釋皆不再輯錄。

十四、檢校明鈔本、叢書本及四庫本(四庫本本之於明崇禎刊本)等三卷本篇目,與五卷本一一對照,除上述四首確係非王績之作外,尚有《田家》三首之二、之三,《北山》《祭杜康新廟文》等四篇不見載於五卷本,五卷本三種均只載有《田家》三首之第一首。爲保持五卷本之原貌,本當將其二、其三兩首收入補遺之中,然以五卷本中已有此題,且今所見之諸三卷本本題之下三首,先後順序皆同,疑陸氏當時所據删削之五卷本,或與今所見之五卷本版本不同,且此三首詩,應爲一時之作,故本次仍將其多出之二首詩,列於該題之下,而不另輯入附錄補遺之中。

十五、《北山》一首,或係後人裁其《遊北山賦》中之句而成者,然以其本爲王績之文,故以之與《祭杜康新廟文》繫於附録補遺之中。除此二篇,又有《續谿嶺》及《石淙刻詩》二篇,爲五卷本及諸三卷本皆未收者。前者見康熙《徽州府志》二《續谿山水》,童養年收入《全唐詩補遺》卷一。余三十年前作《王績集編年校注》已將其列入補遺之中,今仍之。《石淙刻詩》一篇,爲本人檢校文獻時,於清葉封《嵩陽石刻集紀》中新發現之王績詩,今輯入附録補遺。如此,雖補遺輯入四篇,然本次注釋,實較今所見五卷本多出詩文六篇。可知吕才所云當時"鳩訪未畢,且緝成五卷",信不誣也。

關於正文注釋

一、各篇題目下,做【解題】。解題内容主要包括:1.本篇在五卷本和各三卷本中收録狀況;2.各本詩題之異同説明;3.對本篇詩文寫作時間之考證;4.對題目文字之校勘注釋,或對題目中所涉人物或事件做説明。爲求版面肅整,行文便捷條理,便於閲讀,凡解題中涉及對題目文字校勘者,不再用【校】符號特别表示。

二、注釋亦皆隨文附於文句或詩句句讀之後。如同句中既有校記,又需對句中詞語作注釋者,則先記校記,後作注釋。注釋直接附於校記之後,不另作區别標識。

三、對詩文中用典,一律指出其出處。爲求注釋準確,適度引用典故原文。然引用典故原文太長者,則簡要概括之。

四、前人對王績詩文品評之文字,皆爲研究作者、作品之重要資料。有些持論,雖未必精確,亦儘量采録,以備參考。凡與有助於理解某文、某詩相關之史料、評論等,皆酌情采録,以【相關資料】之形式,附於該篇正文校注之末。不能具體到某篇,而與王績研究有關之文獻記載,則按其類别,列於全書附録之中。

關於附録

一、附録中重要序跋、傳記資料、經籍著録、相關文獻等内容，皆輯自歷代文獻。按古人習慣自上而下、從右向左書寫，故稱前述之事，常言"右某事"云云。今人則習慣自左而右橫書，故稱前述之事則言"以上某事"云。本次按出版社要求，改爲橫排，以適應今人之讀寫習慣。然爲了尊重文獻歷史面貌，對引文中稱"右某事"者，仍皆一依其舊，未對文獻作改動。

二、附録中相關文獻部分，有些雖然是對文中子王通及其弟子關係的研究史料，但王通、王績本爲兄弟，這些歷史文獻對王績本人及其家世的研究同樣具有相當重要的意義，故酌情收入。對個別有明顯錯訛的文獻資料，本次在徵引時，依據他本進行了簡單的校勘。

目　録

出版説明 ··· 一
出版前言 ··· 一
前　言 ··· 一
五卷本《王績文集》校注説明 ··· 一

王無功文集序 ··· 一
王績文集卷一
　　賦
　　　遊北山賦并序 ··· 九
　　　元正賦 ··· 四〇
　　　三月三日賦并序 ·· 四五
王績文集卷二
　　詩
　　　靈龜　四言 ··· 五九
　　　郊　園 ··· 六一
　　　被徵謝病 ·· 六二
　　　春日山莊言志 ·· 六六
　　　夜還東谿中口號 ··· 六七

獨　坐	六七
題黃頰山壁	六九
詠　懷	六九
山　夜	七〇
山中別李處士播	七二
初　春	七三
遊山贈仲長先生子光	七四
春晚園林	七四
贈薛學士方士	七五
春莊走筆	七六
泛船河上	七八
薛記室收過莊見尋率題古意以贈	七九
題酒店壁	八三
醉後口號	八四
過程處士飲率爾成詠	八四
戲題卜鋪壁	八五
贈程處士	八六
嘗春酒	八七
解六合丞還	八七
獨　酌	八九
秋夜喜遇姚處士義	八九
山中獨坐	九〇
題畫幛背	九一
山夜調琴	九二
田家三首	九二

看釀酒 …………………………………………… 九五
贈學仙者 ………………………………………… 九五
春園興後 ………………………………………… 九七
階前石竹 ………………………………………… 九八
春旦直疏 ………………………………………… 一〇〇
贈梁公 …………………………………………… 一〇〇
山　　園 ………………………………………… 一〇二
春日還莊 ………………………………………… 一〇三
尋苗道士山居 …………………………………… 一〇五
端坐咏思 ………………………………………… 一〇六
山中采藥 ………………………………………… 一〇八
晚秋夜坐 ………………………………………… 一〇九
野　　望 ………………………………………… 一〇九
在邊三首 ………………………………………… 一一一
九月九日贈崔使君善爲 ………………………… 一一三
　　［附］崔使君善爲答 ……………………… 一一五
冬夜載酒於鄉館尋崔使君善爲 ………………… 一一五
　　［附］崔答 ………………………………… 一一六
讀《真隱傳》見披裘公及漢濱老父因題四韻 … 一一八
性不好治産興後言懷 …………………………… 一一八
山家夏日九首 …………………………………… 一一九
洛水南看漢王馬射 ……………………………… 一二三

王績文集卷三

　詩

　　駕過觀獵 ……………………………………… 一二四

山中獨坐自贈 …………………………… 一二五
自　　答 …………………………………… 一二六
過鄭處士山莊二首 ………………………… 一二七
病後醮宅 …………………………………… 一二八
初　　春 …………………………………… 一二九
過山觀尋蘇道士不見題壁四首 …………… 一三〇
過鄉學 ……………………………………… 一三四
春莊酒後 …………………………………… 一三五
題酒店樓壁絕句八首 ……………………… 一三五
食　　後 …………………………………… 一三八
采　　藥 …………………………………… 一三九
山中避暑 …………………………………… 一四一
春桂問答 …………………………………… 一四一
圍　　棋 …………………………………… 一四二
詠　　隱 …………………………………… 一四五
贈李徵士大壽 ……………………………… 一四六
春夜過翟處士正師飲酒醉後自問答二首 … 一四八
晚年敘志示翟處士正師 …………………… 一四九
盧新平宅賦古題得策杖尋隱士 …………… 一五二
被舉應徵別鄉中故人 ……………………… 一五四
獨　　坐 …………………………………… 一五四
同蔡學士君知詠雲 ………………………… 一五六
贈山居黃道士 ……………………………… 一五八
新園旦坐 …………………………………… 一五九
未婚山中敘志 ……………………………… 一六〇

閲家書……………………………………………一六一

古意六首…………………………………………一六三

九月九日…………………………………………一六九

登壠坂二首………………………………………一六九

建德破後入長安咏秋蓬示辛學士………………一七一

　　[附] 辛答……………………………………一七一

在京思故園見鄉人遂以爲問……………………一七二

遊山寺……………………………………………一七四

觀石壁諸龕禮拜成咏……………………………一七六

久客齊府病歸言志………………………………一七七

裴僕射宅咏妓……………………………………一七九

秋園夜坐…………………………………………一八一

王績文集卷四

　書

　　答刺史杜之松書………………………………一八二

　　　[附] 杜使君答書……………………………一八五

　　重答杜使君書…………………………………一八七

　　答馮子華處士書………………………………一九四

　　答程道士書……………………………………二〇〇

　　與江公重借隋紀書……………………………二〇五

　　　[附] 江公答書………………………………二〇八

王績文集卷五

　雜　著

　　無心子并序……………………………………二一三

　　負苓者傳………………………………………二一五

仲長先生傳	二一八
五斗先生傳	二一九
醉鄉記	二二一
自作墓志文并序	二二四
登箕山祭巢許廟文	二二六
祭關龍逢文	二二七
登龍門祭禹文	二二八
祭處士仲長子光文	二二九
荊軻刺秦王	二三二
項羽死烏江	二三三
陳平分社肉	二三四
張良遇黃石公	二三五
禹接蒼水使者	二三六
伊尹負鼎見湯	二三六
太公釣渭濱	二三八
子推抱樹死	二三九
蛇銜珠報隋侯	二三九
君平賣卦贊	二四〇
嵇康坐鍛	二四一
藺相如奪秦王璧	二四二
霍光受武帝顧命	二四三
梁鴻孟光	二四三
老萊養親	二四四
寧戚扣牛角歌	二四五
韓康賣藥	二四六

朱雲折檻……………………………………………二四七
伯牙彈琴對鍾期……………………………………二四七

附　錄

補　遺

　　績谿嶺………………………………………………二四九
　　石淙刻詩……………………………………………二五〇
　　北　山………………………………………………二五二
　　祭杜康新廟文………………………………………二五三

重要序跋

　　唐陸淳《删東皋子集序》…………………………二五六
　　明林雲鳳林鈔《王無功集》三卷附記……………二五七
　　明曹荃刻《東皋子集序》…………………………二五七
　　明黃汝亨刻《東皋子集序》………………………二五八
　　明黃刻《東皋子集》高出題記……………………二五八
　　清孫星衍岱南閣叢書本《東皋子集序》…………二五九
　　清羅氏唐風廔刻《王無功集》蔣黼後記…………二五九
　　泰州陳文田晚晴軒鈔《王無功文集》五卷本後記……二六〇
　　大興朱氏竹君鈔五卷本《王無功集》朱學勤題識……二六〇
　　夏連保《王績集編年校注前言》…………………二六〇

傳記資料

　　石晉劉昫等《舊唐書·王績傳》…………………二六四
　　宋宋祁、歐陽修等《新唐書·王績傳》…………二六四
　　宋計有功《唐詩紀事·王績》……………………二六六
　　宋黃震《古今紀要》………………………………二六六
　　宋王欽若、楊億等《册府元龜·王績》…………二六六

宋程俱《唐三隱賢贊》……二六七
元辛文房《唐才子傳·王績》……二六七
明高棅《唐詩品彙》……二六八
清王鳴盛《十七史商榷》……二六九

经籍著錄

日本藤原佐世《日本國見在書目》……二六九
石晉劉昫等《舊唐書·經籍志》……二七〇
宋宋祁、歐陽修等《新唐書·藝文志》……二七〇
宋王堯臣等《崇文總目》……二七〇
宋鄭樵《通志·藝文略》……二七〇
宋晁公武《郡齋讀書志》……二七一
宋尤袤《遂初堂書目》……二七一
宋陳振孫《直齋書錄解題》……二七一
宋馬端臨《文獻通考·經籍考》……二七二
元脫脫等《宋史·藝文志》……二七三
明陸澯《佳趣堂書目》……二七三
清錢曾《讀書敏求記》……二七三
清江藩《半氈齋題跋》……二七三
清韓應陛《讀有用書齋書目》……二七四
清周星詒原輯、民國羅振常重編《傳忠堂藏書目》……二七四
清陸心源《皕宋樓藏書志》……二七四
清孫星衍《孫氏祠堂書目內外編》……二七五
清朱學勤《結一廬書目》……二七五
清張金吾《愛日精廬藏書志》……二七五
清莫友芝《郘亭知見傳本書目》……二七六

清孫樹枌編《帶經堂書目》……二七六
清瞿鏞《鐵琴銅劍樓藏書目錄》……二七六
吴慰祖校訂《四庫采進書目》……二七七
清紀昀等《四庫全書總目提要》……二七七
清永瑢等《四庫全書簡明目錄》……二七八
清邵懿辰撰、邵章續録《增訂四庫全書簡明目録標注》
　　……二七八
清丁丙《善本書室藏書志》……二七九
楊立誠《四庫目略》……二七九
張元濟《涉園序跋集録》……二七九
余嘉錫《四庫提要辨證》……二八〇
王文進《文禄堂書目》……二八一
王文進《文禄堂訪書記》……二八二
王重民《敦煌古籍叙録》……二八二
萬曼《唐集叙録》……二八四

相關文獻

隋王度《古鏡記》……二八九
唐薛收《隋故徵君文中子碣銘》……二九五
唐杜淹《文中子世家》……二九六
唐王福畤《東皋子答陳尚書書》……二九九
唐陸龜蒙《豆盧處士謁宋丞相序》……三〇〇
唐皮日休《文中子碑》……三〇一
唐司空圖《文中子碑》……三〇二
唐劉禹錫《唐故宣歙池等州都團練觀察處置使宣州刺史
兼御史中丞贈左散騎常侍王公神道碑》（節録）……三〇二

宋釋契嵩《文中子碑》	三〇三
宋釋契嵩《書文中子傳後》	三〇四
宋司馬光《文中子補傳》	三〇四
宋司馬光《資治通鑑》	三〇八
宋葉大慶《考古質疑》	三〇八
宋王應麟《困學紀聞》	三一一
宋曾鞏《隆平集》	三一一
宋周必大《文忠集》	三一二
元釋念常《佛祖歷代通載》	三一三
明鄭瑗《井觀瑣言》	三一三
明顧起元《說略》	三一四
清王士禎《香祖筆記》二則	三一五

王無功文集序

大唐太常丞吕才序

【解題】

　　本序五卷本三種（乾隆間朱筠家藏鈔本、嘉道間東武李氏研録山房校鈔本、同治間陳文田晚晴軒鈔本）均載之。據序末稱："君所著詩賦雜文二十餘卷，多并散逸，鳩訪未畢，且輯成五卷。君又著《隋書》五十卷未就，君第四兄太原縣令凝續成之。又著《會心高士傳》五卷，《酒譜》二卷及注《老子》，并别成一家，不列於集云。"由此可知，五卷本《王績文集》，乃王績卒後，由吕才編輯而成，其所收録者，僅王績平生所作之詩、賦、雜文三類，而其所著之《會心高士傳》五卷、《酒譜》二卷、《老子注》及未完成之《隋書》五十卷等，皆不在其所收之列，此即《王績文集》最早之面貌也。其後自兩《唐書》《宋史》《通志》《郡齋讀書志》等文獻著録，或稱《王績集》，或稱《東皋子集》，皆爲五卷。

　　至宋陳振孫《直齋書録解題》，於著録"《王績集》五卷"之外，始有"其後陸淳又爲《後序》"之語。説明宋陳振孫所見之《王績集》，除五卷本之外，又有附陸淳《後序》之《王績集》删本流傳矣，然陳氏并未言此有陸淳《後序》者卷數。而宋王堯臣《崇文書目》則著録云："《東皋子集》二卷，王績撰。"《宋史·藝文志》更明確著録有五卷本《王績集》與陸淳《東皋子集略》二卷兩種。是則陳振孫所見有陸淳《後序》之《王績集》，亦當爲二卷也。由此可知，陸淳始删王績之集時，爲表示與五卷本之别，或嘗名之曰《東皋子集略》也。

　　自明萬曆之後，三卷本《王績集》始大行於世。清人所著録之《王績集》，或稱《東皋子集》，或稱《王無功集》，即多爲三卷，且多爲鈔本。如錢曾《讀書敏求記》，周星詒原輯、羅振常重編之《傳忠堂藏書目》，陸心源《皕宋樓藏書志》等所著録三卷本,即皆爲鈔本。《皕宋樓藏書志》注明其所藏舊鈔本有吳翌鳳手跋云:"庚子初冬,於鮑以文丈處見宋槧本,凡五卷,視此增多三十餘篇,惜未假得校補,書此以俟。"鮑以文即鮑廷博(1728—1814),字以文,號渌飲,爲清代著名藏書家。庚子爲清乾隆四十五年(1780),可知至少在乾隆時,宋槧五卷本《王績文集》尚有傳世者。而朱學勤《結一廬書目》則明確著録了一個五卷本的《王無功集》,并云爲"唐王績撰,舊鈔本,朱筍河藏書"。至於二卷本,則有清文獻未見有著録者。唯上世紀四十年代出版之王文進《文禄堂訪書記》嘗記載有"《王無功集》二卷,唐王績撰,明鈔本。松江韓德均藏印,後有何義門批校本印,竹紙一册"。是則五卷本《王績集》,清代傳世已絶少,而二卷本雖有王文進著録,今已不知去向矣。

既然陸淳删本在宋著録爲二卷,何以至明清之時,書傳所著録者,却多爲三卷本? 又清人所著録之三卷本,頗有言源自宋本者。如孫星衍刻岱南閣叢書本《東皋子集序》即云:"《王無功集》三卷,吳門余蕭客影鈔宋槧本。"而余蕭客之《跋語》又謂自"北宋槧本録出"。今考宋人著録,絶無三卷本者。是則明清人所言三卷本源自宋槧,則頗耐人尋味矣。

余頗疑陸淳删本本爲二卷,後世之三卷本乃後人於二卷本基礎之上輯補所成者。蓋自陸淳删《東皋子集》爲二卷本後,五卷本即與二卷本并行於世。先是五卷本行世,而二卷本不顯。至明萬曆時期,五卷本漸少傳世,後人有得宋槧陸淳删削之二卷本者,乃始於其基礎之上,輯逸補缺,成爲三卷本。其所謂源自宋槧者,蓋即在宋槧基礎之上補佚而成者,固已非宋槧之原貌矣。其後,五卷本、二卷本皆漸式微,唯經二卷補佚而成之三卷本大行其世。此即今所傳世之三卷本,仍皆存陸淳《删東皋子集序》之故也。後世因未見陸淳所删二卷本之原貌,遂誤以爲陸淳原删本即三卷也。

余所以持此論者,蓋出於以下幾點理由:

一、倘若陸淳删本之原始面貌爲三卷,則今傳之三卷本,篇目亦當一致。然今所傳之三卷本可見者,篇目不盡一致。

二、陸淳删本是在吕編五卷本基礎上删削而成者,故删本所保留之篇目,不可能有五卷本未載之篇目。今傳世之三卷本,則多載有如《過漢故城》《辛司法宅觀妓》《益州城西張超亭觀妓》等五卷本未載之篇目,而此類五卷本未載之篇目,皆爲互見於他人之集者。尤其三卷本所收這類詩文,根據其版本來源不同,收入多寡亦有差異,此益可見其爲後人補校輯佚之痕迹也。

三、按吕才爲王績詩文結集,其目的在於編全集,故其着眼點在於鳩訪搜羅,力求無逸漏。雖最終未能如願收集到作者生平所作全部詩賦雜文,然於當時,已爲最全之輯本。而陸淳在原吕編基礎上做删削,則相當於爲王績詩文作選本,故其着眼點不在於全,而在於編輯者之個人喜好。今以本序與傳世三卷本所載之吕序相較,三卷本之序,較五卷本删減一千餘字。其所删削、更改之内容,大致可歸納爲以下幾點:

(一)有關王氏先祖官職及祖父安康獻公從北周武帝征鄴等事;
(二)有關王績幼年聰明好學及年十五謁楊素之事;
(三)有關王績客遊河北及與凌敬分析時局勝敗之事;
(四)有關王績卜筮、先知驗例及卒後其所養驢犬殉主之奇事;
(五)有關王績溺於酒德,爲鄉人比爲賀襄之事;
(六)有關王績曾有詩、賦、雜文二十餘卷,著《隋書》五十卷未就之記載;
(七)將吕才所編《王績集》五卷改爲三卷。

古人對文人詩文,以其喜好重新進行選編,此固爲常見之現象,毋足爲怪。然對前人序文篡改,則殊爲可怪。按陸淳之删《東皋子集》,其本質上與按照己意對王績詩文作選本無異。對此陸淳并無遮掩之意,且於其《删東皋子集序》明白示人,云其删削之原則爲"祛彼有爲之詞,全其懸解之志"。而三卷本所載之吕序原文,竟被删去一千餘字,尤其原序文被删去有關王績溺於酒德,爲鄉人比爲賀襄之事,明顯與陸淳删《東皋子集》之原則相悖,甚至直接將原序中吕才所編之《王績集》五卷徑改爲三卷,此明顯爲有意篡改掩蓋事實真相,不欲使人知有五卷本之存在也。余意陸淳既明示人以删削之事,必不致於復掩蓋《王績集》原有五卷本之事實,而對吕序作篡改之事也。其對吕序原文篡改者,明清書商之所爲乎?

君諱績,【校】明鈔本、《全唐文》、叢書本作"君姓王氏諱績"。字無功,太原祁人也。高祖晉陽穆公自南歸北,【校】晉陽穆公,明鈔本、《全唐文》、叢書本作"晉穆公"。始家河汾焉。歷宋、魏,迄於周、隋,六世冠冕,皆歷國子博士,終於卿牧守宰,【校】皆歷國子博士,終於卿牧守宰,各三卷本、《全唐文》均無此十二字。國史家牒詳焉。

君幼岐嶷,有奇思,八歲讀《春秋左氏》,日誦十紙。初,君祖安康獻公,周建德中,從武帝征鄴,爲前驅大總管。時諸將既勝,并虜獲珍物,獻公絲毫不顧,車載圖書而已。故家富墳籍,學者多依焉。

【校】"君幼岐嶷……學者多依焉",各三卷本、《全唐文》皆無此七十二字。

其性特好學,【校】各三卷本、《全唐文》本句作"君性好學"。博聞強記,與李播、陳永、吕才爲莫逆交。【校】莫逆交,各三卷本、《全唐文》作"莫逆之交"。陰陽曆數之術,【校】曆數之術,明鈔本作"曆數"。無不洞曉。年十五,遊於長安,謁越公楊素。於時,賓客滿席,素覽刺引入,待之甚踞。君曰:"績聞周公接賢,吐飡握髮,明公若欲保崇榮貴,不宜倨見天下之士。"時宋公賀若弼在座,弼早與君長兄侍御史度相善。至是,起曰:"王郎是王度御史弟也,止看今日精神,足見賢兄有弟。"因提手引座,顧謂越公曰:"此足方孔融,楊公亦不減李司隸。"素改容禮之。因與談文章,遂及時務。君瞻對閒雅,辯論精新,一座愕然,目爲"神仙童子"。初,君第三兄徵君通,嘗以仁壽三年因上十二策,大爲文帝所知賞,素時亦欽其識用。至是謂君曰:"賢兄十二策,雖天下不施行,誠是國家長算。"君曰:"知而不用,誰之過歟?"素有慚色。河東薛道衡,曾見其《登龍門憶禹賦》,曰:"今之庾信也。"因以其所製《平陳頌》示之,一遍便暗誦。道衡大驚曰:"此王仲宣也。"由是,弱冠藉甚群公之間。【校】自"年十五"至"弱冠藉甚群公之間"共二百八十字,各三卷本、《全唐文》均無。

大業末,應孝悌廉潔舉,射高第,除秘書正字。性簡放,【校】性簡放,朱本作"性簡散",陸本作"君性簡放"。飲酒至數斗不醉。常云:"恨不逢劉伶,與閉户轟飲。"因著《醉鄉記》及《五斗先生傳》以類《酒德頌》。【校】酒德頌,陸本作"酒德頌云"。君雅善鼓琴,【校】君雅善,各三卷本、《全唐文》作"雅善"。加減舊弄,作《山水操》,爲知音者所賞。高情勝氣,獨步當時。及爲正字,端簪理笏,非其所好也。以疾罷,乞署外職,除揚州六合縣丞。君篤於酒德,頗妨職務。時天下將亂,【校】將亂,各三卷本、《全唐文》作"亂"。藩部法嚴,屢被勘劾。君歎曰:"羅網高懸,去將安所?"遂出受俸錢,積於縣門外,【校】縣門外,明鈔本、叢書本、《全唐文》作"縣城門前"。托以風疾,輕舟夜遁。

隋季版蕩,客遊河北。時竇建德始稱夏王,其下中書侍郎凌敬,學行之士也,與君有舊,君依之數月。敬知君妙於曆象,訪以當時休咎。君曰:"人事觀之足可,不俟終日,何遽問此?"敬曰:"王生要當贈我一言。"君曰:"以星道推之,關中福地也。"敬曰:"我以爲然。"君遂去,還龍門。建德敗後,君入長安見敬,曰:"曩時之言,何其神驗也!"

君既妙占算,兼長射覆。嘗過僕射裴寂,覆鸚鵡鳥,請君筮之。君布卦乞,曰:"剪落毛羽,覊滯樊籠,欲飛不舉,能鳴有言。此必鸚鵡也。"一座驚喜。又覆一寶釵,又筮之曰:"一身二足,玉錯金纏,上扶雲髮,下雜花鈿,此寶釵也。"其筮術之妙,率皆此類。

才嘗奇君多識,以爲非積學所致。君曰:"我學之精者爾,非不學也。"後才於歧州陳倉山行,忽見蓍一藂,非常端實。下馬數之,得四十九莖。因掘之,不過一尺,便得一龜,徑可尺餘。刳之將獻,遇君於長安。因以示君曰:"此龜是九江所出,先生以爲何如?"君撫龜歎曰:"此龜十境,位六班,炯徹千里,徑如墨,四緣張如花,扣之若鐘磬,是必陳倉蓍下皂龜也。卿讀龜書不遍耳。"才遂謝服。及才將除陰陽文書,謂才於此最後,然終須十二年乃了。卒如君言。

君又與河南董恒、河東薛收友善,二人并早卒。君追惜不已,後爲思友文及二人誄,詞甚感至。君舅河東裴晞覽而歎曰:"不圖文誄之至於斯也。莊周讀此,亦當酸鼻。"【校】自"時竇建德始稱夏王"至"亦當酸鼻"共四百三十六字,各三卷本、《全唐文》均無。

武德中,詔徵,以前揚州六合縣丞待詔門下省。時省官例日給良醞酒三升,【校】良醞酒,各三卷本、《全唐文》作"良醞"。君第七弟静,時爲武皇千牛,謂君曰:【校】明鈔本、叢書本、《全唐文》作"謂曰"。"待詔可樂否?"曰:【校】曰,明鈔本、《全唐文》、叢書本作"君曰"。"待詔俸殊爲蕭瑟,【校】待詔俸,各三卷本、《全唐文》作"吾待詔俸禄"。但良醞三升,差可戀爾。"待詔江國公,【校】待詔,明萬曆黃汝亨刻《東皋子集》三卷本作"侍中",當是。君之故人也,聞之曰:"三升良醞未足以絆王先生也。"特判日給王待詔一斗,時人號爲"斗酒學士"。

貞觀初，以疾罷歸，【校】以疾，各三卷本、《全唐文》作"以足疾"，當是。集中王績多處嘗言及"風疾發動"，風疾者，今所謂痛風也，典型症狀即足痛難忍。欲定長往之計，而困於貧。貞觀中，以家貧赴選。時太樂有府史焦革，家善醞酒，冠絕當時。君苦求爲太樂丞，選司以非士職，不授。君再三請曰：【校】請曰，李本作"謝曰"。"此中有深意，且士庶清濁，天下所知，【校】所知，明鈔本、《全唐文》、叢書本作"所安"。不聞莊周羞居漆園，老聃恥在柱下也。"【校】各三卷本、《全唐文》作"莊周避漆園，老聃恥柱下"。卒授之。【校】各三卷本、《全唐文》作"授焉"。數月而焦革死，革妻袁氏猶時時送酒。【校】明鈔本、《全唐文》作"妻袁氏時送美酒"，叢書本作"妻袁氏猶時送美醞"。歲餘，袁又死。君歎曰："天乃不令吾飽美酒。"遂掛冠歸。【校】明鈔本、叢書本、《全唐文》作"遂掛冠歸田"。由是太樂丞爲清流。【校】明鈔本、叢書本作"自是"。君後追述焦革酒法，爲《酒經》一卷，術甚精悉，【校】明鈔本、《全唐文》、叢書本作"追述焦革酒經一卷，其術甚精悉"。兼采杜康、儀狄已來善爲酒人，爲《酒譜》一卷。太史令李淳風見而悅之，曰："王君可謂酒家之南、董。"

君歷職皆以好酒不終，【校】明鈔本、《全唐文》作"好酒廢"，叢書本作"好酒"。鄉人或哈之，【校】鄉人，各三卷本、《全唐文》作"鄉里"。君自著《無心子》以喻志。【校】君自著，各三卷本、《全唐文》作"因著"。君河中先有渚田十數頃，【校】明鈔本、《全唐文》、叢書本作"河汾中先有渚田"，頗稱良沃。鄰渚又有隱士仲長子光，服食養性，君重其貞潔，【校】貞潔，明鈔本、《全唐文》作"貞素"。願與相近，遂結廬河渚，縱意琴酒，慶吊禮絕，十有餘年。河渚東南隅有連沙盤石，地頗顯敞，君於其所爲杜康立廟，【校】君於其所爲杜康立廟，明鈔本、《全唐文》作"君於其側遂爲杜康立廟"。歲時致祭，以焦革配饗焉。貞觀中，京兆杜之松、清河崔公善（爲）繼爲本州刺史，【校】底本原作"京兆杜松之清河崔公善繼爲本州刺史"，諸三卷本亦多同底本。按王績集中有《答刺史杜之松書》，考兩唐書均有"交州總管丘和、長史高士廉、司馬杜之松詣靖降"之事，《新唐書·藝文志》亦著錄《杜之松集》十卷，知"杜松之"當乃"杜之松"之誤耳。又王績集中有與崔善爲往來詩文，崔善爲貞觀中曾爲泰州刺史。而王績所隱居之龍門曾於武德二年至貞觀十七年間隸泰州。故此所謂"崔公善"者，亦必爲"崔公善爲"之誤無疑。（可參考集中《答刺史杜之松書》《九月九日贈崔使君善爲》解題)韓理洲《王無功文集》五卷本會校乃以"善繼"爲人名,又云黄本作"崔善爲"非是,蓋未詳察也,韓校實誤耳。皆請與君相見。君曰:"奈何悉欲坐召嚴君平耶?"竟不見。崔杜高君調趣,卒不敢屈,歲時贈以美酒、鹿脯,【校】歲時,明鈔本、《全唐文》、叢書本作"但歲時"。詩書往來不絶。君又嘗葛巾驅牛,【校】驅牛,明鈔本、《全唐文》、叢書本作"聯牛"。躬耕東皋,每著書自稱東皋子。晚年醉飲無節,【校】晚年,各三卷本、《全唐文》均作"晚歲"。鄉人或諫止之,則笑曰:"汝輩不解,理正當然。"或乘牛駕驢,出入郊郭,止宿酒店,動經數日。【校】數日,各三卷本均作"歲月",《全唐文》作"數月"。往往題壁作詩,【校】題壁,明鈔本、《全唐文》、叢書本作"題咏"。好事者尋録諷咏,【校】尋録,明鈔本、《全唐文》、叢書本作"録之"。并傳於代。

初,武德中,有賀德仁爲蒲州治中,弟襄隨德仁任,因遊龍門。歲餘,襄文學見貴於時,而亦溺於酒德,自方陶潜、胡叟。【校】胡叟,底本及朱本、李本皆作"故叟"。按作"故叟"殊不可解。細繹文意,余意"故"當爲"胡"之訛字。胡叟者,北魏時安定臨涇(今甘肅省鎮原縣)人。《魏書》卷五十二:"胡叟,字倫許,安定臨涇人也。世有冠冕,爲西夏著姓。叟少聰敏,年十三,辨疑釋理知名鄉國。其意之所悟,與成人交論,尠有屈焉。"其生活之時代約在北魏、劉宋前期。善爲典雅之詞,又工爲鄙俗之句。以姚政將衰,遂入長安觀風化,隱匿名行,懼人見知。叟好酒而多才略,年八十而卒。《北史》卷三十四亦有傳。蓋"胡"與"故"草書相近,因而致誤也。龍門人至今傳之,故號君爲"小賀襄"。君聞而笑曰:"我得方賀襄,是不减陶元亮、胡倫許,【校】胡倫許,底本及朱本、李本皆做"故倫許",當誤。説見前"胡叟"校。復何所恨?"【校】自"初武德中有賀德仁"至"復何所恨",共計八十一字,各三卷本、《全唐文》均無。

貞觀十八年,終於家。詩若干。【校】詩若干,朱本、李本同。各三卷本、《全唐文》作"時年若干"。臨終自克死日,遺命薄葬,兼預自作墓志。【校】自作,明鈔本、《全唐文》作"自爲"。君常乘壹紫驢,養二白犬。及君終後,驢鳴犬吠,有若悲號,數日皆死。鄉閭以爲非常。【校】"君常乘壹紫驢……鄉閭以爲非常",計三十二字,各三卷本、《全唐文》均無。

君所著詩賦雜文二十餘卷,多并散逸,【校】"君所著詩賦雜文二十餘卷多并散逸",朱本、李本同。各三卷本、《全唐文》作"所著詩賦并多散逸"。鳩訪未畢,且輯成五卷,【校】"五卷",各三卷本、《全唐文》作"三卷"。君又著《隋書》五十卷未就,君第四兄太原縣令凝續成之。【校】"君又著隋書……凝續成之"計二十二字,各三卷本、《全唐文》均無。君又著《會心高士傳》五卷,【校】"君又著",各三卷本、《全唐文》作"又著"。《酒譜》二卷及注《老子》,并別成一家,不列於集云。

王績文集卷一

賦

遊北山賦并序

【解題】

　　本賦載五卷本三種及各三卷本。《文苑英華》署作者名作"王勣"。蓋"勣"乃"績"之異體,唐宋人習慣之寫法耳。如績之長兄王度《古鏡記》即以王績之名寫作"勣",宋人或因之。後人或誤以王績與王勣爲二人,非是(說詳見《裴僕射宅咏妓》詩解題)。北山,即黄頰山,又名紫金山,在今山西省稷山、河津、鄉寧三縣交界處龍門山中。隋末大儒文中子王通嘗隱居於此山中,教授門人。文中子爲王績之三兄,王績嘗從之學。由隋末至唐,王績亦曾數隱居於此。賦中作者於"山似尼丘,泉疑洙泗"句下自注云:"吾兄通,字仲淹,生於隋末,守道不仕。大業中隱於此谿,續孔子六經近百餘卷。門人相趨成市,故谿今號王孔子之谿也。"續又云:"忽焉四散,於今二紀。地猶如昨,人多已矣。"由此可知,作者著此賦之時,王通已故世"二紀"矣。考王通去世之時間,杜淹《文中子世家》云:"(大業)十三年,江都難作。子有疾,召薛收謂曰:'吾夢顔回稱孔子之命,曰:歸,休乎!殆夫子召我也。何必永厥齡,吾不起矣。'寢疾七日而終。"薛收《隋故徵君文中子碣銘》亦云:"以大業十三年五月甲子遘疾,終於萬春鄉甘澤里第,春秋三十二。"杜淹、薛收,均爲文中子之門人,其說必可信無疑。由大業十三年下推二紀,乃唐太宗貞觀十四年(640)即本賦所作之時間也。其後四年,王績卒。

　　元代王思誠《河津縣總圖記》:"龍門山有石洞,蓋文中子避亂隱居之所。"《永樂大典》卷六千八百三十八"王通"條引《河津縣志》云:"文中子王通,按《家譜》,河汾人。今縣南三十里,有通化村集賢里,縣北五十里龍門山頂有石洞,尚存,蓋文中子避亂所居之地。"明萬曆《河津縣志》卷二《古迹》:"文中子洞,在黃頰山佛峪山脊。"光緒版《河津縣志·山川篇》云:"黃頰在縣東北二十五里,即文中子授經地也,有東皋子《黃頰山詩》石刻。西山由峪口北上,路峻,名閻王坡。數里復折東北,有石樓上窄下寬,狀方正似樓。東山壁立崩崖,尤峻削。西崖有'文中子洞'。洞北百步,緜佛殿陟石梯而上,又架木梁,梁西爲'王績洞'。峪外土壤廣衍,或云即東皋也。山東鄰姑射,接稷山界,其西爲馬鞍山。"光緒十八年修《山西通志·山泉考》引《河津縣志》曰:"黃頰山,在縣北三十五里,即文中子、東皋子隱居之處。山半有袁達寨,一峰屹峙,前爲旁通峪,入峪二百武,山回澗曲,峰巒四合。東巖下有石城,城北石壁高四丈,中開一罅,相距尺許,有泉湧出,匯爲池,下流即白牛谿也。上有永興禪寺,爲文中子授經地。由谿品折而東,有石樓,有文中子洞。洞北有佛殿,陟石梯而上,又架木梁,其西有王績洞。峪外土壤廣衍,或曰即東皋也。"按文獻所述文中子讀書處,因歷代行政區劃不同,其地又恰處於河津、稷山、鄉寧三縣交界,故各縣方志均有記載,其所述方位、遠近、里道等,亦因其修志之時各縣縣城所在地地理位置之方位不同而有所不同,其實所指皆爲一地。今其遺址在稷山縣境内,位於稷山縣化峪鎮四合莊村北十里之紫金山中。

上世紀八十年代初,《王無功文集》五卷本尚未被發現,筆者因校注昔所傳世之三卷本《王無功集》故,出於對前賢仰慕之情,曾由稷山當地老鄉嚮導,前往紫金山尋訪文中子及王績遺迹。清晨自化峪鎮四合莊村出發,徒步向北山行,小路忽緩忽陡,崎嶇盤亘。至老虎嶺,山勢愈險而峻,羊腸小道時斷時續,隱於松柏密林之中。山行越三峰五嶺,忘路之遠近,至一谷口,見谷内北坡有梯田層疊而上,仰視不見其頂,蔚爲奇觀。嚮導云,父老相傳乃文中子在此山中興教時與門人弟子所開者,未知是否屬實。谷口有岔道二,一北向,一西折。緣西折小道崎嶇而入,約里許,忽有一南北走向之山脊橫亘而臥,小路順山脊而上,甚難行。緣道翻過其脊,北側復有山谷,蜿蜒而下。谷中亂石雜錯,大者如臥牛,小者如巨卵。嚮導云,此即白牛之谿也。然谿中并無流水,其石形多圓光少棱角,依稀可以想見當年谿水潺潺之景也。緣谿谷北上,地勢豁然開朗,抵東巖下,山上有洞赫然,即所謂"飛雲洞"也。洞背靠大山,洞前空地約可二三畝。東南側爲巨壑。壑東有山峰壁立千仞,與西側山峰對峙,成箕形。於洞前南瞰,群山綠樹及河汾平原層次井然,清風徐來,濤聲陣陣,一時竟恍然不知置身何地,不覺忘機,令人有身在紅塵之外而紅塵又盡收眼底之感,真歸隱之佳域而修身之勝地也。乃悟當年文中子獻《太平十二策》而不爲用,歸而於此志其道,續《詩》《書》,正《禮》《樂》,修《元經》,贊《易》道,門人自遠而至,豈真遁形忘世耶?所謂身隱紅塵之外,心存魏闕之下,是之謂耶?

文中子避亂所居之山洞,本依天然巖洞修建而成。洞背靠東巖,平面呈扇形,洞口爲拱形,高可一丈五尺,面寬三丈有餘,洞深約一丈五尺。洞前有"修無量殿重培文中子洞記"碑一通。遺址前牆用石塊壘砌,辟有一門三窗。正中設一石券門洞,寬約四尺,高七尺有餘,門洞上方嵌石門額一方,中橫刻"飛雲洞"三字,楷書。左豎刻"稷山縣紫金山文中子隱居處",右落款"萬曆三十年閏七月吉日重修"。原本讀書清静之地,後世蓋以其名,而修壇建廟焉。洞內寬敞,存有石雕菩薩立像一尊,頭部已殘損。出飛雲洞向東約四十武,有石佛洞,依崖而鑿,面寬約九尺,深亦可九尺,洞內有明代彌勒佛石像一尊,頭部佚失,殘高二尺三寸許,寬二尺一寸,厚約一尺五寸。洞外殘垣斷壁,四處散布有零星建築構件。洞北側石壁上有一裂罅,罅寬約尺許,相傳即白牛谿之源也。考清光緒十八年所修《山西通志》卷九十一《金石記三·碑碣》有"文中子講堂碑"云:"舊《通志》:黄頰山東巖石壁高四丈,中開罅,相距尺許,泉湧匯爲池,循峪出,即白牛谿也。谿上有永興禪寺。明季山崩,古寺被壓,即文中子授經地也。多殘碑,有東皋子黄頰詩石刻。"其山形地勢,仍與王績本賦中"木壤山頹,舟移谷徙。北岡之上,東巖之前。講堂猶在,碑石宛然"之語相合。又據明萬曆二年《重修玉皇殿碑記》:"吾稷乾隅有紫金山焉,隋文帝時,文中子因《太平十二策》不見用,遂隱居於此,因號爲文中子洞……其山形勢聳峻,維石巖巖,泉清深塞,神可依也。後人創立玉皇寶殿,其神靈應,每現祥瑞,而佑我生。"萬曆三十八年《重修觀音殿碑記》:"稷邑之乾有石山,紫金爲名,巍然而高。然爾時,東有老君洞,南有三清殿,後山有文洞飛雲之景,面前岸有仙掌撐月之形,真乃致道垣場升仙之福地。故大唐王祖師,道號曰文中子,駐此而修養焉。《太平十二策》,來此而就教焉。後道成爲聖,遺迹止存,至今流傳教化無窮。"吁兮,怪哉!文中子本隋之通儒,而至萬曆之時,竟爲時人尊之爲"王祖師",其謚"文中子"亦爲時人稱爲"道號",殊可笑也。可知至遲在明代萬曆年前後,此處已成爲香火旺盛之儒、釋、道三家壇場,終將文人避亂隱遁讀書之處,演繹爲宗教瞻仰之聖地矣。

文中子避亂隱居興教處,距四合莊村雖只有十里之遥,然山路險峻崎嶇,筆者雖清晨自四合莊村出發,至飛雲洞時,已是正午時分。周圍環境尚未及尋訪,因慮歸時天黑日晚,道路難行,嚮導已數催歸。匆匆一訪,回首已過二紀。人事陸沉,環境變遷,至今文洞是否飛雲依舊?今因重注王集,僅就其當年尋訪印象,贅言於此,或亦可助讀者對王績詩文理解也。

"文洞飛雲"於明清時,被列爲稷山八景之一。清道光年間稷山知縣李景椿曾有《文洞飛雲》詩曰:"高風落落姓名傳,獻策空留地上仙。心醉六經巖谷老,白雲深鎖洞中天。"清同治四年版《稷山縣志》記載云,飛雲洞因洞外白雲繚繞而得名。一九八一年十二月六日,稷山縣人民政府公布飛雲洞爲縣級文物保護單位。

余周人也,【校】余:《文苑英華》《全唐文》及明鈔本均作"吾"。**本家於祁。**王氏出自姬周。東漢王符《潛夫論》卷九《志氏姓》云:"周靈王之太子晉,幼有成德,聰明博達,溫恭敦敏……其嗣避周難於晉,家於平陽,因氏王氏。"《新唐書》卷七十二《宰相世系表》:"周靈王太子晉,以直諫廢爲庶人,其子宗敬爲司徒,時人號曰王家,因以爲氏……八世孫錯,爲魏將軍。生賁,爲中大夫。賁生渝,爲上將軍。渝生息,爲司寇。息生恢,封伊陽君。恢生元,元生頤,皆以中大夫召,不就。頤生翦,秦大將軍。翦生賁,字典,武陵侯。賁生離,字明,武城侯。二子:元、威,元避秦亂遷於琅邪,後徙臨沂……太原王氏出自離次子威,漢揚州刺史。九世孫霸,字儒仲,居太原晉陽。"又,據唐杜淹《文中子世家》:"其先漢徵君霸,潔身不仕。十八代祖殷,雲中太守,家於祁,以《春秋》《周易》訓鄉里,爲子孫資。"**永嘉之際,扈遷江左。地實儒素,人多高烈。**按晉懷帝永嘉七年(313),劉聰陷洛陽,執懷帝,尋弑之。天下大亂,遂致胡人割據,晉室南渡。《文中子世家》:"九代祖寓,遭湣、懷之難,遂東遷焉。寓生罕,罕生秀,皆以文學顯。秀生二子,長曰玄謨,次曰玄則。玄謨以將略升,玄則以儒術進。"**穆公銜建元之恥,**【校】銜:《文苑英華》《全唐文》本均作"感"。**歸於洛陽。**據《文中子世家》,王秀次子玄則字彥法,文中子六代祖也。仕宋,歷太僕、國子博士,江左號王先生。玄則生江州府君煥,煥生虬。王虬始事北魏,太和中爲并州刺史,家河汾,封晉陽公,諡曰穆,故稱晉陽穆公。劉宋時,袁粲爲明帝劉彧尚書令,與蕭道成同受顧命,立明帝長子劉昱爲帝。劉昱殘忍好殺,蕭道成欲廢之,謀之於袁粲,袁粲不允。粲乃與人謀,欲於朝堂上襲殺蕭道成。事泄,蕭道成殺劉昱及袁粲,乃立宋明帝第三子劉准,是爲宋順帝。未幾,蕭道成迫宋順帝禪位,因自立爲帝,國號齊,改元建元。據《中說·附錄·錄關子明事》記載:"穆公之在江左也,不平袁粲之死,恥食齊粟,故蕭氏受禪而穆公北奔。"北奔,即所謂"歸於洛陽"也,指北投北魏。北魏於孝文帝太和十八年(494)始由平城遷都洛陽,而按《錄關子明事》所述,王虬北奔乃在建元(479—482)中,時北魏政權尚未遷都於洛陽。蓋賦者文學之言辭而非史家之筆乘,唯鋪采麗文,泛言其事,僅以洛陽指代北朝而已,非謂魏遷都後王虬方事魏也。**同州悲永安之事,**《文中子世家》:"穆公生同州刺史彥,曰同州府君。"據《北史》記載,北魏永安元年,胡太后毒殺孝明帝,立幼主洮王元釗。四月,尒朱榮溺殺胡太后及元釗,於河陰殺丞相高陽王以下二千餘人,欲篡天下。及事不成,乃改立莊帝元攸,擁兵入洛陽。永安三年,尒朱兆又襲京城,遷莊帝於晉陽而弒之。永安之事,當即指此。**退居河曲**。黃河自秦入晉南流,至今永濟境内折而向東,再經風陵渡入芮城,成爲曲形,故曰河曲。《左傳·文公十二年》:"晉人秦人戰於河曲。"**始則晉陽之開國**,謂晉陽穆公王虬之起家也。《文中子世家》:"高祖穆公始事魏,魏周之際,有大功於生人,天子賜之地,始家河汾。"**終乃安康之受田**。《文中子世家》:"彦生濟州刺史傑,曰安康獻公。安康獻公生銅川府君,諱隆,字伯高,文中子之父也。傳先生之業,教授門人千餘。"安康受田,蓋即指魏周之際,天子賜地,始家河汾之事。**墳隴寓居,倏焉五葉**。《文中子世家》:大業元年,文中子"謂所親曰:我周人也,家於祁。永嘉之亂,蓋東遷焉。高祖穆公始事魏,魏周之際,有大功於生人,天子賜之地,始家於河汾。故有墳壟於此四代矣。茲土也,其人憂深思遠,乃有陶唐氏之遺風,先君之所懷也。有敝廬在,茅簷土階,撮如也。道之不行,欲安之乎?退志其道而已。"據此可知,王通所叙自其高祖晉陽穆公王虬事魏,始家河汾之間,經曾祖同州刺史王彦、祖安康獻公王傑,至王通之父銅川府君王隆,是爲四世。而王績此處所謂五葉者,蓋以作賦之時乃在王通卒後二十四年,即唐貞觀十五年,時王績諸兄如王度、王通等皆已故去,故稱"五葉"。**桑榆成列**,【校】列:朱本、李本与底本同,各三卷本及《文苑英華》等均作"蔭"。**俄將百年**。

續南山故情,典出漢劉向《古列女傳》:"荅子治陶三年,名譽不興,家富三倍,其妻數諫不用。居五年,從車百乘歸休,宗人擊牛而賀之,其妻獨抱兒而泣。姑怒曰:'何其不祥也?'婦曰:'夫子能薄而官大,是謂嬰害。無功而家昌,是謂積殃。昔楚令尹子文之治國也,家貧國富,君敬民戴,故福結於子孫,名垂於後世。今夫子不然,貪富務大,不顧後害。妾聞南山有玄豹,霧雨七日而不下食,何也?欲以澤其毛而成文章也,故藏而遠害。犬彘不擇食以肥其身,坐而須死耳。今夫子治陶,家富國貧,君不敬,民不戴,敗亡之徵見矣,願與少子俱脱!'姑怒,遂棄之。處期年,荅子之家果以盜誅,唯其母老以免。婦乃與少子歸養姑,終卒天年。""南山故情"謂隱遁之情也。謝朓《之宣城郡出新林浦向板橋》詩"雖無玄豹姿,終隱南山霧",亦用此典。**老而彌篤;東陂餘業,悠哉自寧**。東陂,即東皋也。光緒十八年修《山西通志·山泉考》引《河津縣志》曰:"黃頰山,在縣北三十五里,即文中子、東皋子隱居之處。山半有袁達寨,一峰屹峙,前爲旁通峪,入峪二百武,山回澗曲,峰巒四合。東巖下有石城,城北石壁高四丈,中開一罅,相距尺許,有泉湧出,匯爲池,下流即白牛谿也。上有永興禪寺,爲文中子授經地。由谿品折而東,有石樓,有文中子洞。洞北有佛殿,陟石梯而上,又架木梁,其西有王績洞。峪外土壤廣衍,或曰即東皋也。"**酒甕多於步兵**,步兵:謂阮籍也,嘗爲步兵校尉,故又有阮步兵之稱。《晉書》卷四十九本傳云:"籍本有濟世志,屬魏晉之際,天下多故,名士少有全者,籍由是不與世事,遂酣飲爲常。"**黍田廣於彭澤**。彭澤:謂東晉陶淵明也。陶淵明名潛,字元亮,又字淵明。《晉書》卷九十四本傳稱其"躬耕自資,遂抱羸疾,復爲鎮軍建威參軍。謂親朋曰:'聊欲弦歌,以爲三徑之資可乎?'執事者聞之,以爲彭澤令。在縣公田悉令種秫穀,曰:'令吾常醉於酒足矣。'妻子固請種秔,乃使一頃五十畝種秫,五十畝種秔。"**皇甫謐之心事,隴畝終焉**;《晋書》卷五十一《皇甫謐傳》:"皇甫謐字士安,幼名静,安定朝那人,漢太尉嵩之曾孫也。出後叔父,徙居新安。年二十,不好學,遊蕩無度,或以爲癡。嘗得瓜果,輒進所後叔母任氏。任氏曰:《孝經》云:三牲之養,猶爲不孝,汝今年餘二十,目不存教,心不入道,無以慰我。因歎曰:昔孟母三徙以成仁,曾父烹豕以存教,豈我居不擇鄰,教有所闕,何爾魯鈍之甚也? 修身篤學自汝得之,於我何有! 因對之流涕。謐乃感激,就鄉人席坦受書,勤力不息。居貧,躬自稼穡,帶經而農,遂博綜典籍百家之言,沉静寡欲,始有高尚之志。以著述爲務,自號玄晏先生。著《禮樂》《聖真》之論,後得風痹疾,猶手不輟卷。"**仲長統之規模,園林幸足**。仲長統:字公理,山陽高平人。《後漢書》卷七十九本傳稱:"統性俶儻,敢直言,不矜小節,默語無常,時人或謂之狂生。每州郡命召,輒稱疾不就。常以爲凡遊帝王者,欲以立身揚名耳,而名不常存,人生易滅。優遊偃仰,可以自娱。欲卜居清曠,以樂其志。論之曰:使居有良田廣宅,背山臨流,溝池環匝,竹木周布。場圃築前,果園樹後。舟車足以代步涉之難,使令足以息四體之役。養親有兼珍之膳,妻孥無苦身之勞。良朋萃止,則陳酒肴以娱之。嘉時吉日,則烹羔豚以奉之。躕躇畦苑,遊戲平林,濯清水,追涼風。釣游鯉,弋高鴻。諷於舞雩之下,咏歸高堂之上。安神閨房,思老氏之玄虚,呼吸精和,求至人之仿佛。與達者數子,論道講書。俯仰二儀,錯綜人物。彈南風之雅操,發清商之妙曲。消摇一世之上,睥睨天地之間,不受當時之責,永保性命之期。如是,則可以陵霄漢,出宇宙之外矣,豈羨夫入帝王之門哉!"**獨居南渚,時遊北山**。據薛收《隋故徵君文中子碣銘》記載,王通於大業十三年五月卒於萬春鄉甘澤里第。是則王氏之故里即萬春鄉之甘澤里也,隋唐時屬龍門縣,即今山西省萬榮縣通化鎮。通化之名,蓋取被王通教化之意也。汾水經今侯馬、新絳間轉爲西南流向,經龍門縣南萬春鄉北,注入黄河,其地正處河汾之間。王績所獨居之南渚,當距其家萬春鄉甘澤里不遠。在《答馮子華書》中,王績多次對其所居之南渚地形有所描述:"吾河渚間,元有先人故田十五六頃。河水四繞,東西趨岸,各數百步。"又云:"近復都廬棄家,獨坐河渚。結構茅屋,并厨厩總十餘間。奴婢數人,足以應役。……忽憶兄弟,則渡河歸家,維舟岸側,興盡便返。"既然忽憶兄弟,便可渡河歸家,則其所獨居之南渚,必在其家甘澤里附近無疑,或即僅一河之隔耳。又《與馮子華書》云:"孤住河渚,傍無四鄰,聞犬聲,望烟火,便知息身之有地矣。""吾所居南渚,有仲長先生,結庵獨處垂三十載,非其力不食,傍無侍者。雖患瘖疾,不得交語,風神蕭蕭無俗氣。攜酒對飲,尚有典刑。先生又著《獨遊頌》及《河渚先生傳》,開物寄道,懸解之作也。"**聊度日以爲娱,忽經年而忘返。西窮馬谷**,清光緒《河津縣志·山川篇》云:黄頰山"其西爲馬鞍山"。馬谷,疑即黄頰山之西馬鞍山中之遮馬谷。雍正十二年修《山西通志》卷二十八:"北山五峪:西爲雙峰之遮馬峪,中爲紫金之爪峪,迤東爲馬鞍之神峪,又東爲姑射之傍通峪,又東爲天羅峪。"又云:"遮馬峪在紫金山西北。自西磑村入山,歷石棧里餘,兩峰牆立,五眼泉自北而下,中有大石橫亘似闌限。水鑿兩涯,似側甕注水成潭,曲折東下。下復有潭,方廣數丈。水清見底,流爲石渠,胥亘石底,行三十里而達龍門入於河。"北達牛谿。牛谿:即白牛谿也。清光緒十八年修《山西通志》卷九十一《金石記三·碑碣·文中子講堂碑》云:"舊《通志》:黄頰山東巖石壁高四丈,中開罅,相距尺許,泉湧匯爲池。循峪出,即白牛谿也。谿上有永興禪寺。"丘壑依然,風烟滿目。孫登默坐,對嵇阮而無言;《晋書》卷九十四:"孫登,字公和,汲郡共人也。無家屬,於郡北山爲土窟居之。夏則編草爲裳,冬則被髮自覆。好讀《易》,撫一弦琴,見者皆親樂之。性無恚怒,人或投諸水中,欲觀其怒。登既出,便大笑。時時遊人間,所經家或設衣食者,一無所受,辭去皆捨棄。嘗往宜陽山,有作炭人見之,知非常人,與語,登亦不應。文帝聞之,使阮籍往觀。既見,與語,亦不應。嵇康又從之遊三年,問其所圖,終不答,康每歎息。將別,謂曰:'先生竟無言乎?'登乃曰:'子識火乎?火生而有光,而不用其光,果在於用光。人生而有才,而不用其才,而果在於用才。故用光在乎得薪所以保其耀,用才在乎識真所以全其年。今子才多識寡,難乎免於今之世矣。子無求乎?'康不能用,果遭非命。"王霸幽居,與妻孥而共去。《後漢書》卷一百十三《王霸傳》云:"王霸,字儒仲,太原廣武人。少有清節,及王莽篡位,棄冠帶,絕交宦。建武中徵到尚書,拜稱名不稱臣。有司問其故,霸曰:'天子有所不臣,諸侯有所不友。'"又《後漢書》卷一百十四《王霸妻傳》云:"初霸與同郡令狐子伯爲友,後子伯爲楚相,而其子爲郡功曹。子伯乃令子奉書於霸,車馬服從,雍容如也。霸子時方耕於野,聞賓至,投耒而歸。見令狐子,沮怍不能仰視。霸目之,有愧容。客去而久臥不起。妻怪,問其故,始不肯告。妻請罪而後言曰:'吾與子伯素不相若,向見其子容服甚光,舉措有適,而我兒曹蓬髮歷齒,未知禮則,見客而有慚色。父子恩深,不覺自失耳。'妻曰:'君少修清節,不顧榮禄。今子伯之貴,孰與君之高?奈何忘宿志而慚兒女子乎?'霸屈起而笑曰:'有是哉!'遂共終身隱遁。"窗臨水石,砌繞松篁。歌田園之去來,亦已久矣;望山林之故道,何其悠哉。【校】悠:《文苑英華》、明鈔本均作"樂"。詩者,志之所之;《毛詩序》:"詩者,志之所之也。在心爲志,發言爲詩。情動於中而形於言。言之不足,故嗟歎之。嗟歎之不足,故詠歌之。"賦者,詩之流也。班固《兩都賦序》:"賦者,古詩之流也。"李善注:"《毛詩序》曰:詩有六義焉,二曰賦。故賦爲古詩之流也。"式抽短思而賦焉。【校】而賦焉:《文苑英華》《全唐文》及明鈔本皆作"即爲賦云"。

天道悠悠,人生若浮。謂天道悠長,而人生短暫也。明馮惟訥《古詩紀》卷二十八載晋郭遐叔《贈嵇康》詩:"天地悠長,人生若忽。苟非知命,安保旦夕。思與君子,窮年卒歲。優哉逍遥,幸無阻越。"《史記》卷五十五《留侯世家》:"會高帝崩,吕后德留侯,乃强食之曰:人生一世間,如白駒過隙,何至自苦如此乎?"又《周書》卷四十二《蕭大圜傳》:"大圜深信因果,心安開放。嘗言之曰……嗟乎!人生若浮雲朝露,寧俟長繩繫景,詎不願之。"**古來賢聖,皆成去留。八眉四乳,龍顔鳳頭。**古人認爲古聖賢皆有奇表異相。《詩序補義》卷二十一:"《傳》云:天生后稷,異之於人,欲以顯其靈也。孔《疏》云:異之於人,猶有奇表異相。若孔子之河目海口,文王之四乳龍顔之類。"《尚書大傳》卷三:"堯八眉,舜四瞳子,禹其跳,湯扁,文王四乳。八者,如八字者也。其跳者,踦也。扁者,枯也。言皆不善也。"**殷憂一代**,殷憂:深切之憂患也。陸機《歎逝賦》:"感秋華於衰木,瘁零露於豐草。在殷憂而弗違,夫何云乎識道?"**零落千秋。暫時南面**,南面:坐北面南。古代天子南面而朝群臣,故以南面指帝王。暫時南面,意謂人生短暫,古代帝王亦不過暫時爲帝爲王而已。**相將北遊。**謂不免於死亡也。古人以爲北方屬水,其天曰幽天,其神爲玄冥,故以北方指玄冥之國。**玉殿金輿之大業**,指帝王大業。玉殿:玉飾之宫殿也。金輿:金飾之車輦也。玉殿金輿皆帝王之所居乘也。**郊天祀地之洪休。**郊天祀地:古代天子所行之祭禮也。郊外祭天之禮曰郊天,郊外祭地之禮曰祀地。歷代郊祀禮樂制度不盡相同,通常祭天在南郊,時在冬至;祭地在北郊,時在夏至。洪休:洪福,大福也。《左傳·襄公二十八年》:"以禮承天之休。"注曰:"休,福禄也。"**榮深情重**,【校】情重:《文苑英華》《全唐文》及明鈔本均作"責重"。**樂不供愁。**謂尊榮深則所擔負之道義與責任亦重大,其樂不足以消解其殷憂。供,滿足也,這裏引申爲消解。如南宋陸游《冬暖頗有春意追憶成都昔遊悵然有作》詩有"刻燭賦詩空入夢,傾家釀酒不供愁"之句。**何況數十年之將相**,【校】將相:底本原作"宰相"。兹從英華本、《全唐文》、明鈔本校改。**五百里之公侯?兢兢業業,長思長憂。**【校】長思:《文苑英華》、明鈔本作"長懼"。**昔怪燕昭與漢武,今識圖仙之有由**。燕昭:燕昭王也。漢武:漢武帝也。戰國燕昭王與漢武帝皆好神仙,求長生。《史記》卷二十八《封禪書》:"燕昭使人入海求蓬萊、方丈、瀛洲。此三神山者,其傳在渤海中,去人不遠。患且至,則舩風引而去。蓋嘗有至者,諸僊人及不死之藥皆在焉。其物禽獸盡白,而黄金、銀爲宫闕。未至,望之如雲,及到,三神山反居水下。臨之,風輒引去,終莫能至云。"漢武帝亦好神仙,遣方士入海,"求蓬萊、安期生莫能得,而海上燕、齊怪迂之方士多更來言神事矣"。**人誰不願?直是難求。聞鼎湖而欲信**,鼎湖,黄帝升仙處也。《史記》卷二十八《封禪書》:"黄帝采首山銅,鑄鼎於荆山下。鼎既成,有龍垂胡髯下迎黄帝。黄帝上騎,群臣、後宫從上者七十餘人,龍乃上去。餘小臣不得上,乃悉持龍髯,龍髯拔墮,墮黄帝之弓,百姓仰望黄帝既上天,乃抱其弓與胡髯號,故後世因名其處曰鼎湖。"**怪橋山之遽修。**《史記》卷一《五帝本紀》:"黄帝崩,葬橋山。"然關於橋山之具體位置,自古注史者多有分歧。《讀禮通考》卷八十八徐乾學云:"軒轅陵在橋山,載紀所同。特橋山匪一,上郡、媯州皆有之。漢武帝元封元年,帝北巡朔方，勒兵十餘萬，還祭黃帝冢橋山，此上郡之橋山也；北魏明元帝神瑞二年六月丁卯，南次石亭，幸上谷。壬申，幸涿鹿，登橋山，觀溫泉，使使者以太牢祠黃帝，遂至廣寧。泰常七年九月，幸灅南，遂如廣寧，幸橋山，遣使者祠黃帝，因東幸幽州。太武帝神䴥元年八月，東幸廣寧，臨觀溫泉，以太牢祭黃帝，此媯州之橋山也；郭景純注《山經》云：'帝王冢墓皆有定處，而《山經》往往復見。蓋聖人久於其位，仁化廣及，至於殂亡，四海無思不哀，故絕域殊俗之人，聞天子崩，各自立位而祭，起土爲冢，是以所在有焉。'景純之論可謂善言古者矣，後之讀史者偏執成見，以《史記》爲是，必以《魏書》爲非。然黃帝既都涿鹿，安在媯州之不可營葬也乎？"《日下舊聞考》卷一百四十二朱彝尊原按曰："《史記》：'黃帝崩，葬橋山。'魏王象、繆襲等撰《皇覽》云在上郡，《地理志》謂是上郡陽周縣，《括地志》謂在寧州羅川縣東八十里子午山。今平谷之陵，人多疑流傳之誤。然帝既都涿鹿，則葬於此理亦有之。抑衣冠之葬，或者非一處也？"一九六一年三月四日，國務院將今陝西省黃陵縣城北之橋山公佈爲首批全國重點文物保護單位，編爲"古墓葬第一號"，號稱"天下第一陵"。然黃帝所葬之橋山具體在何處，史學界仍有較大爭議，實未有定論。**玉台金闕，大海水之中流**；《漢書》卷二十二《禮樂志》應劭注："玉台：上帝之所居。"《拾遺記》："昆侖山第九層，山傍有瑤台，五色玉爲台基。"金闕：道家稱天帝之宮爲金闕。《枕中書》："吾後千年之間，當招子登太上金闕，朝宴玉京也。"又《漢書》卷二十五《郊祀志》曰：勃海中仙山上"物禽獸盡白，而黃金、銀爲宮闕。"**瑤林碧樹，昆侖山之上頭。不得輕飛如石燕**，《水經注》卷三十八《湘水》："湘水又東北得澬口，水出永昌縣北羅山，東南流，徑石燕山東。其山有石，紺而狀燕，因以名山。其石或大或小，若母子焉。及其雷風相薄，則石燕群飛頡頏如真燕。"**終是徒勞乘土牛**。土牛：即春牛。以土爲之，立春日施於門外，用以勸農。《禮記·月令》："命有司，大難旁磔，出土牛以送寒氣。"《後漢書》卷十四《禮儀志》："立春之日，夜漏未盡五刻，京師百官皆衣青衣，郡國縣道官下至斗食令史，皆服青幘，立青旛，施土牛、耕人於門外，以示兆民。"蓋土牛徒似牛而無牛之用，故以乘土牛而喻徒勞也。**已矣哉！世事自此而可見，又何爲而惘惘**？惘惘：芒昧也。《莊子·庚桑楚》："汝亡人哉，惘惘乎！"**棄卜筮而不占，余將縱心而長往。任物孤遺，情之直上。覺老釋之言煩**，老釋：老子與釋迦牟尼也。此處指佛教與道教。**恨文宣之技癢**。文宣：指周文王與孔子也。漢平帝追諡孔子爲宣尼公，故後世有稱孔子爲宣尼者。劉琨《重贈答盧諶詩》："宣尼悲獲麟，西狩涕孔丘。"技癢：即伎癢。有技藝不能自隱，冀逞之欲，若癢然。應劭《風俗通》："高漸離變易姓名，庸保於宋子之家。久作苦，聞其家堂客擊筑，技養，不能毋出言也。"《文選》卷九潘岳《射雉賦》："徒心煩而技養。"李善注："有技藝欲逞曰技養。"**彼事業之遷斥，豈神明之宰掌**？遷斥：貶斥也。謝靈運《七里瀨詩》："遭物悼遷斥。"宰掌：宰制掌握也。**物無待而咸彰**，無待：無所依賴也。

【校】咸彰：《文苑英華》、明鈔本均作"成彰"。生有資而必養。有資：有所憑資也。嗟大道之泯沒，見人情之委枉。《後漢書》卷四三《朱穆傳》謂朱穆："常感時澆薄，慕尚敦篤，乃作《崇厚論》。其辭曰：夫俗之薄也，有自來矣。故仲尼歎曰：'大道之行也，而丘不與焉，蓋傷之也。夫道者，以天下爲一，在彼猶在己也。故行違於道則愧生於心，非畏義也；事違於理則負結於意，非憚禮也。故率性而行謂之道，得其天性謂之德。德性失然後貴仁義，是以仁義起而道德遷，禮法興而淳樸散。故道德以仁義爲薄，淳樸以禮法爲賊也。夫中世之所敦，已爲上世之所薄，況又薄於此乎！'"《禮》費日於千儀，《易》勞心於萬象。審機事之不息，機事：機巧之事。《莊子·天地》："有機械者必有機事。"知澆源之浸長。澆源：澆薄風氣之源流。人情輕薄不淳厚謂之澆薄。《後漢書》卷四三《朱穆傳》："常感時澆薄，慕尚敦篤，乃作《崇厚論》。"鳥何事而攖羅，魚何爲而在網？攖羅：攖，觸犯也。羅，捕鳥之網。在網：被網所困也。生物詭隔，精靈忽怳。詭隔：欺詐誑騙。忽怳：神志不清貌。莊周三月而不朝，《莊子·山木》："莊周遊於雕陵之樊，睹一異鵲自南方來者。翼廣七尺，目大運寸，感周之顙，而集於栗林。莊周曰：'此何鳥哉！翼殷不逝，目大不睹。'褰裳躩步，執彈而留之。睹一蟬，方得美蔭而忘其身。螳蜋執翳而搏之，見得而忘形；異鵲從而利之，見利而忘其真。莊周怵然曰：'噫！物固相累，二類相召也。'捐彈而反走，虞人逐而誶之。莊周反入，三日不庭。藺且從而問之：'夫子何爲頃間甚不庭乎？'莊周曰：'吾守形而忘身，觀於濁水而迷於清淵。且吾聞諸夫子曰：入其俗，從其俗。今吾遊於雕陵而忘吾身，異鵲感吾顙，遊於栗林而忘真。栗林虞人以吾爲戮，吾所以不庭也。'"瞿曇六年而遐想。瞿曇：爲印度刹帝利種中之一姓，瞿曇仙人之苗裔，即釋尊所屬之本姓。這裏代指釋迦牟尼。釋迦牟尼二十九歲時捨棄太子身份離家尋道，嘗於尼連禪河附近樹林中歷六年苦行，仍無所得，遂放棄苦行。其後，在伽耶城外一菩提樹下，經七日七夜苦思冥想，終於悟道成佛。

有是夫，況吾之不如先達乎！請交息而自逸，聊習静而爲娱。乃披林樾，林樾：林蔭也。《玉篇》釋"樾"爲"兩樹交蔭之下"。進陟巖嶇。【校】巖嶇，《文苑英華》《全唐文》作"敀嶇"，明鈔本作"峞嶇"。連峰雜起，復嶂環紆。歷丹危而尋捷徑，【校】尋捷徑：底本原作"循絕徑"，《文苑英華》、明鈔本均作"尋捷徑"。細理文意，循者遵也，順也，尋者找也。絕徑則不可遵循，尋絕徑似文意亦不妥。此從《文苑英華》和明鈔本校改。丹危：紅巖高崖也。攀翠險而覓修塗。翠險：長滿青苔之險道也。聳飛情於霞道，聳：高起，突出。飛情：飛揚之情思也。振逸想於烟衢。烟衢：雲霧蒸騰之路。重林合遝而齊列，【校】合遝：李本作"合盍"。合遝：重疊，攢聚也。賈誼《旱雲賦》："遂積聚而合遝兮，相紛薄而慷慨。"崩崖磊砢而相扶。【校】相扶：李本作"桑扶"。磊砢：衆多委積貌。司馬相如《上林賦》："蜀石黃碝，水玉磊砢。"郭璞注："磊砢，魁礨貌也。"呂向注："磊砢，相委積貌。"**睹森沉於絶磵**，森沉：幽暗陰沉貌。南朝宋鮑照《過銅山掘黃精》詩："銅谿晝森沉，乳竇夜涓滴。"**視晃朗於高嵎**。晃朗：明亮貌。晉潘岳《秋興賦》："天晃朗以彌高兮，日悠陽而浸微。"高嵎，高曲險阻之山。**自謂搏風飆而出埃壒**，【校】壒：明鈔本作"塪"。搏風飆：即《莊子·逍遥遊》所謂"搏扶摇"之意。《莊子·逍遥遊》："鵬之徙於南冥也，水擊三千里，搏扶摇而上者九萬里……故九萬里，則風斯在下矣，而後乃今培風。"據《爾雅·釋天》："扶摇謂之猋。""猋"即"飆"之本字，爲"扶摇"二字之合音。《説文》："飆，扶摇風也。"唐釋慧琳《一切經音義》："飆，暴風也。"埃壒：塵埃也。班固《西都賦》："軼埃壒之混濁，鮮顥氣之清英。"**邈若朝玄宮而謁紫都**。玄宮：仙人所居之宮殿也。《莊子·大宗師》："顓頊得之，以處玄宮。"紫都：亦稱紫漢，即紫微宮，或曰紫微垣，天帝之所居也。南朝梁陶弘景《冥通記》卷二："夫爲真仙之位者，偃息玄宮，遊行紫漢。"**碧巒之下，清谿之曲。望隱隱而裁通，聽微微而不屬**。言於碧巒之下，清谿之曲，仰望山路崎嶇，隱隱然若可交通，細聽清谿流水，聲微微然似不相連屬。屬：連也。**睠然引領**，引領：伸頸也。**兹焉頓足。步擁路而邅回**，【校】擁路：《文苑英華》《全唐文》及明鈔本均作"擁石"。擁路：草木遮蔽之小路。邅回：行不進貌。屈原《涉江》："入溆浦余邅回兮，迷不知吾所如。"**視横烟而斷續**。横烟：繚繞於林間之雲霧。**古藤曳紫，寒苔布綠。洞裏窺書**，《晉書》卷四十九《嵇康傳》云：嵇康嘗采藥遊山澤，遇王烈，"烈嘗得石髓如飴，即自服半，餘半與康，皆凝而爲石。又於石室中見一卷素書，遽呼康往取，輒不復見。"**巖邊對局**。葛洪《神仙傳》卷二："衛叔卿者，中山人也，服雲母得仙。漢元鳳二年八月壬辰，武帝閒居殿上，忽有一人乘浮雲駕白鹿集於殿前。帝驚問之爲誰，曰：我中山衛叔卿也。帝曰：中山非我臣乎？卿不應，即失所在。帝甚悔恨，即使使者梁伯之往中山推求，遂得叔卿子名度世。即將還，見帝問焉。度世答曰：臣父少好仙道，服藥治身八十餘年，體轉少壯，一日委臣去，言當入華山耳，今四十餘年，未嘗還也。帝即遣梁伯之與度世往華山覓之。度世與梁伯之俱上山，輒雨積數日。度世乃曰：吾父豈不欲吾與人俱往乎？更齋戒獨上，望見其父與數人於石上嬉戲。度世既到，見父上有紫雲覆廕鬱鬱，白玉爲床，有數仙童執幢節立其後。度世望而再拜。叔卿問曰：汝來何爲？度世具説天子悔恨不得與父共語，故遣使者與度世共來。叔卿曰：吾前爲太上所遣，欲戒帝以災厄之期及救危厄之法，國祚可延。而帝強梁自貴，不識道真，反欲臣我，不足告語，是以棄去。今當與中黃太一共定天元九五之紀，吾不得復往也。……我有仙方，在家西北柱下，歸取按之合藥服餌，令人長生不死，能棄雲而行，道成，來就吾於此，不須復爲漢臣也。度世拜辭而歸，掘得玉函，封以飛仙之香，取而按之餌服，乃五色雲母，并以教梁伯之，遂俱仙去，不以告武帝也。"**仿佛靈蹤**，靈蹤：神靈之蹤迹也。**依稀**

仙躅。仙躅：仙人之足迹也。**爐何代而銷金，**【校】爐：《文苑英華》《全唐文》、明鈔本均作"灶"。爐指道士煉金煉丹之爐灶也。銷金：指道家之煉金術。《抱朴子·内篇》卷十六云："有道士説黄白之方，乃試令作之，云以鐵器銷鉛，以散藥投中，即成銀。又銷此銀，以他藥投之，乃作黄金。"**杯何年而溜玉？**溜玉：煮玉也。玉指道士所服食之礦物。《太平御覽》引《道學傳》曰："焦先字孝然，河東人也。常食白石，煮如芋，每入山伐薪，負之與人。魏受禪，與人别去，不知所適。"又曰："宫嵩，琅瑯人也，能文，著《道書》二百卷，服雲母爲地仙。"**石室幽藹，**石室：仙人所居之室也。《神仙傳》："廣成子居崆峒之山石室中。"**沙場照燭。**沙場：即砂場，采丹砂之地也。丹砂即朱砂，係水銀與硫磺之化合物，方士以爲燒之可化爲黄金，煉丹砂爲丹藥服食可得長生。**松落落而風回，桂蒼蒼而露潯。**露潯：爲露所濡濕也。**月未側而先陰，霞方升而已旭。**月尚未斜，既爲高山所遮而顯陰暗；朝霞方見，而旭日已升至頭頂矣。此兩句極言山之高也。**喜方外之浩曠，**浩曠：隨心所欲，自由曠達，無拘無束也。**歎人間之窘束。**窘束：窘迫而拘束。**況乃幽谷藏真，傍無四鄰。紫房半掩，**紫房：仙宫也。《太平御覽》卷六百七十四引《太一洞真經》曰："有太極紫房宫，天帝寶神所處也。"**玄壇尚新。**玄壇：道教之齋壇，即道觀。《隋書》卷二八《百官志》記載：隋煬帝即位後，"郡縣佛寺改爲道場，道觀改爲玄壇，各置監、丞。"**逢閬風之逸客，**司馬相如《大人賦》："舒閬風而摇集兮，亢鳥騰而壹止。"張揖注："閬風，山在昆侖閶闔之中。"清人趙一清《水經注釋》引《昆侖説》曰："昆侖之山三級，下曰樊桐，一名板松。二曰玄圃，一名閬風。上曰層城，一名天庭。是謂太帝之居。"**值蓬萊之故人。**蓬萊：海中之仙山也。《史記》卷六《秦始皇本紀》："齊人徐市等上書，言海中有三神山，名曰蓬萊、方丈、瀛洲，僊人居之。"**忽據梧而策杖，**《莊子·齊物論》："昭文之鼓琴也，師曠之枝策也，惠子之據梧也，三子之知幾乎。"成玄英疏："據梧者，只是以梧几而據之談説，猶隱几者也。"唐陸德明《經典釋文》卷二十六："司馬云：梧，琴也。崔云：琴瑟也。"**亦披裘而負薪。**披裘，即披裘公，古隱者也。晉皇甫謐《高士傳》卷上："披裘公者，吴人也。延陵季子出遊，見道中有遺金，顧披裘公曰：'取彼金。'公投鎌瞋目，拂手而言曰：'何子處之高而視人之卑！五月披裘而負薪，豈取金者哉？'季子大驚，既謝而問姓名，公曰：'吾子皮相之士，何足語姓名也。'"**荷衣薜帶，**以荷葉爲衣，薜荔爲帶也，皆高士所服。《離騷》："製芰荷以爲衣兮，集芙蓉以爲裳。"又《離騷》："擥木根以結茞兮，貫薜荔之落蕊。"王逸注："薜荔，香草也，緣木而生。"**藜杖葛巾。**藜杖葛巾：乃魏晉名士之常服。《博物志》曰："漢中興，士人皆冠葛巾。建安中，魏武帝造白恰，於是遂廢，唯二學書生猶著也。"**出芝田而計畝，**鮑照《舞鶴賦》李善注："《十洲記》曰:鍾山在北海之中,地仙家數千萬,耕田種芝草,課計頃畝也。"入桃源而問津。陶淵明《桃花源詩序》云:晉太元中,武陵人捕魚爲業,緣谿行,忘路之遠近,忽逢桃花林。林盡水源,便得一山。山有小口,入,見土地平曠,屋舍儼然。其間人,皆秦時避亂入山隱居者,與世隔絕,乃不知有漢,無論魏晉。漁人返歸,不復得路,後遂無問津者焉。昆山若礪,【校】昆山:《文苑英華》、明鈔本皆作"昆丘"。礪:磨刀石也。若礪:如礪也,喻其小也。渤澥揚塵。渤澥:即渤海。《史記》卷一百十七《集解》:"駰案:《漢書音義》曰:海別枝名也。《索都賦》云:海旁曰勃,斷水曰澥也。《初學記》卷六:"東海之別有渤澥,故東海共稱渤海,又通謂之滄海。"昆山若礪,渤澥揚塵:意謂昆侖山變爲磨刀石,渤海復爲揚塵之陸地,即滄海桑田之意也。《神仙傳》:"麻姑謂王方平曰:蓬萊水淺……豈當復還爲陵陸乎?"栽碧柰而何日,種瓊瓜而幾春？瓊瓜:瓊田所生之瓜。《十洲記》:"東海有不死之草,生瓊田中。"晉王嘉《拾遺記》卷十:"昆侖山者,西方曰須彌山,對七星之下,出碧海之中。上有九層,第六層有五色玉樹,翳三百里,夜至水上其光如燭。第三層有禾穟,一株滿車,有瓜如桂,有柰冬生,如碧色。以玉井水洗食之,骨輕柔,能騰虛也。"碧柰、瓊瓜皆仙人所食之物。自然詭異,非徒隱淪。隱淪:《文選》卷二十六謝靈運《入華子岡是麻源第三谷》詩:"既枉隱淪客,亦棲肥遯仙。"六臣注:"向曰:隱淪、肥遯,皆幽居者。"乃有上元仙骨,上元:女仙上元夫人也,爲道君弟子。《三洞經教部序》:"元封四年,西王母、上元夫人,同授漢武帝靈飛六甲上清十二事。"太清神手,太清:道家"三清"之一,係道教之神。"三清"爲玉清元始天尊、上清靈寶道君、太清太上老君。又仙人所居亦曰玉清、上清、太清。走電奔雷,耘空蒔朽;【校】耘:底本原作"移",據《文苑英華》《全唐文》、明鈔本校改。耘空:於空際耕耘。蒔朽:使朽木植活,皆謂其神異也。河間之業不齊貫,河間:指漢景帝之子河間獻王劉德。《史記》卷五十九《五宗世家》:"河間獻王德,以孝景帝前二年,用皇子爲河間王。好儒學,被服造次,必於儒者,山東諸儒多從之遊。二十六年卒。"《集解》:"《漢名臣奏·杜業奏》曰:河間獻王經術通明,積德累行,天下雄俊衆儒皆歸之。孝武帝時,獻王朝,被服造次必於仁義。問以五策,獻王輒對無窮。孝武帝艴然難之,謂獻王曰:湯以七十里,文王百里,王其勉之。王知其意,歸即縱酒聽樂,因以終。"不齊貫:謂不能一以貫之也。淮南之術無靈受。【校】靈受:《文苑英華》《全唐文》、明鈔本均作"虛受"。淮南:漢淮南王劉安也。《水經注》卷三十二《肥水》:"劉安是漢高帝之孫,屬王長子也。折節下士,篤好儒學。養方術之徒數十人,皆爲俊異焉。多神仙秘法,鴻寶之道。忽有八公,皆鬚眉皓素,詣門希見。門者曰:吾王好長生,今先生無住衰之術,未敢相聞。八公咸變成童,王甚敬之。八士并能煉金化丹,出入無間。乃與安登山,薶金於地,白日升天。餘藥在器,雞犬食之者俱得上升。"咒動南箕,符回北斗。咒:咒語也。符:符籙也。皆道士施法術驅鬼神所用之物。**偓佺贈藥**,《古今事文類聚》前集卷三十四引《列仙傳》曰:"偓佺,采藥父也。好食松實,體毛數寸。能飛,行逐走馬。以松子遺堯,堯不暇服,時受服者皆三百歲。"**麻姑送酒**。《太平廣記》卷六十引《神仙傳》云:漢桓帝時,神仙王遠,字方平,降於蔡經家,令人邀麻姑至,召進行廚,皆金盤玉杯肴膳,多是諸花果而香氣達於内外。方平語經家人曰:吾欲賜汝輩酒,此酒乃出天廚,其味醇醲,非世人所宜飲,飲之或能爛腸。今當以水和之,汝輩勿怪也。**青龍就養於甲辰**,【校】就養:《文苑英華》《全唐文》及明鈔本均作"就食"。青龍:太歲星也。古人分黄道附近之一周天爲十二等分,由西向東,依次命名爲星紀(丑)、玄枵(子)、諏訾(亥)、降婁(戌)、大梁(酉)、實沈(申)、鶉首(未)、鶉火(午)、鶉尾(巳)、壽星(辰)、大火(卯)、析木(寅)等十二星次。太歲由東向西,每年行經一個星次。當太歲行經壽星之時,謂之"青龍移辰",故《後漢書·律曆志》有"青龍移辰謂之歲"之語,亦即"青龍就養於甲辰"也。**玄牛自拘於乙丑**。玄牛:即牛宿也。因與"青龍"相對,故云"玄牛"。十二星次每次均有二十八宿中若干星宿爲其標志,星紀次之星宿爲斗、牛,太歲(青龍)在星紀則遇斗宿、牛宿,該星次又屬丑,故云"玄牛自拘於乙丑"。**永懷世事,天長地久。顧瞻流俗,紅顏白首。儻千歲之可營**,【校】千歲:《文苑英華》、明鈔本作"千秋"。**亦何爲而自輕?昔時君子,曾聞上征**。匡機《九懷》:"乘日月兮上征。"王逸注:"想托神明升天庭也。"晋張載《蒙汜池賦》:"游龍曜翼而上征,翔鳳因儀而下觀。"**忽逢真客**,真客:即真人也。古代道家稱修真得道,能洞悉宇宙及人生本原之人为真人,亦稱"天尊"。**試問仙經。談九華之易就**,九華:丹藥名,即九華丹也。《太平御覽》卷六百六十二《道部》曰:趙廣信,陽城人。魏末來渡江,入剡小白山中學道,"積年周行郡國,或賣藥,人莫知也。多來都下市丹砂作九華丹,仙去"。**叙三英之可成**;三英:即三花,道家修煉之法。《琅琊代醉編》:"三花聚頂,五氣朝元,道家修養之法也。三花落則死矣,三花未落,乘輿來過。言有生之年,未死之日,猶有再會之期也。"唐皎然《尋天目徐君》詩有"三花落地君猶在,笑撫安期昨日生"句。**拭丹爐而調石髓**,丹爐:道士煉丹藥之爐灶。石髓:仙藥也,道家謂服之可以成仙。《廣博物志》卷十二引《列仙傳》:"卬疏者,周封史也。能行氣練形,煮石髓而服之,謂之石鍾乳。至數百年,往來入泰室山中,有臥石床枕焉。"**裛翠釜而出金精**。裛:濡也。翠釜:美釜也,此處指道士煮仙藥之器。金精:仙藥名,又曰金漿,黄金之膏也。《藝文類聚》卷八十一引《漢武内傳》曰:"西王母謂武帝曰:其太上之藥,乃有風實雲子,玉津金漿。"**珠流玉結,雪耀霜明。咸謂刀圭暫進**,刀圭:古時量藥之具,形如刀,端尖中凹。**足使雲車下迎**。雲車:仙人所乘之車也。《博物志》:"漢武帝好道,七月七日,夜漏七刻,西王母乘紫雲車來。"**紛吾人之狹見,攬群疑**

而自拂。使投足而咸安,【校】投足:底本原作"捉足",此從《全唐文》及明鈔本校改。《吕氏春秋》卷五:"昔葛天氏之樂,三人操牛尾,投足以歌八闋。"高誘注:"投足,猶蹀足。"亦何爲乎此物?彼赤城與玄圃,赤城:山名,在今浙江省,與天臺山均爲傳説中仙人所居之處。山西有玉京洞,道書以爲第六洞。玄圃:亦神仙之所居也,在昆侖山。《廣雅》卷九《釋山》:"昆侖虚有三山,閶風、板桐、玄圃,其高萬一千一百一十里一十四步二尺六寸。"豈憑虚而構窟。【校】窟:底本作"屈",從《文苑英華》《全唐文》、明鈔本校改。但水月之非真,水月:水中之月也。譬聲色之無佛。佛教認爲佛乃心之光明智慧,無始無終,無邊無際,從無所來,亦無所去,故謂之如來。佛性乃自性光明所顯,而非外來,故有心外無佛之説。凡持咒念佛,欲執心外有佛,以聲色求見佛身,必遇魔障。故《金剛經》云:"爾時世尊而説偈言,若以色見我,以聲音求我,是人行邪道,不得見如來。"過矣劉向,劉向:字子政,西漢楚元王劉交之四世孫。本名更生,後更名向。歷經宣帝、元帝、成帝朝。宣帝興神仙方術之事,而淮南有《枕中鴻寶苑》秘書,書言神仙使鬼物爲金之術,及鄒衍重道延命方,世人莫見得,向得而讀誦,以爲奇,獻之,言黄金可成。《漢書》卷三十六有傳。吁嗟葛洪!葛洪:晋句容人,字雅川,自號抱朴子。好神仙導引之法,受煉丹術於鄭隱。聞交趾出丹砂,攜子侄至羅浮山煉丹,丹成屍解,傳羽化爲仙矣。著有《抱朴子》《神仙傳》等。《晋書》卷七十二有傳。指期繫影,依方捕風。猶言捕風捉影也。《漢書》卷二十五《郊祀志》載:成帝末年,頗好鬼神,亦以無繼嗣,故多上書言祭祀方術者,"谷永説上曰:臣聞明於天地之性,不可惑以神怪。知萬物之情,不可罔以非類。諸背仁義之正道,不遵五經之法,言而盛稱奇怪鬼神,廣崇祭祀之方,求報無福之祠,及言世有仙人服食不終之藥,興輕舉登遐倒景,覽觀縣圃,浮遊蓬萊,耕耘五德,朝種暮獲,與山石無極,黄冶變化,堅冰淖溺,化色五倉之術者,皆奸人惑衆,挾左道懷詐僞以欺罔世主,聽其言洋洋滿耳,若將可遇,求之,蕩蕩如繫風捕景,終不可得"。誰能離世,何處逃空?假使遊八洞之金室,八洞:道家謂仙人所居之洞天福地也。梁陶宏景《真誥》卷十一:"大天之内,有地中之洞天三十六所,其第八是句曲山之洞,周圍一百五十里,名曰金壇華陽之天。"坐三清之玉宫。三清:道教之神也,爲玉清元始天尊、上清靈寶道君、太清太上老君。又仙人所居亦曰玉清、上清、太清。長懷企羨,豈非樊籠?【校】豈非:《文苑英華》、明鈔本作"豈出"。徒勞海上,《史記·秦始皇本紀》記載,秦始皇使方士徐市"入海求神藥,數歲不得"。何事雲中?《莊子·天地》:"千歲厭世,去而上仙。乘彼白雲,至於帝鄉。"昔者蔣元詡之三徑,【校】昔者:《文苑英華》《全唐文》作"昔日"。又,"蔣元詡",底本原作"蔣元翊",當誤。今據《文苑英華》《全唐文》、明鈔本校改。蔣元詡,漢代隱士。《三輔決録》:"蔣詡,字元卿,舍中竹下開三徑,唯裘仲、羊仲之徒與之遊。"陶淵明之五柳。陶淵明嘗作《五柳先生傳》云:"先生不知何許人也,亦不知其姓字,宅邊有五柳,因以爲號焉。"君平坐卜於市門,君平:漢代隱者。晋皇甫謐《高士傳》卷中:"嚴遵,字君平,蜀人也,隱居不仕。常賣卜於成都市,日得百錢以自給,卜訖,則閉肆下簾,以著書爲事。揚雄少從之遊,屢稱其德。"子真躬耕於谷口。子真:西漢高士鄭樸也。《漢書》卷七十二及皇甫謐《高士傳》均有其傳。《高士傳》卷中:"鄭樸,字子真,谷口人也。修道静默,世服其清高。成帝時元舅大將軍王鳳以禮聘之,遂不屈。揚雄盛稱其德曰:谷口鄭子真,耕於巖石之下,名振京師。"宋程大昌《雍録》卷七:"谷口在雲陽縣西四十里……即鄭白渠出山之處。"或托閻閈,閻閈:閻里也。閈爲閻里的門。或潛山藪。山藪:猶言山野草莽之間耳。《後漢書》卷八十七《謝弼傳》:"臣山藪頑闇,未達國典。"咸遂性而同樂,豈違方而别守?【校】别守:底本原作"列守",各三卷本及《文苑英華》《全唐文》均作"别守"。審文意,當以"别守"爲是。余亦無求,【校】明鈔本作"吾無所求"。斯焉獨遊。屬天下之多事,遇山中之可留。聊將度日,忽已經秋。菊花兩岸,松聲一丘。不能役心而守道,役心:勞心也。故將委運而乘流。隨順自然,聽憑天命。晋陶淵明《形影神·神釋》:"正宜委運去,縱浪大化中。"伊林間之虚受,固樵隱之俱托。《文選》卷三十謝靈運《田南樹園激流植援》詩:"樵隱俱在山,由來事不同。"李善注:"胡孔明有言,隱者在山,樵者亦在山,在山則同,所以在山則異,豈不信之乎?"逢故客於中流,【校】故客:《文苑英華》、明鈔本作"去老"。遇還童於絶壑。逢故客於中流,遇還童於絶壑:爲漢晋時期神仙故事常見之情形。雲峰龜甲而重聚,言山峰周圍黑雲聚集,團團如龜甲也。霞壁龍鱗而結絡。言巖壁斑剥交錯,藤絡糾結,宛若龍鱗也。水出浦而淺淺,【校】淺淺:《文苑英華》《全唐文》、明鈔本均作"潺潺"。霧含川而漠漠。是欣是賞,爰遊爰豫。遊豫:遊逛也。盧子諒《贈崔温》:"逍遥步城隅,暇日聊遊豫。"結蘿幌而迎宵,敞茅軒而待曙。爾其雜枝相糾,長條交茹。交茹:彼此交相糾纏連接貌。葉動猿來,花驚鳥去。起公子之殊賞,澹王孫之遠慮。【校】澹:底本、朱本、李本及明鈔本均作"談",《文苑英華》作"瞻"。敦煌殘卷作"澹",文意爲勝,據以校改。山水幽尋,風雲路深。蘭窗左辟,菌閣斜臨。【校】菌閣:底本原作"茵廉",《文苑英華》作"茵閣",明鈔本、《全唐文》作"菌閣"。今從明鈔本及《全唐文》校改。菌閣者,如菌傘狀之亭閣也。《爾雅翼》卷二《釋蕙》云:"《楚辭》又有菌閣、蕙樓,蓋芝草幹杪敷華,有閣之象,而蕙華亦於幹杪,重重累積,有樓之象。"謝朓《遊東田》詩:"尋雲陟累榭,隨山望菌閣。"蘭窗:以香草喻建築之華美也。石當階而虎踞,泉度牖而龍吟。月照南浦,南浦:南邊之浦。浦:水邊也。《九歌·河伯》:"送美人之南浦。"烟生北林。《詩經·秦風·晨風》:"鴥彼晨風,鬱彼北林。"閱丘壑之新趣,縱江湖之舊心。江湖:江河湖海之間也,爲隱士所處之地也。南朝梁劉勰《文心雕龍》卷六:"形在江海之上,心存魏闕之下。"道集吾室,風吹我襟。松花柏葉之醇酎,【校】酎:底本原作"耐"。從《文苑英華》《全唐文》、明鈔本及敦煌殘卷校改。松花、柏葉:皆酒名,以松花、柏葉所製之藥酒。古人以爲服之可以延年益壽,民俗多以元日飲之。《白孔六帖》卷四:"歲日進柏酒。"明高濂《遵生八箋》卷三載松花酒作法云:"松花酒,取糯米淘極净,每米一斗,以神麯五兩和匀,取松花一升,細碎蒸之,絹袋盛,以酒一升浸五日,即堪服。任意服之。"鳳翮龍脣之素琴。宋陳暘《樂書》卷一百四十二云,琴長三尺六寸六分,各部位之名稱有龍池、鳳池、鳳額、鳳素、鳳足、龍脣、龍齦、龍口、鳳額等。又明董斯張《廣博物志》卷三十四引《古琴錄》曰:"荀季和有琴曰龍脣,一日大風雨失去,三年後復大風雨,有黑龍飛入李膺堂中。膺諦視,識之曰:此荀季和舊物也,登門送還。季和恐復飛去,嵌金於背,曰劉累以厭之,改名曰飛龍。"白牛谿裏,崗巒四峙。信兹山之奥域,奥域:深幽之地也。昔吾兄之所止。謂昔日文中子曾於此山中避亂興教也。王通爲王績之三兄。許由避地,晋皇甫謐《高士傳》卷上云:堯讓天下於許由,許由不受,遁耕於中嶽潁水之陽,箕山之下。堯又召爲九州長,許由聞之,洗耳於潁水濱。"時其友巢父牽犢欲飲之,見由洗耳,問其故,對曰:堯欲召我爲九州長,惡聞其聲,是故洗耳。巢父曰:子若處高岸深谷,人道不通,誰能見子?子故浮遊,欲聞求其名譽,污吾犢口。牽犢上流飲之。"張超成市。《後漢書》卷六十六《張楷傳》:"楷字公超,通《嚴氏春秋》《古文尚書》,門徒常百人。賓客慕之,自父党夙儒,偕造門焉。車馬填街,徒從無所止。黄門及貴戚之家皆起舍巷次以邀客往來之利,楷疾其如此,輒徙避之。家貧無以爲業,常乘鱸車至縣賣藥,足給食者。輒還鄉里,司隸舉茂才,除長陵令,不至官。隱居弘農山中,學者隨之,所居成市。後華陰山南遂有公超市。"察俗删詩,依經正史。此二句言文中子曾於此地"續《詩》《書》,正《禮》《樂》,修《元經》,贊《易道》"也。《中説》卷六《禮樂篇》:"程元問六經之致,子曰:吾續《書》以存漢晉之實,續《詩》以辯六代之俗,修《元經》以斷南北之疑,讚《易道》以申先師之旨,正《禮》《樂》以旌後王之失,如斯而已矣。"康成負笈而相繼,康成:東漢經學家鄭玄也。玄字康成,北海高密人。爲一代純儒,受業師事京兆第五元,先始通京氏《易》《公羊》《春秋》《三統曆》《九章算術》,又從東郡張恭祖受《周官》《禮記》《左氏春秋》《韓詩》《古文尚書》,以山東無足問者,乃西入關,因涿郡盧植事扶風馬融。自遊學十餘年,乃歸鄉里。家貧,客耕東萊,學徒相隨已數百千人。《後漢書》卷三十五有傳。安國摳衣而未已。安國:謂孔安國也,西漢魯人,字子國,孔子十一代孫。生卒年月不詳。少學《詩》於申培,受《尚書》於伏生,學識淵博,擅長經學。武帝時任博士,後爲諫大夫,官至臨淮太守。漢魯恭王劉餘擴建宮室拆除孔子故宅,於壁中得古文《尚書》,安國將古文改寫爲當時通行的隸書,并爲之作"傳",較當時流傳之《尚書》多十六篇,成爲"尚書古文學"之開創者。《史記》作者司馬遷研究《堯典》《禹貢》等古文,也曾向他請教。後世尊其爲先儒。今傳《尚書孔氏傳》,一稱《孔安國尚書傳》,明清學者定爲後人僞托。摳衣:提裳而行,以示敬謹也。《禮記·曲禮》:"摳衣趨隅,必慎唯諾。"**組帶青衿**,組帶:即絛帶,織有花紋之絲帶,用以貫玉佩或繫印。青衿:周代學子之服,因以代學子。《詩·鄭風·子衿》:"青青子衿,悠悠我心。"《傳》曰:"青衿,青領也,學子之所服。"**鏘鏘僛僛**。鏘鏘僛僛:皆盛大貌。以上皆喻寫文中子之門人衆多也。《中說》卷七《述史》:"子將之陝,門人從者鏘鏘焉被於路。子止之曰:'散矣,不知我者謂我何求!'門人乃退。"**階庭禮樂,生徒杞梓**。杞梓:兩種木名,皆良材,以喻人才。《左傳·襄公二十六年》:"楚令尹子木與之語,問晉故焉,且曰:'晉大夫與楚孰賢?'對曰:'晉卿不如楚,其大夫則賢,皆卿材也。如杞、梓、皮、革,自楚往也。'"**山似尼丘**,尼丘:山名。《史記》卷四十七《孔子世家》:"孔子生魯昌平鄉陬邑,其先宋人也,曰孔防叔。防叔生伯夏,伯夏生叔梁紇。紇與顏氏女野合而生孔子,禱於尼丘,得孔子。魯襄公二十二年而孔子生,生而首上圩頂,故因名曰丘云,字仲尼。"《正義》:"《括地志》云,叔梁紇廟亦名尼丘山,祠在兗州泗水縣五十里尼丘山東趾。《地理志》云,魯縣有尼丘山,有叔梁紇廟。"**泉疑洙泗**。【校】底本原作"泉凝泗渼",據《文苑英華》《全唐文》、明鈔本校改。(吾兄通,字仲淹,生於隋末,守道不仕。大業中隱於此谿,【校】於此:《文苑英華》、明鈔本原作"居此"。續孔子六經近百餘卷。門人相趨成市,【校】門人:二字下敦煌殘卷及《文苑英華》《全唐文》、明鈔本均有"弟子"二字。故谿今號王孔子之谿也。【校】敦煌殘卷作"故此谿今號爲王子谿也"。)**忽焉四散,於今二紀**。古代用歲星或太歲紀年,十二年爲一個週期,稱爲一紀。《書·畢命》:"既歷三紀,世變風移。"《傳》:"十二年曰紀。"**地猶如昨,人多已矣**。【校】人多:底本原作"人今"。從《文苑英華》、明鈔本校改。**念昔日之良遊,憶當時之君子。佩蘭蔭竹,誅茅席芷**。【校】誅:明鈔本作"咏"。"席芷",《文苑英華》作"席茝"。**樹即環林**,【校】環林:底本原作"環佩",從《文苑英華》《全唐文》、明鈔本校改。環林:林木周繞若辟雍也。潘岳《閒居賦》:"明堂辟雍,清穆敞閑。環林縈映,圓海回淵。"辟雍爲周代天子之大學也,形如圓璧,四周以水環之,以象教化之流行。**門成闕里**。【校】門成:底本原作"林成",從《文苑英華》《全唐文》、明鈔本校改。闕里,地名,在山東曲阜城裏,爲孔子故里。《史記》卷二十三《魯世家》云:"煬公築茅闕門,六年卒。"蓋闕門之下,其里即爲闕里,而夫子之宅在焉。**姚仲由之正**

色,薛莊周之言理(此谿之集門人,常以百數。唯河南董恒,南陽程元,董恒:或作"董常",乃宋人避宋真宗諱,改"恒"爲"常",故後世或又寫作"董常"。程元:《文中子世家》亦云"南陽程元",与此相合。《中説·天地篇》:"子在絳,程元者因薛收而來。子與之言《六經》,元退,謂收曰:夫子載造彝倫,一匡皇極,微夫子吾其失道左見矣。"又同篇:"子謂程元曰:汝與董常何如?程元曰:不敢企常。常也遺道德,元也志仁義。子曰:常則然矣,而汝於仁義未數數然也。"《中説·問易篇》:"子謂李靖智勝仁,程元仁勝智。"《中説·禮樂篇》:"聞過而有喜色,程元能之。"《中説·禮樂篇》:"陳叔達謂子曰:吾視夫子之道,何其早成也?子曰:通於道有志焉,又焉取乎早成耶?叔達出,遇程元、竇威於途,因言之。程元曰:夫子之成也,吾儕慕道久矣,未嘗不充欲焉。遊夫子之門者,未有問而不知,求而不給者也。《詩》云實獲我心。蓋天啓之,非積學能致也。子聞之曰:元,汝知乎哉?天下未有不學而成者也。"《中説·關朗篇》:"董常、仇璋、薛收、程元備聞《六經》之義。太原府君曰:夫子得程、仇、董、薛而《六經》益明,對問之作,四生之力也。董、仇早殁而程、薛繼殂,文中子之教其未作矣。嗚呼,以俟來哲!"中山賈瓊,【校】賈瓊:底本原作"費瓊",從《文苑英華》《全唐文》、明鈔本校改。賈瓊亦文中子王通之門人。《中説·關朗篇》:"門人竇威、賈瓊、姚義受《禮》。"又據《中説》記載,賈瓊嘗事楚公楊玄感。阮逸注云:"隋三公府皆自署吏,未君命,故云事楚公。"《中説·問易篇》:"賈瓊爲吏以事楚公,將行,子餞之。瓊曰:願聞事人之道。子曰:遠而無介,就而無諂,泛乎利而諷之,無闚其捷。瓊曰:終身誦之。子曰:終身行之可也。"又《中説·禮樂篇》:"賈瓊事楚公,因讒而歸,以告子。子曰:瓊,汝將閉門却掃歟?不知緘口而内修也,瓊未達古人之意焉。"《中説·述史篇》:"楚公作難,賈瓊去之。子曰:瓊可謂立不易方矣。"按據《隋書》記載,楊玄感作難在大業九年春。河東薛收,【校】河東:底本原作河南,從敦煌殘卷、《文苑英華》《全唐文》、明鈔本校改。薛收:隋内史侍郎薛道衡之子,河東汾陰(今山西省萬榮縣西南)人。與績嘗同學於績兄文中子通門下。薛道衡爲隋煬帝所害,收乃潔志不仕隋。李淵太原起兵,收遁於首陽山,將協義舉。蒲州通守堯君素潛知其謀,乃遣人迎收之生母王氏置城内,收不得已,乃還城。後君素將應王世充,收遂踰城歸秦王李世民,授秦府主簿、判陝東道大行臺、金部郎中。武德四年任天策軍記室參軍。從李世民平劉黑闥,封汾陰縣男。武德七年(624)卒,年三十三。陪葬昭陵,有文集十卷。《舊唐書》卷七十三有傳。太山姚義,《中説·關朗篇》:"姚義困於褰,房玄齡曰:傷哉,褰也,盍請乎?姚義曰:古之人爲人請,猶以爲捨讓也,況爲己乎?吾不願。子聞之,曰:確哉,義也!實行古之道矣,有以發我也,難進易退。"《中説·周公篇》:"子謂姚義:盍官乎?義曰:捨道干禄,義則未暇。子曰:誠哉!""子謂姚義能交,或曰簡,子曰:所以爲能也。或曰廣,子曰:廣而不濫,又所以爲能也。""子謂姚義可與友,久要不忘。"《中説·禮樂篇》:"子曰姚義之辯,李靖之智,賈瓊、魏徵之正,薛收之仁,程元、王孝逸之文,加之以篤固,申之以禮樂,可以成人矣。"《中説·事君篇》:"尚書召子仕,子使姚義往辭焉,曰:必不得已,署我於蜀。或曰僻。子曰:吾得從嚴、揚遊泳以卒世,何患乎僻?"**太原溫彦博**,溫彦博:字大臨,并州祁縣(今山西祁縣東南)會善村人,溫大雅之弟。聰悟有口辯,涉獵書記。隋開皇末,對策高第,授文林郎,直内史省。隋亂,幽州總管羅藝引爲司馬,從藝歸唐。嘗以并州道行軍長史,與突厥戰於太谷,軍敗被執。突厥數問唐兵多少及國内虛實,不肯對,乃囚之陰山苦寒地。太宗即位,突厥歸款,始得還。貞觀中,遷中書令,封虞國公,進尚書僕射。性周慎,既掌機務,謝賓客不通,進見必陳政事利害。帝數褒美之。卒,謚曰恭,著有文集二十卷,兩唐書皆有傳。**京兆杜淹等十餘人**,杜淹:字執禮,京兆杜陵(今陝西長安)人。父徵,河内太守。《舊唐書》卷六十六《杜如晦傳附傳》謂:"淹聰辨多才藝,弱冠有美名。與同郡韋福嗣爲莫逆之交,相與謀曰:上好用嘉遯,蘇威以幽人見徵,擢居美職。遂共入太白山,揚言隱逸,實欲邀求時譽。隋文帝聞而惡之,謫戍江表。後還鄉里,雍州司馬高孝基上表薦之,授承奉郎。大業末,官至御史中丞。王世充僭號,署爲吏部,大見親用。及洛陽平,初不得調,淹將委質於隱太子。時封德彝典選,以告房玄齡,恐隱太子得之,長其奸計。於是遽啓太宗,引爲天策府兵曹參軍,文學舘學士。武德八年,慶州總管楊文幹作亂,辭連東宫,歸罪於淹,及王珪、韋挺等并流於越嶲。太宗知淹非罪,贈以黄金三百兩。及即位,徵拜御史大夫,封安吉郡公,賜實封四百户。""尋判吏部尚書,參議朝政。前後表薦四十餘人,後多知名者。""時淹兼二職,而無清潔之譽,又素與無忌不恊,爲時論所譏。"貞觀二年卒,贈尚書右僕射,謚曰襄。**稱爲俊穎。而姚義多慷慨,同儕方之仲由**,同儕:同輩也。仲由:字子路,又字季路。魯國卞人,孔子得意門生。爲人伉直魯莽,好勇力,事親至孝。初仕魯,後事衞。衞莊公元年,孔俚母伯姬與人謀立蒯聵(伯姬之弟)爲君,脅迫孔俚弑衞出公,出公聞訊而逃。子路聞而入城見蒯聵。蒯聵命石乞揮戈擊落子路冠纓。子路目眥盡裂,斥之曰:"君子死,而冠不免。"因繫冠纓,從容就義。**薛收以理達,稱方莊周**,莊周:即莊子也,戰國時宋國蒙人,道家學説的主要創始人之一。爲中國先秦時期著名思想家、哲學家及文學家。著有《莊子》一書。**薛寘妙言理也。)觸石橫肱**,橫肱:橫張其肱也。胳膊由肘至肩謂之肱。《禮記》:"室中不翔,并坐不横肱。"**逢流洗耳**。堯讓天下於許由,許由不受而遁於潁水之濱。堯又召爲九州長,許由惡聞其言而洗耳。巢父問其故,因曰:"子若處高岸深谷,人道不通,誰能見子?子故浮遊,欲聞求其名譽,汙吾犢口。"牽犢上流飲之。事見《高士傳》卷上。**取樂經籍,忘懷憂喜。時挾策而驅羊**,【校】策:底本作"册"。從《文苑英華》《全唐文》、明鈔本校改。《莊子·駢拇》:"臧與穀二人相與牧羊而俱亡其羊,問臧奚事,則挾策讀書。問穀奚事,則博塞以遊。二人者事業不同,其於亡羊均也。"**或投竿而釣鯉**。《藝文類聚》卷六十六引《説苑》曰:"吕望年七十,釣於渭渚,三日三夜魚無食者。與農人言,農人者,古之老賢人也,謂望曰:子將復釣,必細其綸,芳其餌,徐徐而投之,無令魚駭。

望如其言,初下得鮒,次得鯉。刳腹得書,書文曰:吕望封於齊。望知當貴。"**何圖一旦,邈成千紀。**千紀:言時日久遠,怳若隔世也。**木壞山頹,舟移谷徙。北岡之上,東巖之前。講堂猶在,碑石宛然。**【校】石:《文苑英華》、明鈔本作"書"。**想問道於中室,**【校】問:底本原作"聞"。從《文苑英華》《全唐文》、明鈔本校改。**憶横經於下筵。壇場草樹,苑宇風烟。**【校】苑:《文苑英華》《全唐文》、明鈔本作"院"。**昔文中之僻處,諒遭時之喪亂。**諒:確實。班彪《北征賦》:"諒時運之所爲兮,永伊鬱其誰愬。"李善注引《爾雅》曰:"諒,信也。"**守逸步而須時,蓄奇聲而待旦。旅人小吉,**旅:《易》卦名,爲《周易》六十四卦中第五十六卦,其卦爲艮下離上。《易·旅》:"旅小亨,旅貞吉。"《正義》曰:"旅者客寄之名,羈旅之稱。失其本居而寄他方,謂之爲旅。既爲羈旅,苟求僅序,雖得自通,非甚光大,故旅之義爲小亨而已。"**明夷大難。**明夷:亦《易》卦名,爲《周易》第三十六卦。其卦爲離下坤上。離爲日,坤爲地,象日没入地中。《易·明夷》:"明夷利堅貞。"《正義》曰:"明夷,卦名。夷者傷也。此卦日入地中,明夷之象。施之於人事,闇主在上,明臣在下,不敢顯其明智,亦明夷之義也。時雖至闇,不可隨世傾邪,故宜艱難,堅固守其貞正之德,故明夷之世,利在艱貞。"**建功則鳴鳳不聞,**喻不逢盛世也。《詩·大雅·卷阿》:"鳳凰鳴矣,於彼高岡。梧桐生矣,於彼朝陽。"《毛詩注疏》:"《箋》云:鳳凰鳴於山脊之上者,居高視下,觀可集止。喻賢者待禮乃行,翔而後集。"**修書則獲麟爲斷。**獲麟:《春秋·魯哀公十四年》:"西狩獲麟。"《注》曰:"麟者仁獸,聖王之嘉瑞也。時無明王,出而遇獲。仲尼傷周道之不興,感嘉瑞之無應。故孔子修《春秋》至獲麟而止。"此句以王通修《元經》比於孔子修《春秋》。楊炯《王勃集序》:"文中子居龍門也,睹隋室將散,知吾道之未行,循歡鳳之遠圖,宗獲麟之遺制,裁成大典,以贊孔門……又自晋太熙元年,至隋開皇九年平陳之歲,褒貶行事,述《元經》以法《春秋》。"**惜矣吾兄,遭時不平。歿身之後,天下文明。**《周易》卷一:"乾,元亨利貞。初九,潜龍勿用……文言曰……潜龍勿用,陽氣潜藏。見龍在田,天下文明。終日乾乾,與時偕行。"**坐門人於廊廟,**坐:因也。廊廟:朝堂。**瘞夫子於佳城。**瘞,埋也。夫子:指王通。佳城:墓地也。《西京雜記》卷四:"滕公(夏侯嬰)駕至東都門,馬鳴踢不肯前,以足跑地久之。滕公使士卒掘馬所跑地,入三尺所,得石椁焉。滕公以燭照之,有銘焉。乃以水洗寫其文,文字皆古異,左右莫能知。以問叔孫通,通曰:'科斗書也,以今文寫之,曰佳城鬱鬱,三千年見白日。吁嗟!滕公居此室。'滕公曰:'嗟乎,天也!吾死其即安此乎?'死遂葬焉。"**死而可作,**作:興也,起也。《老子》:"萬物作焉而不辭。"**何時復生?**

式瞻虛館,式瞻:瞻仰也。式:語辭。梁任昉《出郡傳舍哭范僕射》詩:"式瞻在國楨。"載步前楹。載步:移步也,載亦語辭。東漢張衡《冢賦》:"載輿載步,地勢是親。"前楹:堂前楹柱也。《說文》:"楹,柱也。"眷眷長想,悠悠我情。俎豆衣冠之舊地,俎豆:禮器也,祭祀時用以盛物。《論語·衛靈公》:"俎豆之事,則嘗聞之矣。"衣冠:謂禮服也。金石絲竹之餘聲。歿而不朽,知何所營。(吾兄仲淹,以大業十三年卒於鄉館,時年三十二。【校】三十二:底本原作"四十二"。敦煌殘卷作"三十二",《文苑英華》《全唐文》、明鈔本均作"三十三"。據王重民先生研究,敦煌殘卷本屬呂才原編王績本集之殘卷,爲武后時代之寫本,是迄今所見全部王績集版本中最早,亦最接近呂才所輯五卷本原始真實面貌之版本。又據薛收《隋故徵君文中子碣銘》:文中子"以大業十三年五月甲子,遘疾終於萬春鄉甘澤里第,春秋三十二"。薛收爲文中子弟子,其文乃爲文中子墓葬所寫之碣銘,在文中子年齡問題上,其文並未發現有版本之異文,故在文獻記載中可信度亦應最高。是則底本之"四十二"與《文苑英華》等作"三十三",均當依敦煌殘卷及薛收文作"三十二"爲是。按杜淹《文中子世家》:"開皇四年,文中子始生。"《中說·附錄·論關子明事》:"開皇四年,銅川夫人經山梁,履巨石而有娠,既而生文中子。"若文中子生於開皇四年,至大業十三年卒,似應爲三十三歲。然王績與薛收皆言三十二歲,蓋言其足歲耳。門人諡爲文中子。及皇家受命,【校】受命:敦煌殘卷作"受籙命"。門人多至公輔,而文中之道未行於時。【校】文中之道:李本作"文中子道"。敦煌殘卷作"文中子之道"。余因遊此谿,【校】此谿:明鈔本作"北谿"。周覽故迹,蓋傷高賢之不遇也。)臨故墟而掩抑,掩抑:傷心幽咽貌。指歸途而歎息。往往谿橫,時時路塞。忽登崇岫,崇岫:高山也。依然舊識。地迥心遙,山高視直。望烟火於桑梓,《詩·小雅·小弁》:"維桑維梓,必恭敬止。"《詩補傳》:"桑梓者父母手所植,以給蠶食,以供器用之物。爲子孫者見桑梓如見父母,心恭敬之而不敢慢然。"後人遂以桑梓爲鄉里之稱。辨溝塍於鄉國。溝塍:溝渠和田埂。《文選》:"溝塍刻鏤,原隰龍鱗。"斜連姑射之西,【校】斜連:《文苑英華》、明鈔本作"前臨",《全唐文》作"斜臨"。姑射:雍正十二年修《山西通志》卷二十八:"姑射山在(龍門)縣東北三十五里,接稷山、絳州境。山麓爲臥麟山,縣治倚焉。"正是汾河之北。【校】汾河:敦煌殘卷、明鈔本作"河汾"。悵矣懷抱,悠哉川域。

憶昔過庭,過庭:趨過庭中,受父教誨也。語出《論語·季氏》,云孔子嘗獨立,其子鯉趨而過庭,孔子誨以學《詩》學《禮》。此處以過庭典喻不嘗受兄教誨也。童顏稚齡。何賞不極?何遊不經?弄春風於礀戶,"礀"通"澗",兩山間之流水。礀戶即山水所從出之山口。南齊孔稚圭《北山移文》:"礀戶摧絶無與歸,石徑荒涼徒延佇。"咏秋月於山扃。山扃：山門。《北山移文》："雖情殷於魏闕，或假步於山扃。"**北窗照雪，南軒聚螢**。晉車胤家貧，不常得油，夏月以練囊盛集螢火蟲以讀書；晉孫康亦家貧，冬夜常映雪光讀書。事見《晉書》及《初學記》卷二引《宋齊語》。**彩衣扇枕**，彩衣：孝親之服也。漢趙岐《孟子注疏》卷九上："是乃人之情大孝，終身慕父母。五十而慕者，予於大舜見之矣。"注："大孝之人，終身慕父母。若老萊子七十而慕，衣五彩之，爲嬰兒匍匐於父母前也。我於大舜見五十而尚慕父母。"《初學記》卷十七引《孝子傳》曰："老萊子至孝，奉二親，行年七十，著五彩褊襴衣，弄鷯鳥於親側。"扇枕：《歲時廣記》卷四引《東觀漢記》曰："黃香，字文疆，江夏安陸人。事母至孝，每冬寒，則身暖枕席，夏則扇枕使凉。"《禮記集説》卷三："東萊呂氏曰：孝子以親之心爲心，故以親之體爲體。……冬温則當體其温之之理，如古人置密室之類是也，夏清則體其清之之理，如古人扇枕之類是也。"此處以彩衣、扇枕之典，言當年作者對文中子之尊敬如父母耳。**緇布開經**。緇布：緇布冠也。古代男子始行冠禮，加緇布冠，漢改名進賢冠。《孔子家語》卷八："懿子曰：始冠必加緇布之冠，何也？孔子曰：示不忘古。太古冠布，齋則緇之。"**何斯樂之易失，倏銜哀而茹恤**？此句謂奈何當年之歡情倏焉已失，思之不覺令人含悲傷懷也。銜哀：含悲也。茹恤：心懷憂感。**天未悔禍**，悔禍：悔爲災禍也。《左傳·隱公十一年》："天其以禮悔禍於許。"**遭家不秩**。不秩：失常也。《爾雅·釋詁》："秩，常也。"**子敬先亡**，子敬：三國時東吳魯肅。魯肅字子敬，臨淮東城人。周瑜死後，代瑜領兵。年四十六而亡，孫權爲舉哀，又親臨其葬。《三國志》卷九《吳志》有傳。**公明早卒**。公明：三國時魏管輅也。管輅字公明，平原人。年八九歲，便喜仰視星辰，得人輒問其名。每答言説事，語皆不凡，宿學耆人不能折之，皆知其當有大異之才，號爲神童。及成人果明《周易》，仰觀風角占相之道，無不精。自知不壽，當終於四十七八間，後果四十八歲而卒。《三國志》卷二十九《魏志》有傳。上二句作者以魯肅、管輅比擬王通、王度享年不永也。**余自此而浩蕩，又逢時之不仁。天地遂閉，雷雲漸屯**。【校】雷雲：敦煌殘卷、《文苑英華》《全唐文》、明鈔本均作"雲雷"。屯：《易》卦名，爲《周易》六十四卦之第三卦。其主卦爲震，客卦爲坎。震卦的卦象是雷，代表新生。坎卦的卦象爲水，水則下流。故屯卦表示，主方雖見興起之良機，客方日益衰落，但其力量仍然強大，故主方尚需囤聚力量。震爲雷，動也，坎爲雨，險也。故《象》曰："屯，剛柔始交而難生，動乎險中。"**與沮溺而同恥**，【校】同恥：《文苑英華》《全唐文》、明鈔本均作"同趣"。沮溺：長沮與桀溺也，春秋時楚國二隱者，主張徹底避世者。《論語·微子》："長沮、桀溺耦而耕，孔子過之，使子路問津焉……曰：滔滔者天下皆是也，而誰以易之。且而與其從辟人之士也，豈若從辟世之士哉？耰而不輟。"**共夷齊而隱身**。夷齊：伯夷與叔齊。《史記》卷六十一《伯夷列傳》曰：伯夷、叔齊爲殷商時期孤竹君之二子。父欲立叔齊，及父卒，叔齊讓伯夷，伯夷逃去，叔齊亦不肯立而逃之。年老，往歸西伯，而西伯卒。時"武王載木主號爲文王,東伐紂,伯夷叔齊叩馬而諫曰:父死不葬,爰及干戈,可謂孝乎?以臣弒君,可謂仁乎?左右欲兵之,太公曰:此義人也。扶而去之。武王已平殷亂,天下宗周,而伯夷叔齊恥之,義不食周粟,隱於首陽山,采薇而食之。及餓且死,作歌。其辭曰:登彼西山兮,采其薇矣;以暴易暴兮,不知其非矣。神農虞夏忽焉沒兮,我安適之歸矣。遂餓死於首陽山。"**幸收元吉**,元吉:大福也。語出《易》坤卦之爻辭:"六五,黃裳元吉。"**坐偶昌辰。【**校**】**坐偶:底本原作"生偶",從敦煌殘卷、《文苑英華》《全唐文》、明鈔本校改。昌辰:明時也。《春秋元命苞》注:"昌,兩日重見,言明貌。"**容北海之嘉遁,【**校**】**嘉遁:敦煌殘卷作"嘉道"。北海:指東漢鄭玄。鄭玄爲北海高密人,故稱。《後漢書》卷六十五《鄭玄傳》云其"自遊學十餘年乃歸鄉里。家貧,客耕東萊,學徒相隨已數百千人。及黨事起,乃與同郡孫嵩等四十餘人俱被禁錮,遂隱修經業,杜門不出。"嘉遁:善守其德而避世也。語出《易·遁》:"嘉遁貞吉,以止志也。"**許南山之不臣。**南山:代指隱遁。用南山隱豹典,見前"績南山故情"句注。**養拙辭官,全和保真。【**校**】**全和:底本原作"含和"。從敦煌殘卷、《文苑英華》《全唐文》、明鈔本校改。**豈若馮敬通之誹世**,馮敬通:東漢人,名衍,字敬通。《後漢書》卷五十八本傳謂其光武帝時封爲曲陽令,後降爲司隸從事。因受讒被黜,乃作《顯志賦》以述懷,有"非時俗之險惡兮,哀好惡之無常"之語。顯宗即位,又多有短衍者,以文過其實,遂廢於家。**趙元淑之尤人!【**校**】**趙元淑:底本及各參校本均如是。按趙元淑乃隋雲陽人,《隋書》卷七十有傳,并無"尤人"之事,疑爲趙元叔之訛。東漢有趙壹者字元叔。據《後漢書》卷一百十記載:趙壹"恃才倨傲,爲鄉黨所擯,乃作《解擯》。後屢抵罪幾至死,友人救得免。壹乃貽書謝恩曰:昔原大夫贖桑下絕氣,傳稱其仁。秦越人還虢太子結脈,世著其神。設曩之二人不遭仁遇神,則結絕之氣竭矣。今所賴者……乃收之於斗極,還之於司命。使乾皮復含血,枯骨復被肉,允所謂遭仁遇神,真所宜傳而著之。余畏禁不敢班班顯言,竊爲《窮鳥賦》一篇。其辭曰:有一窮鳥,戢翼原野。畢網加上,機穽在下。前見蒼隼,後見驅者。繳彈張右,羿子毂左。飛丸激矢,交集於我。思飛不得,欲鳴不可。舉頭畏觸,搖足恐墮。內獨怖急,乍冰乍火。幸賴大賢,我矜我憐。"**殷憂耻賤,憔悴傷貧。**殷憂:嚴重之憂患。庾信《哀江南賦》:"嗟天保之未定,見殷憂之方始。"傷貧:《莊子·讓王》:"原憲居魯,環堵之室,茨以生草,蓬戶不完,桑以爲樞而甕牖二室,褐以爲塞,上漏下濕,匡坐而弦。子貢乘大馬,中紺而表素,軒車不容巷,往見原憲。原憲華冠縰履,杖藜而應門。子貢曰:嘻!先生何病?原憲應之曰:憲聞之,無財謂之貧,學而不能行謂之病。今憲貧也,非病也。子貢逡巡而有愧色。"**操井臼而無樂,【**校**】**操:底本原作"探",從《全唐文》校改。《後漢書》卷五十八《馮衍傳》云:"衍娶北地女任氏爲妻,悍忌不得畜媵妾,兒女常自操井臼,老竟逐之。"**歷山河而苦辛。豈如我家生事,【**校**】**生事:《文苑英華》、明鈔本作"身事"。**都盧棄置。**都盧：全部也。白居易《贈鄰里往還》："問予何故獨安然，免被饑寒婚嫁牽。骨肉都盧無十口，糧儲依約有三年。"亦其例。**不念當歸，寧圖遠志？**【校】寧圖：敦煌殘卷作"寧憂"。當歸、遠志：皆藥名。此處以當歸諧音喻指返回塵俗，以遠志諧音喻指建功立業。**坐青山而非隱，**【校】非隱：《文苑英華》、明鈔本作"方隱"。**遊淥潭而似喜。**【校】淥潭：《文苑英華》《全唐文》、明鈔本作"碧潭"。**舊知山裏絕氛埃，**【校】山裏：《文苑英華》、明鈔本作"出處"。**登高日暮心悠哉。子平一去何時返，**《後漢書》卷一百十三《向長傳》："向長，字子平，河內朝歌人也。隱居不仕，性尚中和，好通《老》《易》。貧無資食，好事者更饋焉，受之取足而返其餘……潛隱於家，讀《易》至損益卦，喟然歎曰：吾已知富不如貧，貴不如賤，但未知死何如生耳。建武中，男女娶嫁既畢，勑斷家事勿相關，當如我死也。於是遂肆意與同好北海禽慶俱遊五嶽名山，竟不知所終。"**仲叔長遊遂不來。**《東觀漢記》卷十六《閔貢傳》："閔貢，字仲叔，太原人也。恬靜養神，勿役於物……客居安邑，老病家貧，不能得錢買肉，日買一片豬肝。屠或不肯爲斷，安邑令聞之，問諸子：何飯食？對曰：但食豬肝，屠者或不肯與。令出敕市吏。後買輒得，貢怪問其子，道狀如此。乃歎曰：閔仲叔豈以口腹累安邑耶？遂去，之沛。"**幽蘭獨夜之琴曲，**【校】獨夜：敦煌殘卷作"白雪"。**桂樹淩晨之酒杯。丘園散誕，窟室徘徊。坐等枯木，心如死灰。**語出《莊子·齊物論》："南郭子綦隱几而坐，仰天而嘘，嗒焉似喪其耦。顏成子遊立侍乎前，曰：'何居乎？形固可使如槁木，而心固可使如死灰乎？今之隱几者非昔之隱几者也。'子綦曰：'偃，不亦善乎？而問之也。今者吾喪我，汝知之乎？'"**亦有山饈野饌，蘭漿木炒。杞葉煎羹，松根溜醑。**【校】溜：敦煌殘卷作"釀"。溜醑：濾酒。溜，水下流也。醑，清酒也。**既采藥而爲食，諒隨情而不矯。負鎒春前，**負鎒：荷鎒也。鎒爲起土之農具。**腰鐮葳杪。**腰鐮：以鐮別於腰間也。鐮：割草之農具。**草漸密而饒獸，**【校】獸：《文苑英華》、明鈔本作"蟬"。**樹彌深而足鳥。**【校】彌深：《文苑英華》、明鈔本作"彌高"。**地寂寞而森沉，路縱橫而窈窕。野亭鶴唳，山梁雉鷟。遠遊之所，幽棲之次。或抱犢而新來，**【校】抱犢：敦煌殘卷作"飲犢"。抱犢：指隱者。《元和郡縣志》卷十三："廢鄫州縣屬沂州。縣西北有承水，因以名焉。抱犢山在縣北六十里，壁立千仞，頂寬而有水。此山去海三百餘里，天氣澄明，宛然在目。昔有遁隱者抱一犢於其上墾種，故以爲名。山高九里，周回四十五里。"**乍聞雞而始至。**用南朝宋雷次宗幽隱雞鳴山聚徒教授典。《宋書》卷九十三《雷次宗傳》："雷次宗，字仲倫，豫章南昌人也。少入廬山，事沙門釋慧遠。篤志好學，尤明三禮、毛詩，隱退不交世務……元嘉十五年，徵次宗至京師，開館於雞籠山（按雞籠山又名雞鳴山），聚徒教授，置生百餘人。會稽朱膺之、潁川庾蔚之并以儒學監總諸生……車駕數幸次宗學館,資給甚厚。又除給事中,不就。久之,還廬山,公卿以下并設祖道。**藋畦一兩**,藋:萊也,即灰萊。一兩:猶"一二",言少也。《晉書》卷六十八《紀瞻傳》:"失之者億萬,得之者一兩耳。"**茅齋數四。山爲險而無人,嶺時平而有地。石菌抽葉,金芝吐穗。鏡厭山精,**【校】厭:《文苑英華》、明鈔本作"執"。庾信《小園賦》:"鎮宅神以藭石,厭山精而照鏡。"清人倪璠注:"《抱朴子·登涉篇》曰:萬物之老者,其精能假托人形,以覬惑人目,而常試人,惟不能於鏡中易其真形耳。是以古之入山道士,皆以明鏡九寸已上,懸於背後,則老魅不敢近人。"又宋張君房《雲笈七籤》卷四十八:"道士入山,山精老魅多來試之,或作人形。故道士在石室之中,常當懸明鏡九寸於背後,以辟衆惡。"**刀驅木魅**。《說文》:"魅,老物精也。"《雲笈七籤》卷四十八:"又百精老物,雖能變形,而不能使鏡中形影變也。見其形在鏡中,則便刀驅,木魅消亡退走,不敢爲害也。是以道士有摩鏡之藥,藥方出於帛子。"古人或以爲刀斧可以驅走山精木魅。唐皮日休《奉和魯望樵人十詠·樵斧》詩:"腰間插大柯,直入深谿裏。空林伐一聲,幽鳥相呼起。倒樹去李父,傾巢啼木魅。不知仗鉞者,除害誰如此。"**泉繞砌而魚躍,樹橫窗而鳥萃。**【校】橫窗:敦煌殘卷作"當窗"。萃:集也。**天網寬寬,人心豈難?**【校】人心:敦煌殘卷、《文苑英華》作"人生"。豈難:敦煌殘卷、《文苑英華》、明鈔本作"幾難"。**飲河知足,巢林必安。**《莊子·逍遙遊》:"鷦鷯巢於深林,不過一枝。偃鼠飲河,不過滿腹。"郭象注:"性各有極,苟足其極,則餘天下之財也。"此兩句以偃鼠、鷦鷯所需之少,喻其知足自安也。**亦何榮而拾紫?**拾紫:謂取高官也。紫:紫色印綬,古代高官所佩也。《漢書》卷七十五《夏侯勝傳》:"經術苟明,其取青紫如掬地拾芥耳。"**亦何羨於還丹?**還丹:道家所煉之仙丹。蓋取丹砂燒煉成水銀,積久復還爲丹砂,故謂之還丹。《抱朴子》內篇卷一《金丹》:"若取九轉之丹內神鼎中,夏至之後爆之,鼎灶翕然輝煌,俱起神光五色,即化爲還丹。取而服之一刀圭,即白日升天。"按以上兩句即拾紫亦何榮,還丹亦何羨之倒裝句。**紅藜促節之杖,**【校】藜:敦煌殘卷作"蔾"。藜:植物名,即萊也。清陳啓源《毛詩稽古編》卷十:"案萊亦名藜。《本草綱目》云,即灰藋之紅心者,莖葉稍大,河朔人名落藜,南人名胭脂菜,亦曰鶴頂草。嫩時可食,老則莖可爲杖。原憲藜杖應門,即是物也。"**綠篠班文之冠。**【校】班文:敦煌殘卷作"班皮"。篠:竹皮也。冠以竹皮製成者謂之篠冠。**野餐二簋,**簋:商周時期盛食物之器具和禮器。據《禮記·玉藻》記載和現代考古發現可知,宴享和祭祀時,簋常以偶數與列鼎配合使用,如天子用九鼎八簋,諸侯用七鼎六簋,卿大夫用五鼎四簋,士用二鼎二簋。其器物造型形式多樣,變化複雜,有圓體、方體,也有上圓下方者。**園蔬一盤。送阮籍而長嘯,**阮籍:魏晉時"竹林七賢"之一。狂放縱酒,蔑視禮法。《晉書》卷四十九《阮籍傳》云:其"嘗於蘇門山遇孫登,與商略終古及棲神道氣之術,登皆不應。籍因長嘯而退,至半嶺,聞有聲若鸞鳳之音,響乎巖谷,乃登之嘯也。"《世說新語·棲逸》載:"阮步兵嘯聞數百步,蘇門山中忽有真人樵伐者,咸共傳說。阮籍往觀,見其人擁膝巖側……問之仡然不應……籍因對之長嘯。良久,乃笑曰:'可更作。'籍復嘯,意盡,退還半嶺許。聞上啾然有聲,如數部鼓吹,林谷傳響。顧看,乃向人嘯也。"**得劉伶而甚歡**。《晋書》卷四十九《劉伶傳》:"劉伶,字伯倫,沛國人也。身長六尺,容貌甚陋,放情肆志。常以細宇宙、齊萬物為心,澹默少言,不妄交遊。與阮籍、嵇康相遇,欣然神解,攜手入林。初不以家產有無介。常乘鹿車,攜一壺酒,使人荷鍤而隨之,謂曰:死便埋我。其遺形骸如此!嘗渴甚,求酒於其妻,妻捐酒毀器,涕泣諫曰:君酒太過,非攝生之道,必宜斷之。伶曰:善!吾不能自禁,惟當祝鬼神自誓耳,便可具酒肉。妻從之。伶跪祝曰:天生劉伶,以酒為名,一飲一斛,五斗解酲。婦兒之言,慎不可聽。仍引酒御肉,隗然復醉。嘗醉與俗人相忤,其人攘袂奮拳而往。伶徐曰:雞肋不足以安尊拳。其人笑而止。伶雖陶兀昏放,而機應不差。未嘗厝意文翰,惟著《酒德頌》一篇。"**曉入柴户,暮歸藥欄**。【校】暮:底本原作"春",從《文苑英華》《全唐文》、明鈔本校改。**老萊地僻**,《史記》卷六十三《老莊申韓列傳》:"於是老子乃著書上、下篇,言道德之意五千餘言而去,莫知其所終。"《正義》:"太史公疑老子或是老萊子,故書之。《列仙傳》云:老萊子楚人,當時世亂逃世,耕於蒙山之陽。莞葭為牆,蓬蒿為室。杖木為床,蓍艾為席。葅芰為食,墾山播種五穀。楚王至門迎之,遂去,至於江南而止,曰:鳥獸之毛可績而衣,其遺粗足食也。"**鄒生谷寒**。《藝文類聚》卷五《歲時下》引《劉向別錄》:"鄒衍在燕,燕有谷地美而寒,不生五穀。衍居之吹律,而溫氣至,穀生,今名黍穀。"**楊柳則條垂鍛沼**,《晋書》卷四十九《嵇康傳》云,嵇康初居貧,嘗與向秀共鍛於大樹之下以自贍。"性絶巧而好鍛。宅中有一柳樹甚茂,乃激水圜之,每夏月居其下以鍛。東平呂安服康高致,每一相思,輒千里命駕,康友而善之。"**杏樹則花飛坐壇**。坐壇:即杏壇,孔子講學處也。《莊子·漁父》:"孔子遊乎緇帷之林,休坐於杏壇之上。弟子讀書,孔子弦歌鼓琴。奏曲未終,有漁父者下船而來,左手據膝,右手持頤以聽。曲終而招子貢、子路,二人俱對。客指孔子曰:彼何為者?子路曰:魯之君子也。"**賦成鼓吹**,《晋書》卷五十六《孫綽傳》:"絶重張衡、左思之賦,每云,《三都》《二京》,五經之鼓吹也。嘗作《天臺山賦》,辭致甚工。初成,以示友人范榮期云:卿試擲地,當作金石聲也。"**詩如彈丸**。晋桓玄《南林彈詩》曰:"散帶躡良駟,揮彈出長林。歸翮赴舊棲,喬木轉翔禽。落羽尋絶響,屢中轉應心。"**攜始醉之鳴鶴**,【校】始醉:《全唐文》作"始晬",當以"醉"為是。鳴鶴:晋人荀隱也,隱字鳴鶴。《世說新語·排調》:"荀鳴鶴、陸士龍二人未相識,俱會張茂先(按張華字茂先)。坐,張令共語,以其并有大才,可勿作常語。陸舉手曰:雲間陸士龍(按陸雲字士龍)。荀答曰:日下荀鳴鶴。陸曰:既開青雲睹白雉,何不張爾弓布爾矢?荀答曰:本謂雲龍騤騤,乃是山鹿野麋,獸弱弩强,是以發遲。張乃撫掌大笑。"本句以"鳴鶴"指才學之士。**對新婚之伯鸞**。伯鸞:

東漢隱士梁鴻也。《後漢書》卷八十三《逸民列傳》云:梁鴻字伯鸞,扶風平陵人。少有氣節,及長,博涉群籍,"鄉里勢家慕其高節,多欲女之,鴻并絕不娶。同縣孟氏有女,狀肥醜而黑,力舉石臼,擇對不嫁,至年三十。父母問其故,女曰:'欲得賢如梁伯鸞者。'鴻聞而娉之。女求作布衣、麻屨,織作筐緝績之具。及嫁,始以裝飾入門。七日而鴻不答。妻乃跪床下請曰:'竊聞夫子高義,簡斥數婦,妾亦偃蹇數夫矣。今而見擇,敢不請罪。'鴻曰:'吾欲裘褐之人,可與俱隱深山者爾。今乃衣綺縞,傅粉墨,豈鴻所願哉?'妻曰:'以觀夫子之志耳。妾自有隱居之服。'乃更爲椎髻,著布衣,操作而前。鴻大喜曰:'此真梁鴻妻也,能奉我矣!'字之曰德曜,名孟光。居有頃,妻曰:'常聞夫子欲隱居避患,今何爲默默?無乃欲低頭就之乎?'鴻曰:'諾。'乃共入霸陵山中,以耕織爲業,咏詩書,彈琴以自娛。"**我有懷抱,蕭然自保。古人則難與同歸,**【校】難與:《文苑英華》、明鈔本作"與子"。**紛吾則此焉將老。**【校】此焉:敦煌殘卷作"此賢"。紛吾:喜我也。《廣雅·釋詁》:"紛,喜也。"《離騷》:"紛吾既有此內美兮,又重之以修能。"**潤谿沼渚之蘋芰,**【校】沼渚:《文苑英華》《全唐文》、明鈔本均作"沼沚"。蘋芰,敦煌殘卷作"蘋艾"。**丘陵阪隰之桑棗。接果移棠,栽苗散稻。不藏無用之器,不愛非常之寶。抵玉驚禽,**抵玉:抵,通摘。清朱駿聲《説文通訓定聲》:"抵,假借爲摘。"摘,擲也。《莊子·胠篋》:"摘玉毁珠,小盗不起。"**揮金薙草。**薙草:除草也。《説文》:"薙,除草也。從艹,雉聲。"**接朋友於杯案,弄兒孫於繈褓。**【校】兒孫:《文苑英華》《全唐文》、明鈔本作"兒童"。**樂山澤之浮遊,笑江潭之枯槁。**【校】江潭:敦煌殘卷作"江湖"。江潭枯槁:指江邊憔悴之逐臣也。《楚辭·漁父》:"屈原既放,遊於江潭,行吟澤畔,顔色憔悴,形容枯槁。"**戒非佞佛,齋非媚道。**佞佛:媚於佛也。媚道:取悦於仙家也。《世説新語·排調》:"二郄奉道,二何奉佛,皆以財賄。謝中郎云:二郄諂於道,二何佞於佛。"劉孝標注:"《中興書》曰:郄愔及弟曇奉天師道。《晋陽秋》曰:何充性好佛道,崇修佛寺,供給沙門以百數……是以爲遐邇所譏。充弟准亦精勤,唯讀佛經,營治寺廟而已矣。"**無譽無功,**【校】無譽:底本原作"言譽",從敦煌殘卷、《文苑英華》《全唐文》、明鈔本校改。**形骸自空。坐成老圃,居爲下農。**坐:因也。老圃、下農:語出《論語·子路》:"樊遲請學稼,子曰:吾不如老農。請學爲圃,曰:吾不如老圃。樊遲出,子曰:小人哉,樊須也!上好禮則民莫敢不敬,上好義則民莫敢不服,上好信則民莫敢不用情,夫如是,則四方之民繈負其子而至矣,焉用稼!"《注》:"馬曰:樹五穀曰稼,樹菜蔬曰圃。"**身與世而相棄,賞隨山而不窮。披衣灶北,**謂狂放之隱士也。披衣:堯時隱士。《高士傳》卷上云:"披衣者,堯時人也。堯之師曰許由,許由之師曰齧缺,齧缺之師曰王倪,王倪之師曰披衣。齧缺問道乎披衣,披衣曰:若正汝形,一汝視,天和將至。"灶北:《後漢書》卷一百一十一《向栩傳》:"向栩字甫興,河内朝歌人,向長之後也。少爲書生,性卓詭不倫。恒讀《老子》,狀如學道,又似狂生。好被髮著絳綃頭,常於灶北坐板床上。如是積久,板乃有膝踝足指之處。不好語言,而喜長嘯,賓客從就,輒伏而不視。**逐食牆東**。【校】牆東:明鈔本作"場東"。逐食:乞食也,亦隱之一種方式。《後漢書》卷一百十一《向栩傳》謂向栩"有弟子名爲顔淵、子貢、季路、冉有之輩,或騎驢入市,乞匃於人。或悉邀諸乞兒俱歸止宿,爲設酒食,時人莫能測之。郡禮請辟,舉孝廉賢良方正有道,公府辟皆不到。"牆東:《後漢書》卷一百十三《逸民列傳》謂逢萌初"與同郡徐房,平原李子雲、王君公相友善,并曉陰陽。懷德穢行,房與子雲養徒各千人,君公遭亂獨不去,儈牛自隱,時人謂之論曰:避世牆東王君公。"**儻有白頭四皓**,四皓:秦漢之際隱於商山之四老者。《史記》卷五十五《留侯世家》記載:漢十二年,漢高祖劉邦欲易太子,留侯乃爲吕后出計,延商山四皓輔佐太子。太子侍筵,高祖見有四人從太子,"年皆八十有餘,鬚眉皓白,衣冠甚偉。上怪之,問曰:彼何爲者?四人前對,各言名姓曰:東園公,甪里先生,綺里季,夏黄公。上乃大驚,曰:吾求公數歲,公辟逃我。今公何自從吾兒遊乎?四人皆曰:陛下輕士善罵,臣等義不受辱,故恐而亡匿。竊聞太子爲人仁孝,恭敬愛士,天下莫不延頸欲爲太子死者,故臣等來耳"。**龐眉八公**。龐眉:眉大也,指老者。《漢武故事》:顔泗不知何許人,武帝見其龐眉皓髮。八公:晋葛洪《神仙傳》卷六:"淮南王安好神仙之道,海内方士從其遊者多矣。一旦有八公詣之,容狀衰老枯槁傴僂,閽者謂之曰:王之所好神仙度世、長生久視之道,必須有異於人,王乃禮接。今公衰老如此,非王所宜見也。拒之數四,公求見不已,閽者對如初。八公曰:王以我衰老,不欲相見,却致年少又何難哉?於是振衣整容,立成童幼之狀。閽者驚而引進,王倒屣而迎之,設禮稱弟子。曰高仙遠降,何以教寡人?問其姓氏,答曰:我等之名所謂文五常,武七德,枝百英,壽千齡,葉萬椿,鳴九皋,修三田,岑一峰也。"**小童乘日**,仙童以日爲車而遊也。《莊子·徐無鬼》:"黄帝將見大隗於具茨之山……適遇牧馬童子,問塗焉。曰:若知具茨之山乎?曰:然。曰:若知大隗之所存乎?曰:然。黄帝曰:異哉,小童!非徒知具茨之山,又知大隗之所存,請問爲天下。小童曰:……予少而自遊於六合之内,予適有瞀病,有長者教予曰:若乘日之車而遊於襄城之野。今予病少痊,予又且復遊於六合之外。夫爲天下亦若此而已,予又奚事焉?"**仙人馭風**。【校】仙人:敦煌殘卷作"征人"。《莊子·逍遥遊》:"夫列子馭風而行,泠然善也,旬有五日而後返。彼於致福者未數數然也。"郭象注:"列子鄭人,名禦寇,得風仙,乘風而行,與鄭穆公同時。"古代神仙故事,多有仙人馭風的傳説。**鄉老則杖頭安鳥**,《漢書》卷十九上《百官公卿表》:"大率十里一亭,亭有長。十亭一鄉,鄉有三老:有秩、嗇夫、遊徼。三老掌教化,嗇夫職聽訟,收賦税,遊徼徼循禁賊盜。"三老後世稱之爲鄉老,亦稱鄉耆。此處指鄉野老者。杖頭安鳥:指老者所用之鳩杖也。宋葉夢得《避暑録話》卷上:"《續漢·禮儀志》記,歲八月,民年八十賜玉杖,端以鳩爲飾。鳩者不噎之鳥,欲老人不噎。而《風俗記》又言,漢高帝與項籍戰京索間,兵敗伏叢薄中,有鳩鳴其上,追者不疑,得免。即位,作鳩杖賜老人。此絶無稽。考高祖雖敗,其肯伏叢薄耶？余親戚有爲光州守，得古銅鳩一，大半掌許，俯首斂翼，具尾足，若蹲伏，腹虛，其中有圈穿，腹正可受杖，製作甚工。以遺余，疑即漢鳩杖之飾，因以爲杖艮。是首輕而尾重，舉之則探前偃後，蓋如此，乃可助力，此所以佐老人也。"**邦君則車邊畫熊**。邦君：侯國之君也。《詩·小雅·雨無正》："邦君諸侯，莫肯朝夕。"車邊畫熊：宋章如愚《群書考索》卷四十一《禮器門》："武帝天漢四年，始定輿服之制，令諸侯王大國朱輪，特虎居前，左兕右鹿。小國特熊居前，麋皆居左右。"**心期闇合，道術潛同**。【校】同：敦煌殘卷作"通"。**解來相訪**，【校】解來相訪：敦煌殘卷作"解東相訪"。**愚公谷中**。漢劉向《說苑》卷七："齊桓公出獵，逐鹿而走入山谷之中，見一老公而問之曰：是爲何谷？對曰：爲愚公之谷。桓公曰：何故？對曰：以臣名之。桓公曰：今視公之儀狀，非愚人也，何爲以公名？對曰：臣請陳之。臣故畜牸牛，生子而大，賣之而買駒。少年曰：牛不能生馬，遂持駒去。傍鄰聞之，以臣爲愚，故名此谷爲愚公之谷。桓公曰：公誠愚矣，夫何爲而與之？桓公遂歸。明日朝以告管仲，管仲正衿再拜曰：此夷吾之愚也，使堯在上，咎繇爲理，安有取人之駒者乎？"

【相關資料】

王無功《遊北山賦并序》云："余周人也，本家於祁。永嘉之際，扈遷江左。地實儒素，人多高烈。穆公銜建元之恥，歸於洛陽。同州悲永安之事，退居河曲。始則晉陽之開國，終乃安康之受田。"其賦云："白牛谿裹，岡巒四峙。信茲山之奧域，昔吾兄之所止。許由避地，張超成市。察俗刪詩，依經正史。組帶青衿，鏘鏘儗儗。階庭禮樂，生徒杞梓。山似尼丘，泉疑泗涘。"又注云："此谿之集門人，常以百數。河南董恒、南陽程元、中山賈瓊、河南薛收、太山姚義、太原溫彥博、京兆杜淹等十餘人稱爲俊穎。而姚義慷慨，同儕方之仲由。薛收以理達，方莊周。門人多至公輔，而文中之道未行。"然無功不及房、杜、魏何哉？鄭毅夫《論中說之妄》謂："李德林卒於開皇十二年，通時年八九歲，未有門人，而有德林請見，歸而有憂色，援琴鼓《蕩之什》，門人皆霑襟。關子明太和中見魏孝文，如存於開皇間，亦一百二三十歲矣，而有問禮於子明，是二者其妄不疑。晁氏《讀書志》謂薛道衡仁壽二年出襄州，通仁壽四年始到長安，其書有內史薛公見子於長安，用此推之，則以房、杜爲門人，抑又可知也。"

（宋王應麟《困學紀聞》卷十。）

讀東皋子王績集，知王氏果有續孔子六經，知房玄齡、杜如晦、李靖、董常（即董恒）、溫彥博、魏徵、薛收、杜淹等，果文中子之弟子也。讀劉昫《唐書·王勃傳》，知文中子乃勃之祖，果曾作《元經》矣。績死於貞觀十八載，去其兄之世近，能言其事也。慨房、杜、溫、魏、王勃皆不書一字以傳文中子之賢，而《隋書》復失書之。後世故以文中子之事不足信。及韓子文興，天下學士宗韓，以韓愈不稱文中子，李翱又薄其書，比之《太公家教》，而學者蓋不取文中子也。然王氏能續孔子六經，蓋孔子之亞也。識者宜以聖人之道較而正之，其文中子之道苟與孔氏合，乃孔子之嗣也，而書傳之有無不足爲信。隨人愛惡之情，欲蔑其聖賢，可乎？孟子豈不曰：盡信書不若無書。吾視《中說》，其讀《詩》曰四，名五志，讀《書》曰四，制七命，《元經》則曰晉、宋、齊、梁、陳亡具五，以禍其國，而善其立法，有聖人之道。嗟乎，不見其《六經》！姑書此以遺學輩。

（宋釋契嵩《鐔津文集》卷十六《書文中子傳後》。）

王氏《中說》所載門人，多貞觀時知名卿相，而無一人能振師之道者，故議者往往致疑。其最所稱高弟曰程、仇、董、薛。考其行事，程元、仇章、董常無所見，獨薛收《唐史》有列傳，蹤迹甚爲明白。收以父道衡不得其死於隋，不肯仕。聞唐高祖興，將應義舉，郡通守堯君素覺之，不得去。及君素東連王世充，遂挺身歸國，正在丁丑、戊寅歲中。丁丑爲大業十三年，又爲義寧元年，戊寅爲武德元年，是年三月，煬帝遇害於江都，蓋大業十四年也。而杜淹所作《文中子世家》云：十三年江都難作，子有疾，召薛收謂曰：吾夢顏回稱孔子歸休之命，乃寢疾而終。殊與收事不合，歲年亦不同，是爲大可疑者也。溟嘗考之，當有兩薛收。遊王氏之門者，曰河南薛氏，其人曠而肅，《中說》以理達稱。又以其妙於言理，方之莊周。（原注：王績《遊北山賦》）文中子述《元經》，收爲之傳，未就而歿。（原注：予嘗見阮逸所作《元經》有薛氏傳，此不待識者，已知其僞矣。）而諸公多惜其亡，故王凝曰：夫子得程、仇、董、薛而《六經》益明，四生之力也。董、仇早歿，而程、薛繼殂，文中子之教其未作矣。又王績嘗謂馮子華云：亂極則治，王途漸亨。房、杜諸賢肆力廊廟，吾家魏學士亦申其才。所恨姚義不存，薛生已歿，使雲羅天網，有所不該，以爲歉恨耳（原注：王績《答馮處士書》）。是則收蓋不遇而歿，究其蹤迹，與河東道衡之子，固判然爲二人矣。然《中說》乃有内史薛公見子於長安，退謂子收曰：《河圖》《洛書》盡在是矣，汝往事之無失。阮逸謂薛道衡嘗爲此官，遂指内史爲道衡，如此則薛收乃道衡之子也。或者疑其書爲後人所附益，故牴牾如此。蓋龔鼎臣嘗得唐本於齊州李冠家，則以甲乙冠篇，而分篇始末皆不同，又本文多與阮逸異，則附益之說，庸或有之。按隋本傳云：道衡有子五人，收最知名，出繼族父孺。收初生即與孺爲後，養於孺宅。至於長成，不識本生。是道衡爲煬帝所殺，收竟不及識之，安得尚有《河圖》《洛書》盡在是矣，汝往事之之語？此最可疑者。

（宋張淏《雲谷雜紀》卷四引《容齋續筆》。）

夏按，宋人疑文中子其人其事者甚多，而無如容齋之甚者也。然文中子其人其事果僞乎？非也！今考《舊唐書》卷九《玄宗下》："（開元）二十九年春正月，丁丑，制兩京諸州各置玄元皇帝廟，并崇玄學，置生徒，令習《老子》《莊子》《列子》《文中子》，每年准明經例考試。"《新唐書》卷十四《禮樂志》："其非常祀，天子有時而行之者，曰封禪、巡守、視學、耕藉、拜陵。《文中子》曰：封禪非古也，其秦漢之侈心乎？蓋其曠世不常行，而於禮無所本，故自漢以來，儒生學官論議不同，而至於不能決。"又《宋史》卷一百五十六《選舉二》："凡應詔者，先具所著策論五十篇，繳進兩省侍從參考之，分爲三等。次優以上，召赴祕閣試論六首，於《九經》《十七史》《七書》《國語》《荀》《楊》《管子》《文中子》內出題，學士、兩省官考校，御史監之，四通以上爲合格。"又《朱子語續錄》："張毅然遭試回。先生問曰：今歲出何論題？張曰：論題出《文中子》。曰：如何做？張曰：大率是罵他者多。先生曰：他雖有不好處，也須有好處。故程先生言他雖則理會成書，其間或有格言，荀、楊道不到處，豈可一向罵他！友仁請曰：願聞先生之見。先生曰：文中子他當時要爲伊周事業，見道不行，急急地要做孔子。他要學伊周，其志甚不畢。但不能勝其好高自大欲速之心，反有所累。二帝三王却不去學，却要學兩漢，此是他亂道處。亦要作一篇文字，説他這意思。"可知《中説》於唐、宋之時，嘗置官學，爲士子入仕科考所必讀之書也。此皆正史之所述，何容齋不察乎？

元正賦

【解題】

按本賦三卷本均未載，所作時間亦不詳，賦末有"老夫無所欲，光陰苦難足"句，作者既自稱"老夫"，則其所作時間，或在晚年乎？元正，即夏曆之正月初一也，今謂之春節。《荆楚歲時記》："正月一日是三元之日也，《春秋》謂之端月。雞鳴而起，先於庭前爆竹，以辟山臊惡鬼。"隋杜台卿《玉燭寶典》云："正月爲端月，其一日爲元日，亦云正朝，亦云元朔。"古代正月初一還有上日、正朝、三朔、三始等别稱。按漢代之前，夏以孟春之元月爲歲首，商則以臘月（十二月）爲歲首，周以十一月爲歲首，秦滅六國後，以十月爲歲首。漢初沿襲秦曆，以十月爲歲首。自漢武帝太初元年始，命公孫卿、司馬遷等人製"太初曆"，規定以夏曆正月爲"歲首"，此後歷代相沿，直至清末,前後凡二千餘年。至今各地民間記曆,仍以夏曆與西曆并行,而民間傳統節日,如春節、元宵節、清明節、端午節等,仍遵夏曆。

若夫四時定歲,《漢書》卷二十六《天文志》:"歲正月旦,王者歲首,立春,四時之始也。"蓋以其爲四時之始,故言"定歲"云爾。**三元啓正**。元者,初也,始也。蓋元旦不唯爲正月之始,亦是春季之始,一年之始,故又稱之曰"三元"。正月初一稱"元旦"或"元正",故云"三元啓正"。《初學記》卷四《歲時下》云:三元乃"歲之元,時之元,月之元"。**無許都之日蝕**,謂無改朝換代之天象也。據《宋書》卷二十七《符瑞志》記載,漢魏易代之際,讖緯之言大興,曹魏集團利用陰陽五行學説及讖緯之言爲曹魏篡漢鼓吹,許芝作《條奏魏代漢讖緯》云:"自建安三年十二月戊辰,有新天子氣見於東南,到今積二十三年。……建安二十一年五月朔己亥,日蝕。……建安二十四年二月晦壬子,日蝕。日者陽精,月爲侯王,而以亥子日蝕,皆水滅火之異也。……《春秋佐助期》曰:漢以許昌失天下。故白馬令甘陵李雲上事,言許昌氣見,當塗高已萌,欲使漢家防絶萌牙。今漢都許,日以微弱,當居許昌以失天下。當塗高者,魏也;魏者,象魏兩闕之名,當道而高大者也。魏當代漢,如李雲之言也。"其文列舉讖緯之語及建安以來歷次日蝕及其它天象,以附會漢當以許昌而亡,以證曹魏代漢乃天命之所歸也。**值荊州之雪晴**。【校】雪晴:敦煌殘卷作"平",當爲抄寫之誤。按雪晴用陶侃事,《世説新語·政事》:"陶公性儉厲,勤於事。作荊州時,敕船官悉録鋸木屑,不限多少。悉不解此意。後政會,值積雪始晴,聽事前除雪後猶濕,於是悉用木屑覆之,都無所妨。"**風雲淑暢,宇宙融明。磔雞厭疫,懸羊助生**。【校】助生:敦煌殘卷作"肋生"。古民俗,正月初一懸羊頭於門,又殺雞以副之,以爲可助生氣。唐張鷟《龍筋鳳髓判》卷二引裴玄《新語》云:"正朔縣官殺羊,懸其頭於門,又磔雞以覆(副)之,俗説壓厲氣。玄以問河南伏君,伏君曰:是月也土氣上升,草木萌動,羊齧百草,雞啄五穀,故殺之以助生氣。"**趙國則庶人鳩獻**,唐虞世南《北堂書鈔》卷一百五十五:"正旦獻鳩。《列子》云,邯鄲之民以元旦獻鳩於簡子,簡子大悦,厚賞之。客問其故,簡子曰:正旦放生,示有恩也。客曰:民知君欲放之,故競捕之,死者衆矣。君若生之,不若禁民勿捕。捕而放之,恩不相補矣。"**漢郡則治中鶴警**。《初學記》卷二引周處《風土記》曰:"白鶴性警,至八月白露降,流於草葉上,滴滴有聲,則鳴。"**爾其儺燈夜驚**,儺燈:逐疫鬼時所持火把也。漢張衡《東京賦》:"爾乃卒歲大儺,驅除群厲。"李善注:"儺,逐疫鬼。"古代民俗,燃火把逐疫鬼,可使群鬼驚懼,煌煌而逃。《後漢書》卷十五《禮儀志》記載儺鬼之法云:"作方相與十二獸舞,讙呼周遍前後省,三過,持炬火送疫出端門。門外騶騎傳炬,出宮司馬闕門,門外五營騎士傳火,棄雒水中。百官官府各以木面獸爲儺人,師訖,設桃梗、鬱壘、葦茭畢,執事陛者罷。葦茭、桃杖以賜公卿、將軍、特侯、諸侯云。"**齋筵夙設**。

《後漢書》卷十五《禮儀志》："每月朔、歲首爲大朝，受賀。其儀夜漏未盡七刻，鐘鳴受賀……百官賀正月，二千石以上上殿，稱萬歲。舉觴御坐前，司空奉羹，大司農奉飯，奏食舉之樂。百官受賜宴饗，大作樂。"**送終奉始之儀，**【校】儀：底本原作"義"，從敦煌殘卷校改。《禮記集説》卷一百十二："曾子曰，孝有三：大孝尊親，其次弗辱，其下能養。"注："始之以養，終之以仁而已。古之君子，必謹其終始如此。"**餞二筵三之節。**餞二：餞，祖餞也，祖道、餞別之意，古人爲出行者祭祀路神并飲宴送行。餞二者，蓋言行路之人不宜多飲，以二爵爲節也。筵三：《儀禮》："尸作三獻之爵。"《正義》："敖氏繼公曰：主人畢獻而就筵，三獻，於是升立於西階。"**土風則白鹿爲娛，**【校】鹿：底本原作"廉"，從敦煌殘卷校改。古人以白鹿爲瑞獸。《初學記》卷二十九："《抱朴子》曰：鹿壽千歲，滿五百歲則色白。《瑞應圖》曰：王者承先聖法度無所遺失，則白鹿來。"蓋當時民間風俗，元正日飾白鹿以娛升平也。**斗柄則青龍主悦。**古人分黃道附近之一周天爲十二等分，由西向東，依次命名爲星紀（丑）、玄枵（子）、娵訾（亥）、降婁（戌）、大梁（酉）、實沈（申）、鶉首（未）、鶉火（午）、鶉尾（巳）、壽星（辰）、大火（卯）、析木（寅）等十二星次。古人以斗柄記月，以青龍（即太歲星）記歲。太歲由東而西，每行經一個星次爲一年，凡十二年爲一紀。而斗柄則一個月行經一個星次，凡十二星次爲一年。宋易祓《周官總義》卷十六："歲謂太歲，左行於地，凡歷十二舍而爲一紀，則有十二歲之位。月謂斗柄所指之月，凡歷十二朔而爲一歲，則有十二月之位。"又宋王與之《周禮訂義》卷四十四："賈氏曰：十有二月者，謂斗柄，月建一辰，十二月而周也。"日月之行一歲十二月，觀斗所建，命其四時。孟春日月會於娵訾，而斗建寅。**正容端表，**【校】正：底本原作"改"，從敦煌殘卷校改。**門新户潔。況復春來氣序和，**《初學記》卷三："《禮記·月令》曰：孟春之月……東風解凍，蟄蟲始振。魚上冰，獺祭魚，鴻雁來。天氣下降，地氣上騰。天地和同，草木萌動。"**家家少長相經過。**【校】經：敦煌殘卷作"徑"。《荆楚歲時記》：元日"長幼悉正衣冠，以次拜賀"。**旦朝參賀密，**《荆楚歲時記》："按《四民月令》云：過臘一日謂之小歲，拜賀君親，進椒酒，從小起。椒是玉衡星精，服之令人身輕能（耐）老，柏是仙藥。成公子安《椒華銘》曰：肇惟歲首，月正元日，厥味惟珍，蠲除百疾。是知小歲則用之，漢朝元正則行之。"**年前婚嫁多。**【校】婚嫁：敦煌殘卷作"嫁娶"。**少婦裝金翠，**【校】少婦：敦煌殘卷作"小婦"。**遊童盛衣羅。椒花頌逐回文寫，**椒花頌：《晋書》卷九十六《烈女傳》："劉臻妻陳氏者，亦聰辯能屬文。嘗正旦獻《椒花頌》，其詞曰：旋穹周回，三朝肇建。青陽散輝，澄景載焕。標美靈葩，爰采爰獻。聖容映之，永壽於萬。"回文：回文詩也。《晋書》卷九十六《烈女傳》："竇滔妻蘇氏，始平人也，名蕙，字若蘭，善屬文。滔苻堅時爲秦州刺史，被徙流沙，蘇氏思之，織錦爲《回文旋圖詩》以贈滔，宛轉迴圈以讀之，詞甚悽惋，凡八百四十字。"**柏葉樽宜長命歌。**柏葉：蓋以柏葉所製之酒也。古時風俗，元日飲松花酒或柏酒，以爲可以益壽延年。王績《答刺史杜之松書》:"新年則柏葉爲樽,仲秋則菊花盈把。"**遥憶二京風光好**,二京:謂漢西都長安與東都洛陽也。漢班固曾作《兩都賦》,張衡作《兩京賦》,均極力鋪陳兩京之盛狀。**玉城正殿年光早**。玉城:謂京城也。《隋書》卷三十五《經籍志》:"《道經》者云,有元始天尊,生於太元之先,禀自然之氣,沖虛凝遠,莫知其極。所以説天地淪壞劫數終盡,略與佛經同。以爲天尊之體常存不滅,每至天地初開,或在玉京之上,或在窮桑之野,授以秘道,謂之開劫度人。"**旌旐曄曄千門路**,旌旐:元梁益《詩傳旁通》卷七:"春官司常:王建太常,諸侯建旂,孤卿建旜,大夫士建物,師都建旗,州里建旟,縣鄙建旐,道車載旞,斿車載旌。旞、旐通用。師都,六鄉六遂,大夫道車象路。斿,車木路也。九旗皆畫成物之象。"此處旌旐泛指旗幟。曄曄:旌旗飄揚貌。**冠蓋紛紛兩宮道**。【校】宮道:敦煌殘卷作"官道"。冠蓋:古代官吏的帽子和車蓋,借指官吏。兩宮道:謂宮道兩側也。古代文武官員上朝,以官位尊卑,分左右站立,故云"兩宮道"。**天子拜安平,儲宮迎太保**。儲宮:指太子,亦稱儲君。太保:西周始置,監護與輔弼國君之官。武王去世,成王年少,召公任太保,以長老身份監護成王。後召公子孫即以太保爲氏(《史記·燕世家》)。古人因以太保與太師、太傅合稱"三公"。此處指太子太保,爲輔導太子之官。此兩句意爲天下太平,天子、大臣互賀平安,儲君則禮賢下士,恭迎師、傅。**大農司飲食之節**,【校】大農司:敦煌殘卷作"大農問"。大農:官名。秦時稱治粟内史,掌貨穀。漢初因之,爲九卿之一。漢景帝後元元年(前143),更名爲大農令,武帝太初元年(前104),改爲大司農。新莽時稱羲和,後又改爲納言,東漢時復稱大司農。掌錢穀,爲國家財政長官(據《漢書·百官公卿表》)。據記載,西漢時大司農每年從百姓賦斂所得達四十餘萬萬錢,凡百官俸禄、軍費和工程造作等用度,均由大司農支付。**尚書奏會朝之草**。【校】會朝:底本原作"會期",從敦煌殘卷校改。尚書:官名,指尚書令。始於秦,西漢沿置。本爲少府之屬官,掌文書及群臣奏章。漢武帝時以宦官司擔任(又稱中書令),漢成帝時改用士人。東漢政務歸尚書,尚書令遂成爲對君主負責總攬一切政令之首腦。**錫酒則酃淥新知**,【校】敦煌殘卷本句上無"錫"字。錫酒:即賜酒也。酃淥:古代美酒名。亦寫作"醽醁"。《别雅》卷五:"酃淥,醽醁也。《晉書·簡文帝紀》:初薦酃淥酒於太廟。衡陽縣有酃湖,土人取以爲釀。晉既平吴,乃薦其酒於太廟。《荆州記》云:淥水出豫章康樂,縣官取水爲酒,與湘東酃酒年常獻之,故謂之爲酃淥酒。又有作酃緑者。《水經注》言,郴縣有緑水注於耒,謂之程鄉。置官醖獻,同酃也。蓋初因地名與水名,故謂之酃淥。釀而爲酒,故加西,作醽醁也。"**加飯則雕胡始造**。【校】敦煌殘卷本句上無"加"字。雕胡:明馮復京《六家詩名物疏》卷八:"《通志》云:菰曰蓬,今人謂之茭。《爾雅》云:雕蓬者米茭也,其米謂之雕胡,可作飯。"**逼側駢填**,逼側:高低相迫貌。司馬相如《子虛賦》:"偪側泌㴔。"師古曰:"偪側,相逼也。泌㵲,相捄也。偪字與逼同。"駢填:衆多貌。明張次仲《待軒詩記》卷首:"蓋詩有刺其人者,亦有刺其俗者。……大抵衛之沬鄉,歲有遊觀,一若鄭之溱洧,皆士女咸集,車馬駢填,流風相習,以爲樂事。"**威儀折旋**。威儀:威武之儀仗。折旋:往來貌。**樂調百戲**,百戲:古代民間表演藝術形式之一,其表演内容主要有扛鼎、尋橦、吞刀、吐火等各種雜技幻術,裝扮人物之樂舞,裝扮動物之"魚龍蔓延",及帶有簡單故事情節之"東海黃公"等,類似於今之魔術雜耍。"百戲"一詞雖始見於漢,但此種表演形式濫觴於秦,西漢時已普遍流行,亦稱"角抵戲"。《後漢書》卷五《安帝紀》:"乙酉,罷魚龍蔓延百戲。"注:"《漢官典職》曰:作九賓樂,舍利之獸從西方來,戲於庭。入前殿激水,化成比目魚。吐水作霧,化成黃龍,長八丈。出水遨戲於庭,炫耀日光。蔓延者,獸名也。張衡《西京賦》所云巨獸百尋,是爲蔓延。"**觴稱萬年**。謂舉杯祝壽也。萬年:猶萬歲也。《後漢書》卷十五《禮儀志》:"百官賀正月,二千石以上上殿,稱萬歲。"**西京馬騎和鐘鼓,東國魚龍雜管弦**。此兩句所述皆百戲表演之熱鬧場面也。《駢雅》卷四:"秦漢有百戲雜樂曰魚龍蔓延,假獸也。"**日斜班束帛**,班束帛:《後漢書》卷十五《禮儀志》:"立春遣使者齎束帛以賜文官。"注:"《漢官名秩》曰:賜司徒司空帛四十匹,九卿十五匹。《古今注》曰:建武八年立春,賜公十五匹,卿十四。"班:賞賜也。《春秋公羊傳·僖公三十一年》:"晉侯執曹伯,班其所取侵地於諸侯也。"**彤闈黯將夕**。晉謝暉《酬王晉安》詩:"拂霧朝青閣,日旰坐彤闈。"李周翰注:"彤闈,宮門,謂尚書處也。"**但願皇家四海平,每歲常朝萬方客**。【校】常朝:底本原作"常期",從敦煌殘卷校改。《漢書》卷八十一《匡張孔馬傳》:匡衡奏曰:"正月朝覲天子,天子惟道德昭,穆穆以視之。又觀以禮樂,饗醴乃歸,故萬國莫不獲賜祉福,蒙化而成俗。今正月初幸路寢,臨朝賀,置酒以饗萬方。"**別有故國人**,【校】故國:敦煌殘卷作"故園"。故國人:謂故鄉人也。杜甫《上白帝城》詩"取醉他鄉客,相逢故國人"是其例。**獨守寒鄉春**。**昨夜竹聲驚百魅,今旦桃符安四鄰**。《荆楚歲時記》:"正月一日是三元之日也,謂之端月。雞鳴而起,先於庭前爆竹,以辟山臊惡鬼。帖畫雞,或斲鏤五采及土雞於户上,造桃板著户,謂之仙木。繪二神貼户左右,左神荼,右鬱壘,俗謂之門神。"**歲酒經三老**,《荆楚歲時記》:"董勛云,俗有歲首酌椒酒而飲之,以椒性芬香,又堪爲藥,故此日采椒花以貢尊者飲之,亦一時之禮也。"**年盤貴五辛**。宗懔《荆楚歲時記》:"周處《風土記》曰:元日造五辛盤。正月元日,五薰煉形。注:五辛所以發五藏之氣,即大蒜、小蒜、韭菜、雲台、胡荽是也。《莊子》所謂春正月飲酒茹葱以通五藏也。"梁庾肩吾《歲盡應令》詩:"聊傾柏葉酒,試奠五辛盤。"**老夫無所欲,光陰苦難足。試看鷥燕何日還**,【校】鷥燕:敦煌殘卷作"蟄燕"。試看:且看也。

鷾燕:燕也,亦稱玄鳥。《藝文類聚》卷九十二:"《禮》曰:仲春之月,玄鳥至。至之日,以太牢祠於高禖。"蓋燕回歸在仲春,故句云"試看"。**坐望歸鴻已相續**。歸鴻:鴻雁也。宋張虙《月令解》:"雁隨陽者,《禹貢》謂之陽鳥。雁之隨陽,居無定所。從中土視之,自北而南謂之來,自南而北亦謂之來。孟春之來,自南方而北也。"**莫愁來歲晚,但悵前塗促**。【校】但悵:敦煌殘卷作"但恨"。**年年歲歲有元正,何年何月罷逢迎**。【校】何月:敦煌殘卷作"何歲"。逢迎:曲意獻媚。《書經衷論》卷四:"人賤則逢迎必工,人狎則嘲笑易假。"**聊獻雀而相賀**,獻雀:古代雀與爵同音,故獻雀諧獻爵之意。《藝文類聚》卷九十二引《孔叢子》曰:"邯鄲民以正月旦,獻雀於趙王而綴以五采,王大悦。申叔告子從,子從曰:非先王之法,且又不令。申叔曰:何謂不令?曰:夫爵者宜受之於上,不宜取之於下。民非所得制爵也。昔虢公祈神,神賜之土田,是失國而受田之祥也。今以一國之王,受民之爵,何悦乎?"**且吞雞而自營**。宗懍《荊楚歲時記》引周處《風土記》曰:"正旦當生吞雞子一枚,謂之練形膠牙者,蓋以使其牢固不動,今北人亦如之。"**取樂長往,棲身太平。何必觀後障之紗緯,迎皇帷之織成**?【校】皇帷:敦煌殘卷作"皇惟"。織成:底本原作"緘成",從敦煌殘卷校改。皇帷:傅咸《中郎將曹府君碑銘》:"伊公立朝,雅然正色。既侍皇帷,讜言常則。"**辭御床而表德**,御床:皇帝專用坐卧具。古代帝王爲實現某種政治目的,常引權臣升御床以示恩寵。然御床乃皇帝專用之具,固非臣下可用者。雖帝王有優渥之意,而臣下必辭不敢升也。《晉書》卷六十五《王導傳》:"及帝登尊號,百官陪列,命導升御床共坐。導固辭,至於三、四,曰:若太陽下同萬物,蒼生何由仰照?帝乃止。"**坐重筵而發名**。重筵發名:東漢光武帝時,嘗於"正旦朝賀,百僚畢會,帝令群臣能説經者更相難詰,義有不同,輒奪其席,以益通者。(戴)憑遂重坐五十餘席。故京師爲之語曰:解經不窮戴侍中。"重筵,即重席也。發名,揚名也。**乃爲歌曰:獻歲風光早,芳春節會多。徑潘三月內,恣意飽經過**。【校】經過:敦煌殘卷作"相過"。

三月三日賦并序

【解題】

本賦明鈔本未載,《全唐文》題作"三日賦"。賦篇首句云"余以大業四年,獲遊京邑"。是本賦當作於大業四年(608)三月三日也。三月三日古稱上巳節。《後漢書》卷十四《禮儀志》:"是月上巳,官民皆潔於東流水上,曰洗濯祓除,去宿垢疢,爲大潔。潔者,言陽氣布暢,萬物訖出,始潔之矣。"劉昭注曰:"謂之禊也。《風俗通》曰:《周禮》女巫掌歲時,以祓除疾病。禊者,潔也。春者,蠢也,蠢摇動也。《尚書》以殷仲春,厥民析。言人解析也。蔡邕曰:《論語》莫春者春服既成,冠者五六人,童子六七人,浴乎沂,風乎舞雩,咏而歸。自上及下,古有此禮。今三月上巳祓禊於水濱,蓋出於此。杜篤《祓禊賦》曰:巫咸之徒,秉火祈福,則巫祝也。一説云:後漢有郭虞者,三月上巳產二女,二日中并不育,俗以爲大忌。至此月日,諱止家,皆於東流水上爲祈禳,自潔濯,謂之禊祠。引流行觴,遂成曲水。《韓詩》曰:鄭國之俗,三月上巳之溱、洧兩水之上,招魂續魄,秉蘭草,祓除不祥。《漢書》八月祓灞水,亦斯義也。後之良史,亦據爲正。臣昭曰:郭虞之説,良爲虚誕。假有庶民旬内夭其二女,何足驚彼風俗,稱爲世忌乎?杜篤乃稱王侯公主,暨於富商,用事伊、雒,帷幔玄黄。本傳大將軍梁商,亦歌泣於雒禊也。自魏不復用三日水宴者焉。"據此可知,三月上巳節祓禊之俗,由來尚矣。民間更因祓禊之俗,引爲春日踏青郊遊之良機,男女談情相娛之盛會。"溱與洧,方涣涣兮。士與女,方秉蕑兮。女曰觀乎?士曰既且。且往觀乎!洧之外洵訏且樂,維士與女,伊其相謔,贈之以芍藥。"至今諷咏《溱洧》之詩,先民春日歡樂熱鬧之場景,萌動奔放之情懷,仍可想見其仿佛。可知即使在周代,王畿一帶男女相會,亦絶少禁忌。漢儒以"刺亂"、"相棄"解詩,曲爲其説,甚無謂也。

　　余以大業四年,大業:隋煬帝年號。大業四年爲西元六〇八年。**獲遊京邑。暮春三月,暫騁娱遊。新停隱士之船**,隱士之船:《晉書》卷九十四《夏統傳》云:夏統字仲御,會稽永興人也。"其母病篤,乃詣洛市藥。會三月上巳,洛中王公已下并至浮橋,士女騈填,車服燭路。統時在船中曝所市藥,諸貴人車乘來者如雲,統并不之顧。太尉賈充怪而問之,統初不應。重問,乃徐答曰:會稽夏仲御也。充使問其土地風俗,統曰:其人循循,猶有大禹之遺風,太伯之義讓,嚴遵之抗志,黄公之高節。……充心尤異之,乃更就船與語,其應如響。欲使之仕,即俛而不答。""充欲耀以文武鹵簿,覬其來觀,因而謝之。遂命建朱旗舉幡,校分羽騎爲隊,軍伍肅然。須臾鼓吹亂作,胡葭長鳴,車乘紛錯,縱横馳道。又使妓女之徒服袿襡,炫金翠,繞其船三匝,統危坐如故,若無所聞。充等各散曰:此吴兒是木人石心也。統歸會稽,竟不知所終。"此處王績以夏統自喻,一語雙關,言自己本一隱士耳,如昔日之夏統,獲睹三月三日洛水士女雲集之盛。**即赴群工之席。**【校】群工:敦煌殘卷作"群公"。群工:衆官也。《尚書·堯典》:"允釐百工。"《傳》曰:"工,官也。"《詩經·周頌·臣工》:"嗟嗟臣工。"**賞閑興洽,**【校】閑:敦煌殘卷作"蘭"。閑:安閑也。洽:和諧歡悦。**接袂方轅。**

接袂:衣袖相接也。方軫:車軌相并也。本句極言士女衆多。《藝文類聚》卷四:引《夏仲御別傳》曰:"仲御詣洛,到三月三日,洛中公王以下,莫不方軌連軫,并至南浮橋邊禊。男則朱服耀路,女則錦綺粲爛。"**西望昆池**,昆池:昆明池。《漢書》卷二十七《五行志》:"元狩三年夏大旱,是歲發天下故吏,伐棘上林,穿昆明池。"《三輔故事》張澍按"漢武帝元狩四年,穿昆明池,在長安西南,周圍四十里。《西南夷傳》曰:天子使求身毒國,而爲昆明所閉。天子欲伐之,昆明國有滇池,方三百里,故作池以象之,以習水戰,因名曰昆明池。"**東臨灞岸**。灞岸:灞水之涘。《水經注》卷十六《滻水》:"滻水出京兆藍田谷,北入於灞。《地理志》曰:滻水出南陵縣之藍田谷,西北流,與一水合。水出西南莽谷,東北流注滻水。滻水又北歷藍田川,北流注於灞水。《地理志》曰:滻水北至霸陵入灞水。"**帷屏竟野,士女盈川。寶馬香車,星流雲布。氣鮮風暖,誠如褚爽之詞**;褚爽:字弘茂,小字期生。晉恭帝恭思皇后褚靈媛之父。《晉書》卷九十三《褚爽傳》云其"少有令稱,謝安甚重之,嘗曰:若期生不佳,我不復論士矣! 爲義興太守,早卒,以后父追贈金紫光禄大夫"。其所著《禊賦》有"淩元巳之清晨,遡微風之冷然。川回瀾以澄映,嶺插崿以霏烟。輕霞舒於翠崖,白雲映乎青天……風透林而自清,氣扶嶺而載軒"等句。**絡繹繽紛,正是張衡之說**。張衡:字平子,南陽西鄂人。《後漢書》卷八十九本傳云其"少善屬文,遊於三輔,因入京師觀太學,遂通五經,貫六藝。雖才高於世而無驕尚之情。……時天下承平日久,自王侯以下,莫不踰侈。衡乃擬班固《兩都》作《二京賦》,因以諷諫。"其《南都賦》鋪寫南陽三月三日禊事之盛,有"朱帷連網,曜野映雲。男女姣服,駱驛繽紛"之句。**不能默爾,聊爲賦焉。**【校】聊:敦煌殘卷作"所"。**同博奕之猶賢**,【校】猶賢:敦煌殘卷作"獨賢"。同博奕:有如博奕也。《漢書》卷六十四《王褒傳》云,宣帝好神仙,命詞賦之臣王褒及張子僑等并待詔從獵,"所幸宮館,輒爲歌頌,第其高下以差賜帛。議者多以爲淫靡不急。上曰:不有博奕者乎? 爲之猶賢乎已。辭賦大者與古詩同義,小者辯麗可喜。辟如女工有綺縠,音樂有鄭衛,今世俗猶皆以此虞説耳目。辭賦比之,尚有仁義風諭,鳥獸草木多聞之觀,賢於倡優博奕遠矣!"**沿波流之順俗**。【校】沿:底本原作"取",從敦煌殘卷校改。**終非白玉,未可抱之而悲**;《韓非子》卷四《和氏》:"楚人和氏得玉璞楚山中,奉而獻之厲王。厲王使玉人相之,玉人曰:石也。王以和爲誑而刖其左足。及厲王薨,武王即位,和又奉其璞而獻之武王。武王使玉人相之,又曰:石也。王又以和爲誑,而刖其右足。武王薨,文王即位,和乃抱其璞而哭於楚山之下,三日三夜,淚盡而繼之以血。王聞之,使人問其故,曰:天下之刖者多矣,子奚哭之悲也? 和曰:吾非悲刖也,悲夫寶玉而題之以石,貞士而名之以誑,此吾所以悲也。王乃使玉人理其璞而得寶焉,遂命曰和氏之璧。"**近等黄花,猶當嗑然而笑云爾。**【校】敦煌殘卷作"於當嗑然而笑云"。黃花:同"皇荂",亦作"皇華"。古俚俗曲名。《莊子·天地》:"《大聲》不入於里耳,《折楊》《皇荂》

則嗑然而笑,不非委巷之所尚也。"郭象注:"《折楊》《皇華》皆古歌曲也。"言《大聲》爲咸池六英之雅樂,終非里巷所尚。《折楊》《皇荂》雖俗,而委巷之人聞之則能同聲動笑。

年去年來已復春,三月三日倚河濆。河濆:河邊也。正是遨遊名地,【校】名地:底本、敦煌殘卷均作"地名"。按"地名"於義不可解,當爲"名地"之誤寫,今乙之。爲禊飲辰。傾兩京之貴族,兩京:指西京長安、東京洛陽也。漢張衡有《二京賦》。聚三都之麗人。三都:謂三國時魏都洛陽、吳都建業、蜀都成都。晉左思有《三都賦》。自須被襫,非徒解紳。【校】紳:底本原作"神"。從《全唐文》校改。解紳:被襫時,解大帶以洗濯也。晉張協《洛禊賦》云:"欣故新服之既成,將禊除於水濱。於是縉紳先生,嘯儔命友,攜朋接党,冠童八九,主希孔墨,賓慕顏柳。臨崖咏吟,濯足揮手。乃至都人士女……權戚之家,豪侈之族……集乎長洲之浦,曜乎洛川之曲……漱清源以滌穢兮,攬綠藻之纖柯。浮素妝以蔽水,灑玄醪於中河。"潘尼已向天淵渚,【校】天淵:敦煌殘卷作"天泉"。天淵:池名,在洛陽縣東,爲晉人遊宴之地。《三國志·魏書·文帝紀》:黃初五年,"穿天淵池"。潘尼:晉詩人,有《上巳日帝會天淵池》詩:"青春暮月,六氣和理。律應姑洗,日惟元巳。穀風散凝,微陽戒始。春服既成,明靈降祉。"袁紹應過薄洛津。袁紹:字本初,東漢汝南汝陽人。其高祖父袁安爲漢司徒,自袁安以下四世居三公位,由是勢傾天下,士多附之。靈帝崩,紹與太后兄大將軍何進謀誅諸閹官,何進猶疑,事泄被害。紹乃勒兵捕殺諸宦官,起兵反董卓。卓死,與曹操戰於官渡,兵敗疾作而死。薄洛津:地名,即薄落津。《藝文類聚》卷四:"《魏志》曰:袁紹三月上巳,大會賓徒於薄落津。聞魏郡兵及黑山賊于毒等數萬人共覆鄴城殺守,坐中客家在鄴者,皆憂怖失色,或起而立。紹容貌自若,不改常度。"舊嫌晦日年芳早,晦日:此指正月月晦之日。《玉燭寶典》曰:"元日至月晦,人并爲酺食,士女泛渚褉酒於水湄,以爲度厄。"《荊楚歲時記》:"元日至月晦,并爲酺聚飲食。每月皆有晦朔,正月初年,時俗重以爲節。"情知上巳風光好。誰家園裏泛紅花,《爾雅翼》卷二:"荆楚之俗,三月三日,亦出水渚沙洲間,或園宅池沼內,爲曲水飲。"何處堤傍無綠草。【校】堤傍:敦煌殘卷作"堤頭"。翠幕臨流灞池曲,【校】臨流灞池曲:敦煌殘卷作"參差臨霸池"。《文選》卷二十七謝玄暉《休沐重還道中》詩:"灞池不可別,伊川難重違。"李善注引潘岳《關中記》曰:"霸陵,文帝陵也。上有池,有四出道以寫水。"《三輔黃圖》卷六:"文帝霸陵,在長安城東七十里,因山爲藏,不復起墳,就其水名,因以爲陵號。"朱帷曜野橫橋道。【校】曜野:敦煌殘卷作"曜目"。橫橋:秦漢時長安橋名。橋在漢長安城棘門外渭水上,通長樂宮與咸陽宮。《魏書》卷六十六《崔亮傳》云:崔亮爲雍州刺史,"城北渭水淺,不通船,行人艱阻。亮謂寮佐曰:昔杜預乃造河梁,況此有異長河。且魏晉之日,亦自有橋,吾今決欲營之。咸曰:水淺不可爲,浮橋泛長,無恒又不可施柱,恐難成立。亮曰:昔秦居咸陽,横橋渡渭,以像閣道。此即以柱爲橋,今唯慮長柱不可得耳。會天大雨,山水暴至,浮出長木數百根,藉此爲用,橋遂成立,百姓利之,至今猶名崔公橋"。可知此橋如閣道,魏晋之時仍在,南北朝時已毁。其後崔亮復修之,則稱崔公橋。**過石岸而誅茅,**【校】過:原本殘,《全唐文》作"橋",兹從敦煌殘卷。誅茅:刈割茅草也。**入砂場而藉槁。**藉槁:以槁草鋪地以坐卧也。**豔豔風光,**【校】風光:敦煌殘卷作"風色"。**欣欣懷抱。南鄰戚屬,北里豪家。**南鄰、北里:此泛指豪貴之家。左思《咏史》:"濟濟京城内,赫赫王侯居。冠蓋蔭四術,朱輪竟長衢。朝集金張館,暮宿許史廬。南鄰擊鐘磬,北里吹笙竽。"**舊來常蕩,平居自奢。逢上林之卷霧,**上林:上林苑也,在長安。本秦時舊苑,漢武帝增而廣之。司馬相如有《上林賦》,極言其侈麗。卷霧:霧氣翻卷之貌。《太平御覽》引《荆州記》曰:"九疑山盤基數郡之界,連峰接岫,競秀争高。含霞捲霧,分天隔日。"**直章台之吐霞。**章台:戰國時秦國之宫殿名也。《史記·廉頗藺相如列傳》所謂"趙王於是遂遣相如奉璧西入秦,秦王坐章台見相如"是也。據《史記》卷六《秦始皇本紀》記載:秦滅六國後,"徙天下豪富於咸陽十二萬户,諸廟及章台、上林皆在渭南,秦每破諸侯,寫放其宫室,作之咸陽北阪上,南臨渭。自雍門以東至涇渭,殿屋復道,周閣相屬,所得諸侯,美人、鐘鼓以充入之。"西漢長安有章台街,因秦之章台宫而得名。街中多妓館,遍植楊柳,爲豪門貴族、公子王孫冶遊玩樂之地。**塵半濕而街静,**【校】半濕:敦煌殘卷作"半混"。街静:敦煌殘卷作"街散"。按塵半濕:言遊人車馬過後,塵土隨即爲霧露潤濕而净化也。晋張華《上巳詩》:"密雲蔭朝日,零雨灑微塵。"**氣全收而野華。**氣收:雲氣收斂,天氣晴朗也。南朝陳張正見《和衡陽王秋夜詩》:"睢苑涼風翠,章台雲氣收。"**蒲梢果下之龍騎,**蒲梢:古駿馬名。漢武帝伐大宛所得。《史記》卷二十四《樂書》:漢武帝"伐大宛得千里馬,馬名蒲梢。次作以爲歌,歌詩曰:天馬來兮從西極,經萬里兮歸有德。承靈威兮降外國,涉流沙兮四夷服"。果下:亦馬名,以其體卑小,可於果樹下行走,故名果下。《後漢書》卷一百十五《東夷傳》:"濊及沃沮、句驪,本皆朝鮮之地也,昔武王封箕子於朝鮮,箕子教以禮義……樂浪檀弓出其地,又多文豹,有果下馬。"李賢注:"高三尺,乘之可於果樹下行。"**繡軸朱輪之犢車。**犢車:《搜神後記》卷六:"盧充獵,見獐便射,中之,隨逐不覺遠。忽見一里門如府舍,問鈴下,鈴下對曰:崔少府府也。進見少府,少府語充曰:尊府君爲索小女婿,故相迎耳。三日婚畢,以車送充至家。母問之,具以狀對。既與崔别,後四年之三月三日,充臨水戲,遥見水邊有犢車,乃往開車户,見崔女與三歲兒共載,情如初。抱兒還充,又與金鋺而別。"**錦則鳳凰銜葉,綾則鴛鴦戴花。粉色傾新市,**新市:即新豐市也。《太平御覽》卷八百二十八引《三輔舊事》曰:"太上皇不樂關中,思慕鄉里,高祖徙豐沛屠兒、賣餅、商人立爲新豐,縣故多小人。"**衣香滿狹斜。**【校】狹斜:底本原作"處斜"。按"粉色傾新市衣香滿狹"九字敦煌殘卷錯入上行,并脱"斜"字。今從敦煌殘卷改。狹斜:小街小巷也。古樂府有《長安有狹斜行》,述少年冶遊之事,後世因多以狹斜指娼妓居處。**歷豐城而轉蓋**,豐城:即豐鄗,周文、周武之都城,在長安。蓋:車蓋也,車上遮陽之傘蓋。**臨渭浦而停笳**。渭浦:渭水之濱也。停笳:停止鼓吹也。笳乃古代北方民族之樂器,形類於笛,故又稱胡笳。漢時傳入中原,成爲漢代鼓樂中主要樂器。**坐帷撑犀角**,【校】坐帷:敦煌殘卷作"坐帳"。**行床鋪象牙**。【校】行床:敦煌殘卷作"門床"。**洛都故事**,《藝文類聚》卷四:引《夏仲御別傳》曰:"仲御詣洛,到三月三日,洛中公王以下,莫不方軌連軫,并至南浮橋邊禊。男則朱服耀路,女則錦綺粲爛。"晋夏侯湛、張協均有《洛禊賦》賦其風俗。**陳留風俗**。指春秋時鄭國上巳節男女歡會之俗也。陳留屬鄭地,《春秋公羊傳·桓公十一年》:"九月,宋人執鄭祭仲。"《疏》曰:"古者鄭國處於留。先,鄭伯有善於鄶公者,通乎夫人以取其國,而遷鄭焉。"《詩·鄭風·溱洧》:"溱與洧,方涣涣兮。士與女,方秉蕑兮。女曰觀乎?士曰既且。且往觀乎?洧之外洵訏且樂,維士與女,伊其相謔,贈之以芍藥。"《詩序》卷上:"鄭俗淫亂,乃其風聲氣習流傳已久,不爲兵革不息,男女相棄而後然也。"**障額鈎枝**,障額:頭飾名,用以遮覆前額,故名障額。鈎枝:謂釵若枝椏鈎盤也。《釋名》曰:"釵,枝形也,因名之也。"**釵梁填粟**。釵梁:婦人首飾也。庾信《鏡賦》:"懸媚子於搔頭,拭釵梁於粉絮。"填粟:即細粟,嵌金之飾物也,亦稱"粟瑱"。"填"、"鈿"、"瑱"音同。庾信《夜聽擣衣詩》:"小蠻宜栗瑱,圓腰運織皮。"**玉盤盛果,金瓶泛醽。案列萬錢**,【校】案列:敦煌殘卷作"俎列"。**杯流九曲。戲分羣聚,人多座促。争梟帝女之壺**,梟:賭具中之骰子,以幺爲梟,以六爲盧。帝女之壺:投壺也。《藝文類聚》卷十七引《神異經》曰:"東荒山中有大石室,東王公居之。長一丈,頭髮皓白,鳥面人形而虎尾,恒與玉女更投壺。"**鬥彩曹王之局**。鬥彩:下賭注也。曹王之局:《世説新語·巧藝》:"彈棋始自魏宫内裝奩戲也。文帝(曹丕)於此技亦特好,用手巾拂之,無不中。有客自云能,帝使爲之。客著葛巾,拂棋,妙踰於帝。"又《三國志·魏書》卷二十一《王粲傳》云:王粲"觀人圍棋,局壞,粲爲覆之,棋者不信,以帕蓋局,使更以他局爲之,用相比較,不誤一道。其强記默識如此。"**六博退而魚盡**,【校】魚盡:底本原做"梟盡",此從敦煌殘卷校改。六博:字亦作"陸博"或"六簿"。博本爲古代棋局之一種,其用具包括六箸和十二棋。《楚辭·招魂》:"有六簿些。"洪興祖《楚辭補注》引《古博經》:"博法,二人相對坐,向局,局分爲十二道,兩頭當中名爲水。用棋十二枚,六白六黑,又用魚二枚,置於水中,其擲采以瓊爲之。二人互擲采行棋,棋行到處即豎之,名爲驍棋,即入水食魚,亦名牽魚。每牽一魚獲二籌,翻一魚獲二籌。"可見博和六博原指用擲采以定行棋之遊戲,後來逐漸變化成賭博之形式。《孟子正義》:"後人不行棋而專擲采,遂稱擲采爲博(賭博)。

博與弈益遠矣。"樗蒲停而馬足。樗蒲：亦博戲之一。《博物志》謂老子入胡所作。唐李肇《國史補》卷下："古之摴蒱，其法三分其子三百六十，限以二關，人執六馬，其骰五枚，分上爲黑下爲白。黑者刻二爲犢，白者刻二爲雉。擲之全黑者爲盧，其采十六。二雉三黑爲雉，其采十四。二犢三白爲犢，其采十。全白爲白，其采八。四者貴采也，開爲十二塞，爲十一塔，爲五禿，爲四撅，爲三梟，爲二六者，雜采也。貴采得連擲，得打馬，得過關，餘采則否。新加進九、退六兩采。"新投素卵，始泛玄醪。古人三月三日上巳節於河水中浮雞卵，曲觴流水以爲戲。晉潘尼《三日洛水作》詩："羽觴乘波進，素卵隨流歸。"晉張協《洛禊賦》："浮素卵以蔽水，灑玄醪於中河。"洞簫徐引，仙瑟對操。喧趙琴而弦急，促秦箏而柱高。趙琴：指趙瑟。《史記》卷八十一《廉頗藺相如列傳》云：趙惠文王與秦王會澠池，"秦王飲酒酣，曰：寡人竊聞趙王好音，請奏瑟。趙王鼓瑟。秦御史前書曰：某年月日，秦王與趙王會飲，令趙王鼓瑟。藺相如前曰：趙王竊聞秦王善爲秦聲，請奉盆缻秦王，以相娛樂。"秦箏：漢應劭《風俗通》云："或曰秦蒙恬所造。"秦人善彈箏，李斯《諫逐客書》曰："擊甕扣缶，彈箏搏髀而歌呼嗚嗚快耳者，真秦之聲也。"曹丕《善哉行》："齊侶發東ense，秦箏奏西音。"連歌合舞，【校】合舞：底本原作"令舞"。從敦煌殘卷、《全唐文》改。節鼓鳴鞀。節鼓：宋陳暘《樂書》卷一百三十八："節鼓不詳所造，蓋拊與相二器之變也。江左清樂有節鼓，狀如弈局，朱髹畫其上，中開圓竅，適容鼓焉，擊之以節樂也。"鞀：《禮記集說》卷二十九："鞀如小鼓，長柄，旁有耳，搖之使自擊。"方響銀纏架，方響：古代樂器，屬清樂部。多爲鐵製，亦有銅或玉製者。共有十六枚長方形金屬或玉片，以片之薄厚定音之高低，按順序分兩排排置於架上，以小槌擊之而發聲。《太平御覽》卷五百八十四："《三禮圖》：方響，梁有銅磬，蓋今方響也。方響以鐵爲之，修八寸，廣二寸，圓上方下，架如磬而不設業，倚架上以代鐘磬。人間所用者纔三四寸。"琵琶金屑槽。金屑槽：謂弦槽以黃金裝飾也。槽爲架弦之具。席闌賞洽，席闌：猶酒闌。《史記》卷八《高祖本紀》"酒闌"，《集解》："文穎曰：闌言希也，謂飲酒者半罷半在謂之闌。"情盤樂恣。盤：樂也。《書·五子之歌》："盤遊無度。"宋夏僎解曰："盤之爲言樂也，樂於此而不知其非也。"徙榻渠邊，回筵水次。臨石磧而爭洗，石磧：同石砧，擣衣石也。倚橋欄而半醉。浪動鳧移，鳧：野鴨。沙平雁萃。萃：集也。萍著浦而偏密，荇連汀而漸稀。荇：水草名。《詩·周南·關雎》："參差荇菜，左右流之。"汀：水中小洲。《楚辭·九歌·湘夫人》："搴汀洲兮杜若。"稀：稠也。樹泊漁舟，莎侵釣地。沉玉轄而初設，【校】初設：敦煌殘卷作"新設"。玉轄：疑爲"玉犗"之誤。《莊子·外物》："任公子爲大鉤巨緇，五十犗爲餌，投竿東海而釣。"犗爲去勢之牛。玉犗，言餌之美也。貫銀鉤而欲墜。綱飾茱萸，竿裝翡翠。振鱗掉尾，穿腮約鼻。

金門舊學，金門：金馬門也，漢代宫門名，以門旁有銅馬而名之。《三輔黄圖》："金馬門，宦者署，在未央宫。武帝得大宛馬，以銅鑄像，立於署門，因以爲名。"漢代東方朔、主父偃、嚴安、徐樂等皆嘗待詔金馬門，後世因指文士所出。**玉署新賢**。玉署：漢宫名，學者所居。一名玉堂。後世稱翰林院爲玉署。**修太玄於暮齒**，漢荀悦《前漢紀》卷二十九《孝哀》："（揚）雄好賦頌，文似司馬相如，晚節以爲無益而輟止，乃依《易》著《太玄經》。"**擅中黄於早年**。【校】早年：敦煌殘卷作"孺年"。擅，獨攬也。中黄：漢代藏府名。《後漢書》卷七《桓帝紀》："芝草生中黄藏府。"李賢注："《漢官儀》曰：中黄藏府，掌中幣帛金銀諸貨物也。"句謂早年便獨攬英名，受皇帝賞識，常得中黄藏府賞賜物也。**校書芸閣之上**，芸閣：古代藏書閣，因以芸草避蠹，故名。亦稱芸窗，校書之處。宋陸佃《埤雅》卷十八："蘭香草也……藏之書中辟魚，故古有蘭省、芸閣。芸亦辟蠹。"**射策蘭臺之前**。蘭臺：漢代宫中藏書處，御史中丞掌之。後又置蘭臺令，使典校圖籍，治理文書。至唐，改秘書爲蘭臺，蓋取漢蓼中蘭臺掌秘書之義。射策：漢代取士制度之一。《漢書》卷七十八："望之以射策甲科爲郎。"顔師古曰："射策者，謂爲難問疑義，書之於策，量其大小，署爲甲乙之科，列而置之，不使彰顯。有欲射者，隨其所取得而釋之，以知優劣。射之言投射也，對策者顯問以政事、經義，令各對之而觀其文辭，定高下也。"**鳴儔北闕**，鳴儔：唤侣也。曹植《名都篇》："鳴儔嘯匹侣，列坐竟長筵。"闕：古代宫門前左右相對的高建築物，中間爲通道。宋陳祥道《禮書》卷三十七："先王之時門皆南向，漢有北闕、東闕，非古也。"《釋名》："觀在門兩旁，中央闕然爲道也。"《漢書》卷八十六《王嘉傳》："駙馬都尉董賢，亦起官寺上林中，又爲賢治大第，開門鄉北闕，引王渠灌園池。"**合集東川**。【校】合集：敦煌殘卷作"會集"。東川：即東流之水。《後漢書》卷十四《禮儀志》："是月上巳，官民皆潔於東流水上，曰洗濯祓除，去宿垢疢，爲大潔。"**暫疑竹林徑**，【校】敦煌殘卷作"暫疑竹徑"。竹林徑：竹林間小徑。隱指蘭亭文人集會之環境。晋王羲之《蘭亭集序》："此地有崇山峻嶺，茂林修竹。又有清流激湍，映帶左右。"**真成都柳泉**。【校】敦煌殘卷作"真成柳泉"。都柳泉：都城長安細柳觀與渭口之泉也。語出庾信《華林園馬射賦》："其日上巳，其時少陽。……帷宫宿設，帳殿開筵。傍臨細柳，斜界祈年。開鶴列之陣，麾魚鬚之旗。行漏抱刻，前旌載鳶。河湄薙草，渭口澆泉。"**琴樽促賞，少長同筵。九班麟角之仙筆**，麟角仙筆：苻秦王嘉《拾遺記》卷九："張華字茂先，挺生聰慧，好觀秘異圖緯之部，捃采天下遺逸，自書契之始，考驗神怪及世間閭里所説，撰《博物志》四百卷，奏於武帝。……即於御前賜青鐵硯，此鐵是于闐國所獻而鑄爲硯也。賜麟角筆，以麟角爲筆管，此遼西國所獻。"**五色魚羅之彩箋**。魚羅彩箋：以羅帛所製之箋稱之爲"羅箋"。古蜀地所製之箋以"魚箋"最著名，又稱"魚子"。宋朱長文《墨池編》卷六引李肇《國史補》曰："紙之妙者,則越之剡藤、苔箋,蜀之麻面、屑骨、金花、長麻、魚子、十色箋。"**杜篤題新賦**,杜篤:東漢賦家。著有《祓禊賦》。**張華掞雅篇**。張華:晉代詩人,有《三月三日後園會》詩。掞:鋪寫也。**問束皙而知博**,束皙:晉代文學家。《荊楚歲時記》引《續齊諧記》:"晉武帝問尚書摯虞曰:三日曲水,其義何指?答曰:漢章帝時,平原徐肇以三月初生三女,至三日俱亡,一村以爲怪。乃相與攜酒至東流水邊洗滌去災,遂因流水以泛觴。曲水之義,起於此也。帝曰:若如所談,便非嘉事。尚書郎束皙曰:摯虞小生,不足以知此。臣請説其始。昔周公卜城洛邑,因流水以泛酒,故逸詩云'羽觴隨波流'。又秦昭王三月上巳,置酒河曲,有金人自東而出,奉水心劍曰:令君制有西夏。及秦霸諸侯,乃因此處,立爲曲水。二漢相沿,皆爲盛事。帝曰善,賜金五十斤。"**談子房而著玄**。談子房:《晉書》卷四十三《王戎傳》云,王戎"爲人短小,任率不修威儀。善發談端,賞其要會。朝賢嘗上巳禊洛,或問王濟曰:昨會有何言談?濟曰:張華善説史漢,裴頠論前言往行,袞袞可聽。王戎談子房、季札之間,超然玄著。其爲識鑒者所賞如此。"**李膺猶捧手**,李膺:後漢名士,安元禮。桓帝時爲司隸校尉,謀誅宦官,整頓朝綱。以聲名自高,士有爲容接者,名爲"登龍門"。後爲宦官所殺。捧手:拱揖也。《後漢書》卷六十五《鄭玄傳》:"得意者咸從捧手,有所授焉。"**王澄偃仰眠**。王澄:晉人,王衍之弟,字平子。曾爲荆州刺史,日夜縱酒,不親庶事。雖寇戎急務,亦不縈懷。士庶莫不傾慕,盛名出王敦右。

羽林名騎,羽林:禁軍之名,取如羽疾、如林多之義。漢武帝時置建章營騎,後改名羽林。東漢以後,歷代皆置羽林監,唐代有左右羽林軍。**期門謁者**。期門:官名,漢武帝建元中置,掌執兵扈從,後更名虎賁郎。《漢書》卷六十五《東方朔傳》云,武帝微行,"八九月中,與侍中常侍武騎,及待詔隴西北地良家子能騎射者,期諸殿門,故有期門之號。"謁者:官名。秦置,漢因之,掌賓贊受事。**勇振行間,聲高帳下。鐵骹文鏃**,鐵骹:"骹"通"髐",鐵製的響箭。宋柳開《塞上》詩有"鳴骹直上一千尺,天静無風聲正乾"之句,亦其例。**銀鞍鏤瓦**。鏤瓦:錯金之楯脊也。《左傳·昭公二十六年》:"射之,中楯瓦。"注:"瓦,楯脊。"**新彎柘月之弧**,柘:桑屬。柘枝長而勁,製弓最宜。以柘木所製之弓稱柘弧。柘弓形如彎月,故云柘月弧。庾信《春賦》:"金鞍始被,柘弓新張。"**始被蘭池之馬**。蘭池:馬名。《庾子山集》卷一《三月三日華林園馬射賦》:"俱下蘭池之宫。"倪璠注引《尸子》云:"馬有蘭池之名矣。"又《魏書》卷九十八《蕭衍傳》:"虎班、龍文之逸,蘭池、蒲梢之駔。"**既措杯而水緑**,措杯:置杯也。措,置放。言羽觴隨波逐流,與緑水相映也。**亦鳴鞭而汗赭**。汗赭:出血汗也。赭,赤色。漢武帝得西域寶馬,因汗血而名汗血馬。顔延年《赭白馬賦》:"膺門沫赭,汗溝走血。"庾信《華林園馬射賦》:"於是咀銜拉鐵,逐日追風。并試長楸之埒,俱下蘭池之宫。鸣鞭則汗赭,入堁則塵紅。"**射堂高望**,射堂:古代習射之所,又稱射室、射宫。《禮記·射義》:"古者天子之制,諸侯歲獻貢士於天子,天子試之於射宫。"庾信《春賦》:"拂塵看馬堁,分朋入射宫。"**修衢迴尋**。修衢:長路也。迴尋:長遠貌。**弓聲中絶,箭道平臨。暈張埘滿**,暈:的暈也,即箭靶之暈圈。以其圓如月暈,故名。庾信《華林園馬射賦》有"的暈重圓"句。張:施也。埘:射垛。**塵驚堁深**。堁:騎射場四周之土圍墙也。《説文》:"堁,卑垣也。"**始銅穿而石漏**,銅穿石漏:喻箭射威力之强也。庾信《華林園馬射賦》:"欲使石梁銜箭,銅山飲羽。"**終雁斷而猿吟**。庾信《華林園馬射賦》:"雁失群而行斷,猿求林而路絶。"《藝文類聚》卷九十五引《吕氏春秋》曰:"荆王有神白猨,王自射之,則搏樹而嬉。使養由基射之,始調弓,矯矢未發,猨擁樹而號。"**帶周遭玉,鞘縫恰金**。上二句謂帶上飾玉,劍鞘鑲金也。

　　大堤諸絶豔,大堤:楚地名。其地多美女。南朝樂府《西曲歌》有《襄陽樂》,其首章云:"朝發襄陽城,暮至大堤宿。大堤諸兒女,花豔驚郎目。"梁簡文帝《雍州十曲》有《大堤》一首,至唐,則有《大堤曲》,多咏大堤美女。如張柬之《大堤曲》云:"南國多佳人,莫若大堤女。玉床翠羽帳,寶襪蓮花炬。魂處自目成,色授開心許。迢迢不可見,日莫空愁予。"**中城之少女。總角當壚**,總角:未成年男女,於頭頂兩側結角形髮辮,謂之總角。此指少女。《詩·魏風·氓》:"總角之宴。"當壚:壘土爲置酒之台謂之壚。當壚:謂售酒也。**初筓弄杼**。初筓:指十五歲之少女。筓,簪也。《禮記·内則》:"女子十年不出,十有五年而筓,二十而嫁。有故,二十三年而嫁。聘則爲妻,奔則爲妾。"弄杼:謂織布也。《古詩十九首·迢迢牽牛星》:"纖纖擢素手,札札弄機杼。"**臨鏡臺而憶昔,出香街而嘯侣。錦袖争垂,花鈿半舉**。鈿:女子之頭飾。《説文·新附》:"鈿,金華也,婦女頭飾。"**浮絳棗而相逐**,浮絳棗:浮紅棗於水也,亦上巳節一種遊戲。絳棗:絳地所產之棗也,味甘美異常。庾肩吾《三日侍蘭亭曲水宴》詩云:"桃花生玉潤,柳葉暗金溝。踴躍頳魚醉,參差絳棗浮。"梁蕭子範《家園三日賦》:"灑玄醪於沼沚,浮絳棗於泱泱。"杜篤《祓禊賦》:"浮棗絳水,酹酒釀川。"**椠紅蘭而延佇**。椠:折也。古代鄭國風俗,上巳節於溱洧兩水之上招魂續魄。秉蘭草祓除不祥。**照影窥潭,湔衫傍渚**。湔:洗也。**新開避忌之席**,避忌:有所回避也,謂守禮。**更作招魂之所**。更:改也。**相呼攜手共留連,著晚風光最可憐**。可憐,可愛也。**棠梨别館低斜日**,【校】低斜日,《全唐文》作"祗斜日"。棠梨:漢甘泉宫觀名。司馬相如《上林賦》"下棠梨,息宜春"即指此。**鳷鵲重樓含暮烟**。鳷鵲:漢代樓觀名,在甘泉苑内。《三輔黄圖》:"甘泉苑,武帝置。苑中起宫殿樓閣百餘所,有鳷鵲觀。"謝朓

《贈內府同僚》詩："金波麗鳷鵲，玉繩低建章。"**樹下遺香粉**，梁劉潛《謝始興王賜花紈簟啓》："九日煎砂，香粉猶棄。"謂九日并出，有煎砂爛石之熱，而取爽之香粉猶可捐棄也。又庾信《春賦》："三日曲水向河津，日晚河邊多解神。樹下流杯客，沙頭渡水人。"**砂頭送紙錢**。砂頭：沙洲之頂端也。送紙錢：致諸鬼神者。《封氏聞見記》卷六："紙錢：今代送葬，爲鑿紙錢，積錢爲山，盛加雕飾，舁以引柩。按古者享祀鬼神，有圭璧幣帛，事畢則埋之。後代既寳錢貨，遂以紙錢送死。《漢書》稱盜發孝文園瘞錢是也。率易從簡，更用紙錢。紙乃後漢蔡倫所造，其紙錢魏晉以來始有其事。今自王公，逮至匹庶，通行之矣。凡鬼神之物，其象似，亦猶塗車芻靈之類。古埋帛，今紙錢則皆燒之，所以示不知神之所爲也。"蓋三日水邊祓除不祥，有送紙錢之舉。

尋春須得遍，但住莫言旋。【校】住：《全唐文》作"任"。旋：還也。**紫騮停策**，紫騮：良馬也。古樂府有《紫騮馬歌》。策：馬鞭也。**青牛駐幰**。《後漢書》卷一百十二《甘始傳》："甘始、東郭延年、封君達三人者，皆方士也……君達號青牛師。"李賢注引《漢武内傳》曰："封君達隴西人，初服黃連五十餘年，入鳥舉山，服水銀百餘年，還鄉里，如二十者。常乘青牛，故號青牛道士。"《藝文類聚》卷四引崔掖《夜遊詩》曰："金勒銀鞍控紫騮，玉輪朱幰駕青牛。"幰：《一切經音義》引《蒼頡篇》："布帛張車上爲幰。"**看射雉於平皋**，《左傳·昭公二十八年》："昔賈大夫惡，娶妻而美，三年不言不笑。御以如皋，射雉獲之，其妻始笑而言。"此句用平皋射雉典，喻指士與女士已祓禊春遊以相互取悦也。**送乘羊於御阪**。乘羊：《晉書》卷三十六《衞玠傳》："玠字叔寶，年五歲，風神秀異，祖父瓘曰：此兒有異於衆，顧吾年老不見其長成耳。總角乘羊車入市，見者皆以爲玉人，觀之者傾都。驃騎將軍王濟，玠之舅也，儁爽有風姿，每見玠輒歎曰：珠玉在側，覺我形穢。又嘗語人曰：與玠同遊，冏若明珠之在側，朗然照人。"又《世説新語·容止》："衞玠從豫章至下都，人久聞其名，觀者如堵牆。玠先有羸疾，體不堪勞，遂成病而死，時人謂看殺衞玠。"劉孝標注引《衞玠別傳》曰："玠在群伍之中，寔有異人之望。齠齔時乘白羊車於洛陽市上，咸曰：誰家璧人？於是家門州黨號爲璧人。"御阪：輦下之大坡也。按上句"射雉"寫"娛女"，此則以"乘羊"寫"觀士"。**悵望原隰，徘徊林畹**。畹，通"苑"。**詎念城遥，寧知伴遠？聞烏啼而訝夕**，【校】烏啼：底本原作"鳥啼"，敦煌殘卷同底本。兹從《全唐文》校改。烏啼：南朝樂府《清商曲辭》有《烏夜啼》曲。如梁劉孝綽《烏夜啼》辭云："鵾弦且輟弄，鶴操暫停徽。別有啼烏曲，東西相背飛。倡人怨獨守，蕩子遊未歸。忽聞生離曲，長夜泣羅衣。"**憶蠶饑而慮晚**。梁簡文帝《采桑詩》："薄晚畏蠶饑，競采春桑葉。寄語采桑伴，訝今春日短。"又陳徐伯陽《賦得日出東南隅》詩："蠶饑日晚蹔生愁，忽逢使君南陌頭。"**別有公子盛光儀，羽蓋相將連騎馳**。羽蓋：以翠色羽毛所覆之車蓋，爲王侯所乘車之飾。**出入芙蓉苑**，芙蓉苑：隋唐時代長安名苑。宋程大昌《雍録》卷六:"唐曲江,本秦隑州。至漢爲宣帝樂遊廟,亦名樂遊苑,亦名樂遊原。其地最高,四望寬敞。隋營京城,宇文愷以其地在京城東南隅,地高不便故,闕此地不爲居人坊巷,而鑿之爲池,以厭勝之。又會黃渠水自城外南來,可以穿城而入,故隋世遂從城外包之入城,爲芙蓉池,且爲芙蓉園也。劉餗《小説》曰:園本古曲江,文帝惡其名曲,改名芙蓉。爲其水盛而芙蓉富也。"《明一統志》卷三十二:"芙蓉苑在曲江池之西南,即秦宜春苑地,唐立此苑。又城東郭外有芙蓉園,唐太宗嘗以賜魏王泰。"**經過連勺陂。**漢蓮芍縣之鹽池也。蓮芍縣故城在今陝西渭南。《太平寰宇記》卷二十八引《漢書·宣帝紀》如淳注曰:"蓮芍縣有藍池,縱廣十餘里,其鄉人名曰鹵中。"又引孟康注曰:"蓮芍,縣西北也。按漢蓮芍縣在此縣東南下邽縣界,此即鹵中也。"**爭傳塞下梅花在,**塞下梅花:謂美人也。陳後主《梅花落》詩其一云:"金砌落芳梅,飄飄上鳳台。拂妝疑粉散,逐溜似萍開。映日花光動,迎風香氣來。佳人早插髻,試立且徘徊。"其二云:"楊柳春樓邊,車馬飛風烟。連娉烏孫伎,欲客單於氈。雁聲不見書,鼉絲欲斷弦。欲持塞上蕊,試落將軍前。"此處用陳後主詩意,謂公子王孫爭競相傳,言冶遊之地,有美如烏孫伎者之麗人也。**强報閨中桑葉萎。**强報:强説也。漢枚乘《梁王莬園賦》:"春陽生兮萋萋,不才子兮心哀。見佳容兮不能歸,桑萋蠶饑,悵望奈何!"南朝宋沈約《三月三日率爾成章》:"寧憶春蠶起,日暮桑欲萎。"言公子王孫見麗人而不欲其早歸,士女則强辭曰:"桑萋蠶饑,不可晚歸也。"**鬪雞宣曲路,【校】**底本原作"鬪雞豈曲路",《全唐文》作"聞雞宣曲路"。宣曲:宫名。漢武帝時於長安宣曲所建之宫,在長安縣昆明池之西。司馬相如《上林賦》:"西馳宣曲,濯鷁牛首。登龍台,掩細柳。"《三輔黃圖》卷三:"宣曲宫在昆明池西。孝宣帝曉音律,常於此度曲,因以爲名。"**泛鷁昆明池。**《三輔故事》張澍按"漢武帝元狩四年,穿昆明池。在長安西南,周圍四十里。《西南夷傳》曰:天子使求身毒國,而爲昆明所閉。天子欲伐之,昆明國有滇池,方三百里,故作池以象之,以習水戰,因名曰昆明池。"**浪影文青雀,**青雀:青雀本爲水鳥,以船首常繪其形,故以名船。隋煬帝《江都宫樂歌》:"淥潭桂楫浮青雀,果下金鞍躍紫騮。"**泥光濺綠騧。**綠騧:以熊羆皮所製之蔽泥。蔽泥者,垂於馬腹兩旁,以蔽塵土者也。《西京雜記》卷二:漢武帝時"貳師得天馬,帝以玫瑰石爲鞍,鏤以金銀鍮石,以綠地五色錦爲蔽泥,後稍以熊羆皮爲之。熊羆毛有綠光,皆可二尺者,直百金。卓王孫有百餘雙,詔使獻二十枚"。**若非五陵遊俠少,**五陵:漢高祖及惠、景、武、昭諸帝陵也。漢高祖長陵、惠帝安陵、景帝陽陵、武帝茂陵、昭帝平陵。漢代諸陵皆遷各地豪强富户以置陵邑,故多出遊俠輕薄不法之徒,時人謂之"五陵少年"。**定是三秦輕薄兒。**三秦:指關中地。項羽亡秦後,分關中地爲三,曰雍、塞、翟,使秦將章邯、司馬欣、董翳王之,號曰三秦。**玉笛吹楊柳,**宋郭茂倩《樂府詩集》卷二十二引《唐書·樂志》曰:"梁樂府有《胡吹歌》云:上馬不捉鞭,反拗楊柳枝。下馬吹横笛,愁殺行客兒。此歌辭元出北戎,即鼓角横吹曲《折楊柳》是也。《宋書·五行志》曰:晋太康末,京洛爲《折楊柳之歌》,其曲有兵革苦辛之辭。按古樂府又有《小折楊柳》,相和大曲有《折楊柳行》,清商四曲有《月節折楊柳歌》十三曲。"金冠飾鵔鸃。《史記》卷一百二十五《佞幸列傳》:"諺曰:力田不如逢年,善仕不如遇合,固無虚言。非獨女以色媚,而仕宦亦有之。昔以色幸者多矣,至漢興,高祖至暴抗也,然籍孺以佞幸,孝惠時有閎孺。此兩人非有才能,徒以婉佞貴幸,與上卧起,公卿皆因關説。故孝惠時郎侍中皆冠鵔璃、貝帶,傅脂粉,化閎、籍之屬也。"《集解》:"(裴)駰案:《漢書音義》曰:鵔鸃鳥名,以毛羽飾冠,以貝飾帶。《索隱》:許慎云:鵔鸃,鷩鳥也。《淮南子》云:趙武靈王服貝、鵔鸃。"

念此日之嬉戲,亦無窮之賞托。賞托:遊賞寓托。但是津傍悉泛舟,但是:猶今言只要是也。若個山頭不投幕。若個:哪個。俎席交時,俎席:設俎之宴席。俎:祭祀設宴陳置牲肉之几,木製,四腿,漆飾。交:謂交酢,即獻酬。烟霞綺錯。何縣何州,無林無塹? 俗非溱洧,溱洧:溱水與洧水。在春秋時鄭國境内。《詩·鄭風·溱洧》:"溱與洧,方涣涣兮。士與女,方秉蘭兮。女曰觀乎?士曰既且。且往觀乎?洧之外洵訏且樂。維士與女,伊其相謔,贈之以芍藥。"古代鄭國溱洧一帶民風活潑開放。《六家詩名物疏》卷二十一:"薛君注:鄭國之俗,三月上巳之溱洧兩水之上,招魂續魄,秉蘭草祓除不祥,故詩人願與所悦者俱往也。《本草經》謂:蘭草可辟不祥,故執以祓除。抑或以蘭有國香,人所服媚。《淮南子》曰:男子樹蘭,美而不芳,説者以爲蘭女類。故《左傳》稱女爲季蘭,宜女子樹。鄭女故執之以媚其士,與祓除之禮説者參差。"風成鄴洛。鄴洛:鄴縣與洛陽,皆春秋時鄭地。古代民風皆開放,故爲説詩者斥爲淫風。《藝文類聚》卷四引《夏仲御别傳》曰:"三月三日,洛中公王以下,莫不方軌連軫,并至南浮橋邊禊。男則朱服耀路,女則錦綺粲爛。"年年歲歲,傾城傾郭。祇爲春光動性靈,剩使娱遊不暫停。剩使:益使,更始。《字彙》:"剩,益也。"南度橋邊無數醉,南度橋:指南浮橋,在洛陽附近。《太平寰宇記》卷五十二:"南浮橋在縣南一里,即太始十年杜征南造。晋武勞預曰:非卿不能造此橋。預對曰:非陛下聖明臣不能施其功。即此橋也。"東流水上幾人醒!《後漢書》卷十四《禮儀志》:"是月上巳,官民皆潔於東流水上,曰洗濯祓除,去宿垢痰,爲大潔。"隱士船中藥,用夏統船中暴藥典,見本賦"新停隱士之船"句注。秦王劍裏銘。《續齊諧記》:"秦昭王三月上巳,置酒河曲,見金人自河而出,奉水心劍曰:令君制有西夏。"若嫌鄭國桃花浦,嫌:厭也。桃花蒲:指桃花水之時,水邊宴樂。爲向山陰蘭葉亭。爲向:則向也。山陰蘭葉亭:謂晋王羲之、孫綽等四十一人,於穆帝永和九年三月三日在蘭亭雅集之事。蘭亭在會稽山陰。王羲之有《蘭亭集序》以記其事。

【相關資料】

　　《荆楚記》云："屈原以五月五日投汨羅而死，人傷之，以舟檝拯焉，故武陵競渡用五月五日，蓋本諸此。"劉夢德云："今舉檝相和之音皆曰'何在'，蓋所以招屈原也。詩曰：'湘江五月平隄流，邑人相將浮彩舟。靈均何在歌已矣，哀音振檝從此起。'又有《招屈亭詩》，所謂'曲終人散空江暮，招屈亭前水東注'是也。今江浙間競渡，多用春月，疑非招屈之義。"及考沈佺期《三月三日獨坐驩州》詩云："誰念招魂節，翻爲禦魅囚。"王績《三月三日賦》亦云："新開避忌之席，更作招魂之所。"則以上巳爲招屈之時，其必有所據也。予觀《琴操》云："介子推五月五日焚林而死，故是日不得發火。"而《異苑》以爲寒食始禁烟。蓋當時五月五日以周正言之耳，今用夏正乃三月也。屈原以五月五日死，而佺期、王績以上巳爲招魂之節者，亦豈是耶？

　　（宋阮閱《詩話總龜後集》卷二十六）

　　王無功《三月三日賦》："聚三都之麗人。""長安水邊多麗人"語本此。

　　（宋王應麟《困學紀聞》卷十八。）

王績文集卷二

詩

靈龜 四言

【解題】

本首詩僅載於五卷本三種,諸三卷本、《文苑英華》及《全唐詩》均未載。原本標目作"四首",而内文復標曰"四言",蓋爲書寫之訛耳。據吕才《王無功文集序》:"大業末,應孝悌廉潔舉,射高第,除秘書正字……及爲正字,端簪理笏,非其所好也。以疾罷,乞署外職,除揚州六合縣丞。君篤於酒德,頗妨職務。時天下將亂,藩部法嚴,屢被勘劾。君歎曰:羅網高懸,去將安所?遂出受俸錢,積於縣門外,托以風疾,輕舟夜遁。"本詩小序謂"靈龜,君子有悔也。言明不若昧,進不若退",正與作者棄六合縣丞前後之心態吻合,本詩當即作於其時。拙作《王績年譜》考定作者之應孝悌廉潔舉在大業十年(614)五月,又據王度《古鏡記》,王績棄官自六合歸,在大業十年末。故本首詩所作之時間,或即在大業十年五月到歲末之間乎?

按本詩小序十六字,五卷本三種皆與詩連鈔而未分行。韓理洲《王無功文集》五卷本會校及張錫厚《王績研究》上編《王績集》輯校,亦均以此十六字斷爲四言四句,以爲詩歌正文。然細推繹其文意,若以四言四句句讀,則其上下文意實難貫通融洽,其義亦未妥貼,且與後文意脈承轉殊不連貫,亦與全詩轉韻規律不合。反復咏讀,乃悟此十六字者,蓋乃詩前小序也。前之鈔書者未加分行,後之轉鈔者遂因而誤之,韓、張二先生校勘亦未加斟酌也。今將此十六字從詩句分出,還原爲小序,則序、詩各得其所,豁然通妥矣。

靈龜，《駢雅》卷七："龜之屬：一神龜，二靈龜，三攝龜，四寶龜，五文龜，六筮龜，七山龜，八澤龜，九水龜，十火龜。"君子有悔也。【校】有悔：底本原作"有晦"，茲據朱本校改。按"有悔"語出《周易》。《易·乾》："上九，亢龍有悔。"《子夏易傳》曰："盈不可久也。陽極則消之，盈則虧之，終則始之也。亢而不知，雖尊極天下，威大四海，未離於悔也。故聖人與時而消息，則堯授舜，舜授禹，不極於亢而善其終也。"此處意謂陽極而陰生，陰極而陽長。泰之至則否漸，否之極則泰來。君子處事，當隨機而應變，與時而消息，否則必將招致禍端也。言明不若昧，進不若退。言天下洶亂，則當知進退也。亦孔子所謂"聰明睿智，守之以愚者哲"之意。唐孫秘《散木賦》"是知明不若昧，語不如默"亦其例。按上四句韓理洲《王無功文集》五卷本會校及張錫厚《王績研究》。

彼靈龜兮，潛伏平坻。平坻：水中平緩而小之地也。《詩·秦風·蒹葭》："宛在水中坻。"《正義》："《釋水》云：小洲曰渚，小渚曰沚，小沚曰坻，然則坻是小沚，言小渚者，渚沚皆水中之地，小大異也。"文列八卦，色合四時。《初學記》卷三十引《雒書》曰："靈龜者玄文五色，神靈之精也。上隆法天，下平法地，能見存亡，明於吉凶。王者不偏黨，尊耆老則出。"又引《禮統》曰："神龜之象，上圓法天，下方法地。背上有盤法丘山，玄文交錯以成列宿，五光昭若玄錦文，運轉應四時。"出遊芳蓮，《初學記》卷三十引《史記》褚先生曰："江南嘉林，龜在其中，常巢於芳蓮之上。"入負神蓍。《初學記》卷三十引《抱朴子》曰："千歲之龜，五色具焉。其額上兩骨起似角。浮於蓮葉之上，或在叢蓍之下。其上或時有白雲蟠蛇。龜蛇潛蟄則食氣，夏恣口而甚瘦，冬穴蟄而大肥。"吐故吸新，何慮何思？《史記》褚先生曰："南方老人用龜支床足，行二十餘歲，老人死，移床，龜尚生不死，龜能行氣導引。"赫赫王會，《史記》卷一百二十八《龜策列傳》褚先生曰："方聞古五帝三王，發動舉事，必先決蓍龜。"峨峨天府。天府：古代帝王寶藏龜甲以備占卜之處也。《史記》卷一百二十八《龜策列傳》："略聞夏殷欲卜者，乃取蓍龜，已，則棄去之。以為龜藏則不靈，蓍久則不神。至周室之卜官，常寶藏蓍龜……今高廟中有龜室，藏內以為神寶。"上四句意謂龜乃靈物，然一旦為人所得，則剖腸取甲，以為蓍龜，藏之於天府，不得享其天年矣。謀求所資，吉凶所聚。以上二句謂古五帝三王，皆以靈龜能卜吉凶，因謀求得而寶藏之，作為判斷吉凶之憑依也。資：憑借。《世說新語·文學》："夫無者，誠萬物之所資。"爾有前鑒，爾既余將。【校】余：朱本作"餘"。上二句謂若爾果有靈鑒，則余已遵從爾之指示矣。言靈龜未必能識前鑒也。將：帶領、扶助。爾有嘉識，爾既余輔。【校】余：朱本作"餘"。上二句亦假設之辭，言靈龜未必真有嘉識也，故余不以其為行為之輔佐。爰施長網，爰：於是也。《詩·邶風·

擊鼓》:"爰居爰處,爰喪其馬。"宋朱熹《詩經集傳》卷二:"爰,於也。於是居,於是處,於是喪其馬,而求之於林下。"長網:大網也。**載沉密羅**。載:則也,又也。《詩·衛風·氓》:"既見復關,載笑載言。"《箋》曰:"則笑則言,喜之甚。"**於沼於沚,於江於沱**。沱:江河之支流。《詩·召南·江有汜》:"江有沱,之子歸,不我過。不我過,其嘯也歌。"**既剔既剝,是鑽是灼**。古人占卜,先於龜甲之上鑽孔,然後以火烤灼之,龜甲因烤灼而形成裂文,卜者因觀其文形狀以斷吉凶禍福。《史記》卷一百二十八《龜策列傳》褚先生曰:"王者發軍行將,必鑽龜廟堂之上,以決吉凶。"**姑取供用,焉知其佗。嗚呼靈龜,孰謂爾哲?** 北齊趙宗儒《咏龜詩》:"有靈堪托夢,無心解自謀。不能著下伏,強從蓮上游。負圖非所冀,支床空見留。儻蒙一曳尾,當爲屢回頭。"**本緣末喪**,即"末喪本緣"之倒裝句。末喪:最終隕命也。本緣:佛教語,指本來之因緣。即引生結果之直接内在原因和外來間接原因。佛教認爲諸法皆隨因緣而生、滅,故凡諸法生成之根本,皆稱本緣。北魏楊衒之《洛陽伽藍記·聞義里》:"東南七里有雀離浮圖……推其本緣,乃是如來在世之時,與弟子遊化此土,指城東曰:我入涅盤後三百年,有國王名迦尼色迦,在此處起浮圖。"**命爲才絕**。上二句謂推究靈龜最終隕命之緣由,乃因其可用以占卜之"才"所致也。**山木自寇,膏火自滅**,山木以有用而被用做斧柄,返回來砍伐自己;油膏引燃了火焰,結果將自身燒乾。言世間萬物皆因其有用而遭禍也。《高士傳》卷上:"陸通,字接輿,楚人也。好養性,躬耕以爲食。楚昭王時,通見楚政無常,乃佯狂不仕,故時人謂之楚狂。孔子適楚,楚狂接輿遊其門曰:鳳兮鳳兮何德之衰也,來世不可待,往世不可追也。天下有道,聖人成焉。天下無道,聖人生焉。方今之時,僅免刑焉。……山木自寇也,膏火自煎也,桂可食,故伐之,漆可用,故割之,人皆知有用之用,而不知無用之用也。孔子下車,欲與之言,趨而避之,不得與之言。"**敢陳明辭,以告來裔**。来裔:後来之人也。

郊　園

【解題】

本首詩僅載於五卷本三種,諸三卷本、《文苑英華》及《全唐詩》均未載。按本詩寫歸隱黄頰,怡然自得之樂,超然乎有不食人間烟火之清氣。而集中《答馮子華處士書》云:"家兄鑒裁通照,知吾縱恣散誕,不閑拜揖。糠粃禮義,錙銖功名,亦以俗外相待,不拘以家務。至於鄉族慶吊,閨門婚冠,寂然不預者已五六歲矣!"本詩之内容,與《答馮子華處士書》所言之情形甚相吻合,考《答馮子華處士書》或當作於唐貞觀三年或四年之四五月間(説見《答馮子華處士書》解題),本詩作之時間,或亦與《答馮子華處士書》相去未遠。

汾川勝地,汾川:汾河也。在山西境内,爲山西境内最大之河流,亦爲黄河之第二大支流。發源於今山西省寧武縣管涔山麓,貫穿山西省南北,在今河津附近匯入黄河。全長710公里。王績王通故里在今山西省萬榮縣通化鎮,其地即在汾河與黄河交匯口附近。當年文中子王通避亂隱居授經之地黄頰山及王績後期隱居之地南渚,均在汾水入河口附近。**姑射名辰**。姑射:姑射山也。《明一統志》卷二十《平陽府》:"姑射山,在府城西礬石山五十里,山有姑射、蓮花二洞,即《莊子》所謂有神人居焉者。"光緒版《河津縣志·山川篇》云:"黄頰在縣東北二十五里,即文中子授經地也,有東臯子《黄頰山詩》石刻……山東鄰姑射,接稷山界,其西爲馬鞍山。"名辰:著名之地也。辰於五行中代表土,故云。**月照山客**,山客:山隱之人也。如唐皇甫松《大隱賦》:"遇山客以停杖,逢沙禽而駐船。"亦其例也。**風吹俗人。琴聲送冷,酒氣迎春。閉門常樂,何須四鄰?**

被徵謝病

【解題】

本首詩僅載於五卷本三種,明鈔本、《文苑英華》及《全唐詩》均未載。叢書本由《西清詩話》所引"横裁桑節杖,豎剪竹皮巾"以下三韻輯録,補入卷末,"豎剪"作"直剪"。被徵,被朝廷徵召也。謝病,托病而不應召也。由詩題"被徵"二字可知,本詩所作當在詩人隱居被徵之時。據吕才《王無功文集序》:"武德中,詔徵,以前揚州六合縣丞待詔門下省。"吕序雖未言其有"謝病"之舉,然王績一生被徵僅此一次,故本詩之作,當在其時也。蓋古者隱士多自視清高,而王朝肇基之初,君王亦多以"徵隱"而示人政治清明。故古者徵隱,必詔書數至,被徵者方肯從容赴選,而君王不之責也。蓋蒲車往來之際,君主與隱者皆能於政治上賺足吆喝,兩兩相得。此即"徵"與"拒"之奥妙,世人皆知而不可説破之"規則"也。吕才深明"徵"與"拒"之三昧,或以爲乃司空見慣之事,故不書也。

又吕序但云王績被徵在"武德中",而未言其具體被徵之時間。考王績之集中,尚有《薛記室收過莊見尋率題古意以贈》一詩,據詩題,知詩乃薛收爲秦王李世民天策軍記室參軍後所作。考諸唐史,武德四年(621)五月,秦王李世民大破建德於武牢,擒建德,河北悉平。同年七月,秦王凱旋,獻俘太廟,殺竇建德。十月,以秦王李世民爲天策上將,位在王公之上。《舊唐書·薛收傳》云,秦王李世民平建德凱旋後,即命薛收爲"天策軍記室參軍"。由此可知,薛收在武德四年十月任天策軍記室參軍後,王績嘗與之相見,而其相見之由,乃是"薛記室過莊見尋"。詩題所言之"莊",當即王績在龍門所居之萬春鄉甘澤里也。又考本集中有《建德破後入長安詠秋蓬示辛學士》詩一首,由詩題可知,建德破後是年之秋,"薛記室過莊見尋"未幾,王績即入長安矣。蓋王績之被徵,即薛收"過莊見尋"之後所薦耳,其具體時間即在武德四年十月至十一月之間,似當以是年十一月較爲合理,亦即本詩所作之時間也。

漢朝徵隱士,用東漢初年光武帝徵薛方、逢萌、嚴光、周党、王霸等隱士典。《後漢書》卷一百十三《隱逸傳》記載,東漢光武帝特禮"幽人"(即隱逸之士),"求之若不及,帛蒲車之所徵賁相望於巖中矣。薛方、逢萌聘而不肯至,嚴光、周党、王霸至而不能屈"。如嚴光,字子陵,會稽余姚人。少與光武同遊學,西漢末年天下大亂,隱於山澤,光武備安車聘之,光乃投劄不應。帝即其臥所,撫光腹曰:"咄咄子陵!不可相助爲理耶?"光又眠不應。良久,乃張目熟視曰:"昔唐堯著德,巢父洗耳,士故有志,何至相迫乎?"帝曰:"子陵,我竟不能下汝耶?"於是升輿,歎息而去。復引光入論道,舊故相對累日。從容問光曰:"朕何如昔?"對曰:"陛下差增於往。"因共偃臥,以足加帝腹。上拜諫議大夫,不肯受,去,耕釣於富春山中。**唐年訪逸人**。用堯讓天下於許由典。《高士傳》卷上云:堯讓天下於許由,許由不受,遁耕於中嶽潁水之陽,箕山之下。堯又召爲九州長,許由聞之,洗耳於潁水濱。時其友巢父牽犢欲飲之,見由洗耳,問其故,對曰:"堯欲召我爲九州長,惡聞其聲,是故洗耳。"巢父曰:"子若處高岸深谷,人道不通,誰能見子?子故浮遊,欲聞求其名譽,汙吾犢口。"牽犢上流飲之。《後漢書》卷一百十三《隱逸傳》云:"不事王侯,高尚其事。是以堯稱則天,不屈潁陽之高。"李賢注曰:"潁陽,謂巢、許也。"按《史記正義》:"徐廣云:(堯)號陶唐。"《帝王紀》云:"堯都平陽,於詩爲唐國。"此處用"唐年",一語雙關。蓋此前王績嘗仕於夏王,此時雖隱於故里,而尚未仕唐,故不稱唐年號而稱"唐年",以示其逸人之身份。**還言北山曲**,北山曲:指黃頰山王績隱居處也。參見前《遊北山賦》注。**更坐東河濱**。東河濱:亦王績隱居處,即王績詩文中多次所提之"河渚"也,亦稱"南渚",在今山西省萬榮縣通化村附近。參見前《遊北山賦》"獨居南渚,時遊北山"句注。**枌榆三晉地**,枌榆:即枌榆社也。社本土神,古代於鄉曲立社以祭土,而往往以鄉曲之高大樹木名之。故社因引申爲古代基層組織之單位。《史記》卷二十八:"高祖初起,禱豐枌榆社。"張晏曰:"枌,白榆也,社在豐東北十五里。或云枌榆鄉名,高祖里社。"《古今合璧事類備要別集》卷十一:"枌榆社:漢高祖少時祭枌榆之社,及移新豐,亦立焉,故後人用枌榆字爲鄉曲也。"三晋:春秋時晋國爲韓、趙、魏三家所分,故後世稱晋地爲三晋。**烟火四家鄰。白豕祠鄉社,**《史記》卷二十八《封禪書》:"高祖初起,禱豐枌榆社。天下已定,詔御史令豐,謹治枌榆社,常以四時。春,以羊彘祠之。"**青羊祭宅神。**祭宅神:醮宅之一,祭祀宅神以祈護佑也。此風俗或濫觴於秦漢。漢王充《論衡》卷二十五《詰術篇》:"生人有功得賞,鬼神有功亦祀之。山出雲雨,潤萬物,六宗居六合之間,助天地變化,王者尊而祭之,故曰六宗。社稷報生萬物之功,社報萬物,稷報五穀。五祀報門户、井、灶、室、中溜之功。門户人所出入,井灶人所飲食,中溜人所托處,五者功鈞,故俱祀之。"南北朝時,民間有埋石鎮宅神之説。北周庾信《小園賦》:"鎮宅神以䰚石,厭山精而照鏡。"《倪璠集》注引《淮南萬畢術》:"埋石四隅,家無鬼。"可知是時民間所謂宅神者,已有"神"與"鬼"之不同。隋唐時鎮宅神與祭宅神之風大盛,敦煌卷《護宅神曆卷》載有十餘種符籙,用於宅院及居室各處。驅邪鎮鬼用符籙,道士之事也。祭神祈福,宅主之事也。故鎮宅神或多由道士主持,而祭則或由宅主主之。**拓畦侵院角,蹙水上渠湣。**蹙:促也。**卧病劉公幹,**劉公幹:指建安七子劉楨。劉楨字公幹,東平人。《三國志·魏書》卷二十一《王粲傳》裴松之注引《先賢行狀》曰:"(公)幹清玄體道,六行修備。聰識洽聞,操翰成章。輕官忽禄,不眈世榮。建安中,太祖特加旌命,以疾休息。後除上艾長,又以疾不行。"**躬耕鄭子真。**子真,西漢高士鄭樸也。《高士傳》卷中:"鄭樸,字子真,谷口人也。修道静默,世服其清高。成帝時元舅大將軍王鳳以禮聘之,遂不屈。揚雄盛稱其德曰:穀口鄭子真,耕於巖石之下,名振京師。"**横裁桑節杖,豎剪竹皮巾。【校】豎剪:**《西清詩話》引此句作"直剪"。竹皮巾:《漢書》卷一《高帝紀》:"高祖爲亭長,乃以竹皮爲冠。"應劭曰:"以竹始生皮作冠,今鵲尾冠是也。"韋昭曰:"竹皮,竹筍也。今南夷取竹幼時,績以爲帳。"師古曰:"竹皮,筍皮,謂筍上所解之籜耳,非竹筍也。今人亦往往爲筍皮巾,古之遺制也,韋説失之。"**鶴警琴亭夜,【校】夜:**雍正十二年修《山西通志》引《西清詩話》作"下"。宋蔡卞《毛詩名物解》卷八:"鶴形狀似鵝,青脚素翼,常夜半鳴,故《淮南子》曰:雞鳴將旦,鶴警夜半。其鳴高亮,聞八九里,雌者聲差下。舊云此鳥性警,至八月白露降流於草木,涓滴有聲,因即高鳴相警,移徙所宿處,慮有變害也。蓋鶴體潔白,舉則高至,鳴則遠聞。性又善警,行必依洲嶼,止必集林木。《詩》《易》故以爲君子言行之象。"按本句暗寫秋日之隱居生活,而以鶴警典喻己之隱遁避世之志也。**鶯啼酒甕春。**《禽經》:"倉鶊、鸝黄,黄鳥也。今謂之黄鶯、黄鸝是也。野民曰黄栗留,語聲轉耳。其色鸝黑而黄,故名鸝黄。《詩》云黄鳥,以色呼也。亦曰楚雀,北人呼爲楚雀,亦曰商庚、夏鸝候也。云此鳥鳴時,蠶事方興,蠶婦以爲候。"按此句暗寫春日之隱居生活也。黄鶯鳴時,時應春日,正釀春酒之時,故云

"鶯啼酒甕春"。**顔回惟樂道**，顔回（前521—前481），字子淵，一作顔淵，又稱顔子，魯國人，以德行著稱，爲孔子最得意弟子，不幸早死。自漢代起，顔回被列爲七十二賢之首，有時祭孔獨以顔回配享。《論語·公冶長》："子曰：賢哉，回也！一簞食，一瓢飲，回也不改其樂。賢哉，回也！"孔安國注曰："顔淵樂道，雖簞食，在陋巷，不改其所樂也。"**原憲豈傷貧？**原憲（前515—？），字子思，今山東臨沂市平邑縣仲村鎮南屯人。亦孔門七十二賢人之一。出身貧寒，個性狷介，安貧樂道，不肯與世俗合流。《新序》卷七："原憲居魯，環堵之室，茨以生蒿蓬，户甕牖，揉桑以爲樞，上漏下濕，匡坐而弦歌。子贛（即子貢）聞之，乘肥馬，衣輕裘，中紺而表素，軒車不容巷，往見原憲。原憲冠桑葉冠，杖藜杖而應門。正冠則纓絶，衽襟則肘見，納屨則踵決。子贛曰：嘻！先生何病也？原憲仰而應之曰：憲聞之，無財之謂貧，學而不能行之謂病。憲貧也，非病也。若夫希世而行，比周而交，學以爲人，教以爲己，仁義之慝，輿馬之飾，憲不忍爲也。子贛逡巡，面有愧色，不辭而去。原憲曳杖拖履，行歌《商頌》而反，聲滿天地，如出金石，天子不得而臣也，諸侯不得而友也。故養志者忘身，身且不愛，孰能累之？"**藉草邀新友**，藉草：墊草也。**班荆接故人**。班荆：鋪荆也。**市門逢賣藥**，《後漢書》卷六十六《張楷傳》："楷字公超，通《嚴氏春秋》《古文尚書》，門徒常百人。賓客慕之，自父黨夙儒，偕造門焉。車馬填街，徒從無所止。黄門及貴戚之家，皆起舍巷，次以候過客往來之利。楷疾其如此，輒徙避之。家貧無以爲業，常乘驢車至縣賣藥，足給食者輒還鄉里。司隸舉茂才，除長陵令，不至官。隱居弘農山中，學者隨之，所居成市。後華陰山南遂有公超市，五府連辟，舉賢良方正，不就。"**山圃值肩薪**。晋皇甫謐《高士傳》卷上："被裘公者，吴人也。延陵季子出遊，見道中遺金，顧而睹之，謂公曰：取彼金。公投鐮瞋目，拂手而言曰：何子居之高，視之卑！吾被裘而負薪，豈取遺金者哉？季子大驚，既謝而問其姓名，曰：吾子皮相之士，何足語姓名哉！"**相將共無事，何處犯囂塵**！囂塵：《左傳·昭公三年》："景公欲更晏子之宅，曰：子之宅近市，湫隘囂塵，不可以居，請更諸爽塏者。"注曰："囂聲，塵土。"

【相關資料】

王績作《被徵謝病》詩云："横裁桑節杖，直剪竹皮巾。鶴警琴亭夜，鶯啼酒甕春。顔回惟樂道，原憲豈傷貧！"觀此數語，又豈以招聘爲喜乎？

（宋阮閲《詩話總龜後集》卷四十五《釋氏門》引《西清詩話》。）

春日山莊言志

【解題】

本首詩僅載於五卷本三種，諸三卷本及《文苑英華》《全唐詩》等均未載。按本詩首句云"平子試歸田，風光溢眼前"；末二句復云"去去人間遠，誰知心自然"，歸田之喜悦盡於言表。吕才《王無功集序》：言績於"武德中，詔徵，以前揚州六合縣丞待詔門下省"。以久未得調，遂於"貞觀初，以疾罷歸，欲定長往之計"。推測本詩當即本次歸田之後所作，時在貞觀元年或二年。

平子試歸田，平子：即東漢文學家、數學家、天文學家及物理學家張衡也。張衡字平子，南陽西鄂人。少善屬文，遊於三輔，因入京師，觀太學，遂通五經，貫六藝。常從容淡静，不好交接於人。永元中，舉孝廉不行，連辟公府不就。曾作《歸田賦》以言志曰："遊都邑以永久，無明略以佐時。徒臨川以羨魚，俟河清乎未期。感蔡子之慷慨，從唐生而決疑。諒天道之微昧，追漁父而同嬉。超埃塵而遐逝，與世事乎長辭。"《後漢書》卷八十九有傳。試歸田：言初歸田也。**風光溢眼前**。張平《歸田賦》有"於是仲春令月，時和氣清。江隰鬱茂，百草滋榮。王睢鼓翼，倉鶊哀鳴。交頸頡頏，關關嚶嚶。於焉逍遥，聊以娛情"之句，故云。**野樓全跨迥**，跨迥：架設高遠也。**山閣半臨烟。入屋欹生樹，當階逆湧泉**。上二句謂因所居處罕有人至，以至於斜樹恣生，樹枝伸入屋内，臺階亦時有暗泉湧出。**剪茅通澗底**，言茅草需要剪除才可通至深澗也。剪：刈割也。**移柳向河邊。崩沙猶有處**，本句乃"猶有沙崩處"之倒裝。**臥石不知年。入谷開斜道，横谿渡小船。鄭玄唯解義**，鄭玄，字康成，高密人。師事馬融，大司農徵不至，還家。凡所注《易》《尚書》《三禮》《論語》《尚書大傳》，箋毛氏作《毛詩譜》，駁許慎《五經異議》，針《何休左氏》膏肓，去《公羊》墨守，起《穀梁》廢疾，休見大慚。家貧，客耕東萊，學徒相隨已數百千人。《後漢書》卷三十五有傳。**王烈鎮尋仙**。【校】王烈：朱本、李本均作"王列"，當誤。《太平御覽》卷四十引《神仙傳》曰："王烈，邯鄲人，服黃精、松花，老而更少。嵇叔夜甚愛之，每共入山遊戲。烈後獨入太行山，忽聞山東北如雷聲。往視，山上破數百丈，石中有一孔徑尺，中有青泥出。烈取摶之，隨手堅凝，氣味如粳米飯也。烈自食數丸，因掘歸以與叔夜，即皆成青石，打之作銅聲。按神山五百歲一開，其中有石髓，得而服之，壽與天地相畢。"**去去人間遠，誰知心**

自然！按本詩藴精緻於質樸，於寧静沖淡中盡見作者之率真。末二句盡得陶淵明"久在樊籠裏，復得返自然"之三昧。

【相關資料】

王無功以真率疏淺之格，入初唐諸家中，如鸞鳳群飛，忽逢野鹿，正是不可多得也。（清翁方綱《石洲詩話》卷一）

夜還東谿中口號

【解題】

本首詩題明鈔本、《全唐詩》均作"夜還東谿"。王績《答馮子華處士書》云："近復都盧棄家，獨坐河渚……題歌賦詩，以會意爲功，不必與夫悠悠閒人相唱和也。"觀本首詩意，正與《答馮子華處士書》所言之情形相合。疑本詩之作，或與《答馮子華處士書》之寫作時間相去未遠，當在貞觀三年至五年左右。東谿即詩中所稱青谿，亦稱芹谿，在黃頰山午芹峰。雍正十二年修《山西通志》卷二十八："午芹峰在西礓口内紫金之支峰也，上有午芹洞，下爲芹谿，以產芹菜名，一名石峪。元稷山二段先生（按指金元時期稷山段成己、段克己兄弟）讀書於此。段克己《贈答封仲堅詩》：午芹多奇峰，流水出其左。又其詩《小序》曰：吾兄同仲堅采鷟鷟藤於午芹之東谿。"

石苔應可踐，叢枝幸易攀。楊慎《升庵詩話》："閒咏此詩，有疑難者曰：石苔之滑，踐之豈不顛？余曰：非也，觀詩中一幸字，便得其解。蓋言石苔本難踐，幸有叢枝可攀援耳。古人用意，須三思乃得之。謝靈運詩：苔滑誰能步，葛弱豈可捫？此反其意。"青谿歸路直，乘月夜歌還。

獨 坐

【解題】

本首詩諸三卷本及《文苑英華》《全唐詩》等均未載。《韻語陽秋》載本詩前四句,"聊思"作"聊遊"。本首詩當亦貞觀初歸隱後所作。

托身千載下,聊思萬物初。言聊思萬物之初始,宇宙之起源也。**欲令無作有**,《老子》:"故有無相生,難易相成."注:"天下萬物生於有,有生於無,此有無之相生也。"**翻覺實成虛**。亦闡述老子之哲學觀也。老子認爲"有"與"無"、"難"與"易"、"虛"與"實"等,皆矛盾之兩面,相對而生也,失其一面,則另一面亦同時即不存在矣。有難然後知其易,有虛而後知其實。"實"者"有"也,"虛"者"無"也。猶所謂"難易相成",虛實相生也。**周文方定策**,周文:周文王也。姓姬名昌,商紂時爲西伯侯,在位五十年,故又稱伯昌。建國於岐山之下,積善行仁,政化大行,因崇侯虎向紂王進讒言,而被囚於羑里。後得釋歸,益行仁政,天下諸侯多歸從。周文王爲西周奠基人,子武王滅商後,追尊爲文王。相傳文王被拘之時而演周易,句中"定策"即指文王演《周易》之事。**秦帝即焚書**。焚書:秦始皇三十四年(前213),博士齊人淳于越反對實行郡縣制,要求據古制分封子弟。丞相李斯斥曰:"入則心非,出則巷議,非主以爲名,異趨以爲高,率群下以造謗。"奏請"史官非《秦紀》皆燒之。非博士官所職,天下敢有藏《詩》《書》百家語者,悉詣守尉雜燒之。有敢偶語《詩》《書》棄市,以古非今者族。吏見知不舉者,與同罪。令下三十日不燒,黥爲城旦。所不去者醫藥、卜筮、種樹之書"。秦始皇制曰可,史稱焚書。事見《史記》卷六《秦始皇本紀》。司馬遷謂秦之季世,焚《詩》《書》,坑術士,六蓺從此缺焉。**寄語無爲者**,無爲:語出《道德經》,爲老子哲學中之重要概念。《道德經》:"道常無爲而無不爲。侯王若能守,萬物將自化。""上德無爲而無以爲,下德無爲而有以爲。""我無爲,人自化;我好靜,人自正。"蓋所謂無爲,即順應自然,不妄爲之意耳。無爲者,即守道之人也。《莊子》曰:"虛静恬淡、寂寞無爲者,天地之平而道德之至也。"**知君悟有餘**。

【相關資料】

王績作《被徵謝病》詩云:"橫裁桑節杖,直剪竹皮巾。鶴警琴亭夜,鶯啼酒甕春。顏回惟樂道,原憲豈傷貧!"觀此數語,又豈以招聘爲喜乎?《獨坐》詩:"托身千載下,聊遊萬物初。欲令無作有,翻覺實成虛。"《詠懷》詩云:"故鄉行處是,虛室坐間同。日落西山暮,方知天下空。"《贈薛收》詩:"賴此北山僧,教我以真如。使我視聽遺,自覺塵累袪。"則又知績有得於佛氏者甚深也。

(宋阮閱《詩話總龜後集》卷四十五《釋氏門》引《西清詩話》。)

題黃頰山壁

【解題】

詩題明鈔本、《全唐詩》作"黃頰山"。黃頰山，即王績《遊北山賦》所謂北山也，亦稱紫金山。光緒十八年修《山西通志》卷三十二《山川考二》引《河津縣志》曰："黃頰山，在縣東北三十五里，即文中子、東皋子隱居之處。"參考《遊北山賦》解題。

別有青谿道，青谿：即芹谿也，又名東谿，在黃頰山午芹峰。雍正十二年修《山西通志》卷二十八："午芹峰在西磴口内紫金之支峰也，上有午芹洞，下爲芹谿，以產芹菜名，一名石峪。元稷山二段先生讀書於此。段克己《贈答封仲堅詩》：午芹多奇峰，流水出其左。又詩《序》曰：吾兄同仲堅采鷺鷥藤於午芹之東谿。"**斜亘碧巖隈**。斜亘：斜貫也。隈：山角也。**崩榛橫古蔓**，崩榛：草木蕪生貌。本句意謂青谿道上草木叢雜，藤蔓橫生。**荒石擁寒苔**。擁寒苔：爲青苔所擁也。本句意謂亂石之上長滿青苔。**野心長寂寞**，野心：閒散不羈之心。**山徑本幽回**。幽回：幽深回曲貌。**步步攀藤上，朝朝負藥來。幾看松葉秀**，幾看：多次所見也。**頻值菊花開**。暗用陶淵明《雜詩》"采菊東籬下，悠然望南山"之詩意。陶淵明爲晉代著名隱者，尤鍾情於菊，後世隱者遂常以菊入詩，抒寫其清高、孤傲、閒適、寂寞種種不同情懷。菊因成爲隱者筆下最常見之物象矣。故宋之周茂叔元公，有"予謂菊，花之隱逸者也"之説。**無人堪作伴，歲晚獨悠哉！** 無人兩句，謂歲晚雖無人可與爲伴，然孤身一人，獨往獨來，亦頗覺悠閒可樂也。

詠懷

【解題】

本首詩僅載於五卷本三種，諸三卷本及《文苑英華》《全唐詩》等均未載。《韻語陽秋》載本詩末"故鄉行處是，虛室坐間同。日落西山暮，方知天下空"兩韻。據吕才《王無功文集序》稱，王績於大業末應孝悌廉潔舉，始仕爲秘書正字。以端管理笏非其所好,乞署外職,除六合縣丞。復因篤於酒德而屢被勘劾。遂出受俸錢,積於縣門外,托以風疾,輕舟夜遁。考王績應孝悌廉潔舉之時間在大業十年(614)五月(見拙作《王績年譜》),而據王度《古鏡記》云,其棄六合縣丞歸之時間亦在大業十年。是則王績從入仕到辭官,其間最長不過七個月耳。在此七個月時間之內,先在朝,後以疾罷,復乞外署,最後至獲批外任,復從長安至六合縣往返一次,則其歸來,當在大業十年歲末矣。又據《古鏡記》,績棄官歸後,嘗遍遊山水,足迹所至,涉今河南、山東、安徽、江蘇、浙江、江西、河北諸省,而吕序言其在竇建德始稱夏王時至河北,於河北依其故人淩敬數月,始返回龍門。據此可推知其返回龍門之時間,最早應在唐武德二年(619)之夏。按本詩中有"未必尋歸路,居然息轉蓬"之語,疑其所作即在其自河北歸來未久也。時河東仍有戰事,故有"烟火濁河東"之句。

桑榆汾水北,桑榆:喻指所隱居田園也。《魏書》卷九十《逸士傳》:"眭誇一名昶,趙郡高邑人也。……誇少有大度,不拘小節,耽志書傳,未曾以世務經心。好飲酒,浩然物表。……或人謂誇曰:'吾聞有大才者必居貴仕,子何獨在桑榆乎?'遂著《知命論》以釋之。"汾水北:即作者隱居之地也。王績《遊北山賦》有"斜連姑射之西,正是汾河之北"句。烟火濁河東。濁:混濁貌。此處用作動詞,言烟火使河東混濁也。未必尋歸路,居然息轉蓬。故鄉行處是,虛室坐間同。日落西山暮,方知天下空。

山　夜

【解題】

本首詩僅載五卷本三種,諸三卷本及《文苑英華》《全唐詩》等均未載。考王績於大業十年五月應孝悌廉潔舉入仕於隋,復於是年歲暮自六合縣棄官回龍門故鄉(説見本卷前《靈龜》詩解題)。據王度《古鏡記》云,績棄官後,"又將遍遊山水,以爲長往之策",其足迹至於今河南、山東、安徽、江蘇、浙江、江西諸省,其後北返,至河北。而吕才《王無功文集序》云:"隋季板蕩,客遊河北。時竇建德始稱夏王,其下中書侍郎淩敬,學行之士也,與君有舊,君依之數月。敬知君妙於曆象,訪以當時休咎。君曰:'人事觀之足可,不俟終日,何逮問此?'敬曰:'王生要當贈我一言。'君曰:'以星道推之,關中福地也。'敬曰:'我亦爲然。'君遂去,還龍門。建德敗後,君入長安見敬,曰:'曩時之言,何其神驗也!'"可知王績"遍遊山水"北返後,嘗於竇建德始稱夏王之時,北投竇建德,爲其幕府中人矣。考建德稱夏王之時間爲唐武德元年十一月,王績在建德處依之數月,則其回歸龍門之時,當已至翌年(619)之夏矣。又建德之被俘,在唐武德四年(621)五月。本詩中"仲尼初返魯,藏史欲辭周。脱落四方事,棲遑萬里遊。影來徒自責,心盡更何求"云云,顯然實有所指,而非泛泛而言者也。余意本詩當爲王績自河北回歸龍門至建德被俘期間所寫,時王績居於龍門。

仲尼初返魯,仲尼:孔子之字。《史記》卷四十七《孔子世家》:"孔子貧且賤,及長,嘗爲季氏史料量平。嘗爲司職吏而畜蕃息,由是爲司空。已而去魯,斥乎齊,逐乎宋、衛,困於陳蔡之間,於是反魯。……魯南宮敬叔言魯君曰:'請與孔子適周。'魯君予之一乘車、兩馬、一豎子,俱適周。問禮蓋見老子云,辭去。"**藏史欲辭周**。藏史:謂老子也。老子姓李名耳,字伯陽,謚曰聃。春秋時楚國苦縣厲鄉曲仁里(今安徽省亳州市渦陽縣門北鄭店)人,曾擔任周守藏室之史,故此處以藏史稱老子。據《史記》記載,老子見周王室衰微,正欲棄官西去,而孔子至周,問禮於老子。老子曰:"子所言者,其人與骨皆已朽矣,獨其言在耳。且君子得其時則駕,不得其時則蓬累而行。吾聞之,良賈深藏若虛,君子盛德容貌若愚。去子之驕氣與多欲態色與淫志,是皆無益於子之身,吾所以告子若是而已。"事見《史記》卷六十三《老莊申韓列傳》。**脱落四方事,棲遑萬里遊**。此二句指當日孔子棲棲遑遑,困於陳蔡,沮於齊楚,周遊列國之事。棲遑:不安貌。宋余允文《尊孟辨》卷上云:"孔子棲棲皇皇周遊天下,佛肸召欲往,公山弗擾召欲往,彼豈爲禮貌與飲食哉?急於行道也。今孟子之言曰:雖未行其言也,迎之有禮則就之,禮貌衰則去之,是爲禮貌而仕也。"**影來徒自責**,《列子》卷八:"子列子學於壺丘子林,壺丘子林曰:'子知持後,則可言持身矣。'列子曰:'願聞持後。'曰:'顧若影則知之。'列子顧而觀影,形枉則影曲,形直則影正。然枉直隨形,而不在影。屈申任物而不在我,此之謂持後而處先。關尹謂子列子曰:'言美則響美,言惡則響惡。身長則影長,身短則影短。名也者,響也。身也者,影也。故曰:慎爾言,將有和之。慎爾行,將有隨之。是故聖人見出以知入,觀往以知來,此其所以先知之理也。'"張湛注曰:"見言出則響入,形往則影來,報應之理,不異於此也。而物所未悟,故曰先知之耳。"**心盡更何求?禮樂存三代**,《禮記·禮器》:"三代之禮一也,民共由之。或素或青,夏造殷因。"《論語·爲政》:"子曰:殷因於夏禮,所損益可知也;周因於殷禮,所損益可知也。"又《論語·八佾》:"周監於二代,鬱鬱乎文哉。吾從周。"**烟霞主一丘。長歌明月在**,長歌:古代歌唱方式之一,後世演爲一種歌行體。宋陳暘《樂書》卷一百六十二:"《古樂志》有清歌、高歌、緩歌、長歌、法歌、雅歌、酣歌、怨歌、勞歌,其尤合於雅音者雅歌而已。《古樂府》有《豔歌行》《長歌行》《短歌行》《朝歌行》

《怨歌行》《前緩聲歌行》《後緩聲歌行》《棹歌行》《鞠歌行》《放歌行》《蔡歌行》《陳歌行》，其惑溺於鄭音者，《豔歌行》而已。誠能去其溺於鄭音者，存其合於雅音者，其亦庶乎古樂之發也。"**獨坐白雲浮**。謂山中獨坐看白雲之舒卷也。元劉仁本《題青山寺書樓畫壁》詩："湖上青山山上樓，老僧獨坐白雲幽。何人收拾筆鋒裏，散作淋漓元氣浮。"其所狀畫中景象，與此句意境有相仿之處。**物情勞倚伏**，物情：物理人情，世情也。三國魏嵇康《養生論》："情不繫於所欲，故能審貴賤而通物情。"**生涯任去留。百年一如此**，《列子·楊朱》："百年，壽之大齊，得百年者，千無一焉。"後世遂藉以指人之一生。**世事方悠悠**！

山中別李處士播

【解題】

詩題明鈔本、《全唐詩》作"山中別李處士"。本詩又見《永樂大典》一三四五〇卷（影印本第一三七册）。李播兩唐書未立傳。呂才《王無功文集序》云：績"其性特好學，博聞强記，與李播、陳永、呂才爲莫逆交。"按《中説·問易篇》記載，魏徵、董常與文中子嘗討論聖人之憂，董常怪文中子言於魏徵者與言於己者不同。文中子曰："徵所問者，迹也。吾告汝者，心也。心迹之判久矣，吾獨得不二言乎？常曰：心迹固殊乎？子曰自汝觀之則殊也，而適造者不知其殊也，各云當而已矣。則夫二，未違一也。"李播聞而歎曰："大哉乎，一也！天下皆歸焉，而不覺也。"阮逸注云："李播亦門人，未見傳。"按《舊唐書》卷七十九《李淳風傳》："李淳風，岐州雍人也，其先自太原徙焉。父播，隋高唐尉，以秩卑不得志，棄官而爲道士。頗有文學，自號黄冠子。注《老子》，撰《方志圖》、文集十卷并行於代。"宋王欽若、楊億等《册府元龜》卷八百二十二亦有類似記載。又宋王應麟《困學紀聞》卷九："《大象賦》，《唐志》謂黄冠子李播撰，李台《集解》。播，淳風之父也；今本題楊炯撰，畢懷亮注；《館閣書目》題張衡撰，李淳風注。薛士龍書其後曰：'專本巫咸星贊，旁覽不及。《隋書》：時君能致諸蘭臺，坐臥渾儀之下，其所論著何止此耶？'愚觀賦之末曰：'有少微之養寂，無進賢之見譽；恥附耳以求達，方捲舌以幽居。'則爲李播撰無疑矣。播仕隋，高祖時棄官爲道士，時未有《隋志》，非旁覽不及也。張衡著《靈憲》，楊炯作《渾天賦》，後人因以此賦附之，非也。"明王世貞《弇州四部稿》卷一百七十三："《釋道宣記》：傅奕范陽人，入周通道觀。隋開皇十三年,與中山李播請爲道士。"綜合文獻記載,則李播乃岐州雍人,其先自太原徙焉。《釋道宣記》言其爲中山人者,蓋言其族望也。李播爲唐著名陰陽家李淳風之父,曾仕隋爲高唐尉。以秩卑不得志,遂於隋開皇十三年棄官爲道士。至於李播是否爲王通門人,或因疑《中說》有僞書之嫌,故對其中門人亦頗疑之。然王績少既與之爲莫逆交,而王通又爲當時之名儒,則李播向王通問道,當無可疑也。又據《廣異記》:"高祖將封東嶽,而天久霖雨,帝疑之。使劉仁軌問華山道士李播,爲奏玉京天帝。播云:'待問泰山府君。'遂令呼之。良久,府君至,拜謁甚恭。播曰:'唐皇帝欲封禪,如何?'對曰:'合封,後六十年又合一封。'播揖之而去。時仁軌在播側立,見府君,府君屢顧之。播又呼回曰:'此唐宰相,不識府君,無宜見怪。'既出,謂仁軌曰:'府君薄怪相公不拜,令左右録此人名,所以呼回處分耳。'仁軌惶汗久之。播曰:'處分了當,無苦也。'其後帝遂封禪。"按此事涉乎志怪,雖不可信,然亦可佐證李播於隋末唐初爲黃冠子也。

處士:《漢書·異姓諸侯王表一》:"處士橫議。"師古曰:"處士謂不官於朝而居家者也。"

爲向東谿道,東谿:又名青谿,在黃頰山午芹峰。參考《夜還東谿中口號》詩注。人來路漸賒。【校】漸賒:《永樂大典》作"更賒"。本句意謂人來頗覺路遠也。山中春酒熟,何處得停家。停家:留於家中也。《南史·殷景仁傳》:"乃稱疾請解,不見許,使停家養病。"此處謂留客也。本句承上句而言,謂山中春釀新熟,唯惜難以留客常住暢飲也,乃與詩題"別"字相呼應。

初 春

【解題】

按詩題底本及李本均作"春初",此據朱本及明鈔本、《全唐詩》本校改。

春來日漸長,醉客喜年光。年光:春光也。稍覺池亭好,稍:漸也。池亭好:言池亭冰消草綠也。偏聞酒甕香。【校】偏聞,明鈔本、《全唐詩》作"偏宜"。末二句言才覺池亭草有綠色,既已聞到新釀春酒之香也。

遊山贈仲長先生子光

【解題】

按本首詩三卷本未載。仲長子光,洛陽人,初唐隱士。王績有《仲長先生傳》。又集中《答馮子華處士書》云:"吾所居南渚,有仲長先生,結庵獨處垂三十載,非其力不食,傍無侍者。雖患瘖疾,不得交語,風神蕭蕭無俗氣。攜酒對飲,尚有典刑。"本詩云:"試出南河曲,還起北山期。"又云:"幽尋多樂處,勿怪往還遲。"可知詩寫於績與仲長先生結庵爲鄰之時,其時間當與《答馮子華處士書》相去未遠。

試出南河曲,試出:試往也。試,考察,探刺也。南河曲:指仲長先生結庵河渚隱居之處。**還起北山期**。北山:即黃頰山,爲王績隱居之處。參見《遊北山賦》注。期:相約也。**連峰無暫斷,絕嶺互相疑**。互相疑:高低參差,相互掩映貌。**結藤標往路,刻樹記來時**。言山道修遠幽深而曲折難行,來去皆須立標志以防迷路也。**沙場聊憩路,石壁旋題詩。葉秋紅稍下,苔寒綠更滋。幽尋多樂處,勿怪往還遲**。

春晚園林

【解題】

本首詩三卷本未載。據詩中"老妻能勸酒,少子解彈琴"諸語,知本首詩應爲王績晚年隱居龍門時所作。

不道嫌朝隱,不道:即否道。不,通否,讀爲pǐ。謂世道昏暗不明也。《易·否》:"否之匪人,不利君子貞。大往小來。"《口議》:"否之時,陽之大德往居於外,陰之小德來處於內。往者屈之,來者伸之,猶君子往屈於巖穴,小人來居於朝廷,則否道所以致也。"朝隱:《梁書》卷五十一《處士傳》:"《易》曰:君子遯世無悶,獨立不懼。孔子稱長沮、桀溺隱者也。古之隱者,或耻聞禪代高讓帝王,以萬乘爲垢辱,之死亡而無悔,此則輕生重道,希世間出,隱之上者也;或托仕監門,寄臣柱下,居易而以求其志,處汙而不愧其色,此所謂大隱隱於市朝,又其次也;或躶體佯狂,盲瘖絶世,棄禮樂以反道,忍孝慈而不恤,此全身遠害,得大雅之道,又其次也。然同不失語默之致,有幽人貞吉矣。與夫没身亂世,争利干時者,豈同年而語哉!"**無情受陸沉**。陸沉:《莊子·則陽》:"方且與世違而心不屑與之俱,是陸沉者也。"郭象注:"人中隱者,譬無水而沉也。"《史記·滑稽列傳》:"時坐席中,酒酣,據地歌曰:'陸沉於俗,避世金馬門。'"北周庾信《幽居值春》詩:"山人久陸沉,幽徑忽春臨。"陸沉本喻隱居,此處喻指埋没,不爲人知。唐王維《送從弟蕃遊淮南》詩:"高義難自隱,明時寧陸沉。"亦其例也。**忽逢今旦樂,還逐少時心。卷書藏篋笥**,篋笥:藏物之竹器。《禮記·内則》:"男女不同椸枷,不敢縣於夫之楎椸,不敢藏於夫之篋笥。"宋戴侗《六書故》:"今人不言篋笥,而言箱籠。淺者爲箱,深者爲籠。"**移榻就園林。老妻能勸酒,少子解彈琴。落花隨處下,春鳥自須吟。兀然成一醉**,兀然:昏然無知貌。**誰知懷抱深?**

贈薛學士方士

【解題】

按本首詩三卷本未載。雍正十二年修《山西通志》卷一百三十八:"薛方士,汾陰人。受《詩》於文中子。裴嘉有婚,會方士預焉。酒中樂作,方士非之而出。文中子聞之,曰:'薛方士知禮矣,然猶在君子之後乎?'"此小傳蓋由《中說》文中子與弟子問答之語所輯出者。《中說》中文中子與薛方士問答之語尚有《天地篇》:"薛方士問喪,子曰:'貧者斂手足,富者具棺椁,封域之制無廣也。不居良田,古者不以死傷生,不以厚爲禮。'"又《問易篇》:"薛方士曰:'逢惡斥之,遇邪正之,何如?'子曰:'其有不得其死乎?必也,言之無罪,聞之以誡。'"本詩首句云"昔歲尋周孔,今春訪老莊",又有"物情争逐鹿,人事各亡羊"之句,觀其内容,似乃王績於大業十年自六合縣丞棄官歸鄉後"將遍遊山水"前贈故人薛方士之作。

昔歲尋周孔,今春訪老莊。周孔:謂周公、孔子也,爲儒家之代表,儒家講究入世。老莊:謂老子、莊子也,爲道家之代表,道家講究出世。此二句意謂昔日遵循周孔之哲學觀,冀求仕途通達,今日乃棄儒循道,避世歸隱山林也。**途經丹水岸**,丹水:今稱丹江,又有淅水、粉青江、黑江、八百里黑河之稱,爲漢水最長之支流。發源於今陝西省秦嶺地區商洛市西北部之鳳凰山南麓,向東南方向流經丹鳳縣、商南縣、淅川縣荆紫關鎮,再下流經白亭(湉河鄉)、淅川老縣城、馬蹬鎮、李官橋鎮,然後於丹江口市注入漢水。丹江西連秦陝,過豫西南,南達荆楚,全長四百四十三公里,全部爲山區河道,是溝通南北水陸聯運的重要通道。**路出白雲鄉。窈窕開皇道,深沉指太方。**太方:同大方。《老子》:"大方無隅。"清成克鞏注:"大方者,太虛也。"又《莊子·則陽》:"胡爲於大方。"宋林希逸《口義》:"大方,大道也。"**物情爭逐鹿**,物情:物理人情。三國魏嵇康《養生論》:"情不繫於所欲,故能審貴賤而通物情。"逐鹿:《漢書》卷四十五《蒯通傳》:"淮陰侯謀反被誅,臨死歎曰:'悔不用蒯通之言,死於女子之手。'高帝曰:'是齊辯士蒯通。'乃詔齊,召蒯通。通至,上欲亨之。曰:'若教韓信反,何也?'通曰:'狗各吠非其主。當彼時,臣獨知齊王韓信,非知陛下也。且秦失其鹿,天下共逐之。高材者先得,天下匈匈,爭欲爲陛下所爲,顧力不能,可殫誅邪?'上乃赦之。"張晏曰:"以鹿喻帝位。"**人事各亡羊。**亡羊:《莊子·駢拇》:"臧與穀二人相與牧羊,而俱亡其羊。問臧奚事,則挾策讀書。問穀奚事,則博塞以遊。二人者事業不同,其於亡羊均也。"喻追逐外物而殘生傷性也。宋王安石《用前韻戲贈葉致遠直講》詩"亡羊等殘生,朽策何足挾",亦其例。**月明看桂樹,**《太平御覽》卷九百五十七引《淮南子》曰:"月中有桂樹。"又晋虞喜《安天論》:"俗傳月中仙人桂樹,今視其初生,見仙人之足,漸已成形,桂樹後生。"(《初學記》卷四引虞喜《安天論》曰:"俗傳月中仙人桂樹,月初則生。")按月中有桂之想像最早見於《淮南子》,其後故事逐漸豐富,至唐段成式《酉陽雜俎》則云:"舊傳月中有桂,有蟾蜍,故異書言月桂高五百丈。下有一人,常斫之,樹創隨合。人姓吳,名剛,西河人,學道有過,謫令伐樹。"由《淮南子》到《酉陽雜俎》,傳說故事演變之脈絡清晰可見。**日下覓扶桑。**揚雄《反離騷》:"解扶桑之總轡兮,縱令之遂賓士。"應劭曰:"扶桑,日所拂木也。"**寄語悠悠者,**《史記》卷四十七《孔子世家》云:孔子"去葉反於蔡,長沮、桀溺耦而耕。孔子以爲隱者,使子路問津焉……桀溺曰:悠悠者天下皆是也,而誰以易之"!《集解》孔安國曰:"悠悠者,周流之貌也。言當今天下治亂同,空舍此適彼,故曰誰以易之。"**誰知此路長!**

春莊走筆

【解題】

　　本首詩載於五卷本三種,諸三卷本及《文苑英華》《全唐詩》均未見載。詩末以"所嗟同志少,無處可忘言"結句,與陶淵明"此中有真意,欲辨已忘言"相較,頗覺本首詩仍不免流露出寂寞之感。蓋所謂"心遠地自偏",隱居之"真意",唯可自家意會,何必要與人分享?蓋詩人久客於朝,一時歸隱,仍難免有所不適耳。王績數次歸隱,心情方漸趨於平靜,故本首之作,或乃貞觀初待詔門下省退隱罷歸之初乎?

野客元圖靜,野客:山野之客也,此處作者自喻。元:原來、原本之意。按"元"乃"原來"、"原本"之本字。明代之前,"原來"、"原本"等語辭之"原"皆寫作"元",明初因嫌與元朝之"元"相混,且"元來"有諧"元人來"之意,因諱之而改"元"爲"原"。其後,書傳凡有"原來"之意之"元"字,均改寫作"原"。清代郝懿行《晉宋書故·元由》:"元,始初也;由,萌蘖也,論事所起,或言元起,或言元來,或言元故,或言元由,皆是也。今人爲書,元俱作原字……蓋起於前明初造,事涉元朝,文字簿書率皆易'元'爲'原'。"按原,古文像水從石穴滲出,小篆從厂從泉,楷化遂成"原"字。《說文》:"原,水泉本也。"指水流之始出處。元,古文爲人頭上加一或二,指明爲頭之部位。《爾雅·釋詁下》:"元,首也。""原"、"元"二字之本義,都可引申出"最初"、"開始"之義,故"原來"與"元來",在理據上并無優劣之分。**田家本惡諠**。**枕山通箘閣**,箘閣:疑爲"菌閣"之誤。《爾雅翼》卷二《釋蕙》云:"《楚辭》又有菌閣、蕙樓,蓋芝草幹杪敷華,有閣之象,而蕙華亦於幹杪,重重累積,有樓之象云。"**臨澗創茅軒。約略栽新柳,隨宜作小園**,隨宜:隨地制宜也。**草依三徑合**,三徑:《三輔決録》:"蔣詡,字元卿,舍中竹下開三徑,唯裘仲、羊仲之徒與之遊。"參見《遊北山賦》"昔者蔣元詡之三徑"句注。**花接四鄰繁。野婦調中饋**,野婦:山野之婦人也,此指詩人之妻,與前野客相呼應。中饋:《周易·家人》:"六二,無攸遂,在中饋。"鄭康成注云:"中饋,酒食也。"**山朋促上樽。曉羹猶未糁**,猶未糁:尚未下米也。**春酒不須溫。賣藥開東鋪**,守貧賣藥,古隱士之所爲也。**租田向北村。夢中逢櫟社**,《莊子·人間世》謂,匠石之齊之曲轅,見有社櫟樹甚巨而不顧。其弟子不解,追問其故,匠石曰:此爲散木,無可用,故能若是之壽。"匠石歸,櫟社見夢曰:女將惡乎比予哉?若將比予於文木邪?夫楂梨橘柚,果蓏之屬,實熟則剝,剝則辱,大枝折,小枝泄。此以其能,苦其生者也,故不終其天年而中道夭,自掊擊於世俗者也。物莫不若是。且予求無所可用久矣,幾死,乃今得之,爲予大用。使予也而有用,且得有此大也邪?且也,若與予也,皆物也,奈何哉,其相物也?而幾死之散人,又烏知散木!"**醉裏覓桃源**。桃源:晉陶淵明《桃花源記》云:晉太康中,武陵人捕漁,緣谿行,忘路之遠近。忽逢桃花林,夾岸數百步,中無雜樹。芳華鮮美,落英繽紛。漁人甚異之。復前行,欲窮其林。林盡水源,便得一山。山有小口,仿佛若有光,便舍舟從口入。初極狹,纔通人。復行數十步,豁然開朗,土地平曠,屋舍儼然。有良田美池桑竹之屬,阡陌交通,雞犬相聞。其中往來種作,男女衣著悉如外人,黃髮垂髫,怡然自樂。見漁人,乃大驚。問所從來,具答之。便邀還家,爲設酒殺雞作食,村中咸來問訊。自云先世避秦亂,率妻子邑人來此絶境,不復出,遂與外人間隔。問今是何世,乃不知有漢,無論魏晋。此人爲具言,聞皆歎惋。餘人各復延至其家,皆出酒食。停數日辭去,既出,得其船,便扶向路,處處志之。及郡詣太守説其事,太守即遣人隨往尋向所志,遂迷不復得路。**豬肝時入饌**,《後漢書》卷八十三《閔仲叔傳》:"太原閔仲叔者,世稱節士……建武中,應司徒侯霸之辟。既至,霸不及政事,徒勞苦而已。仲叔恨曰:始蒙嘉命,且喜且懼。今見明公,喜懼皆去。以仲叔爲不足問邪,不當辟也。辟而不問,是失人也。遂辭出,投劾而去。復以博士徵,不至。客居安邑,老病家貧,不能得肉。日買豬肝一片,屠者或不肯與。安邑令聞,敕吏常給焉。仲叔怪而問之知,乃歎曰:閔仲叔豈以口腹累安邑邪?遂去客沛,以壽終。"**犢鼻即裁褌**。《漢書》卷五十七《司馬相如傳》云:司馬相如初仕梁孝王,梁孝王卒,相如歸家,貧無以自業。臨邛巨富卓王孫有女名文君者,新寡好音,相如以琴心挑之,文君乃與相如私奔歸里,家徒四壁。卓王孫大怒,不與文君分一錢。相如"乃令文君當盧,相如身自著犢鼻褌,與保庸雜作,滌器於市中。卓王孫耻之,爲杜門不出。"韋昭曰:"今三尺布作形如犢鼻,稱此者,言其無耻也。"師古曰:"即今之袜也,形似犢鼻,故以名云。"劉奉世曰:"犢鼻穴在膝下,爲褌財令至膝,故習俗因以爲名,非謂其形似也。"**自覺勳名薄,方知道義尊。所嗟同志少,無處可忘言。**《莊子·徐無鬼》:"荃者所以在魚,得魚而忘荃。蹄者所以在兔,得兔而忘蹄。言者所以在意,得意而忘言。吾安得夫忘言之人而與之言哉!"宋林希逸《口義》:"荃、蹄取魚取兔之具也,既得則無用矣。言,寓意也,得其意則忘言矣。不能忘言,則泥著而失其意矣。惟忘言者而後可與言。"陶淵明《飲酒》詩:"此中有真意,欲辯已忘言。"

泛船河上

【解題】

按本首詩諸三卷本及《文苑英華》《全唐詩》等均未載。疑本詩亦貞觀初自門下省罷歸,隱居龍門時所作。

初晴何以慰?薄暮理輕舟。理:治也。**白雲銷向盡,黃河曲復流。隨風依北岸,逐浪向南洲。波瀾浩淼淼,懷抱直悠悠。自覺生如寄**,謂人之生命短促,如暫時寄居人間耳。魏文帝《善哉行》:"人生如寄,多憂何爲。"又晋謝安《與支遁書》曰:"人生如寄耳。頃風流得意之事,殆爲都盡。終日戚戚,觸事惆恨,惟遲君來以晤,言消之一日,當千載耳。此多山水,山縣閒靜,差可養疾,事不異剡。而醫藥不同,必思此緣,副其積想也。"陶淵明《榮木》詩曰:"人生若寄,顦顇有時。"**方知世若浮。**《莊子·刻意》:"夫恬淡寂漠,虛無無爲,此天地之平,而道德之質也……其生若浮,其死若休。"**蓬萊何處在?** 蓬萊:仙人所居也。《史記》卷六《秦始皇本紀》:"齊人徐市等上書,言海中有三神山,名曰蓬萊、方丈、瀛洲,僊人居之。"《正義》:"《漢書·郊祀志》云:此三神山者,其傳在勃海中,去人不遠,蓋曾有至者。諸仙人及不死之藥皆在焉。其物禽獸盡白,而黃金銀爲宮闕。未至,望之如雲,及至,三神山乃居水下,臨之患且至,風輒引船而去,終莫能至云。世主莫不甘心焉。"**坐使百年秋。**

薛記室收過莊見尋率題古意以贈

【解題】

薛記室收,即薛收也。隋內史侍郎薛道衡之子,河東汾陰(今山西省萬榮縣西南)人。與績嘗同學於績兄文中子通門下。薛道衡爲隋煬帝所害,收乃潔志不仕隋。李淵太原起兵,收遁於首陽山,將恊義舉。蒲州通守堯君素潛知其謀,乃遣人迎收所生母王氏置城內,收不得已,乃還城。後君素將應王世充,收遂踰城歸唐。秦府記室房玄齡薦之於秦王李世民,授秦府主簿、判陝東道大行臺、金部郎中。李世民討王世充,竇建德率兵來拒,收建策以爲宜分兵守營,深其溝防,以逸待勞,遂破建德而擒世充。武德四年(621)十月,加號李世民爲天策上將、陝東道大行台,位在王公上,以薛收任天策軍記室參軍,從李世民平劉黑闥,封汾陰縣男。秦王李世民銳意經籍,於王府開文學館,收復以本官兼文學館學士。武德七年(624)卒,年三十三。貞觀七年(633),贈定州刺史。永徽六年(655),又贈太常卿。陪葬昭陵。有文集十卷。《舊唐書》卷七十三有傳。

按據呂才《王無功文集序》可知,王績於武德二年(619)夏,始由河北返歸龍門故里;而據集中《建德破後入長安詠秋蓬示辛學士》一詩,又知武德四年(621)建德破後之秋,王績已入長安。而本詩題言"薛記室過莊見尋",可知武德四年十月薛收爲天策軍記室參軍後,即往龍門萬春鄉尋訪王績矣。其後,王績便由薛收舉薦,入長安,待詔門下省,皆武德四年之事也。

伊昔遭喪亂,【校】遭:《文苑英華》《全唐詩》作"逢"。喪亂:指隋末大亂。歷數當閏餘。【校】當閏:明鈔本作"閏當",《文苑英華》作"適當"。歷數:猶言"氣數"。古人迷信,以爲帝位相承,與天象運行之次序相應也,故稱歷數。《論語·堯曰》:"堯曰:'咨!爾舜,天之歷數在而躬。'"朱熹注:"歷數,帝王相繼之次第,猶歲時氣節之先後也。"當閏餘:指帝位落入非法繼承者手中。《漢書·王莽傳》稱王莽"餘分閏位",服虔注:"言王莽不得正王之命,如歲月之餘分爲閏也。"豺狼塞衢路,衢路:歧路也。《荀子·勸學》:"行衢道者不至。"桑梓成丘墟。桑梓:故鄉也。古代住宅旁常植桑樹與梓樹,故後世稱故鄉爲桑梓。《詩·小雅·小弁》:"維桑與梓,必恭敬止。"按王績,龍門人,薛收,汾陰人,龍門與汾陰隋時同屬河東郡,唐初同屬蒲州,故以同鄉視之。余及爾皆亡,【校】余:明鈔本、《文苑英華》作"吾"。本句意謂吾時與汝皆避亂逃亡他鄉也。東西各異居。據呂序,王績自罷六合縣丞後,因"隋季板蕩,客遊河北"。時竇建德始稱夏王,王績三兄王通之門人凌敬爲建德中書侍郎,乃竇建德幕府之重要謀臣,績依於凌敬,實即歸建德也。然績依於建德,似并未得志,又觀天下之形勢不利於建德,乃去,還龍門。呂序爲賢者諱,不便明言其事耳。而其時薛收聞李淵起兵,則遁於首陽山,將協義舉。以蒲州通守堯君素迎薛收生母王氏爲人質故,未敢妄動。至君素將應王世充,收遂踰城歸唐。本句所謂"東西異居"者,蓋指此也。東:言太行山以東也,指河北之地,時屬竇建德政權。西:言黃河以西,指關中之地,時屬李唐政權。爾爲培風鳥,【校】培風:明鈔本、《文苑英華》作"背風"。培風:乘風也。培風鳥:乘風而起之大鵬也。《莊子·逍遙遊》:"鵬之徙於南冥也,水擊三千里,搏扶搖而上者九萬里……而後乃今培風,背負青天,而莫之夭閼者。""培"通"背"。我爲涸轍魚。涸轍魚:《莊子》:"莊周家貧,故往貸粟於監河侯。監河侯曰:'諾,我將得邑金,將貸子三百金,可乎?'莊周忿然作色曰:'周昨來,有中道而呼。周顧視車轍中,有鮒魚焉。周問之曰:鮒魚來,子何爲者耶?對曰:我,東海之波臣也,君豈有斗水而活我哉?周曰:諾。我且南遊吳越之王,激西江之水而迎子,可乎?鮒魚忿然作色曰:吾失吾常與!我無所處,吾得斗升之水然活耳。君乃言此!曾不如早索我於枯魚之肆!"後因以"涸轍之鮒"喻處境困難而待援助者。逮承雲雷後,逮:及也。雲雷:《周易·屯》:"象曰:雲雷屯。""彖曰:屯,剛柔始交而難生,動乎險中,大亨貞。"《傳》曰:"始於險難,至於大亨,而後全正。"按屯,難也。其卦震下坎上,義爲剛柔始交而難生。此處借指戰亂。欣逢天地初。天地初:言王朝之始,萬象更新,猶天地之初始也。東川聊下釣,南畝試揮鋤。資稅幸不及,資稅:賦稅也。幸不及:有幸不及於己也。伏臘常有儲。伏臘:夏之伏日,冬之臘日,秦漢時皆爲節日,合稱伏臘。《漢書·楊敞傳》:"田家作苦,歲時伏臘,烹羊炰羔,斗酒自勞。"散誕時須酒,散誕:懶怠放蕩,不自檢束。蕭條懶向書。蕭條:寂寞無聊。朽木不可雕,《論語·公冶長》:"宰予晝寢,子曰:朽木不可雕也,糞土之牆不可圬也,于予與何誅?"後人遂以"朽木不可雕"喻指不可造就。此處爲作者自謙之辭。**短翮將焉撫**。短翮:言羽翼短小不豐也。撫:騰躍,高飛也。《戰國策·秦策一》:"毛羽不豐滿者,不可以高飛。"此處以短翮暗喻無所憑依也。**故人有深契**,深契:深厚之交誼也。如元辛文房《唐才子傳·王貞白》云,貫休與王貞白"遂訂深契"。**過我蓬蒿廬**。**曳履出門迎**,【校】曳履:明鈔本、《文苑英華》《全唐詩》作"曳裾"。曳履:拖履也。言聞故人來訪,匆忙迎接,激動而不及正其履也。**握手登前除**。前除:門前階也。**相看非舊顏,忽若形骸疏**。【校】忽若:叢書本注:"一作對接。"形骸疏:謂面目陌生也。**追悼宿昔事**,【校】追悼:明鈔本、《文苑英華》《全唐詩》作"追道"。**切切心相於**。切切:情意懇摯貌。相於:親近、相友也。孔融《與韋休甫書》:"不得復與足下岸幘廣坐,舉杯相於,以爲邑邑。"**憶我少年時,攜手遊東渠**。東渠:蓋即東齗也,又名青齗,在今山西河津縣東北三十五里黄頰山午芹峰,是當年文中子講學處。**梅李夾兩岸,花枝何扶疏**。扶疏:婆娑弄姿貌。陶淵明《讀山海經》:"孟夏草木長,繞屋樹扶疏。"**同志亦不多,西莊有姚徐**。姚徐:姚指姚義。杜淹《文中子世家》及續《遊北山賦》自注皆稱其爲"太山姚義",蓋其乃太山人也。按隋唐之際,常以祖望之地稱其爲某地人。如王績於《自作墓志文并序》中即自稱"有唐逸人,太原王績"。疑《中説》及王績詩文中所稱文中子之門人爲某地人者,多指其祖望。姚義亦文中子門人之一。續《遊北山賦》有"姚仲由之正色,薛莊周之言理"句。自注云"以姚義慷慨,方之仲由,薛收理識,方之莊周,薛實妙玄理耳"諸語。《答馮子華處士書》又稱之爲"高人姚義"。蓋姚義後亦隱居山林矣。徐:不詳。當亦文中子門人之一。續《答程道士書》所云之徐道士者,或即此人也。按據杜淹《文中子世家》所載文中子門人姓名,知其多爲當世之俊傑也。作隱士則鮮其人,故詩云"同志亦不多"也。**嘗愛陶淵明**,陶淵明:字元亮,後更名潛,江州尋陽柴桑人。《晉書》《宋書》《南史》均有傳,而於其名、字之説,頗有出入,此據逯欽立陶淵明事迹詩文系年。蕭統《陶淵明集序》云:"有疑陶淵明詩篇篇有酒,吾觀其意不在酒,亦寄酒爲迹焉。"**酌醴焚枯魚**。酌醴:炙酒也。焚枯魚:烤灸乾魚也。漢蔡邕《與袁公書》:"酌麥醴,燔乾魚,欣然樂在其中矣。"魏應璩《百一詩》:"田家何所有,酌醴焚枯魚。"**嘗學公孫弘,策杖牧群豬**。公孫弘,西漢武帝時人,以對策第一拜爲博士,後官至丞相職。《漢書》卷五十八《公孫弘傳》云,其少時"家貧,牧豕海上"。**追念甫如昨**,甫如昨:才如昨也。甫,剛、才也。**奄忽成空虛**。奄忽:轉眼之間也。**人生詎能幾**,詎能幾:豈能久也。**蹙迫常不舒**。【校】蹙迫:《文苑英華》《全唐詩》及叢書本均作"歲歲",叢書本注:"一作蹙迫。"蹙迫:促迫緊張貌。不舒:不得舒緩從容也。**賴有北山僧**,北山:即王績《遊北山賦》所謂北山也,即黄頰山。**教我以真如**。真如:佛教術語,指一種只可"悟"而不可言傳之神秘精神本體。《成唯識論》:"真,謂真實,顯非妄虛。如,謂如常,表無變易。謂此真實於一切位,常如其性,故曰真如。"佛教以爲"真如"爲唯一真實,永恆不變,其它一切皆虛幻不實。**使我視聽遺**,[校]遺:底本原作"遺",叢書本及《韻語陽秋》引本句亦作"遺"。茲從明鈔本、《全唐詩》校改。**自覺塵累祛**。以上二句意謂自己領悟"真如"後,精神上遂超脱感官與外界之聯繫,故能消除一切世俗之煩惱。視聽:此處泛指視、聽、鼻、舌、身及意識等感官,即佛家所謂"六根"也。塵累:指聲、色、香、味、觸及法,即佛家所謂"六塵"所導致之煩惱也。佛教以爲感官(六根)與世俗(六塵)相接,而人不能擺脱,則會污染心。反之,則心地清净矣。祛:除也。**何事須筌蹄,今已得兔魚**。筌:捕魚之竹器。蹄:捕兔之繩網。《莊子·外物》:"筌者所以在魚,得魚而忘筌。蹄者所以在兔,得兔而忘蹄。言者所以在意,得意而忘言。"上二句謂自己已曉悟人生真諦,無須再留意於世俗外物矣。**舊遊儻多暇,同此釋紛拏**。紛拏:混亂貌。此處指世俗之紛擾。

【相關資料】

武德四年十月,秦王既平天下,乃鋭意經籍,於宮城之西開文學館,以待四方之士。於是以僚屬大行臺司勳郎中杜如晦,記室考功郎中房玄齡及于志寧,軍諮祭酒蘇世長,天册府記室薛收,文學褚亮、姚思廉,太學博士陸德明、孔穎達、李玄道,天册倉曹李守素,記室參軍虞世南、蔡允恭、顔相時,著作佐郎攝天册記室許敬宗、薛元敬,太學助教蓋文達,軍諮典籤蘇勗等,并以本官兼文學館學士。及薛收卒,徵東虞州録事參軍劉孝孫入館,令庫直閻立本圖其狀,具題其爵里,命褚亮爲文贊,號曰"十八學士"。寫真圖藏之書府,用彰禮賢之重也。諸學士食五品珍膳,分爲三番更直宿閣下,每日引見,討論墳典。得入館者,時人謂之登瀛洲。

(《唐會要》卷六十四)

夏按,《舊唐書》所載与上引《唐會要》略同。據此記載,則似乎秦王府文學館開館之日,十八人既同時升堂矣。然《舊唐書·薛收傳》則云,收"武德六年,以本官兼文學館學士",豈非抵牾?竊以爲秦王府文學館開館於武德四年,然入館學士之選,乃漸次增進,而非同日選定者也。倘開館之日,府屬十八人既同時升堂,及太宗即位,仍爲十八人無增無減,則所謂"以待四方之士"便成虚言,蓋十八人乃武德九年太宗登基時之數耳,太宗即位後,遂成爲定數。此十八人於太宗即位前即"更直宿於閣下",日與王"討論墳典",爲之心腹。至太宗即位,其地位乃由府僚遽升而爲閣臣,故時人羨之,謂之"登瀛洲"也。以此推之,《薛收傳》謂收以本官兼文學館學士在武德六年當屬可信,而非史臣疏誤。

王氏《中説》所載門人,多貞觀時知名卿相,而無一人能振師之道者,故議者往往致疑。其所稱高第,曰程、仇、董、薛。考其行事,程元、仇璋、董常無所見,獨薛收在《唐史》有列傳,蹤迹甚爲明白。收以父道衡不得死於隋,不肯仕,聞唐高祖興,將應義舉,郡通守堯君素覺之,不得去。及君素東連王世充,遂挺身歸國,正在丁丑、戊寅歲中。丁丑爲大業十三年,又爲義寧元年,戊寅爲武德元年,是年三月煬帝遇害於江都,蓋大業十四年也。而杜淹所作《文中子世家》云:十三年江都難作,子有疾,召薛收謂曰:吾夢顏回稱孔子歸休之命,乃寢疾而終。殊與收事不合,歲年亦不同,是爲大可疑者也。又稱李靖受《詩》及問聖人之道。靖既云:"丈夫當以功名取富貴,何至作章句儒!"恐必無此也。今《中説》之後,載文中次子福畤所録云:"杜淹爲御史大夫,與長孫太尉有隙。"予按淹以貞觀二年卒,後二十一年,高宗即位,長孫無忌始拜太尉,其不合於史如此。故或者疑爲阮逸所作。如所謂薛收《元經傳》,亦非也。

(南宋洪邁《容齋續筆》卷一)

夏按,宋人疑文中子其人其事者,蓋皆以《中説》與唐書對照,凡《中説》與兩唐書有抵牾或不合之處,皆以爲《中説》作僞之鐵證,今之治史者亦然。然正史之記人記事,亦不過取其大要而已。夫人之一生,數十年之行事,又豈是史家數十百言所能盡詳者?且吾國舊史之修也,亦後朝人記前朝事耳,帝王以外,雖王公顯貴,并無起居詳録以供史家采擷。如王通、王績之流,既非王侯將相,其一生行狀,國史檔案未必有可徵者。史家爲其立傳,所據者不過家乘文書而已。就其材料取捨而言,正史傳記於其家乘文書亦不過取其一蠡而已。容齋乃取《中説》中之訛字,欲證《中説》爲僞書,不亦本末倒置歟?今以王績詩文與《中説》并薛收《隋故徵君文中子碣銘》相對照,知《中説》必不僞也。

題酒店壁

【解題】

按吕才《王無功文集序》云,王績"晚歲醉飲無節,鄉人或諫止之,則笑曰:'汝輩不解,理正當然。'或乘牛駕驢,出入郊郭,止宿酒店,動經數日,往往題壁作詩,好事者尋録諷咏,并傳於代"。王績《自撰墓志》亦云:"天子不知,公卿不識,四十五十,而無聞焉。於是退歸以酒德遊於鄉里,往往賣卜,時時著書。"集中此類内容之詩作甚多,如《戲題卜鋪壁》《醉後口號》《嘗春酒》等,皆其晚年醉無節之實録。

昨宵瓶始盡,【校】宵:明鈔本、《全唐詩》作"夜"。**今朝甕即開。夢中占夢罷,**占夢:解説夢中事以推測凶吉。亦稱圓夢、諢夢等。《周禮·春官·占夢》:"占夢掌其歲時,觀天地之會,辨陰陽之氣。以日月星辰,占六夢之凶吉:一曰正夢,二曰噩夢,三曰思夢,四曰寤夢,五曰喜夢,六曰懼夢。獻吉夢於王。"宋無名氏《五國故事》卷上:"夢無凶吉,在人諢之耳。有善諢者,請召之,庶解憂慮。"夢中占夢,謂醉夢中猶爲己占夢也。寫醉中朦朧之態,如在目前。**還向酒家來。**

醉後口號

【解題】

明鈔本、《全唐詩》詩題均作"醉後"。本首亦當爲詩人晚歲所作,乃其"晚歲醉無節"之真實寫照。

阮籍醒時少,阮籍:字嗣宗,陳留尉氏人。性嗜酒,以酣飲爲常。據《晉書·阮籍傳》載,司馬昭初欲爲子炎求婚於籍,籍沉醉六十日,不得言而止。鍾會欲致之罪,皆以酣醉獲免。故詩云其"醒時少"也。**陶潛醉日多。**陶潛:字淵明,或云名淵明,字元亮,江州潯陽柴桑人。其《飲酒》詩《小序》曰:"余閒居寡歡,兼比夜已長,偶有名酒,無夕不飲。顧影獨盡,忽焉復醉。"**百年何足度,**百年:《列子·楊朱》:"百年,壽之大齊,得百年者,千無一焉。"後人遂藉以指人之一生。**乘興且長歌。**長歌:古代歌唱方式之一,後世演爲一種歌行體。此處指長吟高歌也。《古詩》曰:"長歌正激烈。"參考前《山夜》詩注。

過程處士飲率爾成詠

【解題】

按本首詩三卷本均未載。程處士,當即作者《重答杜使君書》中所云"處士程融"也,其人里籍生平未詳。處士者,古稱不官於朝而居家者也。《孟子·滕文公下》：" 聖王不作，諸侯放恣，處士橫議，楊朱墨翟之言盈天下。"又續《答程道士書》曰："去矣程生，非吾徒也。若足下者，可謂身處江海之上，心遊魏闕之下。雖欲行志，不覺坐馳。"與本詩相對參照，疑此"程處士"與"程道士"者實係同一人焉，其作文之時間亦或相近。

莫道山中泉石好，莫畏人間行路難。蜀郡壚家何必鬧，蜀郡壚家：用卓文君當壚沽酒典。《史記》卷一百十七《司馬相如列傳》云：司馬相如初仕梁孝王，梁孝王卒，相如歸家，貧無以自業。臨邛巨富卓王孫有女名文君者，新寡好音，相如以琴心挑之，文君乃與相如私奔歸里，歸而家徒四壁。卓王孫大怒，不與文君分一錢。相如乃令文君當壚，而"身自著犢鼻褌，與保庸雜作，滌器於市中。卓王孫聞而恥之，爲杜門不出。昆弟諸公更謂王孫曰：有一男兩女，所不足者非財也。今文君已失身於司馬長卿，長卿故倦遊，雖貧，其人材足依也。且又令客，獨奈何相辱如此？卓王孫不得已，分予文君僮百人，錢百萬，及其嫁時衣被財物。文君乃與相如歸成都，買田宅爲富人"。宜城酒店舊來寬。宜城酒店：《後漢書》卷八十七《杜根傳》：杜根，字伯堅，潁川定陵人。"永初元年，舉孝廉爲郎中。時和熹鄧后臨朝，權在外戚。根以安帝年長，宜親政事，乃與同時郎上書直諫。太后大怒，收執根等，令盛以縑囊，於殿上撲殺之。執法者以根知名，私語行事人，使不加力。既而載出城外，根得蘇。太后使人檢視，根遂詐死。三日，目中生蛆，因得逃竄，爲宜城山中酒家保積十五年。酒家知其賢，厚敬待之。及鄧氏誅，左右皆言根等之忠。帝謂根已死，乃下詔布告天下，錄其子孫。根方歸鄉里，徵詣公車，拜侍御史。"李賢注："宜城縣故城在今襄州率道縣南，其地出美酒。"舊來寬：謂寬厚仁慈，能容戴罪之人也。杯至定知懸怪晚，懸怪：意殊難解，疑乃"懸綬"之誤。宋無名氏《錦繡萬花谷後集》卷三十四："（東漢）王宗以賣卜自奉，安帝以博士徵之。宗恥以占驗見知，懸綬於縣庭而逃。"飲盡祇應速唱看。但使百年相續醉，何愁萬里客衣單。梁劉孝綽《冬曉》詩："冬曉風正寒，偏念客衣單。臨妝罷鉛黛，含淚剪綾紈。寄語龍城下，詎知書信難。"又周庾信《對燭賦》："龍沙雁塞蚤應寒，天山月阪客衣單。"

戲題卜鋪壁

【解題】

"戲題"，底本原作"劇題"。從明鈔本、《全唐詩》校改。"卜鋪"，叢書本作"小鋪"。續《自撰墓志》云："天子不知，公卿不識，四十五十，而無聞焉。於是退歸以酒德遊於鄉里,往往賣卜,時時著書。"此亦績"晚歲醉飲無節","往往題壁作詩,好事者尋録諷咏,并傳於代"之詩也。

且逐劉伶去,劉伶:西晉人,竹林七賢之一。《世説新語》劉孝標注引《名士傳》曰:"伶字伯倫,沛郡人,肆意放蕩,以宇宙爲狹。常乘鹿車,攜一壺酒,使人荷鍤隨之,云:死便掘地以埋。土木形骸,遨遊一世。"**宵隨畢卓眠**。畢卓:字茂世,東晉時新蔡銅陽人,曾官吏部侍郎,爲人希慕放達,酷愛飲酒。《晉書》卷四十九本傳云其"太興末,爲吏部郎,常飲酒廢職。比舍郎釀熟,卓因醉夜至其甕間盜飲之,爲掌酒者所縛。明旦視之,乃畢吏部也,遽釋其縛。卓遂引主人宴於甕側,致醉而去。卓嘗謂人曰:得酒滿數百斛船,四時甘味置兩頭,右手持酒杯,左手持蟹螯,拍浮酒船中,便足了一生矣"。**不應長賣卜**,賣卜:用嚴君平賣卜典。《漢書》卷七十二《王貢兩龔鮑傳序》:"君平卜筮於成都市,以爲卜筮者賤業,而可以惠衆人。有邪惡非正之問,則依蓍龜爲言利害。與人子言依於孝,與人弟言依於順,與人臣言依於忠,各因勢導之以善,從吾言者已過半矣。裁日閲數人,得百錢自養,則閉肆下簾而授《老子》。"**須得杖頭錢**。杖頭錢:買酒之錢。《晉書》卷四十九《阮修傳》:"修字宣子,好《易》《老》,善清言……性簡任,不修人事,絶不喜見俗人。遇便捨去,意有所思,率爾褰裳,不避晨夕。至或無言,但欣然相對。常步行以百錢掛杖頭,至酒店便獨酣暢,雖當世富貴而不肯顧。家無儋石之儲,晏如也。"

贈程處士

【解題】

程處士,當即作者《重答杜使君書》中所云"處士程融"也。詳見前《過程處士飲率爾成咏》解題。

百年長擾擾,百年:謂一生也。《列子·楊朱》:"百年,壽之大齊,得百年者,千無一焉。"擾擾:紛亂貌。**萬事悉悠悠**。悠悠:遥遠空虚貌。陳子昂《登幽州臺歌》"念天地之悠悠",亦其例。**日光隨意落,水勢任情流**。【校】水勢:明鈔本、《文苑英華》《全唐詩》作"河水"。**禮樂囚姬旦**,【校】囚:底本原作"因",兹從明鈔本、《文苑英華》《全唐詩》校改。囚:束縛、拘束也,與下句"縛孔丘"之"縛"互文同義。姬旦:即周公,乃周文王之子,武王之弟,成王之叔父,魯國之始祖也。相傳西周禮樂制度皆出其手。**詩書縛孔丘。**【校】縛:底本原作"傳",兹從明鈔本、《文苑英華》《全唐詩》校改。孔丘:即孔子也。孔子(前551—前479),名丘,字仲尼,魯國陬邑人。《史記·孔子世家》載,"《書》《傳》《禮記》自孔子","古者詩三千餘篇,及至孔子,去其重,取可施於禮義……三百五篇,孔子皆弦而歌之"。以上二句謂周公制禮作樂與孔子删詩書皆多事之舉,徒爲後人增添束縛而已。**不如高枕臥,**【校】高枕臥:明鈔本、《文苑英華》《全唐詩》、叢書本均作"高枕枕"。《全唐詩》、叢書本并於"高枕枕"之末'枕'字下注云:"一作上。"**時取醉銷愁。**

嘗春酒

【解題】

此亦作者"晚歲醉飲無節"之詩也。

野杯浮鄭酌,【校】杯:明鈔本、《全唐詩》作"觴"。浮:本指罰酒。《説苑》卷十一《善説》:"魏文侯與大夫飲酒,使公乘不仁爲觴政,曰:飲不釂者,浮以大白。文侯飲而不盡釂,公乘不仁舉白浮君。"此指滿飲。鄭酌:鄭君之酒也。《抱朴子·内篇》卷三《雜應》:"鄭君云:本性飲酒不多,昔在銅山中,絶穀二年許,飲酒數斗不醉。以此推之,是爲不食更令人耐毒,耐毒則是難病之候也。余因此問:山中那得酒?鄭君言:先釀好雲液勿壓漉,因以桂、附子、甘草五六種末合丸之,曝乾,以一丸如雞子許投一斗水中,立成美酒。"**山酒漉陶巾。**漉陶巾:《南史》卷七十五《陶潛傳》:"郡將候潛,值其酒熟,取頭上葛巾漉酒畢,復還著之。"漉:過濾也。**但令千日醉,**千日醉:謂久醉不醒也。《博物志》:"昔劉玄石於山中酒家酤酒,酒家舉千日酒,忘言其節度。歸至家當醉,而家人不知,以爲死也,權葬之。酒家計千日滿,乃憶玄石前來酤酒,醉當醒耳。往視之,云玄石亡來三年,已葬。於是開棺,醉始醒。俗云:玄石飲酒,一醉千日。"**何惜兩三春!**兩三春:猶言"二三年"也,即指千日。

解六合丞還

【解題】

本首詩僅見五卷本三種,諸三卷本及《文苑英華》《全唐詩》等均未載。詩題中

"丞",朱本、李本均作"承"。按據吕才《王無功文集序》:"大業末,應孝悌廉潔舉,射高第,除秘書正字。性簡放,飲酒至數斗不醉。……及爲正字,端簪理笏,非其所好也。以疾罷,乞署外職,除揚州六合縣丞。君篤於酒德,頗妨職務。時天下將亂,藩部法嚴,屢被勘劾。君歎曰:'羅網高懸,去將安所?'遂出受俸錢,積於縣門外,托以風疾,輕舟夜遁。"考《隋書·煬帝紀》云:大業十年"五月庚子,詔舉郡孝悌廉潔各十人"。在此之前詔舉二次,一在大業三年,一在大業五年,然皆無孝悌廉潔之科目。故王績應舉之時間當在大業十年五月無疑。大業共十三年,概言之,大業十年亦可稱"大業末"。又據王度《古鏡記》:"大業十年,度弟勣自六合丞棄官歸。"是則王績解六合縣丞還歸之時間,仍未出大業十年。自五月應舉,其間有授秘書正字、以疾罷、復署六合縣丞諸事。且六合之地望,約當於今之南京市六合區一帶,距長安約二千餘華里,以當時之交通狀況,往返路上至少亦需三月之上。以此推之,王績辭官至家,當已是是年末矣。本首詩題既言乃"解六合縣丞"後所作,故其時間必在大業十年末無疑。

　　我家滄海白雲邊,滄海白雲邊:喻道路遥遠也。宋戴復《古黄州偶成》詩:"算從滄海白雲際,行到黄州赤壁邊。"亦其例也。**還將别業對林泉**。别業:宅第外另一處供遊憩之莊園。明彭大翼《山堂肆考》卷二十六:"莊者,取藏聚之義,唐人呼别業爲莊。"唐李白《題元丹丘潁陽山居詩序》:"丹丘家於潁陽,新卜别業。其地北倚馬嶺,連峰嵩丘。南瞻鹿台,極目汝海。雲巖映鬱,有佳致焉。"**不用功名喧一世,直取烟霞送百年。彭澤有田唯種黍**,《晋書》卷九十四《陶潛傳》稱,陶淵明"躬耕自資,遂抱羸疾,復爲鎮軍建威參軍。謂親朋曰:聊欲弦歌,以爲三徑之資可乎?執事者聞之,以爲彭澤令。在縣公田悉令種秫穀,曰:令吾常醉於酒足矣。妻子固請種秔,乃使一頃五十畝種秫,五十畝種秔"。秫:即黍也,可作酒。陶淵明《和郭主簿》:"春秫作美酒,酒熟吾自斟。"**步兵從官豈論錢?** 步兵:謂阮籍也。《晋書》卷四十九《阮籍傳》:"阮籍字嗣宗,陳留尉氏人也……高貴鄉公即位,封關内侯,徙散騎常侍。籍本有濟世志,屬魏晋之際,天下多故,名士少有全者。籍由是不與世事,遂酣飲爲常……籍聞步兵廚營人善釀,有貯酒三百斛,乃求爲步兵校尉。遺落世事,雖去佐職,恒遊府内,朝宴必與焉。"本句言阮籍求爲步兵校尉,本不爲錢,而爲酒也。**但願朝朝常得醉,何辭夜夜甕間眠?**

獨酌

【解題】

本詩亦作者"晚歲醉飲無節"之寫照。

在生知幾日,【校】在生:《全唐詩》及叢書本作"浮生"。在生:謂有生之年也。作"浮生"亦通。《莊子·刻意》:"其生若浮,其死若休。"後世遂稱人生爲浮生。**無狀逐空名**。【校】逐:底本原作"遂",茲從明鈔本、《全唐詩》校改。無狀:無功狀,無成績。《史記》卷八十四《屈原賈生列傳》:"自傷爲傅無狀,哭泣,歲餘亦死。"師古曰:"無善狀。"無狀逐空名,即"逐名空無狀"之倒裝句。謂追求功名而無成就也。**不如多釀酒,時向竹林傾**。竹林:指幽靜而可酣飲之處。《世說新語·任誕》:"陳留阮籍,譙國嵇康,河內山濤,三人年皆相比,康年少亞之。預此契者:沛國劉伶,陳留阮咸,河內向秀,琅邪王戎。七人常集於竹林之下,肆意酣暢,故世謂竹林七賢。"

秋夜喜遇姚處士義

【解題】

按詩題明鈔本、《全唐詩》、叢書本均作"秋夜喜遇王處士"。考文中子門人有姚義,疑此所謂姚處士者即姚義。雍正十二年修《山西通志》卷一百四十八:"姚義字仲由,受《禮》於文中子。門人問孔庭之法,曰《詩》曰《禮》,不及四經,何也?義詳論其旨。文中子聞之,曰:'姚子得之矣!'義困於寠,房玄齡曰:'傷哉寠也,盍請乎?'義曰:'古之人爲人請,猶以爲捨讓也,況爲己乎?吾不願。'文中子聞之曰:'確哉,義也!實行古之道矣,有以發我也,難進易退。'文中子嘗謂義能交,或曰簡。曰:'簡而不傲,所以爲能也。'或曰廣。曰:'廣而不濫,又所以爲能也。'又嘗謂義可與友,久要不忘。又嘗論及門(人)曰:'義也清而莊。'又曰:'姚之辨。'"

續集中《遊北山賦》自注謂,姚義太山人,多慷慨。按關於姚義,杜淹《文中子世家》及王績《遊北山賦》自注均言其爲太山人。然王績《薛記室收過莊見尋率題古意以贈》詩中又有"同志亦不多,西莊有姚徐"之句。疑詩中"姚"即指姚義。蓋自南北朝以至於隋唐,戰亂頻仍,士人迁徙奔走者無常。故時人稱其里籍,往往多稱其族望。如王績《自作墓志文并序》即自稱"有唐逸人,太原王績"。姚義隋唐之際蓋已居河東久矣,而文獻稱其爲太山人者,皆以其族望而言者。又集中《答馮子華處士書》云:"所恨姚義不存,薛收已歿"。余考集中《答馮子華處士書》,當作於貞觀三年或貞觀四年(見集後《答馮子華處士書》解題),其時姚義已歿。故本首詩所作之時間,必不晚於貞觀三年。

北場耘藿罷,【校】耘:明鈔本、《全唐詩》、叢書本均作"芸"。北場:北邊之田野。耘藿:爲豆除草也。藿:《廣雅·釋草》:"豆角謂之莢,其葉謂之藿。"此處泛指豆苗。**東皋刈黍歸。**東皋:呂才《東皋子集序》曰,績"躬耕東皋,每著書自稱東皋子"。則績集中所爲東皋者,絕非泛言可知。或曰泛指東邊高地,當非。光緒十八年修《山西通志·山泉考二》引《河津縣志》曰:"黃頰山在縣東北三十五里,即文中子、東皋子隱居之處。山半有袁達寨,一峰屹峙,前爲旁通峪,入峪二百武,山回澗曲,峰巒四合。東巖下有石城,城北石壁高四丈,中開一罅,相距尺許,有泉湧出,匯爲池,下流即白牛谿也。上有永興禪寺,爲文中子授經地。由峪口折而東,有石樓,有文中子洞。洞北由佛殿陟石梯而上,又架木爲梁,其西有王績洞。峪外土壤廣衍,或曰即東皋也。"刈:割取。**相逢秋月滿,更值夜螢飛。**相逢二句謂與姚義相逢之時,適逢秋夜滿月,更有夜螢紛飛。兩句突出詩題"喜遇"之情,而以首二句作襯筆,令人倍覺相逢之意外,無限欣喜於言外可感。

山中獨坐

【解題】

按本首詩三卷本未載。考呂才《王無功文集序》稱績"貞觀初,以疾罷歸,欲定長往之計,而困於貧。貞觀中,以家貧赴選。時太樂有府史焦革,家善醞酒,冠絕當時。君苦求爲太樂丞,選司以非士職,不授。君再三請曰:'此中有深意,且士庶清濁,天下所知,不聞莊周羞居漆園,老聃恥在柱下也。'卒授之。數月而焦革死,革妻袁氏猶時時送酒。歲餘,袁又死。君歎曰:'天乃不令吾飽美酒。'遂掛冠歸"。疑本詩即貞觀初待詔門下省罷歸至貞觀中以家貧赴選之間隱居時所作。

試逐遊山去，遊山：疑爲遊仙之訛。按遊仙，指追慕神仙高士而隱居避俗於深山也。《梁書》卷三十四《張纘傳》：「舍域中之常戀，慕遊仙之靈族。」魏曹植《遊仙詩》曰：「人生不滿百，戚戚少歡娛。意欲奮六翮，排霧凌紫虚。蟬蛻同松喬，翻迹登鼎湖。翱翔九天上，騁轡遠行遊。東觀扶桑曜，西臨弱水流。北極登玄渚，南翔陟丹丘。」**聊觀避俗情。引流還當井**，引流：謂取水也。**憑樹即爲楹**。謂因樹之勢而搭建巢屋也。唐上官婉兒《遊長寧公主林亭應制》詩：「鑿山便作室，憑樹即爲楹。公輸與班爾，從此遂韜聲。」**酒中添藥氣，琴裏作松聲。石爐煎玉髓，土釜出金精**。玉髓、金精：皆道士服食之藥也，傳云服之能長生。北魏陽固《演賾賦》：「咀玉髓而充渴兮，嚼正陽以長生。參松喬而撫翰兮，侶浮丘而上征。」**水碧連年服，雲丹計日成**。雲丹：亦道士服食之金石類藥也。《太平御覽》卷九百九十三引《吴氏本草經》曰：「落石，一名鱗石，一名明石，一名縣石，一名雲華，一名雲珠，一名雲英，一名雲丹。」**還看市朝路**，市朝：指爭名逐利之所。《戰國策·秦策一》：「臣聞爭名者於朝，爭利者於市。今三川、周室，天下之市朝也。」**無處不營營**！《詩·小雅·青蠅》：「營營青蠅，止於樊。」《傳》：「營營，往來貌。」

題畫幛背

【解題】

按本首詩三卷本未載。考王績約於唐武德四年秋，始以前六合縣丞待詔門下省（説見《建德破後入長安咏秋蓬示辛學士》解題）。又據吕才《王無功文集序》稱，本次待詔門下省一直未得唐廷署職，直至貞觀初，計六年有餘，遂托疾而罷，欲定長往之策。蓋所謂「待詔」者，等待朝廷署職之謂也。六年有餘而不得署職，其宦情遂熄矣。時光荏苒，人近不惑，亦知仕途無望，不得不另謀它途，此即所謂「欲定長往之策」者也。細繹詩意，余頗以爲本詩乃詩人於貞觀初，思欲棄官歸隱情緒之寫照耳，詩或作於其時乎？

雲霞圖幛子，圖：畫也。幛子：置於廳堂或床前的幛幔。**山水畫屏風**。不應須對許，須：須臾也，片刻。許：處所，地方。坐慣青谿中。末二句謂不可再須臾於此高屋之中對幛幔屏風之山水雲霞畫圖，而放棄早已習慣之青谿之山水也。青谿亦稱芹谿，在黃頰山午芹峰。雍正十二年修《山西通志》卷二十八："午芹峰在西磴口內紫金之支峰也，上有午芹洞，下爲芹谿，以產芹菜名，一名石峪。"

山夜調琴

促軫乘明月，促軫：轉動琴軸以調緊琴弦，高其聲調。軫：調琴弦之軸。《六書故》卷二十七："軫，琴下轉弦者。"左思《蜀都賦》："起西音於促柱。"五臣注："向曰：促柱，急弦也。"促軫即促柱也。抽弦對白雲。抽弦：即撥弦。從來山水韻，山水韻：抒寫山水情懷之曲也。《列子·湯問》："伯牙善鼓琴，鍾子期善聽。伯牙鼓琴，志在高山。鍾子期曰：善哉，峨峨兮若泰山！志在流水，鍾子期曰：善哉，洋洋兮若江河！"又按呂才《王無功文集序》云，績"雅善鼓琴，加減舊弄，作《山水操》，爲知音者所賞"。不使俗人聞。俗人：世俗之人也。

田家三首

【解題】

按本題五卷本三種均作"田家"，且僅載《其一》"阮籍生涯懶"一首，而未載《其二》《其三》兩首。而《文苑英華》《全唐詩》及明鈔本、叢書本均録三首，且題爲"田家三首"。今從《文苑英華》《全唐詩》及諸三卷本改題爲"田家三首"，并補録後二首。詩題中"田"字下，《全唐詩》、叢書本均注云："一作山。"

又，詩題下明鈔本、《全唐詩》、叢書本并注云："一作王勃詩。"按《文苑英華》卷三一九王績詩，詩題下注"一作山家"，未言或作王勃，故知宋人仍未以此三首爲王勃所作也。《全唐詩·王勃集》亦未載此三首詩。以此三首詩爲王勃所作或自於明季。明銅活字本《王勃集》卷下收此三詩，蓋即其始。考"王績"或嘗寫作"王勣"，前人遂誤"王績"與"王勣"爲二人。又"勣"、"勃"二字形近，遂又以"王績"訛作"王勃"，此或即明人所以誤此三首爲王勃詩之因也。

本組三首詩之風格及內容，與績《答馮子華處士書》所言之生活情形庶幾相近。

考《答馮子華處士書》或作於貞觀三年(629)前後(參考《答馮子華處士書》解題)。是則本題下三首詩作,或亦作於其時乎?

又依常理而言,五卷本《王績集》乃唐時吕才原輯之本,所輯王績詩賦雜文雖不及其全部作品四分之一,然亦自文獻傳世以來,收集最全之别集也。今所見之三卷本《東皋子集》,乃明萬曆時期,學者於陸淳删本《東皋子集略》二卷基礎之上,經補佚而成之者。陸淳之删《東皋子集》也,所據者爲五卷本,則三卷本無論如何補佚,都絶無超過五卷本所收篇目之理。今則傳世之三卷本所收者,反比新發現之三種五卷本多此二首,是何道理耶?以余之陋見,此種現象只能說明,唐時五卷本之《王績集》於流傳之過程中,已有多種不同版本,雖皆本諸吕才原編而稱五卷,然篇目多寡,或有不同。蓋唐時文士之詩文集,仍賴手抄而流傳,而抄手之學養、愛好乃至抄寫時之心情態度等等,都對抄寫產生不同影響。即使同一抄手,同時抄寫兩本,亦難做到完全相同,一字不差。故在鈔本之時代,每一鈔本,即一不同之版本也。如今所傳五卷本三種,即皆於《河渚賦》《獨居賦》《孤松賦》《登龍門憶禹賦》及《酒賦》等五篇有目無文。豈吕氏初編即缺原文乎?非也。蓋後之傳抄者因故漏抄而已。删《王績集》之陸淳,疑即中唐之陸質。而陸質生活之時代,仍鈔本大行之時代也,雕版印刷尚未見用於文人文集者。故其所據删削之五卷本《王績集》篇目,或多於今之所見三種五卷本鈔本也。此三卷本《王績集》所以多此二首,而今所見之五卷本反少此二首之由也,亦何怪乎?

其 一

阮籍生年懶,【校】生年:《全唐詩》、叢書本均作"生涯",注云:"一作年,一作平。"明鈔本同底本作"生年"。按"生涯"有生平、生年、生計諸意,較作"生年"勝。阮籍:字嗣宗,陳留尉氏(今屬河南尉氏縣)人,西晉初"竹林七賢"之一。《晉書·阮籍傳》云,其"本有濟世之志,屬魏晉之際,天下多故,名士少有全者,籍由是不與世事,遂酣飲爲常"。又,《世說新語·德行》劉孝標注引王隱《晉書》曰:"魏末,阮籍嗜酒荒放,露頭散髮,裸袒箕踞。其後貴遊子弟阮瞻、王澄、謝鯤、胡毋輔之之徒,皆祖述於籍,謂得大道之本。"**嵇康意氣疏。**嵇康(224—263),字叔夜,譙郡銍(今安徽省宿縣)人,亦"竹林七賢"之一。曾爲中散大夫。崇尚老莊,抨擊禮法趨炎附勢之士,拒與司馬氏合作。友人山濤由選曹郎遷官大將軍從事中郎(一說遷散騎常侍),欲薦舉康代其原職,康乃作《與山巨源絶交書》(按山濤字巨源)拒之。稱己"加少孤露,母兄見驕,不涉經學。性復疎懶,筋駑肉緩,頭面常一月十五日不洗,不大悶癢,不能沐也。每常小便而忍不起,令胞中略轉乃起耳"。向秀《思舊賦》云:"余與嵇康、吕安居止接近,其人并有不羈之才,嵇意遠而疏,呂心曠而放。"故詩謂其"意氣疏"。**相逢一飽醉**,飽醉:《全唐詩》作"醉飽"。**獨坐數行書。小池聊養鶴,閒田且牧豬。**牧豬:暗用公孫弘海上牧豬典。《漢書》卷五十八《公孫弘傳》:"公孫弘,菑川薛人也。少時爲獄吏,有罪免。家貧,牧豕海上。年四十餘,乃學《春秋》雜說,武帝初即位,招賢良文學士。"**草生元亮徑**,元亮徑:《三輔決錄》:"蔣詡,字元卿,舍中竹下開三徑,唯羊仲、裘仲從之遊。二仲皆推廉逃名。"陶淵明追慕蔣詡,每著文,輒以"三徑"稱所隱處之小徑,如其《歸去來兮辭》即有"三徑就荒"之語。陶淵明字元亮,"元亮徑"即本諸此。**花暗子雲居**。子雲居:揚雄之住宅也。揚雄(前53—18),字子雲,蜀郡成都(今四川成都)人,西漢著名學者。《漢書·揚雄傳》云,其"不汲汲於富貴,不戚戚於貧賤"。年四十餘,始出蜀,遊於京師。仕宦不得意,遂閉門著書。晚年家貧,嗜酒,人希至其門。故後世常以"子雲居"、"揚子居"等喻指賢而貧賤者之住宅。如盧照鄰《長安古意》"寂寂寥寥揚子居,年年歲歲一床書",亦其例也。**倚床看婦織**,【校】床:《文苑英華》作"杖"。倚床:謂斜靠於座也。床:古代坐具,比今之板凳稍寬。古詩《孔雀東南飛》:"阿母得聞之,槌床便大怒。"是其例。**登壟課兒鋤**。課兒鋤:教兒鋤也。課:教也。**回頭尋仙事,并是一空虛。**

其 二

家住箕山下,門枕潁川濱。家住二句:《藝文類聚》卷三十六引嵇康《高士傳》謂,堯致天下於許由,"由乃退而遁耕於中嶽潁水之陽,箕山之下"。家住二句,即用此典。箕山,在今河南省登封縣。潁川:源出河南登封縣西境潁谷,東南流經禹縣、臨潁等地,與沙河(古溵水)匯合。**不知今有漢,唯言昔避秦。**不知二句:喻與外界隔絕,不知時世。陶淵明《桃花源記》記載,"晉太元中,武陵人以捕魚爲業。緣谿行,忘路之遠近",遂入桃花源。源中人見而大驚,"自云先世避秦時亂,率妻子邑人來此絕境,不復出焉。問今是何世,乃不知有漢,無論魏晉"。是二句即用此典。**琴伴前庭月,酒勸後園春。自得中林士**,自得:悠遊自在。中林士:即隱士。王康琚《反招隱》詩:"今雖盛明世,能無中林士?"李善注曰:"毛萇《詩傳》曰:中林,林中也。"班固《漢書序》曰:"山林之士,往而不能返。"**何忝上皇人**。何忝:何愧於。上皇人:即所謂"羲皇上人"也。羲皇上人謂伏羲氏以上之人也。據《初學記》卷第九引《詩含神霧》曰:"赫胥氏履大人迹而生伏羲。"《莊子·馬蹄》:"夫赫胥氏之時,民居不知所爲,行不知所之,含哺而熙,鼓腹而遊,民能以此矣。"此處"上皇人"泛指太古之人。

其 三

平生唯酒樂,作性不能無。作性:酒性所興起也。**朝朝訪鄉里,夜夜遣**

人酤。酤：買酒。《史記·高祖本紀》："高祖每酤留飲，酒讎數倍。"**家貧留客久，不暇道精粗**。上二句謂家貧無好食物，留客既久，顧不得挑剔食物之好壞也。**抽簾持益炬**，謂無柴可燒，只能抽取阜簾以增添火把，極言其貧也。持：用也。古樂府《十五從軍征》："舂穀持作飯，采葵持作羹。"**拔簀更燃爐**。簀：竹席。拔簀謂撕取竹席也。**恒聞飲不足**，恒聞：常聞，常聽説。**何見有殘壺？**

【相關資料】

詩之粗頭亂服而好者，千載一淵明耳。樂天效之，便傷俚淺，唯王無功差得其仿佛。"陶王"之稱，余嘗欲以東皋代輞川。輞川誠佳，太秀，多以綺思撑其樸趣。東皋瀟灑落穆，不衫不履，如"來時常道貰，慚愧酒家胡"，"家貧留客久，不暇道精粗"，至若"相逢寧可醉，定不學丹砂"。"昔我未生時，誰者令我萌。棄置勿重陳，委化何足驚"。真齊得喪，一生死之言。曠懷高致，其人自堪尚友，不徒音響似之。

（清賀裳《載酒園詩話又編》。）

看釀酒

六月調神麴，神麴：酒麴之佳者也。調：製也。**正朝汲美泉**。正朝：猶"正旦"，正月初一。**從來作春酒，未省不經年**。未省：未曾、不曾。

贈學仙者

【解題】

夫神之與仙，雖合稱之爲"神仙"，然其出身大不相同。神乃人類想像中天界超自然之存在，有主宰世界萬物之能量者也。而仙乃經修煉而獲部分超凡之神力與永恒生命之人。故神不需修煉而天然具有威靈，仙則須經修煉而後方可飛升，且其法力大小，恒與其修煉功力相關。遠古有神而無仙，仙之所出，乃人類個體生命意識覺醒之後，欲擺脱現實社會苦難，超越生死之輪回限制之幻想產物也。

按神仙觀念，蓋出於周。《詩經·小雅·賓之初筵》："舍其坐遷，屢舞僛僛。"

"僊"乃"仙"之本字，《説文》："僊，長生僊去。從人從䙴。"段注："僊，升高也，長生者僊去。"《莊子·天地篇》有"千歲厭世，去而上僊，乘彼白雲，至於帝鄉"之語。而"仙"字則出於漢代。《釋名·釋長幼》："老而不死曰仙。仙，遷也，遷入山也。故其製字，人旁作山也。"由早期之"僊"到漢代之"仙"字之轉變，可見周代所謂神仙已由遥不可及之白雲帝鄉，轉至人間仙山洞府之中矣。先秦之仙人或被稱爲"神人"、"真人"、"至人"，皆見諸《莊子》所載。詩而涉仙者尚矣，楚騷諸詩，已肇其端。或舉《遠遊》之篇，奉爲遊仙詩之祖也。降及秦世，始皇帝使博士爲《仙真人詩》，教樂人歌傳之。至漢，樂府中《上陵》《董逃行》《王子喬》《長歌》《善哉行》《隴西行》《豔歌行》諸詩，皆涉仙者也。魏文帝、陳思王，始以遊仙名篇。"正始明道，詩雜仙心，何晏之徒，率多浮淺，唯嵇志清峻，阮旨遥深，故能標焉。"晋郭樸乃專致遊仙之咏，而有創變。其詩飄飄而淩雲，挺拔而爲峻，鍾嶸稱其"乃是坎壈咏懷，非列仙之趣"也。而陶潛之《讀山海經》諸篇什，亦不免流露羨仙之情懷。故昭明《文選》，特立遊仙一目。李善云，"凡遊仙之篇，皆所以滓穢塵網，錙銖纓紱，餐霞倒景，餌玉玄都"，以爲凡涉仙界靈地，服食修煉之事，見詩人厭棄凡塵仕宦之情懷篇什，皆可以遊仙詩視之也。本詩則一反對仙界之嚮往，直言層城、金闕之不可及，仙師之不可期，仙道之不可成，以世俗之情懷，對追慕仙人持完全否定之態度，是亦出於遊仙之詩而反遊仙者也。

采藥層城遠，層城：《水經注·河水》引《昆侖説》曰："昆侖之山三級，下曰樊桐，一名板松。二曰玄圃，一名閬風。上曰層城，一名天庭，是謂太帝之居。"又《淮南子》云：昆侖山"上有層城九重"。尋師海路賒。尋師：謂尋仙也。海路：謂入海之路也。傳説蓬萊、瀛洲、方丈等神山皆在海上，故云。賒：遠也。玉壺横日月，玉壺句：《雲笈七籤》卷二十八引《靈臺治中録》云："施存，魯人，夫子弟子。學大丹之道三百年，千煉不成，惟得變化之術。後遇張申爲靈臺治官，常懸一壺，如五升器大，變化爲天地，中有日月如世間，夜宿其内，自號壺天，人曰壺公。"金闕斷烟霞。金闕：黄金銀之宫闕也，爲神人所居之處。《史記·封禪書》："自威、宣、燕昭使人入海求蓬萊、方丈、瀛洲。此三神山者，其傳在渤海中，去人不遠。患且至，則船風引而去。蓋嘗有至者，諸仙人及不死之藥皆在焉。其物禽獸盡白，而黄金銀爲宫闕。未至，望之如雲；及到，三神山反居水下。臨之，風輒引去，終莫能至云。"斷烟霞：即爲雲烟所隔斷，使求仙者可往而難以及之也。烟霞即雲氣也。沈約《桐柏山金庭館碑》："吐吸烟霞，變煉丹液。"仙人何處在？【校】仙人：底本原作"伶人"。兹據明鈔本、《文苑英華》《全唐詩》校改。道士未還家。道士句：據《史記·封禪書》載：齊威王、齊宣王、燕昭王及秦始皇皆嘗遣方士入海求不死之藥,然均一去不返。詩即暗用其典。道士:此處指方士,古代自稱能通神仙、求仙藥者也。**誰知彭澤意,**【校】彭澤意:明楊慎《升庵詩話》卷二引此詩,作"彭澤也"。彭澤:指陶淵明。陶淵明嘗任彭澤縣令,故又稱陶彭澤。其《飲酒二十首》詩中有"此中有真意,欲辯已忘言"之句,彭澤意當即指此。**更道步兵耶?**【校】道:明鈔本、《文苑英華》《全唐詩》、叢書本作"覓"。《全唐詩》、叢書本皆注曰:"一作道。"耶:《全唐詩》、叢書本均作"那",并注云:"一作邪。"上二句謂世人多不解陶淵明、阮籍借酒避世之真意,而盲目步其後塵耳。步兵:指阮籍。以其嘗任步兵校尉,故人稱其爲阮步兵。《三國志》裴松之注引《魏晉春秋》稱其"時率獨駕,不由徑路,車迹所窮,輒慟哭而返"。**春釀煎松葉,**松葉酒:以松葉煎水和米以釀之酒也。唐孫思邈《備急千金要方》卷二十四:"松葉酒主腳弱、十二風痹不能行,服更生散數劑及衆治不得力,服此一劑便能遠行,不過兩劑方。"并載其製法云:"松葉六十斤,咬咀,以水四石,煮取四斗九升,以釀五斗米如常法。別煮松葉汁,以漬米,并饋飯,泥釀封。頭七日發澄飲之,取醉。得此力者甚衆,神妙。"周庾信《贈周處士》詩:"方欣松葉酒,自和遊仙吟。"**秋杯浸菊花。**【校】秋杯浸:底本原作"秋蘇泛",兹從明鈔本、《文苑英華》《全唐詩》作校改。浸菊花:《西京雜記》卷三云,漢高祖戚夫人侍兒賈佩蘭後出宫爲扶風人段儒妻,説在宫内時,見戚夫人事高帝,嘗於"九月九日,佩茱萸,食蓬餌,飲菊花酒,令人長壽。菊花舒時,并采莖葉,雜黍米釀之。至來年九月九日,始熟就飲焉,故謂之菊花酒"。**相逢寧可醉,定不學丹砂!**學丹砂:指服食仙藥追求神仙之道。《抱朴子·仙藥》:"仙藥之上者丹砂,次則黄金,次則白銀,次則諸芝。"

【相關資料】

此詩深有諷諭世之妄意長生者,比之朱子脱屣非難,殊爲正論,無愧文中子之友矣。

(楊慎《升庵詩話》卷二。)

春園興後

【解題】

本首詩僅載於五卷本三種,各三卷本及《文苑英華》《全唐詩》均未載,亦當爲晚年之作。

比日尋常醉，比日：連日也，無有間斷。晋干寶《搜神記》卷二："弘曰：今欲何行？鬼曰：當至荆揚二州爾。時比日行心腹病，無有不死者。"**經年獨未醒**。《博物志》："昔劉玄石於山中酒家酤酒，酒家舉千日酒，忘言其節度。歸至家當醉，而家人不知，以爲死也，權葬之。酒家計千日滿，乃憶玄石前來酤酒，醉當醒耳。往視之，云玄石亡來三年，已葬。於是開棺，醉始醒。俗云：玄石飲酒，一醉千日。"**回瞻後園柳，忽值數行青。定是春來意，低頭更好聽。歌鶯遼亂動，蓮葉繞池生。散腰追阮籍**，阮籍：字嗣宗，陳留尉氏（今屬河南尉氏縣）人，西晋初"竹林七賢"之一。《晋書》卷四十九《阮籍傳》云，其"本有濟世之志，屬魏晋之際，天下多故，名士少有全者，籍由是不與世事，遂酣飲爲常。文帝初欲爲武帝求婚於籍，籍醉六十日不得言而止。鍾會數以時事問之，欲因其可否而致之罪，皆以酣醉獲免"。又，《世説新語·德行》劉孝標注引王隱《晋書》曰："魏末阮籍，嗜酒荒放，露頭散髮，裸袒箕踞。其後貴遊子弟阮瞻、王澄、謝鯤、胡毋輔之徒，皆祖述於籍，謂得大道之本。"**招手唤劉伶**。劉伶：西晋人，竹林七賢之一。《世説新語》劉孝標注引《名士傳》曰："伶字伯倫，沛郡人，肆意放蕩，以宇宙爲狹。常乘鹿車，攜一壺酒，使人荷鍤隨之，云：死便掘地以埋。土木形骸，遨遊一世。"**鬲架窺前空**，鬲：古炊器。現代考古學研究，一般認爲鬲之使用時代，大約在新石器時期彩陶之後，黑陶之前。至春秋之後逐漸消失。宋沈括《夢谿筆談·補筆談》卷下："古鼎中有三足皆空，中可容物者，所謂鬲也。"此處代指貯酒器。**未餘幾小瓶。風光須用却，留此待誰傾！**

階前石竹

【解題】

詩題明鈔本、《全唐詩》、叢書本均作《石竹咏》，且詩缺前二韻。《全唐詩》卷八八三《補遺》亦收入本詩，詩題并全詩與底本同。石竹，別名洛陽花、瞿麥草等，處處有之，多年生草本植物，莖高尺餘，直立簇生。有節，多分枝，葉細長而尖，對生，夏季開花。按吕序云，王績"大業末，應孝悌廉潔舉，射高第，除秘書正字"。因性簡放，"端簪理笏，非其所好也。以疾罷，乞署外職，除揚州六合縣丞。君篤於酒德，頗妨職務。時天下將亂，藩部法嚴，屢被勘劾。君歎曰：羅網高懸，去將安所？遂出受俸錢，積於縣門外，托以風疾，輕舟夜遁"。考績以大業十年五月應孝悌廉潔舉，當年年末即棄六合縣丞歸里。竊以爲本詩即詩人應舉之後，因見天下將亂，欲避禍全生心理之寫照也。詩或即大業十年之所作。

上天布甘雨，布：施予也。古樂府《長歌行》："陽春布德澤，萬物生光輝。"甘雨：久旱之及時雨也。《爾雅·釋天》："甘雨時降，萬物以嘉。"萬里咸均平。自顧微且賤，自顧：自我審度也。亦得蒙滋榮。蒙滋榮：受甘雨滋潤而得繁盛也。萋萋結綠枝，【校】結：叢書本作"紿"。萋萋：茂密貌。《楚辭·招隱士》："王孫遊兮不歸，春草生兮萋萋。"王逸注："垂條吐葉，紛榮華也。"曄曄垂朱英。【校】垂：底本原作"乘"，茲從明鈔本、《全唐詩》校改。曄曄：花光明亮閃爍貌。朱英：紅花。常恐零露降，不得全其生。古樂府《長歌行》"常恐秋節至，焜黃華葉衰"，蓋其所本也。歎息聊自思，此生豈我情！昔我未生時，誰者令我萌。昔我二句：與王績時代相仿佛之初唐詩人王梵志詩曰："我昔未生時，冥冥無所知。天公強生我，生我復何爲？無衣使我寒，無食使我饑。還你天公我，還我未生時。"棄置勿重陳，委化何足驚。【校】足驚：底本原作"所營"，茲從明鈔本、《全唐詩》校改。委化：委身於造化也。王梵志詩："有生皆有滅，有始皆有終。氣聚則成我，氣散即成空。一群泊死漢，何以叫頭蟲。"

【相關資料】

[訓]思未生之始，原無我相，安得有此生之身？既有此生，則榮盛衰謝、亦不過因以成有無耳。全生固在自得，棄置寧訝人爲。石竹之物雖微，生理包括天地機氣，人不知，徒戚戚世途，滯情昧理故也。此詩托咏達化，足見無功養定之識。

[眉批]譚元春曰："觀生詩。"

鍾惺圈："亦是憂生，歎息聊自思四語達甚。"

唐汝詢曰："無功隋人，詩說脫盡隋套，有樂府餘響。"

陸鈿曰："王無功以《周易》《老》《莊》置床頭，他書罕讀也，故其爲詩具有道骨。"

俺良俊曰："當武德之初，猶有陳隋遺習，則無功能洗盡鉛華，又嗜酒誕放，脫落世事。今觀其詩，殊有魏晉之風。"

（明周珽集注、陳繼儒批點《刪補唐詩選脈箋釋會通評林》）

春旦直疏

【解題】

　　本首詩僅載於五卷本三種，諸三卷本均未載。南宋趙孟奎《分門纂類唐歌詩》殘本第一册《天地山川類》收入本詩。陳尚君又據之輯入《全唐詩補編》第二編《全唐詩補逸》卷之一。據詩中"遐想太古事，俯察今世情。淳薄何不同，運數之所成"諸句推測，本詩當爲大業十年應舉後，爲秘書正字之時所作也。蓋當時天下將亂，詩人自知隋運已衰，歷數將盡，夜不能寐，已生忘機存精，淡泊歸隱之思矣。

　　春夜猶自長，高窗來月明。耿耿不能寐，振衣步前楹。振衣：抖衣以去塵土也。《楚辭·漁父》："新沐者必彈冠，新浴者必振衣。"王逸注："去塵穢也。"懷抱暫無擾，自覺形神清。遐想太古事，俯察今世情。淳薄何不同，運數之所成。運數：命運、氣數也，亦稱歷數。古人以爲人之命運、國之氣數皆有定數。歎息方重陣，陣：通陳。陳，説也。已聞晨雞鳴。回首東南隅，【校】回首：《全唐詩外編》作"回看"。東南隅：日之所出也。西晉陸機《日出東南隅行》："扶桑升朝暉，照此高臺端。"北周王褒《日出東南隅行》："曉星西北没，朝日東南隅。"□□□□□。按此句底本空五字之格，示有脱漏。考南宋趙孟奎《分門纂類唐歌詩》所收本詩亦缺此五字。可知本句之脱漏，自宋時已如是耳。誰知忘機者，忘機：道家語，意爲消除機巧之心。常用以指甘於淡泊，忘掉世俗，與世無争。寂泊存其精！寂泊：恬静淡泊，不追求名利也。晉束皙《玄居釋》："將研六籍以訓世，守寂泊以鎮俗，偶鄭老於海隅，匹嚴叟於僻蜀。"

贈梁公

【解題】

　　梁公，指房玄齡(579—648)。玄齡字喬(一説名喬，字玄齡)，齊州臨淄(今山東省濟南)人。隋末任隰城尉。李世民帥唐兵入關中，房謁見於渭北。李淵即位，任秦王府記室,助李世民謀劃軍事并取得帝位。貞觀元年(627)任中書令,調任尚書左僕射,貞觀十一年封梁國公。按呂才《王無功文集序》稱王績卒於貞觀十八年,而詩題稱房玄齡爲"梁公",觀詩之内容,則本詩必作於房氏封梁公後至王績卒之間無疑。疑本詩即貞觀十一年(637)房玄齡封梁國公未久,作者之所贈者。

按凶則吊之,吉則賀之,禮也。房玄齡徙國梁而爲梁公,王績乃以"位大招譏嫌,禄極生禍殃","朱門雖足悅,赤族亦何傷"諸語贈之。此分明以詩爲吊者,而非賀之者也。以當時"葛巾聯牛,躬耕東皋"一隱士,而馳詩與位極人臣之宰輔進如是之言,若非至親至交,可乎?《中說》以房玄齡爲文中子之門人,後世或疑乃王氏後人附會,遂因指《中說》爲僞書,至有疑文中子其人之有無者。今觀王績此詩,乃知王氏兄弟與梁公之交誼,固匪淺也。若梁公未入文中子師門,王績焉得以此詩贈之耶?

我欲圖世樂,世樂:世俗之樂也。斯樂難可常。難可常:難以久長。位大招譏嫌,譏嫌:譭謗和猜疑。禄極生禍殃。聖莫若周公,周公:姓姬名旦,一稱叔旦。周文王第四子,武王之弟,佐武王滅商。武王病死之後,其子成王年幼,由周公攝政,而武王另外兩個弟弟管叔、蔡叔不服,因此散布流言蜚語,言周公有野心,將謀害成王,篡奪王位。管叔、蔡叔、霍叔等人又勾結紂王之子武庚和徐奄等東方夷族反叛。周公奉命出師,三年後平叛,并將勢力擴展至海。後又建成周洛邑,作爲東都。周公歸政成王後,制禮作樂,西周典制一出其手,後世目之爲聖人。因其采邑在周(今陝西岐山北),故稱周公。忠豈踰霍光。踰霍光:超越霍光也。踰通逾。霍光:西漢名將霍去病之異母弟,武帝時爲奉車都尉。昭帝年幼即位,光與桑弘羊等受武帝遺詔輔政,任大司馬大將軍。昭帝死後,迎立昌邑王劉賀爲帝。賀行淫亂,光憂懣,旋廢之,迎立武帝曾孫病已(後改名詢),是爲宣帝。霍光秉政前後二十年,謹慎恭敬,忠於漢室。死後,霍氏以驕奢叛逆族滅。事見《漢書》卷六十八《霍光傳》。成王已興誚,誚:責備、責問也。《尚書·金縢》云:"武王既喪,管叔及其群弟乃流言於國,曰公將不利於孺子(指周成王,時年幼,故稱孺子)。周公乃告二公曰:我之弗辟,我無以告我先王。周公居東二年,則罪人斯得。於後,公乃爲詩以貽王,名之曰《鴟鴞》,王亦未敢誚公。"宣帝恒負芒。【校】恒:明鈔本、《文苑英華》《全唐詩》作"如"。負芒:《漢書》卷六十八《霍光傳》:"宣帝始立,謁見高廟,大將軍光從驂乘。上内嚴憚之,若有芒刺在背。後車騎將軍張安世代光驂乘,天子從容肆體,甚安近焉。及光身死,而宗族竟誅,故俗傳之曰:威震主者不畜,霍氏之禍,萌於驂乘。"范蠡何智哉! 單舟戒輕裝。范蠡:春秋末越國大夫,助越王勾踐滅吳。《史記》卷四十一《越王勾踐世家》云:"勾踐以霸而范蠡稱上將軍,還反國。范蠡以爲大名之下,難以久居。且勾踐爲人,可與同患,難與處安……乃裝其輕寶珠玉,自與其私徒屬乘舟浮海以行,終不反。……范蠡浮海出齊,變姓名,自謂鴟夷子皮,耕於海畔,苦身戮力,父子治產。居無幾何,致產數千萬。"戒,備也。**疏廣豈不懷**,疏廣:西漢宣帝時任太子太傅,鑒於"知足不辱",在任五年,與其侄太子少傅疏受稱疾辭官歸鄉,閒居終老。後世遂以爲功遂身退之楷模。事見《漢書》卷七十一《疏廣傳》。懷:留戀也。**杖策還故鄉**。【校】杖策:明鈔本、《文苑英華》《全唐詩》作"策杖"。杖策:謂持鞭馳馬也。**朱門雖足悅**,朱門:紅色大門也。古代王公貴族的住宅大門漆成紅色,表示尊貴,故後世遂以朱門代指豪富貴族之家。**赤族亦可傷**。赤族:夷滅全族。揚雄《解嘲》:"客徒欲朱丹吾轂,不知一跌將赤吾之族也。"顏師古注:"見誅殺者必流血,故云赤族。"**履霜成堅冰**,《易·坤》:"履霜堅冰至。"《正義》:"陰氣之微,似若初寒之始,但履踐其霜,微而積漸,故堅冰乃至。義所謂陰道初雖柔順,漸漸積著,乃至堅剛。"比喻小疵積久,將會釀成大禍。**知足勝不祥**。《老子·德經》:"故知足不辱,知止不殆,可以長久。"《漢書·疏廣傳》:"(疏)受曰:吾聞知足不辱,知止不殆。功遂身退,天之道也。"《藝文類聚》卷二十三引後漢崔瑗《座右銘》有"慎言節飲食,知足勝不祥。行之苟有恒,久久自芬芳"之句。**我本窮家子**,【校】本:明鈔本、《文苑英華》作"今"。似以作"今"略勝。**自言此見長。功成皆能退,在昔誰滅亡!**【校】在昔:明鈔本、《文苑英華》作"自古"。

山　園

【解題】

本首詩諸三卷本及《文苑英華》《全唐詩》等皆未載。宋人周氏《涉筆》嘗引本詩"琴曲唯留古,書名半是經"兩句(見馬端臨《文獻通考》第五十八別集類所引)。詩或爲晚年之所作。

幽人養性靈,幽人:高隱之士也。《易·履》:"幽人貞吉。"《正義》:"故在幽隱之人守正得吉。"陶淵明《和郭主簿詩》:"銜觴念幽人,千載撫爾訣。"**長嘯坐山肩**。《世說新語·棲逸》載:"阮步兵嘯,聞數百步。蘇門山中忽有真人,樵伐者咸共傳説。阮籍往觀,見其人擁膝巖側。籍登嶺就之,箕踞相對。籍商略終古,上陳黃、農玄寂之道,下考三代盛德之美,以問之,仡然不應。復叙有爲之教,棲神導氣之術以觀之,彼猶如前,凝矚不轉。籍因對之長嘯。良久，乃笑曰：'可更作。'籍復嘯，意盡，退，還半嶺許，聞上嗃然有聲，如數部鼓吹，林谷傳響。顧看，乃向人嘯也。"山扃：南朝齊孔稚珪《北山移文》："雖情投於魏闕，或假步於山扃。"《文選》李善注引《說文》曰："扃，外關之闚也。"張銑注曰："扃，山門也。"**二月蘭心紫，三春柳色青。捲簾看水石，開牖望園亭。琴曲唯留古，書名半是經。風煙長入咏，几杖悉爲銘。**几杖：坐几和手杖，皆老者所用。《禮記·曲禮上》："謀於長者，必操几杖以從之。"宋張載《經學理窟·氣質》云："古之爲冠者以重其首，爲履以重其足，至於盤盂几杖爲銘，皆所以慎戒之。"**切直平生盡**，切直：切磋相正。《爾雅·釋訓》："丁丁嚶嚶，相切直也。"郭璞注："朋友切磋相正。"漢徐幹《中論·貴驗》："言朋友之義，務在切直以升於善道者也。"**何爲勞是形？**

春日還莊

【解題】

　　本首詩唯見五卷本三種，各三卷本及《文苑英華》《全唐詩》等均未載。考集中有《仲長先生傳》云："先生諱子光，字不曜，自云洛陽人也。往來河東，佣力自給，無室廬，絕妻子。開皇末，始結庵河渚間，以息身焉。"本首詩亦咏仲長子光先生之隱居生活，有"自持茅作屋，無用杏爲梁"，"自得終焉趣，無論懷故鄉"之句，與《仲長先生傳》之內容相近。余考《仲長先生傳》文當寫於武德二年（619）夏，時王績自河北夏王政權回歸河東故鄉未久（參見《仲長先生傳》解題），本詩或亦作於其時也。

　　居人姓仲長，仲長：即仲長子光。開皇末，始結庵河渚間，與王績爲鄰，十餘年賣藥爲業。集中有《仲長先生傳》一文叙其事迹。**端坐悅年光。地形疑谷口**，谷口：西漢鄭子真隱居處。《高士傳》卷中："鄭樸，字子真，谷口人也。修道靜默，世服其清高。成帝時元舅大將軍王鳳以禮聘之，遂不屈。揚雄盛稱其德曰：谷口鄭子真，耕於巖石之下，名振京師。"**川勢似河陽**。河陽：舜躬耕處。《列子》卷七《楊朱》："然而舜耕於河陽，陶於雷澤，四體不得暫安，口腹不得美厚，父母之所不愛，弟妹之所不親，行年三十不告而娶。及受堯之禪，年已長，智已衰，商均不才，禪位於禹，戚戚然以至於死，此天人窮毒者也。"**傍山移草石，橫渠種稻粱。滋蘭依舊畹**，滋蘭：爲蘭澆水。**接果著新行**。接果：嫁接果木也。**自持茅作屋，無用杏爲梁**。古代高貴華屋多用文杏木爲屋梁。故詩文中常以杏梁指高貴之屋宇。漢司馬相如《長門賦》："刻木蘭以爲榱兮，飾文杏以爲梁。"南朝齊謝朓《雜咏三首·燭》："杏梁賓未散，桂宮明欲沉。"此處言自製茅屋簡陋，勿須文杏木爲梁也。**蓬埋張仲蔚**，皇甫謐《高士傳》卷中："張仲蔚者，平陵人也。與同郡魏景卿俱修《道德》，隱身不仕，明天官博物，善屬文，好詩賦，常居窮素，所處蓬蒿没人。閉門養性，不治榮名，時人莫識，唯劉龔知之。"明趙參魯《述懷》詩："喜開張仲蔚，豈續屈公騷。"亦其例也。**藜破管寧床**。《三國志·魏書》卷十一《管寧傳》云：管寧字幼安，北海朱虚人。年十六喪父，中表湣其孤貧，咸共贈賵，悉辭不受。與平原華歆、同縣邴原相友。《世説新語·德行》："管寧、華歆共園中鋤菜，見地有片金。管揮鋤與瓦石不異，華捉而擲去之。又嘗同席讀書，有乘軒冕過門者，寧讀如故，歆廢書出看。寧割席分坐曰：子非吾友也。"**浴蠶温織室**，浴蠶：古代養蠶育種方法之一。《周禮》"禁原蠶"注引《蠶書》："蠶爲龍精，月值大火（按指二月）則浴其種。"明宋應星《天工開物·乃服》："凡蠶用浴法，惟嘉、湖兩郡。湖多用天露、石灰，嘉多用鹽鹵水。每蠶紙一張，鹽倉走出鹵水二升，摻水於盂内，紙浮其面（石灰仿此）。逢臘月十二即浸浴，至二十四，計十二日，周即漉起，用微火烘乾。從此珍重箱匣中，半點風濕不受，直待清明抱産……蓋低種經浴，則自死不出，不費葉故，且得絲亦多也。晚種不用浴。"温織室：蓋唐時浴蠶法之一。織室：秦漢時宫中的絲織作坊。《三輔黄圖·未央宫》："織室，在未央宫，又有東西織室，織作文繡郊廟之服也。"此處指尋常百姓之家養蠶之屋。**分蜂暖蜜房**。野蜂每至春天氣候變暖自然分群，然蜂群初分，影響産蜜。故《三傳折諸·左傳折諸》卷首下云："分蜂之脾，其蜜不釀。原蠶之繭，其絲不紉。"養蜂者爲使蜂群早日分開，不影響花開時多采蜂蜜，每於氣候尚冷之時，爲蜂巢保暖，促其早分，謂之"暖蜜房"。清陳元龍《格致鏡原》卷九十六："蜂無王而盡死，有二王而即分。分蜂之時，多老王遜位而出。所分之蜂均擘其半，未嘗多寡。從王而出者未嘗復回。王之所在，蜂不螫人。飛止必環衛蜂王，皆有隊伍行列。"**竹密連階暗，花飛滿宅香。坐棠思邵伯**，邵伯：即召伯。傳説周武王時，召伯巡行南國，曾憩甘棠樹下，聽訟決獄，百姓各得其所，賦詩以懷其德。《詩·召南·甘棠》："蔽芾甘棠，勿翦勿伐，召伯所茇。"《箋》曰："召伯聽男女之訟，不重煩勞。百姓止舍小棠之下，而聽斷焉。國人被其德，説其化，思其人，敬其樹。"後以"坐棠"爲稱頌官吏德政之典。**看柳憶嵇康**。嵇康（223—263），字叔夜，三國魏譙郡銍（今安徽省濉谿縣）人，魏晉著名文學家、思想家及音樂家。"竹林七賢"之一，與阮籍齊名，并稱嵇阮。曾娶曹操曾孫女，官曹魏中散大夫，故世稱嵇中散。後因得罪鍾會，爲其構陷，而被司馬昭處死。《晉書》卷四十九《嵇康傳》稱嵇康"性絶巧而好鍛。宅中有一柳樹甚茂，乃激水圜之，每夏月居其下以鍛。東平吕安服康高致，每一相思，輒千里命駕，康友而善之"。**自得終焉趣，無論懷故鄉。**

尋苗道士山居

【解題】

本首詩各三卷本及《文苑英華》《全唐詩》等均未載，唯見於五卷本三種。苗道士，其人生平未詳。

抱琴欲隱去，杖策訪幽潛。杖策：扶杖，拄杖也。幽潛：本指潛伏、隱居。此處指幽隱之高士也。宋歐陽修《有美堂記》："今夫所謂羅浮、天臺、衡嶽、廬阜、洞庭之廣，三峽之險，號爲東南奇偉秀絶者，皆在乎下州小邑，僻陋之邦，此幽潛之士、窮愁放逐之臣之所樂也。" **青豀無限曲，**青豀：亦稱芹豀，在黃頰山午芹峰。雍正十二年修《山西通志》卷二十八：午芹峰在西磴口内紫金之支峰也，上有午芹洞，下爲芹豀，以産芹菜名，一名石峪。**丹障幾重簾。**丹障：此指紅色之山峰。言重疊之山巒在日色映照之下，呈赤紅色，猶如重重簾幕也。**水聲全繞砌，樹影半橫簷。甑塵炊暫拂，**甑塵：甑乃古代蒸飯之器皿，底部有透蒸氣之孔，置於鬲上蒸煮，如今之蒸鍋。甑上生塵，言不用已久也。據《後漢書》卷一百十一《范冉傳》：東漢范冉，字史雲，陳留外黃人。與漢中李固、河内王奐親善。性猖急，好違時絶俗，爲激詭之行。"辟太尉府，以猖急不能從俗，常佩韋於朝，議者欲以爲侍御史。因遁，逃命於梁沛之間。徒行敝服，賣卜於市。遭黨人禁錮，遂推鹿車，載妻子捃拾自資。或寓息客廬，或依宿樹蔭，如此十餘年，乃結草室而居焉。所止單陋，有時絶粒。窮居自若，言貌無改。閭里歌之曰：甑中生塵范史雲，釜中生魚范萊蕪。"**爐香盡更添。短茅新縛薦，**薦：草席，墊子。**細藿始編簷。**細藿：即藿藿，草名，質地柔軟，用以編織覆蓋物邊沿。**寫咒桃爲板，**傳説桃木有鎮災避邪之功效。《藝文類聚》卷八十六引《莊子》曰："插桃枝於户，連灰其下。童子入而不畏而鬼畏之，是鬼智不如童子也。漢時，刻桃木印掛於門户，稱爲桃印。**題經竹作籤。**在東漢蔡倫發明紙之前，古人著述以竹木簡爲之，書寫經文亦如之。**紫文千歲蝠，**晉崔豹《古今注》卷中："蝙蝠一名仙鼠，一名飛鼠，五百歲則色白腦重，集則頭垂，故謂之倒折，食之神仙。"又《太平御覽》卷四十三："濠塘山：《壽春圖經》曰：濠塘山在縣南六十里，有濠水出焉，古老所傳巖上泉灌濠城塘，故以爲名。山穴多出鍾乳，并有蝙蝠，白艾色，於穴中倒懸，微帶紫色，居人或於九月以後二月以前采取服之，頗益壽。"而《抱朴子》則云仙藥之上者丹砂，次則黃金，次則白銀，次則諸芝。肉芝其狀如肉，附於大石，頭尾俱有，乃生物也。千歲燕、千歲蝙蝠、千歲龜、萬歲蟾蜍、山中小人，皆肉芝類也。**丹書五月蟾**。《太平御覽》卷九百八十六：＂肉芝者謂萬歲蟾蜍，頭上有角，頷下有丹書八字。以五月五日日中時取之，陰乾百日，以其足畫地，即爲流水。千歲蝙蝠色如白雪，集則倒懸，腦重故也。此二物得而陰乾，末服之，令人壽四萬歲。＂**三山今近遠**，三山：指蓬萊、方丈、瀛洲三神山也。《史記》卷二十八《封禪書》：＂燕昭使人入海求蓬萊、方丈、瀛洲，此三神山者，其傳在渤海中，去人不遠，患且至，則舩風引而去。蓋嘗有至者，諸僊人及不死之藥皆在焉。其物禽獸盡白，而黃金銀爲宮闕。未至，望之如雲；及到，三神山反居水下。臨之，風輒引去，終莫能至云。＂漢武帝亦好神仙，遣方士入海，＂求蓬萊，安期生莫能得，而海上燕、齊怪迂之方士多更來言神事矣＂。指蓬萊、瀛丈、方丈三神山也。又《廣雅》卷九《釋山》：＂昆侖虛有三山，閬風、板桐、玄圃，其高萬一千一百一十里一十四步二尺六寸。＂**飛路幸相兼**。飛路：言行路迅疾如飛也。元陳仁子《文選補遺》卷三十一宋玉《微咏賦》：＂歡陽臺兮迅飛路，閟陰櫛兮空長居。＂

端坐咏思

【解題】

本首詩僅載於五卷本三種，諸三卷本、《文苑英華》《全唐詩》等均未載。按詩以＂張衡賦四愁，梁鴻歌五噫＂起句，復云＂咄嗟建城市，倏忽觀丘墟。明治若不足，昏暴常有餘＂。此非隋末煬帝暴虐，天下丘墟，生民塗炭，民不聊生之實錄乎？作者叙寫隱居之緣由，激憤之辭溢於言表。此金剛怒目式之檄文也，誰云王績只知飲酒逃世耶？詩當作於大業十年歲末自六合丞棄官歸里之後，至翌年春遍遊山水之前無疑。

張衡賦四愁，張衡：字平子，東漢時期南陽西鄂人，中國古代著名天文學家、數學家、發明家、地理學家、文學家。少善屬文，遊於三輔，因入京師。觀太學，遂通五經，貫六蓺。常從容淡静，不好交接俗人。永元中舉孝廉不行，連辟公府不就。安帝雅聞衡善術學，公車特徵拜郎中，再遷爲太史令。順帝初，再轉復爲太史令。衡不慕當世，所居之官，輒積年不徙，自去史職，五載復還。永和初，出爲河間相，所治肅然，稱爲政理。時天下漸弊，鬱鬱不得志，爲《四愁詩》效屈原。以美人爲君子，以珍寶爲仁義，以水深雪霧爲小人，思以道術爲報貽於時君，而懼讒邪，不得而通。《後漢書》卷八十九有傳。**梁鴻歌五噫**。梁鴻：字伯鸞，扶風平陵人。受業太學，家貧而尚節介，博覽無不通，而不爲章句。學畢，乃牧豕於上林苑中。後與其妻共入霸陵山中,以耕織爲業,咏詩書彈琴以自娛。因東出關,過京師,作《五噫之歌》曰:"陟彼北芒兮,噫!顧覽帝京兮,噫!宫室崔嵬兮,噫!人之劬勞兮,噫!遼遼未央兮,噫!"漢章帝聞而非之,使吏捕之不得。梁鴻遂更名换姓,避居齊魯。後往吴地,居於廊下,替人做舂米。《後漢書》卷八十三有傳。**慷慨**□□□,【校】□□□:此處原闕三字。**憔悴將焉如?紛吾獨無悶**,紛吾:喜我也。《廣雅·釋詁》:"紛,喜也。"《離騷》:"紛吾既有此内美兮,又重之以修能。"無悶:隱遁也。語出《周易》。《周易注疏》卷一:"初九曰潛龍勿用,何謂也?子曰:龍德而隱者也,不易乎世。"王弼《注》:"不爲世俗所移易也,不成乎名,遯世無悶。"孔穎達《疏》:"遯世無悶者,謂逃遯避世,雖逢無道,心無所悶。"**高臥喜閒居。世途何足數**,世途:時世與前途也。**人事本來虚。三王無定策**,三王:即三皇,神話傳説遠古時期五帝之前之三位氏族部落首領。"三皇"一詞最早見於《周禮·春官》:"外史掌書外令,掌四方之志,掌三皇五帝之書。"此前文獻未見記載。然《周禮》并未説明三皇具體所指。《史記·秦始皇本紀》認爲三皇爲天皇、地皇、泰皇,而《史記·補三皇本紀》引《河圖》《三五曆紀》則認爲指天皇、地皇、人皇。《尚書大傳》云,三皇爲燧人氏、伏羲氏、神農氏。《風俗通義·皇霸》則引《春秋緯運斗樞》又認爲三皇指伏羲、女媧、神農。《帝王世紀》則謂伏羲、神農、黄帝爲三皇等等。歷代説法不一。**五帝有殘書**。五帝:五帝爲三皇之後夏代之前出現在傳説中的帝王,其具體所指,文獻記載亦有不同數説。《大戴禮記》及《史記》以黄帝、顓頊、帝嚳、堯、舜爲五帝。《吕氏春秋》則以太昊、炎帝、黄帝、少昊、顓頊爲五帝。僞《尚書序》又以少昊、顓頊、帝嚳、堯、舜爲五帝等等,兹不一一列舉。按上二句意謂三王、五帝之垂典,亦不可用於百世而不變也。漢揚雄《解嘲》:"五帝垂典,三王傳禮,百世不易。叔孫通起於枹鼓之間,解甲投戈,遂作君臣之儀,得也。吕刑靡敝,秦法酷烈,聖漢權制,而蕭何造律,宜也。故有造蕭何律於唐虞之世則謬,有作叔孫通儀於夏殷之時則惑矣,有建婁敬之策於成周之世則乖矣,有談范蔡之説於金張許史之間則狂矣……故爲可爲於可爲之時則從,爲不可爲於不可爲之時則凶。"六臣注:濟曰:并言時異,政理不同也。**咄嗟建城市,倏忽觀丘墟**。以上二句言時世變化無常,今日所建之城市,轉眼即成丘墟。**明治若不足**,明治:聖明君主之治世也。**昏暴常有餘**。昏暴:昏暴君主之亂世也。**寄言忘懷者**,忘懷:不介意,不以榮辱得失放在心上。晉陶潛《五柳先生傳》:"忘懷得失,以此自終。"**歸來任卷舒**。卷舒:猶進退,隱顯。《淮南子·原道訓》:"幽兮冥兮,應無形兮;遂兮洞兮,不虚動兮。與剛柔卷舒兮,與陰陽俛仰兮。"高誘注:"卷舒,猶屈伸也。"又漢劉向《列女傳·王章妻女》:"君子謂王章妻知卷舒之節。"

【相關資料】

劉貢父以司空圖詩中"咄嗟"二字,辨《晋書》石崇"豆粥咄嗟"爲誤。石林謂:孫楚詩有"咄嗟安可保"之語，此文豈是以"喏"爲"嗟"！自晉以前，未見有言"咄嗟"。殷浩謂咄咄逼人，蓋拒物之聲。嗟，乃歎聲，"咄嗟"猶呼吸，疑晉人一時語耳。僕觀魏陳暄賦"漢帝咄嗟"，《抱朴子》"不覺咄嗟復彫枯"，李白詩"臨岐胡咄嗟"，王績詩"咄嗟建城市"，張説詩"咄嗟長不見"，陳子昂詩"咄嗟吾何歎"，司空圖詩"笑君徒咄嗟"。此詩於花字韻押，是亦以爲咄嗟。貢父所舉乃別一詩，曰"咄喏休休莫莫"。且陳暄、葛稚川、左太沖、陳子昂、李太白之徒，皆在司空圖之前，其言已可驗矣，況復圖有前作，咄嗟字無可疑者。僕又推之，竊謂此語自古而然，非特晉也。《前漢書》："項羽意烏猝嗟。"李奇注："猝嗟，猶咄嗟也。"後漢何休注《公羊》曰："噫，咄嗟也。"此咄嗟已明驗漢人語矣。又《戰國策》有"叱咄""叱嗟"等語，益知此語自古而然。貢父所説，固已未廣，石林引孫楚詩，且謂晉人一時之語，亦未廣也。咄咄逼人，乃殷仲堪語，石林謂殷浩，誤也。殷浩語乃"咄咄書空"。

（宋王楙《野客叢書》卷二十三。）

山中采藥

【解題】

本首詩唯載於五卷本三種，諸三卷本及《文苑英華》《全唐詩》等均未載。全詩語言質樸而淺顯，寫山中獨隱之恬淡、閒適、自得其樂，歷歷如在目前。《答馮子華處士書》云："近復都盧棄家，獨坐河渚……戴星而歸，歌咏會意爲巧。不必與夫悠悠之閒人相唱和也。"觀本詩之意境，其寫詩之時間，當與之相去未遠。集中尚有《夜還東谿中口號》《晚秋夜坐》等詩，蓋皆一時之作也。

采藥北巖陰，北巖：即黃頰山也，又稱北山，詩人所隱居處。乘興獨幽尋。幽尋：即尋幽。澗尾泉恒細，山腰谿轉深。石橫疑路斷，雲暗覺峰沉。薄暮歸來去，松丘橫夜琴。

晚秋夜坐

【解題】

本首詩唯載於五卷本三種，各三卷本及《文苑英華》《全唐詩》等均未載。本詩寫隱居之恬淡、寧靜、無爲，歷歷如在目前。其作詩之時間，當與《夜還東谿中口號》諸詩相近。

園亭物候奇，舒嘯樂無爲。舒嘯：猶長嘯也，放聲歌嘯。芰荷高出岸，楊柳下攲池。攲池：池溏水面自然曲回貌。攲，不齊也。蟬噪黏遠舉，本句言蟬鳴噪耳，欲黏之而高飛遠逸矣。黏蟬，古人捕蟬之方法也。以長竿上塗黏汁，使蟬不得飛舉，因而捕之。傅咸《黏蟬賦》："櫻桃其爲樹則多陰，其爲果則先熟，故種之於廳事之前。時以盛暑逍遙其下，有蟬鳴焉，仰而見之，聊命黏取，以弄小兒。退惟當蟬之得意於斯樹，而不虞黏之將來也。"明方以智《物理小識》卷九云："狗骨皮汁可以黏雀，雞腸菜汁可以黏蟬。"魚驚鈎暫移。蕭蕭懷抱足，何藉世人知？

野　望

【解題】

按本詩題明高棅《唐詩品彙》作"望野"。當作於績自六合棄官，復又"遍遊山水歸來"之後，蓋在武德二年（619）秋。

東皋薄暮望，【校】東皋薄暮望：五卷本三種皆作"薄暮東皋望"，明鈔本、《全唐詩》及各三卷本則均作"東皋薄暮望"。按自南齊永明時沈約、周顒等提出"四聲八病"學説後，中國文人詩歌創作一直注重探索詩歌音律之美學。"四聲八病"理論於音律之要求過於教條，即使沈約、周顒本人，亦無法完全按其所設想音律形式創作。自"四聲八病"説提出至隋百餘年來，詩人對聲律美之追求者不絶。王績雖未於理論上提出詩歌格律美學之主張，然其已成功將音律運用於創作，并形成了最爲標準之五言格律詩形式範本，走出詩歌格律化之一途。這些範本在形式上具備以下特點：即於單句追求音律之和諧，於一聯上下兩句追求平仄之對仗，領聯、頸聯用詞對偶。此類成熟之格律詩在王績集中甚多，如《咏懷》，《在邊》之二、之三，《九月九日贈崔使君善爲》，《冬夜載酒於鄉館尋崔使君善爲》等等，無一不合此規範者。可知王績之格律詩創作，完全出於對詩體形式美之自覺追求，而非偶然之合律者。詩歌音律理論自南齊永明時提出，直至王績方真正完成其形式定型，爲唐代後來格律詩之繁榮奠定基礎，成爲所謂"格律詩"之典範。本首詩首句如依底本，則首聯平仄出律，音律不諧。如依明鈔本、《全唐詩》及各三卷本作"東皋薄暮望"，則不唯首聯平仄合律，且全詩各聯之平仄粘對亦完全中規中矩。故依明鈔本、《全唐詩》及各三卷本校改，庶幾更符合原詩之原始乎？**東皋**：吕才《東皋子集序》曰，績"躬耕東皋。每著書自稱東皋子"。《新唐書·王績傳》亦云"遊北山東皋"，則績集中所謂東皋者，絕非泛言可知。或曰泛指東邊高地，當非。光緒十八年修《山西通志·山泉考二》引《河津縣志》曰："黃頰山在縣東北三十五里，即文中子、東皋子隱居之處。山半有袁達寨，一峰屹峙，前爲旁通峪，入峪二百武，山回澗曲，峰巒四合。東巖下有石城，城北石壁高四丈，中開一罅，相距尺許，有泉湧出，匯爲池，下流即白牛谿也。上有永興禪寺，爲文中子授經地。由峪口折而東，有石樓，有文中子洞。洞北由佛殿陟石梯而上，又架木爲梁，其西有王績洞。峪外土壤廣衍，或曰即東皋也。"**薄暮**：黄昏之時。按首句五字入題，正切"野望"之意。

徙倚將何依？【校】將：明鈔本、《全唐詩》作"欲"。**徙倚**：徘徊貌。按徙，叢書本作"徒"。**樹樹皆秋色，【校】秋**：《全唐詩》、叢書本皆注曰"一作春"。**山山唯落暉。牧人驅犢返，獵馬帶禽歸。相顧無相識，長歌懷采薇。長歌**：長吟高歌也。古代歌唱方式之一，後世演爲一種歌行體。宋陳暘《樂書》卷一百六十二："《古樂志》有清歌、高歌、緩歌、長歌、法歌、雅歌、酬歌、怨歌、勞歌，其尤合於雅音者雅歌而已。"《樂府詩集》第三十卷《相和歌辭五》引崔豹《古今注》曰："長歌、短歌，言人壽命長短，各有定分，不可妄求。"按《古詩》云：長歌正激烈。魏文帝《燕歌行》云："短歌微吟不能長。"晉傅玄《豔歌行》云："咄來長歌續短歌。"然則歌聲有長短，非言壽命也。**懷采薇**：其意歷來頗有爭論。《史記》卷六十一《伯夷列傳》云："武王已平殷亂，天下宗周，而伯夷、叔齊恥之，義不食周粟，隱於首陽山，采薇而食之。及餓且死，作歌。其辭曰：'登彼西山兮，采其薇矣。以暴易暴兮，不知其非矣。神農、虞、夏忽焉没兮，我安適歸矣？于嗟徂兮，命之衰矣！'遂餓死於首陽山。"明唐汝詢《唐詩解》以爲，懷采薇，"此感隋之將亡也"。注引伯夷、叔齊采薇歌，并釋句意曰："彼牧人獵騎，懵然各事其事，誰爲我之相識者？惟有長歌以懷采薇之士耳。"清屈復《唐詩成法》云："'懷采薇'三字要活看，不是自己要學夷、齊餓死首陽山，是說煬帝終須到商紂之白旌懸首之日。後無功仕唐，所謂知人論世也。"二人皆主"懷采薇"用伯夷、叔齊采薇歌典，然其句之釋有所不同。清沈德潛《唐詩别裁集》卷九云："通首只'無相識'意，'懷采薇'，偶然興寄古人也。説詩家謂'感隋之將亡'，毋乃穿鑿。"吴昌祺樊桐説詩亦曰："王嘗仕唐，則通首只'無相識'之意。元人曰：'下拜南官墓，地下有知音。'與此意同。"或云：《詩·召南·草蟲》："陟彼南山，言采其薇。未見君子,我心傷悲。"又,《小雅·采薇》:"采薇采薇,薇亦作止。曰歸曰歸,歲亦莫止。靡室靡家,玁狁之故。不遑啓居,玁狁之故。"長歌懷采薇,乃借《詩經》中"采薇"之片段,抒發其苦悶耳。(參見中國科學院文學研究所編《唐詩選注》釋)按諸說雜異,然詩作於隋末,各家要皆無異辭。今細味詩中"牧人驅犢返,獵馬帶禽歸"之意境,乃一片祥和安定之景象,與隋末板蕩之社會局面大不相同。考吕才《王無功文集序》云,績於武德元年十一月竇建德始稱夏王時嘗客遊河北數月,始返歸龍門。余意本詩當乃武德二年自河北竇建德夏國歸龍門後之所作也。時作者以嘗依竇建德故,欲投關中而無由,政治失意,心情茫然,"相顧無相識",蓋此之謂也。績後又仕唐,自絶無效夷、齊之意可知。

在邊三首

【解題】

本題下三首,皆僅見載於五卷本三種,諸三卷本及《文苑英華》及《全唐詩》等皆未載。

考王績一生,先仕於隋,事在大業十年五月至是年歲末,以隋政"昏暴常有餘"而棄官,且時間僅爲七個月,無所建樹;次仕於夏,事在武德元年十一月竇建德始稱夏王之前至唐武德二年;終仕於唐,事在武德四年十一月至貞觀元年。雖由薛記室收"見尋"并舉薦,然直至薛收卒世,待詔門下六年而不見用,不得已至貞觀元年而罷歸。至於貞觀中以家貧赴選,爲太樂丞二年,皆以酒德聞名,亦皆無建樹。唯其於竇夏之行事,則於其家人友朋,皆隱諱如深,必欲掩而蓋之。本題下三首詩之内容,寫羈旅胡中生活之艱苦及思歸之情,有"去歲銜王命,今秋獨未旋"及"猶擎蘇武節,尚抱李陵弓"之句,此與《晚年叙志示翟處士正師》詩中所述"風雲私所愛,屠博暗爲儔。解紛釋霸越,釋難頗存周"事頗相吻合,顯係其仕於竇夏時之事耳。事當在武德元年至武德二年之間。

其 一

客行秋未歸,蕭索意多違。意多違:言諸事不順,皆與心願相違背也。雁門霜雪苦,雁門:雁門郡也,秦置。秦始皇初并天下,分天下爲三十六郡,雁門其一也。雁門郡自秦漢以至於隋唐,均屬北邊之地。按古詩中常以雁門指塞外,龍城指虜廷,長安指帝都,灞池指帝都之郊等等,泛指之辭,未必實指。龍城冠蓋稀。《漢書》卷六:《武帝紀》:"匈奴入上谷,殺略吏民,遣車騎將軍衛青出上谷……驍騎將軍李廣出雁門。(衛)青至龍城,獲首虜七百級。"應劭曰:"匈奴單于祭天,大會諸國,名其處爲龍城。"冠蓋:泛指朝廷官員的冠服和車乘,此處特指派往塞外之中原使者。《後漢書·章帝紀》:"吾詔書數下,冠蓋接道,而吏不加理,人或失職,其咎安在?"**穹廬還作室**,穹廬:古代北方遊牧民族所居之氈帳也。《漢書·匈奴傳下》:"匈奴父子同穹廬臥。"顔師古注:"穹廬,旃帳也。其形穹隆,故曰穹廬。"《周書·異域傳下·吐谷渾》:"雖有城郭,而不居之,恒處穹廬,隨水草畜牧。"**短褐更爲衣**。短褐:庶人之衣也。《史記》卷七十五《孟嘗君列傳》:"今君後宫蹈綺縠,而士不得短褐。"《索隱》:"短,亦音豎。豎褐,謂褐衣而豎裁之,以其省而便。"又班彪《王命論》:"思有短褐之襲,儋石之蓄。"張銑注曰:"短褐,麤衣也。"此處喻北方遊牧民族之服飾。上二句謂在邊久不得歸,只能居胡人之居,衣胡人之衣也。**自憐書信斷,空瞻鴻雁飛**。鴻雁飛:西漢武帝天漢元年,遣蘇武、常惠等出使匈奴,會匈奴内亂,武等被扣留,十九年不得歸。後漢與匈和親,漢求武等,匈奴詭言蘇武已死。後漢使復至匈奴,常惠夜見漢使,教使者謂單于,言天子射上林中,得雁,足有繫帛書,知武等在某澤中。單于大驚,乃歸武等。後人遂謂鴻雁可傳書也。事見《漢書》卷五十四《蘇武傳》。蘇武,字子卿,西漢杜陵縣(今陝西西安市東南)人。

其　二

羈旅滯胡中,思歸道路窮。猶擎蘇武節,蘇武節:蘇武,字子卿,西漢杜陵人。武帝天漢元年,匈奴且鞮侯單于初立,恐漢襲之,乃盡歸前所留漢使在匈奴者。武帝嘉之,亦遣蘇武爲使,持節送匈奴使在漢者,并厚賂單于。武等既至匈奴,會匈奴内亂,漢副使張勝等私與其亂。事泄,單于欲降武,武不屈,乃徙武北海無人處牧羝(公羊),言羝乳乃得歸。武杖漢節牧羊,臥起操持,數年節旄盡落。後又數年,匈奴與漢和親。漢求武等,匈奴詭言武死。後漢使復至匈奴,常惠夜見漢使,教使者言天子射上林中,得雁,足有繫帛書,言武等在某澤中。使者如惠語以告單于。單于大驚,乃歸武等。**尚抱李陵弓**。李陵(前134—前74年),西漢武帝時人,爲西漢名將李廣長子李當户之遺腹子。既壯,選爲建章監,監諸騎。善射,愛士卒。後爲騎都尉,率丹陽郡五千楚兵,於酒泉、張掖教射以屯衛胡。天漢二年秋,貳師將軍李廣利將三萬騎擊匈奴右賢王於祁連天山,令陵將其射士步兵五千人,出居延北可千餘里,欲以分匈奴兵。匈奴以兵八萬圍擊陵軍。陵軍兵矢既盡,士死者過半,戰連八日,欲還居延。匈奴遮狹絶道,陵食乏而救兵不到,不得已而降匈奴。事見《史記》卷一百九《李將軍列傳》。**漠北平無樹**,漠北:瀚海沙漠群以北,南以戈壁爲界,向東大致到克魯倫河,西至杭愛山、阿爾泰山一綫。此處泛指突厥統治區域。**關南迥有風**。關南:雁門關以南。此處借喻竇建德統治區域。**長安知遠近,徒想灞池東**。長安:帝都也。此處當借喻竇建德夏王政權建都之地樂壽，在今河北省滄州市獻縣一帶。灞池：池名，在漢長安城東南漢文帝陵墓灞陵之上，故名灞池。《文選》李善注謝朓《休沐重還道中》詩"灞池不可別，伊川難重違"句云："《枚乘集》有《臨霸池遠訣賦》……潘岳《關中記》曰：'霸陵，文帝陵也，上有池，有四出道以寫水。'"此處亦以長安附近之地名借喻夏王之都樂壽耳。

其 三

昔歲銜王命，今秋獨未旋。節毛風落盡，節毛：見本組詩其二"猶擎蘇武節"句注。衣袖雪沾鮮。瀚海平連地，狼山峻入天。瀚海：即北方大漠之別名，沙磧四際無涯，故謂之海。狼山：即狼居胥山也。一説在今蒙古國境内的肯特山，一説即今河套西北狼山。《史記·衛將軍驃騎列傳》："漢驃騎將軍（霍去病）之出代二千餘里，與左賢王接戰。漢兵得胡首虜凡七萬餘級，左賢王將皆遁走，驃騎封於狼居胥山，禪姑衍，臨瀚海而還。"何當攜侍子，相逐拜甘泉。甘泉：即甘泉宫。《三輔黄圖》卷二：甘泉宫，一曰雲陽宫。《史記》：秦始皇二十七年，作甘泉宫及前殿，築甬道自咸陽屬之。《關輔記》曰：林光宫一曰甘泉宫，秦所造。在今池陽縣西故甘泉山。宫以山爲名，宫周匝十餘里。漢武帝建元中增廣之，周十九里，築垣牆如街巷。此處蓋借喻竇建德夏王建都之地樂壽。

九月九日贈崔使君善爲

【解題】

明鈔本詩題無"贈崔使君善爲"六字。《全唐詩》、叢書本與底本同。九月九日即夏曆重陽節。《初學記》卷四引《續齊諧記》曰："汝南桓景，隨費長房遊學。長房謂之曰：'九月九日，汝南當有大災厄，急令家人縫囊盛茱萸繫臂上，登山飲菊酒，此禍可消。'景如言，舉家坐山。夕還，見雞犬一時暴死。長房曰：'此可代之。'今世人九日登高是也。"崔善爲：貝州武城（今河北南宫東南）人。善曆數。仕隋，爲文林郎。嘗領丁匠五百人，營仁壽宫。楊素爲總監，來按實，善爲持簿暗唱，五百人無一差失，素大驚。稍遷樓煩司户書佐，密勸李淵舉義旗。兵起，署爲大將軍府司户參軍，轉尚書左丞。《唐詩紀事》卷四："善爲貝州人，武德中歷尚書左丞。諸曹吏惡其聽察，嘲其短偃曰：崔子曲如鈎，隨例得封侯。髆上全無項，胸前別有頭。高祖勞之曰：齊末奸吏歌斛律明月，高緯昏不察，至滅其家。朕雖不德，幸免是。下令求謗者，謗遂止。卒於秦州刺史。"

呂才《王無功文集序》云："貞觀中，京兆杜松之（按當爲杜之松之訛）、清河崔公善（爲）繼爲本州刺史，皆請與君相見。君曰：奈何悉欲坐召嚴君平耶？竟不見。崔、杜高君調趣，卒不敢屈。歲時贈以美酒、鹿脯，詩書往來不絕。"據《新唐書·崔善爲》傳，善爲"貞觀初，爲陝州刺史……歷大理、司農二卿，坐與少卿不平，出爲泰（原文作"秦"，當訛）州刺史"。龍門於武德二年至貞觀十七年間隸泰州。崔善爲既在貞觀初爲陝州刺史，後又歷大理、司農二卿，其間三遷，以常理而論，其任泰州刺史之時間，最早亦當在貞觀七年之後。呂《序》既言其在"貞觀中"，貞觀共二十三年，而本詩即作於崔氏爲泰州刺史之時，則其所作之時間，應約在貞觀七年（633）至貞觀十年（636）之間爲宜。使君：漢唐時代，別稱太守、刺史爲使君。

野人迷節候，野人：鄉野之人。《左傳·僖公二十三年》："乞食於野人，野人與之塊。"迷節候：謂忘記時令節氣也。《黃帝內經·素問》："五日謂之候，三候謂之氣。六氣謂之時，四時謂之歲。"**端坐隔塵埃**。塵埃：人世間，猶言紅塵也。**忽見黃花吐**，黃花：菊花。《禮記·月令》：季秋之月，"鞠有黃花"。《傳》曰："鞠，木。又作菊。"菊以黃花爲主，故稱其爲黃花。吐：開也。**方知素節回**。【校】素節：底本原作"素序"，此據明鈔本、《全唐詩》校改。素節：即秋季之節也。《初學記》卷第三引梁元帝《纂要》曰："秋曰白藏，亦曰收成，亦曰三秋、九秋、素秋、素商、高商……節曰素節、商節，草曰衰草。"此指九月九日重陽節。**映巖千段發**，言山坡之上，秋菊千枝競發，層層掩映。千段：猶言千枝也。**臨浦萬株開**。浦：水濱。《詩·大雅·常武》："率彼淮浦。"**香氣徒盈把，無人送酒來**。《續晉陽秋》曰："陶潛嘗九月九日無酒，宅邊菊叢中，摘菊盈把，坐其側久，望見白衣至，乃王弘送酒也。即便就酌，醉而後歸。"詩即用其典。

【相關資料】

舊傳四聲自齊、梁至沈、宋，始定爲唐律。然沈、宋體制，時帶徐、庾，未若王績剪裁鍛鍊，曲盡清玄，真開迹唐詩也。如云"牧人驅犢返，獵馬帶禽歸"；"琴曲惟留古，書名半是經"；《九月九日》一篇"野人迷節候，端坐隔塵埃。忽見黃花吐，方知素節回。映巖千段發，臨浦萬株開。香氣徒盈把，無人送酒來"。蓋淵明古體，蟠屈入八句中，渾然天成，又唐末諸家所不能也。

（宋馬端臨《文獻通考·經籍考》卷二百三十一引周氏《涉筆》，商務印書館，一九三六年版。）

[附]　　　　崔使君善爲答

【解題】

詩題《全唐詩》作"答王無功九日",曹本作"崔善爲答王無功九日"。

秋來菊花氣,深山客重尋。露葉疑涵玉,言菊葉凝露猶如晶瑩剔透之玉珠也。風花似散金。言風吹花瓣散落,如金箔片片飛散也。摘來還泛酒,獨坐即徐斟。王弘貪自醉,【校】弘:李本、曹本作"宏"。按王弘當即晉、宋時與陶淵明送酒之江州刺史王弘也。文獻記其事或作"王宏",未知孰是矣。《南史》卷二一《王弘傳》云:"王弘字休元,琅邪臨沂人也。曾祖導,晉丞相。祖洽,中領軍。父珣,司徒。"然未見其有貪酒自醉之記載。《宋書》卷九十三《陶潛傳》言陶淵明辭官後,"江州刺史王宏欲識之,不能致也。潛嘗往廬山,宏令潛故人龐通之,齎酒具,於半道栗里要之。潛有腳疾,使一門生二兒舉籃輿,既至,欣然便共飲酌。俄頃宏至,亦無忤也……嘗九月九日無酒,出宅邊菊叢中坐久,值宏送酒至,即便就酌,醉而後歸"。臧榮緒《晉書》及檀道鸞《續晉陽秋》記此事均作"王弘"。無復覓楊林。典出未詳。

冬夜載酒於鄉館尋崔使君善爲

【解題】

本首詩唯五卷本三種載之,各三卷本、《文苑英華》及《全唐詩》等均未載。鄉館:鄉中之館驛也。崔善爲:見前《九月九日贈崔使君善爲》詩題解。本詩寫作時間,當亦與前首相去未遠。

思君夜漸闌,夜漸闌:夜漸深也。載酒一相看。野館含烟冷,山衣犯雪寒。【校】犯:朱本、李本作"紀"。停車聊捧袂,捧袂:猶拱手也。古人相見,拱手抬袖,以示恭敬。《北史》卷五四《司馬膺之傳》:"及彥深爲宰相,朝士輻湊,膺之自念,故被延請,永不至門,每與相見,捧袂而已。"倒屣共臨盤。倒屣:倒穿鞋履也。古人家居,脱鞋席地而坐。客至出迎,忙中倒穿鞋履,後以倒屣形容主人熱情迎客。《三國志·魏書·王粲傳》:"獻帝西遷,粲徙長安,左中郎將蔡邕見而奇之。時邕才學顯著,貴重朝廷,常車騎填巷,賓客盈坐。聞粲在門,倒屣迎之。"**今夕山陰賞,誰知逢道安!**《晋書》卷一一四《苻堅載記》云,苻堅嘗"遊於東苑,命沙門道安同輦。權翼諫曰:臣聞天子法駕,侍中陪乘,清道而行,進止有度。三代末主,或齓大倫,適一時之情,書惡來世。故班姬辭輦,垂美無窮。道安毀形賤士,不宜參穢神輿。堅作色曰:安公道冥至境,德爲時尊,朕舉天下之重,未足以易之。非公與輦之榮,此乃朕之顯也。命翼扶安升輦,顧謂安曰:朕將與公南遊吳越,整六師而巡狩,謁虞陵於疑嶺,瞻禹穴於會稽,泛長江,臨滄海,不亦樂乎"!山陰賞:蓋取苻堅所謂欲與道安南遊之意也。"誰知逢道安"者,蓋取權翼諫苻堅語所謂道安乃"毀形賤士"之語意也(史載道安貌極醜)。言使君或許未嘗想到,今夕所見者,乃一毀形賤士耳。釋道安(314—385),東晋、前秦時高僧。俗姓衛,常山扶柳(今河北冀縣西南)人。十二歲出家,受"具足戒"(僧侣最高戒律)。二十四歲至鄴都(河南臨彰縣),師事佛圖澄。佛圖澄死後,道安輾轉流離於冀、晋、豫一帶弘法。後又在襄陽、長安等地整理佛經。初,魏、晋沙門,依師爲姓,故姓各不同。其師來自天竺者,師姓"竺",弟子亦姓"竺";其師來自月支者,師姓"支",弟子亦姓"支";其師來自安息者,師姓"安",弟子亦姓"安"。故姓各不一。道安以爲大師之本,莫尊釋迦,乃以"釋"命氏。後獲《增一阿含》,果稱四河入海,無復河名。四姓爲沙門,皆稱釋種。其言與道安所見相同,於是既懸與經符,遂爲永式。中國以釋爲姓者,自道安始。

[附] 崔答*崔時爲本郡刺史*

【解題】

本詩題明鈔本、《全唐詩》均作"答王無功冬夜載酒鄉館",題下無"崔時爲本郡刺史"七字。按細品此七字似當爲吕才編輯《王無功文集》時所加注。

頒條忝貴鄉,【校】鄉,明鈔本、《全唐詩》作"郡"。頒條:發布條律也。《新唐書·劉蕡傳》:"列郡在乎頒條,而幹禁或未絶;百工在乎按度,而淫巧或未息。"忝:謙辭,辱也。**懸榻久相望。**懸榻:亦作懸床。《後漢書·徐穉傳》:"(陳)蕃在郡不接賓客,唯(徐)穉來特設一榻,去則縣之。"後以懸榻喻禮待賢士。北周庾信《園庭》詩:"倒屣迎懸榻,停琴聽解嘲。"按據吕才《王無功集序》稱:"貞觀中,京兆杜松之(按當爲杜之松之訛)、清河崔公善(爲)繼爲本州刺史,皆請與君相見。君曰:奈何悉欲坐召嚴君平耶?竟不見。崔、杜高君調趣,卒不敢屈。歲時贈以美酒鹿脯,詩書往來不絕。"**處士同楊鄭**,處士:隱士也,此處指王績。楊鄭:底本及《唐詩紀事》、明鈔本、《全唐詩》皆如此,并無全文。然作"楊鄭"殊難爲解。細繹文意,疑此二字或當爲"揚鄭"之誤耳。揚鄭者,謂揚雄、鄭玄也。揚雄(前53—18),字子雲,西漢蜀郡成都(今四川成都郫縣)人。《漢書》卷八十七本傳言其"少好學,不爲章句訓詁通而已。博覽無所不見,爲人簡易佚蕩,口吃,不能劇談。默而好深湛之思,清静亡爲,少耆欲,不汲汲於富貴,不戚戚於貧賤,不修廉隅以徼名當世,家産不過十金,乏無儋石之儲,晏如也"。好辭賦,年四十餘始遊京師,歷成、哀、平三朝,皆未得徙官。家素貧,耆酒,人希至其門,時有好事者載酒肴从遊學。按揚雄本姓楊,以好奇而易姓爲揚。鄭玄(127—200),字康成,北海高密(今山東高密)人,東漢末年經學大師。嘗入太學,攻《京氏易》《公羊春秋》《三統曆》《九章算術》,又從張恭祖《古文尚書》《周禮》《左傳》等。遊學歸里後,客耕東萊,聚徒授課,弟子達數千人。《後漢書》卷三十五有傳。**邦君謝李疆**。謂州牧李疆被人所拒絕也。東漢時,蜀地有隱士嚴遵字君平者,常賣卜於成都市,日得百錢以自給。卜訖,則閉肆下簾,以著書爲事。揚雄少從之遊,屢稱其德。時李疆爲州牧,欲招之爲吏,君平拒之。按君平賣卜事見《高士傳》,然未載李疆欲招君平爲吏之事。北宋宋祁《嚴遵字君平贊》云:"君平沈冥,賣卜肆中。子以孝言,臣以告忠。日足百錢,閉門著書。十餘萬言,黄老其徒。李疆牧州,喜欲吏君。揖風而慙,噤語於脣。還謂子云:子誠知人! 九十壽終,聲概高旻。"由是贊文可知,李疆嘗欲招嚴君平爲吏,爲嚴君平所謝絕也。邦君:古稱諸侯國之君主爲邦君,後世亦用以稱州刺史等地方官。**詎知方擁篲**,【校】擁篲:朱本、李本作"擁簪"。擁篲:即手執笤帚掃地也。《史記·高祖本紀》:"後高祖朝,太公擁篲,迎門却行。"擁篲却行,示恭敬也。後人遂以爲典實。篲,通彗,即笤帚。此處以"擁篲"爲喻,示恭候王績來訪也。**逢子敬惟桑**。惟桑:古詩文亦寫作"維桑","惟"與"維"通。《詩·小雅·小弁》:"維桑與梓,必恭敬止。"朱熹《集傳》:"桑、梓二木,古者五畝之宅,樹之牆下,以遺子孫,給蠶食、具器用者也。"後人因以"維桑"指父祖所建住宅或泛指住宅。南朝梁沈約《郊居賦》:"違利建於海昏,創惟桑於江汜。"**明朝蓬户側**,蓬户:高士隱居之處也。**會自謁任棠**。任棠:東漢隱者。《後漢書·龐參傳》:"(龐)參爲漢陽太守,郡人任棠者,有奇節,隱居教授。參到,先候之。棠不與言,但以薤一大本,水一盂,置户屏前,自抱孫兒伏於户下。主簿白以爲倨。參思其微意,良久曰:棠是欲曉太守也。水者,欲吾清也。拔大本薤者,欲吾擊强宗也。抱兒當户,欲吾開門恤孤也。於是歎息而還。參在職,果能抑强助弱,以惠政得民。"南朝梁沈約《齊故安陸昭王碑文》:"盡任棠置水之情,弘郭伋待期之信。"上二句言明朝當親赴高人所隱之處拜謁也。

讀《真隱傳》見披裘公及漢濱老父因題四韻

【解題】

　　本首詩唯載於五卷本三種，諸三卷本、《文苑英華》及《全唐詩》均未載。真隱傳：疑爲皇甫謐《高士傳》之別名。按本詩顯係刺大業虐政之作，爲探究王績大業末棄官歸隱之心路轉折不可多得之篇章。

　　被褐延陵徑，晉皇甫謐《高士傳》卷上："披裘公者，吳人也。延陵季子出遊，見道中有遺金，顧披裘公曰：取彼金。公投鎌瞋目，拂手而言曰：何子處之高而視人之卑！五月披裘而負薪，豈取金者哉。季子大驚，既謝而問姓名。公曰：'吾皮相之士，何足語姓名也。'"**耕田漢水陰**。晉皇甫謐《高士傳》卷下："漢濱老父者，不知何許人也。桓帝延熹中幸竟陵，過雲夢，臨沔水，百姓莫不觀者。有老父獨耕不輟，尚書郎南陽張溫異之，使問曰：人皆來觀，老父獨不輟，何也？老父笑而不答。溫下道百步，自與言。老父曰：我野人也，不達斯語。請問天下亂而立天子邪？理而立天子邪？立天子以父天下邪？役天下以奉天子邪？昔聖王宰世，茅茨采椽，而萬人以寧。今子之君勞人，自縱逸遊無忌，吾爲子羞之，子何忍欲人觀之乎？溫大慚，問其姓名，不告而去。"**由來驪擊壤**，驪擊壤：擊壤而歡也。《論衡》卷五《感虛篇》："堯時五十之民，擊壤於塗。觀者曰：大哉，堯之德也！擊壤者曰：吾日出而作，日入而息，鑿井而飲，耕田而食，堯何等力！"（按《帝王世紀》所載《擊壤歌》蓋據此而附會成之。）**何處視遺金？季子停驂謝，張溫下道尋。世人無所識，誰知方寸心？**按末二句以漢濱老父自喻，乃爲今之君勞人，自縱逸遊無忌而羞之也。

性不好治產興後言懷

【解題】

　　本首詩僅載於五卷本三種，諸三卷本及《文苑英華》《全唐詩》等均未載。詩言"自有人間分，何須郭外田"，又言"河曲編蕭坐，靈台結絮眠"。其與《答馮子華處士書》所言"近復都盧棄家，獨坐河渚。結構茅屋，并廚廄總十餘間。奴婢數人，足以應役。用天之道,分地之利,耕耘薅薉,黍秋而已"何其相似。詩或與《答馮子華處士書》所作時間相去未遠,蓋亦在貞觀三年之後也。

自有人間分,分:讀作去聲,命運,機遇。猶言人生各自有命也。**何須郭外田?和光遊聚落**,和光:《老子》:"挫其銳,解其紛,和其光,同其塵,是謂玄同。"言挫去鋒芒,解脱紛争,收斂光芒,混同塵世,是謂合乎"道"者。後世隱者因以"和光同塵"指隱居也。**獨與入山泉。河曲編蕭坐**,《太平御覽》卷五百一十:"河上丈人家貧,編蕭自給。其子没泉,得千金之珠。丈人曰:取石來,鍛之。夫千金之珠,必在九重之泉驪龍頷下,子能得其珠者,遇其睡矣。使龍而寤,子其蘁粉矣。"**靈臺結絮眠**。靈臺:文王所築。《詩·大雅·靈臺》:"經始靈臺,經之營之。庶民攻之,不日成之。"《孟子·梁惠王上》:"孟子見梁惠王,王立於沼上,顧鴻雁麋鹿曰:賢者亦樂此乎?孟子對曰:賢者而後樂此,不賢者雖有此不樂也。《詩》云:經始靈臺,經之營之。……文王以民力爲臺、爲沼,而民歡樂之,謂其臺曰靈臺,謂其沼曰靈沼,樂其有麋鹿魚鱉。古之人與民偕樂,故能樂也。"此處泛指高臺。言天下太平,自可高臥於高臺之上,結絮而眠,無須憂心產業之多寡也。**還應多藏客,辛苦没殘年**。多:推重也。如《史記》卷一百七《魏其武安侯列傳》言灌夫"諸士在己之左,愈貧賤,萬益敬與鈞。稠人廣衆,薦寵下輩,士亦以此多之"。藏客:藏於深山之隱者也。如宋劉敞《招友上清宫》詩有"黄冠習静多藏客,野鳥忘機却傍人"之句。金蔡珪《雪川道中》詩亦有"雲山藏客路,烟樹記人家"之句,皆其例也。

山家夏日九首

【解題】

本題下共九首詩,僅載於五卷本三種,諸三卷本及《文苑英華》《全唐詩》等均未載。按,本題下九首詩,當亦與《答馮子華處士書》所作時間相去未遠。

其 一

寂寞坐山家,蕭條玩物華。蕭條:寂寞冷落。《楚辭·遠遊》:"山蕭條而無獸兮,野寂漠其無人。"樹倚全擁石,【校】樹倚:底本原作"樹奇",從李本校改。蒲長半侵砂。池光連壁動,水中池壁倒影與水同搖動也。日影對窗斜。石榴兼布葉,金萱唯作花。落藤斜引蔓,伏筍暗抽芽。高臥長無客,方知人事賒!人事賒:謂與塵世遠隔也。賒:遥遠也。唐王勃《滕王閣序》:"北海雖賒,扶摇可接。"

其 二

隱士長松墊,先生孤竹丘。谿深常抱凍,澗冷鎮含秋。九春寧解褐,九春:《初學記》卷三引梁元帝《纂要》曰:"春曰青陽,亦曰發生、芳春、青春、陽春、三春、九春。"解褐:褐乃古代庶人所服之粗衣也,故古人常以解褐或釋褐喻做官。此處指春天氣候漸熱,當脱去長衣耳。按褐之制有長褐與短褐之别。短褐亦稱裋褐,單言褐者,指長褐。程氏《演繁露》:"褐者,裾垂至地。"蓋如今之道服然。五月自披裘。晋皇甫謐《高士傳》:"披裘公者,吴人也。延陵季子出遊,見道中有遺金,顧披裘公曰:取彼金。公投鐮瞋目,拂手而言曰:何子處之高而視人之卑!五月披裘而負薪,豈取金者哉?季子大驚,既謝而問姓名,公曰:'吾子皮相之士,何足語姓名也。'"誰信湯年旱,《荀子·大略篇》:"湯旱而禱曰:政不節與?使民疾與?宫室榮與?女謁盛與?苞苴行與?讒夫昌與?"《説苑·君道篇》文略同。《論衡》卷第五《異虚篇》:"傳《書》言:湯遭七年旱,以身禱於桑林,自責以六過,天乃雨。或言五年。禱辭曰:余一人有罪,無及萬夫;萬夫有罪,在余一人。無以一人之不敏,使上帝鬼神傷民之命。於是剪其髮,麗其手,自以爲牲,用祈福於上帝。上帝甚説,時雨乃至。"山燋金石流。晋曹毗《請雨文》:"下邳内史曹毗敬告山川諸靈:頃節運錯戾,旱亢陰消。川竭谷虚,石流山燋。天無纖雲,野有横飆。盛夏應暑而或涼,草木無霜而自凋。"

其 三

山中舊可安,無處不盤桓。盤桓:徘徊貌。嶺澀攀藤易,巖崎策杖難。藥供無限食,句謂山中藥材豐富,取之不盡,足可供隨時取用服食也。石起自然壇。謂山石兀起,即可作天然修道之祭壇也。《説文》:"壇,祭場也。"樹密簷偏冷,泉深階鎮寒。松根聊入釀,古人認爲松根入釀可治風痛。《普濟方》卷九十七:"治渾身風痛,艱難舉動不得者,用松根露泥半出者佳,同煮酒二盞,煎至八分,温服。服後患人自覺身手脚尖颼颼顫癢,日進三服,十餘日内即便除去病根。"竹實試調丹。亦古代道士服食養生之法也。竹實:竹子開花後所結之子實也,形如小麥。以竹之品種不同,其子實形狀、大小亦有區别,亦稱竹米。《陸氏詩疏廣要》卷上之上:"竹六十年一易根,輒結實而枯死。"《毛詩注疏》卷二十四:"鳳凰之性,非梧桐不棲,非竹實不食。"蓋以竹實不易得,且又爲傳説中鳳凰之食,故古人皆以爲得而服之可以延年。如《聖惠方》卷九十四有《七精散》,謂茯苓乃天之精,地黄乃花土之精,桑寄生乃木之精,菊花乃月之精,竹實乃日之精,地膚子乃星之精,車前子乃雷之精，以此七精合藥，可"除百病，明耳目，延年却老"。**孔淳書數帙**，孔淳：即孔淳之，南朝宋時隱士。字彥深，魯郡魯人也。少有高尚，愛好墳籍，居會稽剡縣，性好山水，每有所遊，必窮其幽峻，或旬日忘歸。與徵士戴顒等共爲人外之遊。茅屋蓬戶，庭草蕪徑，唯床上有數卷書。元嘉初，徵爲散騎侍郎，乃逃於上虞縣界，家人莫知所之。元嘉七年卒，時年五十九。《宋書》卷九十三有傳。**朝朝還自看。**

其 四

巖居何啻好，何啻：猶何止，豈止也。**野性本規閑。青松生戶側，奔泉湧砌間。老父循渾沌**，循渾沌：謂遵循遠古質樸之風也。**稚子服斑斕**。斑斕：小兒五彩服色也。**自得爲巢許**，巢許：巢父、許由也。傳說爲堯時隱士。堯欲讓天下於許由，許由不受而逃去。堯又召爲九州長，由不欲聞之，洗耳於潁水濱。時其友巢父牽犢欲飲之，見由洗耳，問其故。對曰：堯欲召我爲九州長，惡聞其聲，是故洗耳。巢父曰：子若處高岸深谷，人道不通，誰能見子？子故浮遊，欲聞求其名譽，汙吾犢口。遂牽犢上流飲之。事見晉皇甫謐《高士傳》卷上。**無勞買印山。**《世說新語·排調》："支道林因人就深公買印山，深公答曰：未聞巢由買山而隱。"

其 五

追涼剩不歸，高臥隱松闌。野竹闌階種，闌階：有欄杆圍護之臺階。"闌"、"欄"相通。**巖花入戶飛。澗幽人路斷，山曠鳥啼稀。不特嫌周粟**，不特：語出司馬相如《封禪文》："休烈浹洽，符瑞衆變。期應紹至，不特創見。"師古曰："言符瑞衆多，應期相續而至，不獨初創而見也。"**時時須采薇。**《史記》卷六十一《伯夷列傳》曰：伯夷、叔齊爲殷商時期孤竹君之二子。父欲立叔齊，及父卒，叔齊讓伯夷，伯夷逃去，叔齊亦不肯立而逃之。年老，往歸西伯，而西伯卒。時"武王載木主號爲文王東伐紂，伯夷叔齊叩馬而諫曰：父死不葬，爰及干戈，可謂孝乎？以臣弒君，可謂仁乎？左右欲兵之，太公曰：此義人也。扶而去之。武王已平殷亂，天下宗周，而伯夷叔齊恥之，義不食周粟，隱於首陽山采薇而食之。及餓且死，作歌。其辭曰：登彼西山兮，采其薇矣；以暴易暴兮，不知其非矣。神農虞夏忽焉沒兮，我安適之歸矣。遂餓死於首陽山。"

其 六

山中有敝廬，【校】山中：底本原作"山人"，從李本校改。**竹樹近扶疏**。扶疏：

枝葉茂盛,高低疏密有致貌。南朝宋劉義慶《世説新語·汰侈》:"枝柯扶疏,世罕其比。"**傍巖開灶井,橫澗引庭除。**庭除:庭階也。晋曹攄《思友人》詩:"密雲翳陽景,霖潦淹庭除。"**障子遊仙畫,**障子:即幛子,置於廳堂或床前的幛幔。遊仙畫:謂所畫内容乃遊仙之事也。**屏風章草書。誰言非面俗,更欲賦閒居。**《晋書》卷五十五《潘岳傳》云,潘岳性輕躁,趨世利,"既仕宦不達,乃作《閒居賦》"。

其　七

幽居枕廣川,長望鬱芊芊。長望:遠望也。漢劉向《九歎·憂苦》:"登山長望心中悲兮,菀彼青青泣如頹兮。"**北巖采樵路,東坡種藥田。**北巖:即集中《遊北山賦》所言之北山也。詳情可參考《遊北山賦》解題。東坡:即東皋。**潤泉通院井,山氣雜廚烟。向夕林庭曠,**向夕:向晚、傍晚。陶淵明《歲暮和張常侍》詩:"向夕長風起,寒雲没西山。"**蕭條鳴一弦。**蕭條:猶逍遥也,閒逸貌。南朝宋劉義慶《世説新語·品藻》:"明帝問周伯仁:卿自謂何如庾元規？對曰:蕭條方外,亮不如臣;從容廊廟,臣不如亮。"鳴一弦:謂彈琴也。

其　八

山居自可安,【校】可安:朱本、李本作"安可"。**樂道不爲難。甲乙題書卷,梧桐數藥丸。**醫聖張仲景《傷寒雜病論》中常有"末之,煉蜜丸如梧子大"之語。蓋古人製作丸藥,往往製如梧桐子大小。**樹陰連户静,泉影度窗寒。抱琴聊倚石,高眠風自彈。**

其　九

避暑長巖東,蕭條趣不窮。蕭條:猶逍遥也。南朝宋劉義慶《世説新語·品藻》:"撫軍問孫興公:卿自謂何如？曰:下官才能所經,悉不如諸賢。至於斟酌時宜,籠罩當世,亦多所不及。然以不才,時復托懷玄勝,遠咏老莊,蕭條高寄,不與時務經懷,自謂此心無所與讓也。"**密藤成斗帳,**宋葉廷珪《海録碎事》卷五:"小帳曰斗帳,形如覆斗。"**疏樹即簷櫳。槿花礙前浦,荷香欄上風。寄言覆苔客,**覆苔客:指來訪之客也。**無事果園中。**

洛水南看漢王馬射

【解題】

　　本首詩唯載於五卷本三種，諸三卷本、《文苑英華》及《全唐詩》均未載。按王績初仕在隋煬帝大業末，正天下鼎沸之時，隋之漢王諒既平十餘載矣，故本詩題言"看漢王馬射"，其所謂漢王者，當爲唐高祖、太宗時所封之漢王也。考唐高祖武德六年首封其第十六子元慶爲漢王，至武德八年十一月，改封漢王元慶爲陳王，而以秦王世民子恪爲漢王。太宗繼位，於貞觀二年春正月，徙封漢王恪爲蜀王。貞觀五年，封皇子貞爲漢王。貞觀十年春正月，徙漢王貞爲越王，而以皇弟魯王元昌爲漢王。貞觀十七年，漢王元昌參與承乾謀反被誅。按呂序說王績於武德中被徵待詔門下省，貞觀初以疾罷歸。至於貞觀中再赴選，僅爲太樂丞，數月既歸，故其於洛水南觀漢王馬射之時間，必在武德中被徵詔至貞觀初以疾罷歸之時也，其時爲漢王者唯元慶、恪二人而已。馬射：猶騎射也。《通典・選舉三》："長安二年，教人習武藝……又穿土爲埒，其長與垛均，綴皮爲兩鹿，歷置其上，馳馬射之，名曰馬射。"

　　君王馬態驕，蹀躞過河橋。蹀躞：小步走路貌。古樂府《白頭吟》："蹀躞御溝上，溝水東西流。"雨息銅街靜，銅街：洛陽銅駝街之省稱。《初學記》卷八引華延儁《洛陽記》曰："兩銅駝在宮之南街，東西相向，高九尺。《洛陽記》謂之銅駝街。"塵飛金埒遙。金埒：以錢幣所築之界垣也。南朝宋劉義慶《世說新語・汰侈》："於時人多地貴，濟（王濟）好馬射，買地作埒，編錢匝地竟埒，時人號曰金埒。"徐震堮校箋："謂築短垣圍之以爲界埒。"此處借指騎射場。鐵絲纏箭腳，玉片抱弓腰。日□矜百中，【校】日□：底本原殘。唯看楊柳條。《戰國策》卷二："楚有養由基者，善射，去柳葉者百步而射之，百發百中。左右皆曰善。有一人過，曰：善射，可教射也矣！養由基曰：人皆善，子乃曰可教射。子何不代我射之也？客曰：我不能教子支左屈右。夫射柳葉者，百發百中而不以善息，少焉氣衰力倦，弓撥矢鈎，一矢發不中，前功盡矣。"

王績文集卷三

詩

駕過觀獵

【解題】

　　本首詩僅載於五卷本三種，諸三卷本、《文苑英華》及《全唐詩》均未載。詩題曰"駕過觀獵"，且結句言"別有磻谿叟，無日戰逢迎"，似爲武德四年秋至貞觀元年待詔門下省時之作也。

　　天巡總禁營，天巡：天子巡獵也。詰旦擁戈城。詰旦：平明，清晨。旗常紛出没，彀騎鬱縱橫。彀騎：手持弓弩之騎兵。《史記》卷一百二《張釋之馮唐列傳》："故李牧乃得盡其智能，遣選車千三百乘，彀騎萬三千，百金之士十萬。"《索隱》："如淳曰：彀騎，張弓之騎也。"圍塵千里暗，圍塵：圍獵揚起之塵土也。獵火四山明。獸竭郊原迥，【校】原：底本原作"園"。李本校云："疑作原。"甚是。今從改之。禽殫灌莽平。灌莽：叢生之草木。鮑照《蕪城賦》："灌莽杳而無際，叢薄紛其相依。"吕向注："水草雜生曰灌莽也。"割鮮同飲至，割鮮：割殺畜獸。司馬相如《子虚賦》："鶩於鹽浦，割鮮染輪。"吕向注："鮮，牲也。謂割牲之血染於車輪也。"張衡《西京賦》："割鮮野饗，犒勤賞功。"張銑注："謂披破牲體以布賜士卒，割新殺之獸勞其勤功。"振旅以休兵。振旅：謂整隊班師。《詩·小雅·采芑》："伐鼓淵淵，振旅闐闐。"《傳》曰："入曰振旅，復長幼也。"《疏》曰："出則幼賤在前，貴勇力也；入則尊老在前，復常法也。"《漢書·陳湯傳》："臣與吏士共誅郅支單于，幸得禽滅,萬里振旅,宜有使者迎勞道路。"動作威容備,周旋軍令成。金鐃清御道,金鐃:古時軍中銅製樂器,又稱鉦。商周時期,軍中用以傳播號令,亦常與鈸配合演奏。其聲洪亮而播遠。漢樂府鼓吹曲辭有鐃歌,馬上奏之,以激勵士氣。玉鼓節神行。別有磻谿叟,磻谿叟:謂姜太公呂望也。磻谿爲太公垂釣處。據《史記》卷三十二《齊太公世家》記載,太公望呂尚者,本姓姜氏,從其封姓,故曰呂尚。呂尚蓋嘗窮困,年老矣,以漁釣奸周西伯。西伯將出獵,卜之,曰:所獲非龍非彲,非虎非羆,所獲霸王之輔。於是周西伯獵,果遇太公於渭之陽,與語大悦,曰:自吾先君太公曰:當有聖人適周,周以興。子真是邪?吾太公望子久矣。故號之曰太公望,載與俱歸,立爲師。無日戰逢迎。戰:戰慄,懼怕也。逢迎:《漢書》卷七十《段會宗傳》:"漢遣衛司馬逢迎。"師古曰:"迎之於道,隨所到而逢之,故曰逢迎也。"

山中獨坐自贈

【解題】

本首詩唯載於五卷本三種,諸三卷本、《文苑英華》及《全唐詩》均未載。本詩所作之時間,蓋亦與《答馮子華處士書》相去未遠。

幽人似不平,幽人:高隱之士也。《周易·履》:"幽人貞吉。"正義:"故在幽隱之人,守正得吉。"《後漢書》卷八十三《隱逸傳》謂東漢光武帝"特禮幽人,求之若不及"。獨坐北山楹。山楹:《楚辭·哀時命》:"鑿山楹而爲室兮,下被衣於水渚。"王逸注:"言已雖窮,猶鑿山石以爲室柱。"後世因以山楹引申指山中之房屋。南朝宋鮑照《登廬山》詩:"懸裝亂水區,薄旅次山楹。"錢振倫注引《卓氏藻林》:"山楹,山房也。"攜妻梁處士,謂東漢處士梁鴻也。鴻字伯鸞,扶風平陵人。少有氣節,及長,博涉群籍,鄉里勢家慕其高節,多欲女之,鴻并絕不娶。同縣孟氏有女,狀肥醜而黑,鴻聘之。乃共入霸陵山中,以耕織爲業,咏詩書彈琴以自娱。別婦許先生。許先生:謂東晉隱士許邁也。邁字叔玄,一名映,丹陽句容人。少恬静,不慕仕進。嘗造郭璞,璞爲之筮,乃謂之曰:"君元吉自天,宜學升遐之道。"以父母尚存,未忍違親。度余杭懸溜山近延陵之茅山,是洞庭西門,潛通五嶽,於是立精舍於懸溜,而往來茅嶺之洞室,放絶世務,以尋仙館。父母既終,乃遣婦孫氏還家,遂攜其同志遍遊名山焉。永和二年,移入臨安西山,登巖茹芝,眇爾自得,有終焉之志。乃改名玄,字遠遊。與婦書告別,又著詩十二首,論神仙之事焉。**擯俗勞長歎**,擯俗:謂擯棄俗務也。**尋山倦遠行。空山斜照落,古樹寒烟生。解組陶元亮**,解組:解下印綬,謂辭去官職。組:印綬也。陶元亮:東晉隱士陶潛也。潛字元亮,又字淵明。嘗爲彭澤令。郡遣督郵至縣,吏白應束帶見之。潛歎曰:"吾不能爲五斗米折腰,拳拳事鄉里小人邪!"義熙三年,解印去縣,乃賦《歸去來》。事見《晉書》卷九十四。**辭家向子平**。向子平:東漢隱士向長也。長字子平,河內朝歌人,隱居不仕,好通《老》《易》。讀《易》至損益卦,喟然歎曰:"吾已知富不如貧,貴不如賤,但未知死何如生耳。"建武中男女娶嫁既畢,勅斷"家事勿相關,當如我死也"。於是遂肆意與同好北海禽慶俱遊五嶽名山,不知所終。《後漢書》卷一百十三有傳。**是非何處在?潭泊苦縱橫**。潭泊:即淡泊。

自　答

【解題】

　　本首詩唯載於五卷本三種,諸三卷本、《文苑英華》及《全唐詩》均未載。本詩所作之時間,蓋亦與《答馮子華處士書》相去未遠。

　　公子澹無爲,非關懷□移。【校】□:底本原殘。疑所缺字爲"抱"字。**老萊猶有婦**,楚老萊子逃世,耕於蒙山之陽。人或言之楚王曰:"老萊賢士也,王欲聘,以璧帛恐不來。"楚王駕至老萊之門,而請之,老萊子曰:"僕山野之人,不足守政。"王復云云,老萊子諾。王去,其妻戴畚歸。曰:"妾聞之,可食以酒肉者,可隨以鞭捶;可授以官祿者,可隨以鈇鉞。今先生食人酒肉,受人官祿,爲人所制也,能免於患乎?妾不能爲人所制!"投其畚菜而去。老萊子曰:"子還,吾爲子更慮。"遂行不顧,至江南而止。曰:"鳥獸之解毛可績而衣之,據其遺粒足以食也。"老萊子乃隨其妻而居之,民從而家者一年成落,三年成聚。事見漢劉向《古列女傳》卷二。**王霸豈無兒**。王霸:字儒仲,東漢太原廣武人。王莽篡位,棄冠帶,絕交宦。建武中徵到尚書,拜,稱名不稱臣。初,霸與同郡令狐子伯爲友,後子伯爲楚相,而其子爲郡功曹。子伯乃令子奉書於霸,車馬服從,雍容如也。霸時方耕於野,聞賓至,投耒而歸。見令狐子,沮怍不能仰視。霸目之,有愧容。客去,而久臥不起。妻怪,問其故,霸曰:吾與子伯素不相若,向見其子容服甚光,舉措有適,而我兒曹蓬髮歷齒,未知禮則,見客而有慚色。父子恩深,不覺自失耳。妻曰:君少修清節,不顧榮祿。今子伯之貴,孰與君之高?奈何忘宿志而慚兒女子乎？霸屈起而笑曰：有是哉！遂共終身隱遁。事見《後漢書》卷一百十三《王霸傳》及卷一百十四《王霸妻傳》。**人世何勞隔，生涯故可知。谿流無限水，樹長自然枝。竹林橫□□，**【校】□□：底本原殘。**梧桐倚惠施。**惠施：戰國時魏大夫，著名辯士，勸魏王謀齊。然其倚梧桐事未知所自，待考。**楊朱那早計，煩此泣途歧。**楊朱：戰國時魏人。《淮南子·説林訓》："楊子見歧路而哭之，爲其可以南，可以北。"

過鄭處士山莊二首

【解題】

本詩題下二首，唯載於五卷本三種，諸三卷本、《文苑英華》及《全唐詩》均未載。鄭處士，未詳所指。

其一

鑿谿南浦曲，栽援北巖阿。【校】栽援：底本原作"栽援"，此從朱本校改。按李本原亦作"栽援"，而於"援"字旁注云疑爲"樹"。韓理洲從李本原文作"栽援"，而張錫厚則從李校徑改爲"栽樹"。按栽援，即於山壁之上鑿坑以助攀援者也，其所鑿之坑，俗稱"脚窩"。作"栽援"、"栽樹"皆非是。**野膳調藜苙，**藜苙：猶藜藿也，皆野菜。《漢書》卷六十二《司馬遷傳》："糲粱之食，藜藿之羹。"《注》："藜草似蓬。《爾雅翼》：藜，莖葉似王芻，兗州蒸爲茹，又可爲杖。"苙：亦植物名，一年生草本植物，莖方形，葉橢圓形，有鋸齒，開白色小花，種子通稱蘇子，可榨油，嫩葉可食。亦稱"白蘇"。**山依緝薜蘿。**薜蘿：薜荔和女蘿，皆野生植物，常攀緣於山野林木或屋壁之上。《楚辭·九歌·山鬼》："若有人兮山之阿，被薜荔兮帶女蘿。"王逸注："女蘿，兔絲也。"後世常藉以指隱士之衣或高士之住所。**釣潭因舊迹，樵路起新歌。欲知幽賞處，青青松桂多。**

其二

僻處開三徑，三徑：西漢時杜陵蔣詡爲兗州刺史，以廉直爲名。王莽居攝，欽詡，詡稱病免官歸鄉里，臥不出户。《三輔決録》："蔣詡，字元卿，舍中竹下開三徑，唯裘仲、羊仲之徒與之遊。"**幽居無四鄰。横文彪子褥，**彪子褥：虎皮褥也。彪：虎皮之文采。《詩·秦風・小戎》："文茵暢轂,駕我騏馵。"《傳》曰:"文茵,虎皮也。"《釋名・釋車》:"文鞇,車中所坐者也,用虎皮,有文采。"**碎點鹿胎巾**。鹿胎巾:以胎鹿之皮所製之頭巾也。虎皮褥與鹿胎巾蓋南北朝至隋唐之時,一類自我標榜清高者所常用物也。唐上官昭容婉兒《遊長寧公主流杯池》詩:"橫鋪豹皮褥,側戴鹿胎巾。借問何爲者,山中有逸人。"其詩意直從本詩中化出者。**斷籬棲夜雉,荒砌起朝麇。薄暮東谿上,猶言在渭濱**。在渭濱:暗用太公於渭濱垂釣以待西伯之典。似隱言鄭氏之隱居若有以待者。

病後醮宅

【解題】

本首詩唯載於五卷本三種,諸三卷本、《文苑英華》及《全唐詩》均未載。醮宅:祭宅神以求驅災避邪也。《廣雅》:"醮,祭也。"《正一醮宅儀》:"凡人居宅虛耗,牛馬走失,田蠶不熟,人口嬰害,或每年有五蘊時氣,及狗鼠蟲蟻作怪,或犯五方十二時土財,利散亡舉,向不稱者,以四時王相日醮之吉。"按醮宅有醮禮、醮儀、醮法、醮辭等。

公幹苦沉綿,公幹:指建安七子劉楨也。楨字公幹,東平人。沉綿:猶言纏綿。言其身多病纏綿也。《三國志・魏書》卷二十一《王粲傳》裴松之注引《先賢行狀》曰:"(公)幹清玄體道,六行修備。聰識洽聞,操翰成章。輕官忽祿,不眈世榮。建安中,太祖特加旌命,以疾休息。後除上艾長,又以疾不行。"此處詩人以公幹自喻耳。**居山畏不延**。不延:指命壽不延。**白驢迎薊子**,薊子:謂薊子訓也,傳說魏武帝時人,嘗受齊國得道者李少君之仙術。《太平御覽》卷九百一引《神仙傳》曰:"薊子訓,齊人也。到京師,諸貴人欲見之。子訓曰:我非有重瞳八采,欲見我,我亦無所道。遂去。諸貴人皆逐之問,人云:適去東陌上乘驟者。乃各走馬逐之。望見子訓驟徐行,而名馬逐之不及,乃各罷歸。"**青牛下葛仙**。言葛仙乘青牛下凡界也。葛仙:東晋葛洪也。洪字稚川,自號抱朴子,丹陽句容人。吳平後入晋,爲邵陵太守。好神仙導養之法。從其從祖葛仙公玄弟子鄭隱學,悉得玄煉丹秘術。後師事南海太守上黨鮑玄,兼綜練醫術。太安中,從吳興太守顧秘起兵討石冰,遷伏波將軍。洪見天下已亂,乃避地南土,元帝爲丞相,辟爲掾。以平賊功,賜爵關內侯。一生著述甚多。後忽與岳疏云:"當遠行尋師,克期便發。"遂坐至日中,兀然若睡而卒,享年八十一歲。岳至,遂不及見。視其顏色如生,體亦柔軟,舉屍入棺,甚輕,如空衣,世以爲屍解得仙云。《晋書》卷七十二有傳。自青牛西去,白馬東來,羽客緇流,傳説神仙皆與青牛白馬結緣。上二句以蒯子、葛仙喻醮宅之術士。**度符南竈曲**,度符:畫符而度之也。道士或術士驅邪鎮災之法術。無名氏《道法會元》卷十五、卷十六《玉宸鍊度符法》,對其具體方法有詳細記載。**寫咒北階前**。寫咒:書寫咒語也。亦道士或術士驅邪鎮災法術之一。**龍行初禁火,鳥步即凌烟。净席三天坐,香爐五帝筵**。以上六句蓋寫醮祭之儀也。**埋沙禳疫氣,鎮石御凶年**。《淮南萬畢術》:"埋石四隅,家無鬼。"**鬼用泥爲壁,神將紙作錢**。泥壁驅鬼,燒紙錢以送神,皆民間醮宅禳災之術。**山精愁鏡厭**,《抱朴子·登涉篇》曰:"萬物之老者,其精能假托人形,以眩惑人目,而常試人,惟不能於鏡中易其真形耳。是以古之入山道士,皆以明鏡九寸已上,懸於背後,則老魅不敢近人。"又宋張君房《雲笈七籤》卷四十八:"道士入山,山精老魅多來試之,或作人形。故道士在石室之中,常當懸明鏡九寸於背後,以辟衆惡。"**野魅怯燈然**。俗以鬼魅懼光亮也。以上六句,寫醮祭後依法於宅内施法驅鬼鎮邪也。**今日揚雄宅**,揚雄宅:西漢揚雄"不汲汲於富貴,不戚戚於貧賤"。年四十餘,始出蜀遊京師。仕宦不得意,遂閉門著書。晚年家貧,嗜酒,人希至其門。故後世常以"揚雄宅"、"揚子居"等喻指賢而貧賤者之住宅。此處詩人自喻。**應堪草《太玄》**。《漢書》卷八十七《揚雄傳》稱揚雄"好古而樂道,其意欲求文章成名於後世,以爲經莫大於《易》,故作《太玄》;傳莫大於《論語》,作《法言》;史篇莫善於《倉頡》,作《訓纂》;箴莫善於《虞箴》,作《州箴》;賦莫深於《離騷》,反而廣之;辭莫麗於相如,作四賦。皆斟酌其本,相與放依而馳騁云"。

初 春

【解題】

詩題《唐詩紀事》《全唐詩》均作"春日"。《全唐詩》注云"一作初春"。觀全詩之内容,作"初春"更契詩意。

前旦出園遊,林華都未有。今朝下堂望,【校】望:《全唐詩》作"來",注云:"一作望"。作"望"佳。**池冰開已久。雪避南軒梅**,【校】避:《唐詩紀事》《全唐詩》均作"被"。《全唐詩》注:"一作避。"被,覆也,蓋也。前即云"池冰開已久",若此又云"雪被南軒梅",則前後文意相悖矣。軒:小窗也。**風催北庭柳。遥呼竈前妾,却報機中婦**。却報:再報也。**年光恰恰來**,年光:春光也。恰恰:唐詩口語,有自然、和諧之意。

如杜甫《江畔獨步尋花》:"自在嬌鶯恰恰啼。"亦其例也。**滿甕營春酒**。營春酒:謂釀造美酒也。明胡震亨《唐音癸籤》卷二十《詁箋五》:"東坡云:唐人酒多以春名,今具列一二:金陵春、竹葉春、麴米春、抛青春、梨花春、若下春、石凍春、土窟春、燒春、松醪春。"仇兆鼇《杜少陵集詳注》卷十八:"黄注:韓詩'且可勤買抛青春',坡公歷引唐時以'春'名酒者爲證,不知春之爲義,因酒熟於春而名之也。"

過山觀尋蘇道士不見題壁四首

【解題】

　　詩題明鈔本、《全唐詩》作"遊仙四首",《文苑英華》作"遊仙",又注云"尋蘇道士效作"。按"遊仙"之詩,其始久遠矣。其濫觴於騷楚,歷秦至漢,咏寫漸多。漢樂府之《董逃行》《王子喬》《步出夏門行》諸篇什,即皆歌咏赤松、王喬諸仙家事者也。至魏曹植始以"遊仙"命篇,其後嵇康、張華、何劭、張協之流多有所製。至晉郭璞,始變遊仙詩而爲感憤咏懷之辭,後之作者,即多仿此(詳見前《贈學仙者》詩解題)。本組詩四首,其一有"暫出東坡路,過訪北巖前","自悲生世促,無暇待桑田"諸語,是則本組詩或亦詩人晚年隱居鄉里之作也。蘇道士:未詳。

其　一

　　暫出東陂路,【校】東陂:底本原作"東陵",從《文苑英華》《全唐詩》校改。東陂:即東皋也,績隱居躬耕之處。詳見前《野望》詩注。**過訪北巖前**。【校】北巖:叢書本"北"作"此",蓋形近而訛。北巖即指北山,昔文中子通隱居講學之處。**蔡經新學道**,蔡經:東漢末人。葛洪《神仙傳》曰,仙人王子平見其"骨相當仙",然因其不知"道",故不得升天,遂教其"屍解"之法,後果仙去。**王烈舊成仙**。王烈:西晋人。《神仙傳》載,烈字長休,邯鄲人也。年三百三十八歲"猶有少容,登山歷險,健步如飛"。嘗入山得石髓,後成仙而去。**駕鶴來無日**,駕鶴:漢劉向《列仙傳》卷上:"王子喬者,周靈王太子晋也。好吹笙,作鳳凰鳴,遊伊、洛之間,道士浮丘公接以上嵩高山三十餘年。後求之於山上,見柏良曰:告我家,七月七日待我於緱氏山巔。至時,果乘白鶴駐山頭。望之不得到,舉手謝時人,數日而去。"來無日:沒有歸來之日。**乘龍去幾年**。《列仙傳》卷下云,陵陽子明,銍鄉人,"好釣,於旋谿釣得白龍。子明懼,解釣拜而放之。後得白魚,腹中有書,教子明服食之法。子明遂上黄山,采五石脂沸水而服之。三年,白龍來迎,至陽陵山上百餘年"。**三山銀作地,**【校】銀作地:明鈔本作"銀作土"。《史記·封禪書》:蓬萊、方丈、瀛洲,"此三神山者,其傳在渤海中,去人不遠。患且至,則船風引而去。蓋嘗有至者,諸仙人及不死之藥皆在焉。其物禽獸盡白,而黃金銀爲宮闕"。**八洞玉爲天。**八洞:亦神仙所居處。陶弘景《真誥》:"大天之內,有地中之洞天三十六所,其第八是句曲山之洞,周圍一百五十里,名曰金壇華陽之天。"**金精飛欲盡,**金精:仙藥名。《漢武帝外傳》:"太上之藥,有風實雲子,金精玉液。"郭璞《江賦》:"金精玉英填其裏。"李善注:"《穆天子傳》:'河伯曰,示汝黃金之膏。'郭璞曰:'金膏,其精汋也。'"一說,即"金漿"。《抱朴子·神丹》:"朱草生山巖石中,汁如血,以金玉投其中,立便可丸如泥,久則成水。以金投之,名曰金漿,以玉投之,名曰玉醴,服之皆長生。"飛欲盡:謂求而不可得也。**石髓溜應堅。**石髓:《太平廣記》卷九引《神仙經》:"神山五百年輒開,其中石髓出,得而服之,壽與天相畢。"溜應堅:謂石髓由液體而凝爲固體,皆不可得而服之矣。袁宏《竹林明賢傳》:"王烈服食養性,嵇康甚敬信之,隨入山。烈嘗得石髓,柔滑如飴,即自服半,餘半取與康,皆凝而爲石。"此處暗用其典。**自悲生世促,**謂自悲己之生命短暫,難以與仙人壽比也。**無暇待桑田。**謂等不到滄海變爲桑田之時也。晉葛洪《神仙傳》卷三:"麻姑自說,接待以來,已見東海三爲桑田。向到蓬萊,水乃淺於往者略半也,豈復還爲陵陸乎?"

其 二

上月芝蘭徑,上月:月上之時也。此句謂明月當空,清暉映照登山芝蘭幽徑也。**中巖紫翠房。**中巖:即巖中,指山中。紫翠房:指煉丹房。《十洲記》:"(昆侖)又有墉城,金台玉樓相映。如流精之闕,光碧之堂,瓊華之室,紫翠丹房,景雲燭日,朱霞九光,西王母之所治也。"**金壺新煉乳,**金壺煉乳:《列仙傳》:"邛疏者,周封史也,能行氣煉形,煮石髓而服之,謂之石鐘乳。"**玉釜始煎香。**玉釜煎香:《十洲記》載:"聚窟洲,在西海中,洲上有大樹,與楓木相似而材芳,花葉香聞數百里,名此爲反魂。叩其樹,亦能自聲,聲如群牛吼,聞之者皆心震神駭。伐其根心,玉釜中煮其汁,更微火熟煎之,如飴。令可丸,名曰驚精香,或名之振靈丸,或名之爲反生香。"**六局黃公術,**六局:即陸局,古雙陸遊戲之棋局。黃公:《西京雜記》:"東海人黃公,少時能幻術,能製蛇御虎,佩赤金刀,以絳繒束髮,立興雲霧,坐成山河。"又張衡《西京賦》言東海黃公幻術云:"奇幻倏忽,易貌分形。吞刀吐火,雲霧杳冥。畫地成川,流渭通涇。東海黃公,赤刀粵祝。冀厭白虎,卒不能救。挾邪作蠱,於是不售。"知黃公事有采入百戲者。"六局"當亦黃公幻術百戲節目內容之一。**三門赤帝方。**《雲笈七籤》卷二十五《奔辰飛登五星法》:"熒惑星有三門,門內有三赤帝,其一帝輒備一門,以奉屬於中央赤皇君也。"又載:赤帝,一名赤神,"并受事於中央赤皇上真大君也,行八素之隱書,則赤皇來降已。行五靈之外法，則致赤神來授書"。方：猶"術"也。**吹沙聊作鳥**，《拾遺記》卷一："（黄）帝使風后負書，常伯荷劔，旦游洹流，夕歸陰浦，行萬里而一息。洹流如沙塵，足踐則陷，其深難測。大風吹沙如霧，中多神龍魚鱉，皆能飛翔。"**動石試為羊**。《神仙傳》卷二載：皇初平（或作黄初平），丹谿人，年十五，家使放羊，為仙人帶至金華石室山。過四十年，其兄見之，問曰："羊何在？"曰："近在山東。"遂往視，唯見白石累累。初平叱道："羊起！"於是白石皆動，為羊數萬。兄乃知初平為仙矣。事亦見陶宏景《真誥》。**緱氏還程促**，緱氏：緱氏山也。漢劉向《列仙傳》卷上：王子喬被道士浮丘公接上嵩高山，三十餘年後，在山上見柏良曰："告我家，七月七日待我於緱氏山巔。至時，果乘白鶴駐山頭。望之不得到，舉手謝時人，數日而去。"句意謂仙人暫至人間又匆匆歸去矣。**瀛洲會日長**。瀛洲：海上仙山也。《史記·封禪書》：蓬萊、方丈、瀛洲，"此三神山者，其傳在渤海中，去人不遠。患且至，則船風引而去。蓋嘗有至者，諸仙人及不死之藥皆在焉"。**誰知北巖下**，【校】北巖：明鈔本作"北阜"。按北巖、北阜意同，均指北山也。**延首詠霓裳**。延首：引頸，伸頸。詠霓裳：謂賦誦追慕神仙之詩句也。霓裳：傳說中神仙所穿戴之服飾也。《楚辭·九歌》："靈之來兮蔽日，青雲衣兮白霓裳。"王逸注："言日神來下，青雲為上衣，白霓為下裳也。"

其　三

結衣尋野路，結衣：繫束衣衫也。**負杖入山門**。負杖：謂拄杖也。山門：寺廟大門。**道士言無宅，仙人更有村**。上二句言道士謂此處無凡人住宅，惟有仙人之居處也。**斜谿橫桂樹**，【校】樹：明鈔本、《文苑英華》《全唐詩》作"渚"。**小徑入桃源**。桃源：即桃花源。陶淵明《桃花源記》中所記與世隔絶之理想處所也。**玉床塵稍冷**，玉床：晋葛洪《神仙傳》卷二記載："衛叔卿者，中山人也，服雲母得仙。"漢武帝使使者梁伯與叔卿子度世往華山覓之，二人俱往，則輒雨數日，不得見。叔卿子度世乃齋戒獨上，望見其父與數人於石上嬉戲，"見父上有紫雲鬱鬱，白玉為床"。塵稍冷：塵漸冷也。**金爐火尚温**。金爐：煉丹爐也，即金灶。江淹《贈煉丹法和殷長史詩》："方驗參同契，金灶煉神丹。"以上二句謂仙人離去未久也。**心疑遊北極**，北極：北極星也。《晋書·天文志》上："北極五星，鈎陳六星，皆在紫宫中。北極，北辰最尊貴者也。"此處借指天宫。**望似陟西昆**。陟：登也。《詩·周南·卷耳》："陟彼崔嵬。"西昆：指昆侖山。《爾雅·釋地》："西北之美者，有昆侖之墟，璆琳、琅玕焉。"又張華《博物志》："昆侖縱廣萬一千里，神物之所生，聖人神仙之所集。"**逆愁歸舊里**，【校】逆愁歸：底本原作"迎秋還"，兹從明鈔本、《文苑英華》《全唐詩》校改。**蕭條訪子孫**。上二句謂預料自仙境歸里後，子孫將蕭條無存，難以尋求矣。《神仙傳》云，吕恭入太行山，遇太清太和府仙人，二日後，仙人授之神仙秘方，使其歸里，云："公來二日，人間已二百年矣。"恭歸家，果但見空宅，子孫蕩然無存。詢問，才得後代一人。此類故事屢見神仙傳説。《幽明録》亦有劉晨、阮肇入天臺山遇仙，半年後歸，"親舊零落，邑屋改異，無復相識，詢問，得七世孫"之説。

其 四

真經知那是，真經：道家稱可闡明仙道之典籍爲真經，以爲多讀之可成仙。如陶宏景《真誥》載："《大洞真經》，讀之萬過便仙，此仙道是聖經也。"**仙骨定何爲**？仙骨：舊指能夠成仙之禀賦。**許邁心長切**，許邁：字叔玄，丹陽句容人，東晉士族。年輕時即沉緬道教，隱居余杭縣溜山。父母死後，更遍遊名山，先采藥於桐廬縣桓山，繼又徙至臨安西山，求仙心切，後不知所終。好道者皆謂羽化。事見《晉書》卷八十《許邁傳》。**嵇康命自奇**。【校】自：明鈔本、《文苑英華》《全唐詩》作"似"。《晉書》卷四十九《嵇康傳》載：康嘗與王烈同入山，王烈得石髓，即自飲半，餘半與康，皆凝爲石。又烈嘗入河東抱犢山中，得一石室，室中有素書兩卷，烈讀不知其字，不敢取，頗諳十數字形體，歸書以示康，康盡識之。烈與康往，石室即失其所在。烈遂歎曰："康志趣非常，而輒不遇，命也！"事亦載《神仙傳》。命自奇：命運不佳也。**桑疏金闕迥**，桑疏：桑樹稀疏也。金闕：指仙人居處。迥：遠也。**苔重石梁危**。石梁：石橋。危：高也。**照水燃犀角**，《晉書》卷六十七《溫嶠傳》云，溫嶠經牛渚磯，見水深難測。或云其下多怪物。嶠"毁犀角而照之，須臾，見水族覆火，奇形怪狀，或乘馬車著赤衣者"。**遊山費虎皮**。此句出典不詳。**鴨桃聞已種**，《漢武内傳》載：七月七日，西王母降漢武帝宫中，出桃七枚，"大如鴨卵，形圓，青色"。"母因噉二，以五枚與帝，帝留核著前。母問曰：'用此何？'上曰：'此桃美，欲種之。'母笑曰：'此桃三千年一著子，非下土所植也。'"此反用其典。**龍竹未經騎**。龍竹：《後漢書》卷一百十二下《方術傳》載：東漢費長房從壺公學仙，後長房辭歸，壺公遺之一竹杖，云："騎此任所之，則自至矣。"長房騎竹杖，須臾歸家，以杖投於葛坡中，化而爲龍。未經騎：謂己尚未離山還鄉也。**爲向天仙道**，天仙道：神仙之道也。《抱朴子·論仙》引《仙經》曰："上士舉形升虛，謂之天仙。中士遊於名山，謂之地仙。下士先死後蜕，謂之屍解仙。"**棲遑君詎知**！棲遑：忙忙碌碌，奔波不定貌。詎知：豈知。

過鄉學

【解題】

本首詩唯載於五卷本三種，諸三卷本、《文苑英華》及《全唐詩》均未載。

杖藜尋學舍，摳衣向講堂。摳衣：提裳而行，以示敬謹也。《禮記·曲禮》：" 摳衣趨隅，必慎唯諾。"**杏壇花正落，**杏壇：孔子聚徒講學處。《莊子·漁父》："孔子遊於緇帷之林，休坐乎杏壇之上，弟子讀書，孔子玄歌鼓琴。"後人因將聚徒講學之所稱之爲杏壇。**槐市葉新長。**西漢時期長安買賣書籍之集市也。其地位於長安城東南太學附近，因槐樹成林而得名。《太平御覽》卷八百二十六引《三輔黃圖》云："元始四年，起明堂、辟雍長安城南，北爲會市，但列槐市數百行爲隊，無牆屋，諸生朔望會此市，各持其郡所出貨物，及經書傳記、笙磬器物，與賣買，雍容揖讓，或論議槐下。"**聚徒疑魯國，**疑：擬也。**遊人即鄭鄉。**遊人：遊學之人也。鄭鄉：《後漢書》卷三十五《鄭玄傳》曰：鄭玄，字康成，北海人也。事扶風馬融，遊學十餘年乃歸鄉里，學徒相隨已數百千人。及黨事起，乃與同郡孫嵩等四十餘人俱被禁錮。靈帝末，黨禁解，國相孔融深敬於玄，屣履造門，告高密縣爲玄特立一鄉，曰："昔齊置士鄉，越有君子軍，皆異賢之意也。今鄭君鄉宜曰鄭公鄉。"**先生坐不議，弟子入成行。邴元供灑埽，**【校】邴元：底本及朱本、李本均作"邴元"。按邴元即邴原。邴原乃漢末名儒，字根矩，北海朱虛人。《三國志·魏書·邴原傳》裴松之注引《原別傳》曰："原十一而喪父，家貧，早孤。鄰有書舍，原過其旁而泣。師問曰：童子何悲？原曰：孤者易傷，貧者易感。夫書者，必皆具有父兄者。一則羡其不孤，二則羡其得學，心中惻然而爲涕零也。師亦哀原之言，而爲之泣曰：欲書可耳！答曰：無錢資。師曰：童子苟有志，我徒相教，不求資也。於是遂就書。一冬之間，誦《孝經》《論語》。自在童亂之中，巋然有異。"**劉俊脫衣裳。**劉俊：未知何指。三國吳孫皓時有劉俊，爲交州刺史，後爲晉毛太守所斬，未聞其有脫衣之事。疑此處劉俊乃劉翊之誤。《太平御覽》卷四百一十九引《英雄記》曰："劉翊字子相，潁川人，遷陳留太守。出關數百里，見士大夫病亡道次，翊以馬易棺，脫衣殮之。又逢知故困餒於路，不忍委去。因殺所駕牛以救其乏。衆人止之，翊曰：視歿不救，非志士。遂俱餓死。"**組帶填中塾，**組帶，即絛帶，組有花紋之絲帶，用以貫玉佩或繫印。中塾：猶中學也。《禮記·學記》："古之教者，家有塾，黨有庠。"**青衿溢下庠。**青衿：周代學子之服，因以代學子。《詩·鄭風·子衿》："青青子衿，悠悠我心。"《傳》曰："青衿，青領也，學子之所服。"下庠：古代小學。《禮記·王制》："有虞氏養國老於上庠，養庶老於下庠。"鄭玄注：下庠"小學也，在國中王宮之東"。**佩猳情已變，**佩猳：佩戴繡有公豬之飾物也。猳爲公豬。《史記》卷六十七《仲尼弟子列傳》："子路性鄙，好勇力，志伉直，冠雄雞，佩猳豚。"後人因以冠雞佩猳（頭戴雄雞之冠飾，身佩公豬之繡品）喻好鬥好勇者也。**術蟻藝應光。**術蟻：蟻術也，比喻勤學。語出《禮記·學記》："蛾子時術之。"陳澔《集說》："蛾子，蟲之微者，亦時時述學銜土之事，而成大垤。比喻學者由積學而成大道也。"朱彬《訓纂》："蛾，魚起切，古蟻字。"**寄語安眠者，無爲糞土牆。**《論語·公冶長》："宰予晝寢。子曰：朽木不可雕也，糞土之牆不可圬也，於予與何誅！"

春莊酒後

郊扉乘曉辟，辟：開也。**山醞及年開。**山醞：猶山釀也。明梁寅《贈沈茂才歸池陽》："歸拜高堂應最樂，松花山醞滿筵香。"亦其例也。**柏葉投新釀，**以柏葉投之於新釀酒中，是謂柏葉酒。古人有元日飲松花酒或柏酒之俗，以爲可以益壽延年。《格致鏡原》卷二十二引《漢官儀》曰："正旦以柏葉酒上壽。"又引《荆楚歲時記》曰："元日進椒柏酒。椒是玉衡星精，服之令人身輕能走。柏是仙藥。進酒次第，以年少者爲先。"南朝梁庾肩吾《歲盡應令詩》："歲序已云殫，春心不自安。聊開柏葉酒，試奠五辛盤。"明李時珍《本草綱目》卷二十五云："柏葉酒治風痹歷節作痛。東向側柏葉煮汁，同麴、米釀酒飲。"**松花潑舊醅。**潑：泡也。舊醅：陳釀也。**野妻臨甕倚，村豎捧瓶來。竹瘤還作杓，樹癭即成杯。北潭因醉往，南畝帶星回。田家多酒伴，誰怪玉山頹！**玉山頹：酒醉也。《世說新語·容止》："嵇叔夜之爲人也，巖巖若孤松之獨立。其醉也，傀俄如玉山之將崩。"

題酒店樓壁絶句八首

【解題】

本詩題各三卷本、《全唐詩》作"過酒家五首"。明鈔本、《全唐詩》并注云"一作題酒店壁"。題下八首詩，各三卷本僅收其中五首。吕才《王無功集序》："晚年醉飲無節，鄉人或諫止之，則笑曰：汝輩不解，理正當然。或乘牛駕驢，出入郊郭，止宿酒店,動經數日。往往題壁作詩,好事者尋録諷咏,并傳於代。"本題下八首,當作於晚年之時。此八首之"其二",在三卷本、《全唐詩》排序爲第三首。"其三",在三卷本、《全唐詩》排序爲第四首。"其四",唯載於五卷本三種,諸三卷本、《文苑英華》及《全唐詩》均未載。"其五",唯載於五卷本三種,諸三卷本、《文苑英華》及《全唐詩》均未載。"其六",諸三卷本、《全唐詩》排序爲第二首。"其七",諸三卷本、《全唐詩》排序爲第五首。"其八",唯載於五卷本三種,諸三卷本、《文苑英華》及《全唐詩》均未載。

其 一

洛陽無大宅,長安乏主人。乏主人:言無東道主也。黄金銷欲盡,【校】欲:三卷本、《全唐詩》作"未"。《戰國策·秦策一》:蘇秦"説秦王書十上而説不行,黑貂之裘弊,黄金百斤盡,資用乏絶,去秦而歸"。只爲酒家貧。黄金二句:謂買酒之錢幾盡,皆因至酒店沽酒而致家貧也。

其 二

竹葉連糟翠,蒲桃帶麯紅。竹葉:酒名。糟:酒渣。蒲桃:即蒲萄,指蒲萄酒。《博物志》卷五:"西域有蒲萄酒,積年不敗。彼俗云可十年飲之,醉彌月乃解。所食逾少,心逾開。所食逾多,心逾塞,年逾損焉。"麯:酒母,釀酒所用之發酵劑也。相逢不令盡,別後爲誰空?

其 三

對酒但知飲,逢人莫强牽。强牽:强人飲酒也。莫强牽,謂莫强牽使飲也。《藝文類聚》卷七十二引《孔叢子》曰:"平原君與子高飲,强子高酒。曰:昔有遺諺:堯舜千鐘,孔子百觚,子路尚飲十榼。古之賢聖無不能飲,吾子何辭焉!"倚爐便得睡,爐:通"壚",古代酒店中放置酒壇之土墩。《漢書》卷五十七《司馬相如傳》作"盧"。王先謙補注:"字當作壚。"顔師古注:"賣酒之處,累土爲盧,以居酒甕。四邊隆起,其一面高,形如鍛盧,故名盧耳。"横甕足堪眠。《世説新語·任誕》:"阮公(籍)鄰家婦有美色,當壚酤酒。阮與王安豐常從婦飲酒。阮醉,便眠其婦側。夫始殊疑之,伺察,終無他意。"此處蓋暗用其典。横甕:謂搬倒酒缸而枕之也。

其　四

欲識幽人伴，幽人：高隱之士也。陶淵明《和郭主簿詩》："衘觴念幽人，千載撫爾訣。"非是俗情量。謂不可以世俗之情考慮也。有業開屠肆，無名坐餅行。

其　五

或問遊人道，那能獨步憂？飲時含救藥，救藥：謂解酒之藥也。醉罷不能愁。

其　六

此日長昏飲，非關養性靈。眼看人盡醉，楚辭《漁父》："屈原既放，遊於江潭，行吟澤畔，顏色憔悴，形容枯槁。漁父見而問之曰：子非三閭大夫與，何故至於斯？屈原曰：舉世皆濁我獨清，衆人皆醉我獨醒，是以見放。漁父曰：聖人不凝滯於物而能與世推移。世人皆濁，何不淈其泥而揚其波？衆人皆醉，何不餔其糟而歠其醨？何故深思高舉，自令放爲？"何忍獨爲醒？

【相關資料】

　　屈原曰："衆人皆醉我獨醒。"王績曰："眼看人盡醉，何忍獨爲醒。"左思曰："功成不受爵，長揖歸田廬。"太白曰："若待功成拂衣去，武陵桃花笑殺人。"王、李二公，善於翻案。子美曰："明年此會知誰健，醉把茱萸仔細看。"劉浚曰："不用茱萸仔細看，管取明年各强健。"太拙而無意味。楊誠齋翻案法專指宋人，何也？

　　（《四溟詩話》卷二。）

其　七

有客須教飲，無錢可別沽。此二句言有客來不能不飲酒，然既無沽酒之錢，又無它店可賒酒也。來時長道貰，貰：賒欠。慚愧酒家壺。【校】壺：明鈔本校作"胡"，作"胡"勝。蓋漢唐時期，長安一帶酒店多爲胡人所經營，而胡姬當壚，亦爲當時東西兩都之一景也。西漢辛延年《羽林郎》詩："昔有霍家奴，姓馮名子都。依倚將軍勢，調笑酒家胡。胡姬年十五，春日獨當壚。長裾連理帶，廣袖合歡襦。頭上藍田玉，耳後大秦珠。兩鬟何窈窕，一世良所無。一鬟五百萬，兩鬟千萬餘。不意金吾子，娉婷過我廬。銀鞍何煜爚，翠蓋空踟躕。就我求清酒，絲繩提玉壺。就我求珍肴，金盤鱠鯉魚。貽我青銅鏡，結我紅羅裾。不惜紅羅裂，何論輕賤軀。男兒愛後婦，女子重前夫。人生有新故，貴賤不相踰。多謝金吾子，私愛徒區區。"

其 八

仲任書卷盡，仲任：東漢著名思想家王充之字也。王充，會稽上虞人。《後漢書》卷七十九本傳稱其："少孤，鄉里稱孝。後到京師受業太學，師事扶風班彪。好博覽而不守章句，家貧無書，常遊洛陽市肆閱所賣書，一見輒能誦憶，遂博通衆流百家之言。後歸鄉里，屏居教授。仕郡爲功曹，以數諫爭不合去。"著有《論衡》八十五篇，二十餘萬言。**君平卜數充**。【校】君平卜：底本原作"平君不"，李本校"不"爲卜，當是。依文意，"平君"亦當爲"君平"之訛，今據文意改之。君平，東漢蜀人嚴遵之字也。《漢書》卷七十二《王貢兩龔鮑傳序》："君平卜筮於成都市，以爲卜筮者賤業，而可以惠衆人。有邪惡非正之問，則依蓍龜爲言利害。與人子言依於孝，與人弟言依於順，與人臣言依於忠，各因勢導之以善，從吾言者已過半矣。裁日閱數人，得百錢自養，則閉肆下簾而授《老子》。"**相逢何以慰？細酌對春風**。

食 後

田家無所有，晚食遂爲常。菜剪三秋綠，三秋：《初學記》卷第三引梁元帝《纂要》曰："秋曰白藏，亦曰收成，亦曰三秋、九秋、素秋、素商、高商。"**飧炊百日黃**。飧：熟食也。《詩·魏風·伐檀》："彼君子兮，不素飧兮。"朱熹注："熟食曰飧。"百日黃：稻百日而熟者。明黃省曾《理生玉鏡稻品》："稻之粒其白如霜，其性宜水，《説文》謂之稌，沛國謂之稬。以黏者謂之糯，亦謂之秫。以不黏者謂之秔，亦謂之粳。……其粒小而色白，四月而種，六月而熟，謂之六十日稻，又遲者，謂之八十日稻，又遲者，謂之百日赤。而毗陵小稻之種，亦有六十日秈、八十日秈、百日秈之品，而皆自占城來。"**胡麻山麨樣**，胡麻：即芝麻。徐炬《事物原始》："張騫使西域，至大宛得其種，植於中國，向名胡麻。石勒時諱胡字，改名芝麻。"麨：以米、麥或粟等煮熟後復炒製而成爲乾糧。山麨樣，意謂胡麻飯之香與山麨相同也。**楚豆野麋方**。【校】麋：李本校云"一作麋"。楚豆：亦名牡荆，落葉灌木，葉對生，呈掌狀，實可食，亦可入藥。野麋：野生麋鹿。方：比方，比擬。本句謂楚豆之味美可與野麋之肉比擬也。**始曝松皮脯**，松皮脯：以松皮所薰製之肉乾。**新添杜若漿**。杜若：又名杜衡、若芝、山薑等。《山海經》:"天帝上有草,狀似葵,其臭如蘼蕪,名曰杜衡。"《本草》云:"葉似葵,形如馬蹄,故云馬蹄香。"杜若漿,即以杜若所釀酒漿也。**葛花消酒毒**,葛:藤本植物,有塊根,複葉,夏季開花,花紫色,花冠呈蝶形,可用以解酒。《本草綱目》卷十八上:"葛花,氣味同穀,主治消酒。《別錄》弘景曰:同小豆花乾末酒服,飲酒不醉也。"**萸蒂發羹香**。萸蒂:即萸蒂花,枝葉及花皆有濃烈香味。**鼓腹聊乘興**,鼓腹:飽食貌。《莊子·馬蹄》:"夫赫胥氏之時,民居不知所爲,行不知所之,含哺而熙,鼓腹而遊。"**寧知逢世昌**!寧知:豈知。世昌:世道昌盛。

采 藥

野情貪藥餌,野情:愛好山野之情。藥餌:服食養生之藥物。謝靈運《遊南亭》詩:"藥餌情所止,衰疾忽在斯。"**郊居倦蓬蓽**。蓬蓽:蓬門蓽户之略語。蓽:通篳。以蓬草所編之門爲蓬門,竹片所製之門爲篳户。蓬門篳户,貧者所居。傅咸《贈河劭王濟》詩:"歸身蓬蓽廬,樂道以忘饑。"**青龍護道符**,道符:道教徒用以驅鬼護身或治病延年之符籙。葛洪《抱朴子·登涉》:"往山林中,當以左手取青龍上草,折半置逢星下,歷明堂入太陰中,禹步而行,三咒曰:諾皋太陰,將軍獨聞。曾孫王甲,勿開外人。使人見甲者,以爲束薪。不見甲者,以爲非人……人鬼不能見也。"**白犬遊仙術**。《抱朴子·仙藥》:"欲求芝草,入名山,必以三月九月,此山神出神藥之月也……帶靈寶符,牽白犬,抱白雞,以白鹽一斗,及開山符檄著大石上,執吳唐草一把以入山,山神喜,必得芝也。"**腰鑱戊己月**,【校】戊己月:底本原作"戊巳旦",茲據明鈔本、《文苑英華》《全唐詩》校改。戊己月:夏季之末,夏秋間之月也。《禮記·月令》:"中央土,其日戊己。"《正義》:"位本末宜處於季夏之末,金火之間。"**負鍤庚辛日**。【校】庚辛:底本原作"丙辛",茲從《文苑英華》、明鈔本、《全唐詩》校改。庚辛:孟秋之月也。《禮記·月令》:"孟秋之月,日在翼,昏建星中,旦畢中,其日庚辛。"注云:"庚之言更也,辛之言新也。萬物皆肅然改更,秀實新成,因以爲日名。"**時時斷嶂橫**,【校】嶂橫:《文苑英華》、明鈔本作"障遮"。**往往孤峰出**。**行披葛仙經**,【校】經:《文苑英華》作"注"。披:翻閲。葛仙經:指葛洪所著《抱朴子》。葛洪(284—364),東晉煉丹術士,《晉中興書》云:其"亡時,顏色如平生,體亦軟弱,舉屍入棺,其輕若空衣,時咸以屍解得仙",故稱其爲葛仙。所著《抱朴子》内外篇,專述煉丹之術與神仙家事,故稱之爲葛仙經。**坐檢神農帙**。【校】神農:三卷本作"農皇"。檢:翻檢。神農帙:指《神農本草經》,又稱《本經》,爲現存最早之中藥學專著。現代學者研究認爲,該書當在戰國至秦漢時期。神農,傳説上古中醫學及農業發明之人也。皇甫謐《帝王世紀》：「炎帝神農氏，長於姜水，始教天下耕，種五穀而食之，以省殺生。嘗味百草，宣藥療疾，救夭傷之命，百姓日用而不知，著《本草》四卷。」**龜蛇采二苓**，【校】苓：底本原作「靈」。茲從《文苑英華》《全唐詩》校改。二苓：謂采擷如龜蛇二種動物形狀之伏苓也。伏苓，菌類植物。古人以爲伏苓生長年代久者，可呈各類動物之形，食之可延年益壽，長生成仙。《本草集解》謂伏苓「所在大松處皆有，唯華山處最多，生枯松樹下，形塊無定，以似龜鳥形者爲佳」。宋呂祖謙《詩律武庫》引道家說：「松脂入土千年，化爲伏苓，以龜蛇鳥獸人形者最良。」**赤白尋雙朮**。雙朮：蒼朮與白朮也，皆中藥名。蒼朮色赤，一名赤木。白朮色白。《淮南萬畢術》：「朮草者，山之精也。結陰陽之精氣，服之令人長生絕穀，致神仙。」范子曰：「朮出三輔，黃白色者善。」**地凍根難盡**，此乃就采伏苓句而言也。謂地凍難以挖盡其根也。**叢枯苗易失**。此句乃承尋朮句而言之。謂冬季草枯，索朮草而采之亦不易得見也。**從容肉作名**，從容：同「蓯蓉」，即肉蓯蓉。寄生植物，莖長尺餘，質柔軟如肉，故稱肉蓯蓉。其葉如鱗狀，花叢生莖端，花葉莖皆黃褐色，可入藥。《太平御覽》卷九八九引《本草經》：「肉蓯蓉，味甘微溫，生山谷……久服輕身。」**薯蕷膏成質**。《藝文類聚》卷八十一引《本草經》曰：「薯蕷一名山芋，益氣力，長肌肉，除邪氣，久服輕身，耳目聰明，不饑延年，生嵩高山。」膏成質：謂煮成膏質狀也。**家豐松葉酒**，言家中富儲松葉所釀之酒也。《本草綱目》：「松葉可爲酒，能已疾。」**器貯參花蜜**。參花蜜：人參之花蜜也。**且復歸去來**，陶淵明《歸去來兮辭》：「歸去來兮，田園將蕪胡不歸？」此化用其句，而著一「復」字，蓋本首詩乃貞觀初第二次歸隱後所作也。來：歎詞，表示喜悅。《爾雅·釋訓》：「不誒，不來也。」《漢書·韋賢傳》注：「誒，歎聲。」**刀圭養衰疾**。【校】養：《文苑英華》《全唐詩》作「輔」。刀圭：古代量取藥末之用具也。《抱朴子·仙藥》：「若服玉屑者，宜十日輒一服，雄黃、丹砂各一刀圭。」此處借指藥物。

【相關資料】

紫團參（參花蜜）：皮日休《謝友人惠人參詩》：「神草延年出道家，是誰披露記三椏。開時的定涵雲液，厭後還應帶石花。名士寄來消酒渴，野人煎處撤泉華。從今湯劑如相續，不用金山焙上茶。」陸龜蒙和之曰：「五葉初成椵樹陰，紫團峰外即雞林。名參鬼蓋須難見，材視人形不可尋。品第已聞升碧簡，攜持應合重黃金。殷勤潤取相如肺，封禪書成動帝心。」紫團乃山名，今人以人參有紫暈者爲佳，殊不然也。沈氏《筆談》載：「王荊公病喘，藥用紫團山人參，不可得。時薛師政自河東還，有之，贈公數兩，公不受。」其曰紫團山者是矣。王績詩：「家豐松葉酒，器貯參花蜜。」「參花蜜」三字甚生，參花人所未識。溫庭筠詩：「松刺梳空石差齒，香風軟透人參藥。」

用"參蓍"字益奇。

（宋高似孫《緯略》卷五。）

白字本草：滕元發云："一善醫者，惟取本草白字藥用之，多驗。"蘇子容云："黑者是漢人益之。"（東坡）《本草》一書，豈可不熟。如權德輿詩："中邦均禹貢，上藥驗桐君。"李群玉詩："注藥陶貞白，尋山許遠遊。"王績詩："行披葛公注，坐驗農皇帙。"杜甫詩："藥纂西極名，兵流指諸掌。"李益詩："草木分千品，方書問六陳。"皆留意於此者。

（《緯略》卷十。）

山中避暑

【解題】

本首詩唯載於五卷本三種，諸三卷本、《文苑英華》及《全唐詩》均未載。

幽人自可憐，幽人：高隱之士也。《周易·履》："幽人貞吉。"正義："故在幽隱之人守正得吉。"陶淵明《和郭主簿詩》："衘觴念幽人，千載撫爾訣。"又其《命子詩》："鳳隱於林，幽人在丘。"可憐：可愛也。避暑更蕭然。片雲堪度雨，小樹即生烟。巖雪頻經夏，謂所居之山高也，故常有積年不化之雪。巖冰定幾年。橫階看臥石，隔牖聽飛泉。地使炎涼變，謂地面物候因季節之寒暑消長而發生改變也。人疑歲序遷。歲序：時序也。因隱居而不關心物外之事，至於有時疑心季節是否變換也。詎知來遁俗，更似得逃年？

春桂問答

【解題】

詩題明鈔本、《全唐詩》作"春桂問答二首"。按詩題已標明"問答"，而詩亦作問答之形式，則知將本首詩分爲二首當誤也，當乃一詩之上下兩章耳。本詩句式長短參差,變化靈活,在前人詩中極爲少見,頗與後世詞中之小令相類。以詩之内容觀之,疑其乃詩人武德末待詔門下省時之所作。按王績與房玄齡、魏徵、杜淹、陳叔達、薛收諸人,皆嘗就學於黄頰山王通之門下,時諸子皆爲重臣,而獨績待詔久不得調,唯與酒爲伴耳。故詩有"桃李正芬華,何事獨無花"之問。春桂:春季之桂。《説文》:"桂,江南之木,百藥之長。"《爾雅・釋木》:"梫,木桂。"郭璞注:"今南人呼桂厚皮者爲木桂。桂樹葉似枇杷而大,白華,華而不著子,叢生巖嶺,枝葉冬夏常青,間無雜木。"桂樹秋季開花,花極芳香。王績《古意六首詩》其五即有"桂樹何蒼蒼,秋來花更芳"之句。

問春桂,桃李正芬華。【校】芬:《全唐詩》注云:"一作芳。"年光隨處滿,年光:春光。隨處滿:處處皆是也。何事獨無花?【校】何事:底本原作"何處"。兹從明鈔本、《全唐詩》校改。春桂答:春花詎能久?詎能:豈能。風霜摇落時,獨秀君知否?【校】知否:明鈔本、《全唐詩》作"知不"。"不"、"否"相通。秀:《爾雅・釋草》:"華,榮也。木謂之華,草謂之榮,不榮而實者謂之秀,榮而不實者謂之英。"此處泛指開花。漢武帝《秋風辭》:"蘭有秀兮菊有芳。"即其例。

圍　棋

【解題】

　　本首詩僅載於五卷本三種,諸三卷本、《文苑英華》及《全唐詩》均未載。宋葛立方《韻語陽秋》卷十七引其"雙關防易斷,隻眼畏難全。魚鱗張九拒,鶴翅擁三邊"兩聯。孫星衍岱南閣叢書本據之而補入卷中詩末。

　　飽食端居暇,端居:閒居也。唐李商隱有《端居》詩。端居暇:謂閒居而有暇也。披襟弈思專。弈思專:謂專心於思考弈棋之道也。雕盤蜃脛飾,雕盤:雕飾之棋盤也。蜃脛飾:謂棋盤之四足以磨薄之大蛤殼鑲嵌也,猶今之器物上鑲嵌雲母者。按古時圍棋棋盤有四足。一九五四年,河北望都一號東漢墓出土石質圍棋盤一件,此棋盤呈正方形,盤下有四足,局面縱横各一十七道,爲漢魏時期圍棋盤形制之實物資料,正與《邯鄲淳藝經》所云"棋局從横各十七道,合二百八十九道,白黑棋子各一百五十枚"之記載相合。帖局象牙緣。謂棋盤四周以象牙緣飾也。局:棋盤。以上二句極言棋盤之美。**裂地四維舉**,裂地:謂割分敵我之地盤也。四維:謂棋盤之四角也。《淮南子·天文訓》高注云:"四角爲維。"東漢馬融《圍棋賦》:"先據四道,保角依傍。緣邊遮列,往往相望。"**分麾兩陣前**。後漢馬融《圍棋賦》曰:"陳聚士卒,兩敵相當。怯者無功,貪者先亡。"**攢眉思上策**,**屈指計中權**。上二句寫對弈時雙方凝眉籌算之神態。**勁卒衡圍度**,【校】衡:李本校云"疑作衝",當是。衝乃對弈術語。對弈時,於緊靠己方棋盤上原有棋子處,向對方"關"形中間之"空"交叉點處行棋,謂之"衝"。通常是以己之強阻擊敵方,將敵方之棋分成兩塊,以便尋找機會消滅對方。**奇軍略地旋**。略地:謂占據地盤也。旋:快也。**魚鱗張九拒**,魚鱗:魚鱗陣也。《漢書·陳湯傳》:"步兵百餘人,夾門爲魚鱗陣。"李賢注:"言相接形次若鱗也。"此處謂棋盤上棋子之布局形態如魚鱗狀也。張九拒:《墨子閒詁·墨子後語下》:"公輸般乃設攻城之機九變,而墨子九拒之,公輸之攻城械盡,而墨子之守有餘也。公輸般曰:吾知所以攻子矣,吾不言。墨子曰:吾知子所以攻我,我亦不言。王問其故。墨子曰:公輸之意,不過殺臣,謂宋莫能守耳。然臣弟子禽滑厘等三百人,早已操臣守御之器,在宋城上而待楚寇矣!雖殺臣,不能絕也。楚乃止,不復攻宋。"張九拒,謂擺開九拒之勢也。**鶴翅擁三邊**。鶴翅:形容布局之勢也。**逐征何待應**,**爭鋒豈厭先**。厭先:厭,滿足。先,先手也,圍棋術語。對弈時,爲爭取主動,每下一子,迫使對方必應,謂之先手。有時爲爭先手,可能會付出相當之代價。**雙關防易斷**,雙關:行棋方法之一,指與自己棋盤上之原有棋子隔一路行棋。倘若連行兩關,即所謂雙關。雙關之後,對方若不將其氣斷開,則對方之子必相連成一綫,成爲不可分割之整體。故通常在連行兩關之後,對方必會斷其氣,以防止另一方相連成綫也。斷:亦對弈時術語,又稱"切斷",是直接切斷對方棋與棋間之聯絡,迫使對方棋子分散開之行棋方法。**隻眼畏難全**。眼:指棋盤上對方不可下子的空格。對弈時,如己方一群棋子被對方包圍,必須做成兩個"眼",方可免於被吃成死棋。故做成兩個"眼",亦稱"做活"。倘若只做成一眼,對方便將其氣斷開,則己方即會被對方封死。故云"隻眼畏難全"也。**將驕多受辱**,謂對弈一方如驕傲輕敵,往往被對方圍困而受辱也。**敵恥屢摧堅**。謂失敗一方或因失敗而恥之,往往能轉敗爲勝,屢屢得手也。**驟睹成爲敗**,驟睹:猛然視之也。**頻看絕更連**。頻看:反復觀摩也。連:圍棋術語,亦稱"長",指緊靠己方在棋盤上已有之棋子,繼續向前延伸行棋。一般用於與對方接觸交戰之時,便於將己方之子連成一片,以求更有效攻擊對方。**許知愁越復**,復:復盤也。圍弈時規則規定對局時因某種原因而致棋局散亂,可復盤續弈。**恤弱貴邢遷**。《左傳·閔公元年》:"狄人伐邢,管敬仲言於齊侯曰:戎狄豺狼,不可厭也。諸夏親昵,不可棄也。宴安酖毒,不可懷也。《詩》云:豈不懷歸,畏此簡書。簡書,同惡相恤之謂也。請救邢以從簡書！齊人救邢。"又《僖公元年》："齊桓公遷邢於夷儀,二年,封衛於楚丘,邢遷如歸,衛國忘亡。"《史通·内篇·模擬第二十八》："狄滅二國,君死城屠;齊桓行霸,興亡繼絶。《左傳》云:邢遷如歸,衛國忘亡。言上下安堵,不失舊物也。" **誹俗韋弘嗣**,韋弘嗣:即三國吴之韋昭也。本名昭,晋陳壽撰《三國志》時,避晋司馬昭之諱,故書爲韋曜。《三國志·吴書》卷二十《韋曜傳》云:曜字弘嗣,吴郡雲陽人。少好學,能屬文,從丞相掾,除西安令,還爲尚書郎。遷太子中庶子。時蔡穎亦在東宫,性好博弈,太子和以爲無益,命曜論之。孫皓即位,欲爲父孫和作紀,曜執以和不登帝位,宜名爲傳,孫皓怒而誅之。其《博弈論》略曰:"君子耻當年而功不立,疾没世而名不稱,故當勉精勵操,晨興夜寐。今世之人,多不務經術,好玩博弈,廢事棄業,忘寢與食。窮日盡明,繼以脂燭。當其臨局交争,雌雄未決,專精鋭意,神迷體倦。人事曠而不修,賓旅闕而不接。雖有太牢之饌,韶夏之樂,不暇存也。至或賭及衣物,徒棋易行,廉耻之意弛而忿戾之色發。然其所志不出一枰之上,所務不過方罫之間。勝敵無封爵之賞,獲地無兼土之實。伎非六藝,用非經國。"云云。**邈名葛稚川**。葛稚川:晋葛洪也。洪字稚川,丹陽句容人。《晋書》卷七十二本傳謂其"吴平後入晋,爲邵陵太守。洪少好學,家貧躬自伐薪,以貿紙筆,夜輒寫書誦習,以儒學知名。性寡欲無所愛玩,不知棋局幾道,摴蒱齒名"。**分陰雖可重**,《晋書·陶侃傳》:"大禹聖者,乃惜寸陰,至於衆人,當惜分陰。"**小道詎宜捐?** 言弈雖小道,用非經國,伎非六藝,然益智娱心,亦未必一無是處,必棄捐而後快也。**相公摧屐日**,摧屐日:謂決勝之日也。《晋書》卷七九《謝安傳》:"(謝)玄等既破(苻)堅,有驛書至,(謝)安方對客圍棋,看書既竟,便攝放床上,了無喜色,棋如故。客問之,徐答云:小兒輩遂已破賊。既罷,還内,過户限,心喜,甚不覺屐齒之折,其矯情鎮物如此。"**樵客爛柯年**。虞喜《志林》:"信安山石室,王質入其室,見二童子方對棋。看之,局未終,視其所執伐薪,柯已爛朽。遽歸鄉里,已非矣。"《述異記》亦載其事。北周庾信《奉和趙王遊仙》詩:"山精逢照鏡,樵客值圍棋。"晚唐孟郊有《爛柯石》詩咏其事曰:"仙界一日内,人間千歲窮。雙棋未變局,萬物皆爲空。樵客返歸路,斧柯爛從風。惟餘石橋在,猶自淩丹虹。"**唐堯猶不棄**,晋張華《博物志》:"堯造圍棋以教子丹朱。或云舜以子商均愚,故作圍棋以教之。其法非智不能也。"傳説堯娶妻富宜氏,生丹朱。丹朱不肖,堯至汾水之濱,見二仙對坐翠檜,劃沙爲道,以黑白行列如陣圖。帝前問全丹朱之術,一仙曰:丹朱善争而愚,當投其所好,以閑其情。因指沙道石子曰:此謂弈枰,亦名圍棋,局方而静,棋圓而動,以法天地,自立此戲,世無解者。堯遂教丹朱圍棋。(仙話見《歷代神仙通鑑》)**孔父尚稱賢**。《論語·陽貨》:"子曰:飽食終日,無所用心,難矣哉!不有博弈者乎?爲之,猶賢乎已。"晋曹攄《圍棋賦》曰:"蓋宣尼之所以稱美,而君子之所以遊慮也。"**博術存書録**,據《隋書》卷三十四《經籍志》著録,既有圍棋書籍《棋勢》《投壺經》等二十餘種。**壺經著禮篇**。【校】壺經:底本原作"壺酒"。兹據李本校改。壺經:《隋書·經籍志》著録有《投壺經》一卷。**寄言陸士衡**,陸士衡:晋陸機之字。**無嗤王仲宣**。《藝文類聚》卷七十四引《魏志》曰:"王粲觀人圍棋,局壞粲復爲之。棋者不信,以帊蓋局,使更以他局爲之,用相比較,不誤一道。"

【相關資料】

古今人賦棋詩多矣:"幾局賭山果,一先饒海僧"者,鄭谷之詩也;"雁行布陣衆未曉,虎穴得子人皆驚"者,劉夢得之詩也;"古人重到今人愛,萬局都無一局同"者,歐陽炯之詩也。觀諸人語意,皆無足取。獨愛荆公《贈葉致遠》之作,其略云:"或撞關以攻,或覷眼而厚。或贏行伺擊,或猛出追躡。垂成忽破壞,中斷俄連接。或外示閒暇,或事先和燮。或冒突超越,鼓行令震疊。或粗見形勢,驅除令遠蹀。或開拓疆境,欲并包揔攝。或慚而告亡,或喜而獻捷。諱輸寧斷頭,悔悮忍批頰。"可謂曲盡圍棋之態,非筆力可以回萬鈞,豈易至此。取退之《南山》詩讀之,殆可齊驅並駕也。王無功亦有《圍棋》長篇云"雙關防易斷,隻眼畏難全。魚鱗張九拒,鶴翅擁三邊"等句,鋪叙類荆公,而其它句醞釀處尚衆。東坡《白鶴觀》四言詩云:"小兒近道,剥啄信指。勝固欣然,敗亦可喜。"夫恣貪欲於指顧,争勝負於毫釐,業棋者之常情,而坡乃置之膜外,亦可見其胸中翛然者矣。荆公亦有"棋罷兩奩收黑白,一枰何處有虧成"之句。

(宋葛立方《韻語陽秋》卷十七。)

咏 隱

【解題】

本首詩僅載於五卷本三種,諸三卷本、《文苑英華》及《全唐詩》均未載。

獨有幽棲趣,能令俗網賖。賖:遠也。**耕夫田作業,巢叟樹爲家**。巢叟:即巢父。《莊子·盗跖》曰:"古之禽獸多而人民少,於是人皆巢居以避之,晝拾橡栗,暮棲木上,故命之曰有巢氏之民。"其説亦見《韓非子·五蠹》。後世或以爲有巢氏爲巢父。《藝文類聚》三十六:"巢父,堯時隱人。年老,以樹爲巢而寢其上,故人號爲巢父。堯之讓許由也,由以告巢父,巢父曰:汝何不隱汝形,藏汝光?非吾友也。乃擊其膺而下之。許由悵然不自得,乃遇清泠之水，洗其耳，拭其目，曰：向者聞言，負吾友。遂去，終身不相見。"**晚穀柔殘黍，春園掃落花。忻然乘興往**，忻然：欣然也。**何必御雲車？**雲車：傳説仙人以雲爲車，故稱雲車。《史記》卷十二《孝武本紀》："文成言曰：上即欲與神通，宫室被服不象神，神物不至，乃作畫云氣車。"《淮南子·原道訓》："昔者馮夷、大丙之御也，乘雲車入雲蜺，遊微霧。"《文選》曹植《洛神賦》："載雲車之容裔。"劉良注："神以雲爲車。"

贈李徵士大壽

【解題】

"徵士"，《文苑英華》、明鈔本、《全唐詩》作"徵君"。李大壽：生平不詳。據詩"别有幽懷侣，由來高讓王"；"前年辭厚幣，今歲返寒鄉"諸句，似其人或亦龍門附近人，其隱居之地與王績隱居處相去未遠者也。詩當即李氏辭官歸里後王績所贈耳。徵君：古稱曾受朝廷徵聘而不肯就職之隱士。

孔淳辭散騎，孔淳：即孔淳之，南朝宋人，字彥深。《宋書》卷九十三《孔淳之傳》謂其少以辭榮就約，徵聘無所就。性好山水，居會稽，"茅屋蓬户，庭草蕪徑，唯床上有數卷書。元嘉初，復徵爲散騎常侍，乃逃於上虞縣界，家人莫知所之"。**陸昶避中郎**。【校】避：《文苑英華》、明鈔本、《全唐詩》作"謝"。陸昶：南朝武將，不聞其有謝中書郎事。當爲睦昶之誤。據《魏書·睦誇傳》，睦昶（一名睦誇），趙郡高邑人，高尚不仕，寄情丘壑，少與崔浩爲莫逆之交。浩任司徒，徵昶爲其中郎，辭疾不起。爲州郡所迫，入京，浩恐其速歸，乃使人匿其所乘之驢於官廄中，睦昶遂"托鄉人輸租者，謬爲御車，乃得出關"。**幅巾朝帝罷**，幅巾：本指束髮之絹，後用以指以絹一幅束髮。《後漢書》卷三十五《鄭玄傳》曰：鄭玄，字康成，北海人也。遊學十餘年乃歸鄉里。家貧，客耕東萊，學徒相隨已數百千人。及黨事起，乃與同郡孫嵩等四十餘人俱被禁錮，遂隱修經業，杜門不出。"靈帝末，黨禁解，大將軍何進聞而辟之。州郡以進權戚，不敢違意，遂迫脅玄，不得已而詣之。進爲設几杖，禮待甚優。玄不受朝服，而以幅巾見，一宿逃去，時年六十，弟子河内趙商等自遠方至者數千。"《三國志·魏書·武帝紀》裴松之注引傳："漢末王公，多委王服，以幅巾爲雅。"**策杖去官忙**，【校】策杖：明鈔本、《全唐詩》作"杖策"。策杖：持鞭打馬也，言馳馬而走。《莊子·讓王》："大王亶父居邠，狄人攻之……因杖策而去之。"**附車還趙郡**，附車：指睦昶"托鄉人輸租者，謬爲御車，乃得出關"之事。**乘船向武昌**。《晋中興書》載："郭翻，字長翔，不交世事，家於臨川，唯以漁獵爲娱。庾亮薦，公車徵不就，乘小船歸武昌。庾翼躬往造之，以翻船狹小，欲引入大船。翻曰：'使君不以名鄙賤而辱臨之，此固野人之舟也！'遂不肯。"**九徵書未已，十辟譽彌彰。**《後漢書》卷六十七《桓鸞傳》："鸞即去職奔喪，終三年。然後歸淮、汝之間。高其義，後爲已吾、汲二縣令，甚有名迹。諸公并薦，復徵辟，拜議郎。"劉攽注："案：徵則上徵之，辟則諸府辟之。議郎當云徵而已，明多辟字。"是則朝廷召布衣或名士出仕曰徵，三公以下諸府召之曰辟也。九徵、十辟：皆言朝廷徵聘次數之多且急也。**副君迎綺季，**副君：儲君也，指太子。《漢書》卷七十一《疏廣傳》："太子國儲副君，師友必於天下英俊，不宜獨親外家許氏。"綺季：即綺里季，秦末與東園公、甪里先生、夏黃公避亂隱商山，四人皆年八十有餘，時稱"商山四皓"。漢高祖立，欲致之而不能。後高祖欲廢太子劉盈而立趙王如意。呂后用張良計，厚禮迎接四人至，四人隨太子見高祖，高祖以爲太子得此四人，羽翼既成，遂賴以不廢。事見《史記》卷五十五《留侯世家》及《漢書》卷四十《張良傳》。**天子送嚴光。**嚴光：字子陵，東漢初會稽余姚人。嘗與東漢光武帝劉秀同學，西漢末年天下大亂，隱於山澤。劉秀即位，備安車聘之，光乃投劄不應。帝即其卧所，因共偃卧，乃以足加帝腹。上拜諫議大夫，不肯受，去，耕釣於富春山中。事見《後漢書》卷八十三《逸民傳》。**灞陵幽徑近，**灞陵：古縣名，在今陝西省西安市東北。東漢高士梁鴻、韓康皆嘗隱於灞陵山中。幽徑：幽隱之途也。**磻谿隱路長。**磻谿：水名，在今陝西省寶雞市東南，傳説吕尚（姜太公）未遇周文王時，嘗在此垂釣。**編蓬還作室，續草便爲裳。**【校】便：《文苑英華》、明鈔本、《全唐詩》作"更"。上二句言李大壽隱居，效古隱士蓬屋草衣，生活極爲簡陋。**會稽置樵處，**《宋書》卷九十三《朱百年傳》：朱百年，會稽山陰人也，少有高情，"親亡服闋，攜妻孔氏入會稽南山，以伐樵采箬爲業。以樵箬置道頭，輒爲行人所取，明旦亦復如此，人稍怪之。積久，方知是朱隱士所賣，須者隨其所堪多少，留錢取樵箬而去。或遇寒雪樵箬不售，無以自資，輒自榜船，送妻還孔氏，天晴復迎之"。**蘭陵賣藥行。**《太平御覽》卷五百九："范蠡者，徐人也。相越滅吴，去之齊，號鴟夷子，治產數千萬。去，止陶，爲陶朱公，復累巨萬。一曰：蠡事周師太公，服桂飲水，去越入海，百餘年乃見於陶。一旦棄資財，賣藥於蘭陵，世世見之。"**著書維道德，**【校】著：《文苑英華》、明鈔本、《全唐詩》作"看"。道德：即老子《道德經》。漢代以來，流傳老子之書一般以《道經》和《德經》兩經分類，故又稱爲《道德經》。《道德經》五千言，主清静無爲。後世隱遁之士常取以爲精神支柱。**傳教正農桑。**【校】傳：《文苑英華》、明鈔本、《全唐詩》作"開"。傳教、開教皆勸勉之意。農桑：謂稼穡養蠶等農事。**别有懷幽侣，**【校】懷幽：明鈔本、《全唐詩》作"幽懷"。别有：又有，還有。懷幽侣：有幽隱情懷，志趣高潔之伴侣。此處蓋作者自喻也。**由來高讓王。**由來：從來，自來。高讓王：以讓王爲高尚之舉。《莊子·雜篇》有《讓王篇》，歷數許由、子州之伯、善卷，石户之農等人不受天下之事。**前年辭厚幣**，辭厚幣：辭去重金聘禮。幣：古時指互贈之禮物。《儀禮正義》曰："對文則幣爲束帛、皮馬及禽摯是也。"**今歲返家鄉**。【校】家：《文苑英華》、明鈔本、《全唐詩》作"寒"。**有書橫石架，無氈坐土床**。土床：北方以泥土及土坯所砌供睡覺之土臺。今俗稱之爲炕。其下有孔道與烟囱相通，上鋪氈席，供人坐卧。**蘭英猶足釀**，蘭英：蘭花。此句謂蘭花仍足以釀酒而飲也。**竹實本兼糧**。【校】兼：《文苑英華》、明鈔本、《全唐詩》作"無"。竹實：即竹米。按竹每隔數年，或因水旱蟲災而開花，花開呈絮狀，花穗中結實如米，花開後則成片枯死，故竹實極難得，傳說乃鳳凰之食。《詩·大雅·卷阿》："鳳凰于飛。"朱傳："鳳凰靈鳥也，雄曰鳳，雌曰凰。非梧桐不棲，非竹實不食。"古人以爲食竹實可延年益壽。**澗寒松轉直**，【校】寒松：《文苑英華》、明鈔本、《全唐詩》作"松寒"。**山秋菊自香**。【校】山秋菊：底本原作"山菊秋"，茲從《文苑英華》、明鈔本、《全唐詩》校改。**管寧存祭禮**，管寧：字幼安。東漢末避亂遼東，魏文帝黃初年間徵爲大中大夫，固辭不就。凡徵命十至，與服四賜焉。平居布裙貂裘，惟祠祖乃著舊布單衣，戴絮巾，示存祭禮也。見《三國志·魏書·管寧傳》。**王霸列朝章**。【校】列：《文苑英華》、明鈔本、《全唐詩》作"重"。王霸：字孺仲，太原人。漢光武帝劉秀建武年間，徵至尚書，朝拜時稱名不稱臣，有司問其故，乃曰："天子有所不臣，諸侯有所不友。"後稱疾歸鄉隱居，連徵不出。事見《後漢書》卷一百十三《逸民傳》。**去去相隨去，披裘驕盛唐**。《後漢書》卷一百十三《逸民傳》云，漢光武帝劉秀即位後，嚴光乃變名姓，隱身不見。"帝思其賢，乃令以物色訪之。後齊國上言：有一男子，披羊裘釣澤中。帝疑其光，乃備安車玄纁，遣使聘之。三反而後至……帝即其卧所，撫光腹曰：咄咄子陵，不可相助爲理邪？光又眠不應，良久，乃張目熟視，曰：昔唐堯著德，巢父洗耳。士故有志，何至相迫乎！帝曰：子陵，我竟不能下汝邪？於是升輿歎息而去。"驕盛唐：自傲於太平盛世也。盛唐即唐堯之時也。傳說其時天下太平昌盛，故云。

春夜過翟處士正師飲酒醉後自問答二首

【解題】

本題下詩二首僅載於五卷本三種，諸三卷本、《文苑英華》及《全唐詩》均未載。翟正師：籍里生平不詳。處士：儒而不做官者。《漢書·異姓諸侯王表一》："處士橫議。"注云："處士謂不官於朝而居家者也。"吕才《王無功集序》："晚年醉飲無節，鄉人或諫止之，則笑曰：汝輩不解，理正當然。或乘牛駕驢，出入郊郭，止宿酒店，動經數日。往往題壁作詩，好事者尋録諷咏，并傳於代。"本題下二首，蓋作於晚年之時。

其　一

樽酒泛流霞，【校】流霞：朱本、李本二字互乙當誤，作流霞是。流霞：漢王充《論衡·道虛》："有仙人數人，將我上天，離У數里而止……口饑欲食，仙人輒飲我以流霞一杯，每飲一杯，數月不饑。"後人因以爲喻美酒。唐顏蕘《戲張道人不飲酒》詩："吾師不飲人間酒，應待流霞即舉杯。"明卓忠貞《紅梅》詩："誰教姑射飲流霞，爛醉西湖處士家。"皆其例也。相將臨歲華。歲華：猶歲時也。南朝齊謝朓《休沐重還道中》詩："歲華春有酒，初服偃郊扉。"酣歌吹樹葉，言酒酣乃吹樹葉以爲歌也。醉舞拂燈花。對飲情何已，思歸月漸斜。明朝解醒處，爲道向誰家？

其　二

春來物候妍，物候：謂植物隨季節之變化狀態也。夜飲但留連。留連：滯留貌。晚鎗交鬢側，【校】鎗：朱本、李本作"搶"。殘樽倚膝前。縱橫抱琴舞，狼藉枕書眠。解醒須及曙，路遠莫言旋。旋：還也。末聯寫主人留客豪飲之語，言須得明日日出方能解酒，道路遙遠，客盡可放心飲酒，醉便留住，不必言歸也。

晚年叙志示翟處士正師

【解題】

翟正師：籍里生平不詳。按詩云"風雲私所愛，屠博暗爲儔。解紛曾霸越，釋難頗存周"，觀其行事，誰云此爲方外之人乎？惜陸淳刪其有爲之詞後，千載以下，竟皆以爲歷史真實之王績，即陸淳眼中所謂"等是非，遺物我"，無爲忘我之王績矣。此豈真實之王績乎？昔余注三卷本之王績集，嘗以不得見其全貌之王績而爲憾，乃於卷首弁言曰："今人所見之王無功，非全王無功也，僅其側影耳。僧肇《物不遷論》記梵志語其鄰曰：'吾猶昔人，非昔人也。'然則今所獲睹之王績，亦猶昔人而非昔人者乎？吾開卷讀無功詩文，究其'懸解'至深之由，益欲窺其全豹，不禁歎息憾恨於陸淳之多事也。"今五卷本《王無功文集》幸被發現,亦讀者之幸,亦王績之幸也。睹集中如《在邊》《登壠坂》《過鄉學》《山夜》《端坐咏思》等篇什,知王績亦嘗有爲矣,亦嘗激憤矣,亦嘗憂民生疾苦矣。僅以酒徒方外目之,是視王績尤淺者也。詩題注明爲晚年之作,當作於貞觀十年之後。

弱齡慕奇調,弱齡:謂年輕之時也。古稱二十歲爲"弱冠之年"。《禮記·曲禮》:"人生十年曰幼,學。二十曰弱,冠。三十曰壯,有室。四十曰强,而仕。"又《論語·爲政》:"子曰:吾十有五而志於學,三十而立,四十而不惑。"奇調:不同凡俗之舉止行爲也。**無事不兼修**。兼修:皆修也。兼:加也。修:研究、治理。**望氣登重閣,占星上小樓**。望氣、占星:古人信奉"天人感應"之説,以爲觀天象可以知人世未來,故史書中常以自然界事物之變化,解釋并評議爲政之得失。"望氣"、"占星"即指此類之事。董仲舒《春秋繁露》:"天有十端:天地陰陽水土金木火人,凡十端。天亦有喜怒之氣,哀樂之心,與人相副。以類合之,天人一也。"**明經思待詔**,明經:謂通曉經義也。按唐代科舉有明經一科,然此處之"明經",與唐科舉之明經科無涉。待詔:等待皇帝召對,猶今言"等待委任"也。漢代徵士,令特優異者待詔金馬門,後世帝王因襲之。績嘗於武德五年三月待詔門下省,至貞觀元年因未得委用,遂托疾罷歸。**學劍覓封侯**。覓封侯:謂獵取功名也。**棄繻頻北上**,棄繻:《漢書·終軍傳》:"初,(終)軍從濟南當詣博士,步入關,關吏予軍繻。軍問:以此何爲?吏曰:爲復傳,還當以合符。軍曰:大丈夫西遊,終不復傳還。棄繻而去。"《注》引蘇林曰:"繻,帛邊也。舊關出入皆以傳。傳煩,因裂繻頭合以爲符信也。"後世遂以棄繻之典,表示獵取功名之信心與決心。**懷刺幾西遊**。懷刺:《世説新語·言語》劉孝標注引《文士傳》:"(禰)衡不知先所出,逸才飄舉。少與孔融作爾汝之交,時衡未滿二十,融已五十。敬衡才秀,共結殷勤,不能相違。以建安初北遊,或勸其詣京歸貴遊者,衡懷一刺,遂至漫滅,竟無所詣。融數與武帝牋,稱其才,帝傾心欲見。衡稱疾不肯往,而數有言論。帝甚忿之。"刺:名帖也。後世因以"懷刺"喻有志功名而不輕易投謁者。如駱賓王《上齊州張司馬啓》:"俯惟當今,空勞懷刺。"亦其例也。幾西遊:多次遊於長安也。按吕才《王無功文集序》稱,績年十五,謁楊素,占對英辯,一座盡傾,以爲神仙童子。薛道衡見其《登龍門憶禹賦》,歎曰:今之庾信也。《唐才子傳》亦略載其事。又績《三日賦》云:"余以大業四年獲遊京邑。"**中年逢喪亂**,中年:中道也。喪亂:指隋末天下大亂。隋末大亂大致以大業七年長白山農民起義爲標志,大業十四年隋煬帝被殺死於江都,隋亡。**非復昔追求**。言昔日熱衷功名之情,至此遂冷然矣。**失路青門隱**,失路:政治失意之謂。青門隱:《三輔黄圖》:"長安城東出南頭第一門霸城門,民見門色青,名曰青城門,或曰青門。門外舊出佳瓜。廣陵人邵平,爲秦東陵侯。秦破,爲破衣,種瓜青門外,瓜美,故時人謂之東陵瓜。"事亦見《史記·蕭相國世家》及《漢書·蕭何傳》。**藏名白社遊**。藏名:埋名隱姓。白社遊:《太平御覽》卷五〇二引王隱《晉書》曰:"董京,字威輦,不知何許人。太始初,值魏禪晉,遂被髮佯狂,常宿白社中,時乞於市,得殘碎繒絮,結以自覆,全帛佳綿則不肯受。著作孫楚就社中與語,遂載與歸,終不肯坐。後數年去,莫知其所。其寢處得一石子及詩,曰:末世流奔,以文代質。逝將抱此玄虛,歸我寂寞之室。"詩用此典。《太平寰宇記》曰:"白社里,在洛陽故城建春門東,即董威輦所居之地。"**風雲私所愛**,風雲:人生之際遇也。《易·乾》:"雲從龍,風從虎,聖人作而萬物睹。"後人因以同類相感,遂以風雲喻人之際遇。《後漢書·耿純傳》:"大王以龍虎之姿,遭風雲之時,奮迅拔起,期月之間,兄弟稱王。"**屠博暗爲儔**。《史記》卷七十七《魏公子列傳》:"魏公子無忌者,魏昭王少子,而魏安釐王異母弟也。昭王薨,安釐王即封公子为信陵君。"公子爲人仁而下士,多客。嘗因隱士侯嬴而與屠者朱亥交。魏安釐王二十年,秦圍趙邯鄲,趙平原君夫人乃公子之姊,因請救於魏。魏王使將軍晉鄙將十萬衆救趙,畏秦,復止之。公子從侯嬴計,盜兵符而椎殺晉鄙,遂將其軍而解趙圍。公子留趙,聞趙有處士毛公藏於屠博,薛公藏於賣漿家,公子乃閒步往從兩人遊。平原君聞之,謂其夫人曰:"始吾聞夫人弟公子天下無雙,今吾聞之,乃妄從屠博徒賣漿者遊,公子妄人耳。"夫人以告公子,公子乃謝夫人曰:"始吾聞平原君賢,故負魏王而救趙,以稱平原君。平原君之遊,徒豪舉耳,不求士也。無忌自在大梁時,常聞此兩人賢,至趙,恐不得見。以無忌從之遊,尚恐其不我欲也,今平原君乃以爲羞,其不足從遊。"乃裝爲去。夫人具以語平原君。平原君乃免冠謝,固留公子。平原君門下聞之,半去平原君歸公子。後公子所交屠博賣漿者毛公、薛公,皆於公子有重謀焉。屠博即指隱身於屠夫博徒間豪傑之士也。**解紛曾霸越**,《史記》卷六十七《仲尼弟子列傳》載,齊國田常作亂,移其兵欲以伐魯。孔子聞之,謂門弟子曰:"夫魯,墳墓所處,父母之國。國危如此,二三子何爲莫出?"遂許弟子子貢解紛。子貢乘各國間之矛盾,引起吴齊、吴晋、吴越之戰,魯遂得免,而越國終因此戰而成霸主。"故子貢一出,存魯,亂齊,破吴,强晋而霸越。"**釋難頗存周**。《戰國策·西周策》:秦攻魏將犀武,軍於伊闕,進兵而攻周。周最乃説趙將李兑禁秦軍,使秦魏復戰,遂釋周難。言"秦去周,必復攻魏,魏不能支,必因君而講,則君重矣。若魏不講,而疾支之,是君存周而戰秦、魏也。重亦盡在趙"。按上二句應非單純用典,乃有所實指。集中有《在邊三首》詩云:"羇旅在胡中,思歸道路窮,猶持蘇武節,尚抱李陵弓。"又云:"昔歲銜王命,今秋仍在邊。節毛風盡落,衣袖雪霜鮮。"可知王績嘗銜王命出使胡中。此事吕才《王無功文集序》及兩唐書本傳雖未言及,然必非虛言。疑此處所謂解紛霸越,釋難存周之事,當即與其出使胡中有關,惜其詳情今已不可考知矣。**晚歲聊長想,生涯太若浮**。《莊子·刻意》:"其生若浮,其死若休。"**歸來南畝上,更坐北谿頭。古岸多磐石**,吕才《東皋子集序》:"河渚東南隅有連沙盤石,地頗顯敞。"春泉足細流。東隅誠已謝，西景懼難收。東隅：東方也。日出東方，故指早晨，喻人生之早年。西景：西方日落之景也，故指黄昏，喻人生之暮年。《初學記》卷一引《淮南子》曰："日西垂，景在樹端，謂之桑榆。"故西景又謂之桑榆。《後漢書》卷四十七《馮異傳》載劉秀勞馮異詔："始雖垂翅回谿，終能奮翼黽池，可謂失之東隅，收之桑榆。"據此，則知"失之東隅，收之桑榆"，爲古之諺語也。此二句則反用其義，謂東隅之失誠已不可挽回，而西景之收亦恐難得結果也。無謂退耕近，無謂：不要説。退耕近：言歸隱時間不長也。伏念已經秋。伏念：顧念。已經秋：謂已經過一歲矣。庚衮逢處跪，【校】底本原作"庚桑逢處跪"，朱本、李本作"庚樂逢處跪"，明鈔本作"庚衮逢桑跪"，《全唐詩》作"庚桑逢處跪"。諸本舛誤難明如是。按《太平御覽》卷五〇二引王隱《晋書》載："庚衮，字叔褒，潁川人。與弟子治藩，必跪而授條。麥熟，穫者難畢而多捃（拾）者，衮退待間，乃方自捃。不曲行旁掇，跪而把之。"詩用此典也，據上下文意，知本句當作"庚衮逢處跪"。陶潛見吏羞。【校】吏：底本原作"人"。此據明鈔本校改。《晋書》卷九十四《隱逸傳》云，陶潛字元亮，少懷高尚，博學善屬文。爲彭澤令。"郡遣督郵至縣，吏白應束帶見之，潛歎曰：吾不能爲五斗米折腰，拳拳事鄉里小人邪？義熙二年，解印去縣，乃賦《歸去來》。"見吏羞：即羞於見吏之倒裝句。三晨寧舉火，皇甫謐《高士傳》："曾參，字子輿，南武城人也。不仕而遊居於衛。縕袍無表，顔色腫噲，手足胼胝，三日不舉火，十年不製衣，正冠而纓絶，捉衿而肘見，納履而踵決，曳縱而歌，天子不得臣，諸侯不得友。"舉火：指燒飯。五月鎮披裘。《論衡·書虚》："延陵季子出遊，見道有遺金，當夏五月，有披裘而薪者。季子呼薪者曰：取彼地金來。薪者投鐮於地，瞋目拂手而言曰：何子居之高，視之下，儀貌之壯，語言之野也！吾當夏五月，披裘而薪，豈取金者哉！季子謝之。"自有居常樂，居常：平常也。《説郛》卷一百六下："崔瑗愛士，好賓客，盛修肴膳，殫極滋味，不問餘産，居常蔬食菜羹而已。"誰知我身憂？【校】我身憂：底本原作"我世憂"，《全唐詩》作"身世憂"。兹據朱本、李本校改。

盧新平宅賦古題得策杖尋隱士

【解題】

詩題朱本、李本均作"盧新平宅賦古題得策杖隱士"。按本詩又見《永樂大典》第一三四五〇卷（影印本第一三七册）。《文苑英華》、明鈔本、《全唐詩》作"策杖尋隱士"。盧新平：未詳。按本詩乃"招隱"之詩也。左思《招隱》詩云："策杖招隱士，荒塗横古今。"詩題即本諸此。策杖：持杖也。

按招隱之詩，首見於西漢淮南小山模仿楚辭《招魂》而作之《招隱士》篇，初乃徵召隱士出仕之意。《孟子》曰："聖王不作，諸侯放恣，處士橫議，楊朱墨翟之言盈天下。"其言隱之由，一語中的。漢末黨錮，魏晉易代，社會動蕩，士人朝不保夕，隱逸遂蔚然成風，故詩以"招隱"爲題者，多一反淮南小山招隱者出仕之意，而爲勸隱之辭矣。本詩亦貞觀歸隱後之所作者。

策杖尋隱士，行行路漸賒。行行：漢代口語，謂行而又行也，後代詩人多用以入詩。《古詩十九首》："行行重行行，與君生別離。"賒：遠也。石梁橫澗斷，石梁句：謂石橋橫架於斷澗之上也。土室映山斜。土室：《後漢書》卷七十五《袁閎傳》："閎見時方險亂，而家門富盛……黨事將作，閎遂散髮絶世，欲投迹深林。以母老不宜遠遁，乃築土室，四周於庭，不爲戶，自牖納飲食而已。且於室中東拜母。母思閎，時往就視。母去，便自掩閉，兄弟妻子莫得見也。及母殁，不爲制服設位，時莫能名，或以爲狂生。潛身十八年，黃巾賊起，攻没郡縣，百姓驚散，閎咏經不移。賊相約語，不入其間，鄉人就閎避難，皆得全免。年五十七，卒於土室。"後世遂以土室稱避世者之所。孝然縱有舍，【校】縱：《文苑英華》作"疑"。孝然：漢末隱士焦先字孝然。皇甫謐《高士傳》卷下曰："焦先，字孝然。世莫知其所出也，或言生漢末，及魏受禪，常結草爲廬於河之湄，獨止其中。冬夏袒露，不着衣，卧不設席，又無蓐，以身親土，其體垢汙皆如泥滓，不行人間。或數日一食，行不由邪徑，且不與女子迕視。口未嘗言，雖有警急，不與人語。後野火燒其廬，先因露寢，遭冬雪大至，先祖卧不移，人以爲死，就視如故，後百餘歲卒。"威輦遂無家。《晉書》卷九十四《董京傳》："董京，字威輦，不知何郡人也。初與隴西計吏俱至洛陽，被髮而行，逍遥吟咏。常宿白社中，時乞於市，得殘碎繒絮，結以自覆，全帛佳綿則不肯受。或見推排罵辱，曾無怒色。孫楚時爲著作郎，數就社中興語，遂載與俱歸。京不肯坐，楚乃貽之書，勸以今堯舜之世，胡爲懷道迷邦？京答之以詩……後數年遁去，莫知所之。於其所寢處，惟有一石竹子及詩二篇。"《藝文類聚》卷七十八引《神仙傳》則稱其"晉武末，在洛陽白社中寢息。身上藍縷，衣不蔽形。恒吞一石子，經日不食。或市乞備作，人或往觀之，亦不與言。時或著詩，莫知所終"。置酒燒枯葉，披書坐落花。【校】披：明鈔本作"被"。新垂滋水釣，【校】新垂：底本原作"新乘"。從《文苑英華》、明鈔本、《全唐詩》校改。滋水：即灞水，古名滋水。"滋"字或作"兹"。《漢書·地理志》："南陵縣灞水，出藍田谷，北入渭。古曰兹水，秦穆公更名，以章霸功，視子孫。"《吕氏春秋》："太公釣於滋泉，文王得而王。"舊結茂陵罝。【校】茂陵：西漢武帝陵墓。《三輔黃圖》："武帝茂陵，在長安城西北八十里。"按現今陵址，在陝西興平縣三韓鄉常道村西南。罝：捕獸網也。《爾雅·釋器》："兔罟謂之罝。"歲歲長如此，方知輕世華。世華：世俗之榮華。

被舉應徵別鄉中故人

【解題】

　　本首詩僅載於五卷本三種，諸三卷本、《文苑英華》及《全唐詩》均未載。按詩題明言本首詩乃被舉應徵辭別鄉人而作，考王績應孝悌廉潔舉在隋大業十年五月，本詩蓋其辭別鄉人入長安赴職之時所作。

　　　皇明照區域，帝思屬風雲。燒山出隱士，《荆楚歲時記》引《琴操》曰："晋文公與介子推俱亡，子推割股以啖文公。文公復國，子推獨無所得，子推作《龍蛇之歌》而隱。文公求之，不肯出。乃燔左右木，子推抱木而死。文公哀之，令人五月五日不得舉火。"此處用燒山出隱士之典，以喻不得已而出仕也。治道送徵君。自惟蓬艾影，蓬艾：賤草也，處處有之。叨名蘭桂芬。叨名：謙辭也，謂虛有其名。蘭桂：香草也，古人常用以喻君子。使君留白璧，使君：漢唐時代，對太守、刺史之別稱。白璧：禮物之重者也。古人常以白璧爲交聘之重禮，以示鄭重其事。天子降玄纁。玄纁：本指黑色或淺紅色布帛。《書·禹貢》："厥篚玄纁璣組。"又《左傳·哀公十一年》："公使大史固歸國子之元，寘之新篋，襲之以玄纁，加組帶焉。"楊伯峻注："此謂以紅黑色與淺紅色之帛作墊。"後世帝王因以玄纁作延聘賢士或隱士之禮品。《後漢書·隱逸傳·韓康傳》："桓帝乃備玄纁之禮，以安車聘之。"諸葛亮《便宜十六策·舉措》亦云："玄纁以聘幽隱。"山雞終失望，此句作者自嘲也，雖只五字，亦頗有孔德璋《北山移文》之誚，不免令人想起"使我高霞孤映，明月獨舉。青松落蔭，白雲誰侶？澗户摧絶無與歸，石徑荒涼徒延佇"之句。野鹿暫辭群。川氣含丹日，鄉烟間白雲。停驂無以贈，握管遂成文。

獨　　坐

【解題】

　　詩言"三男婚令族，五女嫁賢夫。百年隨分了，未羨涉方壺"，知其爲晚年所作也。

問君樽酒外,問君:係作者自問也。**獨坐更何須？有客談名理**,談名理:《世說新語·言語》:"諸名士共至洛水戲。還,樂令問王夷甫曰:今日戲樂乎？王曰:裴僕射善談名理,混混有雅致。"劉孝標注云:"《冀州記》曰:(裴)頠弘濟有清識,稽古善言名理。"名理:辨名析理之學也,魏晉清談內容之一,係由漢末清議發展而成。**無人索地租。三男婚令族**,令族:望族也。**五女嫁賢夫**。上二句三男五女,當係實寫。**百年隨分了**,隨分:隨緣也。了:完結。《藝文類聚》卷三十六引《高士傳》曰:"尚長,字子平。禽夏,字子夏。二人相善。慶隱避不仕王莽。長通《易》《老子》,安貧樂道,好事者更饋遺,輒受之。自足還餘,如有不取也。舉措必於中和,司空王邑辟之連年,乃欲薦之於莽。固辭乃止。遂求退。讀《易》至《損益》卦,喟然歎曰:吾知富貴不如貧賤,未知存何如亡爾。爲子嫁娶畢,勅家事斷之。勿復相關,當如我死矣。是後肆意,與同好遊五嶽名山,遂不知所在。"**未羨陟方壺**。陟:登升也。《詩·周南·卷耳》:"陟彼崔嵬。"方壺:神話傳說中神山之一。《列子·湯問》:"渤海之中有大壑焉,其中有五山焉:一曰岱輿,二曰員嶠,三曰方壺,四曰瀛洲,五曰蓬萊。其山高下周旋三萬里,其頂平處九千里,山之中間相距七萬里,以爲鄰居焉。其上臺觀皆金玉,其上禽獸皆純縞,珠玕之樹皆叢生,華實皆有滋味,食之皆不老不死,所居之人皆仙聖之種。"

【相關資料】

王績之詩曰:"有客談名理,無人索地租。"隱如是,可隱也。陶潛之詩曰:"饑來驅我去,叩門拙言辭。"如是隱,隱未易言矣。白樂天之詩曰:"冒寵已三遷,歸朝始二年。囊中儲餘俸,園外買閒田。"如是罷官,官亦可罷也。韋應物之詩曰:"政拙忻罷守,閒居初理生。聊租二頃田,方課子弟耕。"罷官如是,恐官正未易罷耳。韋與陶千古并稱,豈獨以其詩哉!

(明胡震亨《唐音癸籤》卷二十五《談叢一》。)

無功放逸傲世,而詩句如此,豈其真得於自然乎？《獨坐》云:"問君樽酒外,獨坐更何須？有客談名理,無人索地租。三男婚令族,五女嫁賢夫。百年隨分了,未羨陟方壺。"無功本席世家之盛,師友之門,恩誼暖熱,生理不干其心。因得以一意世外,不屈節求人,所謂福慧雙入者邪？

(宋馬端臨《文獻通考》卷二百三十一《經籍志》。)

同蔡學士君知詠雲

【解題】

本首詩僅載於五卷本三種，諸三卷本、《文苑英華》及《全唐詩》均未載。蔡君知：隋末唐初人，史無傳。據《佩文齋書畫譜》卷二十五引蔡希綜《法書論》云："蔡君知（原注：濟陽考城人，邕十四代孫），隋蜀王府記室，能楷隸，爲時所重。"明馮惟訥《古詩紀》卷一百六於其名下注云："凝之子，頗知名。"而明梅鼎祚《古樂苑》卷九録蔡君知《君馬黃》詩，則注爲"陳蔡君知"，是則蔡君知當歷仕於陳、隋、唐三朝也。蔡於隋署蜀王府記室，而據杜淹《文中子世家》，王通曾於大業十年"召署爲蜀郡司户，不就"。楊炯《王勃集序》則云："祖通，隋蜀郡司户書佐。大業末，棄官歸，以著書講學爲業。"兩説相左，致千載以來，學者莫衷一是。竊謂對王氏而言，杜淹、楊炯，皆外人也，倘其言不足爲憑，而王績乃王通之胞弟，述其家事，必不致作亡是公語矣。今考王績《遊北山賦》自注云："吾兄通，字仲淹，生於隋末，守道不仕。大業中隱於此谿。"是王績明言其兄王通未仕也。考《中説》卷三："尚書召子仕，子使姚義往辭焉，曰：'必不得已，署我於蜀。'或曰僻，子曰：'吾得從嚴、揚遊泳以卒世，何患乎僻。'"由是可知，王通雖未仕蜀，然其與蜀王府必有某種關係。不然何以自求署蜀耶？王通雖未仕蜀，然隋朝廷數次徵召之，蜀王府上下，必人人皆知有其人矣，蔡君知嘗爲隋蜀王府記室，亦必知其人其事，而目其同爲亡隋藩府之舊臣矣。其與王氏家族之往來，可想像而知也。本詩稱蔡君知爲"學士"，而不稱其爲"記室"，則本詩不作於隋，而當在入唐之後。王績亦嘗於唐高祖武德中待詔門下省爲學士，則蔡爲"學士"，亦當在由隋入唐之後，蓋同以名士及前朝舊臣而待詔者也。本首詩末韻言"無衣昔有詠，飄轉獨如何"。同爲飄泊之士，而相敬有孔懷之情，其相與往來，亦非外人可比也。南陳禎明三年（589）亡，而王績正生於是年。倘蔡初仕陳在弱冠之年，則其年齒長於王績二十歲。《文苑英華》卷二百六十六録隋孔德紹《送蔡君知入蜀》詩二首，其一曰："金陵已去國，銅梁忽背飛。失路還相送，他鄉何日歸。"其二曰："靈關九折險，蜀道二星遥。乘槎若有便，希泛廣陵潮。"（其二又見明曹學佺《蜀中廣記》卷十四"蘆山縣"條引）蔡君知之詩作，見於文獻者，《淵鑒類函》卷三百三十二《京邑五》録有《長安道詩》曰："長安馳道上，鐘鳴宫寺開。殘雪銷鳳闕，宿霧斂章台。騎轉金吾度，車鳴丞相來。藹藹東都晚，群公騁御回。"又卷四百三十四引其《君馬黃》

詩曰："君馬經西極,臣馬出東方。策舉浮雲影,珂連明月光。水凍寒傷骨,蹄寒爲踐霜。躊躇嗟伏櫪,空想欲從良。"（明梅鼎祚《古樂苑》卷九亦録之,而題爲"陳蔡君知"作）《全唐詩》卷七百三十三又收有蔡君知《落葉》詩："早秋驚葉落,飄零似客心。翻飛未肯下,猶言惜故林。"（注云"一作孔紹安詩"）。

固陽陰正密,《易·坤》："上六,龍戰於野,其血玄黄。"《疏》曰:"《正義》曰'龍戰於野,其血玄黄'者,以陽謂之龍。上六是陰之至極,陰盛似陽,故稱龍焉。盛而不已,固陽之地。陽所不堪,故陽氣之龍與之交戰,即説卦云戰乎乾是也。戰於卦外,故曰於野。陰陽相傷,故其血玄黄。《正義》曰'盛而不已,固陽之地'者,固爲占固。陰去則陽來,陰乃盛而不去,占固此陽所生之地,故陽氣之龍與之交戰。"**侍族□方和**。【校】□:底本原殘。**巫山臣作賦**,宋玉《高唐賦》曰:"昔者,楚襄王與宋玉遊於雲夢之台,望高唐之觀,其上獨有雲氣。崒兮直上,忽兮改容。須臾之間,變化無窮。問玉曰:此何氣也? 玉對曰:所謂朝雲者也。王曰:何謂朝雲? 玉曰:昔者先王嘗遊高唐,怠而晝寢。夢見一婦人曰:妾巫山之女也,爲高唐之客。聞君遊高唐,願薦枕席。王因幸之,去而辭曰:妾在巫山之陽,高丘之岨。旦爲朝雲,暮爲行雨。朝朝暮暮,陽臺之下。旦朝視之如言,故爲立廟,號曰朝雲……王曰:試爲寡人賦之。玉曰唯唯。"**汾水帝爲歌**。宋王應麟《玉海》卷二十九引《漢武故事》:"帝行幸河東,祠后土,顧視帝京,忻然中流,與群臣燕,作《秋風辭》曰:秋風起兮白雲飛,草木黄落兮雁南歸。蘭有秀兮菊有芳,懷佳人兮不能忘。泛樓船兮濟汾河,横中流兮揚素波。簫鼓鳴兮發棹歌,歡樂極兮哀情多。少壯幾時兮奈老何。"《括地志》:"后土祠在蒲州汾陰縣北十二里。"**繪色還成錦**,《詩·小雅·巷伯》:"萋兮斐兮,成是貝錦;彼譖人者,亦已大甚!"毛《傳》:"萋斐,文章相錯也。貝錦,錦文如貝也。"鄭《箋》:"讒人集已,過以成罪。猶女工集采色以成錦文也。"**輕飛更作羅**。輕飛:揚雄《羽獵賦》:"及至獲夷之徒,蹶松柏,掌蒺藜。獵蒙蘢,轔輕飛。"李善注曰:"輕飛,輕獸飛禽也。"作羅:興羅也,謂興起羅網也。《左傳·襄公八年》:"兆云詢多,職競作羅。謀之多族,民之多違。事滋無成,民急矣。姑從楚,以紓吾民。"杜預注:"兆,卜。詢,謀也。職,主也。言既卜且謀多,則競作羅網之難,無成功。"**無衣昔有詠**,無衣:《詩·秦風·無衣》:"豈曰無衣? 與子同袍。"《正義》曰:"毛以爲古之朋友相謂云:我豈曰子無衣乎? 我冀欲與子同袍。朋友同欲如是,故朋友成其恩好。"後世因以無衣爲異姓結盟兄弟之意也。**飄轉獨如何?** 飄轉:漂泊輾轉也。

贈山居黄道士

【解題】

本詩僅載於五卷本三種,諸三卷本、《文苑英華》及《全唐詩》均未載。詩當作於貞觀中隱居鄉里之時。

潔身何必是,何必是:何必如是也。避俗豈能全?動息都無隔,動息:動與静也,亦入世與出世之謂也。隔:界限也。《南齊書》卷三十六《劉祥傳》:"蓋聞迹慕近方,必勢遺於遠大。情繫驅馳,固理忘於肥遯。是以臨川之士,時結羨網之悲,負肆之氓,不抱屠龍之歎。蓋聞數之所隔,雖近則難。情之所符,雖遠則易。"浮沉最可憐。浮沉:與世浮沉也。上二句蓋言真隱者在於心而不在於形,不必拘泥膠執於動静之別。心隱者,無論動與静,入世與出世,皆無隔。若形隱者,則與世沉浮,所謂身在江湖之上,而心存魏闕之下,則動静皆隔。嵇山高士傳,嵇山:指嵇康。《晉書》卷四十九《嵇康傳》:"嵇康字叔夜,譙國銍人也。其先姓奚,會稽上虞人,以避怨徙焉。銍有嵇山,家於其側,因而命氏……康善談理,又能屬文。其高情遠趣,率然玄遠。撰上古以來高士,爲之傳、贊,欲友其人於千載也。"莊叟讓王篇。莊叟:即莊子也。莊子名周,約與孟子同時,戰國時代著名思想家、哲學家。其學說繼承老子,爲道家學派之代表人物。莊子爲宋國蒙邑(今安徽蒙城,一説今山東東明縣)人,曾任漆園吏,故後世又常以"蒙吏""蒙莊"或"蒙叟"稱之。《史記》稱莊子所著述十餘萬言,大抵皆寓言也。其書今已失傳。今所傳之《莊子》三十三篇,乃經河南洛陽人郭象整理者,分内、外、雜篇三部分。學者通常以爲其内篇七篇爲莊子所撰者,外篇十五篇則或爲莊子與其弟子合撰,或爲其弟子所撰,雜篇十一篇蓋爲莊子學派或後世學者所撰。《讓王篇》爲今所傳《莊子·外篇》中之一篇。據傳,莊周嘗隱居南華山,故唐玄宗天寶初,詔封莊周爲南華真人,故後世又因而稱《莊子》爲《南華經》。逃名遂得志,□□若爲傳。

【校】□□:底本原殘。

新園旦坐

【解題】

　　本首詩僅載於五卷本三種，諸三卷本、《文苑英華》及《全唐詩》均未載。呂才《王無功集序》："貞觀中，以家貧赴選。時太樂有府史焦革，家善醞酒，冠絕當時。君苦求爲太樂丞，選司以非士職，不授。君再三請曰：'此中有深意，且士庶清濁，天下所知，不聞莊周羞居漆園，老聃恥在柱下也。卒授之。'數月而焦革死，革妻袁氏猶時時送酒。歲餘，袁又死。君歎曰：'天乃不令吾飽美酒。'遂掛冠歸。"本詩既言新創園亭，復言"獨對三春酌，無人來共傾"，余意蓋或作於貞觀中歸隱未久也。

　　林宅資餘構，園亭今創營。接梨過半箸，【校】本句底本原缺，茲據朱本、李本校補。接梨：指嫁接梨果之木也。過半箸：箸，即筷子。謂新嫁接梨木成活，嫩芽已過半箸之長矣。**從此近全生。鑿沼三泉漏，**此極言其池沼所鑿之深也。《史記》卷六《秦始皇本紀》："始皇初即位，穿治酈山。及并天下，天下徒送詣七十餘萬人，穿三泉，下銅而致椁。宮觀、百官、奇器、珍怪，徙臧滿之。"顏師古曰："三重之泉，言至水也。"**爲山九仞成。**此極言新園中所築假山之高也。爲山九仞，語出《尚書》"爲山九仞，功虧一簣"。**草香羅戶穴，**草香：香草也。羅戶穴：羅列於門庭及室中也。**茅茹結簷楹。**茅茹：茅根相牽連貌。《易·泰》："拔茅茹，以其彙，征吉。"王弼注："茅之爲物，拔其根而相牽引者也。茹，相牽引之貌也。"**松栽一當伴，**《晉書》卷五十六《孫綽傳》："綽字興公，博學善屬文。少與高陽許詢俱有高尚之志。居於會稽，遊放山水十有餘年。乃作《遂初賦》，以致其意。……所居齋前，種一株松，恒自守護。鄰人謂之曰：樹子非不楚楚可憐，但恐永無棟梁日耳。綽答曰：楓柳雖復合抱，亦何所施邪？"**柳種五爲名。**陶淵明自號五柳先生。《晉書》卷九十四《陶潛傳》云其"穎脫不羈，任眞自得，爲鄉鄰之所貴。嘗著《五柳先生傳》以自況曰：先生不知何許人，不詳姓字。宅邊有五柳樹，因以爲號焉。閒靜少言，不慕榮利。好讀書不求甚解，每有會意，便欣然忘食"。**獨對三春酌，無人來共傾。**

未婚山中叙志

【解題】

《文苑英華》《全唐詩》、明鈔本詩題作"山中叙志",題下并注曰"一本題上有未婚二字"。按王績應舉前,隨其三兄王通隱於黃頰山讀書,故亦以隱士自稱。如集中有《三日賦》曰:"余以大業四年獲遊京邑。暮春三月,暫馳娛遊。新停隱士之船,即赴群工之席。"即其例也。本詩題云"未婚山中叙志",即言在山中,則可知其時績尚未應舉出仕耳。其所謂山者,即黃頰山也。觀詩中"孟光儻未嫁,梁鴻正須婦"諸語,亦頗有今之徵婚廣告之况味,於古人亦實罕見者。又,詩題既言"未婚",且言在"山中",則本詩必作於大業十年尚未應舉之前無疑。

物外知何事? 物外:猶言世外。謂超脱於世事紅塵之外也。《晉書》卷九十五《單道開傳》:"後至南海,入羅浮山,獨處茅茨,蕭然物外,年百餘歲,卒於山舍。" **山中無所有。** 山中:指隱居之處。**風鳴静夜琴,月照芳樽酒。**【校】樽酒:《文苑英華》《全唐詩》、明鈔本均作"春酒"。**直置百年内,誰論千載後!** 此二句意謂且顧有生之年縱心適性,何必去管千載之後聲名流傳與否! 百年内:謂有生之年内也。《列子·楊朱》:"百年,壽之大齊,得百年者,千無一焉。"後世遂藉以指人之一生。**張奉娉賢妻**,張奉:字公先,東漢河内人。粗衣惡食,以教學爲生。太傅袁隗以女妻之,嫁妝豐厚,奴婢百人皆穿著奢麗。奉思慕隱居,於此頗爲不快。其妻入門數年,奉視之若陌路之人。妻知其意,乃曰:"家公年老,不以妾頑陋,使侍君巾櫛,自知不副雅操。君如執梁鴻之高節,妾欲懷孟光之微志。"遂撤其玩飾,使奴婢粗衣而紡績。奉遂悦,夫婦恩愛,偕隱度日。事見魯迅輯校本謝承《後漢書》。按"奉",明鈔本注:"一作鳳"。**老萊藉嘉偶。** 老萊:楚國隱士也,楚王聞其名,願委以國政,老萊子應允。其妻勸阻曰:"妾聞之,可食以酒肉者,可隨而鞭捶;可擬以官禄者,可隨而鈇鉞。妾不能爲人所制者。"老萊子從其言,仍隱而不仕。事見劉向《列女傳》卷二。魏阮瑀《隱士》詩:"四皓隱南巖,老萊竄河濱。"**孟光儻未嫁,梁鴻正須婦。**《後漢書》卷八十三《逸民列傳》:"梁鴻,字伯鸞,扶風平陵人也……勢家慕其高節,多欲女之,鴻并絶不娶。同縣孟氏有女,狀肥醜而黑,力舉石臼,擇對不嫁,至年三十。父母問其故,女曰:'欲得賢如梁伯鸞者。'鴻聞而娉之。女求作布衣、麻屨,織作筐緝績之具。及嫁,始以裝飾入門。七日而鴻不答。妻乃跪床下請曰：'竊聞夫子高義，簡斥數婦，妾亦偃蹇數夫矣。今而見擇，敢不請罪。'鴻曰：'吾欲裘褐之人，可與俱隱深山者爾。今乃衣綺縞，傅粉墨，豈鴻所願哉？'妻曰：'以觀夫子之志耳。妾自有隱居之服。'乃更爲椎髻，著布衣，操作而前。鴻大喜曰：'此眞梁鴻妻也，能奉我矣！'字之曰德曜，名孟光。居有頃，妻曰：'常聞夫子欲隱居避患，今何爲默默？無乃欲低頭就之乎？'鴻曰：'諾。'乃共入霸陵山中，以耕織爲業，咏詩書，彈琴以自娛。"詩即用此典，意謂有賢如孟光可與共隱之女，則己必樂娶以爲婦也。

【相關資料】

唐人詩如王無功《山中言志》云："孟光倘未嫁，梁鴻正須婦。"王維《贈房琯》云："或可累安邑，茅齋君試營。"是皆直言其情，何等眞率。若後人，便有許多緣飾。

（明何良俊《四友齋叢説》卷二十四。）

閱家書

【解題】

本首詩僅載於五卷本三種，諸三卷本、《文苑英華》及《全唐詩》均未載。按詩題所云"家書"者，蓋家藏、家傳之著述，非書信往來之書也。據呂才《王無功文集序》稱："初，君祖安康獻公，周建德中，從武帝征鄴，爲前驅大總管。時諸將既勝，并虜獲珍物，獻公絲毫不顧，車載圖書而已。故家富墳籍，學者多依焉。"此處所謂"家書"者，蓋指此。本詩或亦大業十年王績未應舉之前於黃頰山隨兄讀書之時所作。

張氏前鈔本，班家舊賜餘。 班家：謂班氏家族也。班氏自班彪始撰《史記後傳》數十篇，其子班固於其父死後，乃歸鄉里，欲就其業。未久，被人告發私改作國史，繫京兆獄，固弟超馳詣闕上書，漢明帝甚奇之，召固詣校書部，除蘭台令史，使終成前所著書。固故探撰前記，綴集所聞，以爲《漢書》。永元四年，大將軍竇憲與匈奴戰敗自殺，以班固與竇先有舊故，洛陽令因羅織罪名，捕繫之，竟死獄中。班固死時，《漢書》八《表》及《天文志》尚未竟，和帝乃詔班固之妹班昭就東觀續成之。**尚應千許帙，何啻五盈車？**《莊子・天下》："惠施多方，其書五車。其道舛駁，其言也不中。"莊周之意在批駁惠施之論説，言其所撰雖多，然其立論則舛也。後人因以"五車書"喻學問廣博，著書甚多。**縫悉龜文印，**龜文：篆書之一體，亦稱古文。漢蔡邕《篆勢》："文體有六篆，巧妙入神，或象龜文，或比龍鱗。"《説郛》卷九二引唐張懷瓘《書斷·古文》:"仰觀奎星圓曲之勢,俯察龜文鳥迹之象,博采衆美,合而爲字,是曰古文。"句意乃言書縫所鈐印皆龜文篆也。**題皆龍爪書**。龍爪書:書體名,又名龍爪篆。傳爲書聖王羲之醉時所書。唐韋絢《劉賓客嘉話錄》:"右軍嘗醉書,點畫類龍爪,後遂爲龍爪書。"宋朱長文《墨池編·十八書體》:"龍爪篆者,晉右將軍王羲之曾遊天臺,還至會稽,值風月清照,夕止蘭亭,吟咏之末,題柱作一飛字,有龍爪之形焉,遂稱龍爪書。其勢若龍蹙虎振,拔劍張弩。"按清李光暎《金石文考略》有"右軍嘗戲爲龍爪書,今不復見。余觀《瘞鶴銘》勢若飛動,豈其遺法耶?歐陽公以魯公書《宋文貞碑》得瘞鶴法。詳觀其用筆意,審如公説"之語,注云:引自"黃山谷題",是則王羲之所書之龍爪書"飛"字,宋人已不得見其真迹矣。**牙籤過半在**,牙籤:以象牙所製用於固定書函之骨籤。**玉軸已全疏**。玉軸:形容書軸之華美貴重也。疏:鬆散之義。自東漢蔡倫發明紙張後,中國書籍依靠龜甲、竹簡、布帛等材料書寫之歷史,漸爲紙張所代替。至東晉桓玄稱帝,嘗頒布以紙代簡令,紙製書籍漸爲流行。蓋書籍文字衆多,非片紙可就者,故須事先將紙裁爲所需寬度,以便書寫也。書寫既就,仍需於卷之兩端裝以卷軸,以便閲覽,謂之書卷。亦稱"卷子裝"或"卷軸裝"。此法盛行於南北朝至隋唐五代時期。**檗繫防黏蠹**,【校】檗繫:底本及朱本、李本皆如是,其意殊不可解。疑當爲"蘗繫"之訛誤。考古人防蠹之法,或用黃蘗。明方以智《物理小識》卷八引《贅錄》云:"山谷用椒蘗煎湯,磨松煤染筆,乾後收貯","以養筆防蠹。又云:"竹紙有漿粉,故易生蠹,真綿紙書不生蠹。古用黃卷,以漬蘗殺蟲也。"而古書中"檗"、"蘗"二字常常不分,如宋陳彭年、邱雍等《重修廣韻》卷五即云:"檗,博厄切,黃蘗,俗作蘗。"竟以"蘗"爲"檗"之俗寫矣。明焦竑《俗書刊誤》卷四:"檗,俗作蘗,非。"然後人沿襲爲常,即便經典亦不例外。如《十三經注疏正字》卷三十二即指正曰,《十三經》中:"凡陶節注'薛'讀爲藥'黃藥'之'蘗'。'蘗'誤'檗',《疏》内同。"此處既言"檗繫"乃用以"防黏蠹",則其所謂"檗"者,必爲"蘗"之訛無疑矣。蘗者,黃蘗也,字亦寫作"黃檗",今又寫作"黃柏"。其味極苦,故可防蠹。所謂蘗繫者,蓋以錦帛包繫黃蘗木,置於書廚中以防蠹也。黏蠹:鼠黏、蠹魚之屬。**芸香辟紙魚**。芸香:《物理小識》卷八"藏書辟蠹"條云:"芸香即七里香,山谷謂之山礬。"紙魚:又稱白魚。《爾雅》:"蟫,白魚。"注云:"衣書中蠹蟲,一名蛃魚。"**下帷堪發憤,閉户足爲儲。爲向揚雄説,無勞羨石渠**。揚雄:字子雲,蜀郡成都人,西漢著名學者。《漢書·揚雄傳》云其"不汲汲於富貴,不戚戚於貧賤"。年四十餘,始出蜀,遊於京師。仕宦不得意,遂閉門著書。晚年家貧,嗜酒,人希至其門。然未聞其有羨石渠之事。疑此處揚雄乃楊終之誤。楊終字子山,亦蜀郡成都人也。年十三,爲郡小吏,太守奇其才,遣詣京師受業,習《春秋》。明帝時,徵詣蘭臺,拜校書郎。章帝建初年間曾上書言:"宣帝博徵群儒,論定《五經》於石渠閣。方今天下少事,學者得成其業,而章句之徒,破壞大體。宜如石渠故事,永爲後世則。"帝頗納之。於是詔諸儒,於白虎觀論考同異焉。《後漢書》卷四十八有傳。石渠:《三輔黃圖》卷之六:"石渠閣,蕭何造。其下礱石爲渠以導水,若今御溝,因爲閣名。所藏入關所得秦之圖籍,至於成帝,又於此藏秘書焉。《三輔故事》曰:石渠閣,在未央宫殿北,藏秘書之所。"

古意六首

【解題】

本題下六首詩又見於明鈔本及《全唐詩》。古意:魏、晋以後所興之詩篇名,内容較爲廣泛,率多托古喻今之作,與"擬古"、"效古"含義相近。

按本組詩六首立意相近,然未必爲一時一地之作。詩中所詠寫之幽人、翠竹、寶龜、青松、彩鳳、桂樹,皆有用而有德者也,然亦皆有用而易傷者也。詩人以物自況,憂其有用自傷,又恐無心招疾,遂有"何不深復深,輕然至溱洧"之悔。其矛盾之心態,溢於言表。觀詩中有"世無鍾子期,誰知心所屬"之句,此非懷荆山之玉而無以進楚王之歎乎?考績之一生,雖於隋大業十年應舉入仕,然適逢煬帝窮兵黷武,天下洶洶,嘗作《端坐咏思》詩,諷隋政"明治若不足,昏暴常有餘",而以"張衡賦四愁,梁鴻歌五噫"自比,示其對煬帝暴政深惡痛絶之情。故其於應舉之後,先是不樂在朝,其後棄六合縣丞,對仕途毫無珍惜之意。唯歸唐之後,門下待詔六載,可知其嘗有所待也。然以其嘗仕於河北夏王,故不得信任,雖薛收、房玄齡、陳叔達諸人極力舉薦,終不見用,因生全身遠禍,歸隱之思,此亦人之常情也。集中《春桂問答》之詩,有"桃李正芬華,何事獨無花"之問,即其當時心理之寫照也。蓋績自河北歸唐也,乃不請自來者,雖欲有所作爲,然久不得調用,此非"何不深復深,輕然至溱洧"之所指乎?

余三十年前作《王績集編年校注》之時,因未得睹五卷本之《王無功文集》,對王績之生平及詩文理解難免失之偏頗,以爲此組詩皆爲作者大業十年棄官歸隱前之所作。今觀其詩中"棄置誰怨尤,自我招此否";"寄言悠悠者,無爲嗟大羹";"赤心許君時,此意那可忘"諸詩句,頗覺昔日之理解大有膚淺之處。蓋題下六首詩,原非一時一地之作,或有在隋時,於六合棄官前所作者,亦有入唐後待詔門下省,久不得調用時所作者,吕才輯作者詩文時,或以其立意相近,乃輯於同題之下耳。

其 一

幽人在何所? 幽人:高隱之士也。《易·履》:"幽人貞吉。"正義:"故在幽隱之人守正得吉。"陶淵明《和郭主簿詩》："衡觸念幽人,千載撫爾訣。"**紫巖有仙躅**。紫巖、仙躅:本指仙人所居之處及其足跡,此指隱士隱居之所及其行跡。**月夜橫寶琴,**【校】月夜:《全唐詩》、叢書本作"月下"。**此外將安欲?** 將安欲:更有何求耶?**材抽嶧山幹,**《尚書·禹貢》:"嶧陽孤桐。"傳曰:"嶧山之陽,特生桐,中琴瑟。"《正義》:"《地理志》云:東海下邳縣西,有葛嶧山,即此山也。"按葛嶧山在今山東鄒縣東南。抽:選拔也。幹:樹之軀幹。此處指嶧山孤桐。本句謂幽人所彈之琴乃用嶧陽孤桐製成也。**徽點昆丘玉。**徽:琴徽。《漢書》卷八十七《揚雄傳》:"今夫弦者,高張急徽。"師古曰:"徽,琴徽也。所以表發撫抑之處。"點:裝點也,裝飾也。昆丘:即昆侖山,舊傳盛產美玉。《爾雅·釋地》:"西北之美者,有昆侖之墟,璆、琳、琅玕焉。"郭璞注:"璆、琳,美玉名。琅玕,狀似珠也。"**漆抱蛟龍唇,絲纏鳳凰足。**《三禮圖》:"琴唇名龍唇,足名鳳足。"上二句意謂琴身油漆精美異常,琴足亦用絲綫纏繞,尤見雅致。**前彈廣陵罷,**廣陵:指《廣陵散》,琴曲名,傳爲嵇康所製。宋沈括《夢溪筆談》卷五引《盧氏雜說》曰:"韓皋謂嵇康琴曲有《廣陵散》者,以王陵、毋丘儉輩皆自廣陵敗散,言魏散亡自廣陵始,故名其曲曰《廣陵散》。以予考之,散自是曲名,如操、弄、摻、淡、序、引之類。"**後以明光續。**【校】明光:《全唐詩》、叢書本皆注曰:"一作光明。"《唐詩紀事》作"光明"。當以"明光"爲是。明光:指《楚明光》,亦古琴曲名。吳均《續齊諧記》曰:"王彥伯,會稽余姚人也。善鼓琴,仕爲東宮扶侍。赴告還都,行至吳垂亭,維舟中渚,秉燭理琴,見一女子披幃而進,二女從焉。先施錦席於東床,乃就坐。女取琴調之,似琴而聲甚哀,雅有類今之《登歌》。女子曰:子識此聲否?彥伯曰:所未曾聞。女曰:此曲所謂《楚明光》者也,唯嵇叔夜能爲此聲。自此以外,傳習數人而已。彥伯欲受之,女曰:此非豔俗所宜,唯巖棲谷隱可以自娛耳。"**百金買一聲,**【校】買:底本原作"賣",從《全唐詩》校改。**千金傳一曲。世無鍾子期,**鍾子期:古代善識曲者。《列子·湯問》:"伯牙善鼓琴,鍾子期善聽。伯牙鼓琴,志在高山。鍾子期曰:善哉,峨峨兮若泰山!志在流水,鍾子期曰:善哉,洋洋兮若江河!伯牙所念,鍾子期必得之。"後世因以鍾子期喻知音者也。**誰知心所屬?** 心所屬:謂心志之所嚮往也。

其 二

竹生大夏谿,大夏:古國名。《呂氏春秋·仲夏紀·古樂》許維遹注:"大夏,西方之山。"按"夏",叢書本作"厦"。**蒼蒼富奇質。**奇質:奇偉不凡之品性。**綠葉吟風勁,翠莖犯霄密。**【校】霄密:底本原作"雪密",從明鈔本、《全唐詩》校改。犯霄密:謂枝葉茂密直入雲霄也。犯:干也,觸也。**霜霰封其柯,**霰:小冰粒,俗稱雪子。封其柯:鎖其枝柯,使其難以生長。鵷鸞食其實。【校】鵷鸞：底本原作"鴛鸞"，叢書本及《全唐詩》均作"鵷鸞"，據改。鵷：即鵷雛。鸞：《說文》："亦神靈之精也，赤色，五彩，雞行，鳴作五音，頌聲作乃止。"《莊子·秋水》："夫鵷鶵發於南海而飛於北海，非梧桐不止，非練實（即竹實）不食，非醴泉不飲。"寧知軒轅後，寧知：豈知。軒轅：即黃帝也。《史記》卷一《五帝本紀》："黃帝者，少典之子，姓公孫，名曰軒轅。"更有伶倫出？伶倫：皇帝樂官。《吕氏春秋·仲夏紀·古樂》："昔黄帝伶倫作爲律，伶倫自大夏之谿，乃之阮隃之陰，取竹於嶰谿之谷，以生空竅厚鈞者，斷兩節間，其長三寸九分而吹之，以爲黃鐘之宮，吹曰舍少，次製十二筒，以之阮隃之下，聽鳳凰之鳴，以別十二律。其雄鳴爲六，雌鳴亦六，以比黃鐘之宮適合。"下文所云"雄雌律"，即用此典。按雄雌，叢書本作"雌雄"。刀斧俄見尋，俄：須臾也。《春秋公羊傳·桓公二年》："俄而可以爲其有矣。"何休注："俄者，謂須臾之間，創得之傾也。"見尋：言被伐也。尋，求也。根株坐相失。坐相失：因相失也。坐：因。相失：相分離。裁爲十二管，吹作雄雌律。有用雖自傷，無心復招疾。不如山上草，離離保終吉。離離：草木繁盛貌。

其　三

寶龜尺二寸，寶龜：龜之一種。《爾雅·釋魚》："一曰神龜，二曰靈龜，三曰攝龜，四曰寶龜，五曰文龜，六曰筮龜，七曰山龜，八曰澤龜，九曰水龜，十曰火龜。"尺二寸：古代祭祀所用之龜甲，以占卜者身份地位之不同而區別其尺寸大小。《逸禮》："天子龜尺二寸，諸侯八寸，大夫六寸，士民四寸。"由來宅深水。【校】宅深水：《唐詩紀事》作"潛深水"。由來：從來。宅深水：言以深水爲其安身之所也。浮游五湖內，宛轉三江裏。五湖、三江：各有不同數說。按《初學記》卷七引張勃《吳錄》："五湖者，太湖之别名。以其周行五百餘里，故以五湖爲名。"又卷六："按三江，《漢書·地理志》注：岷江爲大江，至九江爲中江，至徐陵爲北江。蓋一源而三目。"此處借指大江大湖。何不深復深，輕然至溱洧？溱洧：二水名。溱水源出今河南省密縣東北聖水峪，東南流與洧水會合。洧水源出今河南登封縣東陽城山，東流經密縣大隗鎮會合溱水爲雙洎河。《詩·鄭風·褰裳》："子惠思我，褰裳涉溱。""子惠思我，褰裳涉洧。"可知溱洧之水，自古清淺，可褰裳而涉之也。溱洧源流狹，春秋不濡軌。不濡軌：不能沾濕車軸。漁人遞往還，遞往還：來來往往，一個接一個。網罟相縈藟。罟：亦綱也。縈藟：纏繞。藟：通"縲"。一朝失運會，【校】失運會：《唐詩紀事》作"去運會"。運會：時運際會。刳腸血流死，刳腸：剖腹去腸。血流死：叢書本及《唐詩紀事》同。《全唐詩》作"流血死"。枯骨輸廟堂，【校】枯骨：明鈔本、《全唐詩》作"豐骨",亦通,然不若作"枯骨"意勝。枯骨:指龜甲。輸廟堂:送往廟堂也。廟堂乃祭祀祖先及神明之處。《周禮·春官》:"祭祀先卜。若有祭祀,則奉龜以往。"**鮮腴藉籩簠**。【校】鮮腴:《唐詩紀事》作"鮮臛"。藉:底本原作"籍",從明鈔本校改。鮮腴:指龜肉。藉:放入,充滿。籩簠:祭祀時盛供品之器。《爾雅·釋器》:"竹豆謂之籩。"簠:青銅或陶製食器。**棄置誰怨尤?** 棄置:丟棄一邊。誰怨尤:歸罪怨恨誰耶? **自我招此否** 否:音pǐ,《周易》卦名之一,表示惡運。《易·否》:"否之匪人,不利君子貞。"**餘靈寄明卜**,餘靈:龜死後之靈應。寄明卜:謂寄托於占卜也。《周禮·春官》:"卜師掌開龜之四兆,一曰方兆,二曰功兆,三曰義兆,四曰弓兆。凡卜事,視高,揚火以作龜,致其墨。凡卜,辨龜之上下、左右、陰陽,以授命龜者,而詔相之。"**復來欽所履**。欽所履:欽,敬也。履,禮也。《說文》:"禮,履也,所以事神致福也。"欽所履,謂敬祀神靈以祈佑。以上二句言龜死後,其靈應托於明卜,人們復用以事神致福焉。

其 四

松生北巖下,由來人徑絕。言從來人罕至其處也。**布葉捎雲烟**,布葉:舒展枝葉。捎:拂掠。**插根擁巖穴。自言生得地,獨負淩寒潔**。《論語·子罕》:"子曰:歲寒然後知松柏之後彫也。"**何時畏斤斧**,何時:幾時,幾曾。斤斧:斤亦斧也。此句言北巖之松從未曾有斤斧之畏也。《莊子·逍遙遊》:"不夭斤斧,物無害者。"**幾度經霜雪**。幾度:多少年也。**風驚西北枝,雹損東南節**。東南節:東南枝。節:樹木枝幹交接處。【校】雹損:明鈔本作"雹隕"。**不知歲月久,稍覺條枝折**。【校】條枝:明鈔本作"枝條"。《全唐詩》作"枝幹"。稍覺:漸覺也。**藤蘿上下碎**,藤蘿:攀援於樹上之野藤蘿蔓也。**枝幹縱橫裂。行當糜爛盡,坐共灰塵滅**。【校】坐共:《唐詩紀事》作"共坐"。坐共:遂共,遂與。**寧關匠石顧**,寧關:豈關。匠石顧:《莊子·人間世》:"匠石之齊,至於曲轅,見櫟社樹。其大蔽數千牛,絜之百圍,其高臨山十仞而後有枝,其可以為舟者旁十數。觀者如市,匠伯不顧,遂行不輟。弟子問其故,匠石乃曰:是不材之木也,無所可用,故能若是之壽。"是則匠石顧之,材木即不得善終天年矣。本句反用此典,謂之北巖青松之朽也,非爲匠石顧視所致。匠石:古代善木作者。《莊子·徐無鬼》云:其嘗運斤成風,斫郢人鼻端之汙而不傷其鼻。**豈爲王孫折?** 王孫:本古人對貴族子弟之通稱。《楚辭·招隱士》:"王孫遊兮不歸,春草生兮萋萋。"後人遂又稱隱士爲王孫。**衰盛自有期**,【校】期:明鈔本作"時"。本句謂自然萬物生老病死自有其規律。《古詩十九首》:"盛衰各有時。"此用其成句。**聖賢未嘗屑**。謂自然法則不以其爲聖賢而顧惜之也。屑:顧惜也。《古詩十九首》:

"萬歲更相送,聖賢莫能度。"是本句之所本。**寄言悠悠者,**悠悠者:懷有憂思之人。**無爲噬大耋。**無爲:猶言莫要。"無"通"毋"。《古詩十九首》:"無爲守貧賤"是其例。噬大耋:歎年高也。《詩·秦風·車鄰》:"逝者其耋"《傳》:"耋,老也。八十曰耋。"或云七十曰耋。陸機《擬東城一何高》:"大耋嗟落暉。"

其 五

桂樹何蒼蒼,桂樹:《爾雅·釋木》郭璞注:"桂樹葉似枇杷而大,白華,華而不著子,叢生巖嶺,枝葉冬夏常青,間無雜木。"蒼蒼:青翠貌。**秋來花更芳。自然歲寒性,**【校】自然:明鈔本作"自言"。歲寒性:不畏寒冷之品德。《論語·子罕》:"歲寒,然後知松柏之後雕也。"**不知露與霜。幽人重其德。**幽人:高隱之士也。《周易·履》:"幽人貞吉。"《正義》:"故在幽隱之人守正得吉。"陶淵明《和郭主簿詩》:"銜觴念幽人,千載撫爾訣。"重其德:敬重其品德。**徒植臨前堂。連拳八九樹,**【校】連拳:《唐詩紀事》作"連蜷"。《楚辭·招隱士》:"桂樹叢生兮山之幽,偃蹇連蜷兮枝相繚。"王逸注:偃蹇連蜷,"容貌美好,德貌盛也"。**偃蹇二三行。枝枝自相糾,葉葉還相當。**按以上四句蓋本諸《楚辭·招隱士》。因《招隱士》以桂與隱逸聯繫而寫,故後世多以桂爲隱逸出俗之象徵矣。相當:相對稱也。**去來雙鴻鵠,**雙鴻鵠:鴻與鵠皆鳥名。朱駿聲《說文通訓·定聲》:"凡鴻鵠練文者即鵠。"漢高祖劉邦有《鴻鵠歌》。**棲息兩鴛鴦。榮蔭誠不厚,**榮蔭:猶言"樹蔭"。**斤斧亦勿傷。赤心許君時,**赤心:誠心,真心也。許君:言稱許堂前桂樹也。**此意那可忘!**此意:指堂前桂樹所以免遭斤斧砍伐之個中道理。

其 六

彩鳳欲將歸,彩鳳:即鳳皇。《藝文類聚》卷九十九引《瑞應圖》曰:"鳳皇者,仁鳥也。雄曰鳳,雌曰皇。"又引《韓詩外傳》云:其"五色備舉"。故此處稱鳳爲"彩鳳"。欲將歸:《初學記》卷三十引宋均:"鳳遇亂則潛居九夷。"這裏指歸隱,即所謂"潛居"也。《新唐書·王績傳》云:績大業中任六合縣丞,時天下大亂,"歎曰:綱羅在天,吾且安之?乃還鄉里。"細味詩意,疑本首詩或寫於績欲棄六合縣丞之時也。**提羅出郊訪。**羅:網也。《爾雅·釋器》:"鳥罟謂之羅。"訪:求也。**羅張大澤已,**已:完畢。**鳳入重雲揚。**重雲揚:高飛入雲霄也。揚:高飛。《晋書·慕容垂載記》:"且垂猶鷹也,饑則附人,飽便高揚。"**朝棲昆閬木,**《爾雅翼》卷十三:"鳳出東方君子之國,翱翔四國之外。過昆侖,飲砥柱,濯羽弱水,暮宿丹宮。"昆閬：即昆侖也。《淮南子·地形訓》云：昆侖"上有木禾，其修五尋。珠樹、玉樹、璿樹、不死樹在其西，沙棠、琅玕在其東，絳樹在其南，碧樹、瑶樹在其北"。昆閬木即指此類珍奇之樹。**夕飲蓬壺漲。**蓬壺漲：晉干寶《搜神記》："三壺者，海中三山也。一曰方壺，二曰蓬壺，三曰瀛壺。山形如壺，故曰壺地也。"漲：本南海之別名。《爾雅·釋魚》郭璞注："螺大如斗者，出日南漲海中。"此處泛指大海。**問鳳那遠飛？**那遠飛：奈何遠飛，因何遠飛也。**賢君坐相望。**坐相望：正相望也。**鳳言荷深德，**荷深德：蒙受深德。荷：承受也。深德：猶封建時代所謂"皇恩浩蕩"、"恩深似海"等類稱頌之辭也。**微禽安足尚。**【校】尚：底本原作"向"，從明鈔本、《全唐詩》校改。微禽：鳳皇自謙之辭。安足尚：何足推重。**但使雛卵全，無令矰繳放。**無令：勿使也。矰：弋射之箭。繳：繫於矰後之絲綫，箭發出之後以便收回。《戰國策·楚策》："不知夫射者方將修其磻盧，治其矰繳，將加己乎百仞之上。"**皇臣力牧舉，**力牧：人名。《淮南子·覽冥訓》："昔者黄帝治天下，而力牧、太山稽輔之，以治日月之行律，治陰陽之氣節，四時之度，正律曆之數，别男女，異雌雄，明上下，等貴賤。使強不掩弱，衆不暴寡，人民保命而不夭，歲時熟而不凶，百官正而無私，上下調而無憂，法令明而不暗，輔佐公而不阿。"高誘注："力牧、太山稽，黄帝師。"舉：舉薦、啓用。**帝樂簫韶暢。**簫韶：相傳乃虞舜之樂。《尚書·益稷》："《簫》《韶》九成，鳳皇來儀。"古人以爲音樂與政治關係甚爲密切，所謂"治世之音安以樂"也。**自有來巢時，明年阿閣上。**阿閣：阿，音ē。《藝文類聚》卷九十九引《尚書中候》曰："堯即政七十載，鳳皇止庭，巢阿閣謹樹。"《古詩十九首》："阿閣三重階。"李善注："閣有四阿，謂之阿閣。"阿閣即四隅曲屈而翻起之樓閣也。

【相關資料】

唐初，雖相沿陳、隋委靡之習，然自是不同。如王無功《古意》，李伯藥《鄴城懷古》之作，尚在陳子昂之前，然其力已自勁挺。蓋當興王之代，則振迅淚昂，氣機已動，雖諸公亦不自知也。孰謂文章不關乎氣運哉？

（明何良俊《四友齋叢説》卷二十四。）

唐王績古詩云"朝棲閬崑木"，言鳳也。王生所居若卑，而意致深遠，較之鳳，五采備矣。且遥曲通光，時有爽朗意，題曰閬，兼贈以詩："崑丘有閬木，嘗以棲鳳凰。我今羨王生，結廬在市傍。初入思窅窱，坐久神飛揚。譬之珠樹巓，六翮苞采章。覽輝德彌下，處晦道愈光。有時發清談，鳥鳴在高岡。"

（清毛奇齡《贈王生閬齋詩并序》，見《西河集》卷一百八十八。）

九月九日

【解題】

本首詩僅載於五卷本三種,諸三卷本、《文苑英華》及《全唐詩》均未載。

九日重陽節,三秋季月殘。季月:每季之最後一月,謂之季月。即農曆三、六、九、十二月。漢朝揚雄《羽獵賦》:"於是玄冬季月,天地隆烈。"《北史·魏紀三·高祖孝文帝》:"自今選舉,每以季月,本曹與吏部銓簡。"三秋季月,即九月。菊花催晚氣,【校】底本原缺"氣"字,李本作"□菊花催晚",茲據《唐詩補遺》校改補正。茱萸避早寒。【校】底本原作"萸房避早寒",李本作"茱萸房避早寒",從朱本校改。《藝文類聚》卷四引《續齊諧記》曰:"汝南桓景,隨費長房遊學累年。長房謂之曰:九月九日汝家當有災厄,急宜去,令家人各作絳囊,盛茱萸以繫臂登高,飲菊酒,此禍可消。景如言,舉家登山。夕還家,見雞狗牛羊一時暴死。長房聞之,曰:代之矣。今世人每至九日登山飲菊酒,婦人帶茱萸囊是也。"霜濃鷹擊遠,霧重雁飛難。誰憶龍山外,蕭條邊興闌?《晋書》卷九八《孟嘉傳》:"九月九日,(桓)溫燕龍山,僚佐畢集。時佐吏并著戎服,有風至,吹嘉帽墮落,嘉不之覺。溫使左右勿言,欲觀其舉止。嘉良久如廁,溫令取還之,命孫盛作文嘲嘉,著嘉坐處。嘉還見,即答之,其文甚美,四坐嗟歎。"末二句用九月九日桓溫龍山宴樂之事,襯寫龍山之外邊地之蕭條,而以"誰憶"二字發起,憂思之情頓現。

登壠坂二首

【解題】

本題下二首詩僅載於五卷本三種,諸三卷本、《文苑英華》及《全唐詩》均未載。題中"壠坂",朱本、李本均誤作"壟扳"。按呂序及兩唐書均未見載王績登壠坂之事,余意本二首詩蓋亦與《在邊三首》所作時間不遠,或亦客遊河北時之事也。

其 一

客行登壠坂，壠坂，亦作"隴阪"，即隴山，古稱桓。《禹貢》："西傾因桓是來。"鄭康成曰："桓是隴阪名，其道盤桓旋曲而上，故名曰桓。今其下民謂阪曲爲盤。"張衡《四愁詩》："我所思兮在漢陽，欲往從之隴阪長。"李善注引應劭曰："天水有大阪，名曰隴阪。"《秦州記》曰："隴阪九曲，不知高幾里。"《漢書·地理志下》"隴西郡"顔師古注曰："隴坻，謂隴阪，即今之隴山也。"古今所謂隴山者，蓋指六盤山之餘脈，爲六盤山山脈向南延伸而介於今之陝、甘兩省之間，爲界山之餘脈。長望一思歸。地險關山密，天平鴻雁稀。轉蓬無定去，轉蓬：即秋蓬。曹植《雜詩》："轉蓬離本根，飄颻隨長風。"李善注引《説苑》："魯哀公曰：秋蓬惡其本根，美其枝葉，秋風一起，根本拔矣。"此處詩人用以自比也。驚葉但知飛。目極征途遠，勞情歌式微。式微：《詩經·邶風》中篇名。其詩云："式微式微，胡不歸？微君之故，胡爲乎中露！式微式微，胡不歸？微君之躬，胡爲乎泥中！"本征人久被驅使，思歸而怨之作。或以爲乃家人企盼遠役親人歸家之作。《毛詩序》則以爲："《式微》，黎侯寓於衛，其臣勸以歸也。"後世詩文因多以"式微"一詞表達"思歸"之意象。

其 二

壠坂三秦望，言登壠坂遥望三秦之地也。三秦：《法言》："有漢創業山南，發迹三秦。"注曰："三秦，雍、翟、塞也。"按項羽亡秦後，分關中地爲三，曰雍、塞、翟，使秦將章邯、司馬欣、董翳王之，號曰三秦。遊人萬里悲。何關嗚咽水，自是斷腸時。風高黄葉散，日下白雲滋。漢陸賈《新語·慎微》："故邪臣之蔽賢，猶浮雲之障日月也。"日下：此處亦暗用典者。《世説新語·排調》："荀鳴鶴、陸士龍二人未相識，俱會張茂先（按即張華，字茂先）坐。張令共語，以其并有大才，可勿作常語。陸舉手曰：雲間陸士龍（按陸雲字士龍）。荀答曰：日下荀鳴鶴。陸曰：既開青雲睹白雉，何不張爾弓布爾矢？荀答曰：本謂雲龍騤騤，乃是山鹿野麋，獸弱弩强，是以發遲。張乃撫掌大笑。"徐震堮校箋："日下，指京都。荀，潁川人，與洛陽相近，故云。"後人遂以皇帝所在地爲"日下"。悵望東飛翼，憂來不自持。

建德破後入長安詠秋蓬示辛學士

【解題】

本詩題明言詩乃建德破後入長安而作。是則建德破後是年之秋，績方至長安也。考集中又有《薛記室收過莊見尋率題古意以贈》一詩，該詩稱薛收爲"記室"，可知乃薛收爲天策軍記室參軍時，王績仍在其故里。考兩唐書，薛收爲天策軍記室參軍在建德破後是年十月。二詩參照，可知王績入長安之時間，當在薛收過莊見尋之後未久，事皆在是年之秋，當爲十月至十一月之間。吕序所謂"武德中，詔徵，以前六合縣丞待詔門下省"，蓋即本次入長安後之事。辛學士：不詳所指。秋蓬：植物名。莖高尺餘，葉如柳，花如球，秋後草枯根斷，隨風飄舉飛旋，故又稱"飛蓬"或"轉蓬"。古詩常用以喻人生行蹤之飄泊無定。曹植《吁嗟篇》："吁嗟此轉蓬，居世何獨然！長去本根逝，宿夜無休閒。"

遇坎聊知止，【校】聊知止：叢書本作"聊知上"，當誤。坎：《周易》卦名，《易·習坎》王弼注："坎，險陷之名也。"賈誼《鵩鳥賦》："乘流則逝兮，得坎則止。"李善注引孟康曰："《易》，坎爲險，遇險難而止也。"逢風或未歸。【校】或：《唐詩紀事》卷四録本詩作"忽"。孤根何處斷？輕葉强能飛。

[附]　　　　辛　答

【解題】

《全唐詩》詩題作"答王無功入長安詠秋蓬見示"。按詩言"托根異所"，疑辛氏乃隋末依於王世充者。秦王既破建德，降世充，其舊人失路，或竄於山藪，或隱於鄉里。如不及時招撫，天下終難一時止沸。是則武德中詔徵者，即多爲此輩歟？"因風若有便"一句，希冀與疑慮之情油然可見。末二句可與《紅樓夢》薛寶釵詩"好風憑藉力，送我上青雲"比較，寶釵之詩自信滿滿，而本詩便稍覺底氣不足矣。

托根雖異所,飄葉早相依。因風若有便,更共入雲飛。

在京思故園見鄉人遂以爲問

【解題】

"故園",底本原作"故國",李本於"國"旁注云"各本作園",從之。《全唐詩》詩題無"遂以爲"三字,叢書本詩題作"在京思故園見鄉人問"。

按呂才《王無功文集序》,言王績自武德中待詔門下省,殊爲蕭瑟,以江國公陳叔達特判日給其美酒一斗,故稱"斗酒學士"。"貞觀初,以疾罷歸,欲定長往之計,而困於貧。貞觀中,以家貧赴選。"是則王績嘗於貞觀初辭官矣,至貞觀中又再赴選。呂序稱貞觀中赴選後,因戀太樂府史焦革家酒而求爲太樂丞,僅"數月而焦革死","歲餘"焦革妻袁氏又死,遂無人送酒,掛冠而歸。則其二次赴選爲太樂丞不過兩年而已。本詩首句直言"旅泊多年歲",是作詩之時,詩人已羈旅京師久矣。又詩末言"行當驅下澤,去剪故田萊"。從其語氣可知,本詩當爲貞觀初詩人準備托疾罷歸之前作。考績於武德四年十一月應徵入長安(說見前《建德破後入長安詠秋蓬示辛學士》解題)赴選,至貞觀初,待詔已六年矣。時光荏苒,仕路渺茫。一點仕進之心既已消盡,固有南山之懷則與日俱增。復見故鄉之人,遂以爲問。正所謂"在心爲志,發言爲詩。情動於中而形於言"也。

本詩原只有問詩而無答詩,南宋理學家朱文公朱熹嘗擬王績鄉人之口吻,作《答王無功思故園見鄉人問》一詩云:"我從銅州來,見子上京客。問我故鄉事,慰子羈旅色。子問我所知,我對子應識。朋遊總強健,童稚各長成。華宗盛文史,連牆富池亭。獨子園最古,舊林間新坰。柳行隨堤勢,茅齋看地形。竹從去年移,梅是今年榮。渠水經夏響,石苔終歲青。院果早晚熟,林花先後明。語罷相歎息,浩然起深情。歸哉且五斗,餉子東山行。"至明時,始有人將朱文公所作誤以爲王績鄉人之作者。如明鈔本《東皋子集‧卷附》即將本詩輯入,而注云作者爲"朱仲晦",蓋未審朱仲晦即朱熹之字耳。

考答詩五卷本三種均未載,可知呂才編輯《王無功文集》之時,并無此鄉人所答之詩甚明。明成化程敏政等《新安文獻志》卷五十九亦載本首答詩,并於詩後按云:"按無功名績,文中子之弟。當時有問體詩而無答者,故文公擬答之。詩中所稱銅川、五斗、東皋,皆王氏故實。"則明時程敏政等編纂《新安文獻志》時,尚知其爲朱文公所作者。按本答詩最早見載於《古今事文類聚·續集》卷九,題爲朱元晦所作,而元晦、仲晦皆朱熹之字。朱熹生於宋高宗建炎四年(1130),卒於宋寧宗慶元六年(1200)。而《古今事文類聚》前、後、續、別四集,皆南宋祝穆所撰。祝穆其人生平未詳,然《古今事文類聚》前集之首有其淳祐丙午(1246)自序,可知其生活年代,幾與朱熹同時。該書收録朱熹詩文頗多,皆稱朱元晦。又考朱熹《晦庵集》卷四亦收録本詩,而《晦庵集》正集一百卷,乃朱熹之季子朱在所輯,很難想象文公之季子會將唐人之作誤收於乃翁文集之中。故知本詩乃朱熹據王績原詩,假託其鄉人而作之答詩無疑,實與王績之鄉人毫無干涉。明鈔本將本詩輯入《東皋子集附》而未作説明,蓋已將朱仲晦誤爲王績之鄉人矣,後人遂復訛訛相因,至清初編纂《全唐詩》之時,館臣亦未作詳查,乃將本答詩輯入,且云:"朱仲晦,王績鄉人。"其誤之又甚矣。

本詩雖爲朱子所作,然其所擬之鄉人口吻,亦惟妙惟肖,生動而有情致,幾可亂真者,無怪乎明人之誤也。王績乃唐世之隱士,晚歲推崇老莊而日遊於醉鄉,與以理學爲己任之朱熹志趣迥異,豈意隔代六百餘載之後,復有此詩文酬答唱和,亦無怪乎今之説詩者,多不信爲朱熹所作也。余三十年前作《王績集編年校注》之時,亦嘗惑之,疑爲王績之鄉人真有名朱仲晦者,而未作詳考,今特弁此數語於此,以爲一笑云爾。

旅泊多年歲,旅泊:謂羈旅漂泊於他鄉也。老去不知回。【校】老去:底本原作"忘去",從《全唐詩》、叢書本校改。此言"老去"者,特謂羈旅他鄉時間之久也,非實指年齡老耄。本首詩爲"貞觀初,以疾罷歸"前之所作,時年詩人亦不過三十八歲,始近不惑之年,未可謂老。忽逢門前客,【校】門前:底本原作"門外",從《全唐詩》、叢書本校改。道發故鄉來。【校】底本及朱本、李本均作"□道發□來",從《全唐詩》、叢書本校改并補。斂眉俱握手,【校】俱:叢書本作"須"。斂眉:皺眉。此處特寫故人相逢皺眉相視之態耳。俱握手:拉手以示親熱也。破涕共銜杯。銜杯:舉杯飲酒。殷勤訪朋舊,殷勤:情意懇切深厚貌。司馬遷報任少卿書:"未嘗銜杯酒,接殷勤之餘歡。"屈曲問童孩。屈曲:委屈細緻。衰宗多弟侄,衰宗:猶言寒族、寒門也。衰乃謙詞。若箇賞池臺?若箇:同"若個"。約計之詞,幾個。宋程大昌《演繁露》一:"若個,猶言幾何枚也。"舊園今在否,新樹也應栽?【校】栽:明鈔本作"裁"。"裁"、"栽"唐詩中常通用。柳行疏密布,茅齋寬窄裁?寬窄裁:謂寬窄如何布局也。經移何處竹,別種幾株梅。渠當無絶水,石計總生苔。院果誰先熟,林花那後開。羈心只欲問,羈心:羈旅之心也。**爲報不須猜**，不須猜：不必遲疑也。**行當驅下澤**，行當：行將。下澤：下澤車也，古時一種宜於沼澤地行馳之短軸車子。《後漢書》卷五十四《馬援傳》："乘下澤車，御款段馬。"**去剪故田萊**。【校】故田萊：朱本作"故田來"。下注："末句從舊本增補。"萊：藜也，嫩葉可食。《詩經·小雅·南山有台》："北山有萊。"朱熹注："萊，草名，葉香可食者也。"

【相關資料】

王無功《田家》："家貧留客久，不暇道精粗。抽簾持益炬，拔篲更燃爐。恒聞飲不足，何見有殘壺。"《在京思故園見鄉人問》："斂眉俱握手，破涕共銜杯。殷勤訪朋舊，屈曲問童孩。"眼前景況，即是好詩料也。

（清余成教《石園詩話》卷一。）

遊山寺

【解題】

本首詩僅載於五卷本三種，諸三卷本、《文苑英華》及《全唐詩》均未載。按本詩首句言"赤城仙觀啓，青山梵宇裁"，當爲實寫赤城山之景。據王度《古鏡記》，績於大業十年自六合棄官後，遍遊山水，足迹嘗至天臺山。按《古鏡記》所述其遍遊山水行程路綫，推測其至浙江之時間約在大業十二年（616）八月中旬至大業十三年（617）七月之間，本詩蓋即作於其時也。詩末云"方希除八難，從此滌三災"，祈望戰亂弭止，百姓早日滌除三災，此亦赤子之心也。

赤城仙觀啓，赤城：山名，在浙江天臺西北，爲天臺山南門。因山上赤石屏列如城，望之如霞，故名。《元和郡縣志》卷二十七"唐興縣"條下記載："天臺山在縣北一十里。赤城山在縣北六里，實爲東南之名山。"宋陳耆卿《赤城志》卷二十一："赤城山在縣北六里，一名燒山，又名消山。石皆霞色，望之如雉堞，因以爲名。孫綽賦所謂'赤城霞起以建標'是也。山之麓有巖，極深廣。晋義熙初，僧曇猷造寺，號中巖。齊僧慧明復就塑一佛，故又名臥佛。上又有巖二，曰結集，曰釋籤，蓋灌頂湛然遺迹也。西有玉京洞，北有金錢池，絶頂有浮屠七級，梁岳陽王妃所建。下有曇猷洗腸井，大抵皆峭壁不可登。上有仙人井，飛流噴沫，冬夏不竭。支遁《天臺山銘序》云：往天臺山，當由赤城爲道。而神邕《山圖》亦以此爲臺山南門，石城山爲西門。徐靈府《小録》又以剡縣金庭觀爲北門云。"**青山梵宇裁**。梵宇：佛寺也。《梁書》卷三十四《張纘傳》:"經法王之梵宇,睹因時之或躍;從四海之宅心,故取亂而誅虐。"唐宋之問《登禪定寺閣》詩:"梵宇出三天,登臨望八川。"亦其例也。**中天疏寶座**,中天:天空,天頂。《列子》卷三《周穆王篇》:"周穆王時,西極之國有化人來。入水火,貫金石;反山川,移城邑;乘虛不墜,觸實不礙。千變萬化,不可窮極。既已變物之形,又且易人之慮。穆王敬之若神,事之若君,推路寢以居之,引三牲以進之,選女樂以娛之。化人以為王之宮室卑陋而不可處,王之廚饌腥螻而不可饗,王之嬪御膻惡而不可親。穆王乃為之改築。土木之功,赭堊之色,無遺巧焉。五府為虛,而臺始成。其高千仞,臨終南之上,號曰中天之臺。"**半景出香臺**。半景:謂天空之半也。唐趙彥昭《奉和幸白鹿觀應制》:"雲駿驅半景,星躔坐中天。"亦其例也。香臺:燒香之臺也,亦稱佛殿。唐盧照鄰《遊昌化山精舍》詩:"寶地乘峰出,香臺接漢高。"亦其例也。**雁翼金橋轉**,謂金橋轉折如雁翅也。**魚鱗石道回**。言石道回環如魚鱗也。唐詩中常以雁翼、魚鱗(亦寫作魚麗)聯用以狀物。如李紳《渡西陵十六韻》:"雁翼看舟子,魚鱗辨水營。"賀朝《從軍行》:"魚麗陣接塞雲平,雁翼營通海月明。"皆其例也。**經文連樹刻,仙影對巖開**。仙影:謂佛造像也。**別有迷方者**,迷方者:沉迷於方外之人也。**終慚無礙才**。言終為無法修行至心無掛礙之境界而慚愧也。佛教認為唯心無執著,無掛礙,才能遠離癲倒夢想,達到內心平靜,隨處自在之境。《心經》云:"心無掛礙,無掛礙,故無有恐怖,遠離顛倒夢想,究竟涅槃。"**摳衣祗杖錫**,摳衣:提裳也,以示敬謹。杖錫:拄錫杖而行也。錫:錫杖,雲遊僧所持法器。晉廬山諸道人《遊石門詩序》:"釋法師以隆安四年,仲春之月,因詠山水,遂杖錫而遊於時。交徒同趣,三十餘人。咸拂衣晨征,悵然增興。"**斂袂謁浮杯**。浮杯:浮杯和尚也,生平未詳。《五燈會元》卷三及《佛祖歷代通載》卷十六,皆記浮杯與淩行婆機鋒對答之事。《浙江通志》卷四十六記載天臺山有浮杯亭,并引宋鄭至道《天臺劉阮洞記》云:"迎陽峰之下,有石偃於山腹,寺僧因石址結亭於上。"然不知此浮杯亭何時所建者。**暫識耆闍嶺**,耆闍嶺:即靈鷲山也,在古印度摩揭陀國王舍城東北。梵名耆闍崛山。山中多鷲,或言山頂似鷲,故名。相傳釋迦牟尼曾在此居住和說法,因稱佛教聖地。北周庾信《陝州弘農郡五張寺經藏碑》:"雪山羅漢之論,鷲嶺菩提之法,本無極際,何可勝言。"倪璠注:"鷲嶺在王舍城,梵云耆闍崛山是也。"此處泛指梵寺所在之山也。**聯詢劫燼灰**。劫燼灰:佛教認為世界有"成、住、壞、空"四個時期,每至壞劫,世界出現風、水、火三災,壞劫過後,世界已被燒成灰燼,一切歸於寂滅,故稱為劫燼灰。如此周而復始,後人因把天災人禍等借稱為"劫"或"劫數";又將命中注定要遭受不能逃脫之災禍,稱之為"在劫難逃"。唐李乂《奉和晦日幸昆明池應制》詩"劫盡灰猶識,年移石故留",亦其例。**持花龍女至**,宋張敦頤《六朝事迹編類》卷下:"祈澤山,舊經云:初法師嘗結茅於此,有龍女來聽講,既而神泉湧於講座下。後遂為祈禱水旱之所。"一說龍女乃二十諸天中第十九天之婆竭羅龍王之女,聰明伶俐，八歲時偶聽文殊菩薩在龍宮拈花說《法華經》，豁然覺悟，通達佛法，發菩提心，遂去靈鷲山禮拜佛陀，以龍身成就佛道。按魏晉以來，龍女之傳說甚多，事亦略有異同，文獻記載亦頗有出入。**獻果象王來**。象王：象之最大者，佛家比喻佛。《涅槃經》二三："是大涅槃，唯大象王能盡其底。大象王者，謂諸佛也。"《全唐文》卷九百五十九《大唐齊州神寶寺碣銘》："象王獻果，下甘露於珠盤；鳳女持花，拂靈香於寶帳。迦陵頻伽之鳥，百囀間關；優曇鉢羅之花，九光淩亂。"**講坐真乘闡**，真乘：佛家謂真實的教義。唐知玄《答僧澈》詩："觀君法苑思沖虛，使我真乘刃有餘。"**談筵外法催**。談筵：宣講討論佛經之講席也。梁王筠《昭明太子哀策》："書幌空張，談筵罷設。"唐于志寧《諫太子承乾引突厥達哥支入宮書》："講席談筵，務盡忠規之道；披文摘句，方資審諭之勤。"**方希除八難**，八難：指八種障礙見聞佛法之情形。據《長阿含》卷九、《中阿含》卷二十九等佛典記載，八難即地獄、餓鬼、畜生、北俱盧洲、無想天、盲聾暗啞、世智辯聰、佛前佛後。此中地獄餓鬼畜生屬三惡道，因業障太重，很難見聞佛法。**從此滌三災**。佛教認為，世界從形成到毀壞為一大劫，經歷"成、住、壞、空"四個階段，周而復始。在"住劫"之後期，衆生行為邪僻，壽命減少，便陸續發生饑饉、疾疫和刀兵等災禍，稱為"小三災"。到了"壞劫"之末，則發生更為可怕之火災、水災和風災，稱為"大三災"。最後之風災，把世界吹得蕩然無存，從而進入"空劫"。"三災"和"八難"在佛經上都有確切所指，與俗語泛指災難有所不同。

觀石壁諸龕禮拜成咏

【解題】

本首詩僅載於五卷本三種，諸三卷本、《文苑英華》及《全唐詩》均未載。石壁：當指石壁寺，又名玄中寺。北魏延興二年（427）興建，在今山西交城縣城西北十公里石壁山中，面積約六千平方米，四面石壁陡立，翠柏環布。雍正十二年修《山西通志》卷十七："石壁山在（交城）縣西北二十里，疊巘周環，拱列如壁。南有石崖峭削百仞，西北巖下有龍潭泉，東南崖半有白牛洞。"

萬里疏烟壁，疏：疏通、開鑿也。**千龕對日宮**。《立世阿毗曇論·日月行品》云，佛教謂日天子住於太陽之中，太陽乃日天子所居之宮殿。**瞻顏猶不暇**，瞻顏：指瞻仰佛顏也。謂佛像衆多，不暇細瞻也。**合掌更難窮**。即合并兩掌，集中思恭敬禮拜之意。

《觀音義疏》卷上載，我國以拱手爲恭，印度以合掌爲敬。合掌除表示衷心敬意外，亦表示返本還源，入於非權非實，事理契合之意。印度人認爲右手爲神聖之手，左手爲不净之手，故有分別使用兩手之習慣。然若兩手合而爲一，則爲人類神聖面與不净面之合一，故藉合掌以表現人類最真實之面目。合掌一般均以掌指伸直，掌背微躬，掌心略彎，舉至心口處輕合，不可過緊，宜如塔形。《兜率天贊歎經三修道根本常演中道修法妙語明燈經注》曰："外道合掌，緊閉掌心，將來必墮生於無佛之地；以如是合掌，不得真空之理，執著成性故也。"**嶺路橫攜斷，山心暗鑿通。真如何處泊**，真如：佛教術語，指一種只可"悟"而不可言傳之神秘精神本體。《成唯識論》："真，謂真實，顯非妄虚。如，謂如常，表無變易。謂此真實於一切位，常如其性，故曰真如。"佛教以爲"真如"爲唯一真實，永恒不變，其它一切皆虚幻不實。**坐費計人功**。

久客齊府病歸言志

【解題】

本首詩僅載於五卷本三種，諸三卷本、《文苑英華》及《全唐詩》均未載。"齊府"，朱本作"齋府"。齊府：疑爲唐初齊王元吉之府也。蓋王績一生所仕者，隋、夏、唐也。然在隋不足七個月，在河北竇建德之夏國，并無齊王，唯在唐自武德四年秋至貞觀元年，待詔六年有餘間"久客齊府"，唯是時有此可能耳。然王績仕唐，乃薛收之所薦者，且文中子門人房玄齡、魏徵、陳叔達諸人，皆爲秦王幕府中人，何王績仕唐之後，反與齊王元吉往來密切，至有"別有恩光重，恒嗟報答難"之語？此亦殊爲可怪。王績於太宗繼位後便罷歸龍門，是否與其嘗與齊王元吉有瓜葛，有關聯？殊堪發人深思。

君王邸茅寬，【校】邸茅：底本原殘，據朱本、李本補。**修竹正檀欒**。檀欒：秀美貌。詩文中多用以形容竹，亦常借指竹。漢枚乘《梁王兔園賦》："修竹檀欒夾池水。"元李衎《竹譜》卷四："嘉竹出建寧天柱峰南一隅，檀欒可愛，故曰嘉竹。"《錦繡萬花谷・前集》卷七："檀欒、嬋娟、玉潤、碧鮮，謂竹也。"**構山臨下杜**，《雍録》卷七："秦武公滅杜，以杜國爲杜縣，縣之東有原，名爲東原。宣帝以爲己陵，故東原之地遂爲杜陵縣也。既有杜陵縣，則名稱與杜縣相混，則遂改杜縣爲下杜以別之。或言杜縣之東有杜原，而此下杜在其下方，故以杜名。此全不審也。凡世之名地而分上下者，以水之上游下流而言之也。中國之水，萬折必東，故東地常居西地之下流。今杜縣正在杜陵之西，而反爲杜原下流者，南山凡水皆礙東地之高，而皆西向豐鎬以行，故杜陵遂爲杜縣上流，而杜縣反名下杜也。杜縣之北即漢都城之覆盎門矣，故此門一名杜門。"**穿渠入上蘭。**《漢書》卷九十八《元后傳》："冬饗飲飛羽，校獵上蘭。"師古曰："上蘭，觀名也，在上林中。"**天人多晏喜，賓采盛鵷鸞。**賓采：客舍也，借指幕僚。唐白居易《張洪相里友略并山南東道判官同制》："而又求賢乞能，以自參貳。則其賓采，宜有以稱之。"鵷鸞：喻賢者也。唐王勃《秋日楚州郝司户宅餞崔使君序》："城池當要害之衝，寮采盡鵷鸞之選。"**玉舄鎮花簟，**玉舄：以美玉所製之履也，傳説中仙人所穿者。晉皇甫謐《高士傳》卷中云："安期生者，琅琊人也。受學河上丈人，賣藥海邊，老而不仕，時人謂之千歲公。秦始皇東遊，請與語三日三夜，賜金璧直數千萬，出，置阜鄉亭而去，留赤玉舄爲報，留書與始皇曰：後數十年，求我於蓬萊山下。"唐陸龜蒙《夏日閑居作四聲詩寄襲美》："手披丹台文，脚著赤玉舄。"亦其例也。花簟：華美之竹席也。《南史》卷四十九《王摛傳》："（王）儉嘗使賓客隸事，多者賞之。事皆窮，唯廬江何憲爲勝，乃賞以五花簟、白團扇。（憲）坐簟執扇，容氣甚自得。"**金環□果盤。【校】**□：底本原殘。**鬭鷄新市望，**新市，即漢新豐之街市也。《西京雜記》卷二："太上皇徙居長安，居深宫，悽愴不樂。高祖竊因左右問其故，以平生所好，皆屠販少年，酤酒賣餅，鬬雞蹴踘，以此爲歡。今皆無此，故以不樂。高祖乃作新豐，移諸故人實之，太上皇乃悦。故新豐多無賴，無衣冠子弟故也。"**走馬章臺看。**《漢書》卷七十六《張敞傳》："敞爲京兆，朝廷每有大議，引古今，處便宜，公卿皆服，天子數從之。然敞無威儀，時罷朝會，過走馬章臺街，使御吏驅，自以便面拊馬。"**別有恩光重，恒嗟報答難。沉綿赴漳浦，**沉綿：纏綿也。漳浦：或云即今福建之漳浦縣，當非是。《新唐書·地理志》：漳州漳浦郡，垂拱二年析福州西南境置，以南有漳水爲名，并置漳浦、懷恩二縣。王績時尚未置漳浦，故其詩所言漳浦者非福建之漳浦甚明。考《山海經·北山經》："又北二百里，曰發鳩之山，其上多枯木，有鳥焉，其狀如烏，文首，白喙，赤足，名曰精衛，其鳴自詨。是炎帝之少女，名曰女娃。女娃游於東海，溺而不返，故爲精衛，常銜西山之木石，以堙於東海。漳水出焉，東流注於河。"按《山海經》所言之漳水，源出今山西長治太行山中，流經河北、河南之間。有清漳河與濁漳河兩源，兩源在河北西南合漳村匯合後稱漳河。其流域多在春秋時三晋境内。此處所謂漳浦者，當泛指河水之濱耳。**羈旅別長安。**北齊祖珽（孝徵）《挽歌》詩曰："昔日驅駟馬，謁帝長楊宫。旌懸白雲外，騎獵紅塵中。今來向漳浦，素蓋轉悲風。榮華與歌笑，萬事盡成空。"上二句寫落拓歸鄉之心情，蓋取祖珽詩之意。**玄渚蘆花白，**玄渚：水中洲渚。陸機《赴洛詩》之一："南望泣玄渚，北邁涉長林。"吕延濟注："玄渚，江中洲渚也。"此處泛指作者故鄉河、汾之上洲渚。**黃山梨葉丹。**黃山：此處當指黃頰山，王績嘗隱居此處。**故人儻相念，應知歸路寒。**

裴僕射宅咏妓

【解題】

《初學記》卷十五引本詩與明鈔本、《文苑英華》《全唐詩》詩題均作"咏妓"。按本詩題下《全唐詩》注云："一作王勣詩。"《初學記》卷十五引本詩亦作"唐王勣《咏妓》詩"。又按"勣"本"績"之異體字。明胡震亨《唐音癸籤》卷二十九："唐時人名誤者，'王績'《藝文志》誤作'勣'，《紀事》又誤以爲有此兩人，皆非是也。"按《唐詩紀事》以"王績"、"王勣"爲二人自非是，然《新唐書·藝文志》以"王績"寫作"王勣"本不誤也。蓋"績"、"勣"二字本同一字之異體，即同一字之兩種寫法耳。唐時"王績"寫作"王勣"，人不以爲誤也。如王度之《古鏡記》及徐堅《初學記》，"王績"即皆寫作"王勣"，時人皆知其爲同一人也。自《唐詩紀事》別將"王績"、"王勣"誤爲二人，後世遂以訛傳訛，其惑日滋。《唐詩紀事》爲宋計有功撰，則知其誤乃肇自宋人。《全唐詩》惑於《紀事》之載，亦未甄辨，此誠憾事耳。裴僕射：當指裴寂。按《舊唐書·高祖紀》及《裴寂傳》記載，裴寂於隋大業中歷侍御史、駕部承務郎、晉陽宮副監。唐武德元年六月甲戌，"令相國府長史裴寂爲尚書右僕射"。武德六年四月癸酉，"以尚書右僕射魏國公裴寂爲左僕射、中書令"。太宗貞觀三年，坐浮屠法雅妖言，坐免官，削封邑半，放歸本邑。寂請留京師，不許。未幾，有狂人自稱信行，寓居汾陰。常謂寂家僮曰：裴公有天分。寂監奴恭命以其言白寂，寂惶懼不敢聞奏，陰呼恭命殺所言者。事發，流放静州（今廣西昭平縣）。貞觀六年，召入朝，卒。本詩詩題稱裴寂爲"僕射"，可知其所作之時間，當在唐高祖武德元年六月甲戌裴寂爲尚書右僕射之後至太宗貞觀三年坐浮屠法雅妖言坐免官之前無疑。又據詩題，知王績作本詩之時，乃在裴寂府中。考王績自武德四年十一月始入長安侍唐，待詔門下省，至貞觀初乃以疾罷（説見前《被徵謝病》《建德破後入長安咏秋蓬示辛學士》及《在京思故園見鄉人遂以爲問》諸詩解題），是則武德四年十一月之前，王績尚未入長安，則本詩之作，必在武德四年十一月至貞觀元年之間也。

妖姬飾靚妝，【校】靚：底本作"净"，《初學記》卷十五引本詩亦作"净"，《全唐詩》及叢書本皆作"靚"，據改。妖姬：美女也。靚妝：以脂粉濃抹之妝也。左思《蜀都賦》："都人士女，袨服靚妝。"李善注引張揖曰："靚，謂粉白黛黑也。"**窈窕出蘭房。**窈窕：《詩·周南·

關雎》:"窈窕淑女,君子好逑。"《傳》曰:"窈窕,幽閒也。"蘭房:蘭香氤氳之閨房。潘岳《哀永逝文》:"委蘭房兮繁華,襲窮泉兮朽壤。"日照當軒影,當軒影:謂乘車之倩影也。軒:軒車。《左傳·閔公二年》:"鶴有乘軒者。"《正義》引服虔注曰:"車有藩曰軒。"《古詩十九首》:"思君令人老,軒車來何遲。"風吹滿路香。早時歌扇薄,今日舞衫長。【校】今日:底本原作"今世"。明鈔本、《文苑英華》《全唐詩》均作"今日"。《初學記》引本詩亦作"今日",據改。庾信《和趙王看伎詩》云:"綠珠歌扇薄,飛燕舞衫長。"是其所本也。不應令曲誤,【校】令曲:底本原作"須曲",從明鈔本、《文苑英華》《全唐詩》及《初學記》引詩改。持此試周郎。

【相關資料】

　　王績《詠妓》詩:"早時歌扇薄,今日舞衫長。"此唐風鼻祖也。李嶠《太平公主南莊》詩:"流風入座飄歌扇,瀑水當階濺舞衣。"陳子良《妓詩》:"紅樹搖歌扇,綠珠飄舞衣。"又《賦妓》詩:"明月臨歌扇,行雲接舞衣。"李白《宮中行樂詞》:"遲日明歌席,新花艷舞衣。"戴叔倫《感懷》詩:"歌扇多情明月在,舞衣無賴彩雲收。"張祜《詠風》:"搖搖歌扇舉,悄悄舞衣輕。"元稹《月》詩:"的的當歌扇,娟娟透舞衣。"許渾《夜按歌舞》詩:"舞衫未換紅鉛濕,歌扇初移翠黛顰。"寧僅儲李數家乎?梁陳習尚,妖淫詞篇,多以取儷。陰鏗《詠妓》詩曰:"鶯啼歌扇後,花落舞衫前。"徐陵《雜曲》:"舞衫迴袖勝春風,歌扇當窗似秋月。"庾信《看妓》詩:"綠珠歌扇薄,飛燕舞衫長。"張正見《情詩》:"舞衫飄冶袖,歌扇掩團紗。"紀少瑜《擬吳均體》云:"却匣擎歌扇,開箱擇舞衣。"隋煬帝《宴東堂》曰:"清音出歌扇,浮香揚舞衣。"盧思道《後園宴》曰:"媚眼臨歌扇,嬌香出舞衣。"蓋六代緒風,唐人皆效之。然韓愈陳言務去,而《春雪》詩:"已訝陵歌扇,還來伴舞腰。"玄宗發言如絲,《興慶宫》詩:"舞衣雲曳影,歌扇月開輪。"亦不脱脂粉之習。佳麗之移人久矣。宋秦國公主薨,神宗賜挽詞曰:"帳深閒翡翠,珮冷失珠璣。明月留歌扇,殘霞散舞衣。"胡元瑞《詩藪》謂有唐味,未知其拾六朝餘瀋也。

　　(明周嬰《卮林》卷四。)

秋園夜坐

【解題】

本首詩僅載於五卷本三種,諸三卷本、《文苑英華》及《全唐詩》均未載。

秋來木葉黃,半夜坐林塘。淺溜含新凍,淺溜:清淺小股之谿流也。輕雲護早霜。落螢飛未起,驚鳥亂無行。寂寞知何事?東籬菊稍芳。稍芳:漸發芳香,言秋意漸濃也。暗用陶淵明《飲酒》詩"采菊東籬下,悠然見南山"句意,而又緊扣詩題。蓋陶詩言采菊,必在白晝,故著一"見"字,意境盡在目前。本詩乃"秋園夜坐"閑吟,則夜中之影全在於感覺而不在視覺,秋意之濃淡,全從嗅覺而得之,是真高手寫秋者也。

王績文集卷四

書

答刺史杜之松書

【解題】

杜之松,博陵曲陽人(今屬河北省),杜公瞻之子。隋大業中爲起居舍人,唐貞觀中爲河中刺史。《舊唐書》卷四十七《經籍志》載有《杜之松集》十卷,惜今已佚。王績集中收録與杜之松往來問答之書兩篇,并附有杜之松回書一篇。從其往來書答中,可知此書及下篇《重答杜使君書》,當作於杜之松初爲河中刺史之時也。吕才《王無功文集序》云:"貞觀中,京兆杜之松、清河崔公善(爲)繼爲本州刺史,皆請與君相見。"據此可知,杜之松爲"本郡"刺史之時間,乃在崔善爲之前。王績集中有《九月九日贈崔使君善爲》詩,前已於其詩解題考知,其詩所作之時間或在貞觀七年(633)至貞觀十年(636)之間,本文之所作,則或在貞觀五年(631)左右。

月日。博士陳龕至,陳龕:事迹不詳。奉處分,借《家禮》,處分:吩咐也。《家禮》:指王通《續六經》之《禮論》。以王通爲王績胞兄,故王績自稱之爲《家禮》。《中説·關朗篇》:"門人竇威、賈瓊、姚義受《禮》。"其《禮》即此《家禮》。杜淹《文中子世家》謂王通《續六經》之《禮論》爲二十五篇,列爲十卷。并帙封送至,請領也。帙:《説文》:"帙,書衣也。"今人謂之函。帙封,即今所謂函封。又承欲相招講《禮》,聞命驚笑不能已。【校】不能已:叢書本及《全唐文》作"不能已已"。按作"已已",則前"已"意爲"抑",

後"已"同"矣",作語辭,亦通。**明公前眷,**【校】明公:朱本、李本、《文苑英華》《全唐文》皆作"豈明公"。前眷:叢書本作"前春"。前眷:謂往日眷顧也。**或徒與下走相知,**【校】徒:朱本作"徙",《文苑英華》作"徙",而於字下注云"集作徒"。**不然也?**

走意疏體放,【校】走:《文苑英華》、明鈔本、《全唐文》作"下走"。走:自謙之辭。《文選》卷四十一司馬遷《報任少卿書》李善注:"走,猶僕也。"下走,猶下僕也。意疏體放:心意疏懶,行爲曠放。**性有由然;**【校】《文苑英華》《全唐文》本句作"抑有由焉"。**棄俗遺名,**【校】棄:《文苑英華》、明鈔本、《全唐文》作"兼棄"。**爲日已久。**【校】爲日已久:朱本作"與日已久",李本作"與日久矣",《文苑英華》、明鈔本作"爲日久矣"。**淵明對酒,非復禮義能拘;叔夜攜琴,**嵇康:魏晉之際人,字叔夜。蔑棄禮法,菲薄周孔,縱酒散誕,喜采藥遊山澤,得意輒忘返,雅善鼓琴,後爲司馬氏所殺。刑前仍索琴彈《廣陵散》曲,聲調絕倫。《晉書》卷四十九有傳。**惟以烟霞自適。登山臨水,邈矣忘歸;談虛語玄,**謂談論玄理也。**忽焉終夜。僻居南渚,時來北山。**【校】北山:朱本作"北主"。時來:偶來也。**兄弟以俗外相期,鄉閭以狂生見待。**鄉閭:古以二十五家爲閭,一萬二千五百家爲鄉。後世因以"鄉閭"泛指民衆聚居之處。《管子·幼官》:"閑男女之畜,修鄉閭之什伍。"**歌去來之作,**去來:指晉陶淵明《歸去來兮辭》。該辭寫作者辭去彭澤令歸田後欣喜之情與樂天安命之生活態度。**不覺情親;咏招隱之詩,**招隱之詩:指西晉左思之《招隱詩》,詩言隱居之樂,招人歸隱。詩中有句云:"巖穴無結構,丘中有鳴琴。白雲停陰崗,丹葩曜陽林……躊躇足力煩,聊欲投吾簪。"**唯憂句盡。幃天席地,友月交風。新年則柏葉爲樽,**謂樽盛柏葉酒也。《風土記》:"元旦進柏葉酒。"柏葉酒,以柏葉和糯米等所釀製之酒也。俗謂飲柏葉酒可避風邪。庾肩吾《歲盡應令》詩:"聊開柏葉酒,試奠五辛盤。"**仲秋則菊花盈把。**菊花盈把:《續晉陽秋》:陶潛無酒,坐宅邊菊叢中采摘盈把,望見王弘遣送酒,即便就酌。**羅含宅內,自有幽蘭數叢;**羅含:晉朝耒陽人,字君章,爲州別駕時,以府廨諠擾,乃於城西池小洲上立茅屋,伐木爲材,織葦爲席而居,布衣蔬食,宴如也。後官至廷尉。老年致仕還家,階庭忽蘭菊叢生,以爲德行所感。《晉書》卷九十二有傳。**孫綽庭前,空對長松一樹。**【校】孫綽:底本原作"孫楚",從明鈔本、《全唐文》校改。孫綽:字興公,東晉時人。《晉書》卷五十六本傳云其"博學善屬文,少與高陽許詢俱有高尚之志。居於會稽,遊放山水十有餘年,乃作《遂初賦》以致其意。嘗鄙山濤而謂人曰:山濤吾所不解,吏非吏,隱非隱。若以元禮門爲龍津,則當點額暴鱗矣。所居齋前種一株松,恒自守護。鄰人謂之曰:樹子非不楚楚可憐,但恐永無棟梁日耳。綽答曰:楓柳雖復合抱,亦何所施邪?"**高吟朗嘯,挈榼攜壺。**挈榼攜壺:猶言提壺執盞也。榼:盛酒器。**直與同**

志者爲群，不知老之將至。《論語·述而》：葉公問孔子之爲人於子路，子路不對。孔子曰："女奚不曰，其爲人也，發憤忘食，樂以忘憂，不知老之將至云爾。"**欲令復整理簪履**，【校】履：叢書本作"履"。簪履：猶衣冠也。**修束精神，揖讓邦君之門**，揖讓：揖讓之禮也，爲古代賓主相見之禮節。《周禮·秋官·司儀》："司儀掌九儀之賓客擯相之禮，以詔儀容、辭令、揖讓之節。"邦君：古代稱諸侯國君主爲邦君。《書·伊訓》："惟兹三風十愆，卿士有一於身，家必喪。邦君有一於身，國必亡。"孔《傳》："諸侯犯此，國亡之道。"**低昂刺史之坐**，低昂：低頭擡頭。此處指低頭。**遠談糟粕**，糟粕：本指酒滓。酒糟本無用之物，魏晉高士乃以之喻指名位。《晉書》卷五十五《潘尼傳》云，潘尼著《安身論》，言寡欲、無私、存正、安身、崇德之理。其中有"以造化爲工匠，天地爲陶鈞，名位爲糟粕，勢力爲塵埃"之語。**近棄醇醪**，醇醪：美酒也，濃烈純粹之酒。**必不能矣！亦將恐芻狗貽夢**，芻狗貽夢：謂遭難也。《三國志·魏書·周宣傳》載，周宣善相，嘗有人三夢芻狗而求占，宣分對曰"君欲得美食"，"君欲墮車折脚"，"君家當失火"，皆驗。或問夢芻狗同而占驗不同，何也？宣曰："芻狗者，祭神之物，故君始夢，當得餘食也。祭祀既訖，則芻狗爲車所轢，故中夢當墮車折脚也。芻狗既車轢之後，必載以爲樵，故後夢憂失火也。"芻狗：束草爲狗，巫祝用以祭神。**櫟社見嘲**。被櫟樹所嘲諷也。櫟：木名。社：土神。櫟社即土神廟旁之櫟樹。《莊子·人間世》云，匠石於齊，至於曲轅，見櫟社樹，樹極高，弟子歎爲美材。匠石則棄而不顧。弟子不解，問曰：自吾執斧斤以隨夫子，未嘗見材如此其美也。先生不肯視，行不輟，何邪？匠石曰：已矣，勿言之矣，散木也。是不材之木也，無所可用，故能若是之壽。匠石歸，櫟社見夢曰：汝將惡乎比予哉！若將比予於文木邪？夫柤梨橘柚，果蓏之屬，實熟則剥，剥則辱，大枝折，小枝泄，此以其能若其生者也，故不終其天年而中道夭，自掊擊於世俗者也。物莫不若是。且予求無所可用久矣，幾死，乃今得之，爲予大用。使予也而有用，且得有此大也邪？且也若與予也皆物也。奈何哉其相物也！而幾死之散人，又惡知散木！**去矣君侯，無落吾事**。無落吾事：落，廢也。語出《莊子·天地》："堯治天下，伯成子高立爲諸侯。堯授舜，舜授禹。伯成子高辭爲諸侯而耕，禹往見之，則耕在野。禹趨就下風，立而問焉，曰：昔堯治天下，吾子立爲諸侯。堯授舜，舜授予，而吾子辭爲諸侯而耕，敢問其故何也？子高曰：昔者堯治天下，不賞而民勸，不罰而民畏。今子賞罰而民且不仁，德自此衰，刑自此立，後世之亂，自此始矣！夫子闔行邪？無落吾事！俋俋乎耕而不顧。"**王君白**。

【相關資料】

徐陵自稱徐君，張説自稱張君。或疑"君"古人自稱。如《文選》王僧達《祭顔光禄文》自稱"王君"。王績集中載《兩答刺史杜之松》《答處士馮子華》《與江公重借隋紀四書》并稱"王君白"。又《文選》任彥升《固辭奪禮啓》,昉自李善本作"君"。吕延濟曰:"昉家集諱其名,但云君,撰者因而録之,未詳孰是。"

（宋彭叔夏《文苑英華辨證》卷十。）

古人致書於人,亦有不稱名而稱君者。如徐陵《與王僧辯書》,稱"孤子徐君頓首"。《與周處士書》末亦云"徐君白"。《文苑英華》注云:君疑是古人自稱,如王績書中亦作"王君"。然則古人或有如此體,未可知也。"

（明顧起元《説略》卷五。）

[附]　　　　　　杜使君答書

【解題】

本題叢書本作"杜之松答書",《全唐文》作"答王績書"。

辱書,知不降顧,歎恨何已！僕幸恃故情,庶回高躅。庶:庶幾也,今言差不多。高躅:謂具有崇高品行之人也。豈意康成道重,不許太守稱官;康成:指東漢大儒鄭玄。玄字康成,北海高密人也。始師事京兆第五元先,又從東郡張恭祖受《周官》《禮記》《左氏春秋》《韓詩》《古文尚書》。以山東無足問者,乃西入關,事扶風馬融。自遊學,十餘年乃歸鄉里。客耕東萊,學徒相隨已數百千人。黨錮禍起,與同郡孫嵩等四十餘人俱被禁錮。遂隱修經業,杜門不出。靈帝末,黨禁解,大將軍何進開而辟之,州郡以進權戚,不敢違意,遂迫脅,玄不得已而詣之。進爲設几杖,禮待甚優。玄不受朝服,而以幅巾見。一宿逃去,時年六十。弟子河內趙商等自遠方至者數千。《後漢書》卷三十五有傳。老萊家居,羞與諸侯爲友！楚老萊子逃世,耕於蒙山之陽。人或言之楚王曰:"老萊賢士也,王欲聘,以璧帛恐不來。"楚王駕至老萊之門而請之,老萊子曰:"僕山野之人,不足守政。"王復云云,老萊子諾。王去,其妻戴畚歸。曰:"妾聞之,可食以酒肉者,可隨以鞭捶;可授以官禄者,可隨以鈇鉞。今先生食人酒肉,受人官禄,爲人所制也,能免於患乎？妾不能爲人所制！"投其畚萊而去。老萊子曰:"子還,吾爲子更慮。"遂行不顧,至江南而止。曰:"鳥獸之解毛可績而衣之,據其遺粒足以食也。"老萊子乃隨其妻而居之,民從而家者一年成落,三年成聚。事見漢劉向《古列女傳》卷二。延佇不獲,如何如何;寄路獨全,【校】寄路:底本原作"奇迹",從李本校改。幸甚幸甚！

敬想結廬人境，晉陶淵明《飲酒》詩："結廬在人境，而無車馬喧。問君何能爾，心遠地自偏。"植杖山阿。植杖：樹杖也。陶淵明《歸去來兮辭》："懷良辰以孤往，或植杖而耘耔。登東皋以舒嘯，臨清流而賦詩。"林壑地之所豐，林壑：山林野壑，隱士之所喜居處之地也。梁沈約《報劉杳書》："生平愛嗜，不在人中，林壑之歡，多與事奪。"烟霞性之所適。烟霞：烟霧雲霞也。南朝梁蕭統《錦帶書十二月啓·夾鐘二月》："敬想足下，優遊泉石，放曠烟霞。"蔭丹桂，藉白茅，濁酒一杯，清琴數弄，誠足樂也。【校】誠足：底本原作"致足"，從《全唐文》校改。此真高士，何謂狂生！

僕憑籍國恩，濫尸貴郡。自謙之辭也。謂無其德能而占據其位也。濫：濫竽充數之意。尸：尸位素餐也。北周庾信《哀江南賦》："謬掌衛於中軍，濫尸丞於御史。"官守有限，言爲官守之職責所制約也。就學無因。延頸下風，我勞何極！前因行縣，實欲祗尋。誠恐敦煌孝廉，守琴書而不出；《晉書》卷九十四《氾騰傳》："氾騰，字無忌，敦煌人也。舉孝廉，除郎中。屬天下兵亂，去官還家。太守張閬造之，閉門不見，禮遺一無所受。歎曰：生於亂世，貴而能貧，乃可以免。散家財五十萬，以施宗族，柴門灌園，琴書自適。張軌徵之爲府司馬，騰曰：門一杜，其可開乎！固辭。病兩月餘而卒。"酒泉太守，列鐘鼓而空還。《晉書》卷九十四《宋纖傳》："宋纖，字令艾，敦煌效穀人也。少有遠操，沉靖不與世交，隱居於酒泉南山。明究經緯，弟子受業三千餘人。不應州郡辟命，惟與陰顒、齊好友善。張祚時，太守楊宣畫其像於閣上，出入視之，作頌曰：爲枕何石？爲漱何流？身不可見，名不可求。酒泉太守馬岌，高尚之士也，具威儀，鳴鐃鼓，造焉。纖高樓重閣，距而不見。岌歎曰：名可聞而身不可見，德可仰而形不可睹，吾今而後知先生人中之龍也。銘詩於石壁曰：丹崖百丈，青壁萬尋。奇木蓊鬱，蔚若鄧林。其人如玉，維國之琛。室邇人遐，實勞我心。"所以遲回，遂攬轡也。遲回：遲疑猶豫而返也。攬轡：挽住馬韁，使緩行也。三國曹植《贈白馬王彪》詩："欲還絶無蹊，攬轡止踟躕。"

僕雖不敏，不敏：謙詞，猶不才也。《論語·顏淵》："回雖不敏，請事斯語矣。"頗識前言。前言：指前來書所言也。道既知尊，榮何足恃？豈不能正平公之坐，敬養亥唐；《孟子·萬章下》："萬章問曰：敢問友？孟子曰：不挾長，不挾貴，不挾兄弟而友。友也者，友其德也，不可以有挾……晉平公之於亥唐也，入云則入，坐云則坐，食云則食。雖疏食菜羹，未嘗不飽，蓋不敢不飽也。"朱熹《集注》："亥唐，晉賢人也，平公造之。唐言入公乃入，言坐乃坐，言食乃食也。疏食糲飯也。不敢不飽，敬賢者之命也。"屈文侯之膝，恭師子夏？《史記》卷六十七《仲尼弟子列傳》："孔子既没，子夏居西河教授，爲魏文侯師。"雖齊桓德薄，五行無疑；齊桓：齊桓公也，嘗九合諸侯，一匡天下，爲春秋五霸之一。五行:謂仁、義、禮、智、信也。**眭誇故人,一來何損?**《北史》卷八十八《隱逸傳》:眭誇一名旭(按《魏書》作昹),趙郡高邑人。耽好書傳,未曾以世務經心。好飲酒,浩然物表。"少與崔浩爲莫逆之交。浩爲司徒,奏徵爲中郎,辭疾不赴。州郡逼遣,不得已,入京都,與浩相見。經留數日,唯飲酒談叙平生,不及世利。浩每欲論屈之,竟不能發言,其見敬憚如此。浩後遂投設書於誇懷,亦不開口。誇曰:'桃簡,卿已爲司徒,何足以此勞國士也?吾便將別。'桃簡,浩小名。浩慮誇即還,時乘一騾,更無兼騎,乃以誇騾内之廐中,冀相維縶。誇遂托鄉人輸租者,謬爲御車,乃得出關。"

蒙借《家禮》,家禮:即王績之三兄王通《續六經》之《禮論》。以其爲王氏家傳之私人著述,故稱《家禮》,以與孔子《六經》之《禮》相別也。**今見披尋。微而精,簡而備,誠經傳之典略,閨庭之要訓也。其《喪禮新義》,頗有所疑,謹用條問,具如別帖。**別帖:書信之外,另寫一附帖也。**想荒宴之餘**,荒宴:沉迷於酒也。此處指飲酒。**爲詮釋也。遲更知聞。杜之松白。**

重答杜使君書

【解題】

本篇《唐文粹》、《全唐文》收録,題作"重答杜君書"。三卷本未載,叢書本收入補遺。杜使君即杜之松,詳見前《答刺史杜之松書》注。本文當作於《答刺史杜之松書》之後未久,當亦在貞觀五年(631)。

月日。佐史楊方至,【校】佐史:《唐文粹》、叢書本作"佐吏"。按佐史本漢代地方官署内書佐和曹史的統稱。《漢書·百官公卿表上》:"百石以下有斗食、佐史之秩,是爲少吏。"顔師古注引《漢官名秩簿》:"佐史,月俸八斛也。"又《後漢書》卷一《光武紀上》:"(光武)所到部縣,輒見二千石、長吏、三老、官屬,下至佐史。"李賢注引《續漢志》:"每刺史皆有從事史、假佐;每縣各置諸曹掾史。"隋唐時代郡守州刺史官署内亦置諸曹掾史。楊方:人名,生平里籍未詳。**奉報書,兼枉別帖,**【校】別帖:《唐文粹》、叢書本無"別"字。枉別帖:委屈對方又寫一帖也。係客氣語。按杜之松來書中有"其《喪禮新義》,頗有所疑,謹用條問,具如別帖"諸語,故此處言"兼枉別帖"。**垂問《家禮·喪服新義》五道。**垂問:下問也。亦謙詞。喪服:居喪之服也。《周禮》根據家族、外戚各成員之間血緣及尊卑關係,將喪服分爲五等,即斬服、齊衰、大功、小功、緦麻。**度情振理,探幽洞微,誠非野人所敢酬析**。野人:王績自稱。酬析:應對析講也。**但先人遺旨**,先人:指王績之祖父安康獻公王傑、亡兄文中子王通。王傑著有《皇極讖義》九篇,言三才之去就。文中子依儒家六經著《禮論》。《中說·禮樂篇》文中子曰:"《禮》,其皇極之門乎?"又曰:"《禮》《樂》之作,獻公之志也。"又曰:"吾續《書》以存漢晉之實,續《詩》以辯六代之俗,修《元經》以斷南北之疑,贊《易》道以申先師之旨,正《禮》《樂》以旌後王之失。"**頗曾恭習,雖困於荒宴**,荒宴:耽溺於酒宴也。顏延之《五君咏》:"韜精日沈飲,誰知非荒宴。"**猶憶於異聞**。言猶可對異時之聞有所回憶也。**謹因還使,條申如左**:條申:逐條申述也。如左:古人以右手握管,直行書寫。爲方便起見,故自右至左而書,故後書之內容,即在左側也,故曰"如左"。

夫**三年之喪,情理之極**。服喪期三年,爲至親最重之喪禮也。如父母之喪,即三年之喪,服斬衰。**有正有義**,言服喪有正服、義服之別也。蓋親親之服爲正服,禮義之服爲義服。《儀禮·喪服》疏曰:"爲父以三升爲正,爲君以三升半爲義。"因事之作也。**正喪之縗三升而已**。縗:同衰,斬衰服,爲最重之喪服。以麻布爲之,不緝其縫,被於胸前。名縗者,與"摧"同聲。《釋文》:"縗之言摧也,所以表其中心摧痛。"升:布縷計量單位,指布之經綫數。《儀禮·喪服》注:"布八十縷爲升。則三升爲二百四十縷麻布也。"**至於義服,加其半焉**。【校】加其半:叢書本作"如其半"。加其半:加半升也。正服縗三升,義服縗三升半也。升數愈大,布愈細,孝愈輕,則義服縗較正服縗略輕也。**豈非義有離合之理**,離合:可離可合,如君臣關係。**情無遷奪之法**?遷奪:變易也,改變也。無遷奪:謂不可改變,如父子關係。**然親尊罔極**,罔極:無限。言父母恩大無邊。《詩·小雅·蓼莪》:"欲報之德,昊天無極。"**冠綏可均**。【校】綏:底本原作"受",從叢書本校改。冠綏可均:斬衰正服與義服冠帶所用之布,皆爲六升布,故曰"可均"。**切至或殊,縗加其半**。【校】加其半:叢書本作"如其半"。**微以見志,有何怪焉? 至如父爲長子,猶施斬服**,斬服:即斬縗也。爲五服中最重之喪服。本句意謂父獨爲嫡長子,當服斬縗也。《儀禮·喪服》之"斬衰裳"云:"父爲長子。"**蓋以所承者重,情寄特深**,【校】情寄特深:叢書本作"情寄者特"。**非唯親親,且尊尊也**。親親、尊尊:前一"親"字做動詞,後一"親"字做名詞,尊尊亦同。言親其所親,尊其所尊者也。**至於庶子,已不承尊**,庶子不承尊:庶子,庶出之子,即側室所生之子,與"嫡子"相對而言。嫡子,正妻所生者。不承尊:不承宗,不繼祖也。《公羊傳·隱公元年》曰:"立適以長不以賢,立子以貴不以長。"蓋自西周以來,明確規定以嫡長子承宗,故此云"庶子已不承尊"也。**雖有長子,無預祖禰**。長子雖長,然非嫡子,既不承宗,故不預祖禰也。祖禰:祖廟與父廟也。句謂父祖嫡嫡相承,庶子不繼祖禰也。**不爲服斬,義亦可知。但古之君臣,有國有家;相承繼體,血祀長存**。血祀:殺牲祭祖也。祭廟時取牲血以告神。**大宗小宗,較然有別**;【校】有別:叢書本作"可別"。大宗小宗:古宗法制度之名稱。統而言之,嫡長子孫一系爲大宗,其餘子孫乃爲小宗。大宗唯嫡長子可繼承始祖,故稱"宗子"。宗子主祭始祖,繼承財產亦多。《禮記大傳》:"別子爲祖,繼別爲宗,繼禰者爲小宗。"按別子即諸侯之庶子,諸侯之嫡子孫爲諸侯之大宗,別子一系爲小宗。然繼別子之嫡子孫(即"繼別"),又爲本族內之大宗;別子之庶子孫(即"繼禰")爲本族內之小宗。較然有別:區別分明也。**繼祖繼禰,由茲可推。故曰:天子不絕國,諸侯不絕家**。絕國絕家:斷絕繼國繼家之大宗也。**貴人之宗也**。尊崇人之宗祧也。**故別子爲祖,父繼之,爲大宗,百代不遷之宗也**;【校】百代:《唐文粹》、叢書本作"此百代"。百代不遷:謂大宗也。《禮記·喪服小記》:"有百世不遷之宗,有五世則遷之宗。"《疏》曰:"別子之世長子,恒繼別子,與族人爲百世不遷之大宗。禰,謂別子之庶子,以庶子所生長子繼,此庶子與兄弟爲小宗。謂之小宗者,以其五世則遷,比大宗爲小,故云小宗也。"**己父爲禰,兄繼之,爲小宗,此四代則遷之宗**。四代則遷:即上注之"五世則遷",蓋"五世"連本世言之也。**承百代之重,且得不爲其長子斬乎**?【校】且得:叢書本無"且"字。**爲四宗之祖,亦且得不爲其長子斬乎?唯繼禰之弟**,繼禰之弟:不繼祖、不繼父之庶子也。**無預祖禰,庶子之義,施此而已**。

　　自秦、漢以來,家國道廢。雖有其禮,將安所行?逮乎晉末,【校】晉末:叢書本作"晉宋"。**中原大亂,國內至親**,【校】至親:《唐文粹》《全唐文》、叢書本作"骨肉"。**尚不相保。祖禰之序,知何以明?**自秦漢以來數句,蓋闡釋文中子之義也。《中說·述史篇》:"叔恬曰:敢問《元經》書陳亡而具五國何也?子曰:江東,中國之舊也,衣冠禮樂之所就也。永嘉之後,江東貴焉,而卒不貴,無人也。齊、梁、陳於是乎不與其爲國也。及其亡也,君子猶懷之,故書曰:晉、宋、齊、梁、陳亡,具五以歸其國,且言其國亡也。嗚呼!棄先王之禮樂以至是乎!"又,"文中子曰:漢魏禮樂,其末不足稱也,然書不可廢,尚有近古對議存焉"。《中說·禮樂篇》:"文中子曰:周齊之際,王公大臣不暇及禮矣。"**故僕先君獻公**,即王績祖父安康獻公王傑。呂才《王無功文集序》:"初,君祖安康獻公,周建德中,從武帝征鄴,爲前驅大總管。時諸將既勝,并虜獲珍物,獻公絲毫不顧,車載圖書而已。故家富墳籍,學者多依焉。"杜淹《文中子世家》:"彥生濟州刺史傑,曰安康獻公。安康獻公生銅川府君,諱隆,字伯高,文中子之父也。"**因事起義,欲使無逆於古,且令可行於今**。

以爲今之分爵,【校】分爵:《唐文粹》《全唐文》、叢書本作"封爵"。頗存古號。雖無其實,而尚有其名。故以始受封者,猶古之諸侯,諸侯之庶子,即古之別子也。別子之庶子,即古之小宗也。雖國破家亡,朝遷市變,【校】市變:叢書本作"事變"。譜牒存錄,譜牒:譜錄牒劄也,記述氏族世系之書。《史記·太史公自序》:"維三代尚矣,年紀不可考,蓋取之譜牒。"宗次可推,咸可一依古禮,行之私室。至如沈沈耕者,【校】沈沈:《全唐文》作"沉沉"。《唐文粹》、叢書本作"冗冗"。沈沈:通沉沉,猶言茫茫也。悠悠黔首,黔首:平民。《廣雅·釋詁》:"黔首,氓民也。"《漢書·藝文志·注》:"師古曰,秦謂人爲黔首,言其頭黑也。"族姓猶不能自辨,何暇及於宗庶之事乎?宗庶:宗子及庶子,指大宗、小宗之別。此古之先王,所以不下禮於庶人也。謂不責庶人備禮也。《禮記·曲禮上》:"禮不下庶人,刑不上大夫。"《正義》:"禮不下庶人者,謂庶人貧,無物爲禮,又分地是務,不服燕飲,故此禮不下與庶人行也。"有何不可,而乃疑乎?

　　至若夫妻之道,誠爲義合。而家道之睦,斯爲首焉。斯:指夫妻之道。故《傳》曰:"妻,至親也。"《儀禮·喪服》:"妻《傳》曰:爲妻何以期也?妻至親也。"一體之名,《儀禮·喪服》:"父子一體也,夫妻一體也,昆弟一體也。"均於天性。故妻之於夫也,其服曰斬,斬:斬衰,言妻爲夫服斬衰裳也。《儀禮·喪服》:"斬衰裳……妻爲夫,夫至尊也。"蓋移於父母之重焉。夫之於妻也,期而有杖,期:期年之服,即齊衰,夫爲妻服喪衣之。《儀禮·喪服》:"爲妻何以期也?妻至親也。"期服用杖者謂之"杖期",父母不在爲妻服;不用杖者謂之"不杖期",父母在爲妻服。杖:喪禮中所執者,或爲竹杖(苴杖),或爲桐杖(削杖)。《禮記·問喪》:"爲父苴杖,爲母削杖。"又《家居必用十六》:"男子服用竹,婦人服用桐。"杖之義,蓋以服喪者哭泣體羸,以杖扶病也。則逾於兄弟之功焉。兄弟間之喪服爲大功、小功。爲本宗堂兄弟服大功,服以熟布爲之,視齊衰爲細,較小功爲粗,期爲九月。爲從堂兄弟服小功,服以熟布爲之,視大功爲細,較緦麻爲粗,期爲五月。前賢往達,曾無異議。故曰:"妻者,齊也,一齊而不易。"妻者句:《釋名·釋親屬》:"士庶人曰妻。妻,齊也。夫賤不足以尊稱,故齊等言也。"《白虎通·嫁娶》:"妻者,齊也,與夫齊體。"如至失禮而出,謂妻失禮而被夫棄逐也。古禮謂妻失禮可出之事有七,謂之"七出"。《儀禮·喪服》:"出妻之爲母。"《疏》:"七出者,無子一也,淫泆二也,不事舅姑三也,口舌四也,盜竊五也,妒嫉六也,惡疾七也。"違妻之道;終喪而嫁,棄婦之義也。違道棄義,又何述焉?苟全道義,則天親也。天親:天然之親情也。清范家相《詩瀋》卷十一:"常人之於兄弟,不至於外侮生;急難至,不足見手足之天親。"天親之服,有何異乎?【校】異乎:朱本、《唐文粹》、叢書本作"義乎"。列之正服,斯爲當矣!此先君獻公探記傳之旨,大明後來之失,敦人倫之源,穆伉儷之道也,【校】大明:《唐文粹》《全唐文》作"明"。【校】穆伉儷:《唐文粹》《全唐文》、叢書本作"睦伉儷"。伉儷:夫婦也。獻公:即王績之祖安康獻公王傑。《中說·禮樂篇》:"文中子曰:周齊之際,王公大臣,不暇及禮矣。獻公曰:天子失禮則諸侯修於國,諸侯失禮則大夫修於家。禮樂之作,獻公之志也。"夫何病哉!【校】病:朱本、《唐文粹》、叢書本作"痛"。

明公又云:明公:指杜之松。"君臣夫妻,【校】叢書本"君臣"下無"夫妻"二字。俱以義合。而妻爲正服,臣爲義服,則君臣之際,不如夫婦之情乎?"斯不然矣!何者?夫禮有以情作者,父子夫婦之類是也;有以義作者,君臣夫妾之類是也。情義之極,俱終於斬,【校】《唐文粹》、叢書本作"俱終於斯"。俱終於斬:言皆以斬服爲最重之喪服也。此其無升降明矣!但禮之爲用,緣情以至理,因内以及外。情者,人之深心,愚智之所共也。孰有愚者而忘其妻子乎?理者,人之大節,凡聖之所異也,孰有凡生而忘其臣妾焉?【校】孰有凡生:底本原作"實有凡生",從叢書本、《全唐文》校改。凡生:平凡之書生也。《魏書·高允傳》:"臣東野凡生,本無宦意。"故情者,正也,此妻子所以荷深心而報夫父以正服也;【校】而報夫父:《全唐文》、叢書本作"而執夫父"。理者,義也,此臣妾所以存大節而申君主以義服也。【校】存大節:叢書本作"存伏節"。故夫正義之作,殊情而共禮也。孰謂君臣之義而謝夫婦之情乎?謝:遜讓,不如。孰謂夫婦之情而厚君臣之義乎?古之君子,常度情以處斷,言依據情理而判斷處分事宜也。義而行矣。義可奪情,衛石碏不能存其子;石碏:春秋衛大夫,仕衛莊公,莊公寵妾生子曰州吁,好兵,莊公使爲將。石碏諫,不聽。莊公卒,其太子完立,是爲桓公。後州吁襲殺桓公而自立。石碏有子曰厚,與州吁善,禁之而不能。碏乃使人殺厚及州吁,迎立公子晉爲衛君,是爲宣公。君子稱石碏大義滅親。事見《左傳·隱公三年》《左傳·隱公四年》《史記·衛康叔世家》。情不害義,宮之奇得以其族行。宮之奇:春秋虞大夫。晉欲假道於虞以伐虢,虞公許之。宮之奇諫,謂虞與虢唇亡齒寒,晉將并虞而滅矣。虞公不納,宮之奇料虞不免,乃攜其族去虞。晉滅虢後,果襲滅虞。事見《左傳·僖公五年》。故曰:情義殊也,情義均也。故情義之服,有正焉,有義焉;正義之禮,無厚焉,無薄焉。此妻爲正服,所以無害於君臣;臣爲義服,所以不傷於夫婦。有倫有要,有倫有要:語出《尚書·呂刑》:"諸刑罰各有權宜,刑罰世輕世重,惟齊非齊,有倫有要。"宋蘇軾《書傳》釋之曰:"倫者其例也,要者其辭也。辭例相參考,必有以處之矣。"夫何稽疑! 稽疑:本指以卜筮決疑,此處指疑惑。

至如三殤之服,三殤:謂長殤、中殤、下殤。殤:未成年而死也。《儀禮·喪服》:年十九至十六而死者爲長殤,十五至十二死者爲中傷,十一至八歲死者爲下殤。禮有明文。鄭與王、杜,鄭謂後漢鄭玄,注"三禮"(《周禮》《儀禮》《禮記》),著《喪服變除》一卷。王謂三國魏王肅,著《三禮解》,另有《喪服注》一卷、《喪服紀要》一卷。杜指杜預,晉人,有《喪服要集》一卷。各申本見,由茲紛雜,後莫能定。然詳諸記義,王、杜爲長。某昔在隋末,又嘗見諸賢講論此矣。【校】又嘗見:叢書本無"又"字。

近者家兄御史,謂王績之兄王凝。王福時《王氏家書雜錄》云:"太原府君諱凝,字叔恬,文中子亞弟也……釋褐爲監察御史。"亦編諸賢之論,繼諸對問。指王凝輯其兄文中子與門人對問之語,編成《中説》之事。《中説》一書,自宋以來,質疑者頗衆,或言其爲僞書,至有疑王通其人其事之有無者。此處謂王凝纂輯文中子及門人對問之語,乃爲最可信之資料,可解史之懸疑。蓋王績乃當時之人,作此書時,王通之門人尚或健在,倘《中説》記載不實,其敢以其書呈太守乎? 由此可知,《中説》必爲實錄耳。然今所見之《中説》,又與史多有抵牾,何也? 蓋時其書本王氏之家學雜錄,并非官學,故輾轉傳抄,時代既久,魚魯亥豕,舛誤既多,遂致生疑也。今錄此篇附往,幸詳之也。

至如衆子服期,衆子:長子以外之諸子也。《儀禮·喪服》:"衆子者,長子之弟及妾子,上謂衆子,大夫則謂之庶子。"期:期年之喪服。其妻小功。小功:次於大功之喪服,爲五服之第四等。《儀禮·喪服》:"小功布衰裳,澡麻帶絰,五月者。"其服以熟麻布製成,視大功爲細,較緦麻粗,服期五月。《儀禮·喪服》:"小功者,兄弟之服也。"兄弟之子,猶子也,兄弟之子猶子:《儀禮·喪服》有"昆弟之子若子"之説。其服亦期。先儒以爲其妻亦小功,惟王肅以爲喪服之例,旁尊皆報。旁尊:指伯父、叔父。《儀禮·喪服》:"世交叔父何以期也? 與尊者一體也。然則昆弟之子何以亦期也? 旁尊也。"明公以爲重於子妻之服,失禮之差,此則袁準之義也。袁準:晉代陳郡陽夏人,袁瓌之從祖,字孝尼,以儒學知名,注《喪服經》。夫禮雖緣情,亦爲義屈,故有從無服而有服者,【校】而有服者:叢書本作"而服者"。亦何嫌乎兄弟之子婦越己子之妻乎？【校】兄弟之子婦：叢書本作"兄弟之子妻"。故曰："兄弟之子，猶子也。"蓋引而致之，故不嫌於與己子同服矣！【校】與己子同服：叢書本作"與己同服"。旁尊不敢以厭降，厭降：爲尊者所迫而降喪服之等次。《説文》："厭，笮也。"《段注》："笮者，迫也，此義今人亦作壓，乃古今字之殊……凡喪服言等之所厭，皆笮義。"蓋避正尊而自報也，【校】自報：《唐文粹》《全唐文》、叢書本作"自執"。故不嫌於越己子之妻矣。

輕陳末學，豈能詳究！又於楊方奉□處分，楊方：人名，見本文第一段注。處分：吩咐。借王儉《禮論》。王儉《禮論》：指南齊人王儉所著之《古今喪服集記》。王字仲寶，少好《禮》學，言論造次，必由儒教。由宋入齊，在齊官至尚書左僕射，封南昌縣公。門庭所蓄，先無此書，往於處士程融處，程融：人名，疑即王績《答程道士書》中之程道士。曾見此本。觀其製作，動多自任，動多自任：從叢書本及《唐文粹》、《全唐文》作"動多自我"。周孔規模，十不存一。恐不足以塵大雅君子之視聽也。塵視聽：污染耳目，係客氣語。尋問儻獲，儻：儻若，假如。言儻若尋問借得也。當遣祇送，祇送：敬奉也。

王績白。【校】《全唐文》作"王君白"。

【相關資料】

《宋書·何承天傳》云："先是，《禮論》有八百卷，承天刪減并合爲三百卷。"又王儉別鈔條目爲三十卷，梁孔子袪續一百五十卷，隋《江都集禮》亦撮《禮論》爲之。朱文公謂六朝人多精於《禮》，當時專門名家有此學。朝廷有禮事，用此等人議之，唐時猶有此意。潘徽《江都集禮序》曰："《明堂》《曲台》之記，南宮、東觀之説，鄭、王、徐、賀之答，崔、譙、何、庾之論，簡牒雖盈，菁華蓋鮮。"杜之松借王無功家《禮》，問《喪禮新義》，無功條答之。又借王儉《禮論》，則謂："往於處士程融處，曾見此本。觀其製作，動多自我，周、孔規模，十不存一。"今諸儒所著，皆不傳，蓋禮學之廢久矣。

（宋王應麟《困學紀聞》卷五。）

答馮子華處士書

【解題】

　　本題朱本作"答處士馮子華書"。按本集中有《仲長先生傳》云：先生"開皇末，始結庵河渚間，以息身焉"。開皇乃隋文帝年號，共二十年，據此可知，仲長子光始結廬河渚之時間，即在開皇二十年（600）也。而本文云"吾所居南渚，有仲長先生，結庵獨處垂三十載"。是則作本文之時，仲長子光先生於河渚結廬已幾近三十載矣。文中用一"垂"字，表明其時雖不足三十年，而已幾近之也。則本文所作之時間，當即在唐太宗貞觀三、四年前後也。又文中稱作此書時，"首夏方熱"，則本書之作，在貞觀三年（629）或貞觀四年（630）四五月之時乎？

　　馮子華：事迹不詳。考之文獻，有唐一代，名馮子華者，唯見《新唐書》卷一七七《馮宿傳》所載宿父馮子華一人而已，然其人乃德宗時人，與王績生不同時。考文獻所載文中子之門人，亦無以馮爲姓氏者。竊以爲此馮子華或係王績南遊時結識之隱士耳。試看本書所言，知馮氏所在之地在清谿。按《水經注·沔水》："（沔水）又東北出居巢縣南……又東，左會清谿水，水出東北馬子峴之清谿也。東逕清谿城南，屈而西南，歷山西南流，注柵水，謂之清谿口。"熊會貞《參疏》曰："《宋史》，劉錡御金人，自東關引兵出清谿，即此。今清谿河出含山縣西清谿鎮，迤邐至巢縣東南，入濡須水。"據此可知，清谿之地，在今安徽含山縣及巢湖市一帶。據王度《古鏡記》，王績於大業十年（614）自六合棄官歸里後，約在大業十一年（615）至唐武德二年（619）六月之間，"遍遊山水"，其所遊路綫，略爲河南、安徽、江蘇、浙江、江西、山東、河北、山西、陝西等省域。若其時與馮子華遊，至作此書，歷時已十餘年。此正與本文開篇所謂"乖別甫爾，已十餘年"相吻合。

　　乖別甫爾，乖別：離別。甫爾：剛剛，方才也。《漢書·孝成許皇后傳》："今吏甫受詔讀記。"顏師古注："甫，始也。""爾"係助詞。**已十餘年。誦《采葛》之詩**，《采葛》：《詩·王風》篇名。該詩有句曰："一日不見，如三月兮。""一日不見，如三秋兮。""一日不見，如三歲兮。"**增其慨詠。夫人生一世，忽同過隙**，過隙：疾也，時間極短也。《莊子·知北遊》："人生天地之間，若白駒之過隙，忽然而已。"**合散消息**，聚散生滅也。賈誼

《鵩鳥賦》："合散消息兮，安有常則？千變萬化兮，未始有極。"周流不居，偶逢其適，便可卒歲。卒歲：終歲也。《詩·七月》："無衣無褐，何以卒歲？"陶生云："富貴非吾願，帝鄉不可期。"指陶淵明《歸去來兮辭》中語。又云："盛夏五月，跂脚東窗下，【校】東窗：《全唐文》作"北窗"。跂脚：踮起脚尖，言嚮往之也。《史記》卷八《高祖本紀》："日夜跂而望歸。"《正義》："《說文》曰：'跂，舉踵也。'司馬彪云：'跂，望也。'"有涼風暫至，自謂是羲皇上人。"語見陶淵明《與子儼等疏》。羲皇上人：伏羲氏前之人也。嗟乎！適意爲樂，雅會吾意。【校】吾意：《全唐文》作"吾心"。

吾河渚間，河渚：黄河中之沙洲也。《楚辭·九歌·湘君》："弭節兮北渚。"《注》曰："渚，址也。"址即小洲。元有先人故田十五六頃。河水四繞，東西趨岸，趨岸：離岸。各數百步。古人云：河濟之濱宜黍，况中州之腴乎？河濟：黄河與濟水。中州：指中原，即黄河下游地，包括河汾地區。腴：肥沃。家兄鑒裁通照，家兄：當指王績之四兄王凝。鑒裁通照：言鑒别裁處至明至宜也。知吾縱恣散誕，不閑拜揖。不閑：同"不嫻"，不嫻熟，不精通也。三國魏曹植《與楊德祖書》："以孔璋之才，不閑於辭賦，而多自謂能與司馬長卿同風，譬畫虎不成反爲狗也。"糠粃禮義，以禮義爲糠粃，輕之也。錙銖功名，視功名若錙銖之輕微也。錙銖：古重量單位，六銖爲一錙，一錙爲四分之一兩。亦以俗外相待，不拘以家務。俗外：世俗外之人也。至於鄉族慶吊，閨門婚冠，寂然不預者已五六歲矣！【校】不預：《文苑英華》作"不與"。不與：不涉不問也。親黨之際，親族鄉黨之間也。黨：五百家爲黨，説見《周禮·地官·黨正》注。皆以山麋野鹿相畜，相畜：相待也。性嗜琴酒，得盡所懷，幸甚幸甚。《新唐書》卷一百九十六《王績傳》云："兄通，隋末大儒也……通知績誕縱，不嬰以家事，鄉族慶吊冠昏，不與也。"以傳文與本文相較，可知《新唐書》上述之語，顯係拾綴本文之語句而成者，然對其兄爲誰，却未作深究。蓋王績有兄四人：長兄王度，或卒於武德年間。二兄文獻失載，或早年夭亡。三兄王通，卒於大業十三年五月甲子。王績作此文時，唯其四兄王凝尚在，故文中所稱"家兄"者，當指王凝無疑。而《新唐書》作者乃以爲屬指王通，後世研究者復因而據之，實誤之甚矣。

近復都盧棄家，獨坐河渚。都盧：全部也。如白居易《贈鄰里往還》詩："骨肉都盧無十口，糧儲依約有三年。"結構茅屋，并廚廄總十餘間。奴婢數人，足以應役。用天之道，分地之利，耕耘蔍蓘，【校】蔍：《全唐文》作"穮"。蔍蓘：讀作biāo gǔn，鋤劃培土也。《左傳·昭公元年》："是穮是蓘。"《注》曰："穮，耘也。"《疏》曰：

"以土壅苗根爲襃。""薐"同"穮"。黍秋而已。秋:穀名,黏稷也,即糜。或説爲黏高粱。春秋歲時以酒相續,【校】時以酒:底本原作"酒以時",據《全唐文》校改。兼多養鳧雁,廣牧雞豚,豚:小豬,此處泛指豬。黄精、白术、枸杞、薯蕷,黄精、白术、枸杞、薯蕷皆植物名,并可入藥。朝夕采掇,采掇:采摘拾取。以供服餌。餌:藥餌。床頭素書數帙,【校】數帙:底本原作"三帙",據《文苑英華》、明鈔本、《全唐文》校改。《老》《莊》及《易》而已。過此以往,罕嘗或披。極少展讀也。披:翻閱也。忽憶兄弟,則渡河歸家,維舟岸側,維:繫也。興盡便返。遇天地晴朗,【校】遇:《文苑英華》、明鈔本、《全唐文》作"每遇"。則於舟中咏大謝"亂流趨孤嶼"之詩,大謝:謝靈運,與小謝謝朓相對而言。亂流趨孤嶼,謝靈運《登江中孤嶼》詩中句。《爾雅》:"正絶流曰亂。"渺然盡山林陂澤之思。【校】山林陂澤:《文苑英華》《全唐文》、叢書本俱作"陂澤山林"。渺然:廣遠貌。陂澤:水池也。《漢書·溝洫志》:"通溝瀆,畜陂澤。"覺瀛洲、方丈森然在目前。【校】森然:叢書本"森"下無"然"字。瀛洲、方丈:傳爲東海内神仙所棲之山。《史記·秦始皇本紀》:"徐市言,海中有三神仙,名曰蓬萊、方丈、瀛洲,仙人居之。"或時與舟人漁子分潭并釣,【校】分潭并釣:明鈔本作"方澤并釣",叢書本作"方潭并釣"。按似當以"方澤"意勝。方澤:大澤也。張衡《歸田賦》:"龍吟方澤,虎嘯山丘。"五臣注:"良曰:方澤,大澤也。"俛仰極樂,戴星而歸。題歌賦詩,以會意爲功。【校】"題歌賦詩以會意爲功"九字,《文苑英華》《全唐文》及三卷本作"歌詠以會意爲巧"。不必與夫悠悠閒人相唱和也。【校】悠悠閒人:《全唐文》作"悠悠然閒人"。孤住河渚,傍無四鄰,聞犬聲,【校】按聞犬聲:《全唐文》作"聞雞犬"。望烟火,便知息身之有地矣!近復有人見贈以五茄地黄酒方,【校】五茄地黄:《文苑英華》《全唐文》作"五加地黄",明鈔本作"五品地黄"。按五茄、地黄皆藥名,五茄即刺五茄,以根皮莖皮入藥,故又稱五茄皮,亦寫作五加皮。《本經》稱其"味辛温,主心腹疝氣,腹痛,益氣療躄,小兒不能行"。地黄爲玄參科植物,藥用其根,《本經》稱其爲乾地黄,即今之生地也。云其"味甘寒,主折跌絶筋,傷中,逐血痹,填骨髓,長肌肉"。今則以九蒸九曬者爲熟地,而以乾地黄稱生地。及種薯蕷、枸杞等法,薯蕷、枸杞均爲藥名。薯蕷,亦名山藥。用之有效,【校】有效:叢書本作"有妙",誤。力省功倍。不能暇修渾沌,并常行之。暇修渾沌:似應爲"假修渾沌"。《莊子·天地》:"彼假修渾沌氏之術者也。識其一,不識其二;治其内,而不治其外。"郭慶藩《集釋》引郭象《注》曰:"以其背今向古,羞爲世事,故知其非真渾沌也。"成玄英疏曰:"夫渾沌者,無分别之謂也。既背今向古,所以知其非真渾沌氏之術也。"按渾沌氏乃上古之帝名,或說即盤古氏。渾沌:無知無欲貌。**裴孔明雖是畏名教物,**裴孔明:事迹待考,蓋王績同時人也,與王有過從,同志趣。下文"裴生"即指此人。**然風月之際,**風月:清風明月也。《南史·褚彦回傳》:"初秋涼夕,風月甚美。"**往往有高人體氣。**高人:高士也。**兼特受巧性,思若有神,自作素琴一張,云其材是嶧陽孤桐也。**嶧陽孤桐:謂作琴之上材也。典出《書·禹貢》。《傳》曰:"嶧山之陽,特出之桐,中琴瑟。"《史記正義》引《括地志》云:"嶧山在兖州鄒縣南二十二里,上多桐樹。鄭康成引《地理志》曰:"嶧山即葛嶧山,在下邳。蓋古説有歧義耳。"按山南爲陽,特生之桐爲孤桐。**近攜以相過,**相過:相訪。**安軫立柱,**《正字通》曰:"軫,琴下轉弦者。"《魏書·樂志》:"以軫調聲。"柱爲琴瑟繫弦之木。《史記》卷八十一《廉頗藺相如列傳》:"若膠柱而鼓瑟。"**龍唇鳳翮,**龍唇:琴唇。《三禮圖》:"琴唇名龍唇,足名鳳足,背名仙人,腰名美女。"王績《古意》詩:"漆抱蛟龍唇,絲纏鳳凰足。"鳳翮:鳳羽也。言琴形兩側之美似鳳羽,若鳳簫形似鳳羽然。**實與常琴不同。發音吐韻,非常和朗。吾家三兄,生於隋末。傷世擾亂,**【校】擾亂:《全唐文》作"攖亂"。**有道無位。作汾亭之操,蓋孔氏《龜山》之流也。**操:琴曲。《汾亭操》:王通所作之琴曲。《中説·禮樂篇》:"子遊汾亭,坐鼓琴,有舟而釣者過。曰:美哉琴意!傷而和,怨而靜,在山澤而有廊廟之志,非太公之都磻谿,則仲尼之宅泗濱也……遂志其事,作《汾亭操》焉。"《龜山》:琴曲名,至中唐,韓愈曾爲作辭。《樂府詩集》引《琴操》曰:"《龜山操》,孔子所作也。季桓子受齊女樂,孔子欲諫不得,退而望魯龜山,作此曲,以喻季氏若龜山之蔽魯也。"《水經·汝水注》:"昔孔子傷政道之陵遲,望山而懷操,故《琴操》有《龜山操》焉。"**吾嘗親受其調,頗爲曲盡。**【校】頗爲:明鈔本作"頗謂"。**近得裴生琴,更習其操。洋洋乎覺聲器相得,今便留之。恨不得使足下爲鍾期,**鍾期:即鍾子期,古之知音者也。《列子·湯問》:"伯牙善鼓琴,鍾子期善聽。伯牙鼓琴,志在高山。鍾子期曰:善哉,峨峨兮若泰山!志在流水,鍾子期曰:善哉,洋洋兮若江河!伯牙所念,鍾子期必得之。伯牙遊於泰山之陰,卒逢暴雨,止於巖下;心悲,乃援琴而鼓之。初爲《霖雨》之操,更造《崩山》之音。曲每奏,鍾子期輒窮其趣。伯牙乃舍琴而歎曰:善哉,善哉,子之聽夫志,想像猶吾心也。吾於何逃聲哉?"**良用耿耿。**【校】耿耿:《文苑英華》作"耿然"。良用:良以也,猶今言"很是"。耿耿:無以釋懷也。

吾所居南渚,有仲長先生,仲長先生:仲長子光,字不曜,隋末唐初洛陽人。見集中《仲長先生傳》。**結庵獨處垂三十載,**結庵:構屋。"庵"同"菴",圓形草屋。**非其力不食,傍無侍者。雖患瘖疾,**瘖:啞。**不得交語,風神蕭蕭無俗氣。**

攜酒對飲,尚有典刑。典刑:《詩·大雅·蕩》:"雖無老成人,尚有典刑。"《箋》曰:"猶有常事,故法可案用也。"《集傳》曰:"典刑:舊法也。"先生又著《獨遊頌》及《河渚先生傳》,【校】著獨遊頌:叢書本作"處獨遊頌"。按《獨遊頌》已佚。開物寄道,開物:開通萬物也。《易·繫辭上》:"夫《易》開物成務,冒天下之道,如斯而已者也。"懸解之作也。懸解:超越生死憂樂,是爲天然之解脫也。《莊子·養生主》:"適來,夫子時也;適去,夫子順也。安時而處順,哀樂不能入也。古者謂是帝之懸解。"郭象《注》曰:"以有繫者爲懸,則無繫者懸解矣,懸解則性命之情得矣。"《釋文》:"以生爲懸,以死爲解。"時取玩讀,玩讀:品味研讀也。便復江湖相忘。

吾往見薛收《白牛谿賦》,薛收:唐代蒲州汾陰人,薛道衡之子,文中子王通之門人。年十二,能屬文,嘗爲秦王府主簿,爲書檄露布,或馬上占辭,敏捷如素構。唐太宗即位後,語房玄齡曰:"收若在,朕當以中書令處之。"著有文集十卷。新舊唐書均有傳。韻趣高奇,詞義曠遠,【校】曠遠:叢書本作"晦遠"。嵯峨蕭瑟,嵯峨:山勢險峻突兀之貌。此形容文思高邁。其不可言。【校】其不可言:《文苑英華》《全唐文》作"真不可言"。壯哉邈乎!楊班之儔也。楊班之儔:揚雄、班固之匹敵也。高人姚義嘗謂吾曰:姚義:王通之門人。王績《遊北山賦》自注云:謂"太山姚義",言其"多慷慨","同儕方之仲由"。"薛生此文,不可多得,登太行,俯滄溟,【校】俯滄溟:《文苑英華》《全唐文》作"俯滄海"。高深極矣!"吾近作河渚獨居賦,河渚獨居賦:爲《河渚賦》《獨居賦》,此二賦今已佚。又有謂"河渚獨居賦"爲一賦者,誤。爲仲長先生所見,以爲可與《白牛》連類。今亦寫一本以相示,可與清谿諸賢共詳之也。清谿:當爲馮子華處士之住地,疑即《水經·沔水注》所載之清谿,在今天安徽含山縣。亂極治至,【校】治至:《文苑英華》《全唐文》作"則治"。王途漸亨。亨:《廣雅·釋詁》:"亨,通也。"《周易》疏曰:"無所擁礙謂之亨。"天災不行,年穀豐熟。賢人充其朝,農夫滿於野。吾徒江海之士,擊壤鼓腹,擊壤:野老之戲也。壤爲木製樂器(或説土製),擊打之以爲樂,後用以喻太平盛世。宋郭茂倩《樂府詩集》卷八十三引《帝王世紀》云:"帝堯之世,天下太和,百姓無事,有八九十歲老人擊壤而歌。"其辭曰:"日出而作,日入而息,鑿井而飲,耕田而食,帝何力於我哉!"又,《困學紀聞》與《三才會圖》云:擊壤爲古童兒所戲之器,以一尺三寸長之木,製爲前廣後鋭履形之板,名曰壤。戲時,先置一壤於地,以手中另一壤遙擊之,中者爲上。蓋二擊壤本不同,後世多有混同云。鼓腹:擊腹以節歌也,喻太平無事,喜樂度日。《十八史略·五帝》:"有老人,含哺鼓腹,擊壤而歌。"輸太平之税耳,帝何力於我哉!【校】帝何力:叢書本作"帝利何"。又知房、李諸賢,房、李:謂房玄齡、李靖也。房字喬(或説名喬字玄齡)。李世民爲秦王時,隱太子欲害之,玄齡效周公誅管蔡之計,爲秦王除惡。太宗即位後,累官至左僕射,徙梁國公,居相位十五年,與杜如晦共掌朝政,世稱"房謀杜斷"。《舊唐書》卷六十九、《新唐書》卷九十六有傳。靖字藥師,通史書,諳兵法,高祖時拜行軍總管,太宗時授刑部尚書,屢建戰功,遷爲尚書右僕射,後改封衛國公。《舊唐書》卷六十七、《新唐書》卷九十三有傳。肆力廊廟,吾家魏學士,魏學士:指魏徵,曲城人,字玄成。太宗時拜諫議大夫、檢校侍中。總撰《周書》《隋書》等,時稱良史。後封鄭國公,直言敢諫,太宗稱爲"人鑒"。著有《類劄》《群書治要》。《新唐書》卷九十七、《舊唐書》卷七十一有傳。因魏係王通門生,故稱"吾家魏學士"。亦申其才。公卿勤勤,有志禮樂;元首明哲,股肱惟良【校】惟良:底本原作"爲良"。從《文苑英華》《全唐文》校改。股肱:手足也,喻朝中得力之臣子。《左傳·昭公九年》:"君之卿佐,是爲股肱。"《書·益稷》:"元首明哉,股肱良哉,庶事康哉。"是爲王文所本。何慶如之也!慶:福也。《易·履》:"大有慶。"《國語》:"有慶未嘗不怡。"注:"慶,福也。"

夫思能獨放湖海之上,【校】之上:底本原作"之士",從叢書本校改。獨放:獨行而放浪於禮俗之外也。才堪濟世,濟世:佐世也。濟:助。王者所須。所恨姚義不存,姚義,見前《遊北山賦》王績自注。薛生已殁,薛生:指薛收。使雲羅天網有所不該,【校】叢書本作"使雲羅天網者有所不咏"。雲羅天網:言大如雲片,彌滿天際之羅網也。該:包也。《孔子家語·正論解》:"夫孔子者,大聖無不該。"以爲歎恨耳!

吾比風痺發動,比:頃也,近日。風痺:手足麻木不仁之症。常劣劣不能佳。然烟霞山水,性之所適。琴歌酒賦,不絶於時。時遊人間,出入郊郭。【校】出入:叢書本作"出於"。暮春三月,登於北山,松柏群吟,藤蘿翳景,翳景:遮蔽日光也。意甚樂之。箕踞散髮,箕踞:伸兩足而坐,其形若箕,係狂傲不檢之姿。《莊子·至樂》:"莊子妻死,惠子吊之,莊子則方箕踞,鼓盆而歌。"《晉書》卷四十九《阮籍傳》:"母終⋯⋯裴楷往吊之,籍散髮箕踞,醉而直視。楷吊唁畢便去。"同群鳥獸。《論語·微子》:"長沮、桀溺耦而耕,孔子過之,使子路問津焉。長沮曰:夫執輿者爲誰?子路曰:爲孔丘。曰:是魯孔丘與?曰:是也。曰:是知津矣。問於桀溺,桀溺曰:子爲誰?曰:爲仲由。曰:是魯孔丘之徒與?對曰:然。曰:滔滔者天下皆是也,而誰以易之?且而與其從辟人之士也,豈若從辟世之士哉?耰而不輟。子路行,以告。夫子憮然曰:鳥獸不可與同群,吾非斯人之徒與而誰與? 天下有道,丘不與易也。"醒不亂行,醉不干物。賞洽興窮,還歸河渚。蓬室甕牖,草屋而以甕爲窗也。《禮記·儒行》:"儒有一畝之宫,環堵之室,篳門圭窬,蓬户甕牖。"彈琴誦書。優哉遊哉,【校】優哉遊哉:底本原作"優哉",從《文苑英華》《全唐文》校改。聊以卒歲。

首夏方熱,【校】方熱:《文苑英華》《全唐文》作"漸熱"。首夏:四月也,因係夏季首月。曹丕《槐賦》:"伊暮春之既替,即首夏之初期。"足下何如也?願動息多宜。黄頰之聚,黄頰:山名,即北山,王績嘗隱此山。張孟兼《遊禹門記》:"東皋子,文中子弟也,以琴酒自娱,隱黄頰山。"何時暫忘?偶因南風,【校】偶因:底本原作"偶見",從《文苑英華》《全唐文》校改。南風:指信使。梁簡文帝《金閨思詩》:"南風送歸雁,聊以寄相思。""歸雁"用雁足傳書典。略示所懷,敬願珍厚,【校】珍厚:底本原作"彌厚",從《文苑英華》《全唐文》校改。不一一。【校】一一:底本原作"一二",從《文苑英華》《全唐文》校改。

王君白。

【相關資料】

無功始亦仕,季代遘亂屯。投劾乃徑歸,不作嬰網鱗。結廬河渚北,喜與癯士鄰。相逢雖多言,不若無語真。種黍養鳬雁,逍遙度秋春。乘牛過酒家,留連或經旬。嗜飲豈沉湎,醉鄉可逃身。北門與樂署,暫屈誠此因。賢哉焦史妻,相饋不厭勤。酣歌自遺世,嵇阮其能倫。

(明高啓《王績》詩,見《大全集》卷三。)

答程道士書

【解題】

本篇叢書本題作"答陳道士書"。按文中有"去矣程生"之句,故知叢書本所題爲"陳道士"者,當爲"程道士"之誤,蓋以"程"、"陳"二字音近而致訛也。又集中《贈程處士》詩有"禮樂囚姬旦,詩書縛孔丘,不如高枕上,時取醉消愁"云云,其意與本書信批評程生"身處江湖之上,心遊魏闕之下"相吻合,故疑詩所謂"程處士"者,與此程道士爲同一人也。又考集中《重答杜使君書》提及與處士程融處嘗見王儉《禮論》之事,則程道士或即此程融者也。王績既與其時有往來,則程氏所居亦當在河汾之附近耳。

徐道士至,徐道士:生平未詳。蓋爲程道士傳書者。獲書,詞義懇切,具受之也。然吾嘗讀書,觀覽數千年事久矣!有以見天下之通趣,【校】通趣:《全唐文》作"通趨"。通趣:謂共同之旨趣也。《後漢書》卷九十下《蔡邕傳》:"行義達道,士之司也……夫如是,則聖哲之通趣,古人之明志也。"識人情之大方:大方:大法則也。陸機《五等諸侯論》:"有以見綏世之長御,識人情之大方"。李善注曰:"大方,法也。"語默紛雜,【校】紛雜:叢書本作"紛離"。是非淆亂。夸者死權,烈士殉名。貪夫溺財,品庶每生。【校】每生:叢書本作"每坐"。漢賈誼《鵩賦》:"貪夫殉財兮,烈士殉名;夸者死權兮,品庶每生。"按夸者死權四句,語出賈誼《鵩賦》:"貪夫殉財兮,烈士殉名;夸者死權兮,品庶每生。"應劭曰:"殉,營也;夸,毗也。好榮死於權利。"瓚曰:"以身從物曰殉。夸,泰也。《莊子》曰:權勢不尤則夸者悲也?索隱言好夸毗者,死於權利,是言貪勢以自矜夸者,至死不休也。尤,甚也。言勢不甚用則夸毗者,可悲也。"每生:貪生。"徇"通"殉",是則夸者即指好虛名、喜權勢者,品庶即衆庶。各是其所同,以同於己者爲是也。非其所異焉,視不同於己者爲異端也。可勝校哉!【校】勝校:叢書本作"勝校其閑"。校:計也。《荀子·王霸》:"故憂患不可勝校也。"故吾師曰:"莫若俱任而兩忘。"俱任:俱聽其自然。兩忘:是與非,二者皆遺忘也。吾師:謂莊子也。《莊子·大宗師》:"與其譽堯而非桀也,不如兩忘而化其道。"仲尼所以無可否於其間;【校】其間:《文苑英華》《全唐詩》作"人間",叢書本作"其人"。《論語·微子》記載,孔子與弟子評論古之逸民,謂伯夷、叔齊"不降其志,不辱其身"。謂柳下惠、少連"降志辱身矣,言中倫,行中慮,其斯而已矣"。謂虞仲、夷逸"隱居放言,身中清,廢中權"。然後曰:"我則異於是,無可無不可。"莊周所以齊大小於自適。齊大小:視世間萬物爲無異也,蓋泯絶彼此,排遣是非,混同美惡之意也。此爲《莊子·齊物論》一篇主旨。是謂神而化之,【校】是謂:叢書本作"是爲"。使人宜之,百姓日用而不知也。夫君子所思,不出其位,不出其位:語出《論語·泰伯》:"子曰:不在其位,不謀其政。"道有不同,不相爲謀,《論語·衛靈公》:"子曰:道不同,不相爲謀。"《正義》曰:"言人之爲事必須先謀。若道同者共謀,則情審不誤;若道不同而相爲謀,則事不成也。"蓋爲此也。足下欲使吾適人之適,而吾欲自適其適。【校】明鈔本"吾"下無"欲"字。非敢非足下之義,且欲明吾之心,一爲足下陳之。

昔孔子曰"無可無不可",而欲居九夷;《論語·子罕》:"子欲居九夷。或曰:陋,如之何?子曰:君子居之,何陋之有?"九夷指東夷九種,古代東方未開化之部族也。老子曰"同謂之玄",【校】玄:叢書本、《全唐文》俱作"元",下文之"玄致"亦俱作"元致"。蓋清人避清聖祖諱而改之也。《老子》:"無名天地之始,有名萬物之母。故常無,欲以觀其妙;常有,欲以觀其徼。此兩者同出而異名,同謂之玄。"意謂"常無"(指無形之道)與"常有"(指有形之天地)同出於道,而名稱不同,皆叫做玄妙。而乘關西出。謂老子出函谷關西去也。《史記》卷六十三《老莊申韓列傳》:"老子修道德,其學以自隱無名爲務。居周久之,見周之衰,乃遂去。至關,關令尹喜曰:子將隱矣,強爲我著書!於是老子乃著書上下篇,言道德之意五千餘言而去,莫知其所終。"釋迦曰:"色即是空。"釋迦:佛教始祖釋迦牟尼。釋迦爲族名,義爲"能仁",牟尼義爲"寂默"。色即是空:佛家語。色爲有形之萬物,依佛家認識,此等萬物係因緣所生,非本來實有,故是空也。《般若心經》:"色不異空,空不異色,色即是空,空即是色。"而建立諸法。【校】諸法:明鈔本作"大法"。此皆聖人通方之玄致,通方:通達道術。《史記·韓安國傳》:"通方之士,不可以文亂。"通方之士謂有道博聞之士。玄致:玄妙高深之情致。宏濟之秘藏。宏濟:廣濟也,普救也。秘藏:隱藏之珍也。如《漢書·劉歆傳》:"陳發秘藏,校理舊文。"寔冀沖鑒君子相期於事外,【校】寔冀:底本原作"寔寄"。從明鈔本校改。沖鑒:沖虛深遠之鑒識。相期:相期待也。豈可以言行詰之哉?詰之:責讓之也。《廣雅·釋詁》:"詰,責也。"又:"詰,讓也。"故仲尼曰"善人之道不踐迹",《論語·先進》:"子張問善人之道,子曰:不踐迹,亦不入於室。"不踐迹:不循他人之迹也。蓋謂路若不正,縱人皆由之,己亦不因循也。老子曰"夫無爲者,無不爲也"。《老子》:"爲學日益,爲道日損,損之又損,以至於無爲,無爲而無不爲。取天下常以無事,及其有事,不足以取天下。"言唯無爲而後才能無不爲也。凡百之事皆不爲,則百事盡成,天下大治。釋迦曰"三災彌綸",三災:佛家語,謂劫末所起之三種災。有大小三災之别。大則水、火、風并做,小則刀兵、饑饉、疫癘俱起。彌綸:周匝包羅也。《易·繫辭上》:"易與天地准,故能彌綸天地之道。"《疏》曰:"彌謂彌縫補合,綸謂經綸牽引。"行業湛然。行業:善惡之所作,可感苦樂之果報者。《無量壽經上》:"行業果報,不可思議。"湛然:安静貌。《老子》:"挫其鋭,解其忿,和其光,同其塵,湛然存。"夫一氣常凝,一氣:萬物之元氣也。《莊子·知北遊》:"萬物一也,通天下一氣耳,聖人故貴一。"事吹成萬,事物各異,千萬形態也。《莊子·齊物論》:"大塊噫氣,其名爲風,是惟無作,作則萬竅怒呺……夫吹萬不同,而使其自己也,咸其自取,怒者其誰也!"《莊子集釋》引成《疏》:"風唯一體,竅則萬殊,雖復大小不同,而各稱所受,率咸自知。"郭慶藩引《文選》謝靈運詩注則云:"吹萬,言天氣吹煦,生養萬物,形氣不同。"萬殊雖異,道通爲一。故各寧其分,分:分際,謂己所當得。盧諶《贈劉琨書》:"處雁乏善鳴之分。"李善注曰:"分,謂己當得也。"則何異而不通?苟違其適,苟:若也。適:宜也。則何爲而不閡?閡:礙也。故夫聖人者非他也,順適無閡之名,即分皆通之謂。即分皆通,故能立不易方;【校】立不易方:叢書本作"立而不易方"。順適無閡,無閡:佛教語,指菩薩爲人説法,言辭流利,義理通達。《藝文類聚》卷七十六引南朝梁王筠《國師草堂寺智者約法師碑》:"顯證一乘,宣揚三慧,辯才無閡,遊戲神通。"故能遊不擇地。【校】遊不擇地:叢書本作"遊而不擇地"。其有越分而求皆通,違適而求無閡,雖有神禹,【校】神禹:叢書本及《全唐文》作"神萬",當誤。神禹乃夏禹之尊稱也。《莊子·齊物論》:"無有爲有,雖有神禹,且不能知,吾獨且奈何哉。"成玄英疏:"迷執日久,惑心已成,雖有大禹神人,亦不令其解悟。"將獨奈何?故曰:"鳧脛雖短,續之則悲;鶴脛雖長,截之則憂。"《莊子·駢拇》:"長者不爲有餘,短者不爲不足。是故鳧脛雖短,續之則憂;鶴脛雖長,斷之則悲。"郭象注曰:"各自有正,不可以此正彼而損益之。"言分之不可越也。【校】不可越:《文苑英華》《全唐文》、叢書本作"不可違"。夢爲鳥,唳於天;夢爲魚,没於泉,《莊子·大宗師》:"且汝夢爲鳥而厲乎天,夢爲魚而没於淵,不識今之言者,其覺者乎?其夢者乎?"郭象《注》:"夢之時自以爲覺,則焉知今者之非夢耶?亦焉知其非覺耶?覺夢之化,無往而不可,則死生之變,無時而足惜也。"成玄英《疏》:"夫人夢中,自以爲覺,今之覺者,何妨夢中?是知覺夢生死,未可定也。"《中説·禮樂篇》:"子之夏城,薛收、姚義後,遇牧豕者,問塗焉。牧者曰:從誰歟?薛收曰:從王先生也。牧者曰:有鳥有鳥,則飛於天,有魚有魚,則潛於淵。知道者蓋默默焉。子聞之,謂薛曰:獨善可矣,不有言乎,誰明道乎?"唳:鳥鳴也。言適之不可違也。

吾受性潦倒,不經世務。屏居獨處,則蕭然自得;接對賓客,則茶然思寢。【校】茶然:朱本、李本作"恭然",《文苑英華》、叢書本作"樂然"。明鈔本作"薾然"。按"茶然"同"薾然",疲頓貌。《莊子·齊物論》:"薾然疲役,而不知其所歸。"《顔氏家訓·勉學》:"茶然沮喪,若不勝衣。"加性又嗜酒,形骸所資。河中黍田,足供歲釀。閉門獨飲,不必須偶。每一甚醉,便覺神明安和,【校】神明:明鈔本作"神情"。血脈通利;既無忤於物,而有樂於身,故常縱心以自適也。而同方者,不過一二人,時相往來,并棄禮數,箕踞散髮,玄談虛論,談論玄虛也。兀然同醉,兀然:無知之貌。劉伶《酒德頌》:"兀然而醉,恍爾而醒,静聽不聞雷霆之聲,熟視不睹泰山之形。"悠然便歸,不知聚散之所由也。

昔者,吾家三兄,命世特起,【校】起:底本原脱,據朱本、李本校補。命世:有名於世,才高一世也。趙祁《孟子題辭》:"可謂直而不倨,曲而不屈,命世亞聖之大才也。"亦其例。光宅一德,【校】宅一德:叢書本作"擇一德"。宅一德:修明一德也,指王通皈紹儒學。

續明《六經》。指王通依儒家六經而作《禮論》《樂論》《續書》《續詩》《元經》《贊易》也。吾嘗好其遺書,【校】遺書:《文苑英華》、明鈔本、《全唐文》作"遺文"。以爲匡世之要略盡矣!【校】匡世:明鈔本作"匡扶"。然嶧陽之桐,《書·禹貢》《傳》曰:"嶧山之陽,特出之桐,中琴瑟。"《史記正義》引《括地志》云:"嶧山在兗州鄒縣南二十二里,上多桐樹。"鄭康成引《地理志》曰:"嶧山即葛嶧山,在下邳。蓋古說有歧義耳。"按山南爲陽,特生之桐爲孤桐。以俟伯牙,《列子·湯問》:"伯牙善鼓琴,鍾子期善聽。伯牙鼓琴,志在高山。鍾子期曰:善哉,峨峨兮若泰山!志在流水,鍾子期曰:善哉,洋洋兮若江河!伯牙所念,鍾子期必得之。伯牙遊於泰山之陰,卒逢暴雨,止於巖下,心悲,乃援琴而鼓之。初爲《霖雨》之操,更造《崩山》之音。曲每奏,鍾子期輒窮其趣。伯牙乃舍琴而歎曰:善哉,善哉,子之聽夫志,想像猶吾心也。吾於何逃聲哉?"烏號之弓,烏號:良弓名。《史記》卷二十八《封禪書》云,黃帝於鼎湖乘龍升天,群臣及後宮持龍髯上,龍髯拔,墜黃帝之弓,百姓仰望,乃抱其弓而烏號,後世因以烏號名良弓。又據《說苑·正失》:"柘桑之林,枝條暢茂,烏登其上,下垂著地,烏適飛去,後從撥殺,取以爲弓,因名烏號耳。"必資由基。由基:即養由基,春秋楚大夫。《漢書》卷五十一《枚乘傳》:"養由基,楚之善射者也,去楊葉百步,百發百中。楊葉之大,加百中焉,可謂善射矣。"苟非其人,道不虛行。吾自揆審矣,【校】揆審:明鈔本、叢書本作"揆深"。自揆:自度量也。審:明也。必不能自致台輔,台輔:三公、宰相之稱,亦稱"台弼"。《後漢書·周舉傳》:"明公年過八十,位至台輔。"恭宣大道。夫不涉江漢,何用方舟?不思雲霄,何事羽翮?【校】何事:《文苑英華》《全唐文》作"何用"。翮:羽莖也,羽翮指羽毛。故頃以來,都復散棄。雖周、孔制述,未嘗復窺,何況百家悠悠哉?去矣程生,非吾徒也。若足下者,【校】明鈔本作"若足下",無"者"字。可謂身處江海之上,【校】江海:明鈔本作"江湖"。心遊魏闕之下。魏闕:巍巍高大之宮闕也。《莊子·讓王》:"身在江海之上,心居乎魏闕之下。"成玄英《疏》:"有嘉遯之情而無高蹈之德,故身在江海上而隱遯,心思魏闕下之榮華。"雖欲行志,不覺坐馳,若以此見,【校】若以:叢書本作"吾以"。輕議大道,將恐北轅適越,【校】適越:叢書本作"道越"。北轅適越:謂向北行而欲至越,謂不可達也。所背彌遠矣!

吾頃者加有風疾,【校】頃者:底本原作"頃"。據《全唐文》、明鈔本校補。劣劣不能佳,【校】不能佳:叢書本作"不能住"。但欲乘化獨往,【校】但欲:底本原作"但"。兹據明鈔本、《全唐文》校補。乘化:順應造化,依從自然也。任所遇耳。不能復使離婁役目,【校】役目:底本脱,據《全唐文》《文苑英華》、明鈔本校補。離婁:人名,古之明目者,亦曰離朱,黃帝時人。傳能視百步之外,見秋毫之末。黃帝亡其玄珠,亦使離婁索之。契后勞精,【校】契后:底本原作本作"諛詬",從《文苑英華》、明鈔本、《全唐文》校改。契后:殷之始祖也,堯時爲司徒。"契"亦作"偰"、"卨"。《書·舜典》:"帝曰:俞,諮禹,汝平水土,惟時懋哉!禹拜,稽首。讓於稷契暨皋陶……帝曰:契,百姓不親,五品不遜,汝作司徒,敬敷五教,在寬。"后:君也。勞精:勞神也。怵心蔽焉,【校】焉:明鈔本作"用"。《文苑英華》注云"一作目"。蔽:闇而不明也。《荀子·解蔽注》:"蔽者,言不能通明,滯於一隅,如有物壅蔽之也。"以物爲事也。勖哉夫子,勖:勉勵也。《書·泰誓》中:"勖哉夫子,罔或無畏。"《傳》曰:"勖,勉也。"勉建良圖!因山僧還,略此達意也。

王君白。【校】底本脱此三字,據《文苑英華》、明鈔本、《全唐文》校補。

與江公重借隋紀書

【解題】

本文三卷本未載,叢書本收入補遺。《唐文粹》《全唐文》、叢書本均題作"與陳叔達重借隋紀書"。陳叔達,穎川人,字子聰,陳宣帝第十七子。《新唐書》卷一百《陳叔達傳》云:"少封義陽王,歷丹陽尹,都官尚書。入隋,久不試。大業中,授内史舍人,出爲絳郡通守。高祖西師,以郡聽命,授丞相府主簿,封漢東郡公,與溫大雅同管機秘。方禪代時,書册誥詔,皆其筆也。武德初,授黄門侍郎,判納言,封江國公。叔達明辯,善爲容。每占奏,縉紳屬目。江左士客長安或汩滯,多薦諸朝。……貞觀初,與蕭瑀争殿中,坐忿諱不恭,免官。官未幾,居母喪,又有疾,太宗憂之,遣使禁却吊者。喪除,爲遂州都督,病不拜。頃之,擢禮部尚書。始,太子建成等閒間太宗,帝惑之,叔達極意救辯,至是謂曰:'武德内難,卿有讜言,故以此報。'叔達謝曰:'豈獨爲陛下,乃社稷計耳。'後閨薄汙慢,爲有司露劾。帝以名臣爲護掩,授散秩歸第。卒,諡曰繆。久之,贈户部尚書,更諡曰忠。"

按《中説》,陳叔達亦文中子之弟子。文中子於北山設筵之時,陳叔達諸人皆稱師北面,從其受王佐之道,當即在叔達出爲絳郡通守之時。王福畤《録東皋子答陳尚書書》言王績與陳氏善。貞觀初,王績向陳叔達借其所撰之《隋紀》,并持《文中子世家》與陳公,冀《隋紀》采入"亡兄之言"。然時王績之仲兄王凝以事惡長孫太尉,陳叔達避太尉之權，不敢以書相借。觀此書中有"豐屋華榱，顧蓬蒿而徙眷；鳴鐘列鼎，想藜藿而移交。不與驕期，遂忘昔時之好耳"之語，若非舊好，誰人能對當朝宰輔之臣出此責讓無禮之言？由王績本書，可知王福畤所言之事不誣也。唯《中說》一書，錯訛之處比比皆是，致使後人懷疑其僞，甚爲惜之！

本篇所作時間，據孫望《王度考》，陳叔達撰著《隋書》事在武德末貞觀初。"陳叔達的撰作《隋紀》，誠如王福畤所叙，事在貞觀初年。這樣說來，那末王績想繼'亡兄芮城'撰寫隋史，以及爲此而向陳叔達借書，其事當然也在貞觀初年。"其説甚是。

久承所撰《隋紀》，繕寫咸畢，承：聞也。前舍弟及家人往，舍弟：指王績之七弟王静。并有書借，咸不見付。豈連城之珍，俟楚王而乃進，《韓非子·和氏》：楚人和氏得玉璞楚山中，獻於厲王。王以和爲誑，刖其左足。武王即位，又獻之，而右足被刖。至文王，和氏乃抱璞哭於荆山之下，文王使人理璞而得寶，遂命曰和氏璧。《三國志·魏書·文帝紀》注引《魏略》曰："和氏之璧，由井里之田，錯之以他山，磬之以砥礪，故能致連城之價。"《崩山》之操，待鍾期而後發邪？《崩山》：琴曲名。《列子·湯問》："伯牙善鼓琴，鍾子期善聽。伯牙鼓琴，志在高山。鍾子期曰：善哉，峨峨兮若泰山！志在流水，鍾子期曰：善哉，洋洋兮若江河！伯牙所念，鍾子期必得之。伯牙遊於泰山之陰，卒逢暴雨，止於巖下，心悲，乃援琴而鼓之。初爲《霖雨》之操，更造《崩山》之音。曲每奏，鍾子期輒窮其趣。伯牙乃舍琴而歎曰：善哉，善哉，子之聽夫志，想像猶吾心也。吾於何逃聲哉？"事亦見《新序》。正應以左貂右蟬，貂蟬：貂蟬冠也，又稱趙文冠。《後漢書》卷四十《輿服志》謂爲侍中、中常侍冠之。"加黄金璫，附蟬爲文，貂尾爲飾，謂之趙文冠。"榮冠東省；東省：唐代政事堂所在，即門下省。《庸録》："政事堂在東省，屬門下。"掌壺負璽，壺：禮器。璽：皇帝印信。望重南宮；南宫：漢宫殿名，代指朝堂。《史記》卷八《高祖本紀》："高祖置酒雒陽南宫。"《輿地志》："秦時已有南北宮……光武即位，幸南宮，遂定都焉。"朝夕丹墀，丹墀：丹漆所塗之庭階，指朝廷。《漢官儀》："以丹漆階上地曰丹墀。"揖讓增價；往來青瑣，青瑣：指宮殿門窗之飾也，刻鏤爲連瑣而塗以青色。張衡《西京賦》："青瑣丹墀。"步頓生光。豐屋華榱，華榱：華美之屋椽也。《漢書》卷一百十七《司馬相如傳》："華榱璧璫。"《索隱》：韋昭曰：裁玉爲璧，以當榱頭。司馬彪曰：以璧爲瓦之當也。顧蓬蒿而徙眷；徙眷：移情别眷也。鳴鐘列鼎，鳴鐘作樂，列鼎而食也。想藜藿而移交。藜藿：藜草與豆葉，皆賤菜，貧民所食，此代寒素之人。不與驕期，漢劉向《説苑》卷十："魏公子牟東行穰侯送之。曰：先生將去冉之山東矣,獨無一言以教冉乎?魏公子牟曰:非君言之,幾忘語君。君知夫,官不與勢期,而勢自至乎?勢不與富期,而富自至乎?富不與貴期,而貴自至乎?貴不與驕期,而驕自至乎?驕不與罪期,而罪自至乎?罪不與死期,而死自至乎?穰侯曰:善,敬受明教。"

遂忘昔時之好耳!【校】昔時:叢書本、《唐文粹》作"曩時"。遂:終竟也。昔時之好:據《中說》,陳叔達爲文中子門生,且又與王績相善。以上數句,責陳叔達富貴而冷落舊交,言辭激切。**僕遭逢明聖,棲遲邱壑。**棲遲:優遊偃息也。《爾雅·釋詁》:"棲遲,息也。"**幸悅堯舜之風,得全箕潁之操。**箕潁之操:隱居之節也。以堯時隱士許由耕於箕山之下,潁水之陽,故有是語。**雖心期所,**心期:心中期許也。**道固遥在。**【校】道固遥在:《唐文粹》《全唐文》作"吾道遥存"。叢書本作"而吾道遥存"。**而出處離異,儀刑難接。**出處離異:言所處不同而心志有別也。儀刑:儀式刑法也,此指國家典章禮儀。《詩·大雅·文王》:"儀刑文王,萬邦作孚。"儀刑難接者,言己乃方外之人,不嫻世俗禮法束縛也。**所以願憑鱗羽,**鱗羽:《漢書》卷五十四《蘇武傳》云,漢武帝天漢元年,遣蘇武、常惠等出使匈奴,會匈奴内亂,武等被拘留,十九年不得歸。後漢與匈奴和親,漢求武等,匈奴詭言蘇武已死。後漢使讓匈奴,言天子射上林中,得雁,足有繫帛書,知武等在某澤中。單于大驚,乃歸武等。後世詩文中,因常以鴻雁爲信使也。又《古詩》:"客從遠方來,遺我雙鯉魚。呼童烹鯉魚,中有尺素書。長跪讀素書,書中意何如?上言加湌飯,下言長相思。"後人又因以魚代指書信。鱗羽即魚雁也,代指書信。**宛若承顔。**如同面晤也。承顔:順承尊長顔色也。《漢書·雋不疑傳》:"聞暴公子威名舊矣,今乃承顔接辭。"**望觀述作,欣然得意。足下裁成國典,**指著成《隋紀》。**褒貶人倫,欲使明鏡一時,**爲一代治國之借鑒也。**覆車千祀,**以覆車喻事之敗壞,引爲教訓義。千祀:千年也。**故當貽諸好事,**貽諸:送給。**豈擬唯傳子孫?**謂足下不借其書,難道只是爲傳之子孫,不欲他人觀覽乎?**方復固其緘縢,嚴其扃鐍。**緘縢:緘與縢,皆繩也,引申爲約束纏固。扃鐍:箱上之關鈕鎖鑰。《莊子·胠篋》:"唯恐緘縢扃鐍之不固也。"**天下之望,豈如是乎?**

僕亡兄芮城,芮城:芮城府君王度也。文中子《中説》數處言及"芮城府君"。王度《古鏡記》自稱:大業九年,"出兼芮城令"。又有"度弟績"之語,知王度爲王績之兄。**嘗典著局。大業之末,欲撰《隋書》,俄逢喪亂,未及終畢。僕竊不自揆,**自揆:自量。**思卒餘功,**卒:終,完成。**收撮飄零,**收撮:收聚。飄零:散失。**尚存數帙。**帙:書卷之編次、篇帙。**兆自開皇之始,**兆:始也。開皇:隋文帝年號。**乞於大業之初,**【校】乞於:叢書本作"迄於"。乞:通"迄"。**咸亡兄點竄之遺**

迹也。【校】點竄：叢書本作"黜竄"。大業之後，【校】之後：叢書本作"之初"。言事闕然。闕然：空缺也。僕雖欲繼成，無可憑采。以此尤思見足下之所作也。還使請致，無爲再三。

王君白。【校】王君：《全唐文》、叢書本作"王績"。

【相關資料】

初，叔達撰《隋記》，王績欲借觀，且曰："吾芮城兄亦有《隋書》若干卷，欲續成以終其志。殆諷之也。

（清王士禎《香祖筆記》卷三。）

[附]　　　　　　江公答書

【解題】

本篇題目《唐文粹》《全唐文》作"答王績書"。

賢弟千牛及家人典琴至，頻辱芳翰，索下官所撰《隋紀》。千牛：本爲刀名，言刀之銳利可屠千牛也。千牛刀常備身邊，後比喻侍立皇帝左右之警衛人員。後魏始置千牛用作官名，掌執御刀，爲君主親身護衛，名千牛備身。唐代設左右千牛衛，爲禁衛之一，所屬有千牛備身。呂才《王無功集序》稱，武德中，績第七弟靜爲武皇千牛。典琴：以琴爲典，作爲借書之質押物也。雖承厚眷，滿然自失。誠恐持郤克之質，郤克：即郤獻子，春秋中期晉國正卿，其祖爲晉國公族，以軍功封於郤邑（山西沁水下游一帶），其後稱郤氏。齊頃公六年，郤克與魯、衛二國使者使齊。郤克僂，而魯使蹇，衛使眇，齊亦令人如之以導客。齊頃公母蕭桐叔子帷中觀而笑之。郤克耻，誓報此辱。齊頃公八年，晉伐齊，齊以公子強質晉。十年，郤克帥晉師伐齊，敗齊軍於鞌，幾俘齊頃公。於是齊乃求和。郤克曰："必得笑克者蕭桐叔子，令齊隴畝東向（以便晉師車馬行馳）"而後許和。齊使對曰："叔子，齊君母。齊君母亦猶晉君母，子安置之？且子以義伐而以暴卒後，其可乎？"於是令齊還所侵魯、衛地而許和。事見《公羊傳·成公二年》《史記·齊太公世家》等。此處所謂郤克之質者，言郤克本僂也，借以喻其所作之《隋紀》拙陋耳。入邯鄲之墟，傳説邯鄲人行姿優美，故燕國壽陵有人至其地學其走路姿態，然未能學會，竟忘其故行之態，只好爬行回去。《莊子·秋水》："且子獨不聞乎壽陵余子學行於邯鄲與？未得國能，又失其故行矣，直匍匐而歸耳。"墟：墟集、集市也。本句以邯鄲之墟，借喻王績之文才，言以郄克之傻質，焉敢入邯鄲之集市行走乎？**眷曹鄶之音**，【校】眷：《唐文粹》《全唐文》作"奏"。《左傳·襄公二十九年》："吳公子劄來聘……爲之歌《陳》，曰：國無主，其能久乎！自《鄶》以下無譏焉。"杜預注："《鄶》第十三，《曹》第十四，言季子聞此二國歌，不復譏論之，以其微也。"後以"鄶下無譏"言其微不足道。**歷莖英之肆**，《漢書·禮樂志》："昔黃帝作《咸池》，顓頊作《六莖》，帝嚳作《五英》，堯作《大章》，舜作《韶》，禹作《夏》，湯作《濩》。"後以《英》《莖》泛指古代的雅樂。隋許善心《於太常寺聽樂》詩："澤竭《英》《莖》散，人遺憂思深。"肆：店鋪。這里指藥坊。**所以遲回簡牘。伏念旬時，輒撰短懷，仰違前命。今奉來劄，誨責逾深。既以驕鄙相訶，又以緘縢致誚**，王績致陳氏書中有以下諸語："不與驕期，遂忘昔時之好。""豈擬唯傳子孫？方復固其緘縢，嚴其扃鐍。天下之望，豈如是乎。"訶、誚：責斥，譏讓也。**欲加之罪，其無辭乎？正當要使必致耳！**

　　了不知賢兄芮城有《隋書》之作，足下既圖繼就，須有考尋，謹依高旨，繕錄馳送。然僕雖不佞，頗聞君子之論矣！嘗以爲爲國以禮，君舉必書。故左史記言，右史記事。《禮記·玉藻》篇："（天子）動則左史書之，言則右史書之。"又，《漢書·藝文志》："左史記言，右史記事，事爲《春秋》，言爲《尚書》，帝王靡不同之。"**言者，申立德立功之意也；事者，叙立德立功之迹也。所以明勸沮**，明勸沮：明確所以鼓勵和禁止者。《韓非子·八經》："設法度以齊民，信賞罰以盡能，明誹譽以勸沮。"又《抱朴子·崇教》："堅堤防以杜決溢，明褒貶以彰勸沮。"**所以別是非，自非可以關社稷之安危，涉天人之興廢。古之君子，何嘗取諸？褒貶之作，有由然也。**

　　自微言泯絶，大義乖墜。《漢書》卷三十《藝文志》："昔仲尼没而微言絶，七十子喪而大義乖。"**三代之教，亂於甲兵**；三代：三代一詞，出自孔子。《論語·衛靈公》："斯民也，三代之所以直道而行也。"蓋孔子所謂三代者指夏、商、西周也。孔子認爲，其所處之春秋時代，禮崩樂壞，"大道既隱，天下爲家，各親其親，各子其子"。故孔子稱美於三代，云："周鑒於三代，鬱鬱乎文哉，吾從周。"三代之教，即三代之教化。**六經之術，滅於煨燼。**《史記》卷一百二十一《儒林列傳》："及至秦之季世，焚詩書，坑術士，六藝從此闕焉。"**君人者，尚美名以夸六合**，【校】美名：《唐文粹》《全唐文》作"空名"。六合：天地四方也，泛指天下或宇宙。賈誼《過秦論》："及至始皇……吞二周而亡諸侯，履至尊而制六合。"《山海經·海內南經》:"地之所載,六合之間,四海之內。"史官者,貴虛飾以佞一時。下及馬遷,爰逮班固,咸有述作,庶幾聖賢。言司馬遷、班固之述作,庶幾與古之聖賢接近也。其於斟酌典謨,典謨:《尚書》中有《堯典》《舜典》《大禹謨》《皋陶謨》等篇,并稱爲典謨。《書序》:"《典》《謨》《訓》《誥》《誓命》之文凡百篇,所以恢弘至道,示人主以軌範也。"後人亦以"典謨"指傳世之經典。表章微絶,曾不能觸其籬落者也。籬落:籬笆。晋葛洪《抱朴子·自叙》:"貧無僮僕,籬落頓决。"此處引伸爲外圍邊界之義。魏晋之際,夫何足云?中原板蕩,板蕩:《詩·大雅》有《板》《蕩》二詩,爲譏刺周厲王無道而導致國家混亂之詩篇,後人因以"板蕩"爲詞,指政局混亂或社會動蕩。史道息矣!然國於天地,有與立焉。苟能宅郊禋,郊祀天神謂之郊禋。《後漢書·祭祀志贊》:"天地禋宗,宗廟享祀。"南朝齊謝朓《和伏武昌登孫權故城》:"裘冕類禋郊,卜揆崇離殿。"建社稷,樹師長,撫黎元,雖復五裂山河,謂山河四分五裂也。《太公兵法·奇兵》:"四分五裂者,所以擊圓破方也。"《戰國策·魏策一》:"魏南與楚而不與齊,則齊攻其東;東與齊而不與趙,則趙攻其北;不合於韓,是韓攻其西;不親於楚,則楚攻其南。此所謂四分五裂之道也!"三分躔次,言三分天下也。躔次:日月星辰於運行軌道上之位次。漢蔡邕《獨斷》:"京師天子之畿內千里,象日月,日月躔次千里。"規模典式,豈徒然哉!是賢兄文中子知其若此也。恐後之筆削,陷於繁碎,宏綱正典,暗而不宣。乃興《元經》,以定真統。真統:即正統,封建王朝統一全國後,對一脈相承系統的自稱,以證明王朝統治的合法性。蓋獲麟之事,《春秋》:哀公十四年春,"西狩獲麟"。《注》:"麟者仁獸,聖王之嘉瑞也。時無明王出而遇獲,仲尼傷周道之不興,感嘉瑞之無應,故因魯《春秋》而修中興之教,絶筆於獲麟之一句,所感而作,固所以爲終也。"傳説當孔子聽到"獲麟"一事時,曾落淚云:"吾道窮矣。"不久便去世。夫何足以知之!

　　叔達亡國之餘,陳叔達乃南朝陳宣帝之第十七子,陳時曾封義陽王,歷丹陽尹、都官尚書,故云。幸賴前烈。前烈:前賢也。南朝梁任昉《齊竟陵文宣王行狀》:"易名之典,請遵前烈。"有隋之末,濫尸貴郡。謂無其德能而占據其位也。濫:濫竽充數之意。尸:尸位素餐也。自謙之辭。因沾善誘,《論語·子罕》:"夫子循循然善誘人。"後世因以善誘指得到老師之教誨。南朝梁任昉《王文憲集序》:"雖單門後進,必加善誘。"此處指嘗得文中子之教誨也。頗識大方。頗識:略知也。大方:大道理。至若梁魏周齊之間,耳目耆舊所接,風流人物,名實可知;衣冠道義,謳謡尚在。頃者,皇建其極,言君王立政,建其法則也。《尚書·洪範》:"皇建其有極,斂時五福,用敷錫厥庶民。"《正義》曰:"皇,大也。極,中也。施政教治下民,當使大得其中,無有邪僻。故演之云大中者,人君爲民之主,當大,自立其有中之道,以施教於民。當先敬用五事,以斂聚五福之道,用此爲教,布與衆民,使衆民慕而行之。"**君子道亨。**亨:《周易·下經》:"恒,亨,無咎,利貞。"《注》:"恒之爲道,亨乃無咎也。恒通無咎,乃利正也。"**憑藉時來,妄叨近侍。廟堂多暇,**廟堂:人君朝見羣臣議論政事之殿堂也。《莊子·在宥》:"故賢者伏處大山嵁巖之下,而萬乘之君憂栗乎廟堂之上。"**典墳自娛,**典墳:三墳五典之略語。傳五帝之書稱五典,三皇之書稱三墳。《左傳·昭公十二年》:"左史倚相趨過。王曰:是良史也,子善視之。是能讀三墳、五典、八索、九丘。"晋杜預注:"皆古書名。"此處泛指各種書籍。**覽後魏周齊之紀傳,考下官之所聞見,莫不增減隨意,【校】**隨意:《唐文粹》《全唐文》作"喜怒"。**曲直任情,叙致浮雜,褒貶阿黨。述時望者,以爵禄爲榮談;陳國紀者,以狙譎爲能事。**狙譎:狡詐也。**至於密會王道,潛濟生人,**潛濟:私相勾通交接也。**既昧於知音,**言其事既無人知曉也。**咸寢而不記。貪求寫其祖父冠冕,胤嗣婚姻,以爲譜牒之證耳,豈不痛哉!風俗之壞,一至於此。雖人倫王化,備列《元經》,而恢談碩議,或不可舍。是以薛記室及賢兄芮城,常悲魏周之史,各著春秋。近更研覽,真良史焉!古人云:"過高唐者,學王豹之謳;**語出三國陳琳《爲曹洪與魏文帝書》。《文選》李善注:"《孟子》:淳于髡曰:昔王豹處淇而西河善謳,綿駒處高唐而齊右善歌。按此文當過高唐者效綿駒之歌,但文人用之誤。"李周翰注:"高唐,齊邑也,善歌者綿駒居是焉,而齊右之人皆善爲歌者。言風俗染人。王豹亦善歌者,居淇。今云過故高唐,效王豹之謳歌也。"**遊睢渙者,學藻繪之功。"**李善注曰:"《陳留記》曰:襄邑,渙水出其南,睢水經其北。《傳》云:睢渙之間出文章,故其黼黻絺繡,日月華蟲,以奉於宗廟御服焉。"李周翰注:"睢渙,二水名。其處人能織藻繢綿綺,有遊於此者,亦將學其風土所爲也。"按王豹善謳之典見《孟子·告子下》。**竊惟隋氏之王,三十六年。成敗否泰,目所親睹。誠懼後之作者,復習向時之弊焉。故聊因掌壺之暇,著《隋紀》二十卷。騁辭流離,則愧於心矣;書事簡要,則嘗有志焉。孔子曰:"我欲載之空言,不如附之於行事。"**《史記》卷一三〇《太史公自序》:"子曰:我欲載之空言,不如見之於行事之深切著明也。"《索隱》:"孔子之言見《春秋緯》,太史公引之以成説也。空言,謂褒貶是非也。空立此文,而亂臣賊子懼也。案:孔子言我徒欲立空言,設褒貶,則不如附見於當時所因之事。人臣有僭侈篡逆,因就此筆削以褒貶,深切著明而書之,以爲將來之誡也。"**儻近是乎！謹恃疇眷,以塵清覽。當積兼金,以購黜竄耳。【校】黜竄:底本原無"黜"字,據《唐文粹》及《全唐文》補正。二句意謂吾當備雙倍之金,以待君指正耳。又恐足下紀傳之作,須備異聞,今更附王冑《大業起居注》往。《大業起居注》一書已佚。《魏鄭公諫録》卷四:"太宗問侍臣:隋《大業起居注》今有在者否？公對曰:在者極少。太宗曰:起居注既無,何因今得成史？公對曰:隋家舊史,遺落甚多。比其撰録,皆是采訪。或是其子孫自通家傳參校。三人所傳者,從二人爲實。又問:隋代誰作起居舍人？公對曰:崔祖濬、杜之松、蔡允恭、虞南等。臣每見虞南説,祖濬作舍人時,大欲記録。但隋主意不在此,每須書手紙筆,所司多不即供。爲此私將筆抄録,非唯經亂零落,當時亦不悉具。"

王績文集卷五

雜　著

無心子并序

【解題】

《文苑英華》、明鈔本、《全唐文》本題作"無心子傳并序",叢書本作"無心子傳"。按,篇首言作文之緣起爲曰:"東皋子始仕,以醉懦罷。鄉人或誚之,東皋子不屑也。退著《無心子》,以見趣云。"據王度《古鏡記》,王績於大業十年,自六合棄官歸里。余考其歸里之具體時間當在是年歲末。翌年春便遍遊山水矣。是則本文之作,概在大業十年歲末至十一年春之間耳。

　　東皋子始仕,以醉懦罷。【校】底本原作"醉儒",明鈔本、叢書本同。此據《全唐文》校改。醉懦:言酗酒且性怯懦也。吕才《王無功文集序》云,王績大業末應孝悌廉潔舉,除秘書正字。以端簪理笏非其所好,而托疾罷,乞署外職,除揚州六合縣丞。復以篤於酒頗妨職務而屢被勘劾。時天下將亂,藩部法嚴,因歎曰:羅網高懸,去將安所? 遂出受俸錢,積於縣門外,托以風疾,輕舟夜遁。在外人看來,此皆"醉懦"之表現耳。鄉人或誚之,誚:責讓也。《漢書·黥布傳》:"漢王數使使者誚讓。"東皋子不屑也。不屑:不顧,輕視而不在意也。退著《無心子》,以見趣云。【校】云:《文苑英華》、明鈔本、《全唐文》作"焉"。

　　無心子寓居於越,越王不知其大人也,拘之仕,無喜色,泛若而從。泛若:同"泛然",浮貌,此處爲不經意貌。叢書本作"泛越若","越"當爲衍文。越國之式曰：【校】式：底本原作"載"，據《文苑英華》、明鈔本校改。有穢行者不仕。【校】不仕：底本原作"不齒"。朱本作"不齝"，李本作"不恥"，從明鈔本校改。俄而，無心子者以穢行聞於王，王黜之，黜：廢免也。《國語·晉語》："公將黜太子申生。"韋昭注："黜，廢也。"無慍色。退而將遊於茫蕩之野，茫蕩：曠遠廣大也。適績之邑，適績之邑：貶謫敗退之地。適：通"謫"。績：敗績。而遇機士。機士：有機心之士。機心即巧詐機變之心。《莊子·天地》："有機械者必有機事，有機事者必有機心。"機士撫髀而歎者三，撫髀：拍拊股外也。曰："嘻！子賢者，而以罪廢！"無心子不應。機士曰："願受教。"無心子曰："爾聞蜚廉氏馬說乎？蜚廉氏：古之善御者。《史記·秦本紀》：秦之先有大費，佐舜馴鳥獸，是爲柏翳。其後世有費昌，爲湯之御。有孟戲、中衍，爲帝太戊御。後有蜚廉，善走，以才力事殷紂。蜚廉下五世有造父。《史記·趙世家》云："造父幸於周繆王……繆王使造父御，西巡狩，見西王母。"昔者蜚廉氏有二馬，一者朱鬣白毳，【校】毳：叢書本作"騰"。毳：獸細毛也。龍骼鳳臆，【校】龍骼：《文苑英華》、明鈔本、《全唐文》作"龍體"。驟馳如舞，終日不釋鞍，竟以藝死。【校】以藝死：《文苑英華》、明鈔本、叢書本作"以熱死"。一者重脛昂尾，駝頸貉膝，踶齧善蹶，【校】踶齧：叢書本、朱本作"踶齝"。按齧同齝。踶齝：馬踢而咬也。《莊子·馬蹄》："怒則分背相踶。"《釋文》："小踢謂之踶。"齧，噬咬也。棄而散諸野，終年肥腯。【校】肥腯：底本原作"肥遁"，從叢書本校改。《說文段注》："人曰肥，獸曰腯。"是以鳳凰不憎山棲，蛟龍不羞泥蟠；泥蟠：陷於泥塗之蟠龍也，喻人不得志。班固《答賓戲》："夫泥蟠而天飛者，應龍之神也。君子不苟潔以罹患，罹：遭也。聖人不避穢而養生。"【校】養生：明鈔本作"養精"。東皋子聞之曰："善矣盡矣，不可以加之矣！"【校】善矣盡矣：明鈔本作"善哉"。不可以加之矣：言已至盡美盡善之境也。

【相關資料】

飛廉有醜馬，卒歲得肥遊。先生用自況，散髮汾水頭。時時到醉鄉，萬彙如蝸牛。板築杜康廟，配饗酒家流。此意誰能解，空令兒女羞。爲問關夫子，若何爲獻酬。

（宋晁說《和資道讀王績傳》詩，見《景迂生集》卷四。）

負笒者傳

【解題】

　　按笒,底本原作"苓",從《文苑英華》、明鈔本、《全唐文》校改。笒:笒簹也,漁人貯物所用之小籠,以竹爲之。光緒十八年《山西通志》卷一百五十七《隱逸録》曰:"負笒者,蓋昌寧人也。"未知何據。

　　又薛收《隋故徵君文中子碑銘》云,文中子以大業十三年五月甲子,遘疾終於萬春鄉甘澤里第,"以其年八月,遷窆於汾水之北原,棺木衣衾,以從中制,不封不樹,是遵上古。門人考行,謚曰文中子"。本文起首云"昔者文中子講道於白牛之谿",直呼王通之私謚,則知作文時間在王通卒後也。

　　昔者文中子講道於白牛之谿,弟子捧書北面,環堂成列。講罷,程生、薛生退省於松下,程生、薛生:程元與薛收。二子者皆文中子門生。語及《周易》。傳伏羲氏始畫八卦,文王被拘於羑里,將八卦錯綜重疊,演爲六十四卦,篇幅大增,是爲《周易》。《周易》有《易經》和《易傳》兩大部分。《易經》包括卦辭和爻辭,《易傳》計十篇,合稱"十翼"。司馬遷《報任少卿書》:"西伯拘而演周易。""西伯"即文王。薛收欸曰:【校】薛收:《全唐文》作"薛生"。"不及伏羲氏乎,何詞之多也?"《太平御覽》卷七十八引《皇王世紀》曰:"太昊帝庖犧氏,風姓也,蛇身人首,有盛德,都陳。作瑟,三十六弦。燧人氏没,庖犧氏代之,繼天而生,首德於木,爲百王先。"《易·繫辭下》曰:"古者庖犧氏之王天下,仰則觀象於天,俯則規法於地,中觀鳥獸之文與天地之宜,近取諸身,遠取諸物,於是始作八卦,以通神明之德,以類萬物之情,結繩而爲綱罟,以畋以漁。"俄而有負笒者皤皤然,皤皤然:白髮貌。《後漢書》卷六十二《樊準傳》:"朝多皤皤之良,華首之老。"李賢注曰:"皤皤,白首貌也,音步河反。《書》曰:皤皤良士。華首,謂白首也。"委擔而息曰:"吾子何欸也?"【校】委擔:《唐文粹》作"倚擔"。委擔:委置其擔也。薛生曰:"叟何爲者,而徵吾欸?"徵:詰問也。《左傳·僖公四年》:"寡人是徵。"負笒者曰:"夫麗朱者丹,附墨者黑,蓋累漸而得之也。麗:附也。累漸:積久濡染也。今吾子所服者道,而猶有欸,是六府五藏不能無受也,【校】六府五藏:《全唐文》作"六腑五臟"。吾是以問。"薛生曰:【校】薛生曰:明鈔本作"生曰"。"收聞之師,易者道之蘊也。謂《易》中包蘊大道也。陰陽交感天地間,其消長之現象謂"易",《周易》之名即取此義。伏羲畫卦,【校】《文苑英華》、明鈔本、《全唐文》作"伏羲氏畫八卦"。而文王繫之,文王爲《易》作《繫辭》也。《周易古經》之傳有七種十篇,稱爲《易傳十翼》,包括:《彖上》《彖下》《象上》《象下》《繫辭上》《繫辭下》《説卦》《序卦》《雜卦》《文言》。其《繫辭》舊説爲文王所作。不逮省文矣,【校】文矣:底本原作"久矣"。張錫厚失校,韓理洲校從底本,以爲"文"當爲"久"形之誤。考《唐文粹》《文苑英華》均作"文"。《文苑英華》并注云本句"一作不逮者久矣"。是則宋時諸刻,於此處"文""久"二字,已歧出不一矣。蓋二字於草書形近難辨,宋人刻書因以誤之也。然其字原當爲"文",作"久"則誤,此從其句意可知。宋石介《徂徠集》卷七《易辨》引此文亦作"文",并云:"夫《易》之作,救亂而作也,聖人不得已也。亂有深淺,故文有繁省。"是得其意者也。故當作"文"爲是,韓校作"久"誤。以爲文王病也,病:過也,闕失也。吾是以歎。"負笭者曰:"文王焉病?伏羲氏病甚者也。昔者伏羲氏之未畫卦也,【校】伏羲氏之:《文苑英華》、明鈔本"氏"下無"之"字。"畫卦",明鈔本作"畫八卦"。三才其不立乎?三才:謂天、地、人也。《易·説卦》:"立天之道,曰陰與陽;立地之道,曰柔與剛;立人之道,曰仁與義。兼三才兩之,故《易》六畫而成卦。"《幼學瓊林》:"天、地與人,謂之三才。"四序其不行乎?四序:謂春、夏、秋、冬之時序。《魏書·律曆志》:"四序遷流,五行變易。"百物其不生乎?萬象其不森乎?森:列也。何營營乎而費畫也!【校】營營乎:明鈔本作"勞乎"。自伏羲氏泄道之密,漏神之機,分張太和,太和:陰陽會合沖和之氣也。班固《答賓戲》:"沐浴玄德,禀仰太和。"磔裂元氣,磔裂:分裂、撕裂。使天下之智者詭道迭出,【校】明鈔本作"使天下智詭之道并出",《唐文粹》作"使天下之智者詭道逆出"。詭道:機巧詭詐之道,不正之道。曰我善言象,而識物情,陰陽相摩,【校】相摩:《唐文粹》《文苑英華》、李本作"相磨"。陰陽相摩:陰陽交感也。《易·繫辭上》:"剛柔相摩,八卦相蕩。"《疏》曰:"即陽極變爲陰,陰極變爲陽。陽剛而陰柔,故剛柔共相切摩,更遞變化也。"遠近相取,《易·繫辭下》:"遠近相取而悔吝生。"《注》曰:"相取猶相資也。遠近之爻互相資取而後有悔吝也。"《疏》曰:"遠謂兩卦上下相應之類,近謂比爻共聚,迭相資取,取之不以理,故悔吝生也。"作爲剛柔同異之説,【校】同異:《全唐文》作"異同"。剛柔同異之説:即陰陽變化之學説也。《易·繫辭下》:"剛柔相推,變在其中矣。"《疏》曰:"剛柔相推而生變化,是變化之道在剛柔相推之中。剛柔即陰陽也,論其氣即謂之陰陽,語其體即謂之剛柔也。"又,《繫辭下》:"《易》之爲書也不可遠,爲道也屢遷,變動不居,周流六虛,上下無常,剛柔相易,不可爲典要,唯變所適。"以駭人志。駭:擾亂也。《吕氏春秋·審應》:"去駭從不駭。"高誘注曰:"駭,擾也。"於是智者不知,【校】智者不知:底本作"知者不知",兹據《文苑英華》《全唐文》校改。而太樸散矣,太樸:人世初始之渾樸。則伏羲氏始兆亂者也,兆亂:爲亂之始也。安得贏欷而嗟文王乎?"【校】贏欷:底本原作"嬴欸",從明鈔本、《全唐文》、叢書本校改。嗟文王:《唐文粹》作"差文王"。贏欷:長欷也。《淮南子·時則訓》:"孟春始贏。"《注》曰:"贏,長也。"負其笒而行,追而問之居與姓名,【校】問之居與姓名:《文苑英華》作"問之居與姓字",叢書本作"問其居與其姓氏"。不答而去。文中子聞之曰:"隱者也。"

【相關資料】

王績爲《負笒者傳》,載薛收之言曰:"伏羲畫卦而文王繫之不逮,省文矣,以爲文王病也。"負笒者曰:"文王焉病?伏羲氏病甚者也。昔者伏羲氏之未畫八卦也,三才其不立乎?四序其不行乎?百物其不生乎?萬象其不森乎?"以爲伏羲氏泄道之密,漏神之機,爲始兆亂者。

吁!可怪也。夫《易》之作,救亂而作也,聖人不得已也。亂有深淺,故文有繁省。亂萌於伏羲,故八卦已矣!漸於文王,故六十四已矣。極於夫子,故極其辭而後能止。伏羲後有神農氏、黄帝氏、少昊氏、顓頊氏、高辛氏、唐堯氏、虞舜氏、禹、湯,皆聖人也,豈獨不能繫《易》之一辭?無亂以救也;文王豈獨能過是九聖人,亂不可不救也。

作《易》非以爲巧,救亂也。文王、孔子非以衒辭,明《易》也。《易》不作,天下至今亂不止。文王、孔子無述,《易》至今不明,薛收、負笒者,不達《易》甚矣!

(宋石介《徂徠集》卷七《辨易》。)

負笒者謂薛收曰:"吾子所服者道,而猶有欷,是五藏六府不能無受也。"李文靖公庭前藥欄壞,如不聞見。左右請葺之,公曰:"安可以此事動吾一念乎?"夫人心虚静則明,雜擾則暗。蜀山人董五經之類,久居深山,遂能前知,蓋空生明也。初,機學人動静分做兩橛,膠膠擾擾,安得正定!伊川先生曰:"説無心便不是,只當云無私心。夫無私心,則無心矣。"

(明黄淳耀《陶菴全集》卷八十《無心十》。)

仲長先生傳

【解題】

本篇張錫厚先生《王績年譜》據文中稱仲長先生"開皇末始結庵河渚間,以息身焉。十餘年間以賣藥爲業"諸語,認爲自開皇末至大業六年,"適爲十年有餘,故推知該文作於是時或稍晚一些時候",因繫該傳文所作時間爲大業六年。

予以爲張錫厚先生此説未妥。按傳文即明言仲長先生始結庵河渚在開皇之末,開皇共二十年,則其結庵之時間當即開皇二十年無疑。又云仲長先生結庵於河渚十餘年以賣藥爲業,可知本文乃作於仲長先生結庵河渚十餘年之時也。"十餘年者",概言之也。十一年或十九年皆可云爲"十餘年"。今考該傳文之末,直呼王通之謚曰"文中子",而文中子之卒年,據杜淹《文中子世家》在大業十三年,薛收《隋故徵君文中子碣銘》更具體記載爲大業十三年五月甲子。"文中子"乃王通卒後,其門人考行,爲師所謚也。故知本傳作文之時間,必在大業十三年之後無疑也。又據王績之長兄王度《古鏡記》,大業十年,績自六合丞棄官後,"又將遍遊山水,以爲長往之策";吕才《王無功集序》則稱武德元年"竇建德始稱夏王"之時,王績尚在河北,至武德二年夏始歸河東;由王績《薛記室過莊見尋率題古意以贈》及《建德破後入長安咏秋蓬示辛學士》諸詩可知,王績武德四年秋十月後仕唐,待詔門下省,故本文所作之時間,必在武德二年(619)夏,王績自河北歸河東之後未久,是年仲長先生於河渚結廬已十九載矣。

先生諱子光,【校】子光:叢書本作"子先"。諱:名諱也,示不敢妄呼尊者名也。清王士禎《香祖筆記》卷四:"《禮》:生曰名,死曰諱。今世俗不辨,以諱混施之生者,極可笑。然漢人有之,吴楚材《强識略》言,漢《西嶽廟碑》云:樊君諱毅。毅時尚在也,然則俚俗相沿,亦有所本。"字不曜,【校】不曜:叢書本作"不耀"。自云洛陽人也。往來河東,傭力自給,【校】傭力:底本原作"傭人",《文苑英華》《全唐文》、明鈔本等均作"傭力",似以"傭力"更爲貼切,兹據之校改。無室廬,絶妻子。開皇末,開皇:隋文帝楊堅年號,共二十年(581—600)。始結庵河渚間,【校】始結庵:明鈔本作"始庵"。以息身焉。十餘年間以賣藥爲業,【校】間以:《文苑英華》、明鈔本、《全唐文》無此二字。人莫知之也。汾陰侯生以卜筮著名,【校】卜筮著名:《文苑英華》、明鈔本、《全唐文》作"筮著"。汾陰:本戰國魏地,漢爲縣,唐更名寶鼎,今屬山西萬榮縣。侯生:未詳其名。《中説·魏相篇》:"子謂北山黄公善醫,先寢食而後針藥;汾陰侯生善筮,先人事而後説卦。"王度《古鏡記》:"汾陰侯生,天下奇士也,王度常以師禮事之。臨終,贈度以古鏡,曰:持此則百邪遠人。度受而寶之。"因遊河渚,一論而服,【校】一論:《文苑英華》、明鈔本、《全唐文》作"一睹"。曰:"東方朔、管輅不如也。"【校】東方朔:底本原作"東方",從《文苑英華》、明鈔本、《全唐文》校改。東方朔:西漢人,字曼倩,長於文辭,喜詼諧滑稽。武帝時爲侍中,時以滑稽之談寓諷諫之意,帝屢爲感悟。事見《史記》卷一百二十六、《漢書》卷六十五。管輅:曹魏人,字公明,年幼喜仰星辰,及長,風月占相之道無不精微。性寬大,每以德報怨。嘗爲少府丞。自卜當卒於四十七八之間,後果四十八歲卒。《三國志》卷二十九有傳。由是顯重。守令至者皆親謁,先生辭以瘖疾,瘖:啞也。未嘗交語。著《獨遊頌》及《河渚先生傳》以自喻,識者有以知其懸解也。懸解:超越生死憂樂,是爲天然之解脱也。語出《莊子·養生主》:"適來,夫子時也;適去,夫子順也。安時而處順,哀樂不能入也,古者謂是帝之懸解。"郭象注曰:"以有繫者爲懸,則無繫者懸解也。懸解則性命之情得矣,此養生之要也。"《釋文》:"以生爲懸,以死爲解。"又《莊子·大宗師》:"安時而處順,哀樂不能入也,古者謂是帝之懸解。"人有請道,【校】請道:《文苑英華》、明鈔本、《全唐文》作"請道者"。則書"老易"二字示之。老易:指《老子》及《周易》二書。彈琴餌藥,以終其世。文中子比之虞仲、夷逸。虞仲:周太王之次子。太王有三子,是太伯、虞仲、季歷,季歷賢,太王愛之,欲立。虞仲、太伯乃相與逃於荆蠻,文身斷髮,示不可用,以避弟路。事見《史記·吴太伯世家》。夷逸:人名,周朝之逸民。《論語·微子》以之與伯夷、叔齊、虞仲、朱張、柳下惠、少連并稱。

五斗先生傳

【解題】

　　按《中説·事君篇》:"王無功作《五斗先生傳》,子曰:'汝忘天下乎?縱心敗矩,吾不與也。'"據此,知王績作本文時,其兄王通仍在世也。
　　考王績於大業十年五月應孝悌廉潔舉,署秘書正字,以不樂在朝而署爲六合縣丞,至其年末,即以醉懦而罷,棄官歸里。大業十一年春即復南遊,至武德二年夏,方始歸龍門。是則王績南遊返回龍門之時，王通已故世矣。按此，則是文之作，必當在大業十一年之前，否則王通無得面斥其非也。

今考本文中有"忽焉而去，倏然而來"之語，似有所指焉。蓋績大業十年五月入仕之後，天下已亂，頗覺網羅高懸，未幾便辭官而歸，此非其"忽焉而去，倏然而來"乎？又曰："天下大抵可見矣。生何爲養，而嵇康著《論》；途何爲窮，而阮籍慟哭。"此非其棄官之由乎？而文中復有"遂行其志，不知所如"之語，此非暗喻作者將"遍遊山水"乎？故本文之作也，必在大業十年之末無疑。時文中子正汲汲於素王之業，而王績乃作《五斗先生傳》，揚言"以酒德遊於人間"而"不知天下之有仁義厚薄"，此可謂與王通之所宣導者背道而馳者，故宜乎其兄有是言也。

有五斗先生者，以酒德遊於人間。有以酒請者，無貴賤皆往，言無論其富貴或卑賤，皆前往就飲也。往必醉，醉則不擇地斯寢矣，斯：則也，就也。醒則復起飲也。常一飲五斗，斗：有柄之酌酒器也，如今之杓。《詩·大雅·行葦》："酌以大斗。"因以爲號焉。【校】號焉：底本原無"焉"字，據《文苑英華》、明鈔本、《全唐文》校補。

先生絶思慮，【校】絶思慮：叢書本作"斷思慮"。寡言語，不知天下之有仁義厚薄也。忽焉而去，倏然而來。倏然：疾速貌。其動也天，其靜也地。謂其動如天之運行，其靜如地之靜止，皆出自然。《公羊傳·文公九年》"動地也"《注》："天動地靜者，常也。"《漢書》卷四十九《晁錯傳》："動靜，上配天，下順地，中得人。"此處謂聽任自然之變化。故萬物不能縈心焉。縈心：謂繞結於胸中也。嘗言曰："天下大抵可見矣。大抵：猶大略，大概。可見：謂可洞悉也。《史記》卷三十《評准書》："天下大抵無慮，皆鑄金錢矣。"生何爲養，【校】何爲：明鈔本作"何足"。養：指養生，保養而至長壽也。《莊子·養生主》："吾聞庖丁之言，得養生焉。"而嵇康著《論》；《晋書》卷四十九《嵇康傳》："以爲神仙禀之自然，非積學所得，至於道養得理，則安期、彭祖之倫可及，著《養生論》。"途何爲窮，而阮籍慟哭。阮籍生當魏晋易代之際，司馬氏殺戮異己，政治黑暗恐怖，然又大倡禮儀。阮乃蔑棄禮教，縱酒狂放以爲反抗。然内心極度痛苦，《晋書》卷四十九《阮籍傳》謂其"時率意獨駕，不出徑路，車迹所窮，輒慟哭而反"。故昏昏默默，《莊子·在宥》："至道之精，窈窈冥冥；至道之極，昏昏默默。"成玄英《疏》："至道精微，心靈不測，故寄窈冥深遠，昏默玄絶。"聖人之所居也。"遂行其志，不知所如。所如：所往。

【相關資料】

予飲酒終日，不過五合，天下之不能飲無在予下者。然喜人飲酒，見客舉杯徐引，則予胸中爲之浩浩焉，落落焉。酣適之味，乃過於客。閒居未嘗一日無客，客至未嘗不置酒，天下之好飲，亦無在予上者。常以謂人之至樂，莫若身無病而心無憂，我則無是二者矣。然人之有是者接於予前，則予安得全其樂乎？故所至常蓄善藥，有求者則與之，而尤喜釀酒以飲客。或曰："子無病而多蓄藥，不飲而多釀酒，勞己以爲人，何也？"予笑曰："病者得藥，吾爲之體輕。飲者困於酒，吾爲之酣適。蓋專以自爲也。"東皋子待詔門下省，終日酒三升，其弟靜問曰："待詔樂乎？"曰："待詔何所樂，但美醞三升，殊可戀耳！"今嶺南法不禁酒，予既得自釀，月用米一斛，得酒六斗，而南雄、廣、惠、循、梅五太守，間復以酒遺予，略計其所獲，殆過於東皋子矣。然東皋子自謂五斗先生，則日給三升，救口不暇，安能及客乎？若予者，乃日有三升五合，入野人道士腹中矣。東皋子與仲長子光遊，好養性服食，預刻死日，自爲墓志，予蓋友其人於千載，或庶幾焉。

（宋蘇軾《東坡全集》后集第八册卷九《書東皋子後傳》。）

醉鄉記

醉之鄉，去中國不知其幾千里也。其土曠然無涯，無丘陵阪險。阪險：艱險難行之陡崖山坡也。其氣和平一揆，一揆：謂道也。《孟子·離婁》："舜生於諸馮，遷於負夏，卒於鳴條，東夷之人也。文王生於岐周，卒於畢郢，西夷之人也。地之相去也千有餘里；世之相後也，千有餘歲。得志行乎中國，若合符節。先聖後聖，其揆一也。"無晦明寒暑。其俗大同，《禮記·禮運》："大道之行也，天下爲公……是故謀閉而不興，盜竊亂賊而不作，故外户而不閉，是謂大同。"無邑居聚落。其人甚精，【校】甚精：叢書本作"任情"。無愛憎喜怒，吸風飲露，不食五穀。《莊子·逍遙遊》："藐姑射之山，有神人居焉，肌膚若冰雪，綽約若處子；不食五穀，吸風飲露；乘雲氣，御飛龍，而遊乎四海之外。其神凝，使物不疵癘而年穀熟。"其寢于于，其行徐徐，于于、徐徐：皆悠閒自得之貌。《莊子·應帝王》："泰氏其臥徐徐，其覺于于。"又《盜跖》篇："神農之世，臥則居居，起則于于。"與魚鱉鳥獸雜處，【校】魚鱉鳥獸：叢書本作"鳥獸魚鱉"。不知有舟車械器之用。《老子》："小國寡民,使有什伯之器而不用,使民重死而不遠徙。雖有舟車,無所乘之。雖有甲兵,無所陳之。使民復結繩而用之,甘其食,美其服,安其居,樂其俗,鄰國相望,雞犬之聲相聞,民至老死不相往來。"此乃道家理想中無知無欲,淳素簡樸之理想社會。**昔者黄帝氏嘗獲遊其都**,黄帝氏:即黄帝。《國語·晋語》:"昔少典娶於有蟜氏,生黄帝、炎帝。黄帝以姬水成,炎帝以姜水(今陕西寶雞清姜河)成。成而異德,故黄帝爲姬,炎帝爲姜。二帝用師以相濟也,異德之故也。"此迄今所見最早記載黄帝之文獻史料。《史記》言黄帝生於軒轅之丘,故曰軒轅氏;國於有熊,故亦曰有熊氏;以土德王,土色黄,故曰黄帝。司馬遷以黄帝爲五帝之首,自漢以來,中國歷代皇帝多爲黄帝設廟祭陵,以象徵其統治之正統性,故被視爲中華民族之遠祖。今史學家普遍認爲,黄帝蓋遠古部落聯盟之共主,其生活時代蓋在新石器中晚期,距今約五千年。**歸而杳然**,杳然:幽寂之貌,此喻情志高遠。**喪其天下**,《莊子·在宥》篇記載黄帝嘗往崆峒山問道於廣成子,廣成子教以"無視無聽,抱神以静,形將自正。必静必清,無勞女形,無摇女精,乃可以長生。目無所見,耳無所聞,心無所知,女神將守形,形乃長生"。《史記》卷十二《封禪書》:"黄帝采首山銅,鑄鼎於荆山下。鼎既成,有龍垂鬍髯下迎黄帝。黄帝上騎,群臣後宮從上者七十餘人,龍乃上去。"蓋傳説黄帝成仙而去,故云喪其天下也。**以爲結繩之政已薄矣**。《易·繫辭下》:"上古結繩而治,後世聖人易之以書契,百官以治,萬民以察。"漢許慎《説文解字序》:"神農氏結繩爲治。"**降及堯舜**,帝堯陶唐氏與帝舜有虞氏也。堯名放勳,堯乃其謚。養於母家伊侯之國,後遷於祁,故堯爲伊祁氏,而以祁爲姓。先封於陶,後改封於唐,故號曰陶唐氏。"其仁如天,其知如神。就之如日,望之如雲。彤車乘白馬,能明馴德,以親九族。九族既睦,便章百姓。百姓昭明,合和萬國。"堯立七十年得舜,二十年後堯老,禪位於舜,開創帝王禪位之先河。舜踐帝位三十九年,南巡狩,崩於蒼梧之野,葬於江南九疑,是爲零陵。**作爲千鍾百壺之獻**,【校】百壺:明鈔本、叢書本作"百榼"。千鍾百壺:謂粟多酒多也。一鍾六斛四斗,或云八斛,或云十斛。《孔叢子》卷中《儒服》:"平原君與子高飲,强子高酒曰:晋有遺諺,堯舜千鍾,孔子百觚,子路嗑嗑,尚飲十榼,古之聖賢,無不能飲也。吾子何辭焉!"獻:進也,致也。臣奉於尊之辭。**因姑射神人以假道**,姑射:姑射山也。《明一統志》卷二十《平陽府》:"姑射山,在府城西礬石山五十里,山有姑射、蓮花二洞,即《莊子》所謂有神人居焉者。"光緒版《河津縣志·山川篇》云:"黄頰在縣東北二十五里,即文中子授經地也……山東鄰姑射,接稷山界。"《莊子·逍遥遊》:"藐姑射之山,有神人居焉,肌膚若冰雪,綽約若處子。"蓋至其邊鄙,終身太平。**禹湯立法**,禹湯:夏禹與商湯也。**禮繁樂雜,數十代與醉鄉隔。其臣羲和**,羲和:羲氏與和氏也。《尚書·堯典》:"羲氏和氏,世掌天地四時之官。"**棄甲子而逃**,甲子:天干地支也。甲爲十天干之首,子爲十二地支之首,合而稱之爲"甲子"。古以天干地支相配,以記年、月、日。此處以甲子代指禮樂曆法。**冀臻其鄉**,臻:至也。**失路而道夭**,失路:迷路也。道夭：死於中道也。故天下遂不寧。【校】故：底本原作"固"，據《唐文粹》校改。至乎末孫，末孫：末世子孫也。《逸周書》卷四《克殷》："殷末孫受德，迷先成湯之明，侮滅神祇不祀。"《大戴禮記·少閑》："禹崩十有七世，乃有末孫桀即位。"桀紂怒而升其糟丘，桀紂：夏代及殷代之末代君王，皆爲暴君。《史記》卷二《夏本紀》："帝桀之時，自孔甲以來而諸侯多畔夏，桀不務德而武傷百姓，百姓弗堪。乃召湯而囚之夏台，已而釋之。湯修德，諸侯皆歸湯，湯遂率兵以伐夏桀。桀走鳴條，遂放而死。"又《史記》卷三《殷本紀》："帝紂資辨捷疾，聞見甚敏；材力過人，手格猛獸；知足以距諫，言足以飾非；矜人臣以能，高天下以聲，以爲皆出己之下。好酒淫樂，嬖於婦人。愛妲己，妲己之言是從。於是使師涓作新淫聲，北里之舞，靡靡之樂。厚賦稅以實鹿台之錢，而盈巨橋之粟。益收狗馬奇物，充仞宮室。益廣沙丘苑台，多取野獸蜚鳥置其中。慢於鬼神。大最樂戲於沙丘，以酒爲池，懸肉爲林，使男女裸相逐其間，爲長夜之飲。"升其糟丘：言使堆積如山丘之酒糟增高也。《韓詩外傳》："桀爲酒池，可以運船，糟丘足以望十里。"階級千仞，南面向而望，【校】南面：《唐文粹》作"南"。卒不見醉鄉。武王得志於世，【校】武王：底本原作"成王"，從《文苑英華》、明鈔本、《全唐文》校改。武王：周武王也。周文王之子，姓姬名發，伐紂而滅之，爲周朝之開國天子。乃命公旦，公旦：周公也。周武王之弟，名旦。傳說西周之典禮樂章，多爲周公所制。立酒人氏之職，酒人氏：周代官名，掌造酒。《周禮·天官·酒人》："掌爲五齊三酒，祭祀則共奉之。"典司五齊，五齊：謂造酒之法分清濁五等也。《周禮·天官·酒正》："辨五齊之名，一曰泛齊，二曰醴齊，三曰盎齊，四曰緹齊，五曰沈齊。"拓土七千里，僅與醉鄉達焉，故三十年刑措不用。【校】故三：《唐文粹》同底本。《文苑英華》作"故四"，并注云"二本作三"。明鈔本、《全唐文》作"故四"。刑措：廢止刑罰也。下逮幽厲，迄乎秦漢，中國喪亂，遂與醉鄉絕。幽厲：周幽王與周厲王。厲王暴虐，好利監謗，爲國人流於彘。厲王死，太子靜立，是爲宣王。宣王死，子幽王立。幽王荒淫無道，廢申后及太子，而以褒姒爲后，以褒姒子伯服爲太子。申侯乃與夷犬戎共攻幽王，殺之驪山下，西周遂亡。中國：諸夏也。《論語·八佾》："子曰：夷狄之有君，不如諸夏之亡也。"《集解》："包曰：諸夏，中國。"而臣下之受道者，往往竊至焉。阮嗣宗、陶淵明等十數人，【校】十數：底本原作"數十"，從《文苑英華》《唐文粹》、明鈔本、《全唐文》校改。阮嗣宗：指阮籍，字嗣宗。並遊於醉鄉，沒身不返。死葬其壤，中國以爲酒仙云。

嗟乎！醉鄉氏之俗，豈古華胥氏之國乎，《列子·黃帝》云，黃帝憂天下之不治，退而閒居大庭之館，齋心服形，三月不親政事。晝寢而夢遊於華胥氏之國。其國無帥長，其民無嗜欲，不知樂生，不知惡死，故無夭殤。不知親己，不知疏物，故無愛憎。不知背逆，不知向順,故無利害。何其淳寂也如是?【校】何其:《全唐文》作"其何以"。予得遊焉,【校】予得遊焉:底本原作"繢將遊焉",《唐文粹》作"余將遊焉",從《文苑英華》、明鈔本校改。故爲之記。

【相關資料】

　　吾少時讀《醉鄉記》,私怪隱居者,無所累於世,而猶有是言,豈誠旨於味耶!及讀阮籍、陶潛詩,乃知彼雖偃蹇不欲與世接,然猶未能平其心,或爲事物是非相感發,於是有托而逃焉者也。若顔氏子操瓢與箪,曾參歌聲若出金石,彼得聖人而師之,汲汲每若不可及,其於外也固不暇,尚何麴蘖之托而昏冥之逃耶!吾又以爲悲醉鄉之徒不遇也。建中初,天子嗣位,有意貞觀、開元之丕績,在廷之臣爭言事。當此時,醉鄉之後世又以直廢。吾既悲醉鄉之文辭,而又嘉良臣之烈,思識其子孫。今子之來見我也,無所挾,吾猶將張之,況文與行不失其世守,渾然端且厚也。惜乎吾力不能振之,而其言不見信於世也,於其行,姑與之飲酒。

　　(唐韓愈《送王含秀才序》,見宋魏仲舉編《五百家注昌黎文集》卷二十。)

　　醉鄉王績,字無功。祭禹文云:"潦水降而寒潭清,山光沉而白雲晚。"王勃云:"潦水静而寒潭清,烟光凝而暮山紫。"《歸田録》載《德州長壽寺舍利碑》云"浮雲共嶺松長蓋,明月與巖桂分叢",亦與"落霞與孤鶩齊飛,秋水共長天一色"同。

　　(宋謝伯采《密齋筆記》。)

　　古人於前輩未嘗敢忽,雖不逮於己者,亦不敢少忽也。以韓退之之於文,杜子美之於詩,視王楊盧駱之文,不啻如俳優。而王績之文於退之,猶土苴爾。然退之於王勃《滕王閣記》、王績《醉鄉記》,方且有欽艶不及之語。子美於王楊盧駱之文,又以爲時體而不敢輕議。古人用心忠厚如此,異乎今人露才揚己,未有寸長者,已譏議前輩,此皇甫持正所以有"衙官"、"老兵"之論。

　　(南宋曾季貍《艇齋詩話》。)

自作墓志文并序

【解題】

　　文題明鈔本作"自撰墓志銘"。叢書本未收該篇。按吕才《王無功文集序》:"貞觀十八年,終於家。時年若干。臨終自克死日,遺命薄葬,兼預自作墓志。君常乘壹紫驢,養二白犬。及君終後,驢鳴犬吠,有若悲號,數日皆死。鄉閭以爲非常。"本文當即貞觀十八年(644)績臨終前自作之墓志。

　　王績者,有父母,無朋友,自爲之字曰無功焉。【校】自爲之字:明鈔本作"自爲之目"。無功:《莊子·逍遙遊》:"至人無己,神人無功,聖人無名。"《集解》郭慶藩曰:"神人無功,言修自然,不立功也。聖人無名,不立名也。"《中説·禮樂篇》:"子之叔弟績字無功,子曰:字,朋友之職也。神人無功,非爾所宜也。"人或問之,【校】明鈔本"或"字前無"人"字。箕踞不對。蓋以有道於己,無功於時也。不讀書,自達理。不知榮辱,不計利害。起家以禄位,指隋大業中,王績應孝悌廉潔舉,射高第,入仕之事。歷數職而進一階,據《新唐書·王績傳》,隋大業中,績嘗爲秘書正字,後除揚州六合縣丞。唐武德初,待詔門下省;貞觀中,又爲太樂丞。才高位下,免責而已。天子不知,公卿不識,四十五十,而無聞焉。於是退歸,以酒德遊於鄉里,往往賣卜,時時著書,行若無所之,坐若無所據。鄉人未有達其意也。嘗耕東皋,號東皋子。【校】明鈔本"東"字前有"世"字。身死之日,自爲銘焉。曰:

　　有唐逸人,有唐:唐朝也。"有"爲語首虛詞,無實意。逸人:節行超脱,隱逸世外之人。太原王績。若頑若愚,似矯似激。矯:妄也。激:違俗立異也。院止三徑,三徑:本指竹下三小徑,後喻隱士所居處。《三輔決録》曰:漢蔣詡隱居,"舍中竹下開三徑,唯求仲、羊仲從之遊。"堂唯四壁。四壁:四堵屋牆,謂家貧無物也。《史記》卷一百十七《司馬相如列傳》:"文君夜亡奔相如,相如乃與馳歸,家居徒四壁立。"不知節制,焉有親戚?以生爲附贅懸疣,以死爲決疣潰癰。以上二句,語出《莊子·大宗師》。莊子認爲,人之生也,猶瘤疣之附贅於皮膚也,無價值可言。其死也,猶疣癰之潰破,亦解脱矣。無思無慮,何去何從?壟頭刻石,馬鬣裁封。壟頭刻石:於墳丘前立石碑也。《廣雅·釋丘》:"壟,冢也。"《禮記·曲禮上》:"適墓不登壟。"壟同隴,即墳丘也。馬鬣裁封:謂作墳也。馬鬣封者,墳形之一種也,後以代墳。《禮記·檀弓上》:"子夏曰:昔夫子言之曰,吾見封之若堂者矣,見若坊者矣,見若覆夏屋者矣,見若斧者矣。從若斧者焉,馬鬣封之謂也。"哀哀孝子,空對長松。

登箕山祭巢許廟文

【解題】

　　本題叢書本作"登箕山祭巢許之□"。箕山：在河南登封東南。傳爲巢父、許由及伯益隱居之處。司馬遷嘗於《史記·伯夷列傳》中云："余登箕山，其上蓋有許由冢云。"《讀史方輿紀要》云："別名崿嶺、許由山。"又，傳爲許由隱居之箕山尚多，有山西平陸之箕山，河北行唐之箕山等等。據文意，知王績所登之箕山在登封。巢父、許由皆陶唐氏時高士。《莊子·逍遥遊》："堯讓天下於許由，曰：'日月出矣，而爝火不息，其於光也，不亦難乎！時雨降矣，而猶浸灌，其於澤也，不亦勞乎！夫子立而天下治，而我猶尸之，吾自視缺然。'請致天下，許由曰：'子治天下，天下既已治也，而我猶代子，吾將爲名乎？名者，實之賓也，吾將爲賓乎？鷦鷯巢於深林，不過一枝；偃鼠飲河，不過滿腹。歸休乎，君！予無所用天下爲！庖人雖不治庖，尸祝不越樽俎而代之矣。'"《太平御覽》引皇甫士安《高士傳》曰："巢父，堯時隱人，老年以樹爲巢而寢其上，故時人號曰巢父。堯之讓許由也，由以告巢父。巢父曰：汝何不隱汝形，藏汝光？若非吾友也！擊其膺而下之。由悵然不自得，乃過清泠之水洗其耳，拭其目，曰：向者聞言，負吾矣。遂去，終身不相見。"又："許由字武仲，隱乎沛澤之中。堯聞，乃置天下而讓焉，由乃退而耕於中嶽潁水之陽，箕山之下。"

　　懷二子之高烈，背嵩嶽而來遊。嵩嶽：即嵩山，蓋取名於《詩·大雅·蕩之什》"崧高惟嶽，駿極於天"之句，又名太室山。在河南登封縣，爲"五嶽"之中，故稱嵩嶽。《史記》卷二十八《封禪書》曰："昔三代之君，皆在河洛之間，故嵩高爲中嶽，而四嶽各如其方。"由此可知嵩山在五嶽中地位之重要。**挹千載之遐軌，**挹：通"揖"。《正字通》："挹，與揖通。"揖：拱手爲禮也，此表尊敬。遐軌：遠古之遺迹也，指巢、許隱居箕山之事。傳云巢父、許由死後，皆葬於箕山，蓋隋唐時山上已有巢父許由廟。**登箕峰而少留。昔時慷慨，神輕九州；**堯讓天下於許由，許由不受，遁耕於中嶽潁水之陽，箕山之下，故曰神輕九州也。**今來寂寞，**【校】寂寞：底本原作"寂絕"，從《文苑英華》《全唐文》、明鈔本校改。寂寞者，蓋言世俗追名逐利者多，而如巢、許之能處高岸深谷之高尚之士少也。**魂辭一丘。**一丘：丘壟也，墳冢也。指巢許之墳丘。**英蹤落落而猶在，**英蹤：高士之遺迹也。落落：高貌。

如孫綽《遊天臺山賦》："落落長松。"**精誠冥冥而遂休。**【校】遂休：《文苑英華》、明鈔本、《全唐文》作"遂幽"。冥冥：遙遠貌。句意謂其高尚讓王取法自然之情懷，以其時代久遠而更覺深邃，值得贊美也。**山荒廟僻，地古松楸。**【校】松楸：底本原作"松秋"，此從明鈔本校改。**餘鄙懷之有素，**【校】餘鄙懷：《文苑英華》、明鈔本、《全唐文》均作"吾鄙懷"。《文苑英華》注云"集作吾"。韓理洲校云："餘，假作余。"按"餘鄙懷"當爲"鄙餘懷"之倒裝，"鄙"者，自謙之辭，作者自稱，即"鄙人"也。若仍以"餘"假借爲第一人稱代詞，則文辭重複不通矣。餘懷猶餘興，言有無窮之念也。句意謂鄙人仰慕前賢，欲憑弔二子之遺迹者久矣。**仰前哲之清猷。**仰：仰望也，高山仰止之意也。清猷：清高英明之謀斷。如沈約《齊故安陸昭王碑文》："爰始濯纓，清猷浚發。"**同聲必感，**《易·乾》："同聲相應，同氣相求。"孔穎達疏："同氣相求者，若天欲雨，而礎柱潤是也……言天地之間，共相感應，各從其氣類。"此處比喻志趣相同或氣質相類者互相吸引、聚合。**異代相求。如至誠之見接，庶蘋蘩而可羞。**【校】蘋蘩而：底本原作"輕蘋"。明鈔本作"蘋藻"，從《文苑英華》《全唐文》校改。蘋蘩：皆水草，可食可薦。《左傳·隱三年》："蘋蘩蘊藻之菜……可薦於鬼神，可羞於王公。"羞：同"饈"，進獻也。**伏惟尚饗。**【校】尚饗：叢書本作"尚言"。"言"，蓋清人避穆宗愛新覺羅載淳諱所改者。伏惟：俯伏思惟也，謙敬之辭。尚饗：望鬼神歆享也。《儀禮·士虞禮》"尚饗"《注》："尚，庶幾也。"

祭關龍逢文

【解題】

關龍逢，夏朝賢臣。桀作酒糟丘，爲長夜之飲，又爲長夜宮於深谷中，男女雜處，十旬不出。又爲石室瑤臺。關龍逢强諫，爲桀所殺，後世因以其爲中國歷史"開死諫之第一人"。關龍逢事迹見《莊子》《荀子》《韓非子》及《説苑》《新序》《韓詩外傳》等書。關龍逢墓一説在殷墟（今河南安陽），見唐歐陽詹《懷忠賦》："丙寅歲因受譴，季冬之月，次於殷墟，歷關龍逢墓焉。"一説在安邑（今屬山西省運城市）附近。《大清一統志》卷一百十七："夏關龍逢墓，在安邑縣東北二里玉鈎山，有雙□，明吕柟有碑記。"此二説中，在安邑者顯然後出。故本文中王績所祭之關龍逢墓，當爲殷墟之關龍逢墓。

考王績於大業十年歲末始自六合縣棄官還歸龍門故里（説見《解六合縣丞》詩

解題）。而王度《古鏡記》云，其歸龍門後，便又準備"遍遊山水，以爲長往之策"。以此推測，其啓程時間，當在翌年之春耳。又據《古鏡記》所述王績本次壯遊之路綫，大約主要有五個區域：其一爲以鄭、汴爲中心之河洛地區，足迹所達者包括今之河南、山東等省；其二爲以揚州爲中心之江淮地區，其足迹所達者，包括今安徽、江蘇等省；其三爲以天臺山爲中心之浙江地區，足迹所至者包括今浙江之杭州、紹興、天臺等地；其四爲以豫章爲中心之嶺南地區，足迹所到者包括今江西南昌、九江等地；其五爲河北地區。推測王績在河南一帶遊歷之時間，約爲大業十一年正月至八月之間。本文蓋即大業十一年遊歷殷墟，祭拜關龍逢墓時所作。

　　歲月日。謹以清酌之奠，敬祭夏忠臣關生之靈曰：【校】敬祭：叢書本作"敬"。關生：即關龍逢，清黃生《義府》卷下："《潛夫論》云：豢龍逢以忠諫，桀殺之。他書多作關龍逄。予乃知關當讀爲豢，即古豢龍氏之後也。若不讀《潛夫論》鮮不以關爲姓，以龍逢爲名矣。"聖貴達節，言以識分知命爲貴。《左傳·成公十五年》："聖達節，次守節，下失節。"賢貴識時。興亡有運，運：五行之氣流轉謂之運。古人認爲氣運有五：金、木、水、火、土，合稱"五運"，得天下之朝，各承一運，氣運流轉則朝代更换。如《漢書·高帝紀》云："漢承堯運。"謂漢與堯皆以火德王天下。用舍有期。謂任用或斥棄自有期運也。《論語·述而》："子謂顔淵曰：用之則行，舍之則藏，惟我與爾有是夫。"憑河暴虎，《詩·小雅·小旻》："不敢暴虎，不敢憑河。"《論語·述而》："暴虎憑河，死而無悔者，吾不與也。"此處以不藉舟渡河，徒手搏虎，喻人有勇無謀，不講策略。前哲所嗤。嗤：嘲笑。身滅主喪，如何勿思？我因行役，歷子荒祠。【校】歷子：叢書本作"歷於"。壯山河之舊壤，欷墳隧之餘基。墳隧：墳壟與墓道也。松枯柏悴，【校】柏悴：明鈔本作"柏老"。草密苔滋。滋：生也。深悲於薄醑，薄醑：淡酒。醑爲美酒。魂有靈而饗之。【校】饗：叢書本作"言"。"饗""享"二字相通。清人避穆宗愛新覺羅載淳諱，因將"享"字改爲"言"。饗：食也。

登龍門祭禹文

【解題】

　　本篇僅載五卷本三種。各三卷本均未載，亦不見載於《唐文粹》《全唐文》等書。

《尚書·禹貢》:"導河積石,至於龍門。"故龍門自古即有禹廟。王績本龍門人,故登龍門而謁禹廟,概亦非止一次。據吕才《王無功文集序》稱,績於十五歲前即嘗著有《登龍門憶禹賦》,薛道衡見而稱之爲"今之庾信也"。惜今已不傳。

歲月日。東皋子賤子王績,謹以清酌之奠,敬謁大禹夏王之靈曰:禹:姒姓,名文命,爲黄帝之玄孫,帝顓頊之曾孫。父名鯀,母爲有莘氏女修已。當帝堯之時,鴻水滔天,堯求能治水者,群臣四嶽皆曰鯀可。鯀以堵法治水,九年而水不息,功用不成。舜繼堯位,行天子之政,乃殛鯀於羽山。於是舜舉鯀子禹,而使續鯀之業。禹傷父鯀功之不成受誅,乃勞身焦思,居外十三年,過家門不敢入。因治水有功,舜豫薦禹於天。舜南巡死於九嶷,禹乃踐天子之位。事見《史記》卷一《五帝本紀》、卷二《夏本紀》。又《山海經·海内經》:"洪水滔天,鯀竊帝之息壤,以埋洪水,不待帝命。帝令祝融殺鯀於羽郊。鯀復生禹。帝乃命禹卒布土以定九州。"**百川既導,三才即叙**。言百川皆得疏導而無患,天地交泰而人民得安居也。三才:謂天地人也。《史記·夏本紀》:"於是九州攸同,四奥既居。九山刊旅,九川滌原,九澤既陂,四海會同。六府甚修,衆土交正,致慎財賦,咸則三壤成賦,中國賜土姓:祇台德先,不距朕行。"**盛德安在,靈威若存。僕因行役,偶觀遺廟**。遺廟:指龍門大禹廟。據《尚書·禹貢》,大禹治水"導河積石,至於龍門"。傳説龍門即禹所開鑿,故龍門有禹廟。**悵望堂廡**,堂廡:庭堂及四周之廊屋,泛指屋宇。《列子·楊朱》:"庖廚之下,不絶烟火;堂廡之上,不絶聲樂。"**徘徊巖壑。潦水降而黄河秋,山光沉而白雲晚**。潦水:指洪水。《墨子·非樂上》:"今王公大人,雖無造爲樂器,以爲事乎國家,非直掊潦水拆壞垣而爲之也。"黄河秋:猶言黄河清也。王績之侄孫王勃《滕王閣序》有"潦水盡而寒潭清,烟光凝而暮山紫"之句,既從此化出者。**我之懷矣,登臨慨然。敢陳薄奠,王其尚饗!**

祭處士仲長子光文

【解題】

本篇載五卷本三種,《文苑英華》《唐文粹》署作者名作"王勣"。王勣即王績,前已於《裴僕射宅咏妓》詩解題詳解之矣,此不贅述。

此文當爲仲長子光卒後,作者所作之祭文也。按仲長子光之卒年,史無記載,本文中亦未提及。考績《答馮子華處士書》中，尚提及仲長子光，云其"結庵獨處垂三十載，非其力不食，傍無侍者。雖患瘖疾，不得交語，風神蕭蕭無俗氣。攜酒對飲，尚有典刑"。知其時仲長子光尚健在，乃貞觀三年或四年之時也，而王績之卒年在貞觀十八年。則仲長子光之卒年，當在貞觀四年至貞觀十八年之間。

歲月日，鄰人王績謹以魚醴之奠，魚醴：祭奠所用魚肉及酒。敬祭仲長先生之靈曰：明道若昧，進道若退。明道兩句，語出《老子》。老子所謂"道"者，乃萬物之本原，宇宙運行之普遍規律也。"有物混成，先天地生，寂兮寥兮，獨立而不改，周行而不殆，可以為天下母，吾不知其名，字之曰道，強為之名曰大。大曰逝，逝曰遠，遠曰反。"老子以為，天地萬物皆由道而生，故"道生一，一生二，二生三，三生萬物"。道生萬物，而又普遍蘊涵於萬物之中。道無所不在，然又與有形之萬物本身不同。其視之不可見、聽之不可聞、搏之不可得，以至於不可用言語而為人所識者。故曰明道若昧，進道若退。所謂明道者，即大道也。鳥飛知還，龍亢必悔。【校】必悔：底本原作"若悔"，從《文苑英華》、明鈔本、《全唐文》校改。《易·乾》："上九，亢龍有悔，盈不可久也。"上九，謂乾卦最上一爻為陽，亢龍喻居於天位而亢極之聖人。《疏》曰："上九，亢陽之至，大而極盛，故曰亢龍，此自然之象，以人事言之，似聖人有龍德，上居天位，久而亢極，則反而悔也。"此處改"亢龍有悔"為"龍亢必悔"，謂物極必反，有盛必有衰，有生必有死也。嗟嗟夫子，理融其內。嗟嗟：歎美之聲。《詩·周頌·臣工》："嗟嗟臣工，敬而在公。"夫子，指仲長子光。理融其內，言大道之理能融會於內心也。不忮不求，語出《詩·邶風·雄雉》："百爾君子，不知德行。不忮不求，何用不臧。"朱熹《集傳》："忮，害。求，貪。"言不忮害又不貪求也。無憎無愛。古人有言，微妙玄通。《老子》："古之善為士者，微妙玄通，深不可識。"謂上古得道之人，精微玄妙，深遠不可測也。藏用以密，《易·繫辭上》："顯諸人，藏諸用，鼓萬物而不與聖人同憂。"藏用：隱藏其能，不使人知也。養正以蒙。《易·頤》："象曰：頤貞吉，養正則吉也。"又《易·蒙》："蒙以養高，聖功也。"養正：涵養正道也。蒙：蒙昧隱然也。嗟嗟夫子，允執其中。《書·大禹謨》："人心惟危，道心惟微，惟精惟一，允執厥中。"《論語·堯曰》作"允執其中"。謂誠守中庸之道也。不見其始，孰知其終。蕩蕩心迹，【校】心迹：底本原作"止足"。從《文苑英華》、明鈔本、《全唐文》校改。悠悠默語。周覽人事，周覽：遍觀。退居河渚。何去何從，誰棄誰與。【校】誰棄誰與：《文苑英華》《全唐文》作"誰求誰與"。明鈔本同底本。聊同聚散，言人之生死，如同聚散耳。金段克己《誄雙峰興上人》："適來水中漚，水行漚復聚。適去火上烟，烟散火如故。"即此意也。亦均寒暑。大矣夫子,其生若浮。至矣夫子,其死若休。《莊子·刻意》:"聖人之生也天行,其死也物化。静而與陰同德,動而與陽同波。不爲福先,不爲禍始。感而後應,迫而後動,不得已而後起。去知與故,遁天之理。故無天災,無物累,無人非,無鬼責。其生若浮,其死若休。不思慮,不豫謀。光矣而不耀,信矣而不期。"鄉黨不懼,鄉黨:同鄉之人也。《論語·鄉黨》:"孔子之於鄉黨,恂恂如也,似不能言者。"周制萬二千五百家爲鄉,五百家爲黨。友朋不憂。【校】友朋:《文苑英華》、明鈔本、《全唐文》作"朋友"。素琴猶在,黃經尚留。【校】尚留:底本原作"若留",從《文苑英華》、明鈔本、《全唐文》校改。黃經:地球繞太陽運轉一周約三百六十五天又五小時,運轉九億四千萬公里,其公轉軌道即所謂太陽黃經。古人以黃經於黃道坐標系中所處之位置,確定天體在天球上之位置,從而制定曆法。地球繞太陽一周爲三百六十度,古人將其分爲二十四等分,每分爲十五度,爲一個節氣,全年即二十四個節氣。此處指研究天文之書籍。老萊不婚,《列仙傳》云:"老萊子楚人,當時世亂逃世,耕於蒙山之陽。莞葭爲牆,蓬蒿爲室。杖木爲床,蓍艾爲席。菹芰爲食,墾山播種五穀。楚王至門迎之,遂去,至於江南而止,曰:鳥獸之毛可績而衣,其遺粒足食也。"《孟子·萬章上》:"大孝終身慕父母。五十而慕者,予於大舜見之矣。"漢趙岐注:"大孝之人,終身慕父母。若老萊子七十而慕,衣五彩之衣,爲嬰兒匍匐於父母前也。"不婚:以老萊子行年七十猶著五色斑斕衣爲嬰兒戲,喻仲長子光老而爲貞童。梁鴻難偶。梁鴻:字伯鸞,扶風平陵人也。《後漢書》卷一百十三《梁鴻傳》:"鄉里勢家慕其高節,多欲女之,鴻并絶不娶。同縣孟氏有女,狀肥醜而黑,力舉石臼,擇對不嫁,至年三十。父母問其故,女曰:'欲得賢如梁伯鸞者。'鴻聞而娉之。女求作布衣、麻屨,織作筐緝績之具。及嫁,始以裝飾入門。七日而鴻不答。妻乃跪床下請曰:'竊聞夫子高義,簡斥數婦,妾亦偃蹇數夫矣。今而見擇,敢不請罪。'鴻曰:'吾欲裘褐之人,可與俱隱深山者爾。今乃衣綺縞,傅粉墨,豈鴻所願哉?'妻曰:'以觀夫子之志耳。妾自有隱居之服。'乃更麄椎髻,著布衣,操作而前。鴻大喜曰:'此真梁鴻妻也,能奉我矣!'字之曰德曜,名孟光。居有頃,妻曰:'常聞夫子欲隱居避患,今何爲默默?無乃欲低頭就之乎?'鴻曰:'諾。'乃共入霸陵山中,以耕織爲業,咏詩書,彈琴以自娱。"筵無饋奠,饋奠:殯時之饋食及朝奠夕奠也。《禮記·曾子問》:"可以與乎饋奠之事乎?"室無箕帚。箕帚:指妻室。《史記》卷八《高祖本紀》:呂公曰:"臣有息女,願爲季箕帚妾。"嗟嗟夫子,豈圖其後。金玉滿堂,莫爲之守。【校】莫爲之守:朱本作"莫爲之友",李本作"道爲之友"。凡我故人,素服臨旃。旃:語辭,"之焉"二字合音,兼二字之意。《左傳·桓公十六年》:"虞叔有玉,虞公求旃。"葛巾從窆,窆:下葬也。《說文》:"窆,葬下棺也。"桐棺以遷。墳不易隴,不易隴:不改丘隴也。坎不及泉。坎:壙穴也,即墓坑。《禮記·檀弓下》:"其坎深不至於泉。"苟無恒化,無恒化:勿驚動死者也。《莊子·大宗師》:"子來有病，喘喘然將死，其妻子環而泣之。子犁往問之，曰：叱，避，無怛化！"郭象注："夫死生猶寤寐耳，於理當寐耳，於理當寐不願人驚之。將化而叱，無爲怛之也。"成玄英疏："叱，訶聲也。夫方外之人，冥一死生，而朋友臨終，和光往問。故叱彼親族，令避傍近，正欲變化，不欲驚怛也。"**於何問天？道性既喪，仁義鋒起**。《老子》："大道廢，有仁義；智慧出，有大偽。"**祭非古也，禮之爲始。吾從其俗，敢告夫子。清尊薄奠，神其歆止**！歆止：呼神享供物也。《左傳》注："歆，饗也。"止：語詞，無實意。

荆軻刺秦王

【解題】

按本篇《全唐文》、叢書本亦載，題末均有"贊"字。"贊"乃古代文體之一，初多用於史書經傳之末，對傳主或史事作褒贊評論之辭，後乃獨立成爲文體之一。其文通常篇幅較短，且多爲四言韻文。如晋夏侯湛有《東方朔畫贊》，郭璞有《山海經圖贊》之類。本集中收入王績所作此類篇幅以述史事爲内容之文辭，共十九篇，今所傳之三種五卷本皆載之，且文題末均無"贊"字。其中見之於今所傳各種三卷本或《全唐文》者十三篇，則皆於文題下書"贊"字。萬曼《唐集序録》據吕才序"績又著《會心高士傳》五卷，别成一家，不列於集"之語，以爲此類篇什"應爲《會心高士傳》之贊，不應輯入文集"。因當時五卷本尚未發現，故萬氏之推測似不無道理。今五卷本載此十九首，題末皆不署"贊"字，則知此十九篇并非《會心高士傳》之贊甚明。蓋其文雖與贊之文體相類，然實乃作者别所作之文也。後世因其爲四言述史之作，乃於題末加贊字，遂起學者之疑耳。

荆軻刺秦王：戰國末，燕太子丹爲質於秦，而自秦逃歸燕。時秦已滅韓、趙，欲并六國。燕見秦且滅六國，秦兵臨易水，禍且至燕。太子丹乃陰養死士，欲襲刺秦王。令荆軻以獻秦逃犯樊於期首級與燕之督亢地圖爲名，得入秦宫，見秦王嬴政。荆軻以匕首藏於地圖之中，秦王發圖，圖窮而匕首見。因左手把秦王之袖而右手持匕首揕，未至身，刺秦王未果，而爲秦所殺，燕亦爲秦所滅。事見《戰國策·燕策》及《史記》卷八十六《刺客列傳》。

銜易水，銜命於易水之上也。奉君命而行曰銜命。《史記》卷八十六《刺客列傳》：荆軻之刺秦王也,"太子及賓客知其事者,皆白衣冠,以送之至易水之上。既祖取道,高漸離擊築,荆軻和而歌,爲變徵之聲,士皆垂淚涕泣。又前而歌曰:風蕭蕭兮易水寒,壯士一去兮不復還。復爲羽聲忼慨,士皆瞋目,髮盡上指冠。於是荆軻就車而去,終已不顧,遂至秦"。**報秦王**。《史記·刺客列傳》:燕太子丹"故嘗質於趙,而秦王政生於趙。秦王之遇太子丹不善,故丹忿而亡歸,歸而謀求報秦王者"。報:報復也。**精心貫日**,古人以爲精誠感動上天,則白虹貫日。《史記》卷八十三《魯仲連鄒陽列傳》:"昔者,荆軻慕燕丹之義,白虹貫日,太子畏之。"**匕首橫霜。欲持兩間,生禽一王**。持兩間:猶言持兩端也,言其用心不專。《史記》卷八十六《刺客列傳》:荆軻之刺秦王也,太子丹謂之曰:"誠得劫秦王,使悉反諸侯侵地,若曹沫之與齊桓公,則大善矣。則不可,因而刺殺之。彼秦大將擅兵於外,而内有亂,則君臣相疑,以其間諸侯得合從,其破秦必矣。"**惜哉智淺,琴聲不防**。《燕丹子》曰:"秦王發圖,圖窮而匕首出。軻左手把秦王袖,右手揕其胸……秦王曰:今日之事,從子計耳,乞聽琴聲而死。召姬人鼓琴,琴聲曰:羅縠單衣,可掣而絶。八尺屏風,可超而越。鹿盧之劍,可負而拔。軻不解音。秦王從琴聲負劍拔之,於是奮袖超屏風而走。軻拔匕首擲之,決秦王,刃入銅柱,火出。秦王還斷軻兩手。"

項羽死烏江

【解題】

按本篇《全唐文》、叢書本亦載,題末均有"贊"字。項羽,名籍,字羽。秦二世元年七月,陳勝、吴廣大澤鄉起義。未幾,項羽以世爲楚將,與其叔父項梁殺會稽郡守起兵反秦,以八千人渡江而西。當是時也,諸侯蜂起,而楚軍最爲强大。後項梁戰死,項羽率軍入關中,以五諸侯滅暴秦,仗勢分天下,册封十八路諸侯,自號"西楚霸王",後在楚漢戰爭中爲劉邦所敗,自刎於烏江(今安徽和縣)。事見《史記》卷七《項羽本紀》。

項羽慷慨,慷慨:義氣激昂貌。《史記》卷七《項羽本紀》記載,項羽兵敗,"軍壁垓下,兵少食盡。漢軍及諸侯兵圍之數重,夜聞漢軍四面皆楚歌。項王乃大驚曰:漢皆已得楚乎,是何楚人之多也?項王則夜起飲帳中,有美人名虞,常幸從。駿馬名騅,常騎之。於是項王乃悲歌忼慨,自爲詩曰:力拔山兮氣蓋世,時不利兮騅不逝。騅不逝兮可奈何,虞兮虞兮奈若何!歌數闋,美人和之,項王泣數行下,左右皆泣,莫能仰視。"**臨江問津**。《史記》卷七

《項羽本紀》：項王兵敗，"至陰陵，迷失道。問一田父，田父紿曰：'左。'左，乃陷大澤中，以故漢追及之"。**馬贈亭長**，《史記》卷七《項羽本紀》："項王乃欲東渡烏江，烏江亭長檥船待，謂項王曰：江東雖小，地方千里，衆數十萬人，亦足王也。願大王急渡。今獨臣有船，漢軍至，無以渡。項王笑曰：天之亡我，我何渡爲！且籍與江東子弟八千人渡江而西，今無一人還。縱江東父兄憐而王我，我何面目見之！縱彼不言，籍獨不愧於心乎？乃謂亭長曰：吾知公長者，吾騎此馬五歲，所當無敵。嘗一日行千里，不忍殺之，以賜公。"**侯封故臣**。《項羽本紀》：項王爲漢軍圍困，身被十餘創。"顧見漢騎司馬呂馬童曰：若非吾故人乎？馬童面之，指王翳曰：此項王也。項王乃曰：吾聞漢購我頭千金，邑萬户，吾爲若德。乃自刎而死。王翳取其頭，餘騎相蹂踐，爭項王，相殺者數十人。最其後郎中騎楊喜、騎司馬呂馬童，郎中吕勝、楊武，各得其一體。五人共會其體，皆是，分其地爲五，封呂馬童爲中水侯，封王翳爲杜衍侯，封楊喜爲吴防侯，封吕勝爲涅陽侯。"**何爲不渡，自取亡身？八千子弟，今無一人。**

【相關資料】

夏按，本篇詠項羽之事，辭義慷慨而有風骨，或亦有感而發者也。此則惜羽不渡身亡，而李易安《夏日絶句》則贊其寧死而不渡："生當作人傑，死亦爲鬼雄。至今思項羽，不肯過江東。"蓋時有不同，所感者事有所異。立意雖相反，而慷慨則同。

陳平分社肉

【解題】

按本篇《全唐文》、叢書本亦載，題末均有"贊"字。陳平，西漢陽武户牖鄉（今河南省蘭考縣）人。初在項羽麾下爲謀士，爲項羽所重，後因得罪亞父范增，逃歸漢王劉邦。陳平以謀略見長，數出計策以助劉邦。漢惠帝時平爲丞相。呂后卒，與周勃謀誅諸吕。後遷左丞相。曾先後受封户牖侯、曲逆侯。卒，謚曰"獻"。《史記》卷五十六、《漢書》卷四十有傳。

陳公主社，《史記》卷五十六《陳平傳》云：陳平少時家貧，好讀書，不事產業。及長，可娶妻，富人莫肯與之，貧者平亦恥之。久之，户牖富人張負女孫五嫁而夫輒死，人莫敢娶。平乃娶之爲婦。"平既娶張氏女，齎用益饒，遊道日廣。里中社，平爲宰，分肉食甚均，父老曰：

'善,陳孺子之爲宰!'平曰:'嗟乎,使平得宰天下,亦如是肉矣。'"社宰者,即主持社祭也。社祭者,祭土地神之儀式也。秦時春社在仲春,秋社在仲秋。**割肉頒生**。將祭祀社神之肉分贈諸人也。**心忘厚薄**,言其無厚薄之私也。**信若權衡**。謂其分肉均勻,誠信於人,無差錯也。**風期有素**,風期:風度也。《晉書》卷八十二《習鑿齒傳》:"其風期俊邁如此。"素:素所樹立耳。**父老無驚。儻安天下,還如此平**。儻:倘若也。

張良遇黃石公

【解題】

本篇僅載五卷本三種,諸三卷本及《唐文粹》等皆未載。張良,字子房,戰國時韓國人。其先乃五代相韓,秦滅韓,良於博浪沙狙擊秦始皇,未中。逃亡至下邳,遇黃石公,得《太公兵法》,深明韜略,足智多謀。楚漢相爭,張良聚衆歸劉邦,爲其主要智囊。劉邦稱他"運籌策帷帳之中,決勝於千里之外"。漢朝建立,高祖劉邦封其爲留侯。功成身退,於漢惠帝六年病卒,謚號文成侯。事迹見《史記》卷五十五《留侯世家》。

張良授履,《史記》卷五十五《留侯世家》:"良嘗閑,從容步遊下邳圯上,有一老父衣褐,至良所,直墮其履圯下,顧謂良曰:孺子,下取履!良愕然,欲毆之。爲其老,強忍,下取履。父曰:履我。良業爲取履,因長跪履之。父以足受,笑而去。良殊大驚,隨目之。父去里所,復還曰:孺子可教矣。後五日平明,與我會此。良因怪之,跪曰:諾!五日平明,良往,父已先在。怒曰:與老人期,後,何也?去!曰:後五日早會。五日雞鳴,良往,父又先在。復怒曰:後,何也?去!曰:後五日復早來。五日,良夜未半往,有頃,父亦來。喜曰:當如是。出一編書曰:讀此則爲王者師矣。後十年興,十三年,孺子見我濟北谷城山下,黃石即我矣。"**老父欣然。試期三夜,留書一編。爲師有日,報德何年?谷城相遇,期諸九泉**。《史記》卷五十五《留侯世家》:"子房始所見下邳圯上老父與《太公書》者,後十三年,從高帝過濟北,果見谷城山下黃石,取而葆祠之。留侯死,并葬黃石冢。每上冢,伏臘祠黃石。"

禹接蒼水使者

【解題】

本篇僅載於五卷本三種,諸三卷本及《唐文粹》《全唐文》等均未載。禹,指夏禹。禹名文命,黄帝軒轅氏之玄孫,姒姓。史傳帝舜在位三十三年,禪位於禹。禹以安邑(今山西夏縣)爲都城,國號夏,故又稱夏禹。分封丹朱於唐,分封商均於虞。改定曆日稱爲夏曆,以建寅之月爲正月。又收取天下之銅鑄九鼎,以爲天下共主之象徵。蒼水使者,《尚史》卷三引《吴越春秋》曰:"九疑山東南天柱,號曰委宛,赤帝在闕,其巌之巔。其書金簡,青玉爲字。禹登衡嶽,血白馬以祭,不幸所求,夢見繡衣男子,自稱元夷蒼水使者,謂禹曰:'欲得我書,齋於黄帝巌嶽之下。'禹齋三月,庚子,登委宛山,發金簡之書,得通水之理。乘四載以行,遂巡行四瀆,與益、夔共謀山川脈理,金玉所有,鳥獸昆蟲之類,及八方之民俗,殊國異域,土地里數,使益疏而記之,名之曰《山海經》。"

大哉夏禹,披圖接神。披圖:披,發也,打開,披閱也。圖,指禹登委宛山所發之金簡。接神:交接神明也,指元夷蒼水使者。簡照青玉,《尚史·吴越春秋》言"其書金簡,青玉爲字",故云。繩光白銀。言其光如白銀,光芒連續不斷。繩:長也。按繩之本意,指可無限持續延長之索帶。此處用以形容其光耀不斷貌。山臨海上,山,謂九疑山東南天柱也,即所謂號委宛,其巌之巔有赤帝闕者。浦對江津。浦:水邊或河流入海口。繡衣使者,即元夷蒼水使者,禹所夢見之繡衣男子也。誠爲異人。

伊尹負鼎見湯

【解題】

本篇僅載於五卷本三種,諸三卷本及《唐文粹》《全唐文》等均未載。伊尹,湯之相也。《史記》卷三《殷本紀》:"伊尹名阿衡。阿衡欲奸湯而無由,乃爲有莘氏媵臣,負鼎俎以滋味説湯,致於王道。或曰:伊尹處士,湯使人聘迎之。五反,然後肯往從湯,言素王及九主之事。"明陳士元《論語類考》卷七引《路史》云:"伊姓出於炎帝,下及湯代,有伊摯爲之左相,是爲保衡。"湯,即成湯,亦曰商湯。殷墟甲骨文稱"成"或"唐",亦稱大乙。西周甲骨文與金文稱"成唐"。子姓,名履,又名天乙,爲商部族首領主癸之子。據文獻記載,商族從始祖契到湯,曾先後八遷,至湯乃定居於亳,以伊尹、仲虺共輔國政。時夏桀荒淫無度,湯於是先滅葛、韋、顧、昆吾等夏聯盟之部落方國,凡十一征而無敵於天下。乃作《湯誓》以伐夏,與桀大戰於鳴條,一舉滅夏,建立商朝。事見《尚書》《竹書紀年》《吕氏春秋》《史記》等文獻。

本首贊文疑或爲王績遊歷宋汴一帶,過伊尹墓時所作。據《水經注·泗水》:"(泗水)又東逕已氏縣故城北,王莽之已善也。縣有伊尹冢。崔駰曰:殷帝沃丁之時伊尹卒,葬於薄。《皇覽》曰:伊尹冢在濟陰已氏平利鄉。皇甫謐曰:伊尹年百餘歲而卒,大霧三日,沃丁葬以天子之禮,親自臨喪,以報大德焉。"北魏之已氏縣,即今山東之曹縣。又《尚史》卷二十四引《括地志》曰:"伊尹墓,在洛州偃師縣西北八里。"《括地志》乃唐太宗第四子魏王泰所編,其書稱述經傳山川城冢,皆本古説,載六朝時地理書甚多。今所見文獻徵引《括地志》伊尹墓之遺文,僅此一條,未言他處有伊尹墓者。宋樂史《太平寰宇記》卷五"偃師縣"下亦記云:"伊尹墓在縣西北五里。"所載之伊尹墓,亦唯此一條。可知宋代之前,文獻所記之伊尹墓,唯已氏縣與偃師兩處而已。至元代至大四年,張元中撰《伊尹墓祠記》,始云郃陽(今屬陝西省韓城縣)亦有伊尹墓(見《續通志》卷一百七十所著録)。《明一統志》卷二十九記載偃師伊尹墓外,又於卷二十七云歸德府(即今河南之商丘市)城東南四十里亦有伊尹墓,且"墓前有廟"。《大清一統志》所載,比《明一統志》又增數處。可知時代愈晚,則各處所建愈多。蓋緣去史已遠,薦紳先生難言之,而先賢偉人,各地皆欲有之以榮其里也。

考王績於大業十一年春始遍遊山水,足迹嘗至嵩山、少室、箕山以及宋、汴等地。故其所過之伊尹墓,疑爲曹縣之伊尹墓,而非偃師之伊尹墓。且偃師之伊尹墓,較之曹縣伊尹墓晚出,以王績之博通文史,既尋古而憑吊先賢,當不至舍古而訪近出之古迹。

成湯作伯,作伯:爲方伯也。伯通霸,如《荀子·儒效》"一朝而伯"。殷、周時一方諸侯之長稱之爲伯。如《史記·周本紀》稱周文王爲"西伯"。**伊尹來觀**。來觀:來察看也。**風雲有會**,猶言風雲際會也。風雲:《周易·乾·文言》:"雲從龍,風從虎,聖人作,萬物睹。"後世因以風雲比喻難得之機會。有會：遇合也，言賢者遇上好機會。**激動何難**。激動：觸動，打動。如元辛文房《唐才子傳·靈徹上人》："緇流疾之，遂造飛語，激動中貴。"激動何難，句意謂打動對方使信任自己何其艱難耳。**調羹既獻，負鼎相干**。《史記》卷三《殷本紀》言伊尹"欲干湯而無由，乃爲有莘氏媵臣，負鼎俎以滋味説湯，致於王道"。**任夫雖賤**，任夫：即飪夫，廚師也。指伊尹負鼎以飪夫而干湯。**鳴條以安**。鳴條：地名，指鳴條岡，在今山西省運城市安邑鎮北三十里。伊尹相湯，伐桀，大敗桀於鳴條。《史記》卷三《殷本紀》："當是時，夏桀爲虐，政淫荒，而諸侯昆吾氏爲亂。湯乃興師，率諸侯，伊尹從湯。湯自把鉞以伐昆吾，遂伐桀。……桀敗於有娀之虛，桀奔於鳴條，夏師敗績。湯遂伐三㚇，俘厥寶玉，義伯、仲伯作《典寶》。湯既勝夏，欲遷其社，不可，作《夏社》。伊尹報，於是諸侯畢服，湯乃踐天子位，平定海内。"

太公釣渭濱

【解題】

　　按本篇《全唐文》、叢書本亦載，題末均有"贊"字。太公，指姜太公吕望。《史記》卷三十二《齊太公世家》云：吕望"本姓姜氏，從其封姓，故曰吕尚。吕尚蓋嘗窮困，年老矣，以漁釣奸周西伯。西伯將出獵，卜之，曰：所獲非龍非彨，非虎非羆，所獲霸王之輔。於是周西伯獵，果遇太公於渭之陽。與語，大説。曰：自吾先君太公曰，當有聖人適周，周以興，子真是邪？吾太公望子久矣！故號之曰太公望，載與俱歸，立爲師。或曰，太公博聞，嘗事紂，紂無道，去之。遊説諸侯無所遇，而卒西歸周西伯。或曰，吕尚處士，隱海濱。周西伯拘羑里，散宜生、閎夭素知，而招吕尚。吕尚亦曰：吾聞西伯賢，又善養老，盍往焉。三人者爲西伯求美女奇物，獻之於紂，以贖西伯。西伯得以出反國。言吕尚所以事周雖異，然要之爲文武師。周西伯昌之脱羑里，歸，與吕尚陰謀修德以傾商政。其事多兵權與奇計，故後世之言兵及周之陰權，皆宗太公爲本謀"。

　　棲遲養老，寂寞何爲？地接皇澗，谿連灞池。《史記》卷三十二《齊太公世家》："吕尚蓋嘗窮困，年老矣，以漁釣奸周西伯。"《正義》："《括地志》云：兹泉，水源出岐州岐山縣西南凡谷。《吕氏春秋》云：太公釣於兹泉，遇文王。酈元云：磻磎中有泉，謂之兹泉。泉水潭積，自成淵渚，即太公釣處，今人謂之凡谷。石壁深高，幽篁邃密，林澤秀阻，人迹罕及。

東南隅有石室,蓋太公所居也。水次有磻石可釣處,即太公垂釣之所。其投竿跪餌,兩膝遺迹猶存,是有磻磜之稱也。其水清泠神異,北流十二里注於渭。"**釣舟始泊,漁竿半垂**。《史記正義》引《説苑》云:"吕望年七十,釣於渭渚,三日三夜,魚無食者。望即忿,脱其衣冠。上有農人者,古之異人,謂望曰:子姑復釣,必細其綸,芳其餌,徐徐而投,無令魚駭。望如其言,初下得鮒,次得鯉。剌魚腹,得書。書文曰:吕望封於齊。"**君王先兆,還應見知**。

子推抱樹死

【解題】

按本篇《全唐文》、叢書本亦載,題末均有"贊"字。子推,姓介,名推,又或作子綏,亦作介之推,春秋時晉國人。晉公子重耳出亡十九年,介之推從之,及重耳返晉即位,是爲晉文公。晉文公封賞從者,介之推不言禄,因不封。介之推與其母隱居於綿山。後文公念介之推,而介之推已隱。求之不得,乃焚綿山,冀逼介出。介竟與其母抱木而死。介之推事見《左傳·僖公二十四年》及《史記》卷三十九《晉世家》,然無焚死之説。焚死之説見《琴操》:"文公復國,子綏獨無所得,子綏作龍蛇之歌而隱。文公求之,不肯出,乃燔左右木,子綏抱木而死。"

晉侯棄舊,晉侯:指晉文公重耳。**功臣永吟**。永吟:長吟也。《史記》卷三十九《晉世家》:介之推隱於綿山,其從者憐之,乃懸書於宫門曰:"龍欲上天,五蛇爲輔。龍已升雲,四蛇各入其宇,一蛇獨怨,終不見所處。"**情隨地遠,怨逐山深。追兵斷谷,烈火焚林**。【校】焚林:叢書本作"禁林"。**抱木而死,誰明此心!**

蛇銜珠報隋侯

【解題】

按本篇《全唐文》、叢書本亦載,題末均有"贊"字。隋侯者,當爲西周初所封之姬姓國國君,字本當作"隨"。《世本》云:"不知始封者爲誰。"蓋周王朝建立後,爲加强對荆楚之地的控制,"以蕃屏周",於漢水以東、以北及江、淮間,陸續分封姬姓或姻親諸侯國甚衆。其中姬姓諸侯國即所謂"漢陽諸姬",隨國即爲"漢陽諸姬"諸侯國之一。其國最初在汾水流域,昭、穆時期,不斷攻打荆楚,因徙封於江淮漢水之間,一度嘗爲漢陽諸姬盟國之首。其封地當在今湖北隨州市境内。《水經注·溳水》:"溳水又屈而東南流,東南逕隨縣西,縣故隨國矣。《春秋左傳》所謂漢東之國,隨爲大者也。楚滅之以爲縣,晉武帝太康中立爲郡。有溠水出縣西北黄山南,逕㵐西縣西,又東南㵐水入焉。㵐水出桐柏山之陽,吕忱曰:水在義陽。㵐水東南逕㵐西縣西,又東南注於溠。溠水又東南逕隨縣故城西,《春秋》魯莊公四年,楚武王伐隨,令尹鬭祁、莫敖屈重除道梁溠,軍臨於隨,謂此水也。水側有斷蛇丘,隨侯出而見大蛇中斷,因舉而藥之,故謂之斷蛇丘。後蛇銜明珠報德,世謂之隨侯珠,亦曰靈蛇珠。丘南有隨季梁大夫池。"又《孟子·盡心下》:"若寶珠玉,求索和氏之璧,隨侯之珠,與强國争之,强國加害殃及身也。"《正義》曰:"案《韓詩》云:隨侯姓祝,字元暢,往齊國,見一蛇在沙中,頭上血出。隨侯以杖挑於水中而去。後回還,到蛇處,乃見此蛇銜珠來隨侯前。隨侯意不懌。是夜,夢脚踏一蛇。驚起,乃得雙珠。後人稱爲隨侯珠矣。"按隨侯救蛇得珠之神話流傳尚矣,春秋戰國時諸子如《孟子》《墨子》等已多言及。其後故事情節愈加詳備。此亦神話流傳之特點。《搜神記》卷二十:"隨縣溠水側有斷蛇丘,隨侯出行,見大蛇被傷中斷,疑其靈異,使人以藥封之。蛇乃能走,因號其處斷蛇丘。歲餘,蛇銜明珠以報之。珠盈徑寸,純白,而夜有光明,如月之照,可以燭室,故謂之隨侯珠,亦曰靈蛇珠,又曰明月珠。"

隋侯報德,矜傷育鱗。鱗:蛇也。靈蛇感惠,惠:恩惠。效力輸珍。輸珍:謂送來珍寶也。月華浮物,星光曜脣。言靈蛇所輸之明珠如月華之可照物,如星光之閃曜蛇脣也。此猶知報,而況吾人。

君平賣卦贊

【解題】

按本篇《全唐文》、叢書本亦載,題末均有"贊"字。君平,漢蜀郡成都人嚴遵之字。《高士傳》卷中:"嚴遵,字君平,蜀人也。隱居不仕。常賣卜於成都市,日得百錢以自給。卜訖,則閉肆下簾以著書爲事。揚雄少從之遊,屢稱其德。李强爲益州牧,喜曰:吾得君平爲從事足矣。雄曰:君可備禮與相見,其人不可屈也。王鳳請交,不許。蜀有富人羅沖者,問君平曰:君何以不仕?君平曰:無以自發。沖爲君平具車馬衣糧,君平曰:吾病耳,非不足也。我有餘而子不足,奈何以不足奉有餘?沖曰:吾有萬金,子無儋石,乃云有餘,不亦謬乎?君平曰:不然。吾前宿子家,人定而役未息,晝夜汲汲未嘗有足。今我以卜爲業,不下床而錢自至,猶餘數百,塵埃厚寸,不知所用。此非我有餘而子不足?羅沖大慚。君平歎曰:益我貨者損我神,生我名者殺我身,故不仕也。時人服之。"

君平不仕,賣卦窮年。日裁數局,常收百錢。《漢書》卷七十二《王貢兩龔鮑傳》:"君平卜筮於成都市,以爲卜筮者賤業,而可以惠衆人。有邪惡非正之問,則依蓍龜爲言利害。與人子言依於孝,與人弟言依於順,與人臣言依於忠,各因勢導之以善,從吾言者已過半矣,裁日閱數人,得百錢足自養,則閉肆下簾而授《老子》。"道實兼濟,功非獨全。用吾言者,今過半焉。

嵇康坐鍛

【解題】

按本篇《全唐文》、叢書本亦載,題末均有"贊"字。《晉書》卷四十九《嵇康傳》云,嵇康初居貧,嘗與向秀共鍛於大樹之下以自贍。"性絶巧而好鍛。宅中有一柳樹甚茂,乃激水圜之,每夏月居其下以鍛。東平吕安服康高致,每一相思,輒千里命駕,康友而善之。"

嵇康自逸,自逸:身心安適,品行高逸。《詩·小雅·十月之交》:"我不敢效,我友自逸。"漢蔡邕《陳太丘碑文》:"樂天知命,澹然自逸。"手鍛爲娱。曲池四繞,垂楊一株。按《晉書》卷四十九《嵇康傳》言:"宅中有一柳樹甚茂,乃激水圜之,每夏月居其下以鍛。"此言垂楊,當作者偶記之誤者。銅烟寒竈,鐵焰分爐。箕踞而坐,箕踞:伸兩足而坐,其形若箕,係狂傲不檢之姿。按嵇康在魏晉之際,常與阮籍、山濤、向秀、劉伶、王戎及阮咸等聚於河內山陽縣竹林之下,世謂之"竹林七賢"。穰秕禮法,肆酒酣飲,傲物不羈,箕踞而坐,兀然而醉,在嵇阮諸人率以爲常。如《藝文類聚》卷十九:"阮籍字嗣宗,性樂酒,善嘯,聲聞百步,箕踞嘯歌,酣放自若。"何其傲乎!【校】傲乎:底本原作"然乎"。從《全唐文》、叢書本校改。

藺相如奪秦王璧

【解題】

按本篇《全唐文》、叢書本亦載,題末均有"贊"字。藺相如,戰國時趙人。《史記》卷八十一《廉頗藺相如列傳》:"藺相如者,趙人也,爲趙宦者令繆賢舍人。趙惠文王時,得楚和氏璧。秦昭王聞之,使人遺趙王書,願以十五城請易璧。趙王與大將軍廉頗諸大臣謀:欲予秦,秦城恐不可得,徒見欺;欲勿予,即患秦兵之來。"趙遣相如奉璧西入秦。秦王大喜。相如視秦王無意償趙城,乃前曰:璧有瑕,請指示王。王授璧。相如乃謂秦王曰:和氏璧,天下所共傳寶也。趙王送璧時,齋戒五日。今大王亦宜齋戒五日,設九賓於廷,臣乃敢上璧。秦王遂許齋五日。相如乃使其從者衣褐,懷其璧,從徑道亡,歸璧於趙。秦王齋五日後,引趙使者藺相如。相如至,曰:臣誠恐見欺於王而負趙,故令人持璧歸,間至趙矣。且秦強而趙弱,大王遣一介之使至趙,趙立奉璧來。今以秦之強而先割十五都予趙,趙豈敢留璧而得罪於大王乎?秦王卒廷見相如,畢禮而歸之。相如既歸,拜爲上大夫。

秦人市寶,厭價從名。藺生詭說,其心則貞。清齋抱憤,身睨兩楹。《史記》卷八十一《廉頗藺相如列傳》言,相如至趙,顧秦無意償趙城,因繹秦王:璧有瑕,請指示王。"因持璧却立,倚柱,怒髮上衝冠,謂秦王曰:大王欲得璧,使人發書至趙王,趙王悉召群臣議,皆曰:秦貪,負其強,以空言求璧,償城恐不可得。議不欲予秦璧。臣以爲布衣之交尚不相欺,況大國乎?且以一璧之故,逆強秦之歡,不可。於是趙王乃齋戒五日,使臣奉璧,拜送書於庭。何者?嚴大國之威以修敬也。今臣至,大王見臣列觀,禮節甚倨,得璧傳之美人,以戲弄臣。臣觀大王無意償趙王城邑,故臣復取璧。大王必欲急臣,臣頭今與璧俱碎於柱矣!相如持其璧睨柱,欲以擊柱。秦王恐其破璧,乃辭謝固請,召有司案圖,指從此以往十五都予趙。"卒全尺璧,仍邀十城。邀:請也,求也。

霍光受武帝顧命

【解題】

　　本篇僅載於五卷本三種。《漢書》卷六十八《霍光金日磾傳》云：霍光字子孟，驃騎將軍霍去病異母弟。去病死後，光爲奉車都尉、光禄大夫，出入禁闥二十餘年，小心謹慎，未嘗有過，甚見親信。征和二年，衛太子爲江充所敗，而燕王旦、廣陵王胥皆多過失。是時武帝年老，寵姬鈎弋趙倢伃有男，武帝心欲以爲嗣，命大臣輔之。察群臣唯光任大重，可屬社稷。乃使黄門畫者畫周公負成王朝諸侯以賜光。後元二年春，武帝遊五柞宫，病篤，光涕泣問曰："如有不諱，誰當嗣者？"上曰："君未諭前畫意邪？立少子，君行周公之事。"武帝以光爲大司馬大將軍，受遺詔輔少主。武帝崩，太子襲尊號，是爲孝昭皇帝。帝年八歲，政事一決於光。遺詔封光爲博陸侯。光爲人沉靜詳審，資性端正。昭帝崩，亡嗣。光迎立昌邑王賀。即位，行淫亂。光憂懣，乃奏皇太后廢之，而迎立衛太子孫號皇曾孫病已於民間，是爲孝宣皇帝。光秉政前後二十年。地節二年春病篤，薨，上及皇太后親臨光喪。

　　武皇大漸，大漸：謂病勢加劇也。《書·顧命》："病大漸，惟幾。并日臻，既彌留。"《列子·力命》："季梁得疾，七日大漸。"張湛注："漸，劇也。"後世多用於指皇帝病重。**沖人未知。**沖人：幼童也。《書·盤庚下》："肆予沖人，非廢厥謀。"孔《傳》："沖，童。"孔穎達《疏》："沖、童，聲相近，皆是幼小之名。自稱童人，言己幼小無知，故爲謙也。"**霍光受命，周公在斯。慷慨期托，殷勤指揮。昔時畫意，君之所爲。**

梁鴻孟光

【解題】

　　按本篇《全唐文》、叢書本亦載，題末均有"贊"字。梁鴻，字伯鸞，扶風平陵人也。《後漢書》卷一百十三本傳稱其"受業太學，家貧而尚節介，博覽無不通，而不爲章句。學畢,乃牧豕於上林苑中。曾誤遺火,延及它舍,鴻乃尋訪燒者,問所去失,悉以豕償之。其主猶以爲少。鴻曰:'無它財,願以身居作。'主人許之。因爲執勤,不懈朝夕。鄰家耆老見鴻非恒人,乃共責讓主人而稱鴻長者,於是始敬異焉,悉還其豕。鴻不受而去,歸鄉里。鄉里勢家慕其高節,多欲女之,鴻并絕不娶。同縣孟氏有女,狀肥醜而黑,力舉石臼,擇對不嫁,至年三十。父母問其故,女曰:'欲得賢如梁伯鸞者。'鴻聞而娉之。女求作布衣、麻屨,織作筐緝績之具。及嫁,始以裝飾入門。七日而鴻不答。妻乃跪床下請曰:'竊聞夫子高義,簡斥數婦,妾亦偃蹇數夫矣。今而見擇,敢不請罪。'鴻曰:'吾欲裘褐之人,可與俱隱深山者爾。今乃衣綺縞,傅粉墨,豈鴻所願哉?'妻曰:'以觀夫子之志耳。妾自有隱居之服。'乃更爲椎髻,著布衣,操作而前。鴻大喜曰:'此真梁鴻妻也,能奉我矣!'字之曰德曜,名孟光。居有頃,妻曰:'常聞夫子欲隱居避患,今何爲默默?無乃欲低頭就之乎?'鴻曰:'諾。'乃共入霸陵山中,以耕織爲業,咏《詩》《書》,彈琴以自娛。仰慕前世高士,而爲四皓以來二十四人作頌。因東出關,過京師,作《五噫之歌》曰:'陟彼北芒兮,噫!顧覽帝京兮,噫!宮室崔嵬兮,噫!人之劬勞兮,噫!遼遼未央兮,噫!'肅宗聞而非之,求鴻不得。乃易姓運期,名耀,字侯光,與妻子居齊魯之間。"

孟光得擇,【校】擇:朱本、李本及叢書本均作"揖"。梁鴻有妻。琴書自逸,丘壑同棲。五噫絕賞,雙眉獨齊。《後漢書·梁鴻傳》云:梁鴻"爲人賃舂,每歸,妻爲具食,不敢於鴻前仰視,舉案齊眉"。績匡采具,績匡:績,編織也。匡,《説文》:"飯器也。"本句言其自以耕織爲業也。相將共攜。

老萊養親

【解題】

按本篇《全唐文》、叢書本亦載,題末均有"贊"字。老萊,即老萊子。《太平御覽》引師覺授《孝子傳》曰:"老萊子者,楚人。行年七十,父母俱存,至孝蒸蒸。常著斑蘭之衣,爲親取飲。上堂脚胅,恐傷父母之心,因僵仆,爲嬰兒啼。孔子曰:父母老,常言不稱老,爲其傷老也。若老萊子,可謂不失孺子之心矣。"

老萊父母，白首同歸。欣欣愛養，欣欣：歡樂貌。慊慊無違。慊慊：心不滿足貌。宛轉兒戲，斑蘭采衣。篤哉孝子，篤：真誠、忠厚。心精且微。

寧戚扣牛角歌

【解題】

按本篇《全唐文》、叢書本亦載，題末均有"贊"字。《史記》卷八十三《魯仲連鄒陽列傳》："寧戚飯牛車下，而桓公任之以國。"《集解》："應劭曰：齊桓公夜出迎客，而寧戚疾擊其牛角，商歌曰：'南山矸，白石爛，生不遭堯與舜禪。短布單衣適至骭，從昏飯牛薄夜半，長夜漫漫何時旦。'公召與語，說之，以爲大夫。"《索隱》："事見《呂氏春秋》。商歌者，謂爲商聲而歌也。或云商旅人歌也。二說并通。"按清人黃生《義府》卷下："寧越，《吕氏春秋》：'寧戚叩角而疾商歌，齊桓公任之以政。'《淮南子》作'寧越'，乃知'戚'當作'戉'，蓋'戉'即古'鉞'字，以音相近，故借用'越'，'戚'字則後人傳寫之訛也。"又清人李鍇《尚史》卷三十六《齊諸臣傳》以爲《史記》應劭注引寧戚飯牛歌乃"後人所擬也。《後漢書》注引《說苑》云，寧戚飯牛於庸衢，擊牛角而歌《碩鼠》。高誘注《吕覽》亦云歌《碩鼠》"。又明薛虞畿《春秋別典》卷一："寧戚欲干齊桓公，窮無以自進，於是爲商旅，賃車至齊，暮宿於郭門之外。桓公郊迎客，夜開門，辟賃車，執火甚盛，從者甚衆。寧戚飯牛於車下，望桓公悲，擊牛角，疾商歌。桓公聞之曰：'異哉，此歌者非常人也！'命後車載之。寧戚見，說桓公以治境內，明日說桓公以爲天下。桓公大說，將任之，群臣爭之曰：'客衛人也，衛之去齊未遠，不若使人問之，而固賢者也，用之未晚也。'桓公曰：'不然，患其有小惡。以人之小惡而亡人之大美，此所以失天下之士也已。且人固難全，權而用其長者，當舉也。'遂大用之，爲上卿。"明彭大翼《山堂肆考》卷一百十亦云"春秋衛人寧戚"。清王士禎《分甘餘話》卷一："章邱縣西北有寧戚城，春秋齊寧戚采邑。今縣有寧氏，尚爲巨族。"按章邱即山東省章丘市。

由上所引史籍可知，寧戚乃春秋時衛人，後仕齊桓公。其封邑或在今山東省章丘縣西北。寧戚死葬之地，據元人于欽《齊乘》卷六云："在膠水縣西。"考元之膠水縣，應在今山東膠州附近。而《明一統志》卷七則云："寧戚冢，在宿州西一百九十里。"按古賢者之墓冢，因其時代久遠，往往多有附會，然無論其真僞，宿州西一百九十里有寧戚之墓,則是由來有尚之事實。考王績於隋大業十一年初春始"遍遊山水",其行迹嘗至河南、山東、安徽一帶,疑本贊文,當乃其行至河南、山東一帶時,謁寧戚之遺迹所作者也。

寧生不遇,寧生:即指寧戚。商歌飯牛。長夜難曉,人生若浮。寧惟石爛,觀睹金流。世無堯舜,誰當見求。《古詩紀》卷一載《飯牛歌》曰:"南山矸,白石爛,生不逢堯與舜禪。短布單衣適至骭,從昏飯牛薄夜半,長夜漫漫何時旦。滄浪之水白石粲,中有鯉魚長尺半。弊布單衣裁至骭,清朝飯牛至夜半。黃犢上坂且休息,吾將舍汝相齊國。出東門兮厲石斑,上有松柏青且蘭。粗布衣兮縕縷,時不遇兮堯舜主。牛兮努力食細草,大臣在爾側,吾當與爾適楚國。"

韓康賣藥

【解題】

本篇僅載於五卷本三種。韓康:安伯休,一名恬休,東漢京兆霸陵人。《後漢書》卷八十三有傳。

韓康賣藥,道路銷聲。《後漢書》卷八十三《逸民傳》云,韓康"家世著姓。常采藥名山,賣於長安市,口不二價,三十餘年。時有女子從康買藥,康守價不移。女子怒曰:'公是韓伯休耶?乃不二價乎?'康歎曰:'我本欲避名,今小女子皆知有我,何用藥爲?'乃遁入霸陵山中。博士公車連徵不至。桓帝乃備玄纁之禮,以安車聘之。使者奉詔造康,康不得已,乃許諾。辭安車,自乘柴車,冒晨先使者發。至亭,亭長以韓徵君當過,方發人牛修道橋。及見康柴車幅巾,以爲田叟也,使奪其牛。康即釋駕與之。有頃,使者至,奪牛翁乃徵君也。使者欲奏殺亭長。康曰:'此自老子與之,亭長何罪!'乃止。康因道逃遁,以壽終"。口無二價,心唯一平。何圖子女,盡識高名。霸陵深入,方知此情。

朱雲折檻

【解題】

本篇僅載於五卷本三種。朱雲,漢代直臣。據《漢書》卷六十七《朱雲傳》記載,朱雲字游,魯人也,徙平陵。少時通輕俠,借客報仇,以勇力聞。年四十,乃變節從博士白子友受《易》,又事前將軍蕭望之受《論語》,皆能傳其業。好倜儻大節,當世以是高之。"成帝時,丞相故安昌侯張禹以帝師位特進,甚尊重。雲上書求見,公卿在前。雲曰:'今朝廷大臣上不能匡主,下亡以益民,皆尸位素餐,孔子所謂鄙夫不可與事君,苟患失之,亡所不至者也。臣願賜尚方斬馬劍,斷佞臣一人,以厲其餘。'上問:'誰也?'對曰:'安昌侯張禹。'上大怒,曰:'小臣居下訕上,廷辱師傅,罪死不赦。'御史將雲下,雲攀殿檻,檻折。雲呼曰:'臣得下從龍逢、比干遊於地下足矣,未知聖朝何如耳!'御史遂將雲去。於是左將軍辛慶忌免冠解印綬,叩頭殿下曰:'此臣素著狂直於世,使其言是,不可誅;其言非,固當容之。臣敢以死爭。'慶忌叩頭流血。上意解,然後得已。及後當治殿檻,上曰:'勿易!'因而輯之,以旌直臣。"

朱雲獻直,意在亡身。言其抱定必死之心也。願請神劍,除君佞臣。抗辭折檻,輸忠犯鱗。犯鱗:犯上也。鱗:龍也,代指天子。龍逢地下,龍逢:即關龍逢,夏朝賢臣。因強諫夏桀長夜粗飲,而爲桀所殺。臣復何人!

伯牙彈琴對鍾期

【解題】

按本篇《全唐文》、叢書本亦載,題末均有"贊"字。伯牙、鍾期事,《荀子》《琴操》《列子》等書皆有記載。《荀子·勸學》:"昔者瓠巴鼓瑟而流魚出聽,伯牙鼓琴而六馬仰秣。"唐楊倞註:"伯牙,古之善鼓琴者,亦不知何代人也。"《吕氏春秋·孝行覽》:"伯牙鼓琴,鍾子期聽之。方鼓琴而志在太山,鍾子期曰:'善哉乎鼓琴,巍巍乎若太山!'少選之間,而志在流水,鍾子期又曰:'善哉乎鼓琴,湯湯乎若流水。'鍾子期死,伯牙破琴絕絃,終身不復鼓琴,以爲世無足復爲鼓琴者。"漢高誘注:"伯姓牙名,或作雅。鍾氏期名,子皆通稱。悉楚人也,少善聽音,故曰爲世無足爲鼓琴也。"至明代馮夢龍撰《警世通言》,始云伯牙姓俞。後世乃因其小説流傳甚廣,而皆以爲伯牙乃姓俞,名伯牙,實誤也。

伯牙揮手,奇聲絕倫。鍾期妙聽,是謂窮神。六馬仰秣,【校】六馬:底本原作"緑馬",從《全唐文》校改。六馬:天子路車之馬。虞世南《和至壽春應令詩》:"龍驂駐六馬,飛閣上三休。"《荀子·勸學》:"伯牙鼓琴而六馬仰秣。"六馬仰秣言其琴音妙絶,能使食草之馬仰而聽之也。**丹魚聳鱗。**丹魚:赤色之魚,出丹水。《水經注·丹水》:"丹水出丹魚,先夏至十日,夜伺之,魚浮水側,赤光上照如火。"《荀子·勸學》:"昔者,瓠巴鼓瑟而流魚出聽。"此處以丹魚聳鱗,喻伯牙琴聲美妙生動,能使流魚出聽也。**崇山流水,知音幾人?**

附　錄

補　遺

績谿嶺

【解題】

　　按本詩各本皆不見載,此從《全唐詩外編》下童養年《全唐詩補遺》卷一所錄。原卷詩後注云:輯自"康熙《徽州府志》二《績谿山水》"。考績嘗於隋大業十一年(615)夏秋之季至大業十三年(617)春季,遊於江淮、浙江、江西一帶,而績谿位於浙江、江西之間,爲浙江通往江西必經之處。本詩風格與集中《過程處士飲率爾成咏》《解六合丞還》兩首七言詩風格相同,當爲王績遺詩無疑。詩當作於詩人由會稽經績谿前往豫章途中,其時間約在大業十二年(616)前後。績谿嶺,在今安徽省績谿縣西北,舊名大尖山,又名翬嶺,又名徽嶺山。《元和郡縣圖志》:"徽嶺山,在涇縣東南二百五十里,涇水所出。"唐分歙縣置績谿縣,縣北乳谿水與徽谿相去一里,并流離而復合,有如績焉,故名績谿,因名其嶺曰績谿嶺。

　　羸馬緣谿灣復灣,羸馬:瘦馬也。緣谿:順谿而行。晋陶淵明《桃花園記》:"緣谿行,忘路之遠近。"**乾坤別自一區寰**。乾坤:本《周易》中兩卦名。古人以爲陰陽對立而生天地萬物。乾爲陽,象天;坤爲陰,象地。《周易·説卦》:"乾,天也,故稱乎父。坤,地也,故稱乎母。"又曰:"有天地,然後有萬物生焉。"故乾坤又引申指天地萬物。區寰:境域也。《魏書》卷七十七《羊深傳》:"使區寰之内,競務仁義之風;荒散之餘,漸知禮樂之用。"又唐錢起

《裴僕射東亭》詩:"則知真隱逸,未必謝區寰。"林深村落多依水,地少人耕半是山。磴道險如過棧道,磴道:即登山之石徑。張衡《西京賦》:"磴道邐倚以正東。"李善注:"磴道,閣道也。"《韻會》:"磴,登陟之道也。"李白《北上行》:"磴道盤且峻,巉巖淩穹蒼。"亦其例。棧道:峭壁巉巖間架木之通道。叢關高似度函關。函關:即函谷關。戰國時秦之故關也。其地險要高峻,山形如函,故稱函關。《史記》卷七《項羽本紀》:"行略定秦地,函谷關有兵守關,不得入。"裴駰《集解》:"文穎曰:時關在弘農縣衡山嶺,今移在河南穀城縣。"觀風欲問蒼生事,觀風:觀風俗也。古有采詩之制。《漢書》卷三十《藝文志》:"故古有采詩之官,王者所以觀風俗,知得失,自考正也。"蒼生:指百姓。蒼生事,即民間百姓疾苦之事也。旋采童謠取次刪。旋:新也。旋采:即現采之意。南朝宋趙汝鐩《訪黃簿留飲》詩:"旋切銀絲鱠鮮鯽,新嘗金顆擘香柑。"取次:按次序。北齊斛律羨《北齊樂歌》:"日日飲酒醉,國計無取次。"

石淙刻詩

【解題】

按本詩輯自《嵩陽石刻集記》,五卷本三種、各三卷本及《文苑英華》《全唐詩》《全唐詩外編》及陳尚君《全唐詩補編》均未見輯入此詩。

《嵩陽石刻集記》爲清初葉封所編纂。葉封字井叔,黃州人,順治己亥進士,官至工部虞衡司主事。該書乃葉氏於康熙癸丑歲,在登封爲知縣時所纂,以登封地在嵩山南,故其所錄碑刻以嵩陽爲名。《四庫總目提要》云:"古今金石之書,其備載全文者,在宋惟洪適之《隸釋》《隸續》,在明惟都穆之《金薤琳瑯》,餘不過題跋而已。此書錄取碑文,便於參考。"本詩即見錄於該書卷下"石淙題名四條"葉氏按語中。

按石淙乃河名,在今河南省登封縣東南三十里。其水源出嵩山東麓九龍潭,迤邐向南,流經古陽城東三里許,忽折而向西注入潁河。其河灣一帶,名平樂澗。澗中怪石交錯,山清水秀。武周久視元年(700)五月,武則天率群臣巡遊中嶽嵩山,避暑石淙河,於平樂澗河灣處名水漂石之小石島上飲酒作樂,大宴群臣。則天即興作詩,群臣奉和者十六人,因作《序》以記其事,命薛曜正書勒於嵩山石淙北崖上,此即武則天《夏日遊石淙詩并序》,石淙由是而負盛名。

又石淙河之南崖,有張易之撰《秋日宴石淙序》一篇,刻石處下臨深谿,人迹罕至。其序闕年月及書人名。觀其書體，亦與武皇則天之夏日序相類，可認定亦爲薛曜所書者。按武則天遊石淙事兩唐書均失載，學者多以爲張易之秋序與武則天之夏序，或爲同年夏秋之作。

按葉封《嵩陽石刻集記》卷下所載"石淙題名四條"，均爲北宋人題紀刻石，且"皆刻於石淙張易之序後"。四條題紀字數均不多。其第一條爲"范純仁至和二年十月望日遊同洪川"十五字。據葉氏言，此十五字後原尚有文字闕錄。其闕錄之原因，乃是由於"此題'十月'以下在王績詩行間，字體不全，難以盡拓"。其第二條僅有"張瑒弟琬熙寧庚戌十月廿二日，同釋顯泰遊"十八字。第三條爲"宣和甲辰元宵後一日，自許昌之華，凌晨冒寒，乘興獨遊王績公紀題"，共計二十七字。葉氏按云："此題前有詩云：'磴道山巖下，茅楹竹樹中。深潭魚可見，撑石路纔通。坐聽潺湲碧，懸思爛漫紅。平生丘壑志，覽此興何窮。'因刻於范忠宣題名之上，字相參互刪之"。其第四條爲"王仲蕋、鄭修年弟億年、李伯達、向子諲宣和乙巳七月來"共二十二字。

由上述葉氏記載可知，范純仁之題刻之上，原尚有題名爲王績之刻詩，與范氏之部分題紀互爲重疊，形成打破關係。然葉氏并未考訂題名爲王績之詩刻與范氏之題紀孰先孰後。若爲范氏題紀打破王績之詩刻，則范氏之題紀在王績詩刻之後無疑。倘若爲題名王績之詩打破范氏之題紀，則說明題名爲王績之詩刻時間乃在范氏題紀之後，則其詩刻必爲范氏之後北宋人所爲者。

然由葉氏之記載可知，北宋四條題紀均刻於張易之序後，其排列順序顯然形成明顯時代先後之關係，唯題名王績之詩乃在其上方，未與張易之序及北宋諸家之紀題形成先後順序之關係。故疑葉氏所云題名爲王績之詩，當即王無功之所作者。據王績之兄王度《古鏡記》記載，王績於大業十一年辭兄遍遊山水後，"先遊嵩山少室，陟石梁，坐玉壇"，且記其遇龜精猿怪之事。而石淙恰有王績之詩刻，正與《古鏡記》之所記相吻合，其詩無乃即王無功遊嵩山之舊刻乎？

考范純仁爲北宋范仲淹之次子，字堯夫。宋仁宗皇祐四年（1052）八月，其父范仲淹歿後始出仕，以著作郎知襄城縣，簽許州判官，知襄邑縣。范氏題刻時間爲宋仁宗"至和二年（1055）十月望日"，可知即其初仕知襄城縣或簽許州判官、知襄邑縣時所爲。其後范氏擢江東轉運判官，遷殿中侍御史、知制誥，一路升遷，歷官吏部尚書，拜右僕射，位極人臣，至宋徽宗建中靖國元年（1101）卒，謚曰忠宣。設若題名王績詩刻非爲王無功舊刻，乃爲范氏之後北宋時人所爲者，則何人敢打破當朝重臣題紀耶？且葉氏所輯"石淙題名四條"中，第三條無名氏題紀，明言爲"宣和甲辰（1124）

元宵後一日自許昌之華,凌晨冒寒,乘興獨遊王績公紀題",而刻於題名王績詩刻之後。其刻石之時間,距范純仁卒不過十五年。以范氏之名望,其題刻不言"獨遊范純仁題紀",乃云"獨遊王績公紀題",若非無功舊題刻,至於令其人興奮如此,必題紀其事而後快哉耶?

磴道山巖下,磴道:即登山之石徑。張衡《西京賦》:"磴道邐倚以正東。"李善注:"磴道,閣道也。"《韻會》:"磴,登陟之道也。"茅楹竹樹中。深潭魚可見,攢石路縱通。攢石:堆積石塊也。坐聽潺湲碧,潺湲:水流之聲,用以指水。《漢書·溝洫志》:"河湯湯兮激潺湲,北渡回兮迅流難。"懸思爛漫紅。爛漫:花開絢麗多彩貌,此處代指花。韓愈《山石》詩:"山紅澗碧紛爛漫,時見松櫪皆十圍。"平生丘壑志,丘壑志:謂隱居山林之志也。覽此興何窮。

北　山

【解題】

本首原本未載,李本輯入補遺。明鈔本、叢書本均輯入卷中。按本詩最早見載於明楊慎《詩話補遺》卷一,明馮惟訥《古詩紀》卷一百五十一亦錄之。集中《遊北山賦》中有與此大略相同之句,疑詩乃後人據王績之賦文而改寫者。

舊知山裏絶氛埃,登高日暮心悠哉。子平一去何時返?《後漢書》卷一百十三《向長傳》:"向長,字子平,河内朝歌人也。隱居不仕,性尚中和,好通《老》《易》。貧無資食,好事者更饋焉,受之取足而反其餘。……潛隱於家,讀《易》至損益卦,喟然歎曰:'吾已知富不如貧,貴不如賤,但未知死何如生耳。'建武中,男女娶嫁既畢,勑斷家事勿相關,當如我死也。於是遂肆意與同好北海禽慶俱遊五嶽名山,竟不知所終。"仲叔長遊遂不來。《東觀漢記》卷十六《閔貢傳》:"閔貢,字仲叔,太原人也。恬静養神,勿役於物……客居安邑,老病家貧,不能得錢買肉,日買一片豬肝,屠或不肯爲斷。安邑令聞之,問諸子:'何飯食?'對曰:'但食豬肝,屠者或不肯與。'令出策市吏。後買輒得,貢怪問其子,道狀如此,乃歎曰:'閔仲叔豈以口腹累安邑耶?'遂去之沛。"幽蘭獨夜清琴曲,桂樹凌晨濁酒杯。槁項同枯木,丹心等死灰。《莊子·齊物論》:"南郭子綦隱几而坐,仰天而噓,嗒焉似喪其耦。顔成子游立侍乎前，曰：'何居乎？形固可使如槁木，而心固可使如死灰乎？今之隱几者非昔之隱几者也。'子綦曰：'偃，不亦善乎？而問之也。今者吾喪我，汝知之乎？'"

【相關資料】

慎近多病，不多作詩，而喜談詩，而無可與談者。千里又與吾兄（指張含）隔，邇日，書《千里面譚》一卷，以代一夕之話，必有以教我也。侍弟楊慎頓首。

《春情》，梁簡文帝："蜨黄花紫蔦相追，楊低柳合路塵飛。已見垂鉤掛緑樹，誠知淇花霑羅衣。兩童夾車問不已，五馬城南猶未歸。鶯啼春欲駛，無爲空掩扉。"此七言律之始，猶未能。而格調高古，當知其濫觴。

《聽箏》，陳後主："文窗玳瑁影嬋娟，香帷翡翠出神仙。促柱默脣鶯欲語，調弦繫爪雁相連。秦聲本自楊家解，吴歈那知謝傅憐。祇愁芳夜促，蘭膏無奈煎。"

《擣衣》，温子升："長安城中秋夜長，佳人錦石擣流黄。香杵紋砧知遠近，傳聲遞響何淒凉。七夕長河爛，中秋明月光。蠮螉塞邊絶候雁，鴛鴦樓上望天狼。"

《北山》，隋王績："舊知山裏絶氛埃，登高日暮心悠哉。子平一去何時返，仲叔長遊遂不來。幽蘭獨夜清琴曲，桂樹凌雲濁酒杯。槁項同枯木，丹心等死灰。"

此四首聲調相類，七言律之濫觴也。往年欲選七言律爲一集，而以此先之，老倦不能，聊書以呈一覽。

（明楊慎《千里面譚》卷上，明萬曆四年蔡翰臣琳琅館刻本。）

祭杜康新廟文

【解題】

本篇底本未載，李本《補逸》云："據陸本補入。"其所謂陸本者，當爲陸澂《佳趣堂書目》所著録之陸氏家藏鈔本《東皋子集》三卷。本篇亦見載於《唐文粹》及《文苑英華》。《文苑英華》下注："集無。"署作者名爲"王勣"。按"王勣"實即"王績"，本爲一人。明胡震亨《唐音癸籤》卷二十九："唐詩人名誤者，王績，《藝文志》誤作勣，《紀事》又以爲有此兩人，皆非是。"胡氏以王績與"王勣"實爲一人甚是，然其以爲《新唐書·藝文志》"績"作"勣"爲誤則非。蓋唐時"績"、"勣"二字常通用，故唐時王績之名，即亦常寫作王勣，而人不以其爲二人也。如王績之長兄王度作《古鏡記》，即將王績之"績"書作"勣"。白居易《白氏長慶集》卷十七《九日醉吟》詩："奈老應無計,醫愁或有方。無過學王勣,唯以醉爲鄉。"詩中"王績"亦作"王勣"。徐堅等《初學記》卷十五引《咏妓》詩,其署名亦作"王勣"。至宋、元、明時,文獻所記王績之名,亦常書作"王勣",學者多亦明其爲王績耳。如孫光憲《北夢瑣言》卷六:"東皋子王勣,字無功,有《杜康廟碑》《醉鄉記》,備言酒德。"明顧起元《説略》卷八:"東皋子,王勣也,遊北山東皋。"皆明確將"王績"寫作"王勣"之例,而學者並未以之爲二人也。將王績與王勣誤爲二人者,蓋自宋計有功《唐詩紀事》始。計氏誤以"王績"、"王勣"别爲二人,後世因訛訛相傳。雖胡震亨已彰其誤,而《全唐詩》仍惑於《紀事》之載,未加甄辨,遂致混亂矣。今特辨之,庶可解學者之惑耳。

　　杜康,古之善造酒者,周人,或曰黄帝時人,或謂即夏時少康。新廟,王績嘗結廬河渚,於河渚東南隅立杜康廟。

　　歲月日。敢以清酌之奠,敬祭先生之靈曰:兩儀判辟,兩儀:天地也。《易·繫辭上》:"易有太極,是生兩儀。"萬象森羅。都邑未建,鳥獸獨多。茹毛飲血,《易·繫辭下》:"古者包犧氏之王天下也,仰則觀象於天,俯則觀法於地,觀鳥獸之文與地之宜,近取諸身,遠取諸物。於是始作八卦以通神明之德,以類萬物之情。"宋朱震《漢上易傳》:"古茹毛飲血,故教之以佃漁。"茹:吃也。茹毛飲血:指連毛帶血生吞而食也,指原始野蠻時代人生活方式。巢居穴窠。《莊子·盗跖》曰:"古之禽獸多而人民少,於是人皆巢居以避之,晝拾橡栗,暮棲木上,故命之曰有巢氏之民。"其説亦見《韓非子·五蠹》。穴窠:以穴爲居處。窠:凹陷處。在樹曰巢,在穴曰窠。天地不交,不交:不交泰也。《易·否》:"《象》曰:天地不交,否。"人靈未和。言社會處於荒蠻時期,人之心靈尚未平和也。智哉先生,爰作甘醴。爰:乃。醴:甘酒也。上配百牢,百牢:牢具一百也。凡祭祀所用之牛羊豕曰牲牢。羊豕各一爲少牢,牛羊豕各一爲太牢。《左傳·哀公七年》:"宋百牢我,魯不可以後宋。且魯牢晉大夫過十,吴王百牢,不亦可乎?"下主五齊。五齊:謂造酒之法分清濁五等也。《周禮·天官·酒正》:"辨五齊之名。一曰泛齊,二曰醴齊,三曰盎齊,四曰緹齊,五曰沈齊。"以晏以禱,【校】以晏:叢書本作"冥",明鈔本作"宴"。爲樽爲洗。洗:洗勺,古剌酒之勺(見《三禮圖》)。剌,挹也。萬神以降,三獻成禮。三獻:三度酌酒也。宗廟祭、圓丘祭,於朝踐(薦血腥,酌醴,始行祭事)時,王酌泛齊以獻是一獻也;大宗伯次酌醴齊以獻,是爲二獻;薦孰後,王酌盎齊以獻,是爲三獻。法成必弊,文盛則華。奚仲斫輪,奚仲:夏禹時車正,或説黄帝時佐官。荀子《解蔽》:"奚促作車。"斫輪:謂精於作車也。焉知覆車?桀紂亡國,羲和喪家。羲和:羲氏與和氏,唐虞之世曆象之官,後乃爲官名,此借指卿大夫。喪家:喪其家國。周公作《誥》,指周公所作《酒誥》也。周公作《酒誥》訓戒康叔"無彝酒"。乃防厥邪。我聞古時,王道正直。賢人君子,澡身浴德。【校】浴德:叢書本作"沐德"。降及中世,中世:中古也。《商子·開塞》:"中世上賢而説仁。"《韓非子·五蠹》:"上古競於道德,中世逐於智謀,當今争於氣力。昏主作式。刑罰不中,讒淫罔極。罔極:無極、無盡也。吁嗟世道,【校】吁嗟:明鈔本作"嘘嗟"。一至於此。達人大觀,通達之人以理洞悉事物也。語出賈誼《鵩賦》:"達人大觀兮,物無不可。"貴和其禮。與制於物,寧在於已。與:與其。寧:寧可。乘流則逝,遇坎則止。"乘流"二句:乘流而行,遇難則止也。坎:《周易》卦名,險也。賈誼《鵩鳥賦》:"乘流則逝兮,遇坎則止。"喻明夷則仕,險難則隱。眷兹酒德,可以全身。杜明塞智,杜明:毀絶明目。蒙垢受塵。阮籍遂性,劉伶保真。以此避世,【校】以此避世:明鈔本作"此避其世"。於今幾人。我瞻前説,功高受賞。嗟嗟先生,其義可想。肇基麴蘗,始作成酒也。肇基:開始。《爾雅·釋詁》:"肇,基,始也。"麴蘗:酒母,此以代酒。《列女傳·辯通傳》"不勝麴蘗之味",即以代酒。光開祀饗。光開:即開光,道教、佛教均有之宗教儀式。在道教,最初於神像落成供奉時,須舉行宗教儀式,使之有無邊法力及靈性。此種爲神像注入無形法力及真靈之儀式,即爲"開光"。道教開光,乃須經高功法師擇良辰吉日,行開光點眼之儀,其中包括清净、請神、發旨、發令、七星、八卦、入神、敕筆、敕鏡、敕鷄、開光、髮毫等十二種科儀,使神靈鴻聚,方可使神像具備威靈,使供奉者得到護佑。又,佛教於佛像落成後,擇日致禮而供奉之,亦謂開光,亦曰開眼,或稱開眼供養。《佛説一切如來安像三昧儀軌經》曰:"復爲佛像,開眼光明,如點眼相似,即頌開眼光真言二道。"又《禪林象器》上云:"凡新造佛祖神天像者,諸宗師家,立地數語,作點筆勢,直點開他金剛正眼,此爲開眼佛事,又名開水明。"此處"光開"借宗教儀式術語,謂杜康新廟落成,完成祀典也。大禮斯備,群賢就養。敢依河曲,建爾靈祠。【校】靈祠:叢書本作"靈祀"。前臨極岸,極岸:高岸。却就長磯。却:退,後也。長磯:《玉篇》:"磯,水中磧也。"即水中之石。茅茨不翦,采椽不治。"茅茨"二句:言簡陋質樸也。《韓非子·五蠹》:"堯之王天下也,茅茨不翦,采椽不斲。"茅茨:以茅草覆屋。翦:剪齊,修飾之。采:柞木。掃地而祭,神其享之。

【相關資料】

唐王無功,性嗜酒,日爲醉鄉之遊,蓋得酒中三昧者。既作《五斗先生傳》,又撰《醉鄉記》,至於爲杜康立祠,歲時祀之,獨無文以告其神,豈固無有耶?抑亦有之而史失其傳邪？乃爲代作此篇，以見績之有得於酒，蓋如此云：

唐太樂丞王績，謹以清酌嘉羞之奠，敬祭於故杜公先生之祠：皇天降命，以惠斯民。授以美祿，俾全其真。猗嗟先生，維天是因。實肇兹始，俾飲其醇。取彼秬秠，雜以芳辛。曾不崇朝，黄流在樽。貽法於前，萬古是尊。逸士飲流，是爲高人。糟邱卜築，醉鄉策勳。麯生侍坐，歡伯叩閽。相視而笑，其樂忻忻。我有嘉趣，或謂彼昏。尚友千載，茂世伯倫。皆受公賜，同師共門。爲公作祠，祀以雞豚。祭以報本，唯舌是聞。酌言醻之，侑以斯文。尚饗！

（宋周紫芝《代王無功祭杜康并叙》，見《太倉稊米集》卷六十九。）

我疾多自愈，初非遇奇方。我生固多難，欲慮忽已忘。頹然亂書中，不知歲月忙。有時或得意，炙冷不暇嘗。乃今又大悟，萬事付一觴。書中友王績，堂上祠杜康。

（宋陸游《醉賦》詩，見《劍南詩藁》卷八十一。）

重要序跋

唐陸淳《刪東皋子集序》

淳聞於師曰：秉仁義，立好惡，方之内者也。等是非，遺物我，方之外者也。冥内而遊外，聖人也。聖人吾不得見之矣，方内者時有焉。其惟方外之徒，莫得而測也。豈踐迹之道易，忘言之理難耶？將群於人而内自得耶？何乃莊叟之後，綿歷千祀，幾於是道者，余得之王君焉。心與物冥，德不外蕩，隨變而適，即分而安。忘所居而迹不害教，遺其累而道不絶俗。故有陶公之去職，言不怨時。有阮氏之放情，行不忤物。曠哉淵乎？真可謂樂天之君子者矣！

生於隋季，人莫之知，故其遺文，高迹不顯。余每覽其集，想見其人，憾不同時，得爲忘形之友。故祛彼有爲之詞，全其懸解之志。庶乎死而可作，無愧異代之知音爾。其祖宗之由，出處之行，前序備矣,此不復云。平原陸淳化卿撰。

明林雲鳳林鈔《王無功集》三卷附記

右《王無功集》,家大父手録,藏之篋中久矣。近得其軼詩三首,皆表表耳目,而是集不載,因附記於此。

萬曆壬寅季夏朔去鳳書於吳興沈氏之西樓。

夏按,附記中所稱逸詩三首,係指《望野》《過酒家》《北山》三首。《望野》見《唐詩品匯》。《過酒家》見《唐音遺響》。《北山》見《升菴詩話補遺》,乃王績《遊北山賦》末之八句,疑爲後人裁其句而爲之者。

明曹荃刻《東皋子集序》

往余讀王先生《醉鄉記》,訝其言誕漫不經,意其人必頽然自放者。比卒讀《東皋集》,始知先生蓋褎然有道君子哉!先生生濁亂之季,猶瓶居井眉,危而易墮。故三仕三已,卒遁之乎昏昏嘿嘿之鄉,以自釋其攸攸恤恤之慮。兀然而醉,於神無攖;豁然而醒,於物不迕。當與薄遊取容者異日道也。即世有慕曠達,諮博通,折簡相招,先生悉固謝不敏,此可以知醉鄉深意矣!

夫知世之不可速已者,君子之事也。先生廟事杜康,乞太樂丞以就焦革,其遠心曠度,已自不可一世。矧植杖東皋,有田可秋,足了一生麴櫱事。結廬河側,有琴可鼓,足與漁歌樵唱,響答於山水間。卜鄰瘖叟,有酒相樂,而口不掛是非,先生之事,不既濟矣乎?

不知其人視其事,殆簡而率,肆而恭,繇繇與與,暢其酒德文心。先生真有道君子哉!進而求之,其栗里賢人之伯仲乎?至今誦其詩,如吸風飲露,疏快宜人。讀其書,恍置身義皇上,令人作盱睢想。以語於竹林諸君子,縱意所如,越禮喪則,則應拜先生下風矣。

崇禎辛巳暮春梁谿曹荃題。

明黃汝亨刻《東皋子集序》

東皋子放逸物表,遊息道內,師老、莊,友劉、阮,其酒德詩妙,魏晉以來,罕有儔匹。行藏生死之際,澹遠真素,絕類陶徵君。爲文中子弟,無標置名教之迹,而意誼不拂,亦無於陵仲子辟離之譏。昔曹、由掛瓢於堯代,曾、點希瑟於孔席,東皋似之矣。焦弱侯先生每向余言《東皋子集》宜與《陶淵明集》并傳。顧陶集已有善本,而是集獨缺,先生乃出以授予與予友高孩之,相賞莫逆。予乃轉授鮑生元則繕刻之。吾輩净眼讀一過,甚爲爽然,勝讀《鵩鳥賦》遠矣。

明黃刻《東皋子集》高出題記

文中子講道河汾,擬於洙泗,斷斷如也。或問無功,文中子譏其棄世,不與也。而無功作《北山賦》及他所論著與馮子華輩書,咸述其兄之德業,而自以俗外相待,義合名教,情寄玄遠,又與晉人之厭棄禮法,疾世若仇者不同。醉鄉氏之境,令覽者神遊焉,尚可以糟粕乎?一切殆無乎?古之所謂至人與!

詩文喻旨目前,高寄象外,閒適自得,興遠理微,是亦德言之至也。集久不傳,余受自焦先生。先生今之龍門,而顧深好無功,斯亦喟然之與千古同契焉者乎!

余以質之貞父先生,遂木以傳,貞父曠懷逸氣,故爲似之。而余家海上所居,亦名北山。讀其賦,飄然有凌雲之想。余兩人視東皋子,雖出處之際不必擬,亦各其時也。要之,尚友寧易地,不然哉!

東海高出題。

清孫星衍岱南閣叢書本《東皋子集序》

《王無功集》三卷,吳門余蕭客影鈔宋槧本,前有吕才序,稱五卷,疑非唐時編次本。唐陸淳有《刪東皋子集序》,此或其所刪歟?卷中有摘句,引宋所撰書,疑又爲宋時訂定。然按之錢遵王《讀書敏求記》,稱從金陵焦太史錄出,今世罕傳者,亦即此本也。《文獻通考》:"十五卷。""十"字疑衍。晁公武則云:"薛道衡見其《登龍門憶禹賦》,歎曰:'今之庾信也。'"今集無此賦。《唐文粹》所載又有績《與陳叔達重借〈隋紀〉書》《重答杜君書》二篇,亦不見集中,其非吕才原編明矣。

余購求唐人文集頗多,而績集爲冠,急刊以傳世。績天才倜儻,遺世獨往,不拘禮俗。其文蕭散,兼陶潛、庾信之長。惟《(與)陳道士書》,以釋迦厠於孔子之後,可謂癡人不倫,固不必以此責文人。以唐太宗之英明,顏魯公之忠直,猶且惑於浮屠,直是唐人積習如此,韓氏愈之識,所以不可及,文起八代之衰,即此是也。而或以體格言之,淺矣。今刊此集,以逸文及陸淳序附於後。

山東督漕使者孫星衍序。

清羅氏唐風廔刻《王無功集》蔣黼後記

《王無功集》并孫輯補遺,共五卷。刻本頗不易覯,羅君叔言嘗得舊刻巾箱本,准別甚多,作校刊記一卷,久未鐫木。年來同處吳門,朝夕過從,時商舊學,因勸之授梓,并爲校讎。偶於《文中子》内檢得《答陳尚書書》一首,爲孫輯所遺,以語叔言,并刊卷末。

光緒丙午三月吳縣蔣黼記之。

泰州陳文田晚晴軒鈔《王無功文集》五卷本後記

《唐書·藝文志》載《東皋子集》五卷，《直齋書録解題》《郡齋讀書志》與之合。諸家書目，皆作三卷。張氏愛日精廬所得趙清常藏書，從焦弱侯本傳録者亦如之。孫氏巾箱本《岱南閣叢書》所刊略同。四庫館收三卷本，係從明崇禎中刊本録入。館臣謂"晁、陳兩家不言陸淳序，其真偽亦在兩可間"。

鄙意以爲：五卷本，吕才所輯也。三卷本，陸淳所刪也。此爲大興朱氏竹君傳鈔足本。首卷《河渚賦》以下，但存其目，豈傭書者省手也？《全唐文》失載賦六首，祭文一首，贊六首，增《祭杜康新廟文》一首。又，《祭仲長子光文》增"凡我故人"以下兩段。《全唐詩》則較是集闕佚過半矣！標首曰"《王無功文集》"，宋時蜀刻唐集如此。

時同治乙丑古重陽日，陳文田硯鄉氏識於宣南寓齋之晚晴軒。

又，原鈔本每半頁十二行，每行二十一字。附記。同治四年。

大興朱氏竹君鈔五卷本《王無功集》朱學勤題識

《王無功文集》五卷，計一本，唐王績撰。舊鈔本，朱笥河藏書。

夏連保《王績集編年校注前言》

《東皋子集》（又題《王無功集》）三卷，唐王績撰。據集首吕才序稱，集乃王績卒後，其友人河東吕才（君英）鳩訪績所著詩賦纂輯而成者也。初輯爲五卷。（明趙琦美脈望館鈔本吕才序稱"三卷"，當爲鈔者誤改。《舊唐書·經籍志》《新唐書·藝文志》、晁公武《郡齋讀書志》、陳振孫《直齋書録解題》皆著録爲五卷。清陸心源《皕宋樓藏書志》載吳翌鳳跋云嘗見宋刊爲五卷本。朱學勤《結一廬書目》著録有《王無功文集》五卷本,爲朱笥河所藏。是則五卷本之《王無功集》,清時尚有傳本也。)今傳之三卷本前或録有唐陸淳(化卿)《删東皋子集序》稱:"余每覽其集,想見其人,恨不同時,得爲忘形之友。故祛彼有爲之詞,全其懸解之志。"據此,則知續集唐時即有五卷本與三卷本并行於世矣。五卷本爲唐吕才所編,三卷本乃唐陸淳據五卷本删成。吕才鳩集必欲其全,陸淳之削删則唯欲見績"心與物冥,德不外蕩,隨變而適,即分而安"之志也。故其所删者,皆彼所謂"有爲之詞"也;其所存者,皆彼所謂"懸解之志"者也。其後,陸氏删本之流傳,蓋廣於吕氏之輯本矣,是以至清代,五卷本遂漸陻没不傳,少有見者焉。然五卷本之佚也,使千載下之人難睹"有爲"王績之真面目矣;三卷本之流傳也,直使今之讀者知有"懸解"酒徒之無功在已。惜哉!今人所見之王無功,非全王無功也,僅其側影耳。僧肇《物不遷論》記梵志語其鄰曰:"吾猶昔人,非昔人也。"然則今所獲睹之王績,亦猶昔人而非昔人者乎?吾開卷讀無功詩文,究其"懸解"至深之由,益欲窺其全豹,不禁歎息憾恨於陸淳之多事也。

　　雖然,吾亦知績嘗欲有所爲焉。績家傳儒學,數世大稱儒門。其兄文中子王通河汾講學之際,績亦嘗親聆教誨焉。耳濡目染,近朱者安得不赤?是故少年無功即"棄儒頻北上,懷刺幾西遊"。年十五,謁楊素,竟於前賢時彦中"占對英辨",折服一座。此非一翩翩英俊儒生乎?惜其生於末世,及長,隋朝已"大廈將傾,非一木可支矣",以文中子之"慨然有濟蒼生之志"者,猶不得不豹隱河汾,以"素王"之業終其一生,況於無功乎?吾聞阮籍哭路,嵇康疾俗,皆仕路險惡,世風日下使然。績應舉之日,不欲在朝,既署外職,旋復棄歸,蓋亦庶幾於嵇、阮之心境耳。吾讀其《古意》六首詩,直有斤斧落背,羅網加身之感,無怪乎其用世之志,忽焉遽喪,翩翩英俊,竟必欲藏名也。隋末唐初,天下多事,群雄競逐,桑梓丘墟。績方遍遊山川,避亂聿歸，更復遁迹北山，研覈釋氏真如之旨。武德中，出世之情猶未泯殁，門下待詔，六載未進，功名之念遂絕。既不得騰躍於時，則唯自傲豁達之途是適。績本洞曉"陰陽曆數之述"，至斯，益"糠粃禮義，鎡銖功名"，以《周易》《老子》《莊子》爲心靈歸依，遂與儒家濟世濟民之志訣別矣。於是肆情逸志，或"箕踞散髮，玄談虛理"；或"昏昏默默"，"與鳥獸同群"；或"止宿酒店，動經歲月"，或"絕思慮，寡言行"，"忽焉而去，倏焉而來"。其内心之痛苦鬱結，思想之矛盾複雜，於此可見也。

唐興，文人直承陳隋風流，浮靡相矜。績於幼時，文章亦嘗步武徐、庾，薛道衡見其十五歲前所作《登龍門憶禹賦》，慨然喻爲"今之庾信"。然及其長也，遭時混亂，命途多舛，於是性趨簡放，皈依自然，步入老莊一途，文風亦隨之一變。此由績盛贊薛收《白牛谿賦》"韻趣高奇，詞義曠遠，嵯峨蕭瑟，其不可言。壯哉逸乎，揚班之儔也"諸語，即可窺見一斑。績之詩，能自拔於梁、陳而繼武魏、晋，遂開陳子昂《感遇》詩之先河，竟爲初唐文苑不同流俗之第一作手。

今傳三卷本《東皋子集》，通行有四部叢刊續編影印明趙琦美脉望館鈔本，商務印書館叢書集成初編影印清孫星衍岱南閣叢書本，又有上海圖書館藏明萬曆刻本，清光緒丙午羅振玉唐風樓刊本（按此本未標卷數）等。大抵各本皆卷上爲賦，卷中爲詩，卷下爲雜文。各本所收篇目，或略有異同，篇目次序，或未一致。各本中，實以脉望館之鈔最爲善本，半頁九行，行二十字。卷首除吕才《東皋子集序》及陸淳《删東皋子集序》外，又有《東皋子傳》（即《新唐書·隱逸傳》之王績本傳）、蘇軾《書東皋子傳》并陳氏《直齋書録解題·東皋子集五卷解題》、周氏《涉筆》（王績詩評）、晁氏（公武）《郡齋讀書志·東皋子集五卷志》，下有"金陵焦太史先生本録出，校於清谿館舍，時萬曆三十七年十月十四日漏五下。清常校"之手迹。卷附收崔善爲《答無功冬夜載酒鄉館》《答王無功九日》及辛（學士）《答無功入長安咏秋蓬》、朱仲晦《答無功思故園見鄉人問》等四詩。四部叢刊續編影印此本末附有張元濟跋，於其收藏情況詳述備盡，茲不贅述。本次校注即以四部叢刊續編影印脈望館鈔本爲底本。又張元濟曾以脈望館鈔本與孫星衍岱南閣叢書本相校，撰異字表附於四部本之後。今以商務印書館叢書集成初編影印孫氏岱南閣叢書本（簡稱叢書本）相校，張氏漏校之處仍有若干。又叢書本補遺所輯諸文，皆四部本所未收者，故本次校注，仍以叢書本爲主要參校本，復校以《全唐文》《唐詩紀事》《初唐詩紀》《唐文粹》及《文苑英華》諸書，文字擇善而從，異文異字，扼要寫入校記。底本所無而他書或有之王績詩文，盡校注者之所見，搜羅補入本書各卷。他人與王績詩文酬唱、書劄往還之作，則據其情形，或引入校注，或采入附錄，以使讀者可於此本中約略窺見近乎原貌之王無功，亦可使研究者免乎資料檢索之煩。原底本未收贊文，今據他本補入，以贊文有韻故，姑列置於卷上賦文之後。其餘各卷，文體一仍其舊，以保存原本概貌。卷上賦贊，卷下雜文，由康金聲校注，卷中詩注及王績年譜，由夏連保校注并撰寫。附錄有關資料，由二人共同搜集校點，其中吕才、陸淳、孫星衍、張元濟等四篇序跋之文，由康金聲酌加注文。各卷之篇目次序，底本與各參校本既未相合，今則一依《年譜》考訂之先後而列之。或有未能確係其年者，則據詩文思想內容及風格，度其大致作時而列入《年譜》，方家通人，自可察之。筆者不敢謂篇次與作時皆相吻合，然主要作品，料無大錯，姑如是排列，以見王績思想發展之大略耳。全書係由二人分工執筆，文字風格，難盡一致，謹向讀者致歉！筆者學識淺陋，搜集未見其全，錯誤自所不免，望學者不吝賜教，筆者不勝感激焉。

甲子年五月於太原。

（康金聲、夏連保《王績集編年校注》，山西人民出版社，一九九二年版。）

傳記資料

石晋劉昫等《舊唐書·王績傳》

　　王績,字無功,絳州龍門人。少與李播、呂才爲莫逆之交。隋大業中,應孝悌廉潔舉,授揚州六合縣丞,非其所好,棄官還鄉里。績河渚中先有田數頃。鄰渚有隱士仲長子光,服食養性,績重其貞素,願與相近,乃結廬河渚,以琴酒自樂。嘗遊北山,因爲《北山賦》以見志,詞多不載。績嘗躬耕於東皋,故時人號東皋子。或經過酒肆,動經數日。往往題壁作詩,多爲好事者諷咏。貞觀十八年卒,臨終自剋死日,遺命薄葬,兼預自爲墓志。有文集五卷,又撰《隋書》,未就而卒。兄通,字仲淹。隋大業中名儒,號文中子,自有傳。

（《舊唐書》卷一百九十二,中華書局,一九七五年點校本。）

宋宋祁、歐陽修等《新唐書·王績傳》

　　王績,字無功,絳州龍門人。性簡放,不喜拜揖。兄通,隋末大儒也,聚徒河、汾間,仿古作《六經》,又爲《中説》以擬《論語》,不爲諸儒稱道,故書不顯,惟《中説》獨傳。通知績誕縱,不嬰以家事,鄉族慶吊冠昏,不與也,與李播、呂才善。

　　大業中,舉孝悌廉潔,授秘書省正字。不樂在朝,求爲六合丞,以嗜酒不任事,時天下亦亂,因劾,遂解去。歎曰:"網羅在天,吾且安之!"乃還鄉里。有田十六頃在河渚間。仲長子光者,亦隱者也,無妻子,結廬北渚,凡三十年,非其力不食。績愛其真,徙與相近。子光喑,未嘗交語,與對酌酒歡甚。績有奴婢數人,種黍,春秋釀酒,養鳧雁，蒔藥草自供。以《周易》《老子》《莊子》置床頭，他書罕讀也。欲見兄弟，輒度河還家。遊北山東皋，著書自號東皋子。乘牛經酒肆，留或數日。

高祖武德初，以前官待詔門下省。故事，官給酒日三升，或問："待詔何樂邪？"答曰："良醞可戀耳！"侍中陳叔達聞之，日給一斗，時稱"斗酒學士"。貞觀初，以疾罷。復調有司，時太樂署史焦革家善釀，績求爲丞，吏部以非流不許。績固請曰："有深意。"竟除之。革死，妻送酒不絕，歲餘，又死。績曰："天不使我酣美酒邪？"棄官去。自是太樂丞爲清職。追述革酒法爲經，又采杜康、儀狄以來善酒者爲譜。李淳風曰："君，酒家南、董也。"所居東南有磐石，立杜康祠祭之，尊爲師，以革配。著《醉鄉記》以次劉伶《酒德頌》。其飲至五斗不亂，人有以酒邀者，無貴賤輒往，著《五斗先生傳》。刺史崔喜悅之，請相見，答曰："奈何坐召嚴君平邪？"卒不詣。杜之松，故人也，爲刺史，請績講禮，答曰："吾不能揖讓邦君門，談糟粕，棄醇醪也。"之松歲時贈以酒脯。初，兄凝爲隋著作郎，撰《隋書》未成死，績續餘功，亦不能成。豫知終日，命薄葬，自志其墓。

績之仕，以醉失職，鄉人靳之，托無心子以見趣曰："無心子居越，越王不知其大人也，拘之仕，無喜色。越國法曰：'穢行者不齒。'俄而無心子以穢行聞，王黜之，無慍色。退而適茫蕩之野，過動之邑而見機士。機士撫髀曰：'嘻！子賢者而以罪廢邪？'無心子不應。機士曰：'願見教。'曰：'子聞蜚廉氏馬乎？一者朱鬛白毳，龍骼鳳億，驟馳如舞，終日不釋轡而以熱死；一者重頭昂尾，駝頸貉膝，蹄齧善蹶，棄諸野，終年而肥。夫鳳不憎山棲，龍不羞泥蟠，君子不苟潔以罹患，不避穢而養精也。'"其自處如此。

（《新唐書》卷一百九十六，中華書局，一九七五年點校本。）

宋計有功《唐詩紀事·王績》

績字無功,絳州人。兄通,大儒也。績誕縱,與李播、吕才善。大業末,仕爲六合丞,嗜酒不任事,因解去。居河渚間,與仲長子光友,以《周易》《老子》置床頭,他書罕讀也。著《五斗先生傳》《醉鄉記》《無心子傳》。豫知終日,自志其墓,自號東皋子。

(《唐詩紀事》卷四,中華書局,一九六五年版。)

宋黄震《古今紀要》

王績,王通弟。大業中丞太史,嗜酒還鄉,《易》《老》《莊》置床頭,他書罕讀。斗酒學士,太學焦革家善釀,求爲其丞,作《酒譜》,立杜康祠。《醉鄉記》《五斗先生》《自志墓》,以醉失職,無心子自托。

(《古今紀要》卷九,文淵閣四庫版。)

宋王欽若、楊億等《册府元龜·王績》

王績,絳州龍門人也。少與李播、吕才爲莫逆之交。大業中應孝悌廉潔,舉揚州六合縣丞。非其所好,棄官還鄉里。績河渚中先有田十數頃,鄰渚有隱士仲長子先,服食養性,績重其真素,願與相近。乃結廬河渚,以琴酒自樂。嘗遊北山,因爲《北山賦》以見志。又嘗躬耕於東皋,故時人號東皋子。或經過酒肆,動經數日。往往題壁作詩,多爲好事者諷咏。

(《册府元龜》卷七百七十九總錄部·高尚第二,文淵閣四庫版。)

夏按,文中"子先"當爲"子光"之誤。

宋程俱《唐三隱賢贊》

余讀《唐·隱逸傳》,尤慕王績、盧鴻、張志和,不爲出處繫累,泛然若浮雲之卷舒,使萬乘之尊可見、可聞、不可得而臣,世之戮人可望而不可攀也。視夫假修渾沌以誇世,洗箕山之耳以賣高者,不亦拘拘然乎?

王績無功,絳州龍門。不喜拜揖,簡放絕塵。發名賢科,廉潔孝弟。不樂居朝,去爲縣吏。四海雲擾,網羅在天。有田十六頃,在河渚間。結廬北渚,著書東皋。種黍釀酒,子光是交。武德之初,待詔門下。良醞可戀,竟以疾罷。樂史善釀,求爲樂丞。史死遂去,述酒作經。刺史願見,答曰奈何坐召君平?托無心子,機士見問,笑而不應。豫知終日,自志其墓,卓哉先生!

(《北山集》卷十六,文淵閣四庫版。)

元辛文房《唐才子傳·王績》

績字無功,絳州龍門人,文中子通之弟也。年十五遊長安,謁楊素,一坐服其英敏,目爲"神仙童子"。隋大業末,舉孝廉高第,除秘書正字。不樂在朝,辭疾,復授揚州六合縣丞。以嗜酒妨政,時天下亦亂,遂托病風,輕舟夜遁。歎曰:"網羅在天,吾將安之!"乃還故鄉。至唐武德中,詔徵以前朝官待詔門下省,績弟靜謂績曰:"待詔可樂否?"曰:"待詔俸薄,況蕭瑟,但良醞三升,差可戀耳。"待詔江國公聞之曰:"三升良醞,未足以絆王先生。"特判日給一斗,時人呼爲"斗酒學士"。貞觀初,以疾罷歸。河渚間有仲長子光者,亦隱士也,無妻子。績愛其真,遂相近結廬,日與對酌。君有奴婢數人,多種黍,春秋釀酒,養鳧雁,蒔藥草自供。以《周易》《莊》《老》置床頭,無他用心也。自號東皋子。雖刺史謁見,皆不答,終於家。性簡傲,好飲酒,能盡五斗,自著《五斗先生傳》。彈琴、爲詩、著文,高情勝氣,獨步當時。撰《酒經》一卷、《酒譜》一卷。李淳風見之曰:"君酒家南、董也。"及詩賦等傳世。

論曰:唐興迨季葉,治日少而亂日多。雖草衣帶索,罕得安居。當其時,遠釣弋者不走山而逃海,斯德而隱者矣!自王君以下,幽人間出,皆遠騰長往之士,危行言遜,重撥禍機,糠覈軒冕,掛冠引退,往往見之。躍身炎冷之途,標華黃綺之列,雖或累聘丘園,勉加冠佩,適足以速深藏於藪澤耳。然猶有不能逃白刃,死非命焉。夫迹晦名彰,風高塵絕,豈不以有翰墨之妙,騷雅之奇美哉!文章爲不朽之盛事也,恥不爲堯舜民,學者之所同志。致君於三五,懦夫尚知勇爲。今則舍聲利而向山棲,鹿冠烏几,便於錦繡之服;柴車茅舍,安於丹膴之廈;藜羹不糝,甘於五鼎之味;素琴濁酒,和於醇飴之奉。樵青山,漁白水,足於佩金魚而紆紫綬也。時有不同也,事有不侔也,向子平曰:"吾故知富不如貧,貴不如賤,第未知死何如生。"此達人之言也。《易》曰:"遯之時義大矣哉!"

(《唐才子傳》卷八,古典文學出版社,一九五七年版。)

明高棅《唐詩品彙》

王績,字無功,絳州人。隋王通之弟,舉孝廉,授正字。遊東皋,著書,號東皋子。待詔門下省,日給酒三升。或問:"待詔何樂?"曰:"良醖可戀耳。"侍中日給一斗,時稱"斗酒學士"。著《五斗先生傳》。貞觀以疾罷。績之仕,以醉失職,鄉人誚之,托《無心子》以見趣,其文不錄。

(《唐詩品彙·姓氏爵里詳節》,上海古籍出版社,一九八二年版。)

清王鳴盛《十七史商榷》

寫本王績《東皋子集》三卷，河東吕才君英序。《舊唐書·隱逸傳》於績傳即采此序爲之。但序云太原祁人，而《隱逸傳》則云絳州龍門人，《新唐書·隱逸傳》同。序但追溯其上世之族望言之，傳則據其身實籍言之。《舊唐書·地理志》"河東道河中府龍門縣，貞觀十七年屬絳州"是也。傳末云："兄通，字仲淹，隋大業中名儒，號文中子。"今文中子《中説》第一卷《王道篇》："子曰：吾家銅川六世矣。"阮逸注云："上黨有銅鞮縣。"又董常曰："夫子自秦歸晉，宅居汾陽。"《中説》未可盡信，所言鄉里，雖與絳州龍門相近，却非一地。序云"與李播、陳永、吕才爲莫逆交"，傳删去陳永，恐非。

（《十七史商榷》卷九二《王績絳州龍門人》，商務印書館，一九五九年重印第一版。）

經籍著錄

日本藤原佐世《日本國見在書目》

《東皋子集》五卷。
（《古逸叢書》影印日本藤原佐世《日本國見在書目》影鈔本。）

夏按，該書爲當時日本國見存自中國東渡之書籍目録，所著録書籍年代最晚者爲《元氏長慶集》《白氏長慶集》，而絶無晚唐人著作，故知該書收録底本之年代當不遲於唐代。

石晉劉昫等《舊唐書·經籍志》

《王績集》五卷。
(《舊唐書》卷四七,中華書局,一九七五年點校本。)

宋宋祁、歐陽修等《新唐書·藝文志》

《王績集》五卷。
(《新唐書》卷六〇,中華書局,一九七五年點校本。)

宋王堯臣等《崇文總目》

《東皋子集》二卷,王績撰。
【鑑按】《舊唐志》《書錄解題》《通考》并五卷,《宋志》"績"誤作"續",又重出《東皋集略》。
(宋王堯臣、王洙、歐陽修等編次,嘉定秦鑑輯釋《崇文書目》五卷,補遺一卷,咸豐癸丑刻本。)

宋鄭樵《通志·藝文略》

《王勣集》五卷。
(《通志》卷七十,商務印書館,一九三五年版。)

宋晁公武《郡齋讀書志》

王績《東皋子集》五卷。

右唐王績,無功也。龍門人,隋大業中舉孝悌廉潔,授六合丞。棄官,耕東皋,自號東皋子。《唐書》以爲《隱逸》。集有呂才《序》,稱其幼岐嶷,年十五,謁楊素,占對英辯,一坐盡傾,以爲神仙童子。薛道衡見其《登龍門憶禹賦》,歎曰:"今之庾信也。"且載其卜筮之驗者數事云。

(《郡齋讀書志》卷四上,上海涵芬樓影印宋淳祐袁州刊本。)

宋尤袤《遂初堂書目》

王績《東皋子集》。

(《遂初堂書目·別集類》,文淵閣四庫版。)

宋陳振孫《直齋書録解題》

《東皋子》五卷。

唐太樂丞太原王績無功撰。績,文中子王通仲淹之弟也。仕隋爲正字,嗜酒簡放,不樂仕進。晚乞太樂吏焦革善釀,求爲其丞,不問流品,亦阮中嗣宗步兵之意也。革死,乃歸於所居,立杜康祠,爲文祭之,以焦革配。自號東皋子,其友呂才鳩訪遺文,編成五卷,爲之序。有《醉鄉記》傳於世。其後,陸淳又爲《後序》。

(《直齋書録解題》卷十六,文淵閣四庫版。)

宋馬端臨《文獻通考·經籍考》

《東皋子》五卷。

陳氏曰：唐太樂丞太原王績無功撰，文中子王通仲淹之弟也。仕隋爲正字，嗜酒簡放，不樂仕進。晚乙太樂吏焦革善釀，求爲其丞。不問流品，亦阮嗣宗步兵之意也。革死乃歸於所居，立杜康祠，爲文祭之，以焦革配。自號東皋子，其友吕才鳩訪遺文，編成五卷，爲之序。有《醉鄉記》傳於世。其後，陸淳又爲之序。

周氏《涉筆》曰：舊傳四聲自齊、梁至沈、宋，始定爲唐律。然沈、宋體製，時帶徐、庾，未若王績剪裁鍛鍊，曲盡清玄，真開迹唐詩也。如云"牧人驅犢返，獵馬帶禽歸"，"琴曲惟留古，書名半是經"。《九月九日》一篇"野人迷節候，端坐隔塵埃。忽見黃花吐，方知素節回。映巖千段發，臨浦萬株開。香氣徒盈把，無人送酒來"。蓋淵明古體，蟠屈入八句中，渾然天成，又唐末諸家所不能也。

無功放逸傲世，而詩句如此，豈其真得於自然乎？《獨坐》云："問君尊酒外，獨坐更何須。有客談名理，無人索地租。三男婚令族，五女嫁賢夫。百年隨分了，未羨陟方壺。"無功本席世家之盛，師友之門，恩誼暖熱，生理不干其心。因得以一意世外，不屈節求人，所謂福慧雙人者邪？

晁氏曰：隋大業中，舉孝弟廉潔，授六合丞。棄官，耕東皋，自號東皋子。《唐書》以爲《隱逸》。集有吕才《序》，稱其"幼岐嶷，年十五，謁楊素，占對英辯，一座盡傾，以爲神仙童子。薛道衡見其《登龍門憶禹賦》，歎曰：'今之庾信也。'"且載其卜筮之驗者數事。

（《文獻通考》卷二百三十一，商務印書館，一九三六年版。）

元脱脱等《宋史·藝文志》

《王績集》五卷。陸淳《東皋子集略》二卷。
(《宋史》卷二〇八,中華書局,一九七五年點校本。)

明陸濟《佳趣堂書目》

陸氏家藏:
王無功《東皋子集》三卷。
辛未鈔本。焦弱侯太史藏本。
(《佳趣堂書目》,光緒二十八年長沙葉氏刊《觀古堂書目叢刊》本第十六、十七册。)

清錢曾《讀書敏求記》

《東皋子集》三卷。
呂才仲英鳩訪無功遺文,輯成一書,其集今世罕傳。清常道人從金陵焦太史本錄出。披閱之餘,想其與子光對酌時,雖未嘗交語,胸中各有一段真趣,允爲酒家南、董耳。
(《讀書敏求記》卷四,康熙松雪齋刊本。)

清江藩《半氈齋題跋》

《東皋子集》三卷。
集中《答馮子華處士書》云"我近作《河渚》《獨居》賦",今本無此文。中卷末補遺引萬立方《韻語陽秋》,當是南宋人所編,必非舊本也。

(《半氈齋題跋》卷上,商務印書館,一九三六年版。)

清韓應陛《讀有用書齋書目》

《王無功集》三卷。
舊鈔本,明萬曆三十年壬寅林雲鳳手跋,何義門手校并跋。
(《讀有用書齋書目》集部,同治庚午刊本。)

清周星詒原輯、民國羅振常重編《傳忠堂藏書目》

《東皋子集》三卷,一册。
唐王績撰,舊鈔本,吳枚庵手校。
(《傳忠堂藏書目》,《邈園叢書》本。)

清陸心源《皕宋樓藏書志》

《東皋子集》三卷,附錄一卷,舊鈔本。
唐太原王績無功撰,吕才《序》,陸淳《删東皋子集序》。吳氏手跋曰:"庚子初冬,於鮑以文丈處見宋槧本,凡五卷,視此增多三十餘篇,惜未假得校補,書此以俟。十八日,延陵吳翌鳳記。"
(《皕宋樓藏書志》卷六十八,光緒壬午年歸安陸氏十萬卷樓刊本。)

清孫星衍《孫氏祠堂書目內外編》

《東皋子集》三卷。

唐王績撰,星衍仿宋巾箱本。

(《孫氏祠堂書目內外編》內篇第四,商務印書館,一九三六年刊本。)

清朱學勤《結一廬書目》

《王無功集》五卷,計一本。

唐王績撰,舊鈔本,朱笥河藏書。

(《結一廬書目》卷四,光緒二十八年長沙葉氏刊《觀古堂書目叢刻》本。)

清張金吾《愛日精廬藏書志》

《東皋子集》三卷。

舊鈔本,趙清常藏書。唐太原王績無功著,呂才《序》,陸淳《刪東皋子集序》。趙氏手跋曰:"金陵焦太史先生本錄出,校於清谿官舍,時萬曆三十七年十月十四日漏下初鼓,清常道人。"

(《愛日精廬藏書志》,清嘉慶庚辰刊本。)

清莫友芝《郘亭知見傳本書目》

《東皋子集》三卷。

唐王績傳,明崇禎中刻。孫氏岱南閣刻仿宋巾箱本,趙清常脈望館鈔本最善。半頁九行,行二十字。

(《郘亭知見傳本書目》卷十二,宣統元年鉛印本。)

清孫樹杓編《帶經堂書目》

《東皋子集》三卷。

鈔本,唐王績撰。前有呂才《序》。

(《帶經堂書目》卷四之上,宣統三年順德鄧氏依閩陳氏稿刊本。)

清瞿鏞《鐵琴銅劍樓藏書目錄》

《東皋子集》三卷。

舊鈔本,唐王績撰。《唐志》,晁、陳書目俱作五卷,此止三卷,有呂才、陸淳《序》,舊爲脈望館藏書,繼歸述古堂,見《敏求記》。卷末有趙清常題紀云:"從金陵焦太史本錄出,校於清谿官舍,時萬曆三十七年十月十四日。"

(《鐵琴銅劍樓藏書目錄》十九,光緒三十四年常熟瞿氏刊本。)

吴慰祖校訂《四庫采進書目》

兩江第一次進書:《東皋子集》三卷,隋王績著。一本。兩淮鹽政李呈送書目:《東皋子集》三卷,唐王績,一本。

(《四庫采進書目》,商務印書館,一九六〇年版。)

清紀昀等《四庫全書總目提要》

《東皋子集》三卷。

唐王績撰。績字無功,太原祁人。隋大業中,授秘書省正字,出爲六合丞。歸隱北山東皋,自號"東皋子"。唐初,以前官待詔門下,復求爲太樂丞。後乃解官歸里。是身事兩朝,皆以仕途不達,乃退而放浪於山林。《新唐書》列之《隱逸傳》,所未喻也。然績爲王通之弟,而志趣高雅,不隨通聚徒講學,獻策幹進,其人品亦不可及矣。史稱其"簡放嗜酒",嘗作《醉鄉記》《五斗先生傳》《無心子傳》。其《醉鄉記》爲蘇軾所稱,然他文亦疏野有致。其詩惟《野望》一首爲世傳誦。然如《石竹詠》意境高古,《薛記室收過莊見尋》詩二十四韻,氣格遒健,皆能滌初唐俳偶板滯之習,置之開元、天寶間,弗能別也。《唐書·藝文志》載績集五卷,陳振孫《書錄解題》亦云"其友吕才鳩訪遺文,編成五卷,爲之序。而今本實止三卷。又晁公武《讀書志》引吕才《序》稱績"年十五歲,謁楊素,占對英辨。謝道衡見其《登龍門憶禹賦》,歎爲今之庾信"。且載其卜筮驗者數事。今本吕才《序》尚存,而晁公武所引之文則無之。又《序》稱"鳩訪未畢,輯爲三卷",與《書錄解題》不合。其《登龍門》一賦亦不載集中。或宋末本集已佚,後人從《文苑英華》《文粹》諸書中采績詩文,彙爲此編,而僞托才《序》以冠之,未可知也。此本爲明崇禎中刊本,卷首尚有陸淳《序》

一首。晁、陳二家目中,皆未言及其真僞,亦在兩可間矣。

乾隆四十六年十月恭校上。

(《四庫全書總目》卷一四九集部,中華書局,一九六五年版。)

清永瑢等《四庫全書簡明目錄》

《東皋子集》三卷,唐王績撰。績爲王通之弟,而天性真率,不隨通聚徒講學,獻策幹進。詩文皆疏野有別致。其詩爲《野望》一篇最傳。然如《石竹咏》《贈薛收》詩,皆風骨遒上;《古意六首》,亦陳、張《感遇》先導。集爲吕才所編,此本卷數與才《序》合,而才所稱《龍門憶禹賦》,集乃不載,似未必舊本矣!

(《四庫全書簡明目錄》集部卷十五,上海古典文學出版社,一九五七年版。)

清邵懿辰撰、邵章續錄
《增訂四庫全書簡明目錄標注》

《東皋子集》三卷。

唐王績撰。孫氏岱南閣仿宋巾箱本。崇禎中刊本。(續錄)宋刊五卷本,汲古閣有影宋鈔本。趙清常脈望館鈔本最善。半頁九行,行二十字。傅沅叔有朱竹君朱筆校岱南閣本,并補鈔一序。光緒丙午羅振玉唐風樓刊本。

(《增訂四庫全書簡明目錄標注》,上海古籍出版社,一九七九年版。)

清丁丙《善本書室藏書志》

《東皋子集》三卷（舊鈔本），唐太原王績無功著。績乃文中子王通弟也，隋大業中舉孝悌廉潔，授六合丞，除正字。棄官隱東皋，自號東皋子。晚乙太樂吏焦革善釀，求爲其丞，革死乃歸。立杜康祠於所居，配以焦革，爲文祭之。晁、陳兩目均稱遺文五卷，河東呂才編、序，陸淳後序。此明梁谿曹荃定爲三卷，附錄劉昫、宋祁、蘇軾三傳，并遺事、集評。

（《善本書室藏書志·集部》，《續修四庫全書》影印本，上海古籍出版社，一九九五年版。）

楊立誠《四庫目略》

《東皋子集》，唐王績撰，三卷。孫氏岱南閣仿宋巾箱本。明崇禎中刊本。趙清常脈望館鈔本最善，半頁九行，行二十字。

績以仕途不達，乃退隱北山東皋，自號東皋子。詩文皆疏野有別致，集爲其友呂才所編。此本卷數與才《序》合，而才所稱《龍門憶禹賦》，集乃不載，似非舊本。

（《四庫目略》集部，浙江印刷公司，一九二九年排印本。）

張元濟《涉園序跋集錄》

《東皋子集》。

《讀書敏求記》有《東皋子集》三卷，記曰："呂才仲英鳩訪無功遺文，輯成一書。其集今世罕傳，清常道人從金陵焦太史本錄出。"

是本卷中均有清常手筆，記載甚明，蓋先爲脈望館舊藏，繼入於述古堂也。嘉慶初，孫淵如刻《岱南閣叢書》中有是集，亦三卷。《序》稱爲"吳門余蕭客影鈔宋槧本，前有吕才《序》，稱五卷，疑非唐時編次。唐陸淳有《刪東皋子序》，此或其所刪。又《讀書敏求記》稱從金陵焦太史録出者，亦即此本"云云。然孫刻詩篇編次，與是本不合，且缺《祭處士仲長子光文》，及《自撰墓志》二篇，頗疑所據之本各異；又是本吕《序》明言輯成三卷，并無五卷之説。蓋孫氏實未見此本，其所云"亦即此本者"，僅爲揣度之詞。然《唐書·藝文志》，晁、陳二志，均作五卷，是當時必有兩本，一爲五卷，一爲三卷，不能指爲孰誤孰不誤也。孫氏學術淹貫，刻書校讎尤精，然以所刻與是本校，異同近百許字，其足以糾正是本者不過數字，餘則皆誤，於此益知古書校勘之難，而古本之可貴矣。兩本異同列表如左，讀者審之。

甲戌初春，海鹽張元濟。

（《涉園序跋集録》，古典文學出版社，一九五七年版。）

余嘉錫《四庫提要辨證》

《東皋子集》三卷，唐王績。

嘉錫案：吕才及陸淳兩《序》，姚鉉皆收入《唐文粹》卷九十三。鉉爲北宋初人，去唐未遠，其書精博可據。兩《序》既爲所取，必非僞作，可斷言也。吕才《序》云："所著詩賦，并多散逸，鳩訪未畢，且輯成五卷。"（孫星衍《刻東皋子集序》同，餘明鈔、明刻本均作三卷）自《唐志》以下，晁、陳書目（《讀書志》卷十七，《書録解題》卷十六）及《宋志》皆著於録，蓋足本也。其本今已不傳。然陸心源《皕宋樓藏書志》卷六十八載所藏舊鈔三卷本，有吳翌鳳手跋曰："庚子（乾隆四十五年）初冬，於鮑氏以文丈處見宋槧本，凡五卷，視此增多三十餘篇。惜未假得鈔補。"朱學勤《結一廬書目》卷四云："《王無功集》五卷,舊鈔本,朱笥河藏書。"是此書足本,在晚清猶有存者,惜不得而見之矣。晁公武所引吕才《序》,今本乃無其文,未喻其故。或者才於鳩訪續文,續有所增,因别爲之序,而不改其卷數,公武言之不詳歟?陸淳《删東皋子集序》云:"余每覽其文,想見其人,恨不同時,得爲忘形之友,故袪彼有爲之詞,全其懸解之志,(續《答馮子華處士書》云:"仲長先生做《獨遊頌》及《河渚先生傳》,開物寄道,懸解之作也。"又《仲長先生傳》云:"識者有以知其懸解也。")庶乎死而可作,無愧異代之知音爾。"淳自言其删削之意如此。《宋史·藝文志》别有陸淳《東皋子集略》二卷。略者,明其爲删本也。《崇文總目》著録之《東皋子集》二卷,當即此本。蓋以詩賦爲上卷,雜文爲下卷。今行世諸本皆三卷,疑後人以其篇卷不均,分詩賦爲上中,而改吕才《序》中"五"字爲"三",以泯其迹,故與《書録解題》不合。凡孫星衍刻本所附佚文,及吴翌鳳所見之三十餘篇,蓋皆陸淳所謂"有爲"之詞,而被其删去者也。《提要》未細讀淳《序》,不知其有所删削,徒因今本不全,遂疑爲後人所輯。又不考《唐文粹》,更疑吕才《序》爲僞托,陸淳《序》爲真僞兩可,其亦勇於疑古矣。《書録解題》云:"其友吕才,鳩訪遺文,編成五卷,爲之序。有《醉鄉記》傳於世,其後陸淳又爲後序。"不知作提要者,何以於其末句熟視無睹,竟謂晁、陳二家皆未言及陸淳之《序》,豈所謂心不在焉、視而不見也歟!

(《四庫提要辨證》卷二十,中華書局,一九八〇年版。)

王文進《文禄堂書目》

《王無功集》二卷,唐王績撰。
明鈔本。松江韓德均藏印,後有何義門批校本印。竹紙一册。
(《文禄堂書目》集部别集類,一九四二年鉛印本。)

王文進《文禄堂訪書記》

《東皋子集》三卷。

唐王績撰。清孫星衍鈔本,半頁九行,行十六字,附贊十三首,從《永樂大典》録,有"臣星衍"印。孫氏手録余蕭客跋曰:"集爲北宋槧本,吴松巖影鈔,予以注先君《蘇黄滄海集》,托再從弟仁山轉借得之,從遊吾子,再請影寫,以四日有半而畢,然虞尚有脱誤,當求元本及别本正之,良不易得,如何?乙未初秋蕭客伯淵録。"

又,清初鈔本附録補遺各一卷,半頁九行,行二十字,有南昌彭氏知聖道齋、古平董氏珍藏印。

董氏手跋曰:《東皋子》三卷,後有余氏蕭客跋,稱北宋本録出。《讀書敏求記》云:"今世罕傳,清常道人從金陵焦太史本録出,即此三卷也。"《書録解題》云作五卷,陸淳有後序。今不獲見。此册彭文勤公家藏,并載陸序,洵可寶貴。余自廠肆購歸,聞薛淮生侍御同年有藏孫淵如先生校本,因假校一過。時咸豐辛酉十一月十一日,研樵識。

(《文禄堂訪書記》卷四,一九四二年鉛印本。)

王重民《敦煌古籍叙録》

《東皋子集》,王績撰。伯二八一九。

此卷首尾殘缺,載賦三篇,起《遊北山賦》之後半,《元征(原作"正")賦》全,訖《三月三日賦》之前半。據《遊北山賦》知爲唐王績所撰,蓋爲《東皋子集》殘卷,更證以群書,而知此爲吕才所編續集五卷本之原帙也。按《唐書·藝文志》集部、陳振孫《書録解題》卷十六、晁公武《讀書志》卷十七,并著録是集作五卷。清《四庫全書》著錄本、孫氏岱南閣刻本、《四部叢刊續編》影印本,并作三卷。《提要》因疑三卷本爲宋以後人采掇輯書而成,則恐有未諦。張菊生先生跋是書,疑宋時必有兩本,一爲五卷,一爲三卷,是也。以余考之,五卷本爲吕才原編,三卷本爲陸淳删節,似又可不必致疑也。何以言之?陸淳《删東皋子集後序》云:"余每覽其集,想見其人,恨不同時,得爲忘形之友。故袪彼有爲之詞,全其懸解之志。庶乎死而可作,無愧異代之知音耳。"檢宋姚鉉《唐文粹》卷八十一,有績《重答杜使君書》,卷八十二又有《與陳叔達重借隋紀書》,繹其文旨,蓋是有爲之詞,在陸淳所删之列。則姚鉉必采自吕編五卷本。又《全唐文》卷百三十二,有績《三日賦》《燕賦》(按此二賦不見《文苑英華》與《文粹》,其出處容再考),與此卷之《元正賦》,繹其文旨,亦無懸解之志,則亦在陸淳所删之列,故不載陸淳三卷本。又晁氏《讀書志》引吕才《序》云:"績年十五,謁楊素,占對英辨。謝道衡見其《登龍門憶禹賦》,歎曰:今之庾信也。"今本才《序》無晁公武所引之文,集亦不載其《登龍門憶禹賦》,然望其題而知其詞必爲有爲而賦,則賦既爲陸淳所删,而并删及吕才《序》可知也。然則宋人所見績集,并吕才所編五卷本也(周氏《涉筆》《西清詩話》等書引績詩有逸句,則所見亦爲五卷本),反之,依其佚文,與今本内容作比較觀,再衡以陸淳叙旨,而有以知今所傳三卷本爲陸淳删本無疑也。

岱南閣刻本,據孫星衍稱爲吳門余蕭客影鈔宋槧本。《四庫》著録爲明崇禎中刊本,《四部叢刊續編》影印清常道人校録本。張菊生先生跋,稱"孫刻詩篇編次,與是本不合,且缺《祭處士仲長子光文》,及《自撰墓志》二篇,疑所據之本各異"。按《祭處士仲長子光文》及《自撰墓志》二文,并在卷末,或孫氏所據本適缺卷末兩頁。此兩文實懸解之志,不應爲陸淳所删。至詩篇所以編次不同之故,檢叢刊本卷中葉五下,《初春》一詩書眉上,有楷書"記事"二字,或清常道人手鈔時,欲爲分類,故前後倒置也。然則今所傳三本,若溯其源,皆同一流。此事證明甚易,取孫氏刻與《四庫》本一校即得。惜余遠在海外，既未見孫刻，更莫由窺《四庫》之秘也。

由上觀之：陸淳所刪三卷本，宋時亦嘗付剞劂，陳振孫尚見之，因是節本，故未爲著錄。元明以來，五卷本亡而此節本反存。《四庫提要》謂"或宋末本集已佚，後人從《文苑英華》《文粹》諸書中，采績詩文，彙爲此編，而僞托才《序》以冠之，未可知者"，爲勇於疑古，而疏於考證。且績詩文多作於隋代，爲《英華》所不收，則又爲館臣所未及料也。

《全唐文》卷百三十二、三十三，收績文兩卷，搜輯甚備。然無《元正賦》，知此文與五卷本隨佚，今重得於敦煌古卷中，爲之狂喜。又《全唐文》卷百三十二收入《子推抱樹死》《荊軻刺秦王贊》等十三篇，據吕才《序》："績又著《會心高士傳》五卷，別成一家，不列於集。"則爲《會心高士傳》之讚語，不應輯入文集，附志於此。

按卷内"國"字作"圀"，"天"字作"𠀑"，并爲僞周武后所製新字，則爲唐武后時寫本。又陸淳爲啖助高弟子。度其生年，不能上逾開元，然則此卷子本書寫之時，陸淳尚未生世，則應爲吕才原編，更可無疑也。兹逐錄《元正賦》於後，以補績文之闕，校寫《北山賦》之異文，以見唐寫本之善云爾。

一九三五年九月十五日。

（《敦煌古籍叙錄》卷五，中華書局，一九七九年九月版。）

萬曼《唐集叙錄》

《東皋子集》。

《王績集》，《舊唐書》本傳及《經籍志》作五卷；《新唐書·藝文志》，"績"誤作"勳"，亦爲五卷；《宋史·藝文志》，"績"誤爲"續"，仍爲五卷，但另有陸淳《東皋子集略》二卷；《崇文書目》僅著錄《東皋子集》二卷。從這個記錄裏可以設想題爲《王績集》的是五卷，題爲《東皋子集》的是陸淳編的《東皋子集略》，這是一個經過删節的本子，所以只有二卷。今本《東皋子集》作三卷，顯然已非舊日次第。

晁公武《郡齋讀書志》四上，王績《東皋子》五卷，題名已非舊式，但仍爲五卷，并云："有吕才《序》，稱其幼岐嶷，年十五，謁楊素，占對英辨，一座盡傾，以爲神仙童子。薛道衡見其《登龍門憶禹賦》，歎曰：'今之庾信也！'且載其卜筮之驗者數事云。"這段話《四部叢刊》影趙鈔本吕才《序》中不見。陳振孫《直齋書録解題》十六：《東皋子集》五卷又云："其友吕才鳩訪遺文，編成五卷，爲之序。有《醉鄉記》傳於世，其後陸淳又爲之序。"這個本子在吕才《序》外，似乎又把陸淳《東皋子集略序》添在後邊，改題《東皋子》，但仍爲五卷。

元明以來，五卷本的《王績集》不見著録。覆刊本也極爲少見，而鈔本流傳多爲删節本，又不知道爲什麽改二卷爲三卷。

常熟瞿鏞(子雍)《鐵琴銅劍樓藏書目録》十九，《東皋子集》三卷，舊鈔本，唐王績撰。記云："《唐志》，晁、陳書目，俱作五卷。此止三卷，有吕才陸淳《序》，舊爲脈望館藏書，繼歸述古堂，見《敏求記》，卷末有趙清常題紀云："金陵焦太史本録出，校於清谿官舍，時萬曆三十七年(一六〇九)十月十四日。"《四部叢刊續編》集部即據此本影印，吕、陸二《序》後有《東皋子傳》、蘇軾書《東皋子》及陳氏曰、周氏《涉筆》曰、晁氏曰，分上、中、下三卷，上卷賦，中卷詩，下卷雜文。但上卷賦止《遊北山賦》一首。

錢塘丁丙(松生)《善本書室藏書志》二十四，著録另一個舊鈔本，書名《東皋子集》，也是三卷。小傳外云："晁、陳兩目均稱遺文五卷，河東吕才編、序，陸淳後序。此明梁谿曹荃定爲三卷，附録劉昫、宋祁、蘇軾三傳并遺事、集評。"這個本子和瞿氏著録本，附録各件略有不同。曹荃的時代略後於趙琦美(清常)，恐怕還是淵源於趙鈔本的，止附録有所增添而已。

以上兩個鈔本，可以説都是陸淳的删節本，不料在歸安陸心源(剛甫)藏本吴翌鳳的跋語中，却見到了五卷本的蹤影。《皕宋樓藏書志》六十八,著錄一個舊鈔本,題《東皋子集》三卷外,另有附錄一卷,有吳翌鳳手跋云:"庚子初冬,於鮑以文丈處見宋槧本,凡五卷,視此增多三十餘篇,惜未假得校補,書此以俟。十八日延陵吳翌鳳記。"這個鈔本後歸靈石耿文光(斗垣),《萬卷精華樓藏書記》一百五著錄。這個鈔本本身沒有什麼引人注意的東西,但是吳氏跋中所說的在鮑以文處所見到的宋槧五卷本,却是一個重大的發現,使沉埋已久的五卷本,在這裏透射出一綫光芒。

鮑以文名廷博,刊有《知不足齋叢書》,但未收此種。邵章《四庫簡目續錄》云:"宋刊五卷本,汲古閣有影宋鈔本。"可是毛氏《津逮秘書》也未輯入。於是此一綫光芒乃告熸息。五卷本似存若亡,究不知當在人間否。偶翻《北京圖書館善本書目》,忽見《王無功文集》五卷一種,係清同治四年陳(氏)晚晴軒鈔本,一册,内容不知如何。

甘泉江藩(節甫)《半氈齋題跋》上,《東皋子集》條云:"《東皋子集》三卷,集中《答馮子華處士書》云'我近作《河渚》《獨居》賦',今本無此文,中卷末補遺引葛立方《韻語陽秋》,當是南宋人所編,必非舊本也。"江氏所據當爲刻本。《東皋子集》除鈔本外,刻本流傳最稀,所知僅有崇禎中刊本,(《四庫全書總目》即以此本著錄),及孫星衍氏岱南閣仿宋巾箱本,皆三卷本也。此外,《邵氏續錄》仍有光緒丙子(1876)羅振玉唐風樓刊本,未標卷數。據潘景鄭《著硯樓題跋》當仍屬删本系統。潘氏云:"《東皋子集》世通行祇孫氏岱南閣仿宋本,孫氏所據自余蕭客影鈔宋槧所出,然校正誤字,亦殊未盡。清光緒丙午(1906)羅氏唐風樓據所藏舊刻巾箱本校孫本重梓,是正甚多,作校勘記一卷。又於《文中子》内,檢得《答陳尚書書》一首,附諸卷末,於孫刻爲精善矣。近涵樓影印明清常道人手鈔本,校正孫氏誤字至百許。清常道人本,即《讀書敏求記》所據爲善本者,所校羅氏刊本,亦殊未合。吾族香雪草堂藏有王西沚家鈔本《東皋子集》,黃蕘甫以墨筆度吳枚庵校本,以朱筆校明刻本,比勘精審,所證脱誤,亦有孫、羅二刻所未及者。是本於去秋在市廛爲吾友鄒君百耐所得,余假歸,校讀數日,以勘各本,互有是正。洵乎善本之難盡! 吾輩窮年累月,耗精疲神於几塵落葉中,徒亦自苦耳。暇時羅刻各本,疏其同異,彙爲校記,附諸簡末,聊備記育之業,是爲跋,乙亥五月二十六日。"

從潘文中可以看出各刊本所據鈔本,彼此之間頗多岐異,但都出於陸淳本是沒有問題的。因爲篇目出入不大,吳翌鳳所稱增多的三十餘篇皆未見也。所以孫淵如岱南閣刻本《序》疑非唐時吕才編次,或爲陸淳所删,并稱《讀書敏求記》從金陵焦太史錄出者,亦即此本云云。但張元濟跋趙本時,對此却提出異説。張氏云:"孫刻詩篇編次與趙本不合,且缺《祭仲長子光文》與《自撰墓志》二首,頗疑所據之本各異。又是本吕《序》明言輯成三卷,并無五卷之説。蓋孫氏實未親見此本,其所云亦即此本者,僅爲揣度之詞。"孫氏所據之本和趙清常本不盡相同,自是一個問題。但張氏謂并無五卷之説,却是錯誤的。張氏根據只是趙鈔本吕才《序》,但吕《序》"三"字顯然是"五"字之誤,不能因此遂謂并無五卷之説。張氏後文雖也提到《唐志》及晁、陳二目,認爲當時必有兩本,但對趙鈔源出陸删本似未置信。更未注意到陸淳删本原爲二卷的《東皋子集略》,而三卷本乃明人采掇而成,已非陸氏原本。

關於吕才序文問題,上文已云晁公武所引吕才序文,趙鈔本吕《序》中不見,陳鴻墀《全唐文紀事》一百十三引吕才《序》則僅百餘字,皆見於趙鈔本,但和趙鈔本八百餘字相校,相差太遠,且不云所輯卷數,其爲陳氏删節,抑別有所據,疑不能明。《四庫全書總目提要》云:"或宋末本集已佚,後人從《文苑英華》《文粹》諸書中采績詩文,彙爲此編,而僞托才《序》以冠之,未可知也。"凡此種種,都有待於獲得宋槧五卷本來解決。但三卷本是一個簡本,這一點是完全可以肯定的。因爲有唐寫殘本爲證。

王重民《敦煌古籍叙錄》記(伯二八一九)《東皋子集》云:"此卷首尾殘缺,載賦三篇,起《遊北山賦》之後半,《元征(原作正)賦》全,訖《三月三日賦》之前半。據《遊北山賦》，知爲唐王績所撰，蓋爲《東皋子集》殘卷，更證以群書，而知此爲吕才所編續集五卷本之原帙也。"又云："按卷内'國'字作'囩'，天字作'𠀑'，并爲僞周武后所製新字，則爲唐武后時寫本。又陸淳爲啖助高弟子，度其生年，不能上逾開元，然則此卷子本書寫之時，陸淳尚未生世，則應爲吕才原編，更可無疑也。"此外，王重民又檢宋姚鉉《唐文粹》八十一有續《重答杜使君書》，八十二有《與陳叔達重借隋紀書》，《全唐文》百三十二有《三日賦》《燕賦》（此二賦不見《文苑英華》與《文粹》，出處容當再考），三卷本皆不載，認爲係陸淳所删。因爲淳《序》稱"祛彼有爲之詞，全其懸解之志"，此類皆所謂有爲之詞也。證明五卷本之外，別有陸淳删本三卷，同時并證明四庫館臣以爲三卷本係後人從《文苑英華》《文粹》諸書采輯彙編的説法爲疏於考證。但王重民也一樣没注意到陸淳删的《東皋子集略》原爲二卷，三卷本爲明人編定。王氏又云《全唐文》百三十二收入《子推抱樹死贊》《荆軻刺秦王贊》等十三篇，據吕才《序》"績又著《會心高士傳》五卷，別成一家，不列於集"，應爲《會心高士傳》之贊，不應輯入文集。最後依卷子本鈔録了《元正賦》全文，因此賦不特輯本不見，《文苑英華》《唐文粹》《全唐文》皆未載入，敦煌卷子所寫，乃成孤本。又用此卷子和《四部叢刊續編》影趙本作了《遊北山賦》校文。

　　案，吕才，高儉（士廉）《文思博要序》：群臣中有朝散大夫行太常博士吕才，當即其人。

　　（《唐集叙録》，中華書局，一九八〇年版。）

相關文獻

隋王度《古鏡記》

隋汾陰侯生,天下奇士也。王度常以師禮事之,臨終贈度以古鏡,曰:"持此則百邪遠人。"度受而寶之。鏡橫徑八寸,鼻作麒麟蹲伏之象,繞鼻列四方,龜龍鳳虎依方陳布,四方外又設八卦,卦外置十二辰位而具畜焉。辰畜之外,又置二十四字,周繞輪郭,文體似隸,畫無缺,而非字書所有也。侯生云"二十四氣之象形"。承日照之,則背上文畫,墨入影內,纖毫無失。舉而扣之,清音徐引,竟日方絕。嗟乎,此則非凡鏡所得同也!宜其見賞高賢,是稱靈物。侯生常云:"昔者吾聞黃帝鑄十五鏡,其第一橫徑一尺五寸,法滿月之數也。以其相差,各校一寸,此第八鏡也。雖歲祀攸遠,圖書寂寞,而高人所述,不可誣矣。"昔楊氏納環,累代延慶;張公喪劍,其身亦終。今度遭世擾攘,居常鬱怏。王室如毀,生涯何地,寶鏡復去,哀哉!今具其異迹,列之如後,庶千載之下,儻有得者,知其所由耳。

大業七年五月,度自侍御史罷歸河東,適遇侯生卒而得此鏡。至其年六月,度歸長安,至長樂坡,宿於主人程雄家。雄新受寄一婢,頗甚端麗,名曰鸚鵡。度既稅駕,將白,云:"不敢住。"度因召主人問其故。雄云:"兩月前有一客,攜此婢從東來。時婢病甚,客便寄留。云還日當取,比不復來,不知其婢由也。"度疑其精魅,引鏡逼之,便云"乞命",即變形。度即掩鏡曰:"汝先自叙,然後變形,當捨汝命。"婢再拜,自陳云:"某是華山府君廟前長松下千歲老狸,大行變惑,罪合至死,遂爲府君捕逐,逃於河渭之間,爲下邦陳思恭義女。蒙養甚厚,嫁鸚鵡與同鄉人柴華。鸚鵡與華意不相愜,逃而東出韓城縣,爲行人李無傲所執。無傲粗暴丈夫也，遂將鸚鵡遊行數歲，昨隨至此，忽爾見留。不意遭逢天鏡，隱形無路。"度又謂曰："汝本老狸，變形爲人，豈不害人也？"婢曰："變形事人，非有害也。但逃匿幻惑，神道所惡，自當至死耳。"度又謂曰："欲捨汝可乎？"鸚鵡曰："辱公厚賜，豈敢忘德。然天鏡一照，不可逃形。但久爲人形，羞復故體。願緘於匣，許盡醉而終。"度又謂曰："緘鏡於匣，汝不逃乎？"鸚鵡笑曰："公適有美言，尚許相捨。緘鏡而走，豈不終恩？但天鏡一臨，竄迹無路，唯希數刻之命，以盡一生之歡耳。"度登時爲匣鏡，又爲致酒，悉召雄家鄰里與宴謔。比婢頃大醉，奮衣起舞而歌曰："寶鏡寶鏡，哀哉予命。自我離形，於今幾姓。生雖可樂，死不必傷。何爲眷戀，守此一方？"歌訖再拜，化爲老狸而死，一座驚歎。

大業八年四月一日，太陽虧。度時在臺直晝臥，閣覺日漸昏，諸吏告度以日蝕甚。整衣時引鏡出，自覺鏡亦昏昧，無復光色。度以寶鏡之作，合於陰陽光景之妙，不然豈合乙太陽失曜，而寶鏡亦無光乎？歎怪未已，俄而光彩出，日亦漸明。比及日復，鏡亦精朗如故。自此之後，每日月薄蝕，鏡亦昏昧。其年八月十五日，友人薛俠者，獲一銅劍，長四尺，劍連於靶，靶盤龍鳳之狀，左文如火燧，右文如水波，光彩灼爍，非常物也。俠持過度，曰："此劍俠常試之，每月十五日天地清朗，置之暗室，自然有光，傍照數丈。俠持之有日月矣，明公好奇愛古，如饑如渴，願與君今夕一試。"度喜甚，其夜果遇天地清霽，密閉一室，無復脫隙，與俠同宿，度亦出寶鏡置於座側。俄而鏡上吐光，明照一室，相視如畫。劍橫其側，無復光彩。俠大驚曰："請內鏡於匣。"度從其言，然後劍乃吐光，不過一二尺耳。俠撫劍歎曰："天下神物，亦有相伏之理也。"是後每至月望，則出鏡於暗室，光常照數丈。若日影入室，則無光也。豈太陽太陰之耀，不可敵乎？其年冬，兼著作郎，奉詔撰國史，欲爲蘇綽立傳。度家有奴曰豹生，年七十矣，本蘇氏部曲，頗涉史傳，略解屬文。見度傳草，因悲不自勝。度問其故，謂度曰："豹生常受蘇公厚遇，今見蘇公言驗，是以悲耳。

郎君所有寶鏡,是蘇公友河南苗季子所遺蘇公者,蘇公愛之甚。蘇公臨亡之歲,戚戚不樂,常召苗生謂曰:'自度死日不久,不知此鏡當入誰手。今欲以蓍筮一斷,先生幸觀之也。'便顧豹生取蓍,蘇公自揲布卦。卦訖,蘇公曰:'我死十餘年,我家當失此鏡,不知所在。然天地神物,動靜有徵。今河洛之間,往往有寶氣,與卦兆相合,鏡其往彼乎?'季子曰:'亦爲人所得乎?'蘇公又詳其卦,云:'先入侯家,復歸王氏,過此以往,莫知所之也。'"豹生言訖涕泣。度問蘇氏,果云舊有此鏡。蘇公薨後,亦失所在,如豹生之言。故度爲蘇公傳,亦具言其事於末篇。論蘇公蓍筮絶倫,默而獨用,謂此也。

大業九年正月朔旦,有一胡僧行乞而至度家。弟勣出見之,覺其神彩不俗,便邀入室而爲具食。坐語良久,胡僧謂勣曰:"檀越家似有絕世寶鏡也,可得見耶?"勣曰:"法師何以得知之?"僧曰:"貧道受明錄秘術,頗識寶氣。檀越宅上每日常有碧光,連日絳氣屬月,此寶鏡氣也。貧道見之兩年矣,今擇良日,故欲一觀。"勣出之,僧跪捧欣躍,又謂勣曰:"此鏡有數種靈相,皆當未見。但以金膏塗之,珠粉拭之,舉以照日,必影徹墻壁。"僧又歎息曰:"更作法,試應照見腑臟,所恨卒無藥耳。但以金烟薰之,玉水洗之,復以金膏、珠粉如法拭之,藏之泥中亦不晦矣。"遂留金烟玉水等法,行之無不靈驗,而胡僧遂不復見。

其年秋,度出兼芮城令。令前有一棗樹,圍可數丈,不知幾百年矣。前後令至,皆祠謁此樹,不則殃禍立及也。度以爲妖由人興,淫祀宜絕。縣吏皆叩頭請度,度不得已爲之一祀。然陰念此樹當有精魅所托,人不能除,養成其勢,乃密懸此鏡於樹之間。其夜二鼓許,聞其前磊落有聲,若雷霆者。遂起視之,則風雨晦暝,纏繞此樹。電光晃燿,忽上忽下,至明有一大蛇,紫鱗赤尾,綠頭白角,額上有王字,身被數瘡,死於樹下。度便收鏡,命吏出蛇焚於縣門外。仍掘樹,樹心有一穴,於地漸大,有巨蛇蟠泊之迹。既而實之,妖怪遂絕。

其年冬,度以御史帶芮城令,持節河北道,開倉糧賑給陝東。時天下大饑，百姓疾病，蒲陝之間癘疫尤甚。有河北人張龍駒爲度下小吏，其家良賤數十口，一時遇疾。度憫之，齎此鏡入其家，使龍駒持鏡夜照。諸病者見鏡，皆驚起云："見龍駒持一月來相照，光陰所及，如冰著體，冷徹腑臟，即時熱定，至曉并愈。"以爲無害於鏡，而所濟衆，於是令密持此鏡，遍巡百姓。其夜鏡如匣中，冷然自鳴，聲甚徹遠，良久乃止。度心獨怪，明早龍駒來，謂度曰："龍駒昨忽夢一人，龍頭蛇身，朱冠紫服，謂龍駒：'我即鏡精也，名曰紫珍。嘗有德於君家，故來相托。爲我謝王公：百姓有罪，天與之疾，奈何使我反天救物？且病至，後月當漸愈，無爲我苦。'"度感其靈怪，因此志之。至後月，病果漸愈，如其言也。

大業十年，度弟勣自六合丞棄官歸，又將遍遊山水，以爲長往之策。度止之曰："今天下向亂，盜賊充斥，欲安之乎？且吾與汝同氣，未嘗遠別。此行也，似將高蹈。昔尚子平遊五嶽，不知所之。汝若追踵前賢，吾所不堪也。"便涕泣對勣。勣曰："意已決矣，必不可留。兄今之達人，當無所不體。孔子曰：'匹夫不可奪其志矣！'人生百年，忽同過隙，得情則樂，失志則悲。安遂其欲，聖人之義也。"度不得已，與之決別。勣曰："此別也，亦有所求。兄所寶鏡，非塵俗物也。勣將抗志雲路，棲蹤烟霞，欲兄以此爲贈。"度曰："吾何惜於汝也。"即以與之。勣得鏡遂行，不言所適。至大業十三年夏六月，始歸長安，以鏡歸。謂度曰：

此鏡真寶物也。勣辭兄之後，先遊嵩山少室，陟石梁，坐玉壇。屬日暮，遇一嵌巖，有一石堂，可容三五人，勣棲息止焉。月夜二更後，有兩人，一貌胡，鬚眉皓而瘦，稱山公。一面闊，白鬢，眉長，黑而矬，稱毛生。謂勣曰："何人斯居也？"勣曰："尋幽探穴訪奇者。"二人坐，與勣談文，往往有異義出於言外。勣疑其精怪，引手潛後，開匣取鏡。鏡光出而二人失聲俯伏，矬者化爲龜，胡者化爲猿。懸鏡至曉，二身俱殪。龜身帶綠毛，猿身帶白毛。

即入箕山,渡潁水,歷太華,視玉井。井傍有池,水湛然綠色。問樵夫,曰:"此靈湫耳,村閭每八節祭之,以祈福祐。若一祭有闕,即池水出黑雲,大雹傷稼,白雨流澍,浸堤壞阜。"勳引鏡照之,池水沸涌,有雷如震。忽爾池水騰出池中,不遺涓滴。可行二百餘步,水落於地。有一魚可長丈餘,粗髻大於臂,首紅額白,身作青黃,間色無鱗,有涎龍形,蛇角嘴尖,狀如鱘魚。動而有光,在於泥水,困而不能遠去。勳謂鮫也,失水而無能爲耳。刃而爲炙,甚膏有味,以充數朝口腹。

遂出於宋汴,汴主人張琦家有女子,患入夜哀痛之聲,實不堪忍。勳問其故,病來已經年歲,白日即安,夜常如此。勳停一宿,及聞女子聲,遂開鏡照之。痛者曰:"戴冠郎被殺!"其病者床下,有大雄雞死矣,乃是主人七八歲老雞也。

遊江南,將渡廣陵楊子江,忽暗雲覆水,黑風渡涌,舟子失容,慮有覆没。勳携鏡上舟,背江中數步,明朗徹底,風雲四斂,波濤遠息,須臾之間,達濟天塹。躋攝山,趨芳嶺。或攀危頂,或入深洞。逢其群鳥環人而噪,數熊當路而蹲,以鏡揮之,熊鳥奔駭。

是時利涉浙江,遇潮出海,濤聲振吼,數百里而聞。舟人曰:"濤既近,未可渡南。若不回舟,吾輩必葬魚腹。"勳出鏡照,江波不進,屹如雲立。四面江水,豁開五十餘步,水漸清淺,黿鼉散走。舉帆翩翩直入南浦,然後却視,濤波洪涌,高數十丈而至所渡之津也。遂登天臺,周覽洞壑。夜行佩之山谷,去身百步,四面光徹,纖微皆見。林間宿鳥,驚而亂飛。還履稽,逢異人張始鸞,授勳《周髀》《九章》及明堂六甲之事,與陳永同歸。

更遊豫章,見道士許藏秘,云是旌陽七代孫,有咒登刀履火之術。説妖怪之次,便言豐城縣倉督李敬家,有三女遭魅,病人莫能識。藏秘療之無效。勳故人曰趙丹,有才器,任豐城縣尉,勳因過之。丹命祇承人指勳停處。勳謂曰:"欲得倉督李敬家居止。"丹遽設榻,爲主禮。勣因問其故,敬曰:"三女同居堂內閣子,每至日晚即靚粧衒服,黃昏後即歸所居。閣子每至日滅燭,聽之竊與人言,笑聲及至曉,眠非喚不覺,日日漸瘦,不能下食。制之不令粧梳,即欲自縊、投井,無奈之何。"勣謂敬曰:"引示閣子之處。"其閣東有窗,恐其門閉,固而難啓。遂晝日先刻斷窗櫺四條,却以物支柱之如舊。至日暮,敬報勣曰:"粧梳入閣矣。"至一更聽之,言笑自然。勣拔窗櫺子持鏡入閣照之,三女叫云:"殺我壻也!"初不見一物。懸鏡至明,有一鼠狼,首尾一尺三四寸,身無毛齒。有一老鼠,亦無毛齒,其肥大可重五斤。又有守宮大如人手,身披鱗甲,焕爛五色,頭上有兩角,長可半寸。尾長五寸以上,尾頭一寸,色白。并於壁孔前死矣,從此疾愈。其後尋真至廬山,婆娑數月,或棲息長林,或露宿草莽。虎豹接尾,豺狼連迹。舉鏡視之,莫不竄伏。

廬巖處士蘇賓,奇識之士也,洞明易道,藏往知來。謂勣曰:"天下神物必不久居人間。今宇宙喪亂,他鄉未必可止。吾子此鏡尚在,足下衛,幸速歸家鄉也。"勣然其言,即時北歸。便遊河北,夜夢鏡謂勣曰:"我蒙卿兄厚禮,今當捨人間遠去。欲得一別,卿請早歸長安也。"勣夢中許之,及曉獨居思之,恍恍發悸,即時西首秦路。今既見兄,勣不負諾矣。終恐此靈物,亦非兄所有。

數月,勣還河東。大業十三年七月十五日,匣中悲鳴,其聲纖遠,俄而漸大,若龍咆虎吼,良久乃定。開匣視之,即失鏡矣。

(據文淵閣四庫本《隋文紀》卷八,文字與《說郛》所引略作校正。)

唐薛收《隋故徵君文中子碣銘》

蓋聞運無常寧,治窮則亂,教不終廢,人存則闡。故曰:天下有道,制作歸乎帝王。斯文或墜,財成寄乎明哲。才之不可以已,其在茲乎?周道竭而孔子興,隋風喪而夫子出。五常爲之式序,三綱爲之無昧。道沖而用,故無德而名;功足化成,故匪爵而重。於稽其類,其生物之匠乎?

夫子諱通,字仲淹,姓王氏,太原人。初高祖晋陽穆公自齊歸魏,始家龍門焉。若乃門風祖業之舊,鴻儒積德之冑,事賁家諜,名昭國史,今可得而略之。

粤若夫子,洪惟命世,盡象緯之秀,鍾山川之靈,爰在孺年,素尚天啓,亦既從學,家聲日茂。偉容貌,肅風神,以孝悌爲心極,以人倫爲已任。步中規矩,響諧音律,術無遠而不窮,理無微而不詣。故夫要道之本,中和之節,九疇六藝之能事,元亨利貞之至美,悉備之矣。豈惟行爲世範,言成士則而已哉?

十八舉本州秀才,射策高第。十九除蜀州司户,辭不就列。大業伊始,君子道消,達人遠觀,潛機獨曉,步烟嶺,臥雲谿,軒冕莫得而幹,羅網莫得而迨,時年二十二矣。以爲卷懷不可以垂訓,乃立則以開物;顯言不可能避患,故托古以明義。懷雅頌以濡足,覽繁文而援手,乃續詩書,正禮樂,修元經,贊易象。道勝之韻,先達所推;虛往之集,於斯爲盛。淵源所漸,著録逾於三千;堂奧所容,達者幾乎七十。兩加太學博士,一加著作郎。夫子絕宦久矣,竟不起矣。朝端(闕)聲節,天下聞其風采,先君内史屈父黨之尊,楊公僕射忘大臣之貴,漢侯三請而不觀,尚書四召而不起。盛德大業,至矣哉!道風扇而方遠,元猷陟而逾密。可以比姑射於尼岫,擬河汾於洙泗矣。夫教思之宗,聖達之節,形氣之域,古今同盡。六經既就,一德時成,拂衣啓手,其天意乎?以大業十三年五月甲子,遘疾終於萬春鄉甘澤里第,春秋三十二。嗚呼哀哉,天不憖遺,吾將安仰?以其年八月,遷窆歲於汾水之北原,棺木衣衾,以從申制,不封不樹,是遵上古。門人考行,諡曰文中子,禮也。收學不至穀,行無異能,奉高變於絕塵,期深契於終古。義極師友,恩兼親故,遭世道之衰微,屬衣冠之板蕩。將以肆力王事,思存管樂;不獲躬守孔瑩,自同遊夏。攀昊蒼而不逮,俯元堂而已隔。敢揚徽烈,而作銘曰:

　　兩儀既位,三才式甄。器象雖顯,神機未筌。匪聖孰作,匪明孰傳。文王逝矣,孔子出焉。顯允經籍,作爲邦紀。天之未喪,載誕夫子。奄有群言,遂荒精理。百氏衡壁,九流齊軌。潛龍勿用,鳴鶴在陰。我有宏德,人靈是欽。摳衣遞進,鼓篋相尋。七十成列,三千若林。煥乎經濟,沖乎典則。教思風行,徽猷允塞。庶幾克饗,匡此王國。如何不祐,殲我明德。嗚呼喪亂,胡及我長。嗚呼哲人,胡充我往。王室方屬,帝邦無象。梁木斯壞,蒼生奚仰。綢練既設,披崇既張。野寒川曠,泉深路長。盛德無沒,嘉言孔彰。永爲洪範,於何不臧?

(《全唐文》卷一百三十三。)

唐杜淹《文中子世家》

文中子王氏,諱通,字仲淹。其先漢徵君霸,潔身不仕。十八代祖殷,雲中太守,家於祁。以《春秋》《周易》訓鄉里,爲子孫資。十四代祖述,克播前烈,著《春秋義統》,公府辟不就。九代祖寓,遭湣懷之難,遂東遷焉。寓生罕,罕生秀,皆以文學顯。秀生二子:長曰玄謨,次曰玄則。玄謨以將略升,玄則以儒術進。玄則字彥法,即文中子六代祖也,仕宋,歷太僕、國子博士。常歎曰:"先君所貴者禮樂,不學者軍旅,兄何爲哉?遂究《道德》,考經籍,謂功業不可以小成也。"故卒爲洪儒,卿相不可以苟處也,故終爲博士。曰:"先師之職也,不可墜。"故江左號王先生,受其道曰王先生業。於是大稱儒門,世濟厥美。先生生江州府君焕,焕生虬,虬始北事魏。太和中,爲并州刺史,家河汾,曰晋陽穆公。穆公生同州刺史彦,曰同州府君。彦生濟州刺史傑,曰安康獻公。安康獻公生銅川府君,諱隆,字伯高,文中子之父也。傳先生之業,教授門人千餘。隋開皇初,以國子博士待詔雲龍門,時國家新有揖讓之事,方以恭儉定天下。帝從容謂府君曰:"朕何如主也?"府君曰:"陛下聰明神武,得之於天。發號施令,不盡稽古。雖負堯舜之資,終以不學爲累。"帝默然曰:"先生,朕之陸賈也,何以教朕?"府君承詔,著《興衰要論》七篇,每奏,帝稱善,然未甚達也。府君出爲昌樂令,遷猗氏、銅川,所治著稱,秩滿退歸,遂不仕。

開皇四年,文中子始生,銅川府君筮之,遇坤之師,獻兆於安康獻公。獻公曰:"素王之卦也,何爲而來?地二化爲天一,上德而居下位,能以衆正,可以王矣。雖有君德,非其時乎?是子必能通天下之志,遂名之曰通。

開皇九年,江東平。銅川府君歎曰:"王道無叙,天下何爲而一乎?"文中子侍側,十歲矣。有憂色,曰:"通聞古之爲邦,有長久之策,故夏殷以下數百年,四海常一統也。後之爲邦,行苟且之政,故魏晋以下數百年,九州無定主也。上失其道,民散久矣。一彼一此,何常之有?夫子之歎,蓋憂皇綱不振,生人勞於聚歛,而天下將亂乎?"銅川府君異之,曰:"其然乎。"遂告以元經之事。文中子再拜受之。十八年,銅川府君宴居,歌《伐木》而召文中子。子矍然再拜:"敢問夫子之志何謂也?"銅川府君曰:"爾來自天子至庶人,未有不資友而成者也。在三之義,師居一焉。道喪已來,斯廢久矣。然何常之有?小子勉旃,翔而後集。"文中子於是有四方之志。蓋受《書》於東海李育,學《詩》於稽夏琠,問《禮》於河東關子明,正《樂》於北平霍汲,考《易》於族父仲華,不解衣者六歲,其精志如此。

仁壽三年，文中子冠矣，慨然有濟蒼生之心。西遊長安見隋文帝，帝坐太極殿召見，因奏《太平策》十有二策，尊王道，推霸略，稽今驗古，恢恢乎運天下於指掌矣。帝大悅，曰：“得生晚矣，天以生賜朕也。”下其議於公卿，公卿不悅。時將有蕭牆之釁，文中子知謀之不用也，作《東征之歌》而歸，曰：“我思國家兮，遠遊京畿。忽逢帝王兮，降禮布衣。遂懷古人之心兮，將興太平之基。時異事變兮，志乖願違。吁嗟！道之不行兮，垂翅東歸。皇之不斷兮，勞身西飛。”帝聞而再徵之，不至。四年，帝崩。大業元年，一徵，又不至，辭以疾。謂所親曰：“我周人也，家於祁。永嘉之亂，蓋東遷焉。高祖穆公，始事魏。魏周之際，有大功於生人。天子錫之地，始家於河汾，故有墳隴於茲四代矣。茲土也，其人憂深思遠，乃有陶唐氏之遺風，先君之所懷也。有弊廬在茅簷土階，撮如也。道之不行，欲安之乎？退志其道而已。”乃續《詩》《書》，正《禮》《樂》，修《元經》，贊《易》道，九年而六經大就，門人自遠而至。河南董常，太山姚義，京兆杜淹，趙郡李靖，南陽程元，扶風竇威，河東薛收，中山賈瓊，清河房玄齡，巨鹿魏徵，太原溫大雅，潁川陳叔達等，咸稱師北面，受王佐之道焉。如往來受業者，不可勝數，蓋千餘人。隋季文中子之教興於河、汾，雍雍如也。

大業十年，尚書召署蜀郡司戶，不就。十一年，以著作郎、國子博士徵，并不至。十三年，江都難作。子有疾，召薛收謂曰：“吾夢顏回稱孔子之命，曰：‘歸，休乎！’殆夫子召我也。何必永厭齡，吾不起矣。”寢疾七日而終，門弟子數百人議曰：“吾師其至人乎？自仲尼已來，未之有也。《禮》：男子生有字，所以昭德。死有謚，所以易名。夫子生當天下亂，莫予宗之故，續《詩》《書》正《禮》《樂》，修《元經》，贊《易》道，聖人之大，天下之能事畢矣。仲尼既沒，文不在茲乎？《易》曰：黃裳元吉，文在中也。請謚曰文中子，絲麻設位，哀以送之。”禮畢，悉以文中子之書還於王氏。《禮論》二十五篇，列為十卷。《樂論》二十篇，列為十卷。《續書》一百五十篇，列為二十五卷。

《續詩》三百六十篇,列爲十卷。《元經》五十篇,列爲十五卷。贊《易》七十篇,列爲十卷。并未及行,遭時喪亂。先夫人藏其書於篋笥,東西南北未嘗離身。大唐武德四年,天下大定,先夫人返於故居,又以書授於其弟凝。文中子二子,長曰福郊,少曰福時。

(《中說》卷十,文淵閣四庫本。)

唐王福時《東皋子答陳尚書書》

東皋先生,諱績,字無功,文中子之季弟也。棄官不仕,耕於東皋,自號東皋子。貞觀初,仲父太原府君爲監察御史,彈侯君集,事連長孫太尉,由是獲罪。時杜淹爲御史大夫,密奏仲父直言非辜,於是太尉與杜公有隙,而王氏兄弟皆抑而不用矣。

季父與陳尚書叔達相善,陳公方撰《隋史》,季父持《文中子世家》與陳公編之。陳公亦避太尉之權,藏而未出。重重作書遺季父,深言勤懇。季父答書,其略曰:

亡兄昔與諸公遊,其言皇王之道至矣。僕與仲兄侍側,頗聞大義。亡兄曰:"吾周之後也,世習《禮》《樂》,子孫當遇王者,得申其道,則王業不墜,其天乎?其天乎!"時魏文公對曰:"夫子有後矣,天將啓之,徵也儻逢明主,願翼其道,無敢忘之。"

及仲兄出胡蘇令,杜大夫嘗於上前言其樸忠,太尉聞之怒。而魏公適入奏事,見太尉。魏公曰:"君集之事果虛耶,御史當反其坐。果實耶,太尉何疑焉?"於是意稍解。然杜與仲父抗志不屈,魏公亦退朝默然。其後君集果誅。

且吾家豈不幸而爲多言見窮乎?抑天實未啓其道乎?僕今耕於野有年矣,無一言以裨於時,無一勢以托其迹,没齒東皋,醉醒自適而已。然念先文中之述作,門人傳受升堂者,半在廊廟,續《經》及《中說》未及講求而行。嗟乎!足下知心者,顧僕何爲哉？願記亡兄之言,庶幾不墜,足矣！謹録世家既去,餘在福郊面悉其意,幸甚！

(《中説》卷十,文淵閣四庫本。)

唐陸龜蒙《豆盧處士謁宋丞相序》

龜蒙讀揚雄所爲書,知《太玄》準《易》,《法言》準《論語》。晚得文中子王先生《中説》,又知其書與《法言》相類。道之始塞而終通,子雲軋軋不足當也。何者？子雲仕於西漢末,屬莽賢用事,時皆進符命取寵,雄獨默默以窮愁著書,病不得免,人希至其門。止一侯巴從之,受《太玄》《法言》而已。文中子生於隋代,知聖人之道不行,歸河汾間修先王之業,九年而功就,謂之《王氏六經》,門徒弟子有若巨鹿魏公、清河房公、京兆杜公、代郡李公,咸北面稱師,受王佐之道。隋亡,文中子没,門人歸於唐,盡發文中子所授之道,左右其治。太宗每歎曰:"魏徵教吾功業如此,恨不使封德彞見之。"逮今十八聖,舉其君必曰太宗,舉其相必曰房魏,上下之心,恥不及貞觀。則生人受賜足矣,豈非文中子之道始塞而終通乎？丈人,文中子外諸孫也,誦文中子書不絶於口,率兄弟耕稼以自給。一旦訪龜蒙曰:"吴中兵荒,來人不足犬豕之食,安能遂退藏耶？吾從子相天下矣,吾西而見之。"龜蒙曰:"丈人外族之門人,實作良輔。今復家有丞相,必以房魏之道致君中興,是内外有德於四海也。此行徒東歸乎？昔丞相未升甲科,時年纔弱冠,龜蒙幸得參遊,中以兄事之,許與膠固,形於歌咏。及丞相爲朝,鉅儒居侍從之列,龜蒙江湖邊病不能起,一耒而耕,一船而漁,有文三十編,有書數千幖,未嘗干求諸侯,故得没没無一人道著名字。今丞相方築太平之基,架群材,立清廟,丈人承閒,宴語幽仄。試丞相意復念以小謝城北,秋霖聲高,中夜對榻,有苦吟生耶？因丈人之行,叙房魏得王佐之道,丞相追貞觀之風,小子復言曩日之分,雜而書之,用以爲送。

(《甫里集》卷十六,文淵閣四庫本。)

唐皮日休《文中子碑》

天不能言,陰隲於民。民不可縱,是生聖賢。聖賢之道,德與命符,是爲堯舜。性與命乖,是爲孔顏。噫!仲尼之化也,不及於一國,而被於天下;不治於一時,而霈及萬世。非删《詩》《書》,定《禮》《樂》,贊《周易》,修《春秋》者乎?故孟子疊踵孔聖而贊其道,復出於世而可繼孟氏者復何人哉?文中子王氏,諱通,字仲淹。生於陳隋之世,以亂世不仕,退於汾晉,序述《六經》,敷爲《中説》,以行教於門人。夫仲尼删《詩》《書》,定《禮》《樂》,贊《周易》,修《春秋》,先生則有《禮論》二十五篇,《續詩》三百六十篇,《元經》三十一篇,《易贊》七十篇。孟子之門人有高第弟子公孫丑、萬章焉,先生則有薛收、李靖、魏徵、李勣、杜如晦、房玄齡。孟子之門人鬱鬱於亂世,先生之門人赫赫於盛時。較其道,與孔孟實不相戾,豈徒然哉!設先生生於孔聖之世,余恐不在遊夏之亞也,況七十子歟?惜乎!德與命乖,不及睹吾唐受命而殁。苟唐得而用之,貞觀之治不在於房杜褚魏矣。後先生二百五十歲,生曰皮日休,嗜先生道,業先生文,讀先生後序,尚闕於贊述。想先生封隧所在,而爲銘云:

大道不明,天地淪精。俟聖暢教,乃出先生。百氏黜迹,六藝騰英。道符真宰,用失阿衡。先生門人,爲唐之楨。差肩哲相,接武名卿。未踰一紀,致我太平。先生之功,莫之與京。

(《皮子文藪》卷四,文淵閣四庫本。)

唐司空圖《文中子碑》

道,制治之大器也;儒,守其器者耳。故聖哲之生,受任於天,不可斳之以就其時。仲尼不用於戰國,致其道於孟、荀而傳焉,得於漢成四百之祚。五胡繼亂,極於周齊,天其或者生文中子,以致聖人之用,得衆賢而廓之,以俟我唐,亦天命也。故房魏數公,皆爲其徒。恢文武之道,以濟貞觀治平之盛,今三百年矣。宜其碑聖魁之柄,授必有施。臣敖之績,亦惟厥時。子惟善守,賦而不私。克輸於我,實爲貞休之期。

(《司空表聖文集》卷五,文淵閣四庫本,與《唐文粹》卷五十一所載《文中子碑》參校。)

唐劉禹錫《唐故宣歙池等州都團練觀察處置使宣州刺史兼御史中丞贈左散騎常侍王公神道碑》(節錄)

常侍諱質,字華卿。始得姓自周靈王太子晋,賓天而仙,時人曰王子,因去姬爲王氏。自秦漢以還,世多顯名。由此而上十有一代明傑,仕元魏爲并州刺史,子孫因家,遂爲太原祁人。并州六代孫名通,字仲淹。在隋朝諸儒,唯通能明王道,隱居白牛谿,遊其門皆天下儁傑,著書行於世。既没謚曰文中子。文中生福祚,爲蔡州上蔡主簿。上蔡生勉,舉進士,徵賢良,皆上第,仕至河中府寶鼎令。寶鼎即公之曾祖也。祖諱怡,渝州司户參軍,考諱潜,揚州天長縣丞,贈尚書吏部郎中,公其季子也。

始文中子先生有重名於隋末,其弟績亦以有道顯於國初,自號東皋子，文章高逸，傳乎人間。議者謂兄以大業中立言，弟遊方外遂性，二百年間，君子稱之，雖四夷亦聞其名字。

（《劉禹錫集》卷三，上海人民出版社，一九五七年版。）

宋釋契嵩《文中子碑》

原天下之善者，存乎聖人之道。又天下之理者，存乎聖人之才。有其才而不有其道，教不及化也。有其道而不有其才，化不及教也。堯、舜，得聖人之道者也。禹、湯、文、武、周公，得聖人之才者也。兼斯二者，得於聖人孔子仲尼者也。故曰夫子賢於堯舜遠矣。仲尼没百餘年，而有孟軻氏作，雖不及仲尼，而啓乎仲尼者也。孟軻没而有荀卿子作，荀卿殁而楊子雲繼之。荀與楊，贊乎仲尼者也。教專而道不一，孟氏爲次焉。去仲尼千餘年，而生於陳隋之間號文中子者，初以《十二策》探時主志，視不可與爲，乃卷而懷之，歸於汾北，大振其教。雷一動而四海尋其聲，來者三千之徒，肖乎仲尼者也。時天下失道，諸侯卿大夫不能修之，獨文中子動率以禮，務正人拯物。嘗曰：天下有道，聖人藏焉。天下無道，聖人章焉。返一無迹，庸非藏乎？因二以濟，能無章乎？昔二帝三王之政，正而未記。諸侯五伯之政，失而未辯。仲尼文之爲《六經》，備教化於後世也。後兩漢有天下，雜用王霸，治至其政之正者幾希矣。魏三國抵南北朝，紛紛乎而人道失極。往者不可追，來者猶可規。先王之道臁臁將明夷於地，文中子憂後世無法，且曰：千載以下有治仲尼之業者，吾不得而讓矣。因采漢魏與六代之政，文之爲《續經》，廣教化於後世也。非有聖人之道聖人之才，而孰能與於此乎？文中之於仲尼，猶日而月之也。唐興，得其弟子輩，發文中之經以治天下，天下遂至乎正，禮樂制度炳然四百年，比靈斯於三代。噫！仲尼之往也幾百年，其教禍於秦。弟子之行其教而仕者，不過爲列國陪臣。文中子之弟子爲天子相將,其教也播及於今,何其盛哉！高示遠邁之如此也,天其以仲尼之德,假乎文中子耶？吾不得而知之。讀王氏《世家》,愛文中之所得,大矣哉！故碑云：

六經後兮治道不精,大倫龐兮權譎興行。文中作兮頹波澄清,六經續兮天下化成。孔子如日兮文中兩明,彌萬世兮莫之與京。

（《鐔津集》卷十五,文淵閣四庫本。）

宋釋契嵩《書文中子傳後》

讀東皋子《王績集》,知王氏果有續孔子《六經》,知房玄齡、杜如晦、李靖、董常、溫彥博、魏徵、薛收、杜淹等,果文中子之弟子也。讀劉煦《唐書·王勃傳》,知文中子乃勃之祖,果曾作《元經》矣。績死於貞觀十八載,去其兄之世近,能言其事也。慨房、杜、溫、魏、王勃皆不書一字,以傳文中子之賢,而《隋書》復失書之。後世故以文中子之事不足信。及韓子文興天下,學士宗韓。以韓愈不稱文中子,李翱又薄其書,比之太公家教,而學者蓋不取文中子也。

（一九五四年六月,蘇聯送還《永樂大典》卷之六千八百三十八引《嵩鐔津文集》。）

宋司馬光《文中子補傳》

文中子王通,字仲淹,河東龍門人。六代祖玄則,仕宋,歷太僕國子博士。兄玄謨,以將略顯,而玄則用儒術進。玄則生煥,煥生虯。齊高帝將受宋禪,誅袁粲,虯由是北奔魏。魏孝文帝甚重之,累官至并州刺史,封晉陽公,謚曰穆。始家河汾之間。虯生彥,官至同州刺史。彥生傑,官至濟州刺史,封安康公,謚曰獻。傑生隆,字伯高。隋開皇初,以國子博士,待詔雲龍門。隋文帝嘗從容謂隆曰：

"朕何如主?"隆曰:"陛下聰明神武,得之於天。發號施令,不盡稽古。雖負堯舜之資,終以不學爲累。"帝默然,有間曰:"先生,朕之陸賈也,何以教朕?"隆乃著《興衰要論》七篇奏之。帝雖稱善,亦不甚達也。歷昌樂、猗氏、銅川令,棄官歸,教授卒於家。隆生通。自玄則以來,世傳儒業。通幼明悟好學,受《書》於東海李育,受《詩》於會稽夏王典,受《禮》於河東關朗,受《樂》於北平霍汲,受《易》於族父仲華。仁壽三年,通始冠,西入長安,獻《太平十二策》。帝召見,歡美之,然不能用。罷歸,尋復徵之。煬帝即位,又徵之。皆稱疾不至,專以教授爲事,弟子自遠方至者甚衆。乃著《禮論》二十五篇,《樂論》二十篇,《續書》百有五十篇,《續詩》三百六十篇,《元經》五十篇,《贊易》七十篇,謂之"王氏六經"。司徒楊素重其才行,勸之仕。通曰,汾水之曲,有先人之弊廬,足以庇風雨,薄田足以具饘食粥。願明公正身以治天下,使時和年豐,通也受賜多矣,不願仕矣。或譖通於素曰:"彼實慢公,公何敬焉?"素以問通,通曰:"使公可慢,則僕得矣;不可慢,則僕失矣。得失在僕,公何預焉?"素待之如初。右武侯大將軍賀若弼,嘗示之射,發無不中。通曰:"美哉藝也。君子志道,據德依仁。然後遊於藝也。"弼不悦而去。通謂門人曰:"夫子矜而復,難乎免於今之世矣。"納言蘇威好蓄古器,通曰:"昔之好古者聚道,今之好古者聚物。"太學博士劉炫問《易》,通曰:"聖人之於《易》也,没身而已矣,況吾儕乎?"有仲長子光者,隱於河渚。嘗曰:"在險而運奇,不若宅平而無爲。"通以爲知言,曰:"名愈消,德愈長,身愈退,道愈進,若人知之矣。"通見劉孝標《絶交論》曰:"惜乎舉任公而毁也,任公不可謂知人也。"見《辯命論》曰:"人事廢矣。"弟子薛收問:恩不害義,儉不傷禮,何如? 通曰:"是漢文之所難也。廢肉刑,害於義,省之可也。衣弋綈,傷於禮,中焉可也。"王孝逸曰:"天下皆争利而棄義,若之何?"通曰:"舍其所争,取其所棄。不亦君子乎?"或問人善,通曰:"知其善則稱之,不善則對曰,未嘗與久也。"賈瓊問息謗,通曰:"無辯。"問止怨,曰:"不争。"故其鄉人皆化之,無争者。賈瓊問群居之道。通曰："同不害正，異不傷物。古之有道者，內不失真，外不殊俗，故全也。"賈瓊請絕人事，通曰："不可。"瓊曰："然則奚若？"通曰："莊以待之，信以應之。來者勿拒，去者勿追。泛如也，則可。"通謂姚義能交，或曰簡。通曰："茲所以能也。"又曰廣，通曰："廣而不濫，茲又所以爲能。"又謂薛收善接，小心遠而不疏，近而不狎，頹如也。通嘗曰："對襌非古也。其秦漢之侈心乎？"又曰："美哉，周公之志深矣乎。寧家所以安天下，存我所以厚蒼生也。"又曰："易樂者必多哀，輕施者必好奪。"又曰："無赦之國，其刑必平。重斂之國，其財必貧。"又曰："廉者常樂無求，貪者常憂不足。"又曰："我未見得誹而喜，聞譽而懼者。"又曰："昏而論財，夷虜之道也。"又曰："居近而識遠，處今而知古，其唯學乎。"又曰："輕譽苟毀，好憎尚怒，小人哉。"又曰："聞謗而怒者，讒之階也。見譽而喜者，佞之媒也。絕階去媒，讒佞遠矣。"通謂北山黃公善醫，先飲食起居而後針藥。謂汾陰侯生善筮，先人事而後爻象。大業十年，尚書召通蜀郡司户，十一年，以著作郎、國子博士徵，皆不至。十四年病終於家，門人謚曰"文中子"。二子福郊、福時。二弟凝、績。評曰：此皆通之世家。及《中說》云爾。玄謨仕宋，至開府儀同三司。績及福時之子勔、勵、勃，皆以能文著於唐世，各有列傳。余竊謂先王之《六經》，不可勝學也，而又奚續焉？續之庸能出於其外乎？出則非經矣。苟無出而續之，則贅也，奚益哉？或曰：彼商周以往，此漢魏以還也。曰：漢魏以還，遷固之徒，記之詳矣。奚待於續經，然後人知之。必也好大而欺愚乎？則必不愚者，孰肯從之哉？今其六經皆亡，而《中說》亦出於其家。雖云門人薛收、姚義所記，然余觀其書，竊疑唐室既興，凝與福時輩，依并時事，從而附益之也。何則？其所稱朋友門人，皆隋唐之際將相名臣，如蘇威、楊素、賀若弼、李德林、李靖、竇威、房玄齡、杜如晦、王珪、魏徵、陳叔達、薛收之徒，考諸舊史，無一人語及通名者。《隋史》唐初爲也，亦未嘗載其名於《儒林》《隱逸》之間。豈諸公皆忘師棄舊之人乎？何獨其家以爲名世之聖人，而外人皆莫之知也。福時又云，凝爲監察御史，劾奏侯君集有反狀。太宗不信之，但黜爲姑蘇令。大夫杜淹奏凝直言非辜。長孫無忌與君集善，由是與淹有隙，王氏兄弟皆抑不用。時陳叔達方撰《隋史》，畏無忌，不爲文中子立傳。按叔達，前宰相，與無忌位任相埒，何故畏之至没其師之名使無聞於世乎？且魏徵實總《隋史》，縱叔達曲避權戚，徵肯聽之乎？此余所以疑也。又淹以貞觀二年卒，十四年君集平高昌，還而下獄，由是怨望，十七年謀反誅。此其前後參差不實之尤著者也。如通對李靖聖人之道曰："無所由，亦不至於彼。彼道之方也，必無至乎？"又對魏徵以聖人有憂疑，退語董常以聖人無憂疑，曰："心迹之判久矣，皆流入於釋老者矣。夫聖人之道，始於正心修身，齊家治國。至於安萬邦，和黎民，格天地，遂萬物，功施當時，法垂後世，安在其無所至乎？聖人所爲，皆發於至誠，而後功業被於四海。至誠，心也，功業迹也，奚爲而判哉？如通所言，是聖人作僞以欺天下也。其可哉？又曰："佛聖人也，西方之教也，中國則泥。"又曰："《詩》《書》盛而秦世滅，非仲尼之罪也。虛玄長而晉室亂，非老莊之罪也。齋戒修而梁國亡，非釋迦之罪也。苟爲聖人矣，則推而放諸南海而准，推而放諸北海而准。烏有可行於西方，不可行於中國哉？苟非聖人矣，則泥於中國，獨不泥於西方邪？秦焚《詩》《書》之文，《詩》《書》之道盛於天下，秦安得而滅乎？《莊》《老》貴虛無而賤禮法，故王衍、阮籍之徒，乘其風而鼓之，飾譚論，恣情欲，以至九州覆没。釋迦稱前生之因果，棄今日之仁義，故梁武帝承其流而信之，嚴齋戒，施政刑，至於百姓塗炭。發端倡導者，非二家之罪而誰哉？此皆議論不合於聖人者也。唐世文學之士，傳道其書者，蓋獨李翱以比《太公家教》。及司空圖、皮日休，始重之。宋興，柳開、孫何振而張之，遂大行於世，至有真以爲聖人可繼孔子者。余讀其書，想其爲人，誠好學篤行之儒。惜也其自任太重，其子弟譽之太過，使後之人，莫之敢信也。余恐世人譏其僭而累其美，故采其行事於理可通，而所言切於事情者，著於篇，以補

《隋書》之闕。

（宋吕祖謙《宋文鑑》卷一百四十九，文淵閣四庫本。）

宋司馬光《資治通鑑》

是歲（按指仁壽三年），龍門王通詣闕，獻《太平十二策》。上不能用，罷歸。通遂教授於河汾之間，弟子自遠至者甚衆。累徵不起。楊素甚重之，勸之仕。通曰："通有先人之弊廬，足以蔽風雨；薄田足以具饘粥；讀書談道，足以自樂。願明公正身以治天下，時和歲豐，通也受賜多矣，不願仕也。"或譖通於素曰："彼實慢公，公何敬焉？"素以問通，通曰："使公可慢，則僕得矣。不可慢，則僕失矣。得失在僕，公何預焉？"素待之如初。弟子賈瓊問息謗，通曰："無辯。"問止怨，曰："不爭。"通嘗稱"無赦之國，其刑必平。重斂之國，其財必削"。又曰："聞謗而怒者，讒之也。見譽而喜者，佞之媒也。絕去媒，讒佞遠矣。"大業末，卒於家，門人謚曰文中子。

（《資治通鑑》卷一百七十九《隋高祖紀》。）

宋葉大慶《考古質疑》

《容齋隨筆》（原注：洪邁所作）云：《中說》所載門人，多貞觀時知名卿相，而無一人能振師之道者，故議者往往致疑。其最所稱高弟曰程、仇、董、薛，程元、仇璋、董常無所見，獨薛收唐史有列傳，蹤迹甚爲明白。收以父道衡不得死於隋，不肯仕。及唐祖興，將應義舉，郡通守堯君素覺之，不得去。及君素東連王世充，遂挺身歸國，正在丁丑戊寅歲中。丁丑爲大業十三年，又爲義寧元年。戊寅爲武德元年，是年三月煬帝遇害於江都，蓋大業十四年也。杜淹作《文中子世家》云："十三年，江都難作，子有疾，召薛收謂曰：吾夢顔回稱孔子歸休之命。乃寢疾而終,殊與收事不合,歲年亦不同,是大可疑也。又稱李靖受詩及問聖人之道。靖既云丈夫當以功名取富貴,何至作章句儒?恐必無此。《中説》後載文中子次子福畤所錄云:杜淹爲御史大夫,與長孫太尉有隙。予按:淹以貞觀二年卒,後二十一年高宗即位,長孫無忌始拜太尉,其不合於史如此,故或疑爲阮逸所作也。(原注:以上并《隨筆》)

　　大慶謂容齋之所辯證是矣。嘗觀杜淹所撰《世家》,年世既已牴牾,且或疏略自戾,豈止如容齋所疑乎?蓋容齋所疑尚猶有可諉者,大慶之所疑因得以附見焉。《世家》云:"開皇四年,文中子始生。"又曰"開皇九年,江東平,銅川府君歎曰(原注:文中子之父):王道無叙,天下何爲而一乎?文中子侍側,十歲矣"云云。大慶按:開皇四年文中子始生,至九年方六歲,何爲而言十歲乎?此其疏略自戾,不待他人攻其失也。又云"十八年,文中子有四方之志,受《書》於東海李育,問《禮》於河東關子明"。(原注:時文中子二十五歲)大慶按:子明乃北魏孝文太和末年,爲晉陽穆公公府記室(原注:穆公,文中子高祖)。穆公薦於孝文,孝文曰:"嘉謀良策,勿慮不行。朕南征還日,當共論道以究治本。"(原注:以上見《中説》後《錄關子明事》)計其年代,當齊明帝永泰元年戊寅歲也(原注:時魏文帝伐齊。見《通鑑》)。自是以至開皇十八年戊午,蓋一百一歲矣。使子明爲記室時方弱冠,至是亦百二十餘歲矣,安得有文中子問禮於子明之事?非年歲之牴牾乎?容齋所疑,反不及此,何也?雖然,杜淹所撰,豈其欲大吾師之道,而彰其名,故不暇詳究其年月,而起後人之訾訾乎?容齋遂并疑《中説》爲阮逸所作。大慶則未敢以爲然也。何者?逸乃我宋仁宗朝人,《唐書·藝文志》已有王通《中説》,皮日休有《文中子碑》亦言序述六經,敷爲《中説》,李、薛、房、杜皆其門人,而劉禹錫作《王華卿墓銘序》載其家世行事甚詳,云門多偉人,則與其書所言合矣。司空圖又謂文中子致聖人之用,房、魏數公皆爲其徒,恢文武之道,以濟貞觀治平之盛。至於李翱《讀文中子》且以其書并之

《太公家教》，劉賁《讀文中子》又以六籍奴婢譏之，是雖當世儒者好惡不同，推尊之或過毀損之失真。要知自唐已有此書，決非阮逸所作明矣。豈容齋偶忘之乎？蓋容齋所疑不過因薛收李靖之事，安知薛收不於文中子既死而方應義舉，李靖初年從學而後乃投筆乎？十三年之難，若以史所載田蚡之死，都之置例之，則亦杜淹敘述之誤耳（原注：田蚡之死，《漢紀》以爲四年，《傳》以爲五年，必有一誤。西域都護置神爵二年也，《百官表》誤爲地節二年，《西域傳》誤爲神爵三年，見《通鑑考異》）。長孫太尉之隙，若以《左傳》所稱陳桓公田成子，《漢史》張良稱漢王之等例之，則亦王績追書之誤爾（原注：《左傳·隱公四年》：「衛州籲未能和其民。石厚問定君於石子，曰：王覲爲可。曰：何以得覲？曰：陳桓公方有寵於王，陳衛方睦若朝，陳使請必可得也。又齊人歌曰：嫗乎采芑，歸乎田成子。夫人既物故，然後有謚。今陳侯尚存而曰桓公，田常無恙而稱成子，皆後來追書之誤爾。《漢書》張良爲漢王借箸籌之，乃稱陛下。時漢王未即位，亦後人追書之誤。方杜淹與長孫有隙時，雖長孫未爲太尉，而王績所書乃長孫爲太尉之後，故追書太尉爾）。然則大慶所謂容齋所疑，尚有可誣者，以是特杜淹、王績之徒有所謬誤，亦何足以疑《中說》哉？

　　大慶前謂《中說》非阮逸所作甚明，續考《中說》亦有可疑處，往往王氏子弟如王凝、福畤不無附會於其間。何以言之？《王道篇》云：「李德林請見之，與之言，歸有憂色。門人問子，子曰：德林與吾言終日，言文而不及理。門人退，子援琴鼓蕩之什，門人皆霑襟焉。」又《禮樂篇》云：「安平公問政，即德林也。」大慶按：《通鑑》：德林死於開皇之十年，時文中子方七歲，固未有門人，德林何爲請見而問政？門人何爲聞琴而霑襟哉？此其謬誤，斷無可疑。故謂王凝、福畤不無附於其間者也。

　　（《考古質疑》卷五，文淵閣四庫本。）

宋王應麟《困學紀聞》

杜淹《文中子世家》:"二子,長福郊,少福時。"龔氏本載前述長子福獎。劉禹錫撰《王質碑》云:"文中子生福祚,福祚生勉,勉生怡,怡生潛、質。潛之季子爲諫議大夫、給事中,終宣歙觀察使,《唐書》有傳。福時之子見於《文藝傳》者,勔、勵、勃、助、劼、勸(原注:太原府君召三子而教焉,龔氏注云:文中子三子,福獎、福祚、福時。按福獎疑即福郊也)。書此以補世家之闕。

(《困學紀聞》卷十,文淵閣四庫本。)

宋曾鞏《隆平集》

王晦叔,河南人,隋王績之後,名同英宗御諱(夏按:宋英宗名曙),故以字稱。淳化三年登進士,咸平中賢良方正。入等累擢龍圖閣待制、樞密直學士、給事中、太子賓客。妻父寇準,得罪落職,知汝州。乾興元年,貶鄆州團練副使。天聖四年復給事中,遷工部侍郎、御史中丞兼理檢使。理檢置使自晦叔始也。七年參知政事,明道元年以疾免,除資政殿學士,知陝州、河陽。二年,樞密使。景祐元年,加平章事,薨於位,年七十二,贈太保、中書令,諡文康。子益恭、益柔。

初玉清昭應宮災,守衛者皆繫御史獄。值議修復,晦叔上言:"昔桓宮災,桓僖親盡當毀者也。漢高廟及高園便殿災,董仲舒以爲高廟不當居陵旁,故災。玉清昭應宮非應經義,宜思災變之來。"上與太后悟,遂薄守衛者責,而罷修宮。晦叔方嚴簡重,有大臣體,雖通顯而儉約如貧時。知益州,蜀人比之張詠,有"前張後王"之譽。有文集四十卷,《周書奇訓》十二卷,《唐書備問》二卷,《莊列指歸》

四篇,《群牧故事》六卷,藏於家。

(《隆平集》卷十,文淵閣四庫本。)

宋周必大《文忠集》

《唐書·王績傳》:"績兄通,隋末大儒也。"聚徒河汾間,仿古作《六經》,又爲《中説》以擬《論語》,不爲諸儒稱道,故書不顯,惟《中説》獨傳。

某按:王通生於隋開皇之四年,而卒於大業之十三年。其在河汾,實能講明五帝三王、周公、孔子之道,學者從之。然所著書每比擬《六經》,故爲《禮論》二十五篇,《樂論》二十篇,以續《禮經》;集書一百五十篇,以續《尚書》;采詩三百六十篇以續《古詩》;爲《元經》五十篇,以續《春秋》;贊《易》七十篇,以續《周易》。又爲《中説》,摹仿《論語》,是皆以孔子自處,而謂門人董常爲顔子,何其不知量也!

通之子曰福畤,聚其書號"王氏六經",然皆無傳,惟《中説》獨存,今所謂文中子者是也。通既有門弟子魏徵等,仕唐爲宰相,嘗預修《隋書》,乃不爲通立傳。意者通嘗妄比聖人,徵既師事之,若過有推尊,必貽譏於後世。稍損益之,則是暴通之失,是以略而不載歟?且韓愈在唐,號爲大儒,距通之時不遠。愈每言荀況、揚雄,乃無一字及通。至本朝太宗皇帝,遂謂通有缺行,故不得立傳。蓋述而不作,竊自比於老彭。若聖與仁,必曰則吾豈敢,孔子之謙,每如此。通實何人,反僭聖作經,輒自尊大,宜乎太宗所不取,韓愈所不道也。惟五代《舊唐書》於《王績傳》末云:"通字仲淹,隋大業中名儒,號文中子,自有傳。"今既不傳,固無足據。昨日蒙殿下俯詢,其由輒具言之。

(《文忠集》卷一百六十一,文淵閣四庫本。)

元釋念常《佛祖歷代通載》

《石室論》曰："宋司馬文正公曰：'文中子云：佛，聖人也。'審如文中子之言，則佛之心可見矣。苐今言禪者，好爲隱語以相迷，大言以相勝，使學者伥伥然益入於迷妄。因廣文子之意，作《解禪頌》六首，果如此言，雖中國亦可行矣，不然則吾所不知也。其卒章曰：'言爲百世師，行爲天下法。爲賢爲大聖，是名物菩薩。'噫！文正公繼孔、孟、荀、楊爲大賢者也，庸有不知佛哉？觀其頌，則文正公平生所爲，皆佛菩薩之心也。特禪之一法，雖吾門亦標表以爲教外別傳，自非積三二十年息心絕慮，則莫能其。謂之隱語大言，似是而實非也。何則？東臯子猶以伏羲畫卦泄道之密，漏神之機，分張太和，磔裂元氣，使知者不知大樸散矣。矧不立文字之禪，直指人心，於語言形迹之表，詎可常程義理而求其言說耶？是不獨文正公、文中子、楊、孟諸賢未暇留神，吾徒傳教大法師輩，固有不知而興謗者。故先德云：'千人萬人中，撈摝一個半個而已。'"夫豈易信也哉！

（《佛祖歷代通載》卷十，文淵閣四庫本。）

明鄭瑗《井觀瑣言》

宋咸作《駁中說》，謂文中子乃後人所假托，實無其人。按王績有《負苓者傳》，陳叔達《答績書》有曰"賢兄文中子恐後之筆削於繁碎，宏綱正典，暗而不宣，乃興《元經》以定真統"。陸龜蒙《送豆盧處士序》亦曰："昔文中子生於隋代，知聖人之道不行，歸河汾間，修先君之業。"又云"丈人，文中子外諸孫也"云云。後司空圖、皮日休俱有《文中子碑》。五子皆唐人，績乃文中子之弟，而叔達又親及門者也。文中子果不誣矣！但史失其傳，其書亦出後人所增益張大，牽合傅會，痕迹宛然，在唐時已不甚爲人所尊仰，故韓、柳諸賢俱無稱述。或謂即宋阮逸僞作，亦非。李翱《答王（夏按："王"，一作"朱"，或作"梁"）載言書》，云理有是者，而辭章不能工，王氏《中説》是也。宋龔鼎臣嘗得唐本《中説》於齊州李冠家，則《中説》之傳久矣。然陳同父《類次文中子》云分十篇，舉其端二字以冠篇，篇各有序，惟阮逸本有之。又云阮氏本與龔氏本文各不同。如阮本曰：嚴子陵釣於湍石，爾朱榮控勒天下，故君子不貴得位。龔本則曰：嚴子陵釣於湍石，民到於今稱之。爾朱榮控勒天下，死之日民無得而稱焉。龔本曰：出而不聲，隱而不没，用之則成，舍之則全。阮本則因董常而言，終之曰"吾與爾有矣"。由是觀之，則逸或不能無增損於其間，以啓後人之疑也。

（《井觀瑣言》卷一，文淵閣四庫本。）

明顧起元《説略》

文中子動以孔子爲師，其見地甚高，志甚大。或以模擬太過病之，非也。此如世人有所慕悦，則其舉止言動不覺盡似之，以其精神所注故也。不然詩祖李杜，文祖遷固，未有非之者，獨訾文中子之法孔子？宋咸作《駁中説》，謂文中子乃後人所假托，實無其人，則幾於瞽説矣。王績有《負苓者傳》，陳叔達有《答王績書》曰："賢兄文中子恐後之筆削於繁碎，宏綱正典，暗而不宣，乃興《元經》以定真統。"陸龜蒙《豆盧處士序》亦曰："昔文中子生於隋代，知聖人之道不行，歸河汾間修先君之業。"後司空圖、皮日休俱有《文中子碑》，五子皆唐人，言之鑿鑿。如此咸獨臆斷，其無可乎？宋龔鼎臣嘗得唐本《中説》於齊州李冠家，蓋《中説》之行久矣。陳同父《類次文中子》云十篇，舉其端二字以冠篇，篇各有序，惟阮逸本有之。又阮、龔二本，時有異同。如阮本曰："嚴子陵釣於湍石，爾朱榮控勒天下，故君子不貴得位。"龔本則曰："嚴子陵釣於湍石，民到於今稱之。爾朱榮控勒天下，民無得而稱焉。"龔本曰："出而不聲，隱而不没，用之則成，舍之則全。"阮本則因董常而言，終之曰："吾與爾有矣。"豈逸不無增損於其間，遂啟後世之疑邪？

（《説略》十三，文淵閣四庫本。）

清王士禛《香祖筆記》二則

唐初修《隋史》不爲文中子立傳，千古疑之。且其時總裁者魏徵，秉筆者陳叔達，皆及門也，而房、杜諸人又皆佐命，力豈不能爲其師立一史傳，而必待三百年後宋景文修《唐書》始爲之表章於王績、勃、質諸傳耶？頃閲仇俊卿《通史它石》，論此甚快，可破千古之疑。其説本於《宋史》，非創也。《宋史》謂通爲長孫無忌所惡，當時畏無忌，故遺通。而無忌之惡王氏，則由於王凝次子勮、勔貶侯君集。君集與無忌善，因而惡及其祖耳。初叔達撰《隋紀》，王績欲借觀，且曰：吾芮城兄亦有《隋書》若干卷，欲續成以終其志，殆諷之也。予謂《隋書》不爲王通立傳，《五代史》不爲韓通立傳，二公未嘗以一傳有無爲輕重，獨可爲當時操史筆者惜耳。

（《香祖筆記》卷三，文淵閣四庫本。）

世或疑文中子，以爲房、杜、李諸公未必皆出其門者，陋儒也。予讀司空圖《文中子碑》云："天生文中子以致聖人之用，得衆賢而廓之，以俟我唐，故梁、衛數公皆爲其徒，恢文武之道以濟貞觀治平之盛。"圖，唐人也，又文中子鄉人也，其言如此，可信耶，不可信耶？吾故特筆之，以結此輩之舌。若門人薛收等議謚文中子，則詳《唐書·文苑·王勃傳》，文中子之名，則附見《王績傳》。

（《香祖筆記》卷四，文淵閣四庫本。）